# 弈苑片羽

## 仪征张毓英棋学书札整理

杨丽娟 整理

广陵书社

本成果得到江苏政府留学奖学金资助

本书得到一平基金资助

图书在版编目（CIP）数据

弈苑片羽 : 仪征张毓英棋学书札整理 / 杨丽娟整理
. -- 扬州 : 广陵书社, 2014.12
（仪征望族家藏史料辑刊）
ISBN 978-7-5554-0225-1

Ⅰ. ①弈… Ⅱ. ①杨… Ⅲ. ①书信集－中国－现代②中国象棋－棋谱 Ⅳ. ①I266.5②G891.2

中国版本图书馆CIP数据核字(2015)第005757号

书　　名　弈苑片羽：仪征张毓英棋学书札整理
整　　理　杨丽娟
责任编辑　刘栋　王丽
排　　版　李元东
出版发行　广陵书社
　　　　　扬州市维扬路349号　邮编：225009
印　　刷　扬州市机关彩印中心
开　　本　787毫米×1092毫米　1/16
印　　张　16.75
字　　数　297千字
版　　次　2014年12月第1版
印　　次　2014年12月第1次印刷
标准书号　ISBN 978-7-5554-0225-1
定　　价　120.00元（全二册）

张毓英先生肖像

《象棋萃鯖》封面

张毓英先生对弈用的牛角象棋

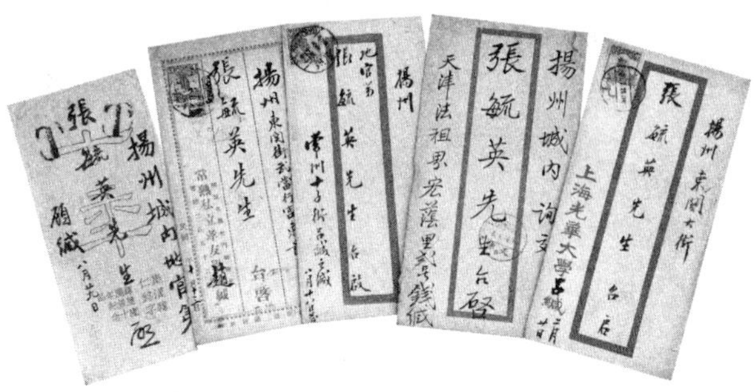

张毓英先生友朋来往书札信封

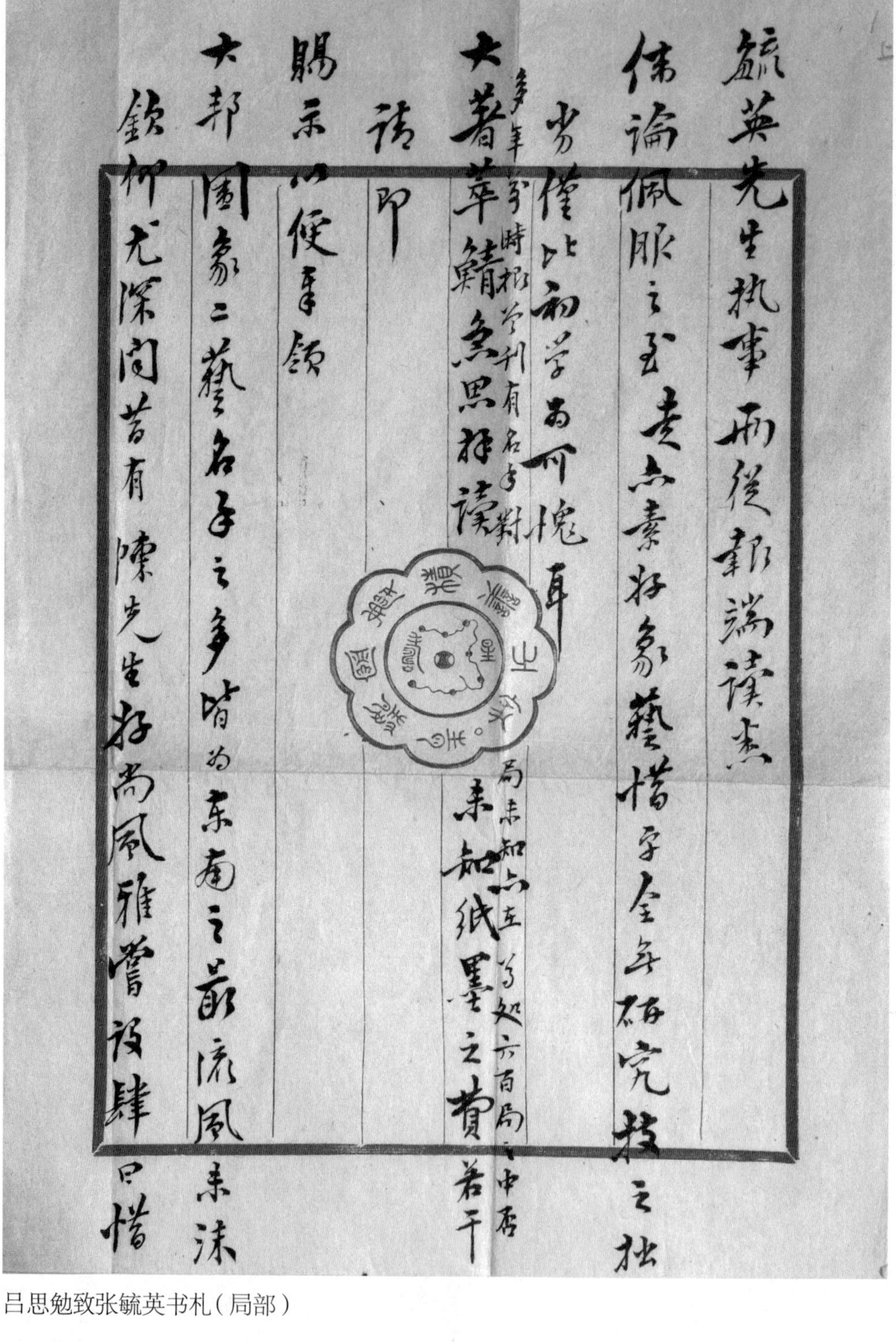

吕思勉致张毓英书札（局部）

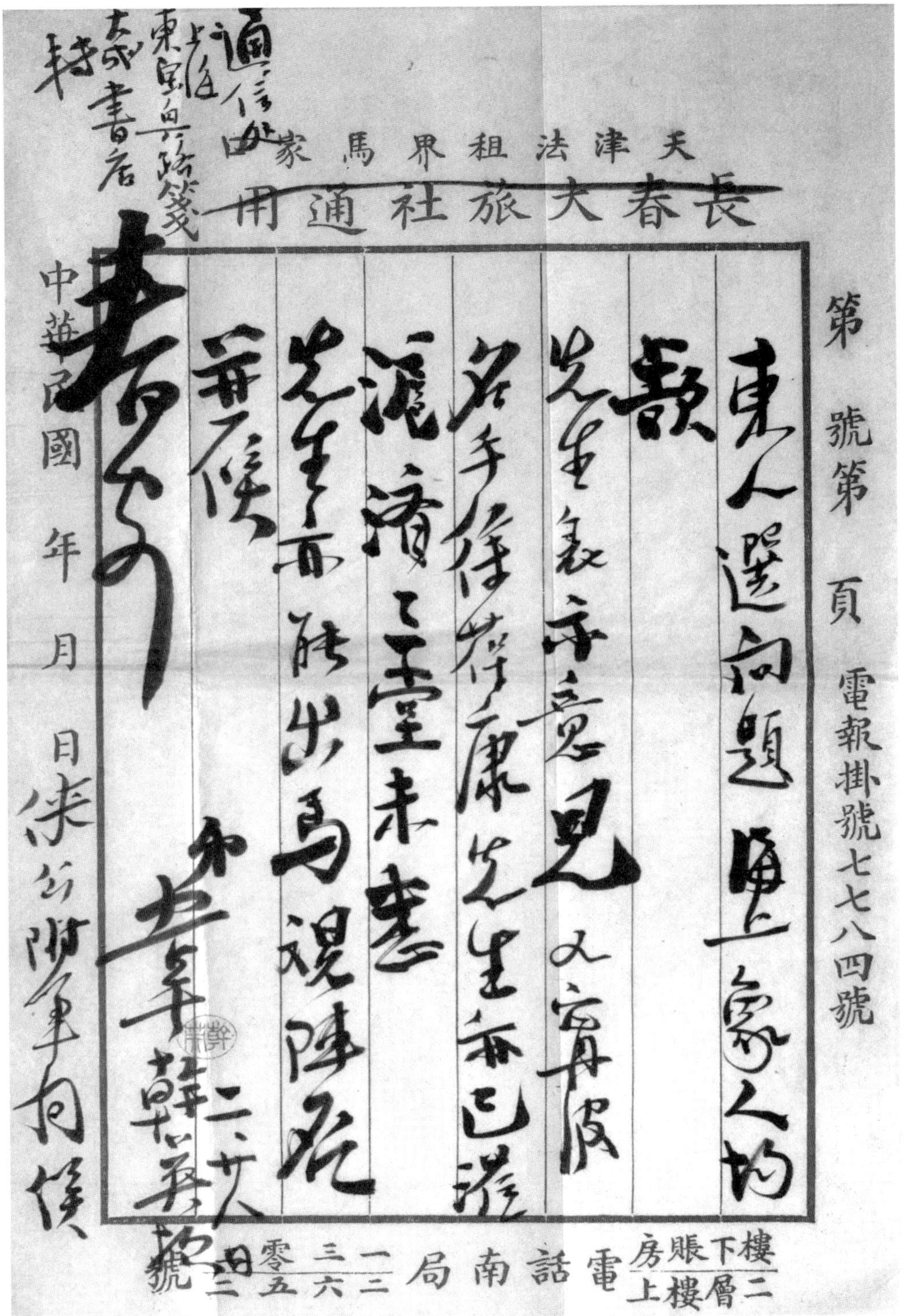


韦幹英致张毓英书札（局部）

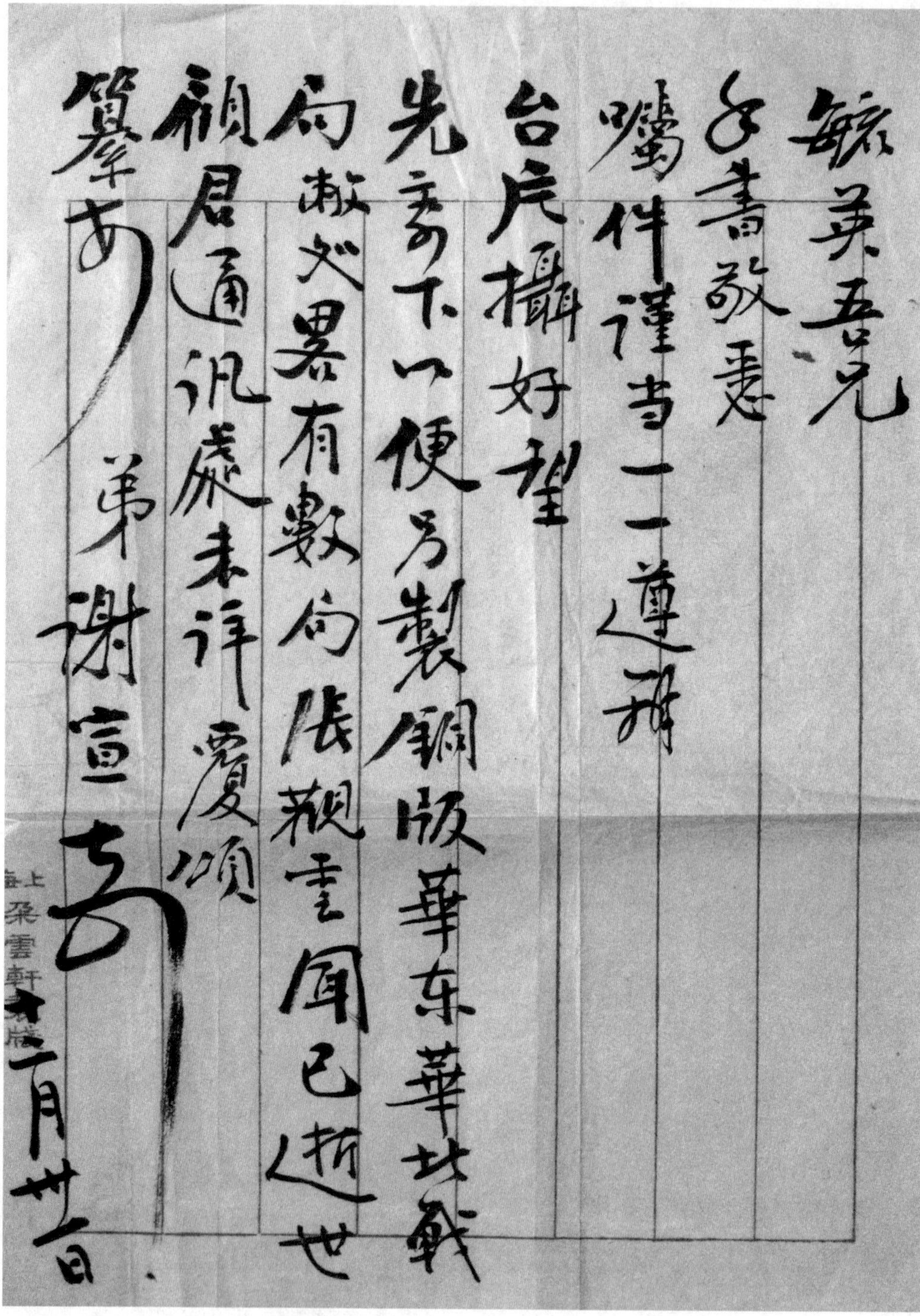
毓英吾兄
手書敬悉
囑件謹當一一遵辦
台从攝好，望
先寄下，以便爲製銅版。華東、華北載
尚缺之畧有數，尚張觀雲周已逝世，
禎君通訊處未詳。覆頌
撰安
弟謝宣頓首
一月廿日

谢宣致张毓英书札

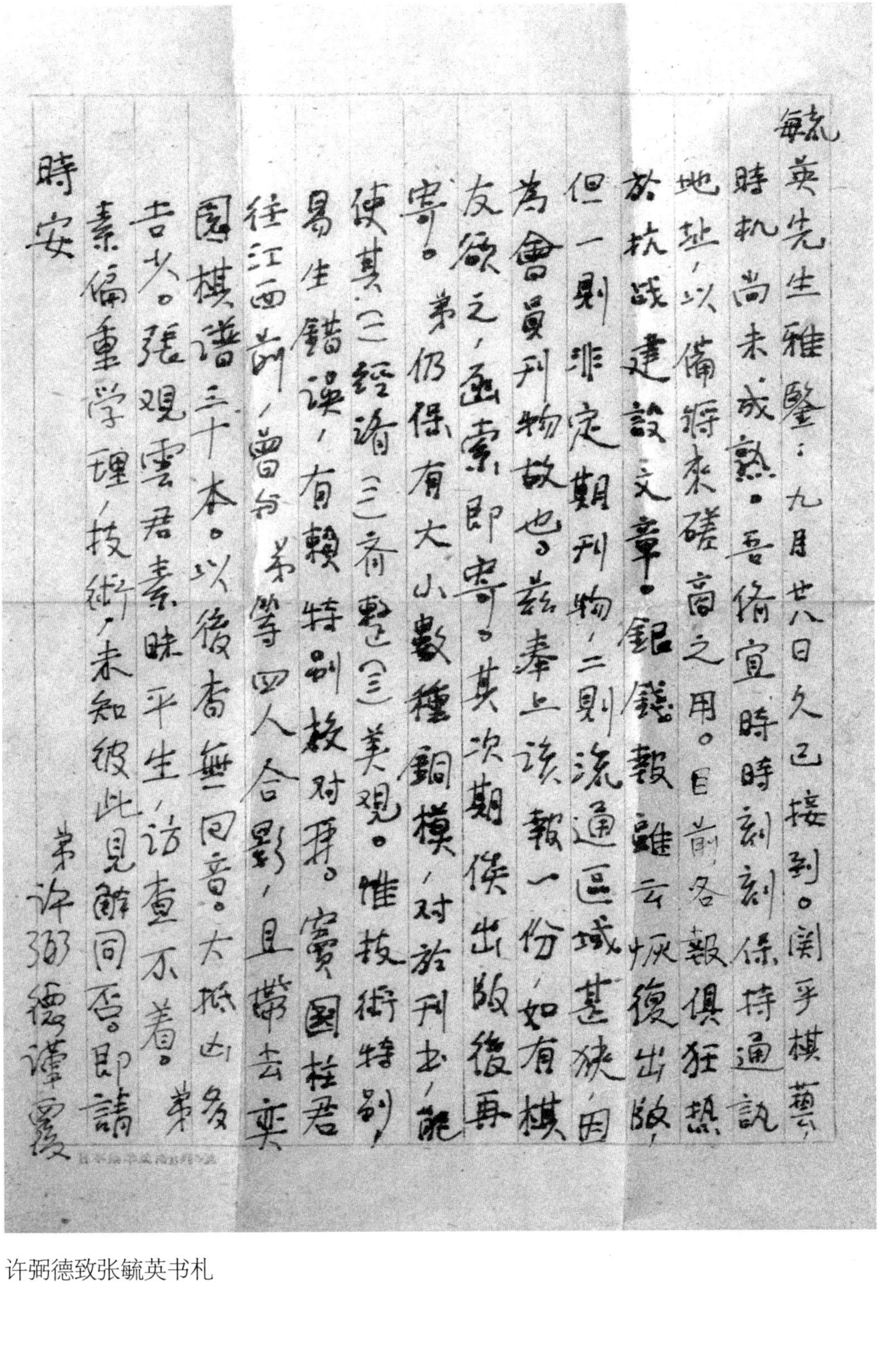

毓英先生雅鑒：九月廿八日久已接到。關乎棋藝，時机尚未成熟。吾儕宜時時刻刻保持通訊地址，以備將來磋商之用。目前各報俱狂熱於抗战建設文章。銀錢報雖云恢復出版，但一則非定期刊物，二則流通區域甚狹，因為會員刊物故也。茲奉上該報一份，如有棋友欲之，函索即寄。其次期俟出版後再寄。 弟仍保有大小數種銅模，对於刊出，能使其（一）經濟（二）齊整（三）美觀。惟技術特別，易生錯誤，有賴特別校对耳。寶園桂君往江西前，曾與 弟等四人合影，且攜去弈園棋譜三十本。以後杳無回音。大抵凶多吉少。張觀雲君素昧平生，訪查不着。 弟素偏重学理，技術，未知彼此見解同否。即請

時安

弟 許弼德謹復

许弼德致张毓英书札

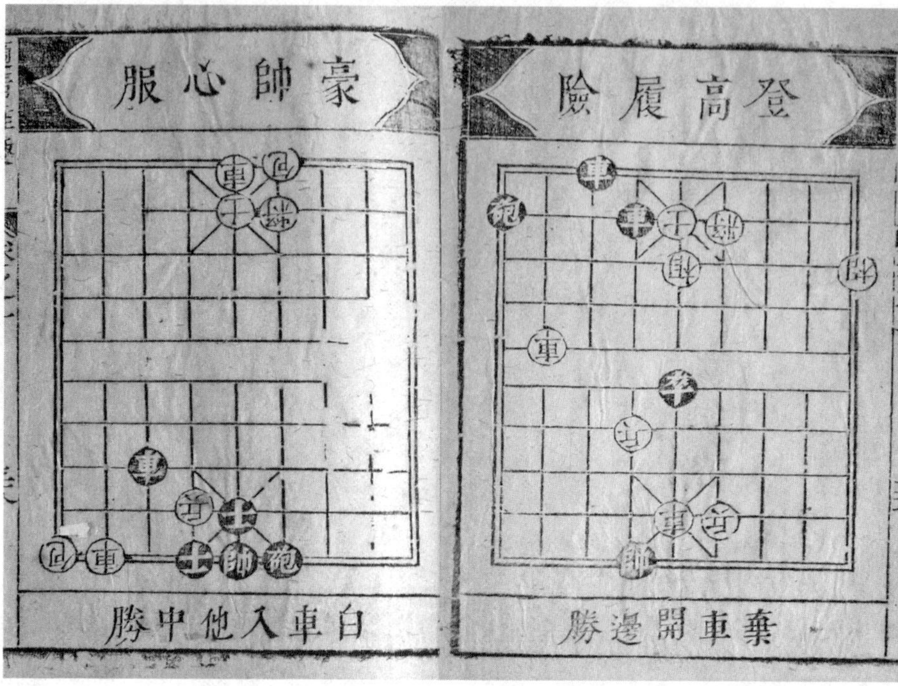


《适情雅趣》古棋谱书影

《竹香斋象戏谱》书影

# 中国象棋史上的一个创举

——写在《象棋萃鲭》出版九十周年之际

[代序]

九十年前，《象棋萃鲭》由扬州教场大街飞狮印刷公司印刷，在维扬日报馆、大江北报馆、振兴书局、志成书局公开发行。1986年，上海辞书出版社出版的《中国象棋辞典》对此书作如下简介：“象棋书谱。张毓英编。1924年在扬州出版。选载‘扬州三杰’王浩然、周焕文、张锦荣迎战到扬州的名手林奕仙、万启有、罗天扬等的精彩对局六十六局。是我国最早刊行的象棋对局谱。”

中国象棋是中国的国粹，历史悠久。对它的起源，在学术界、象棋界虽说法不一，但追溯到秦汉时期是没有什么异议的。作为中国传统棋种，象棋在民间各个阶层广为流传，有深厚的群众基础。到明清时代更是名家辈出，有多种棋书棋谱流行。但直到民国时期，中国棋书棋谱的出版仍是中国象棋发展中的一个短板，严重制约象棋事业的发展与提高。一方面，棋书棋谱稀少，与具有同样久远历史的围棋相比较就显得更为突出。“夫围象素并称，今围谱已充栋，而斯道尚在草昧。”另一方面，在为数不多的棋谱中，多为残局棋谱，而无对局棋谱。这些残局棋谱对象棋爱好者具有很强的吸引力。它不仅设计精巧，布满玄机，场面刀光剑影，惊险刺激，而且每局都有一个高雅、好听、具有文化内涵的名称，如“春雷惊蛰”“鸳鸯戏水”“单鞭救主”“博望烧屯”“国庶民强”等等。通过接触和钻研这些棋谱，不仅能激发人们学习象棋的兴趣，提高棋艺和思维能力，而且从中可以学习到一些文化历史知识，深得许多象棋爱好者的喜爱。但象棋对弈的全过程一般分为开局、中局与残局三部分，残局只会出现在经过激烈拼杀、棋面所剩棋子不多的尾声。仅有残局棋谱就无法了解棋手布局与对攻情况，更不能全面反映他们的境界与真实水平。这种只有残局棋谱而无对局棋谱的现象给象棋发展带来的负面效应日益显现。一方面，没有对局棋谱就不会有对弈棋手的姓名，使“数千年来名家姓字沦于草莽”，“二千年来竟与烟尘俱尽湮没无闻”，令人扼腕叹息；另一方面，又极易使象棋爱好者误入歧途，出现著名历史学家吕思勉所指出的“在残局中讨生活，虽见巧思，无甚深意”，从而“徒逞巧思，只供游戏”的状况，对中国象棋的发展极为不利。中国象棋发展中的这种困境，引起包括张毓英在内的一些有识之士的思考与忧虑。

出身书香门第的张毓英自幼就酷爱象棋。《象棋萃鲭》出版时他年仅二十多岁，但他在该书的自序中就称“余嗜此十数年”。他不仅喜欢下棋和看棋，而且怀着浓厚的兴趣搜罗、珍藏和研究中国象棋的棋书棋谱。他收藏的棋谱中有明代的《橘中秘》《适情雅趣》和清代的《竹香斋象戏谱》等，以及一些民间流传的手抄本。张毓英广交扬城和外地象棋高手，不惜重金延请他们来家中对弈并举办象棋比赛，记录下他们的每一步棋，赛后又和他们一起切磋研讨。到 1924 年，他已积得象棋高手对弈的全局棋谱达数百局。通过直接参与这些象棋活动和对中国象棋史的反思，张毓英深知整理和出版这些对局棋谱的极端重要性和紧迫性。同时，他也悟出历来没有象棋对局棋谱的根源在于“象棋第一障碍在作者与述者判而为二，执子者多不善操觚，操觚者或不精执子”，“昔人所谓上马杀贼，下马作露布者，求之棋界未见其人”。他认定许多象棋高手受文化水平不高和其他条件制约，没有认识到或没有能力记录、整理和出版对局棋谱，而有能力从事这项工作的人又缺少出版对局棋谱的自觉，是造成对局棋谱的空白和众多象棋名家湮没无闻的重要原因。他立志改变这种局面，期望使“名家之心思脑力藉以流传，使百十年后按图布子能验其消长进退”，“为象棋著不刊之典，为后学开光明之路”；若能如此，“则平生志愿毕矣”。张毓英以敢为天下先和当仁不让、舍我其谁的气概从数百对局中精选出六十六局编辑出版了《象棋萃鲭》。我国最早刊行的象棋对局谱就在扬州诞生了。

20 世纪 20 年代，扬州象棋棋坛兴盛，高手名家辈出，被誉为“扬州三杰”的周焕文、王浩然曾遍历周边地区，与各地棋手切磋棋艺，几乎所向披靡，战无不胜，攻无不克，以致有“以宁沪之大，善斯道者闻有扬人，亦必改容倾注，莫敢易视”之说。扬州名家棋艺水平之高，为棋界所公认，“即谓以此代表数十年来东南棋化，亦尚非夸言也”。从这些棋手对局中选编出来的《象棋萃鲭》自然也就反映和代表了当时我国象棋界的最高水平。因而《象棋萃鲭》问世并遍赠各地棋友后，在象棋界备受欢迎，好评如潮，甚至引起一阵小小的轰动。各地棋友纷纷来信求赠求购，吕思勉闻讯后来函表达“大著《萃鲭》急思拜读”的心情。有更多的棋友向张毓英汇报和交流阅读后的体会和心得，与他切磋棋艺，研讨棋学，还有人大胆向他借阅古棋谱并商讨邮寄之事。“棋孟尝”的美名也随之在东南棋界广为流传。福建王仰中信中的一段话大致可以反映《象棋萃鲭》读者的评价与心声：“先生倡导棋艺，遐迩同钦，糜耗钜金延致名手对局，以存着法，实开象棋界之新纪元。至《萃鲭》刊行，裨益后学，功更不朽矣。”

《象棋萃鲭》出版后也有过不同的声音。号称“棋坛总司令”的谢侠逊就批评《萃鲭》“诸局精警者不多”。对各种不同意见，张毓英在虚心听取的同时也据理力争，他反问“不知谢君之意如何方为精警？若谓指杀着而言，则全局无论如何终不及残局；其次则《橘中》《梅花》诸拟局或间有警妙，若名家对局，性质与此完全不同。”他以中国军事史上著名战例诸葛亮七擒孟获与六出祁山为例，“譬如诸葛孔明遇孟获，则能七擒七纵，遇司马懿六出祁山，成绩亦不过尔尔。非诸葛战略有工拙，所遇之敌异也”。张毓英认为名家对局“初局必壁垒森严，步伐齐整，据守险要，舒展形势，窘敌于无形之中，以求尺寸之获，安得比拟局得子得先如入无人之境，此系对局与拟局一大界限，截然有别，不容并视”。他又以浙江象棋高手林奕仙来扬的实战来说明仅重视残棋而忽略开局与对局的弊病：“昔年林君奕仙来游吾扬，其残局杀着为一时之冠，宜乎致胜，然残局经全局而来，敝郡名家棋步素严，无懈可击，林虽英雄，亦无用武之地，而因局面向鲜研究，相形见绌，往往败北。”他认为谢侠逊“所重皆在中末杀着，其目光仍与拟局为近，而高深者反在所遗”。张毓英的分析鞭辟入里，具有很强的针对性与说服力，逐渐为广大棋友所接受，形成大家的共识。更多的棋友从对《象棋萃鲭》的学习中获益甚多，使自己的棋艺与判断力有了明显的提高，感受到对局棋谱对象棋发展的重要性与必要性，期望有更多更好的对局棋谱出版与发行。如今对局棋谱已成为中国象棋棋谱中的一个不可或缺、甚至主要的品种，张毓英为此作出的开拓性贡献是功不可没的。

张毓英对中国象棋从“原其初意，仅以自娱”到“志存辑述”，并付诸实施，付出了自己的青春年华，投入了巨大的财力物力。他自己始终排除“如时人著谱仅于沽名或牟利之用心”，一心一意谋求中国象棋的繁荣与发展。他在重视整理与出版棋谱的同时，对中国象棋界的一些热点问题，诸如象棋比赛规则的制定与实施、中国象棋的普及与推广工作、对当时中国象棋界状况的分析和对棋手棋局的点评等等，都有相当深入的研究和独到的见解，深得广大棋友的钦佩和赞同。在《象棋萃鲭》出版约十年后，张毓英自知“余学棋二十年，颇为海内所知，大概誉多毁少”，但他从不居功自傲，不掠人之美，始终以谦和平等的态度对待各地棋友，客观公正地评价曾经批评或反对过自己的棋界同仁。1953 年，他在为《布局津梁》三集所作的序言中这样写道：“中国象棋数千年来，若存若亡，仅供业余之消闲，无当技术之研究。直到民国十数年，平阳谢侠逊君，始以历岁搜罗所得，编为《象棋大全》初二三集行世，斯艺至是乃大昌明”，对谢侠逊的功绩予以充分肯定。张毓英以自己的大度和人格魅力赢得了广大棋友的尊崇。著名棋手与棋书编辑者吴文英对他有这样一个评价：“夙聆隆誉，灌耳如雷，齿德俱尊，孟尝高义，东南象棋有口皆碑”，“先生在棋史上东南方面倡导功深，堪称巨擘”。曾受益于张毓英的“扬州三剑客”之一朱剑秋满怀感激之情地说：“回忆吾扬棋手，代有传人，先生培植之功，未可湮没。而倡导以来，风气之盛固不仅广陵界受先生之惠也。”《橘中新趣》的“象棋谈话”中更称“张毓英君为我国象棋界最有精神的大提倡家……若张氏者，诚象棋界之灵魂矣”。近一个世纪的中国象棋史证明，称张毓英为那个年代东南棋界的灵魂人物并不为过。

张毓英幼时师从扬州名士、冶春后社诗人方尔谦、方尔咸。在名师教导下他受到系统严格的儒家文化的熏陶和教育。他饱读史书，国学根基深厚，中国传统文化中的爱国主义思想深深植根于他的心中。在抗日战争时期，他闭门不出，拒不参加在日本侵略者铁蹄统治下由汪伪政权主导的任何社会活动与棋艺活动。张毓英从对中国历史的深刻反思和巨大的社会变迁中领悟到棋运与国运密不可分、棋运依附于国运的道理，深知国运兴，则棋运兴；国运衰，则棋运不振。因而他一直关注国家大事，并在自己的儿女和进步力量的帮助引导下逐步接受只有中国共产党才能救中国的这个真理。1949 年扬州解放时，他在外地的长子和三子已是中国共产党党员。扬州解放后，他又将身边的二女一子送入华中大学南下工作团。到新中国成立时，除远在云南尚未获得解放的次子外，子女均已投身革命队伍。张毓英自己也如饥似渴地学习新知识，力求跟上时代的步伐。他对党和政府安排的活动都积极参加。1952 年，他曾应邀参加扬州市烈军属残废军人代表暨优抚工作代表评模会议。1957 年全国象棋赛华东赛区比赛在扬举行，他经扬州市政府特邀出任副裁判长。张毓英晚年仍一如既往地关心中国象棋事业的发展，在他的身上，爱党爱国和爱象棋几乎融为一体。他目睹新中国成立后中国象棋“由榛芜而跻极盛”，当年由《象棋萃鲭》的出版在棋界激起的波澜已平静无声地融入中国象棋的发展长河中，自感幸运和欣慰。

叶墨

二〇一四年七月

# 目 录

## 友朋函札（177 通）



## 《象棋萃鲭》全局



## 棋经序跋

## 弈林文抄



## 附录



## 后　记

# 友朋函札

（177 通）

# 张毓英致顾鉴秋书札1通[①]

潜心可得残局百余，得之吾邑马伯梁前辈。马公轻财好士，周王诸名手，皆常从之游，迄今称道弗衰。而是谱则殊浅陋，并无深邃之着。命名又多与他书相合，恐系马公当日揣摩之本，杂取诸谱浅易局势，留备对局时杀着一助，故无甚异人。祈于暇时考核，去其芜复。倘能别于他谱之外，得新局数十，俾垂永久，亦是书之幸也。残局存者至夥，合《竹香斋》《适情雅趣》《韬略之机》《烂柯神机》诸书，观之不下千计，其他抄本及江湖口传之局，亦颇不尠。然大都陈陈相因，抄袭者居其过半，或局势全同，仅易名目；或虽子数量移，而机杼不异（如借炮使马着法，自《橘中秘》外，他书暗用者殆十倍于此，但未明揭其名耳）。此类不芟，徒乱人意，且妨夺研究他谱之时间。鄙意欲于残局中，开一新世纪元。诸谱莫善于《竹香》，宜即以《竹香》为本，先取七星独行、降龙鸿雁诸大势包孕深广者，用为基础，其他各局，再细加抉择。着数虽多，而用意平庸，不甚奥折，或为大势所已该括者，删之；着数虽少，而新颖可喜，一长足取，且为他局所不经见者，存之。又如借炮使马局面，凡有十许，亦但须就其精深者，录取一二，举一反三，余可悉去，以省芜累。如是广收慎取，披沙拣金，庶可传之不朽。吾久有此志，惜十年心力，敝于对局，智能及之，时有未逮。执事方淬精残局，鄙论如有可采，请及时图之，以副海内之望，幸甚，幸甚。

选《竹香》如是，即遍选诸谱，亦莫不如是。大概论残局同异，在审其运用主旨之所在，同者则曰同，异者则曰异。固不在局势之形式，亦不在子数之繁简、着法之多寡也。

① 本书所收168通书信大多没有写明具体年代，因此本书排列顺序也并非按时间先后编排，只是将张毓英信件列在前面，以示对张毓英珍藏弈林信函之功的尊重。其余均按写信人姓氏音序排列。按，张毓英书信系自存底本，故信中有些地方省略。

# 张毓英致吕思勉书札3通

## （一）

吾历抄名家象稿，约计六百。稍加别择，三可存一。原其初意，仅以自娱，后见旧谱，从无对局，惜数千年来名家姓字沦于草莽，始志存辑述。又见《梅花》《橘中》两谱，所拟全局，非不精善，但皆稍嫌做作，较之枰场角胜，终逊一筹。且运着紧迫，杀机满纸，如勇士赴敌，奋不顾身，亦无名将雍容风度。故鄙著于此，首重局面，虽或所选程度间有浅深，然初局必皆中和正大，壁垒精严，步伐齐整，堪称节制之师，俾学者窥见大家矩矱，由斯致力，虽不即成名手，但必不致堕入江湖霸术一路可断言矣。（《萃鲭》二册局面略备，所不备者，旁门左道耳）惟《橘中》诸谱，深入人心，此意只可呈之知己，不能合乎流俗。又，象艺第一障碍，在作者与述者判而为二，执子者多不善操觚，操觚者或不精执子，昔人所谓上马杀贼、下马作露布者，求之棋界，未见其人。不然，当代名手如周、王、张、林数辈，果使精能文事，本其独得以诏后进，其必深邃精密，嘉惠非浅，何用仆等更为论说？顾皆于此谢其不敏，尠所发明，宁非一大憾事乎？（中略）前请谢君创刊杂志，于内增设“从谈”一门，看似骈枝，实则大有用处。盖此道数千年来，若存若亡，源流派别，珍闻遗事，散失最多。偶于旧籍窥见一鳞半爪，竟不知从何说起。姑就《竹香斋谱》言之，其第三集“雪压梅稍”及“鸿雁惊寒”两残局后，评语云：云其在当时，自有所本。然究竟毗陵何派，扶摇张朱何人，则虽名家，亦难置答。鄙人于此蓄疑，殆将十载，无从质证。顷读执事论象函札，知关此事研核至深，用敢录求指示，如一时不及钩稽，祈将此纸别寄谢君，嘱登报端以共质海内洽闻君子，不胜企盼。（中略）《时报》于民国六七年间，曾载有名手对局数十，当时以搜辑稍迟，多方购求，卒未完备。盖报纸销数虽广，但保存者少，一有散佚，辑补亦难。鄙人前劝谢君刊行《象棋杂志》，即深有鉴于《时报》而言也（下略）。

## （二）

（上略）《梅花谱》各地抄本至多，亦互有短长，似宜广为搜集，用备参考，俾成至足之本。（中略）象艺数千年来，阐发盖寡，今欲力为厘订，非沉潜真能用功者不办。若但口头宣传，或徒逞豪举，终恐难有裨益。谢君提倡，虽甚热心，然似涉好名之见。其余诸君亦多于残局中讨生活，争一日之短长。中惟顾君鉴秋，尚能实事求是。若论究极精微，独见其大，执事而外未见其人。（中略）《萃鲭》诸局，中华书局如肯承印，则名家之心思脑力藉以流传，使百十年后按图布子，能验其消长进退，则平生志愿毕矣。日前，报端发表鄙致韦君论以时刻限着函件，未几即来傅君荣年诤言，未非厚幸，但傅君所言附会牵强，不衷于理，且语含讥刺，殊失讨论正轨。因之覆函，亦未免稍涉意气。此函已录寄谢君，不知能否登入。至着棋迟速，究以何者为宜，实为现今一大研究问题，弟暇当另著专篇，就正有道。昨日报端有号弈禅室主者，颇韪鄙说。平情而论，其言实较傅君为长，并非党同伐异之见也（下略）。

七月初七日

## （三）

大函谓当头炮比之士角炮诸局，最为晚出，斯诚至论。又谓屏风马后于当成头炮，勘论亦精。《橘中》《梅花》两谱皆有屏风马破当头炮着法。鄙意恐未必然，其克破者由对方多迁就之着耳。拙藏对局，其间当头炮与屏风马计及百余，而胜负亦复相当。诸名家盖无一人不知有屏风破当头着法，其不能致胜，即足见此种着法尚未完全成立。但后先应当头炮者，无再优于屏风马，则必为吾人所当公认者耳（张锦荣君近创炮二平五，马二进三着法，亦颇能致胜。《萃鲭》中已有，不具论）。再者，得先起着，自当头炮外，凡飞相士角炮，皆为左道，堪与颉颃者，惟兵三进一（兵七进一同）。此着深长淡远，可守可攻。敝郡名家，谓之仙人指路。凡遇劲敌，未审虚实者，即以此着探试对方。若亦应以进卒，则先手仍在；应以当头炮则必败无疑（张锦荣君与周焕文君尝假敝寓，试验此种着法几二十局。周君后先执当头炮，从未一胜，复改换局面，即不如是。足为此说铁证）。因是各家于此，又别筹出奇之法，日新月异，多发前人所未发。今假设为兵三进一，王浩然君则多应以相三进五，其意在马二进四、马四进六、卒七进一、马六进七诸着，以争先得势。张锦荣君则多应以炮八平七，或炮二平七，其意在使对方飞相得乘先手，跳马出车；万启有君则喜应以马二进三，然后车一进一，卒七进一，车一平七，车七进三，弃卒捉卒，车至河口。以上数着，皆能变化于常法之外，未来者不可知。若就目前而论，则殆无出其右者矣（各种着法，《萃鲭》中皆已尽备）。

# 张毓英致马海洲书札1通

海洲先生大鉴：

前于韦君幹英函中具谂执事热心象艺，钦佩无任。又读近两日报纸，知贵友欲至沪觅名家对弈。函中虽未明指其人，其意恐在提倡此道之谢君，及观谢君复函，约期过远，殊败对方之兴，且恐将来难成事实。前月，敝邑张君锦荣因见报端所载谢君与周君德裕对局数局，荒唐太甚（张谓周败二局，漏着太多，不啻自蹈陷阱，强弱显然不类名家对局。谢败一局，初则双方袭用《梅花》着数太多，末局胜面尚未大现，亦遂戛然而止。中惟和局一局差可，但亦颇类江湖打对手拳，虽花团锦簇，终不免做作之处。其言虽稍过当，亦颇中肯，不能尽为谢君讳也）。因致函约与对局，随得复信，谓须每着三分，及口谈十局等语。张又去函于其条件略加驳诘，然仍约与对局。不意谢君竟将此函语意，大加改易，始行登报，无形将此次不肯对弈之过，诿之张君。因之，谢君复函反觉振振有词。张见大愤，欲与交涉。鄙意恐起争端，致伤雅道，劝令少待。但以谢君既处言论机关，乃将来函随意改易，亦似不合（报馆编辑虽有删削来函之权，但语意终不可失，且尤不能意为增润）。因又致函，约决与对局。凡提出条件，皆与承认，惟措辞较前稍为激烈。乃竟从此鱼雁杳然，今已半月，并报端亦未见复。一似邮局终未递到者，何竟如此示弱？殊不可解。况张君数函，皆寄自舍间，原文鄙所亲见，谢君若未纳诸字簏，与其报端所载不难覆。按斯事虽属游戏，然彼既自命名家，且以此号召海内，若但言而不行，恐难免天下笑。况其妄入人罪，张君亦不甘受此名也。执事与谢君同处一地，且尺素时通，可否于便中为张君代致决战之意如何？彼方允许，则仍张亲自赴沪，并不烦谢枉劳车驾。若谓天时亢热，避免挥汗，则稍待数日亦可。彩之大小，亦所不拘，但以达到对局目的为主。如此，则谢张两大家得一酣战。谢君果能制胜，固可益增同志敬仰，即公等亦可作壁上观，藉此以消长昼，诚属一举两善。究否如何？乞赐确息，或请谢君于报端见复亦可。总之，张君已整装以待，决不退避，亦甚愿谢君勿畏强击弱，贻当世名手笑也。

再者，读昨日报章，谢君阅于鄙函，注语有《萃鲭》诸局精警者不多之言。鄙人于此，原属门外，不敢自信，但拙编亦曾略费斟酌，不知谢君之意如何方为精警？若谓指杀着而言，则全局无论如何，终不及残局。其次，则《橘中》《梅花》诸拟局，或间有警妙，若名家对局，性质与此完全不同。前曾于致韦君函中辨论甚详。颇荷诸同志谓然，谢君岂未阅及？且尚有一明显比：譬如诸葛孔明遇孟获，则能七擒七纵，遇司马懿虽六出祁山，成绩亦不过尔尔。非诸葛战略有工拙，所遇之敌异也。名家对弈，亦复如是。初局必壁垒森严，步伐齐整，据守险要，舒展形势，窘敌于无形之中，以求尺寸之获。

安得比拟局，得子得先，如入无人之境。此系对局与拟局一大界限，截然有别，不容并视。今观谢君所选《萃鲭》诸局，所重皆在中末杀着，其目光仍与拟局为近，而高深者反在所遗，鄙人窃有未解。张锦荣君常谓谢君棋学未臻上乘，设与对局，胜算可操。初闻不敢谓然，顷证以其所持论与所甄采，以度其所得，似尚未出《橘中》及《梅花》窠臼，于大家门户、正宗矩矱，尚未或窥。张君之言，恐非尽谬。犹忆昔年林君奕仙来游吾扬，其残局杀着为一时之冠，宜乎致胜，然残局须经全局而来，敝郡名家棋步素严，无懈可击，林虽英雄，亦无用武之地，而因局面向鲜研究，相形见绌，往往败北。鄙人惜与谢君交浅，未便言深，否则当劝其于局面稍从注意，免陷林君覆辙。且观所与周君对弈数局，支离可骇，是非真相，尚待审查。公等如不见信，可速怂恿彼与张君早约决战，一则观其孰为胜负，可决其棋学之深浅；一则观其以精警着法自命者能否以之施于张君，亦可卜鄙言之是与非也。全函皆似与谢君论辩，而顾缕告于执事者，固因道不同不相为谋。彼此取径既殊，纵有贡献，亦必不纳，徒致词费，无宁缄默。且以欲代张君约战，恐彼又效上次之置不见报，事无左证，曲直难明，用特请执事代达，彼即不愿决赛，亦必有正言见答，不能诿为张君之过，造作一面辞也。

但骨鲠不能不吐，用告执事，藉抒己意。

七月初三日

# 张毓英致谢侠逊书札5通

（一）

略谓报纸所载象局，易致散佚，而编纂丛书，又必须合多士之力。若人事迁变，或日久懈生，易亏一篑，不如刊行杂志，内中条目可分五类：（一）现代名手对局，（二）孤本或抄本旧谱，（三）通行各旧谱之校勘及订误，（四）象学丛谈，（五）同志通讯，而以会员姓名录附焉。

（二）

执事所云，谅必非谬，但鄙人所指者，中外交通。执事所注者，乃纯指欧西诸国。纵使言之凿凿，亦无以折服鄙人。总之，我辈无任研究任何学术，虽欲融会中西，终当以本国为主观。使执事自认为欧美象会之健将，则吾奚说？若未忘其为中国人，所欲阐发者为本国国艺，所共相研究者皆本国国民，则请于中字稍加注意，勿徒以欧西诸国及英文本吓人也。（即如谢君所云《象棋沿革》一书，亦仅谈沿革，至如三分钟限制，鄙人与傅君因是起争点者，仍系近数年所订，书中恐无明文）。

（三）

侠逊先生大鉴：

顷阅贵报载有傅君荣年来函，对于鄙致韦君之函，颇有驳诘，而理由殊不充足。用特不惮辞费，以释傅君之惑，乞为登入，俾与海内名家共质证焉。按，韦君与仆本非素识，但以辱赐商榷，遂不能无所贡献。然仅私相讨论，藉备诸同志采择而已，何尝独尊己见，强人必从？傅君乃遂谓仆欲以此改移数千年之万国通行棋化。鄙人虽愚，当不若是之妄。但不察原文，遽加非难，傅君似亦不应如是妄也。况万国象会，只系一种名称，并非实有万国。成立时期尤近，更难谈及千年。中外交通仅百余载，此项棋例，兴自何时，鄙人不学，颇愿请其出处。岂傅君自知理不充分，欲假“万国象会”四字相压倒耶；抑果视此例为神圣不可侵犯，并不容有讨论之余地耶？况鄙人前函，自抒所见，言之是非，与诸名手初无关涉。言之而是，固不足为吾扬增光；言之即非，亦不至使诸君减色。但以既名全国赛会，应者必多，深浅迟速岂能一致？自当兼收博取，容纳众流，决非上海或扬州通行棋则即能代表；所定条例，亦不能仅为一隅而设。且系各省相为比赛，似亦无须遵用万国定章。傅君不此之想，玩其语气，一似鄙人因敝郡棋术素慢，并无他长，以此语预为保障，有所授意而然。又似此言一出，即损及数十年之声望，而鄙人负失言之咎。界限不明，复妄以私意测度，良可深哂。窃谓果至赛棋时间，无论如何规定，苟为海内公认，吾扬皆必能周旋其后，不致陨越，无烦傅君代为过虑。又象棋为吾国较古国艺，传衍至今，其组织运用自有其特殊真理，非可以他事妄拟。傅君但拈取“戏兵”二字，比象于兵，已甚牵强。且即如所云兵贵神速，亦即斗智，须知既曰斗智，更当周匝慎密，断非粗疏草率所可从事。若“神速”二字，尤为误会。历观名家名谱，其评精粗工拙，皆系舍人言棋。即鄙意觉“迟速”二字，亦在视其着法，而不在其手术。譬如，争先两杀之际，果能制胜敏捷，较他人减少数着，虽构思稍缓，终不愧为神速。以此定论，方有至理。今观傅君意中所谓“迟速”，独不在棋，而在着棋之人。果如所说，则至“神速”者莫如初学，彼等皆毫无思想，信手挥来，苟不计其拙劣，其速度或为象会诸君所不逮，然则傅君亦将以“神速”许之乎？举此为证，其说已不攻自破，无待再辨。总之，鄙人象学本浅，所言原不足为棋界重，但傅君亦非知名之士，其赞同与否，价值恐亦甚微。斯事须静候海内公议，断非个人片言所能解决。鄙人亦将从此箝口闭目，不敢与闻，免受此无意识之指摘也。

或曰，棋固贵精不贵速。然使既速而精不更贵乎？曰是固然，惟余终觉必缓，乃能精；若既速复精，必无是理。譬之棋势，其浅者名家或一览可了，稍深即须费时。至如七星独行等大势，或非以日计不可。由是可知，棋学能多一分研究，即加一分深邃。欲速则必不达。全盘表面虽似不如棋势深远，然惟平淡处可走之着愈多愈不知所从，优劣又必过后方见，更须彻底算就方可着手，岂粗率所能从事？且浅学者尚可不必深思，因其程度太低，虽算无益，如系名家，其学识能为深湛之思，自当极其能力所至探讨微渺，藉消闲暇，方不愧为雅事。何必严立限制，急如星火，惟恐不及，毫无雍容余地，并不获尽展所长，是直赌博性质，失却“长日惟消一局棋”之旨，何雅之足云？且宜缓不宜速者亦不仅围象二艺，如诗文也，书画也，及其他一切须以理想造成之事物也，皆不宜责之以速，为其本无止境。精者，可益求精；善者，可求尽善。不能即谓为如是已足，如是已登峰造极，决不能再有增进，则虽国手，恐亦不敢开此口也。若百工之事则不然，其精粗美恶皆有一定限度，届时已可竣事，纵加时日，亦属蛇足，无益于物。譬如木工造椅，一日可成，即予以十日，亦只一椅，终不能成一桌。故当以速为贵。若棋术比之文艺，虽云小道，然以须用思想构成，得终为高尚之玩品者在此。今同志诸君，如不重视此事则已，倘不肯卑视，欲跻之艺术之列，并欲将此道益求深邃，胜往开来，使出万国之上，则当改从缓着，俾能切实研究，不可以三分自诩，遂谓毕事也（工人造物，固须贵速，然谚语尚有慢工出细货之说。由是观之，彼劳力者尚如此，而况象棋本为劳心之事哉）。

七月初五日

## （四）

所选名家对局，宜在一百二十着内。七十着外盖太多，则庸缓难免；太少则漏失必多。谢君对于全局大属门外，其圈占多在末局杀局着，不知杀着无论如何精妙，皆不能出残局及《梅花》《橘中》诸谱之外。彼残局必圈点杀着者，因彼本无全盘，故所重只可在此耳(《梅花》等谱虽系全局，然意在教人杀着，与对局有别，故亦圈点杀着也)。若批评残局，不须于此效颦。大概须圈点者约分三类。一则各守要隘，双方平先，此时不动，固不可轻动，尤不可因是攒眉蹙额，无所措手，甚至有愿静以待动，但让敌人行着之意，设能于此际遥度将来之变化，预布远着远势，留为后用，无碍目前阵线，实为可贵，亟须圈点，否则即系小小得先之际，敌势尚强，稍纵即逝，且子路纷歧，我方可走之着亦多，但他着虽外似得先，实则尚有解法，于敌无损。惟此着表面平淡，然愈逼愈紧，终收效果，如是之着亦极可贵。否则，即系为敌所困，看己处处受制，势在必败，独能于不甚注意处，轻轻一拨，使敌人无可致力，我得化险为夷，此等亦必圈点。大概名家之谓名家，必不外此三种。若取杀着，亦必当两杀之际，先后一着，胜败攸分于此，能计算远近，出手制胜，尚属可取，若至敌势大亏，任我所为，如射死虎，终难逃免，虽有妙着，亦不足道矣。

## （五）

按，王君原函，略谓象艺乃系一种公余消遣，若不遵守一定时间，则人人延迟，将妨碍公务，废时败业，于时间太不经济。斯言亦颇近理。但无论围象棋，皆有娱乐及研究两种性质。王君所言纯系从娱乐着想，与鄙欲研究者稍殊。若言娱乐，则虽每着三分，犹嫌其缓，如古人所谓胜固欣然，败亦可喜者。胜负尚所不计，更何论乎迟速。若当决赛之际，仍以败为足喜，恐合古今中外亦无是人也。此即娱乐与研究有别之铁证。至着时喜缓喜速，亦有根性，不可勉强。缓者不可使之速，犹速者不能强之缓也。如王君所言，知必喜速，设令对弈，恐虽迫之使缓，亦必不愿，更何待限。今之主速者，不乏其人，似尚不至个个迟延，如王君所虑。况博弈两事，先圣谓仅贤于饱食终日无所用心，可知本为闲人玩具，非众务鞅掌者所有事。即间用是为公余游戏，亦当权衡缓急，期不至于旷公方可。若果至废时败业，则可谓不审轻重。夫不审轻重之人，虽即无棋，则狎邪饮博，亦能移其心志。然则非棋之误人，乃人之娱棋耳。总之，既名艺术，自当任人所便，不宜束缚自由。使当友朋欢聚，藉是消遣。苟非谬品，决不至攒眉苦索，令人不耐。若必限以时刻，转觉其拘；或值象会比赛，数年一遇，因此不获尽展所长，埋没长才，亦嫌其酷。若知己偶逢，一枰相对，更可效古人“长日惟消一局棋”之雅趣，以遣永昼。是三者，皆无汲汲限着之必要也。鄙意关于此道，务令各尽量发挥个性本能，既不愿移缓就速，更无再移速就缓之理。顷观诸君来札，似疑鄙人专主缓着为贵者，用特申述，俾免误会而得讨论之正轨也。

# 张毓英致佚名者书札1通

（拟与人论着棋迟速函）

说者每谓象戏初局十数着，无甚深意，不妨信手。不知局面乃通盘之根本，犹如开基创业，初必规模弘远，方能传世久长。若率尔布子，所遇幸非劲敌，或可苟完。否则即必相形见绌，彼时再力图挽救，如俗谚所谓平时不烧香，临时抱佛脚，终必不能讨好。是乃舍安乐而就忧患，非大愚而何？又象棋之道，变化无方，贵能因时制用。浅人或于未着前，即预拟一势，及至对弈，不审彼此之形势，一一行其预定方针，迨局面既定，则或已机会错过，或则已费踌躇，如是者尤为愚妄。至中局双方吃紧之际，尤宜多算。盖此时非深着不能制胜救败，而深着又必不在表面，为普通人所共见，大概皆隐藏不露，或形似危险，实则外虽荆棘，内有坦途。但不深算，决不敢着。余每见名家对局，如系限时刻者，多致后悔，其故在当时因时间无多，不暇深思，不敢从深着算去，或于佳着实已见到，惟未算切透，不敢冒险。而时间已迫，又不暇再待，只得不求有功，但求无过，觅一平淡之着，聊以塞责。此种敷衍故事之棋，着于相持不下之际，遑论与胜负有大关系，即不致败，亦属黯无精彩。余论棋不主限刻，且不主从速，诚见其流弊之至此也。

# 董慎方致张毓英书札3通

## （一）

毓英先生大鉴：

敬启者：尝于《时事新报》"象棋"栏内，读先生论象及讨论赛象函稿，具见研求精审，持论正大，已深钦佩。乃又□为莫大之牺牲，创刊对局，阐前人所未发，为后学之准绳。是非具特殊精神与毅力者，不可能也。鄙人远处边陲，恨不得面聆教言，用释一向怀疑为憾。残局谱，兹不具论（除报上宣布诸谱外，鄙人尚有木刻者一小本。如需参阅，赐书当即邮奉）。若《梅花》《橘中》等书，其中精采固有，然终如先生所云，嫌其造作太多，非可以为研究象艺之正宗也。前先生手辑之《萃菁[鲭]》一书，由报披露九局后，嗣即辍刊，未悉何故？岂谢君以其不精警而弃之耶？但鄙人则望眼欲穿，殊以未窥全豹为憾。用是不得不请于先生矣。见信如能予邮二部，无任感荷。因有一友人最精象棋，此地无能胜者，亦拟将来前往赛棋，曾嘱代索一份。兹附上邮票卅分，即希查收，作为邮费。至其书价不足之数，赐知当即奉上。扰神之处，诸乞鉴谅。专此，敬请道安。

董慎方字小寰顿首　九月十二日

通讯处：哈尔滨道里军官街廿八号董宅

## （二）

毓英先生台鉴：

《萃鲭》早已奉到，既蒙见赐，惟好领谢。假以伪务纠缠，未能早日裁答，尚希曲宥。《萃鲭》诸局之次序，未悉依何排列？尤望先生于再版时多加评语，俾寻途径则更妙矣。前函所言木刻小本象谱，系民六在北京小书摊上买来之残局谱，经友辈辗转借阅，散失颇多，计今仅存十一局。惟忆卷皮题有"象棋谱"三字，其印行家名亦忘记。前阅吕诚之君与先生论象函稿，云伊有象棋残局谱多种，今将此谱首局"乌龙摆尾"局势抄奉，即请就近查询吕君所藏谱中有无此种。如无，则仆即于年前照录一份寄呈。再，鄙友陈君汇青家藏大本木刻象谱一种。据云，全局、残局并载。长尺许，厚寸许，全一册，卷首两页残者。惜此书现不在手中。俟年前旋里觅出，来春返哈时即将持赠与仆。查前报载，象谱兼载全、残局者，惟先生手存之，潜心可得一书，不知亦与此谱相同否？又，前言棋手王君，现不在哈，日内即将通函，俟得回信，必当奉告。专此，即颂撰安，并贺年喜。

董慎方顿首　十一月廿九日

（三）

毓英先生大鉴：

敬启者：仆抱病经年，百无聊赖。三奉赐书，今始裁答。重负同志渴望之至意，罪甚愧甚！惟希先生谅之。陈君所藏之本，据其所能记忆之各节而论，确系另为一种之象谱。用是曾经仆几次催索，不料陈君竟遍寻未获，惜哉。（果此谱终未丢失，将来亦必为函抄一份奉上）至民六在京所购之谱，早已依样抄出，随函奉上，即希查收为荷。现沪上奉行赛象，不知真况若何？先生抄藏对局甚多，可否择尤稍示一二，用作病中消遣？专此奉致，顺颂道安。

小弟董慎方顿首 二月廿四日

# 窦国柱致张毓英书札2通

（一）

毓英先生雅鉴：

抗战流离，少通音讯，倾念之思，与时俱积。遥维起居纳福，凡百胜常为颂。柱自二十九年于沪来赣，先后服务省府及劝储分会等处。顷来牯岭任职庐山管理局，生活勉可维持，所幸贱躯顽健，堪以告慰。敝东吴局长仕汉先生，及至友公立庐山中学校长符君恺元，乐棋兴趣甚浓，其对于发扬艺术之精神，颇似先生昔年热忱提倡之不遗余力也。刻以工作之余暇，而又处匡庐之胜境，爰有促柱编著象谱一册，题名曰“匡庐谈棋”之创义。不才如我，先生素知。则又何遽尔竟敢从事，不亦贻讥大雅！盖以符君乃赣省文坛健将，关于文字上之问题，可赖为之修饰也。谨附《匡庐谈棋》纲目草案一纸，聊博一粲，敬祈先生赐予斧正，俾臻完善。倘蒙加以序言以光篇幅，则是谱之成，其拜惠于先生者，殊益多矣！再恳将《象棋萃鲭》惠赠一二本，名手对局稿借抄数十局，俾资参考（请交邮挂号寄下，抄后立当奉还，期限多则个月，如此不可觅得之珍本，绝不能为之遗失也。另请将《梅花谱》之纪录着法名词之九十字，即论形势两相当等句，全文见示。柱因记忆不详，已不能背诵矣）。琐渎清神。泥首匡庐景物宜人，气候清佳，先生有兴来山小游，至为欢迎也。柱将于秋冬之际，回扬省亲，届时又可畅聆教益矣。时近炎夏，伏祈珍摄为祷。专此拜恳，潭祺藉颂，伫候玉复。

窦国柱拜启 三十五年六月十八日

贤郎等想已多为社会中坚，便乞示悉为荷。尹亭先生同此祈代致意，恕不另笺。

（二）

毓英先生左右：

前后来示均敬悉。承询一切，兹复于下：一、春节弟可以来扬，朱剑秋兄则因预有温州之行，故难两顾。但弟拟约徐大庆及高琪二兄同行。如仅约两人，则请来函约弟及徐兄可也。至于招待一项，弟意来回车费及食住，自系扬市文化馆负责。至于个人报酬，前云上海每场每人四元，在扬州视之似觉较高。如每人每日二场，则标准即以四元定之，未始不可。倘认为尚高，或较低，尽可由先生等酌定。此不过一种表示而已，固不必有所计较也。（上海青年会象棋赛票价，每人一角，无茶吃。各茶馆性质之场所表演象棋，则售茶，每人一角五分，有茶一壶）二、春节车票较难购，如有决定，盼早日告知，俾免临时因脱票愆期。三、文化出版社约稿，已与谈定，准定明春开始。书名定为《近代象棋名局选》，一俟合同订后当即当告。先生将尊处存稿整理寄下，俾作参考采择。其约稿报酬如何，当亦附闻也。四、另有致冯一士兄一信，请代交并询其意见。示复为祷，此致

敬礼

常见诸公均此致候。

弟窦国柱拜上 十二月廿九日

# 顾柏延致张毓英书札1通

毓英先生大鉴：

久仰鼎名，憾未识荆，恨也何如。先生为弈坛名宿，所编《萃鲭》两册，晚亦曾寓目矣。在许君（弼德）、胡君（海客）来函中，亦曾谈及。先生编谱之功，且搜藏善本谱书之富，足为海内第一。晚于诊余，常玩象戏，以作消遣，惜无寸进耳。倘蒙不弃，乞教言时赐，以匡不逮。专此，即颂弈安。

晚 顾柏延敬上 一九三六年九月十五

通信地址：松江小昆山镇

# 顾明致张毓英书札8通

## （一）

毓英先生大鉴：

惠书敬悉，谢君提倡象学，其功自伟。惟于学者实事求是精神，不无出入，此不容为贤者讳者。即如数日前报载“志海军联欢社之将军会”一文，系谢君所自撰，乃不告而遽假托鄙人名义，下署“顾鉴秋戏述”字样。鄙人以为手民之误，嘱其更正，彼始述明原委。鄙人以此事无足重轻，遂亦置之。《象棋大全》之刊，一则取材报章，嫌乏系统；二则为时太促，校雠难审；三则诸人分校，体例难严。鄙人以谊不可却，勉任分校之役。然审知谢君对于此事，早已别有成竹，故不更赞一辞。

先生谓遂事不谏，交浅未可言深，洵至论也。专此布覆，即颂弈安。

弟顾明谨上　十二月二日

## （二）

毓英先生大鉴：

不通音问，忽已数月，料想起居佳胜为慰。曩者先生曾以重印《适谱》事见嘱，弟当时偶晤商务印书馆交际员黄君警顽，询以此事。彼言可持底本往阅，以便估价。阅数日，持书往访，适值外出，如是者三。遂我便至中国书店询问，该店专以流通古书为业。据云，此书纸已焦脆，墨色黯淡，影印颇费工本。若系宋元旧椠，尚属值得。今观此书已非原刻初印，虽传本已希，亦自足贵，惟左右不过一棋谱，恐不合算云云。此自是重经史而轻诸子，重古而轻今者之言，然颇足引起考虑。遂与辞而出，拟再向商务一问。而其后适俗务綦繁，一搁遂以迄今日。昨得谢君转来乐君友琴一函，谓其戚葛君有明板《橘谱》，无一误字；又有《适谱》，谓原书破碎，不堪邮递，特用油笺摹写原文，以存真面。其所摹为序文一篇，每半页八行，行十七字。此序为尊本及张孝均本所无。孝均本，观板式确系翻补刻本。乐君本，恐是原刻矣。兹将该序抄奉，以资参考。日来沪上，方筹备全国象棋比赛事，想谢君必已直接有函达君，无烦赘述。有暇请时赐好音为盼。专此，即请近安。

弟顾明谨启　十一月六日

（三）

毓英先生大鉴：

欣奉惠书，已经旬日。迫于俗务，未暇即覆为慊。

先生与费氏业已止辩，甚善。至《适谱》一书，果得睹原刻，则校雠之事，可以事半功倍。承拟代借原刻寄阅，俾资雠校，感甚，感甚。谢君前嘱弟，将《适谱》中未刊诸局之与他谱不同者，录寄与彼。当时检得凡一百卅九局，已录寄四十局，余则尚未。日来报上已刊布数局。据弟意，其标题宜称“适谱残局摘补”，选录宜称“转录”，方为名副其实。然业已取名补遗，则亦不便中途改易矣。序、跋准于寒假中起草，并拟作一《适谱》局名对照表，以备检查原本与谢本及他谱异同之用。届时当一并奉上，勿念。弟迩来杂务稍繁，适又借得帝制新局《烂柯神机百变象棋谱》，杨瑯臣藏十七局，乐友琴藏十局，忙于录副，他事遂不暇为。现录副甫毕，然不数日，又届校中大考，结束之期预计须俟寒假期到，方得一大休暇也。《百变象棋谱》系李寿臣先生所藏，虽板本甚劣，然固希有足珍。盖书成于乾隆庚午，在《玄机》《竹香》两谱之先。其中凡七十局，各谱所未见者居十之三，余者与他谱大同而小异。局名自三字至六字不等，记谱法与今通行之法及梅谱古法俱不同，大足为参考之资。杨、乐二氏所藏则多与他谱重出，异者数局而已。先生欲阅何种？可以见示，当转录副本奉寄，以广其传。余容后谈，专此奉覆，即颂年釐。

弟顾明谨上 十二月卅日

（四）

毓英先生大鉴：

两函及董君函俱收到。前函所询，本拟待《适谱》跋文作就后，一并奉答，所以迟迟。兹先将所询奉答，跋文亦不日可以动笔矣。按，董君所寄局势，查有五种摆法：其一，沿河右卒而左相，《竹香》初集第廿四局，名“乌龙掉尾”者是也；其二，沿河左卒而右相，《百变象棋谱》第卅局，名“乌龙摆尾”者是也；其三，沿河三卒，《乐在其中谱》名“乌龙盘井”者是也；其四、其五则六七位无红卒，亦有左相右相之分，江湖中人名之曰“大闹天宫”。乃闻诸林君奕仙者也（各图另纸录呈）。董君所示，即《百变谱》之“乌龙摆尾”。（未知所藏是否即《百变谱》）而函中言此系首局，则似另为一谱。董君既有录示热忱，最好请其将所录自作副本，而将原本寄示，由我等自行录副，寄还原本。如此则我等得见真本，可就板本式样等事，考其来历。董君录有副本，既可防邮局意外之失，又便将来借与他人。请将此意与董君商之。至于内容，若与他谱相异固佳，即相同亦无妨。盖校雠之事，全在同中求异，往往小有出入，所关却巨，正不以大体相同为嫌也。陈君之谱，既系厚册，自不可烦其录副寄来，亦有虑遗失。拟请其先将目录或内容见示。如系逸谱，则请其就近倩书手影抄或传抄，需费若干，由我等任之。未知此法可行否？至于鄙人校雠象谱，心长才短，殊自惭汗，惟于抄袭及篡乱两弊，则引以为戒，不敢稍犯。近来外间所刊布，往往有承人不弃而忝列我名者，在人为好，在我则惭矣。张君前日适来，言不日将返扬州，并问寄与马君之对局鄙人欲抄否。今日承彼送来，适值鄙人外出为怅。现该对局在鄙人处，俟抄毕送上，勿念。费君所述《象谱》，真是希世之珍。前数日未尝有暇，故未致书。日内拟一询其究竟也。专此，即颂弈安。

弟顾明谨上 一月廿二日（1927）

董函奉还，请詧收。

抄本《适情雅趣》跋

抄本《适情雅趣》十卷，仪征张毓英藏。系从江都张叔桐所藏原刻本传录。余既跋平阳谢氏所编印之残本后，又得毓英来函，始知是书全本尚有流传。遂从张君处借得所藏抄本。录副既毕，与谢本对勘，知谢本窜易甚多，殊失真面。此本虽非精抄，原书面目十犹存九。考《橘中秘》与此书，首页俱有“金鹏十八变”五字，二书所载全局大致相同。而此书目录中题曰“金鹏十八变前后集”。《橘中秘》所录残局，此书五、六两卷中殆全有之。疑二书俱以金鹏谱为蓝本。更考《橘中秘》得先顺炮、横车，破夹马、炮局，第六变之末着为车六平二，注云“改进为平，方见其妙”。检此书，正作车六进二。《橘中秘》饶先顺炮、横车，破直车、夺先局，第十九变下注云“自十四至此六变，旧另列夺先一局”。检此书，果有饶先顺炮、横车、夺先局。虽只四变，细校可知其同。《橘中秘》兵士能和有士炮局，注云“即一兵解危”。检此书，正题此四字。此外，凡《橘中秘》所注与旧本异同之处，检此书无不与旧本合。《橘中秘》着法之注有增字者，增字以前与此书同，增字以后则此书无之。因此益疑二书不但同出《金鹏》，且《橘中秘》多有改作，而此书多仍《金鹏》旧贯也。余曩以此书刻于清代，断在《橘中秘》之后。今观内容又似在《橘中秘》之先。书中题徐芝精选，陈学礼校正。选、校、刻三者未知是否同时，则此书时代实成疑问矣。至于书之内容，甚多疏略。局势则有当删闲子者，有当补要子者，有须酌改步位方成势者。着法则有误者，有虽不误而非正著者，有未尽变者，有当删数步者，有当增数步者，其例随在可见，不胜枚举。然此实时代限之，不足为本书病。且藉此可以见象棋进化之迹焉。惟局势中红黑位置有时互易，各局旁所注和、胜之法，或言白某某，或言红某某，或言黑某某，体例殊不一致，未知是否原书如是。谢本中有单骑困敌、亿则屡中、循规踏矩、图开八阵、月下追信、取义成仁、车攻马同、云台列宿八局，为此本所无。声势相倚一局两本大异，未知彼有增窜，抑此有所缺。凡此皆须待原刻为证者。闻原刻除叔桐藏本外，固始张孝钧处亦有一部，惜一时俱未得见。他日倘能合校一过，另缮定本，则尽善矣。十六年二月二日上海顾明跋。

## （五）

毓英先生大鉴：

惠书均悉。《适谱》原刻与抄本无大迳庭，惟小出入颇多，尚待整理。今先述数事于后，余容他日陆续奉告。

（一）原刻体例

棋经论：每半页八行，行二十字。目录每半页十一行，行二十字。着法每半页十一行，行二十五字，凡五步。

各局下横书某胜某和。

黑底白文者为白棋，白底黑文者为黑棋，无红棋字样。

白先者，其常。黑先，系少数例外。凡言白某胜、某和及无白黑字样者，皆白先。言黑某胜、某和者，黑先。

先手居已方，后手居对方，无例外。

先手棋，棋模字顺置，后手倒置。间有数局不规则者，以起首数局为甚。

白棋字作“帅士象卒马炮车”，黑棋字作“将士相兵马包车”，间有白士作仕，炮包互易者，系少数例外。

（二）大疑点

第七册第四十页，板心书“四十至四十一”，着法载至“荧惑退舍”之末着止，第四十二页第二行为“步设陷阱”，中间实缺“载沉载浮”至“同功并位”六局着法。疑此书板刻已久，中间曾经修过矣。

第七册第四十八页“脱纲逢钩”之后，“流星赶月”之前，有“舍身取义”着法，而局势中无之，亦可疑。

“气吞关右”一局之棋模，有斜置者，知此书所据刻之底本系用活字棋模打成，中有误打者，刻时因而不改，故体例不纯。

（三）抄本之误

棋经论：子力宽，即便寻和。抄本“宽”误“虧”。学者详察于斯言，抄本脱“详”字。

前集目录第七局，抄本“横”字下少一“车”字，十一局“横”字下亦脱“车”字，十四局顺手炮抄本脱“手”字。

饶左马第六局后，抄本脱“饶左马得先直车破单提马局”一行。

原本第二局“马蹀阏氏”，第三局“羝羊触藩”，抄本误倒。

抄本卷二缺第九页，今另纸抄上。“与戎出好”以后，页数皆宜改后一数。查此页两局，即谢本之“循规踏矩”“亿则屡中”。是谢本实多出六局。

此外，凡局名、胜法、局势、着法中误脱之处，俟校记及校表作就后，一并奉上，兹不琐琐。

（四）整理此书之计划

得原本则“真”之一字，已不成问题。惟原本去“善”字甚远，拟作补图，以正原局之误；作补解，以正原着之误；作校记、校表，以志各本异同得失。表所不详者，详诸记，记所不显者，显诸表，使读者可就原本以求真，就补图补解以求善，就校记、校表以求异同。则此书之纠纷，庶可解决矣。

（五）印书事

昨已致书汀荫先生，征其同意，书局方面因日内无暇，尚未问过。待问后再告其他。具体办法待此两事决后，从长计议可也。专此，即颂近祉。

弟顾明谨启　三月四日

## （六）

毓英先生大鉴：

张君来申，弟方拟趋晤，而彼已先枉顾，欣慰之至。先生与某君笔战，及张君与人较艺事，现已势成骑虎。弟于两方俱系相识，理宜守默，否则涉好事之嫌。故是非曲直，心虽了了，却口不能道，但愿此公案能早日了结而已。至先生前函所发议论，早已阅者共晓；后函同人中亦已有见之者，如不刊布登广告一层，不如从免，以省枝节。盖少与人校量一分，即增我一分恕道。此义难责诸恒人，而先生君子，本自有此意，观函末有“彼复置辨不再答覆”之语可见，故敢益以此语相勖，想先生必以为然也。专此，即请近安。

弟顾明谨上　十二月十七日

## （七）

毓英先生大鉴：

惠书敬悉，《适谱》原刻，弟前曾致书张君汀荫（孝钧之号）商借，久不得覆。去腊忽有书来，谓因病不能覆问，现尚需用否云云。弟遂再覆书告借。日前得来函，谓书已寄出云云。今晨接得邮局包条一纸，弟已前往将该书领到矣。欣喜之至。一俟校毕，当将异同奉告。尊意拟重印此书，甚善。窃以为重印之法，最好用影印。虽成本较重，然保存古书之法，莫善于此。至于原本内容多误，则用科学法遂一细校之后，或另写定本，与原本同印，或则附校记于后。未识先生以为何如?（用影印法又有一长处，即一时不及校毕，可将原本先印。日后校本或校记另出，否则须待校毕方印，不免延搁。欲急印而校雠不审，则不如不校。)（排印有二弊：一则读者不能见真相；二则最难免误，故于新书或寻常书为便，古本或校本书不宜。）张万张周八局，弟未之见。张君遇鬼云云，真无稽之至。马君函阅悉奉还。专此，即颂日祉。

弟顾明谨覆　二月十一日

（八）

毓英先生大鉴：

惠书及棋稿均收到。兹将查得结果，另纸呈上。承示《适谱》长处，洵属名论。印书一事，已得汀荫同意，特将原函奉阅。书局方面，俟时局平靖即往接洽。至抄本与原刻异同之点，前仅择要先告，尚多遗漏。今将前六卷校稿三纸，用字破例表六纸（抄本棋局中用字与原刻异同，请检此表。凡表所不载，俱系合通例者）。补图及补解样张各三纸，《适谱》理校拟目一纸，另函寄上。于体例方面，如有商榷，不胜欢迎。校稿及拟目无庸寄还。汀荫函拟备查考，破例表及补图补解未留底稿，阅后请仍寄还。惟不必亟亟耳。上海秩序，南市早已如常，而租界戒备日益加严。交涉既开，有何变化正未可料也。专此奉覆，即颂近祉。

弟顾明谨启　四月七日

# 何家仁致张毓英书札 5 通

## （一）

毓英先生台鉴：

久慕雅教，时切葭思，惟恨无缘识荆，深引为憾。兹启者，顷得许君弼德转来大函，嘱代答复尊函各点，用特冒昧奉函上达，诸祈垂鉴。前者敝人曾自许君处得阅尊编《象棋萃鲭》初集下册，深所快慰。惟是愧无所报，时感踧踖不安。乃承许君示意，抄成名手对局卅一局，转由许君奉上，藉申谢意。按此卅一局，均系抄自各报棋栏所刊，并非临局时抄存也。其中大部分系属上海各报所刊载者，如《申报》《文汇报》《新申报》及《国民新闻》等是。此外，尚余数局，乃属香港华文日报所刊。至于王浩然与孟文宣之对局，见刊于《国民新闻》。该报棋栏即系许君所编，故如询之许君即可知道其来源。再者，该项抄稿，敝处已有留底，是以毋须赐还。又，赵文宣之千余着对局，遍查《国民新闻》，并无所见。询之许君，亦云未有，谅系传闻之误。即有，亦不过二百余着之长，或者因该报曾刊一最长着法之残局（林幼如拟），以讹传讹，故有此说耳。专此奉覆，敬颂春祺。

鄙 何家仁 敬上 三月七日

上海法华东镇何家桥五号。

## （二）

毓英先生阁下：

敬覆者，接奉尊札，快慰何似。辱承厚邀高谊，曷胜汗颜之至。

先生惠寄许君之棋稿，已承许君垂示，敬谢厚意不尽。查晚前所抄寄之卅一局，原系选自《申报》《文汇报》《新申报》《国民新闻》及香港《华字日报》者，若论该报之对局总数不下三百余局之多，前所抄奉者固不及其什一也。除此三百余局，晚所藏有以外尚有少数对局系属《新闻报》《大美日报》者。至于其他各报，如上海之《华美晚报》和《大英夜报》（均薛维翰编）、杭州之《浙江日报》（陈卢后编）、南京之《国民日报》（未详）、大连之《泰东日报》（胡震洲编）、越南之某报（叶世珍编），均有棋局附刊。惜晚限于经济之未及，不能逐一订阅，良深引憾。因据所知，略述如上，即请裁鉴。敬颂弈祺。

晚 何家仁谨覆 三月廿一日

中报（棋刊）内容亦请赐知。

（三）

毓英先生：

大函收阅。承惠借象棋抄谱壹厚册，亦已收到不误，勿念。

经初初翻阅后，觉其中大部对局均系出自许君抄稿。按昔日许君曾向周德裕借来彼在香港《华字日报》编刊之棋谱剪报四五大册，乃由我与许君两人分头抄录，为数不下二三百局。今见谱中所示华南诸局，即系该项棋稿也。《弈林》系邱秉炎所编之棋刊，彼又名“犹贤宝主”“花依草堂”“红棉宝主”“橘斋”等，书中有黄权者恐系潘权之误，江鬲应改为江镐垣，王平洋实即黄平洋之误。

另一册暂勿寄来，但请说明对局内容为何。至于《残棋例典》，仍请得便寄来一观。

杨官璘编《象棋》月刊，上海全部有售，尊处如有缺期，可请开明期数，当以购赠补全之。

闻此次全国象棋比赛中，福州林幼如战绩甚惨，初赛中以七负一胜即被淘汰，棋无实力，空负虚名，但亦具见新起名手棋艺不凡耳。

此复，即颂近安。

弟 何家仁 2.21

附上朱铭源所选《华南精华录》九局，可能你处已有，阅抄后仍请寄还。

（四）

毓英先生惠鉴：

兹接来示，聆悉先生已将周谱抄竣，可请付邮，仍寄原址可也。至于《残棋例典》一书，乃恳赐于借阅，即便归还不误。前承借阅之原本抄局，日内即行挂号归还。尊处如有其他新旧棋谱，如江湖残谱等类者，尤表欢迎。现附上名手对局若干局，以供清览，如再需要者，尚有一批可以寄奉。专覆，即颂大安。

弟 何家仁 敬覆 10.17

上海市法华东镇何家桥 27 号

（五）

毓英先生大鉴：

关于“象弈讲义”谱，系昔日照原谱抄录，并非转抄。原稿部分系限于横线格内，至其上下眉部分乃我所加增添。原谱共四十八局，每局皆有详细注解。其余不属原谱所有。当时，时日匆促，只能草录应付。原拟重加录正，乃因循至今未能着手整理，致成目前散叶状态，不便翻阅。

来函罗列之谱书，大部分已有或曾看到过，惜其中部分谱书已行失落，不能借看矣。如《大红马谱》，我处仅有部分录稿，颇思补全，乃今已遭一借不还。兹拟暂请借阅《广州棋战记》及《残棋例典》各一册，以资择要摘录。

此外，对于各种报刊或手抄之各种象棋材料，不论大宗或另星剪存者，尊处未知有否？或者能代为借阅者否？尚希不吝赐答。其中关于古谱残局，尤为着重。若能觅致，殊表感铭。此覆，并颂春安。

弟 何家仁 敬上 1957.1.30

地址：法华东镇何家桥 27 号。

# 胡锦炎致张毓英书札 4 通

（一）

毓英先生伟鉴：

久闻鸿名，如雷贯耳，未识丰仪，引以为憾。兹承何家仁君告以尊址，不胜雀跃。先生提倡象棋，深有益于棋界，甚为钦佩。兹奉上敝处所存象谱目录表一纸，祈请台阅是荷。先生欲需何种，请先示及，即当抄奉。至于尊藏各种象谱，请示及为盼。此次蒙许弼德君赐下周德裕著《开局法讲义》四十八局。据许君云，该谱系抄自先生处，但不知该谱是何年出版？何书局印行？祈请告知为祷。前接天津棋友函告，谓北平那健庭君于三月廿日去世，遗有二子三女，身后异常萧条。谨此奉闻，此后如蒙不弃，请时赐教言，指导后学，以匡不逮也。敬请台安。

后学 胡锦炎拜启 卅三年六月九日

附上华北对局四局请检收，鹄候回示。

（二）

毓英先生台鉴：

十八日大函已拜读，承赐《萃鲭》（二册）一册，敬领，谢谢。尚有许弼德君所无之对局，暇请抄赐是祷。兹附上孟文轩、王浩然两君对局三局，祈请检收。该对局系早年在那健庭君所编北京《新民报》棋栏“象棋图解”内刊出，弟系抄自钱梦吾君所藏之原刊。那君于今春病逝北京。钱君曾致函那君家族，索取孟王对局，结果空无所有，且那君又无其他棋稿集藏。按孟王共对弈十局，除刊出三局外，尚有七局。那君既无，大约在张子厚君处，不知张君现在何处。不日拟再询钱梦吾君。昔日名手，照对局纪录推测，首推周焕文、王浩然、张观云诸君。目前，华北方面，则赵文宣、胡震洲两君实力最强。沪上周德裕、董文渊两君之棋艺确佳。去年周、董两君曾举行七千元彩金赛，以廿局定胜负。后因略起风波，弈至十七局停止。该对局先生已得到否？李文雄、叶世珍合编《越南象棋谱》及贾题韬著《象棋指归》两书，敝处虽有抄稿，颇有遗漏差误。该两谱原书先生有否集藏？祈告知。周德裕君著《象棋开局讲义解释》，谅胡海客君近日必能寄下，一待抄毕，即当奉赵，可请勿念。敬此奉渤，即请台安。

后学 胡锦炎敬上 于廿五

雨台久不去矣，当一往。

## （三）

毓英先生赐鉴：

顷接华函，一一领悉。前承惠寄《象棋萃鲭》（二册）一册，迄未收到，谅已为邮局遗失。兹再恳先生续赐一册是盼。又蒙去函胡海客君，托其将周君所著《象棋开局讲义解释》一书寄与敝处，不胜欣幸。海客君处自当去函致候。前承许弼德君寄来先生手抄对局廿局，演阅之后，甚为精妙。兹特将该廿局目录标识寄奉，以便查对。其余之对局，尚希源源抄赐（可用王善赏缩记法抄录）。因钱梦吾君亦需是项对局，嘱弟转抄与彼。敝处有《江湖秘谱》一书，系抄本，全书计残局五十七局。又周廷梅著“屏风马破当头炮”三局。又林炽昌著“屏风马抵当头炮”六局，“渊深海阔”残局抄本谱，计百局。此外，尚有华北对局多局。上海各报棋刊敝处多有，先生需要何种，祈请示及，当陆续抄奉，以供研究。承询张观云君近况一节，弟与张君并不认识。此君在事变前，亦未有人闻及，现在杭州亦不在。其对局甚难收集，已后如能获得其对局时，当奉告可也。现在王浩然、张锦荣二君尚健在否？民国六年七月间，王浩然君至京，与北京名手孟文轩君注彩比赛，以拾局分胜负，结果孟君多胜一局。此项着法，敝处尚存三局。阅《大全弈话》，知先生有抄本《梅花片》一书，与《梅花谱》各有不同，其内容究竟如何，祈请详告。敬此奉泐，即请弈安。

教弟胡锦炎敬上 卅三年十一月十一日

## （四）

毓英先生台鉴：

日前接读大函，蒙抄下对局十六局，感谢万分。如荷陆续赐寄，尤为欢迎。孟、王对局三局，系刊于那健庭君主编之北京《新民报》内，所云第五局仅十八着，此乃原刊如此。祈请台洽。胡海客君至今未将周著开局讲义寄下，甚为盼念。兹奉上钱君一函，请查照是荷。专复，即请大安。

弟 胡锦炎顿首 十二月廿九日

# 胡海客致张毓英书札 3 通

（一）

毓英先生：

晚来沪后碌碌，乏善可陈。虽直觉上感受生活之威胁，但每值暇余，仍引楸枰为知己。所谓习成嗜好，欲罢不能，然尚不至于玩物丧志境况也。此间乃名手云集之区，职业与业余棋家甚夥。晚技固欠精，寻弈叨教，增识不少。周德裕终朝下落在凌云阁（上海棋总会），以棋为生。无如力颓气衰，黄金时代已过，长此以往，难免潦倒也。朱剑秋对围棋颇肯研究。窦国柱最近未知可与先生通信否？晚意欲续作《扬州棋话》，请先生多赐予材料（多方面的，只要有关扬州棋事，即可）。再，先生所藏名家对局，未经披露发表者，能否检出问世？统祈示复是盼。并颂春祺。

晚 胡海客上 三、三

来示寄：上海惠民路二七三号中工所电工厂材料库内

（二）

毓英前辈：

曾于数月前奉上一函，迄未见复。想前辈壮志已灰，楸枰兴减。然对后学之函，热忱亦应有所温暖也。方今之世，如一局残棋，谁为国手，便可收拾。吾辈处此残酷过渡程中，沉痛心情聊遣一二于手谈耳，固未敢逃避现实也。《张宅弈乘》，眼下南北棋刊竟约转载，其中甚或主观妄加注识。窦国柱由赣来申，围棋着重。闻不日将返扬一走。兹特介绍棋同志张雄飞君于前辈（附信），尚希勿令来人失望（即或前辈无此兴致，亦祈复信婉言谢绝）。前辈近况奚似，殊在念中。伏乞赐颁数行，以抒相思是祷。专此，祝颂康安。

后学 胡海客上 七、十一

覆示请寄：上海惠民路二七三号中工所电工厂材料库

（三）

毓英先生：

因拙作《海客棋谈》能趋完美起见，特拜府数次晋谒先生征求意见，竟无缘获见，怅甚。兹附信呈上，祈先生勿吝教言，指示一切，俾得有机改正或增加也。宏言谠论，请寄教场街文海楼转交。再，外埠棋友近曾来函有询先生近况者，有云寄函先生未得回复者。节前，窦国柱返里，弟趋往晤谈种种，彼言已会过先生矣，现尚逗留申江。过君处终日彩弈甚忙，想必与先生通信也。专此，祝近绥。盼复。

弟 胡海客上 十、十八

# 黄冠军致张毓英书札1通

毓英姻兄：

大函及《象棋》月刊俱已收到。该月刊内对局凡五，俱已抄录。“柴张”两雌相遇，竟能有此高棋，殊出意料之外。“王何”“张屠”两局虽不十分佳妙，但南北名手对垒之稿甚不易得，尤其张德魁已届高龄（与其同时之那健庭已多年不见其棋，想已作古），彼之棋见一次，少一次，故甚喜之。“何杨”一局，工力悉敌，此二君之棋迩来见到甚多，此局仍然不脱那种窠臼。惟末尾“陈邵”一局，陈棋庸嫩已极，邵在名手中虽仅中驷之才（以前林幼如在月刊中誉为棋圣，令人肌肤起粟），亦复不甚费力，即将其杀得大败亏输。此外残局中，《古谱研究》第一局“云里金刚”，假使红方第一着不卒四进一贪图叫杀，而走车六平五去车，不知黑方如何求和，甚为不解。承嘱代购《扬州画苑录》一二两卷，如此后遇及，定当遵办。本星期一弟曾约周俞君兄，亦曾去过否？专复，即颂刻绥。

弟黄冠军顿首 九日上午

# 李镜渠致张毓英书札 4 通

## （一）

毓英先生：

《萃菁［鲭］》一书早见报端，倾心慕之，惟未睹全美为憾。比在友人李秋禅处，获窥全豹。细按各局着法，洵属正正堂堂王者之师，与彼《橘中秘》《梅花谱》等霸术诈谋，适成反比例。盖全盘布子，车马相当，本无胜负之可言。其所以胜负者，相差微几。正先生云，名手对弈，所争皆在毫厘，得寸得尺是也。象人分有两派，凡棋步速好奇险者，是霸术。霸术之书，固取美于《橘中秘》《梅花谱》等棋步。迟好平正者，是王道。王道之书，除《萃菁［鲭］》外，别无所求。我国象谱，坊间虽有印售，而名手对局世无流传。先生费千金，邀名手编成是书，实开象界先河之道，发扬我国固有之艺术。李秋禅君题曰“扬我国光”恰当。弟课余无事，酷嗜棋枰，请先生惠我一部，俾得依局研究敲子以为快也。贵处张锦荣先生，象艺精谨，的是楸枰名宿，《萃菁［鲭］》多他对局，年龄若干？系先生何人？并乞教我。先生贵庚若干？亦请示知。余不细言，顺祝公安。

名另正肃

中华民国十五年十月初五日

通信处：浙江仙居横溪镇转后山根冠山学校弟收

## （二）

毓英先生：

惠示拜大编《萃鲭》二册，均敬收到。欣忭之至，几忘寝食。异日走于此道，倘有寸进，皆出我公所赐，感何可言！目下国内象学，洵如尊论所云，尚在草昧。往者西人杰克森氏，尝欲搜罗东籍，译供同好。深以中国最大之书局，如商务、中华等竟不得一书，引为憾事。国威不振，国艺亦黯然无闻，良用浩叹！管见整理先哲遗箸，刊布丛书，实为今日刻不容缓之举。惟兹事体大，环顾同志中能任此项工作者，惟公与谢侠逊氏耳！公其有意乎哉？尊藏足本《适情雅趣》暨《竹香垒谱》，极愿惠假一阅。微公见告，固愿有请。兹已刊印棋格预备录副，何日收回，即乞挂号寄示，俾快先睹。邮花当由敝处奉赵。承公挚爱，敢订神交，倘蒙不弃，并恳惠赐肖影，藉得悬诸座右，谨伸瓣香也。秋风多厉，百凡珍摄，肃泐顺颂起居不一。

李镜渠顿首　丙寅中秋后二夕

## （三）

毓英先生：

近读台端与诸名宿论弈函件，至理名言，无任佩仰。盖吾亦酷嗜象戏者，居尝慨象学之不昌，函请并世名手谢侠逊氏提案于次届全国教育会议，请通过象棋为学校艺术科之一，与图画、工用、音乐三者并重。同时创办杂志，整理东西名箸［著］为象棋丛书，以资探讨。颇蒙谢氏嘉许，刊登报端。耿耿此心，未尝一日去怀。今得台端伟力提倡，扬我国光，行见象艺前途一日千里，欣慰万分。大著《萃鲭》一书，楷模后学，厥功甚伟，自足千秋。月初，吾在沪上谢氏寄庐，曾获观一过，尺寸短小，深便取携，报纸所载，不易保存。敢请惠赐一部，谨当贮以锦囊，比诸百朋之锡，异日并当以曾大父孝廉公遗著《尘饭途羹》一部奉求教政（该书谢氏曾为作序，现托商务印书馆排印，不久即可出版）。吾僻处山陬，谫陋无似。倘蒙大手不弃，进而教之，尤所感盼。专此奉渎，拜颂著安。

名正肃 丙寅七月二十三日

## （四）

毓英先生惠察：

久疏笺候，维道覆安和，文华炳蔚，为颂为慰。前读台端致敝友杨瑯臣函，述王浩然君棋无妙着之言，至佩名论。至谓张君锦荣棋步缜理绵密，尤属定评。《萃鲭》所编张君对局，人以为多，吾窃尚憾其少也。费绵钦氏自眩一得，妄致哓哓，徒见其不自量而已。忆往者，谢侠逊氏于《萃鲭》各局，亦有精警者不多之语，似亦不得谓之知言。盖《萃鲭》，王道之棋（此杨瑯臣言），当为操霸术者所不喜，则亦无怪其然矣，一笑。《适谱》转钞业已过半，屈指明正当可奉缴。居尝以之校谢氏刊本，发现彼本舛误之处孔多，昨曾胪举一二。函嘱须再据尊本校核一过，方可付刊。未悉可邀准否？尘饭涂羹，业已出版，兹谨附赠一部，希为郢政。敝曾祖遗箸凡六七种，均无力付梓。此册因为流俗所喜，由友人代为醵资印行，殊非先人意料所及。内容谫陋，不足以当大雅一噱，为可愧耳！专肃，拜颂箸安，不一。

李镜渠顿首 丙寅腊月初六日

# 吕思勉致张毓英书札 11 通

## （一）

毓英先生执事：

两从报端读悉伟论，佩服之至。吾亦素好象艺，惜乎全无研究，技之拙劣，仅比初学，为可愧耳。多年前，时报曾刊有名手对局，未知亦在尊处六百局之中否？大著《萃鲭》，急思拜读，未知纸墨之费若干？请即赐示，以便奉领。大邦围象二艺名手之多，皆为东南之最，流风未沫，钦仰尤深。闻昔有陈先生好尚风雅，尝设肆曰“惜余春”，以集名流，其象艺又为维扬之最，其说然否？陈先生名字执事当尚能举之也。又，数年前在苏州晤及张君锦荣，自言藏有名手拟谱八局，其著作名□发当顶炮云云。此项稿本未知执事曾否见及？如系孤本，亦可劝张君公之于世，以广流传也。冒昧上陈，敬颂暑祺不既。

愚小弟吕克由顿首 八月二日

吕克由，原名思勉，字诚之，年四十三岁，江苏武进县人，住城内十子街。

## （二）

毓英先生执事：

前奉赐书，辱蒙奖诲。沉浸艺事之高论，提倡雅道之盛心，洋溢简端，莫名钦佩。承赐《萃鲭》两册，同时拜领，铭感尤深。其时适患腹疾，神昏热重，惫不能兴，以致延至今日，始克奉报，皇惭无竟，尚乞鉴原。弟于象艺虽亦好之，而技劣殊甚。惟《橘中秘》《梅花谱》诸著作，不过并示门径，非可视为极致。昔时偶亦窥及，六七年前，《校〈梅花谱〉识语》曾及斯义。近来亦曾录寄谢君，惟该报未刊出耳。承示两端，皆非浅学所及，已将大函节录邮寄谢君，嘱其务刊报端，以公同好。棋局散在日报，参差零碎，难于收拾。一时看似热闹，将来仍归散佚。从前《时报》及《时事新报》本皆刊有围象诸局，今来朋好罕复保存，即其明证。执事拟刊行杂志，实为至当之论。惟大札披露报端已逾旬日，同志响应尚未有闻，深恐一时机缘未凑。鄙意竟刊单行本，逐渐印布，成为从书亦佳。出版既无定期，不须有人专门主持。以办事论，较出杂志少易耳。海上中华书局与弟小有雅故，顷忽来书需刻《梅花谱》，嘱弟将所藏钞本寄往。弟因复书说以大刻象谱，未知其能用鄙言否？若其能之，则执事历年之所搜藏必将发扬光辉，嘉惠来学于无既也。写至此，又奉前日手简，迟复之罪，弥切悚皇，切陈之语甚多，而大病初起，力乏不能多写，容俟稍缓再当续陈。专复鸣谢，敬颂大安。诸惟朗照不既。

愚小弟吕克由原名思勉顿首 八月十二日

## （三）

毓英先生阁下：

今晨奉惠书，备聆高论，过蒙藻饰，愧不敢当。弟于象艺技疏学浅，兼之奔走衣食，无暇深究，以视执事之笃志精研，兼得当代名流共相讲习，殊不可同年而语也（象艺之盛衰，亦视各地方之风气。敝处高手仅一杨君怀瑾，年逾古稀，已不能弈，故后起者无所观感取法。非如贵处之名手林立，后起者易得观摩。所谓鲁无君子斯焉取斯也）。单行本与杂志，鄙意并行不悖，相得益彰。盖非有首尾完具之单行本，不能传世而行远。而著法之推求，异本之互勘，非揭诸杂志或日报，无以集众思而广□益。近来《时事新报》所登残局通函研究，比踵相接，而孤本之见知于世者，亦因声气之广而益多，即其明证。鄙意无论前人成局或时贤新著，若先刊诸杂志，经众研求、校勘，觉其尽善，然后勒为定本，单刊行世，实最妥协。惟杂志之难，一在经费之持久，一在主持之有人，一时恐不易办。尚不如刊行单行本之较易为力耳。敝处所藏《梅花谱》与通行之石印本无大异同，实非古本，以字代数者乃古本也。此谱异同至夥，本应详加校勘，然后付印。然诸本恐一时不易征集，旷日持久，高谈校勘，亦非书贾所乐闻，彼辈志在牟利耳！书之精不精，非所问也。若急来索取，恐只得先以敝处藏本寄之，将来若能徜见诸本，则撰成校勘记嗣出。一事分成两橛，非得已也。中华尚未有函来，恐疲于应付罢工矣。尊藏之稿，拟请张君评选，闻之距跃三百。中华若有函来，当即驰书说以《梅花谱》后首刊此稿。如一时无书来，弟九月（新历）初即赴沪（弟本学年在光华大学教授国文及本国史），可以驱车访之，与之面谈也。在残局中讨生活，虽见巧思，无甚深意，以残局皆出做作耳。鄙意今之所谓残局者，实当分为二种：一为胜负之公式，如一车可胜双士马，而不能胜双士炮；车和双象马，马必在中象位等是也，此种实于象学有裨；又其一则，徒逞巧思，只供游戏耳。时贤之所究心，多偏于此种，殊足惜也。赛棋弟意亦主不限时刻，缘此事斗工不斗捷，即须斗捷只可别存一格，不能作为正法眠藏。犹赋诗然，非不可刻烛限时，然不能谓诗必如此然后为工，亦不能以此为学诗之正轨也。拙撰《梅花谱》识语注，无足观，病后惮写字，缓日当呈。致“石杨遗局”四字，见谢君所撰《万国象棋同人传略》中，仅载此名，未知其书录若何？谢君当知之也。此复，敬颂暑祺。

弟克由顿首　八月十六夜写十七日毕

## （四）

毓英先生执事：

碌碌久未通函，至深驰企，秋凉，想雅兴愈增也。弟今秋就事光华大学，因校舍新建，迟至九月二十二号始开学。而教员宿舍仍未落成。弟来此两星期，自昨日上午以前，迄与同事两人合居一大屋中，桌椅缺少。上半年本就事沪江，尚有一部分行李寄存彼取［处］，迄未往取。直至昨日始迁入新成之教员宿舍中，然行李仍在沪江，须星期六方克往取（因光华在沪之极西，而沪江适在极东）。故此，并笔墨而无之两星期，迄以墨水笔写字，此信亦尚系墨水笔所写，甚可笑也。望恕其不恭。尊选《象谱》，中华颇欢迎。脱稿之后望即寄弟（信面写上海大西路光华大学吕诚之即可，必须挂号，因此间诸事草创，而庶务不甚得力。平信已有人遗失一两封也）转交。出版后送书数十部，定可办到。据该局现在之言，印刷似尚不劣也。此上，敬颂大安。诸希照詧不既。

弟吕克由顿首

## （五）

毓英先生：

前奉手简，因事耽搁置一两日，其后遂患目疾，以致迄今始行奉覆，愧歉之至。大著《象谱》，中华颇为欢迎，脱稿后望即寄下，以便转交该局排印、校勘，自尚不致大坏也。《梅花谱》样片云已排好，日前虽有函来邀弟前往一观，弟因事明日须赴苏州一行，大约自苏来后，方能前往也。排过《梅花谱》后，再排尊谱，排手必又校［较］内行耳。尊著定名，鄙意“圈点”二字可省，但云重订以别于初本可矣。委撰序文，弟久荒文字，且于象术甚浅，恐不能有佳作，似不如执事自撰之为切实也。匆匆奉覆，敬颂大安。

弟吕思勉顿首

近因朋旧皆劝勿改名，故又复其旧。

锦荣先生在苏沪时亦曾相识，惟不甚熟耳，未知其尚能忆及否？请次乞为我候之。再有启者，敝处所藏《梅花谱》钞本，“当头炮破过宫炮”第四局第九变，帅五平六以下列手炮；第五局第十五变，伪夺皆与坊本同。尊处所藏当有佳本，如此两变（不误），敬祈录示，以便改正，寄与中华也。克由再顿首。

## （六）

毓英先生阁下：

昨日张君锦荣来此，嘱弟代作一函，想已登记室矣。大著《萃鲭》，为前此所未有，好斯艺者正当欢喜赞叹，乃近日费君绵钦，忽指摘局中失着，肆意诋訾。姑无论对局时总有失着，若以一着之失，而弃其全局（前此云围棋皆然），成局将无一可选。而其书辞气忿戾，意似不在商榷得失，而别有所在，尤为可怪。执事覆书词气和平，持论中正，足征德量之宏，曷胜钦佩。张君来沪后，费君口又袭昔人点将之例，罗列多人名氏，意在争胜，则不徒为识者所嗤，并不免为旁观所笑矣（不著象棋者观之，将无不骇然，费君等未之计也）。弟与费君，素未谋面。在海上亦从不与人对局，乃费君点将之录，将贱名亦列其中。小宁波姓厉，费君误为李，此君于本月三日（旧历十月廿九）逝世，费君等未之知，尤可笑也。子曰："君子无所争。必也射乎！揖让而升，下而饮。其争也君子。"射，为武事，古人犹以客体比于礼节。此于乐为贵，而不以贯革穿札为尚。弈乃雅道，且亦游戏小数，岂可叫嚣求胜？即胜，亦何足为荣？况对局一时之胜负，又未必能定技之优劣乎！以执事之德量，自能置之一笑，不与之争。惟张君言次，亦有树党求胜之意，深望执事更善劝之，不必加入此竞争之列。与其善战而胜，曷若不战屈人。弟生平最喜见犯而不校之君子，不甚好一豪不挫之武夫也。辱承奖饰，率尔直陈，当勿为过。专颂冬安。

弟吕思勉顿首

## （七）

毓英先生：

前奉手教，以事冗未能即复为歉。《象谱》上卷脱稿，可先寄来。下卷再作一次寄无妨。先寄来者，可以先排，至于同时出版，抑作两次出版，由中华书局斟酌可也（书局排稿，空时快，忙时迟，亦不一律）。谢君等好改旧谱，弟亦不甚谓然。即使所改皆胜于旧，亦只可附注于后，以存旧谱之真况。所改未必皆妥，往往因通函研究，发见所改之未妥，于是又改，或反复其旧，不亦徒劳乎？鄙意中华如愿印《象谱》，似可搜罗海内孤本，次第照原样重刊。原刻精者，或竟影印，庶几系存旧观。未知该局有此志愿否？暇时拟与之斟酌，如果有此志愿，还当仰仗大力搜访。弟则自愧一无所藏，且友朋亦不多也。专复，敬颂冬安。

弟吕思勉顿首　十二月四日

## （八）

毓英先生：

前日奉手教，躁释矜平，较诸彼方之叫嚣，孰为君子不待辩而自明矣。顾君一函，今仍挂号寄上（顾君曾在上海茶肆中晤及一次）。弟昔与谢君通信数次，及其揭载报端，字句皆有改动（上半年弟在沪江，谢君问弟沪江可组织棋会否？沪江无甚着棋之人，其事必不能成，以不可负谢君盛意，乃以亦思组织覆之，而谢君载诸报端，改为正在组织且加入，倘定期决赛，必请公为评判云云。虽无关系，岂不可笑），故后不甚乐与通函。此次无谓之争，弟非不可作公正之语，所以始终默尔者，亦虑其将鄙函更加删改，致失原意。至此而仍默尔，则不可再要其更正，则更无谓而为局外所笑矣。故始终缄口，好在此等事原不足争也。谢君人亦热心，惟好名之为累。上海着棋之人，于执事素无恩怨，大约锦荣先生技高，而角艺之时不免小有矜色，素为着象棋者所不喜（此弟素知之，非近时闻之也，苏沪皆然），因此牵及执事耳。谢君已享盛名，所谓护名之为累，不足语于学道者，犹为恒人所恒有。唯费君前此似不甚着棋，谈象棋者亦不甚及之于人，应无关涉，而忽攘臂作此悻悻之态，则尤可异也。《象谱》一时不能脱稿，锦翁亦已言及此，迟速无妨也。天寒指僵，笔秃不复成字，惟珍卫不既！

弟吕思勉顿首 冬至

## （九）

毓英先生：

音讯久疏，正深驰念。陈君来，奉悉手教，欢喜无量。弟于象棋所知殊浅，万不足以操选政，此系实情。锦荣先生知之，非谦词也。公能邀同志编纂成书，实为创举，亦最盛举。杀青之日，弟当谨序其端，谢侠逊《象棋要诀》昨亦为作一序。中华前于此书极为欢迎，当无不愿刻之理也。海上象棋似乎甚盛，但此中人似皆不免好名之为累，甚或气矜之隆，务求相胜，必须胜人，则有无所不至者矣。弟于棋事，天分本不高，卒卒寡闻，岂复须求进益？何取与名手相往还，故几相招皆不往也。专复，敬颂大安。

弟吕思勉顿首

## （十）

毓英先生执事：

音讯久疏，良深渴想。近者承赐手札，邮局于四日递到，而弟适于是日返舍。因事延迟，昨晚始行到沪，临风浣诵，欢喜何如！积存棋局，拟付手民，足征提唱盛心，尤深钦佩！弟沪滨淹滞，倏忽数年。因敝乡省立中学有文化史一科，一时乏人讲授，长校者浼弟暂承其乏。弟亦因大前岁之夏，小儿不幸亡故，家无次丁，藉此往来省视，故隔一星期须回常州一次。率以星期六去，星期二来。本月中，十八至廿二在常，此外皆在沪。四月一日则因春假返舍，须至十一方来矣。敝校僻处沪西，交通殊为不便。大驾到沪，断不敢劳行道相存，但祈示知税驾之方，弟自当趋前奉谒，一申渴慕之忱。弟在沪稍久，路途较熟，出入较便，望弗客气为祷。肃覆，敬颂大安。

弟吕思勉顿 三月十日

此函本拟快递奉覆，而校距邮局远，专人甚难，故即寄平信，想不至甚迟也。

（十一）

毓英先生执事：

前奉十七日手教，敬悉一是。《梅花谱》顷已寄交中华。此外别有全局谱，该局是否有意印行，函中亦已询及之矣。顾君论艺，能独见其大，殊可佩仰。然得如执事者热心提唱，海内精于此艺、闻风继起者，必不乏人，拭目俟之可也。弟约下月初赴沪，余容续陈。专复，敬颂秋安。

弟克由顿首 七月廿一

# 罗君筹致张毓英书札 2 通

## （一）

毓英先生赐鉴：

拙著《残棋例典》，因贪多务得，并蓄兼收，正自惭芜杂，乃辱赐书奖掖备致，益感汗颜。尊论谓该书虽为残棋而作，然在中局空势或兑子时，早应未雨绸缪，其用实不待至残棋而始见，洵属至理名言，殊深倾佩。拟请先生将此意透澈发挥，撰成大序，俾得弁诸二集书端，曷胜厚幸？周德裕君《象弈讲义》，此间亦无购处，觅得时自当奉知。专此敬复，即候台安。

弟罗君筹顿首　九月十八日

## （二）

毓英先生惠鉴：

华翰奉悉。拙著二集辱承赐撰序文，增光篇幅，铭感无既。先生为象界名宿，一经品题，声价十倍。弟恐谫陋之作，未副雅望，有辱高文耳。尊论阐发透辟，语语中肯，而文笔之苍劲，足见学养功深，迥异凡庸，佩甚佩甚。专泐申谢，并候崇安。

弟罗君筹顿首　十月十五日

# 林幼如致张毓英书札 1 通

毓英先生有道：

贯耳大名，寸心久折。只以云泥间隔，未能亲奉德音。顷承许弼德先生函示，藉谂道履绥和，起居迪吉，殊慰肃者。晚近偕高素娟女同志，建象学书报阅览室于敝寓二楼公开展览，聊扬国粹之光，刻意经营，颇得同人之颂。兹谨具著函，敬浼许先生达于文几，伏希尊编《象棋萃鲭》惠赐壹份，用珍敝室，以饱诸同嗜之眼福，不胜感纫。倘蒙慨诺，尚盼早光为荷。赐教处：福州渡圭路五十九号，或请许先生代转亦妥。并恳惠示尊址，以便致候就诲。专此奉渎，不恭之处，尚希鉴谅。肃叩潭祺。

晚 林制幼如顿首　卅一，十二，二

# 钱梦吾致张毓英书札7通

## （一）

毓英先生雅鉴：

惠书敬悉，乃蒙俞扬，倍觉汗颜。弟鉴于平津同志甚多，名手亦复不少，惟惜共同研究之机，爰于商报辟设棋栏，一切尚乞先生勿吝金玉，时赐雅教为本。敝处旧存报纸，现已售罄，故难应命，殊深抱歉。尊处之商报，系弟赠于先生者，可不必出资。该报当长期奉赠，如先生欲再定一份，或赠友等情，请即示知收报地址，弟即当嘱发。寄报费全年十元，邮资在内。前得赵君景南函，亦嘱补报，请便转知一切为托。又闻上月张君锦荣到平与北平名手象棋王那建庭比赛象棋，后由那某派萧亮庵与张君对局，结果张负一和一。次日张即离平，并未至弟处一谈为憾。此事经过情形，谅先生必知之甚详。请见张君时，代为一询对局情形，究竟那、萧二人棋艺与谢君比较，相差若何？弟拟开春约谢君侠逊来津一同去平与那某一决胜负。盖因那某在平设有擂台，目空一切，自称“象棋王”，实属自大已极。弟甚愿东南各名手齐至北平与之一赛。余不尽述。顺颂台安，并赐回音。

弟 钱梦吾顿首 十二月五日

## （二）

毓英先生台鉴：

久未函候，殊深惦念，近维台端贵体健康，诸凡如意。弟旅津侧身教育界，清苦异常，惟精神如常，尚堪告慰。平津棋友均相继亡故，棋风日衰。前者经上海同志一再鼓励，命弟仍担津市棋界宣传事宜。弟为联络起见，勉在津《北戴河画刊》选刊棋势，均属傅君荣年之作品，间亦有旧商报传拟之局数。拟于明春进行接洽其他日报刊登棋局，如遇机缘，再行函告。今所恳者，请将尊著之《象棋萃鲭》赐寄一部。当年虽经台端赐给数册，除被友人索去，其余皆被水灾所浸，亦无法核对。弟今拟整理对局各稿，故仍请赐寄一部，以资核对。如有续稿，亦随时赐阅，以便将来刊登，以广传流。画刊当源源寄奉。余不尽述，专此函达，顺颂年安，并候回示。

弟 钱梦吾上 正月十日

匆匆草函，幸勿见笑。

敝址：天津第一区西开爱德里大院三号。

（三）

毓英先生台鉴：

来函敬悉。敝处所出售之谱，均按定价七折。如每种购拾册以上，可按对折，邮票通用。兹奉上《橘趣》一册，祈查收。是书系弟奉赠台端，无须代价。是书内容，不甚丰足。惟著者张大其词，殊足令人发噱。《弈萃》一书，拟明年选辑五十局发刊，届时再当函商也。弟近接谢君侠逊来函，谓有香港之行。一俟香港返申，即当整队北上与华北弈手一会。然弟意秋后如谢君不来，弟必偕同一二同志南下，届时，如大驾能同尊处名手海上一会，弟所愿也。兹有二事要求，未悉先生能许否：

（一）久闻尊处藏有古版《梅花篇》全局谱，以字代着，该谱内容与已出版之《梅花谱》略有出入。现弟拟重编全局谱起见，务请挂号将该谱交邮寄下，俾弟一参。弟近得周廷梅氏遗著之屏风马四局，拟得尊藏者互相参阅。一俟阅毕，即当奉还勿误。

（二）弟拟来年编校《弈萃》一书，拟征求台端及张锦荣、窦国柱、沈文荧、王浩然等诸名手之四寸像片各一张。

以上二事，务请台端鼎力而为，为恳□□□□。专此草函奉陈，顺颂暑安。

弟 钱梦吾七月五日

（四）

毓英先生台鉴：

弟今春为联络南北同志感情起见，偕同辽宁赵文宣、北平张德魁二君赴申，与海上诸同志作一度友谊之比赛，双方感情甚洽。弟在申时曾与韦同芳君函致台端莅沪一会，未蒙台复，怅怅返津。后接到台端寄来王君玉照二张，均收悉，容为制版付刊。兹寄上商报二、三、四、五、六月份，乞检收。容不尽述，专此颂暑安。

弟 钱梦吾上七月廿六日

（五）

毓英先生大鉴：

兹接十一月五日台函，聆悉一是，承询各节，谨答如次：

（一）华北棋讯自弟由华东华北区际赛返津后，弟以家庭手足分居，又因商报改组，即辞去棋栏主编。未久，该报亦因故停刊。此后弟即侧身教育界，于民二十五年春至二十六年，弟曾担任津庸报棋栏，约年余即行止刊。华北各名手除那健庭君已于今春病故外，其余如庞、张、赵三君，现今均健在。惟各以生活关系，彼此均少通讯或晤会。

现时京津棋风不振，后起无人。

（二）周、赵对局四局，该稿初时原存于谢君处，弟曾抄来复稿三局。另一局因着法太多，致被抄录者抄错，无法核对，故被割爱。又孟、王对局，弟处仅有三局，请向胡君抄录可也。

（三）前者承傅君荣年函询先生住址，今将傅君近址录之如下：上海东大名路一〇二七弄辅庆里六十三号。如得暇，请直接通讯为盼。

（四）兹征先生玉照一张，请得便寄赐一张以作纪念。此后棋稿等件，均请由胡君处转交可也。余不尽述，专此函达，顺颂台安。

弟 钱梦吾　十一月廿八

## （六）

毓英先生台鉴：

启者，敝馆因营业不振，亏损太巨，故不得不谋节省开支缩小范围，将所有业务及半价报概行取销。弟照半价所订寄赠尊处之报亦被停寄。然以先生素日爱护本栏，时赐巨作，他山之助，得益非浅。每念及此，心甚感焉。兹为维持现状，藉以联系同志起见，特向发行部酌商专订象棋栏一张，寄赠台端及诸同志，更定以每月底寄一次。遇有可纠正处，尚乞台端勿吝指正为盼。专颂台安。

弟 钱梦吾启

## （七）

毓英先生大鉴：

年来于《时事报》端屡读高论，令人羡佩无似。前阅该报载有先生象术讨论通信一节，知先生著有《象棋萃菁［鲭］》一书，集今世名手对局而成。仆闻悉之下，心甚喜焉。后于该报披录数局，仆即研究各局着法，颇多奥妙，不愧名手，赞叹不已。兹后该报不知何故停刊是项对局，为憾！闻是书已出二册，仆象艺造诣甚微，素甚钻究全局。兹特函达台端，请告明《萃菁［鲭］》之代价若干，以便如数寄上购得，俾一睹全豹为快。余容不一，尚乞即复为荷。专请台安。

天津日界东方英文商业学校内

钱梦吾顿首 一月七日

（并附上邮票四分）

# 谈宝根致张毓英书札9通

## （一）

毓英先生大鉴：

于上月十五日接到大札，展阅之余，乃知先生近况之详，并缕述窦国柱君韵事。晚最近（上月廿五日）至上海邑庙春风得意楼观弈，虽于星期日，仍人众寥落。是日乃窦君对龚一苇君对弈，结果二局均和。晚于抽暇中晤及棋人李萃昇君，纵述近来棋况。渠云棋人生活困苦，无固定收入，得意楼观众日少，轮流对弈约有十余辈，株守在此，罕逢一场当值。在此新社会潮流下，只有争取政府当道容纳加以组织，纳入正轨，方可维持日常生活。按李君谈吐颇为斯文，于棋人之中可为翘楚，惜无长久职业耳。复询棋稿之事，云为任成君所汇抄。按，晚曾专托屠景明君代为设法代抄，付以报酬，不知可成否？难可逆料。棋界浮沉枯荣倏忽，令人不胜今昔之感。回想数十年前老先生于扬，广纳招待棋人，待遇优渥，约共对弈，皆为艺术出发，拟之目下办棋赛之流，以营业收入为出发点，高低之别不啻天壤。晚酷嗜此道，为职业所限，半无志同道合之业余棋侣。私意身羁职业，若有棋伴，应有规律对弈，一日之间以一时许为限，无论半局、一局，到时即止。每日复盘勘定优劣，评定类型，录之于纸，对局广泛变弈各型开局，以作实验。因目下多流于当头炮对屏风马，几乎成刻板文章，千篇一律之概。无似十数年中终难如愿，引以憾事。窦君上次赴平，曾晤及李任潮先生，任潮先生允以设法安排，若如此，窦君往后境况可转佳耳。又者，晚向老先生借抄之谱，至今全部抄竣，略待整理，即可璧还。可先生赐函于晚时，就能用挂号寄璧，以全始终之诺言，顺以专告。最近向屠君购得《穗港象棋名手友谊赛》及《象棋精华》各一册，内有数十局，佳局颇多，待寄璧尊谱时同时寄下，借与老先生手抄。晚纵观前辈中如老先生概爽气魄，佩之至敬，惜两地远违，不克能晤仙颜耳。近日天气变幻无常，阴晦淫雨连朝不止，想扬地亦是如此，希身体时刻保重。余言后叙。最近佳情及扬地棋况可否告示一二为盼。又此收笔，敬请春安。

晚 谈宝根拜上 一九五六年四月一日

## （二）

毓英先生大鉴：

于上月一日奉修一函，谅已度览尊目。光阴如箭，一转眼之间已有月余。晚本欲将抄竣之尊谱及时寄上，因有秘本《梅花泉全局谱》抄录，拟抄竣之后将是项秘本借与老先生手抄，故暂时缓寄。查此《梅花泉》乃吴西都君购得于旧书肆，仅卷上、中，阙卷下；且局数颇多，内容相当精彩，不似《梅》《橘》二谱迁就于一方。《象棋界》四集仅刊片鳞，是谱亦可谓珍本无疑。目前上海棋坛仍形冷寂，观弈者殊少，亦为憾事。私心欲集录得意楼之棋谱，一则本身无暇，二则商借颇困难，源于彼此不能遽信。晚之为人，视为背信之流乎？故缓之以图。晚羁于职业，几日不暇给之感，故艺事为鲜有进境。久未见老先生华札颁示，不知贵体清健否？抑或人事稍忙？至以鹄候不胜企盼之至。若征鸿有便，祈能示复数行，以慰惓念。余言再叙，匆此，顺祝近安。

晚 谈宝根拜上 一九五六年五月八日

（三）

毓英先生大鉴：

于月三十一日接奉大札，捧读之余，备知种切。近想府居洽吉，各事顺遂为祝。晚溯自商借尊谱以还，瞬已年余也。今已全部抄竣，今乘工作公休之日，捡齐各册一并归璧。计：最厚巨型本壹册，中型之第七册壹册，贴有商报棋纸之稍长型本壹册，合共叁册，综计以上与从前数次寄璧棋谱，则所商借之尊谱已全部归璧。再附寄《棋坛纵横录》壹册，《象棋对局精华》壹册，《穗港象棋名手友谊赛》壹册，《弈华新编二集》壹册，《抄本梅花泉秘本》序文目录四页、正稿十七页。以上各本，借与老先生转抄参考。上海棋坛近稍有生机，何如总不如从前之盛。晚前曾以长函建议与上海文化出版社，请出版内容巨帙之象谱，接到该社之覆信，云以后将续出象谱，惟以简明为主，深邃精繁之谱不可能出版，因专业关系耳；请老先生于以上各谱收到后，祈能以明片略复数行，以免悬念。季节将暖，请老先生身体摄卫自珍，以维健康。专此，敬请大安。

晚谈宝根拜 一九五六年五月廿日

附启者：晚景仰老先生品德巍重，不知肯以大像照片须赐壹帧，藉以能睹辉颜，若能应允，殊幸耳。

（四）

毓英先生大鉴：

本月六日寄上一片谅已收到，而于七日接到大片，诵读之下备知内容之一切。许弼德先生建议以尊藏之稿谱，择尤与文化出版社协商出版书谱，以立场言，颇为佳善。惟晚有如下之感觉及体会，胪述于下：上海文化出版社出版之谱，以简明为主，最大缺点，剔选至苛，出版书籍甚为缓迟，例如屠景明君之二集 50 局选交进该社已数月，仍出版无期；何君顺安之著作已予以退回。目前最大之困难症结所在，即是棋界之意志不统一，出谱大多以求誉为主。比赛对局记录各自抄录，聚之不易。晚之六日奉上一片，即欲根本办法，必须国家出版机关重视此项工作，赋予种种便利，报上公开征稿，四面搜集，将古今对局什选五六，分类评荐，不拘派系，不求沽钓名誉，在在为艺术出发，各棋人应凭本身经验，共襄此举，积以岁月，出版能有三四千局对局之巨大厚册棋谱问世，用[垂不朽。鄙忱之见，亦是徒具理想而已。先生大片之中云，尊谱欲再辑为专集，恐有以下之困难：文化出版社不予约请编辑，该社是否嘱意？再有一层，评注至为浩繁，虽三易其稿，但百密总有一疏。若辈摘疵钻隙，滥事评嘲，使热心于艺术邃志编纂者为之灰志，深恐徒劳无功。旧局中之中残功夫比现局为强，是无可否认之事实，现在一般棋手着重于开局盘面，况对局太多是当炮攻屏马，二十着似有刻板之攻守法，中残局方面皆尠精着，平淡而终，诚所谓专志于前而略忽于后。目下大棋盘表演观众之少，其因亦夹什其中。前辈名手在开局之中无今日完整无疵，但中残局中确为学习观摩好材料。无如出版机关不全面重视及时形所限，所以晚之意暂缓从事，应在可能范围中搜集近局，用作对比借鉴。粗鲁之见，聊供参酌，未知尊意如何？近日天气骤寒，苏北地区犹然，请珍摄自卫，以维健康。余情后叙。匆复，敬祝弈安。

晚谈宝根拜上 一九五六年十一月十三日

## （五）

毓英先生大鉴：

溯自本月七日接到大片，备诵至详。近因体弱神疲，懒于执笔，以致延宕迟而不问候，至以为歉。近谂老先生府第吉庆，履杖优游为祝。兹以最近象棋旷举之盛事，胪列见闻告知以达尘听。全国象棋比赛，已在本月十五日之后在北京由全国体育协会举办，实施比赛；上海经全市拔选，决定由鄞县何顺安代表上海，大会聘请谢侠逊、林弈仙、屠景明同时赴平担任裁判。最可喜者，国际象棋具有天才之尤国锺、尤国钧及女子尤家玲兄妹三人兼而有围棋名手顾水如、刘埭怀、魏海鸿三人亦赴平作本身棋种表演。老先生闻之当为之一喜，数十年提倡棋艺一贯始终，有今日盛况，得偿平生素愿耳。惜老先生远居扬地，而当道未加延聘，至以为憾，不然，以老先生资望巍德，理应就正裁判之席。晚侷窘于职业，平日少暇，无研弈之辈，名不经传，徒使光阴虚度，马齿徒增，虽有向望之雄志，何如时形囿围，没没无闻，徒使艺事荒芜，每一忆及，百感交集，悲怛油然而起。每一艺术，保存精粹之华，亦是要务，屡次致书当道，敦请注意，动员一切力量，汇集棋局刊为专书，永垂不朽。何如人微言轻，徒唤奈何？任之散佚湮没，亦非善策。第以杨官璘君之《象棋》月刊，殊嫌肤浅，不够全面，评注方式失之呆板，文笔拖泥带水。晚之意，尤如古小说《三国》《水浒》等，逐段尾随着法之后，以小字细评，文字一贯呵成，宜乎肯綮精警，发人耐味寻幽奥，回味无穷之感。选材务宜精悍，有相当艺术价值者，方为上乘。如此乃可允为艺林名著。晚不揣唐突，妄加评摘，自觉不当之处，惟胸有所感，抒之于纸，就白于同道知己耳。兹附寄谢侠逊老先生编著《象棋初步》再版本一册，请哂收，留以案头清玩品评，自宜金鉴。最近气候转寒，扬地寒候转沪地为甚，请摄以自卫，用维健康。深夜作书匆候，笔不择文，惟求实事，征鸿有便，尚希尺书颁示，以启茅塞。顺此收笔，敬请冬安，并祝元旦百事如意。

晚谈宝根拜上 一九五六年十二月廿四日

## （六）

毓英先生大鉴：

正切企思，于本月廿日由绿衣人投到华札，展诵之后乃知近况之详。近谂老先生精神旺健，弈兴浓厚为祝。辱承动问晚之体质何以欠佳，其中之因半为工作，半为心境不顺，兼以禀质素弱，惟无大碍，希长者释远念。晚今年已足龄卅三岁，人已半世，愧艺事无成，亦境遇环境所囿限。据尊札又云，朱剑秋君专信问候，用叙乡情之谊，于人生礼节上应该如此。据屠景明君云，朱剑秋将有新谱编纂问世，系由文化社出版。老先生闻之当亦欣忭。屠君与晚畅谈良久，最近将有《百局对局选》出版，内容是四十五局由屠君编评，五十五局由朱剑秋、高淇等编评，1956年上海市比赛对局。以此而观，亦是象谱出版良好现象。以今年言，单上海将出四五种象谱，为出版辟下康庄大道。晚将尊稿之事就询于屠君，劝屠君精评。此材料流传广大群众，免湮没散佚，且与文化社有葛缘，可商榷如何方式出版。屠君昔闻老先生大名，拟日后有暇专程至贵地拜访，用对前辈敬重，尽后学仪节。晚即云以手抄材料作为选评根据，惟提几点应注意之点：一、老先生原评保留，藉存真相，局首列“张毓英先生藏稿”字样，评注务宜精详。二、由老先生作序，向文化社建议尽可能刊先生玉帧，用以读者对老先生昔日对象棋事业之功勋有所印象。三、尽量辟出专页刊载扬地卅年前象棋掌故、文献、棋人小史及其他等等文字，使后人得知象棋圣地种切及老先生振导东南棋风苦诣。屠君以郑重态度颔允。（晚昔劝先生暂缓，乃旁人钻隙滥评，及文化出版社态度如何？）今以屠君编评，责在屠君，设或内容有不当之处，由屠君自己负责。半亦形势发展与前一阶段不同，转入当道重视，老先生以为晚之意矛盾否？再请老先生能将有关掌故文字，以脑海会[回]忆所及，多多叙写交寄，以充内容，想定必俯如所请。兹寄上最近出版《象棋心得》壹册，聊供清玩，请哂收为荷。纸短情长，后言再叙。专此，敬请春安。

晚 谈宝根拜上 一九五七年二月廿四日

屠君地址：上海市兴业路80弄15号屠景明

## （七）

毓英先生大鉴：

本月二日接到大札，展诵备知种切。奈因事较繁，稽于专复，而于十二日又接到大片一纸，更知近况之切，并知朱剑秋、屠景明、高琪及谢侠逊老先生连翩莅扬，作数日之表演，用以振丕象风。闻悉之下，快何奚如。况为日已近，定有一番盛况，此可预卜。老先生最近谅为此事忙于布置筹备，晚惜征逐随人，身不由已，不克至贵地亲睹罕有棋况，殊以为憾。晚今提供数点用作参考：尊处藏稿与屠君等当面磋商，以何种方法全力编纂之；再敦促将周德裕《象艺四十八讲》遗著细加整理、评骘，付予出版，晚虽未睹是书，惟据人述，是讲义亦初学良好善本之一，若有出版机缘，是光大象学精华形式之一种耳；又者，可与朱、屠、高、窦等叙谈，对上海近年赛局未刊书者，如大新、人民游乐场、春风得意楼等对局，择尤辑为分类对局专书，选择务求严格，十数局之中选评一局，则可得局二三百局，先事作好准备，得到出版社同意即可出版书谱，用垂久远，使能保存各近代棋手临局心血结晶，对局纪录之粹保持一瓢，免湮没之虞。又再提一刍之见，每一局面有一段可取者即摘录一段，例如中局可取则删去首尾，汇集成帙，颜之名曰《中局示范》《残局示范》等等，因天然之作，比排拟较自然而符实用，资料类型多，使初学者触类旁通。晚一私粗见提供于老先生及各棋界名宿，作为出谱参考，纯为艺术着想，亦表露晚之喁喁期望也。屠景明君笃志历久不渝，为人温彬和霭［蔼］，胸中文才颇有根基，象棋著作散见不少，脚踏实地，弈棋有相当功力，可云弈才并茂。老先生若交谈之余，当以晚之言不谬也。橘中同心娓谈，可兴逸趣。再有一言，老先生弗以晚寄谱之事介然于心，此乃于谱书中得睹棋况之盛。抽暇而复，笔不择序，匆匆收笔。顺祝春安。

晚 谈宝根拜上 一九五七、三、十六

## （八）

毓英先生大鉴：

正切思念，忽获惠赐。借录之象谱，由绿衣邮递员送到，内共计抄本一厚册、一长薄册、一薄册、一中册及《象戏勾玄谱》上下二册、象棋比赛汇刊一册，又归还之棋稿、无双品皆已收到无讹。请勿廑注为荷。日前所寄之《象棋谱大全》初集四册，谅已收到；此谱可永存于台端之处，请勿予归璧。又者，上函所云寄璧归还先生之谱，核计抄录行程，准于本月五日（星期日）用双挂号寄出勿误。所寄之谱计尊处名谱五、六，二厚册，友人抄之棋稿一册（三十局左右），象棋新编一册（十局），棋稿三张。再有搜所可购之谱，有杨官璘《弈林精华》一、二、三集叁册，傅荣年《七星谱》《象局撷英集》，屠景明《评注梅花谱》，陈廉庸《炮兵专集》（此谱已绝版，晚有二本，故腾出一本相寄），何顺安《弈径》。上列所书《弈林精华》起以下之各谱，永存于先生之处，请勿归璧，用作先生暇作演弈之用，兼表晚些微之敬意。《炮兵专集》内多创作之局，弥可贵耳。陈君之死，中年夭丧殊可惜。往后再有之谱，一有所得，逐次寄上。待数日之后，先生若将谱收到后，请复信于晚，用免远挂，恐廑念。抽暇谨复，专此，敬请大安。

晚 谈宝根拜上 六、一

## （九）

毓英先生大鉴：

顷接大札，详知种切。关于谢侠逊先生住址，在上海马当路普庆里廿七号，而先生信遭退回者，乃系漏写普庆里之故。目下，谢先生仍天天在上海城隍庙春风得意楼大棋盘赛任裁判（天天举行）。又承胪列尊藏棋谱抄、印本，至以为感。又《布局津梁》四册，《象棋宝筏》二册，《象国秘辛》一册，《象棋名局选注》，《弈园棋谱》，《象棋界》一、四册，上列之谱，晚手头皆有。所欲抄者即《象戏勾玄》二册，《象棋比赛汇刊》一册及抄本棋稿四册，但稍待时日，再专函请借。见函及尊藏之谱书部分被人借去不还，致付阙如。世上不守信用无品德之辈是大有其在，晚昔亦遭类似之事，最令缺憾是绝版无从购耳。故老先生往后需注意，毋使孤本散佚，留艺术一瓢精华。《象棋谱大全》初集尚有可购，二、三集欲搜至难也。《象棋讲义》晚亦未睹，更难购。晚今举数谱不知先生有否？即傅荣年《七星棋谱》《象国撷英集》；何顺安《弈径》；杨官璘《弈林精华》一、二、三集；屠景明《评注梅花谱》《象棋讲座四集》《名手对局精选》；谢侠逊《吴氏梅花》《橘中佳趣》；冯锦志《象棋新编》《象棋界二集》。上列之谱，不知先生手头有无？若没有，晚以后逐次寄上，以供案头参考及藏储之用。上列之谱市上尚有购，下次祈以示知为盼。市上绝版之谱，晚亦一时忆不清，惟陈廉庸《炮兵专集》颇有价值，系研究炮兵破士象新颖创作，局势约150局，市上绝版，晚手头有之。惜陈君患肺病死去。友人所抄之棋局约卅局汇订一本，来源乃大世界、春风得意楼、青年会等。及新近书肆购得棋稿二张约八局，待下次尊函所示，当集之寄上。目前海关禁止港澳之谱进口，亦是集谱之一厄，只有俟之异日再谈也。友人所抄之棋局，往后再有抄竣当再寄。余言再叙。征鸿有暇，时以赐翰为盼。匆此，敬请大安。

晚 谈宝根上 五、十八

# 韦幹英致张毓英书札2通

（一）

毓英先生台鉴：

大扎［札］与《萃鲭》十册均于昨日奉到。名言高论，钦佩万分。谢公阅后即携去刊之报端矣。今晨续奉来翰，欣悉尊藏《适谱》较现刊残局，尚有全局等着法，而为潘、邓二氏所未见。冯公友笙前云，彼亦藏有《适情雅趣》数册，恐不及尊藏之完备。可否早付梓人，以公同好？至谓此谱与《橘谱》同出一源，鄙意亦谓为然。马公海洲及不佞等数人，拟发起一全国象棋大比赛，现正草拟宣言，备刊报端。比赛章程约拟如下：无论何省均可派人加入，每名收报名费壹元，旅费自备；其第一名奖五佰元，第二名三百，第三名一百，四名以下至卅名均有奖励。奖银及奖品款项拟由象界同志募捐。比赛地点定在上海，临时并酌售入场券以为比赛时种种设备之费用。马公一人已独允捐百元。一俟稍有端绪，拟先发起一中国象棋会。关于比赛一切事宜，悉由此会主持。未悉高明以为如何？不佞因任职广西工程专门学校，一二日内即拟南旋。海天万里，想念为劳。时因风便，乞惠好音。专此，敬候弈安。

韦幹英顿 八月一日

弟等通信处如下：马海洲：上海爱多西路共和栈；许群思：沪宁路测量处；韦幹英：广西南宁工程专门学校

（二）

毓英先生赐鉴：

数年不通信，幸于象友处得悉尊况甚详。然而千里神交，钦迟倍切。弟北燕南粤，行止无常，衣食驱人，乏善可述。近自辞去杭州职务后，现仍间居海上，拟致力于象棋三数月，籍图才进。日前华北棋队南来，侠公曾嘱致函先生，商酌一切人选及比赛事宜。数日来因忙于筹备各项，竟蹉跎至今，深为抱歉。现华北队先与上海各团体选手队赛，其与华东赛，候香港方面回信是否能来再为排定。关于华东人选问题，海上象人均歆先生表示意见。又，宁波名手徐葆康先生亦已莅沪，济济一堂。未悉先生亦能出马观阵否？并候春安。

弟韦幹英顿　二、廿八日

侠公附笔问候。

通信处：上海东宝兴路大成书店转

# 王仰中致张毓英书札3通

## （一）

毓英先生伟鉴：

久耳道范，每以瞻拜无缘为憾。先生倡导弈艺，遐迩同钦，糜耗巨金，延致名手对局以存着法，实开象界之新纪元。至《萃鲭》之刊行，裨益后学，功更不朽矣！弟此次因事赴京，道经沪渎，晤及侠逊先生，藉悉尊址。满拟得假奇缘，顺途一识荆韩，以遂向平之愿。无如时间匆促，事不从心，徒唤奈何已耳！敝处嗜象者甚多，最近能与林君奕仙对弈者，颇不乏人（厦门有吴君在澳，与林君奕仙于本年三、四月间先后对弈九次，共三十一局，林君胜十三局，吴君胜十二局，和六局。着法均由弟抄存，间亦有精彩者。此外尚有多人与弈，不及备述。）惟是见闻有限，除坊间出版之一二古谱外，无可研究者，故不能推陈出新，精益求精，殊为可惜。凡百科学重在借镜观摩，贵处刊赠之象局，系集全国之精英，勾心斗角，克尽攻守之妙，以作南针。所助于象术，何可限量！先生素以嘉惠后辈为怀，谅必不吝赐益。为此，故敢恳请将尊刊各种象册，惠赠一份，则感德无涯矣！专此，并颂大安。

弟王仰中顿首 中华民国二十年六月廿一日

通讯处：厦门柳州府街中华中学王仰中

附上邮票二十分，聊作寄费，并祈查收为祷。

## （二）

毓英先生惠鉴：

旬日前接读大教，日昨又拜领《萃鲭》未刊稿一册，厚爱之殷，感激无涯。各局着法，多甚精妙，而尤以张、周两君为最，似其艺有超人之处者。未审高明以为何如？林君弈仙近与新由台湾来厦之象棋名手蒋君良德对弈三十余局。由林君让蒋君一先，结果蒋君胜数居多。按两君技艺相埒，原可分先对弈，因有彩金关系，蒋君为慎重起见，遂不惜自屈，殊为遗憾。其着法均由家兄记存，颇有可观。拟再抄录就正，现已开始缮写，一俟完竣，当另行寄奉先生。布覆，并颂大安。

弟王仰中顿首 中华民国二十年十二月十六日

家兄嘱笔启安。

再尊刊有一二处排演不过，但匆促间未敢遽决。俟再细酌后，如仍有疑问，当再专函启教。又及。

（三）

毓英先生伟鉴：

大教及《象棋萃鲭》二部四册暨手抄棋稿十七局先后于七月间投到敝校。适弟暑期返津，校中门房又未照转，迨九月中旬来校始悉前情，惆怅奚如。拜领之余，感快无似。先生慷慨为怀，后学受赐多矣。兹谨将林君奕仙与吴君在澳全部对局另本抄奉。匆促握管，错误及草率之处恐难获免，祈大雅有以谅之。去秋家兄仰山、仰曾及弟，曾各与林、吴两君对弈数次，结果均林、吴两君胜数居多。然志在观摩借镜，敢云与两君比较高下？兹将漏着较少者，亦选抄二十四局就正于高明，谅先生必不以其为妄也。最近，林君在此又有战绩，一俟搜集完毕，当再择尤录寄。再，谢编《象棋大全》第三集《弈乘》载有《象棋萃菁［鲭］续编》共六十局，亦系先生编著，未审尊处尚有多余否？如有多余，敢乞再赐下一部为祷。专此，并颂道安。

弟王仰中顿首 中华民国二十年拾月九日

# 吴文英致张毓英书札4通

（一）

毓英先生道鉴：

夙聆隆誉，灌耳如雷，齿德俱尊，孟尝高义，东南象界，有口皆碑，未获识荆，时以为怅。前承许君弼德惠赐尊稿《张宅弈乘》多本，拜领之下，如获奇珍。昨又接到许君转来尊札，于拙编《名局选注》竟褒扬逾度，愧不克当。拙作姑试涂鸦，只容覆瓿，既污青及荣宠已深，乃荷长者不弃愚陋，奖勉诱掖，用励来兹，具见提倡热忱，久而弥笃，未尝或已。下怀钦佩，匪可言宣。更蒙慨允惠贶藏珍，益切纫感。将来拙著稍有成就，胥拜先生之赐矣。尊论谢君有门户之见，诚为知言。不独谢君为然，吾恐南北象坛，求一能不分畛域，立论持平之职业棋人固难多觏，而业余者类多有文有品而无艺，或有品有艺而无文。品艺文三者兼备，斯足贵耳。否则，江湖技艺，宁登大雅之堂？先生经验至丰，当具卓见，然耶？否耶？还质高明。有暇尚祈时赐教言，以匡不逮，幸甚，幸甚。专覆，即颂道安。

晚 吴文英手启 九、十五

（二）

毓英先生道鉴：

顷奉惠翰，雀跃奚如。尊论饶先三因，再三盥诵，深感发前人所未发，诚属至理名言。倘能于名家中，择其善攻者而执二先，善守者而居饶方，录其尤者数十局，当裨补初学不少也。弟当候机完成之，庶不有负厚期先生高风古谊。弟所夙愿拙著《宝筏》二集快将出版，拟加《张宅弈乘》专栏，分集择尤刊出。惟许君弼德赠弟者，仅有《百弓宫对局》（一）24局、（二）48局、（三）64局，均为张锦荣对周德裕及窦国柱者。另《张宅弈乘》三集，一集58局，内列周氏父子、张锦荣、林弈仙、万启有、杨万源、沈文荧、朱剑秋、黄汉升等对局，惟书写多模糊不清；二集63局，多为张锦荣对张观云、周焕文、朱锦堂等局；三集17局，全为周德裕张锦荣局，弟所有者，如是而已。今先生云所藏近千玩，承过爱允以惠阅，敢请掷寄，以饱眼福，兼便选刊。但不知《百弓宫》具何意义？是否尊府别名？又当年在府上之夺标赛，在何年月，奖金若干，赛法若何，参加人数，结果名次，赛局着法，与及尊府其他对弈事迹，在在均饶历史性，倘荷一一详示，或由先生撰文记叙以存史实，俾便代为宣扬以彰孟尝高义，亦美举也。盖先生在棋史上，东南方面倡导功深，堪称巨擘。予生也晚，不克踵府参与当时盛况，与诸君子论艺谈心，常引为憾。今蒙错爱，曷达荣施，此后尚望不吝赐教，以匡不逮，幸甚，幸甚。笔后即颂枰安。

弟吴文英手启 七月七日

再者，尊府夺标赛全部对局着法，请注明月日更佳，倘蒙惠以尊照，藉资景仰，尤深祷盼，他日倘编棋史，又可藉以制版也。

## （三）

毓英先生台鉴：

大函及第一次寄来棋稿两册均先后收到，请续寄精采本来。第一次两册俟抄完后当寄还不误。诚如尊札云云，先生收到覆信寄第二次。如收到第二次即覆，随寄还第一次稿。先生俟收到第一次稿再寄第三次，如是较稳妥，往来不断，预计一年内或可完成也。拙著《布局津梁》顷已出版，兹特寄赠乙册，敬呈指正，收到盼赠覆字。专复，即请崇安。

弟吴文英手启 四、六

## （四）

毓英先生道鉴：

客岁覆上，芜缄度尘，青照许久未获赐示，至以为念。拙编《象棋宝筏》兹已出版，特邮奉乙册，敬呈指政。前蒙许弼德君赠以尊稿《张宅弈乘》，倘荷同意，拟于续出二集时刊载，以广宣扬先生历年倡导之功，亦使后学者资以取法。如蒙不弃，时赐教言，匡我不逮，尤所念祷。专此候复，敬颂崇安。

弟文英手启 五、廿五

# 谢宣致张毓英书札2通

## （一）

毓英吾兄：

手书敬悉。嘱件谨当一一遵办。台片摄好，望先寄下以便另制铜板。华东、华北战局，敝处略有数局。张观云闻已逝世。顾君通讯处未详。覆颂纂安。

弟谢宣顿首 十二月卅一日

## （二）

毓英吾兄：

久未通候，维道履吉祥，为颂为慰。弟自南洋返沪后，一切详情已刊《新闻报》，内谅荷鉴。及月前到京筹办京、沪埠际象棋赛，全场冠军系贵属窦国柱。台端热心象术，奖励新进，果得是项特殊成绩，贺贺。兹又应首都青年会之约，到京举办京、镇、苏埠际象棋赛，苏方代表为许金宝，镇方代表拟由贵属朱剑秋出席。朱君日前曾在镇江民教馆奏艺，成绩斐然。且系后生少年，急应特别鼓励，别树新帜。日前，京青年会已函镇教馆邀请。查朱君原住在贵处，即请就近促驾，务须于五日以前到京，可寓在敝处。将来川旅各费另由青年会照送，并送馈零用。深望此次朱君到京后能与窦君后先媲美，最为欣忭，亦足慰台端数十年提倡之热忱。京青会定六日晚开始，沪《新闻报》误为七日开始，合应声明。纸短意长，书不尽言。立候回音，并颂合第均安。

弟谢宣谨启 廿六年三月二日

# 许弼德致张毓英书札 25 通

## （一）

毓英先生雅鉴：

九月廿八日久已接到。关乎棋艺，时机尚未成熟，吾侪宜时时刻刻保持通讯地址，以备将来磋商之用。目前，各报俱狂热于抗战建设文章。《银钱报》虽云恢复出版，但一则非定期刊物，二则流通区域甚狭，因为会员刊物故也。兹奉上该报一份，如有棋友欲之，函索即寄。其次期俟出版后再寄。弟仍保有大小数种铜模，对于刊书，能使其（一）经济（二）齐整（三）美观。惟技术特别，易生错误，有赖特别校对耳。窦国柱君往江西前，曾与弟等四人合影，且带去《弈园棋谱》三十本。以后杳无回音，大抵凶多吉少。张观云君素昧平生，访查不着。弟素偏重学理、技术，未知彼此见解同否。即请时安。

弟许弼德谨覆

## （二）

毓英先生大鉴：

尊函敬悉。弟因先生不克覆着，又何君亦暂时未克相助之故，是以未奉抄稿，祈见恕谅。至于缩记符号并非弟所发创，乃王善赏先生之意也。鄙意数目字用洋文，棋子名称及进退平亦尽写洋文字母为佳。表见另纸。识洋文字母或万国象棋者均易于记。将来弟将象棋翻为洋文，亦根尽此纸也。其他敬答如下：①未去香港前为董文源，后改名董文渊。②鸣冈与敏刚为一人。如天阳与天扬为一人也。棋人之名辄重音不重字。（三）阮六牛不误。该书有容性光辈为安南本地人，非华侨。（四）与许对局者为阮美政。《沪青》着法固较佳，但并不是每局均较佳。犹如《聊斋》有文曰“南方文章固多不通，然不通者未必即是小生”（记其意义）。又周、董此次对局消息，弟不曾亲眼看到。但数人之言，料非虚也。弟闻主持者为丁惠康（丁福禄之公子），已函索着法，但未接覆函，亦未知何日完矣。如得有记录，自当抄一份送上。弟思记录者必有其人，但或彼等以为奇货可居矣。兹另奉上《象棋标识之创议》一文，如可刊于贵地报上，最为欢迎。即请近佳。

许弼德拜上 十月廿二日

## （三）

毓英先生：

兹寄上华北（16）（17）两局并越南棋谱七局，祈台收。未知先生喜用何式？符号较快，打印较慢。象棋任何疑问均可提出。先生前问，车五平七后将四平五则如何弈去，业已答复。此外有何问否？《中报》着法不及《沪青》精彩，未识尊已看出否？弟集各谱，印成专本，采“交换”与“租阅”制，以及承印。先生可否代拟章程，则棋局流通，不必全恃报上之刊。此请近佳。

弟 许弼德拜上 九月三日

## （四）

毓英先生：

久失问候，特此道歉。兹以河山光复，太平景象重现。先生若整理旧稿，以期出版，洵是佳事。《银钱报》将恢复，新弈园将问世矣。谢侠逊君有信自重庆至弟，不过叙旧，别无他语也。周、董十七局，闻索价五万中储券，附此并闻。即请近佳。

弟许弼德拜上 九月十七日

## （五）

毓英先生：

惠函欣悉。先生欲备《建国象棋谱》，兹特奉赠壹册。《象棋新谱》一集，尚有多本，有闲便时不妨多多介绍读者。林幼如君因资本短缺，端在众友捐助，故何时续刊，未能一定。不然二集新谱早已出版了。惟出版书常寄多本于弟，届时可以奉寄不误。否则则直接订定，虽壹万元，但弟并不担保必有也。总之，先生欲备何书，只须说明，自当照办。即存书少时亦可特别照补也。目前中华书局恢复出版大全、南洋等谱。世界书局亦有《象棋与棋话》一书。利群经售《诀着棋谱》及《海内外象棋谱》（均谢着）。大凡棋书，作者书社最为灵通，均可代办（上海福州路二七一号）。棋友张雄飞去美国前赠弟及吴西都君《橘中新趣》一书，乃万启有征平之对局也，闻系孤本。亦有题［提］及常持一先法之张观云君（音同观云，字则否，大抵棋名重音不重字）。乃在棋话上说到耳。前周，环球出版社促弟写象棋技巧及名手介绍。弟只写前者，并写棋仙见证一文，托友名投之。再者敝址并非河南路，但只写上海中南银行亦可到也。（汉口路即三马路也。四川路口，海关对面）。敝信封上有地址。即请大安。

弟许弼德拜上 七月廿日

再者，弟在松江茸报编棋风，顾名思义，特创周系制。即“长生周”“图形周”“字形周”“对局周”……等等。目下，乃“对局周”也。先生有何建议否？对局，字数往往过长，而精彩着法不多。此残局较宜刊报之主因。现时国内报上篇幅甚为珍惜，不比从前。故对局六十多着以上者，大抵要分二期始刊一局。弟固建此系统编制也。如欲精润一局，费时费力甚多。简修即少。人生有限，对于自己局特别出力，有余方及其他。先生以为如何？（残局花时最甚）

（六）

毓英先生：

十一月八日来信言及棋盘图纸，可见先生亦必有研残局。以前之信谓不注意残局者，未必尽然也。

越南象棋谱为人借去未还，故未抄奉。

红黑棋子相同而字不同者，只帅将象相卒兵六字。若谋一统，应以何为是？

前寄张宅对局二集目录至廿局，兹补寄至六三局，祈查收，并看有误否？

十一月十二日来片，谓何君所抄之刊局及三五局，尊处已有云云。既系多余，见还可也。记得以前寄上华南对局一四四局目录及标识，先生何未发觉已有，追寄数局后始发觉。此一四四局皆香港《华字日报》所刊也。

胡震洲君对局将刊《中国周报》内。（每月报资三元六角，须直接向上海河南路三〇八号新中国报社订阅，由十一月七日起即有棋刊），下月起常刊对局。

鄙意待台端目疾治愈后，弟再奉上大量对局。目今弟乃重抄对局与他友演之。（敝行内只可写字，不便演局，居家时又太忙耳。）即请近佳。

弟许弼德手奉　十一月七日

（七）

毓英先生：

兹奉上对局第一册，祈检收。内附目录及特标。《张宅弈乘》及南京《中报》等对局，盼即惠寄为盼。沪刊若《国民新闻》等对局，尊处已有者请照特标办法（见附第一册第一局志）作一表来。则弟可抄不同之局奉上。此亦好办法也。尊抄对局如可如弟作成小册，犹小书本，则不胜欢迎之至。如不能做，只可照旧耳。盖取其简明，不占位置便于收藏携带之故耳。顾明君未曾通信，无可奉覆。祇请近佳。

弟许弼德拜上　七月廿日

（八）

毓英先生：

函悉。尊谓拙录华北弈乘十五局内有二局与何君所抄相同，甚为不解。兹寄上拙录华北弈乘目录及标识，以及何君所录对局目录。请说明何局相同。（以标识为根据）。又弟已开始整理所有对局，兹奉上许编《对局目录》之目录，该纸有便请寄回。弟对录局，当守信用。尊处所藏报上对局或书内对局，均请作标识目录寄来，以免重复。是为至盼。盖弟乃照所作目录之目录，录奉棋局，无论报上书上，有否已刊也。（如有尊寄标识目录对照，大可省下不少抄工）。即请近佳。

弟 许弼德拜上 七月廿九日

（九）

毓英先生惠鉴：

象棋材料，以残局最多，对局次之，开局最少。（大全已被禁止出版）弟正托友向周氏接洽，使其让我们发表其开局法，或不无成功希望耳。（香港版权不适用于沪，但欲避纠缠耳）。对局，弟以为全数登报，但编为书时，加以选拔为善。惟其间若有见之他书时请加注，以免重复。弟现编沪杭数报刊，未知尊稿愿登何报？或于发刊之时，通知先生可也。蒙允源源寄稿，不胜荣幸。惟若有所需求沪上时，请早赐知为盼。棋话弟亦欢迎。不日，当又发表考据于《国民新闻》也。即请夏祺。

许弼德拜上 七月十日

（十）

毓英先生：

久未问候，念念。前蒙先生寄来棋局（共多少？），又敝处寄与先生者（共多少？），弟愿抄奉先生所缺对局（须有目录）以相抵。未悉先生赞成此议否？（弟所抄局以弟所有者为限。若向他友购得者，另议。有每着一分，每月卌局之商）。三月五日来函，设每日惠抄一局，未知现已抄得若干？《国民新闻》棋刊已停，顺此奉告。所谓《中报》全局，弟处亦全缺。如可惠抄，至感。又查《象棋与棋话》一书（现40）之整局，业有多局系名手对局，有与《大全》相同者，未知先生欲弟指出已知者否？《萃鲭》第一册，终无见否。敝处颇缺白报纸为订册抄棋之用。弟于毛笔少缘。现已订制印棋用具五六十元，专为录棋之用。即请近佳。

弟许弼德顿 六月廿三日

又顾明（《大全》序作者）系否顾鉴秋？朱锦堂（《萃鲭》）系否朱剑秋？刘忆明系否刘忆慈？

（十一）

毓英先生：

片悉。该局系林先王胜也。所例棋家除《弈园棋谱》所记录外，均少弈或不识也。至于程度高下，如下：

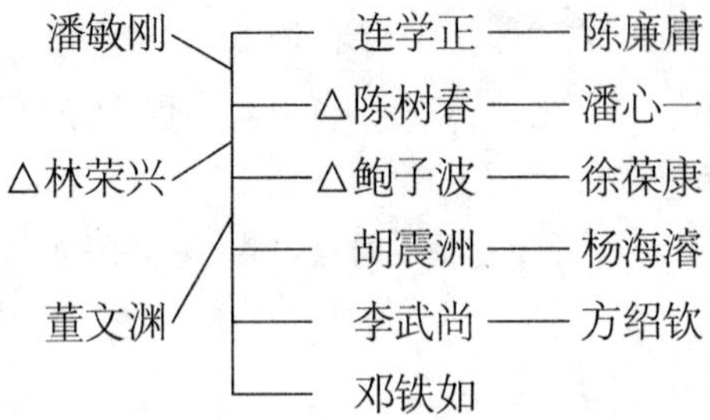


至于薛君乃吹牛之辈，实际工夫差一马有余也。（△者已死亡）。

弟弈之局如多复杂而呈对抗相持之局，过后每不能重忆（弟之忆性不佳）。先生能研究记录机否？最好能当场暗记而不分心。简便记法最善。象棋记录所需要之字较普通打字机少多矣。如有简便象棋记录机，则棋学光明矣。即请近佳。

弟许弼德顿　一月廿八日

（十二）

毓英先生大鉴：

尊恙全愈否？念念。兹奉上广州《弈林》（邱秉炎主编）对局十六局（未完）（《弈林》亦有残局），尚乞检收。尊处待交换之棋局尚有若干，盼来函说明。即请新年百安。

许弼德　44.1.13

（十三）

毓英先生：

大函敬悉。前次抄奉之局，记得有另纸目录，即无目录，亦可向何君查询（他每事均有记录）。即不然，先生可寄目录来，亦可对照（对局首着、末着及第廿着须写下）。自可避免重复也。不久弟当寄下一册对局奉上，以后自当作一记录（沪报杂志有许多相同及顶替之处，当悉细心查勘）。弟意彼此可均尽力抄录校对，但必俟对方寄到，方可寄出，未知尊意如何？又，抄录方法，可先订成小册，然后记录，效弟之办法为佳。第一次由弟先行寄上，作为榜样。又，沪上不久有棋赛（参考附条），亦有名手表演，均可奉上记录。如何盼复，即请近佳。

弟许弼德拜上 七月十七日

又，弟已定制抄棋印字，仅数目字未备。

（十四）

毓英先生雅鉴：

大函祇悉。弟前寄对局，并无附信，以后当随时再奉。弟拟编办棋谱之法，先分为（甲）对局（乙）开局（丙）残局等，以下再分为①书上之谱②报章之谱③私集之谱。（私集二字，未知妥否）。为提防重复雷同及便于核算局数起见，拟有简章。兹奉私某对局简章（报章对局简章等仿此）及扬州私集对局录（即张宅对局）目录。

（十五）

毓英先生大鉴：

兹奉上本年沪上棋赛记录及华北棋赛记录一份，乞哂收。《大全》一书中有说到，先生亦有残局书本等。然以往之尊函似鄙屑残局者，不明所以。又，先生所观对局既多，可以看出后手当头炮最怕的是否三七卒或屏风马？又，诸名手者对“长捉即长拦”与长捉无根子有避当避否？长照在被照一方，有避须避否？其论调如何？又，尊谱尚未有收到，合此声明。近来，新发明及名辞甚多，以弈法技巧论文刊于茸报者为尤。即请大安。

弟许弼德拜上 九月七日

（十六）

毓英先生：

晨接《萃鲭》第一册，午后又接锦片，多谢。现闻周德裕与董文渊订赛卅局，公彩七千元。已赛九局，董多胜一局云云。弟即函丁君向索纪录。不知何日完结，可否得到记录也。弟颇有机对局及参观对局，惜缺记忆着法之力。深愿有人发明并制造记录之机器，所裨实多也。尊书常有变，对局而弈变，实少闻。或事后研究，非原弈者之着法也。兹奉上拙作《象棋标识之创议》一文，闲可台评。又，目下文具店有售玻璃笔头及杆，价廉而耐用，中英墨水汁俱合用。附此奉闻。敝友何君亦以牙痛闻。抄录之事，待下月举行亦可。即请近佳。

弟许弼德拜上 十月十四日

（本信即玻璃笔头所写） Oct,14,1943

## （十七）

毓英先生大鉴：

十一月七日起《中国周报》刊棋，又明年一月一日起《慧星》杂志亦刊象棋辞典及许多新式残局。本月因忙上项诸端及其他俗事，致接奉六三局后暂时未能答礼，殊为抱歉。但至少下月首即当有以报也。台端前言不理残局，然何有残局棋盘图纸，且无处可写着法，颇为不解。本次尊来六十三局，当即作为张宅对局二集（以前作为一集）。兹先奉上目录标识，乞察。弟无暇排演，然见所抄象五进五等颇多，必是有误，下次请注意之。另奉大连棋王胡震洲君莅沪与郐志华君所弈一局，用打字机及复写纸者，未识台端以为何如？即请近佳。

弟许弼德拜上 十一月六日

## （十八）

毓英先生：

① 寄上越南对局二集十八、十九、二十局（该集完）；又华北廿二、廿三、廿四、廿五、廿六局，祈察收。华南对局因何君事忙未曾邀卷，幸谅之。大函（十一、二三）已校过。

② 越南二集第十一局五六着，尊处第几着演不通，未见说明，无由答复。或寄该局回而重校之，可也。

③《中国周报》以后当多刊对局及开局，详细解述评注。先生有所建议否？

即请近佳。

弟许弼德拜上 十一月三十日

## （十九）

毓英先生：

十一月五日信已接矣，但弟早有函去矣。六三局接到，谢谢。但如马三进三等错字颇多。兹奉上何君所抄四十一局（指来函所称），并不按序，但有说明（注数目）。周、董对局已有人设法买之。闻福州亦将出版对局谱。越南谱及民卅二年出版之书，只弟有之。尚有残局，弟抄给朋友不少也。惟越南报上棋刊弟亦有之（依序作集）。台端前言牙痛，今又言目疾，恐字有误。《越南象棋谱》初集（全二册），实价越币二元（不见二集）。李文雄、叶逢莲编，黎荣堂、刘焯校订。美群印务局印刷。内亦有全局法。奉上之一集二集（此集字乃弟擅编），并非书之序也。又该书文字亦多。内有拙作残局，故弟有一份。今久不通讯矣。余再叙。即请近佳。

弟许弼德拜上

## （二十）

毓英先生：

四月廿一日大札已悉。华南报章对局一集九十三局，鲍子波先胜黎绵并无错误，着法亦并无奇特，因系让左马之局故也。至于梁茂与黎绵是否同人，弟亦不得而知。兹复奉上上海私集对局十余局，盼即收检为荷。即请近佳。

弟许弼德拜　四月廿五日

## （二十一）

毓英先生：

①《48开局法》，如有人寄来，我可寄上，但请勿遗失，抄毕见还。

②《象棋初步》《全国棋赛专刊》，你若要，请说一声，我可到时多买，寄你一份。

③ 胡海客，我并不多谈他。他的棋技很低，别人没大漏着的话，总是他输的。我现时比从前熟些，见过谱书也多，可以断的。棋坛轶闻，也要有考据，不是瞎说的。

在全国棋赛中，林幼如以七负一胜在初赛时被淘汰。以前他月刊的对棋及其他，据王信云多是捏造的。如今名誉扫地，自讨没趣。

## （二十二）

毓英先生：

① 3/11来片接到。

② 港版杨官璘著《棋国争雄录》上下册，及曹悦强著《港台棋战记》，是现在对局记录附注介最好的棋谱。窦国柱有售。他来扬州时，兄可向他索阅。特此郑重介绍（该书有黑市价）。

③ 苏州（谢老等去）、昆山都有象棋表演。我因银行联赛，故不能去参加，已介绍别人代表。而黄浦区棋赛，时日也冲突，也打算不参加。上海学生代表队为全国最好的。银行队与赛以21比21和。（他们胜过黄浦区工人代表队。）所以小孩云云，不可看轻。

④ 本年十一月全国棋赛，在上海举行，棋赛已有电影及录音，将来前程不错。即请大安。

许弼德 57.12.3

（二十三）

毓英先生：

兹寄上全国赛（1956）季刊一册。又，上海全市赛不久亦即出版。两书包装费、寄费、车费等，估计达一元五角左右。如承汇款，请指定上海九江路邮局付款较近。此种对局纪录，料足以满先生之欲望也。即请大安。

许弼德 57.7.12

（二十四）

毓英先生：

今得王正明借来周《48 开局法》，请抄毕照后面地址寄王正明先生为盼。即请年安。

许弼德 1957.1.17

ф ＝车　h ＝马　ク＝象　火＝炮　亠＝卒　八 ＝兵

丬＝将　巾＝帅　//＝平　＋＝进　一＝退

（二十五）

毓英先生：

九月二日大函已悉。所云弟与鲍君所弈，弟亦不知，请将该局及棋讯借观。至目录标识，弟当于中秋节时奉上，以作以后谈判时指定之用。弟前函乃谓沪青第四局宜加注如下：“末后应再加将四平五、马四进六、车六平五、车七退二”。此系答尊问。所谓第二、四局将六平五等等，均误写，实为上述也。第二局九十五着应为士五进六。另附局末图，以便推测。又第廿四局八十三着，系后炮三平一也。

十七局已收，谢谢！弟约至近中秋左右，方能大量寄局前往也。此时只好小量而已。兹附弟与友往来棋信并校正沪青廿四局一纸，祈检收细阅。即请近安。

许弼德

# 杨鸣盛致张毓英书札5通

## （一）

毓英先生台鉴：

敬启者：弟僻居里巷，夙仰盛名，常抱请益之心，未遂识荆之愿，怅怅奚似。弟自往岁脱离教育界后居家学象，虽间有心得，苦无名家指正。加以研究斯道者，首宜搜集各种谱稿，若弟见闻浅隘，竟至无从着手。顷接常熟赵公仲葵来函，云及先生对于象谱搜罗甚富，凡系象界忠实同志商借，无不应允，并选刊名手对局六十余，定名《象棋萃鲭》，分赠各同志。爰不揣冒昧，上渎清神，乞赐《象棋萃鲭》全部（该书《大全初集》虽选刊二十二局，嫌非全豹），藉资研究各种象谱，尚请假弟手录，敬当于最短时期内妥由邮局璧还。想先生以提倡象艺，发扬国光为怀，必能俯鉴下情，曲成鄙意也。冒昧陈辞，诸希鉴原。倘蒙赐复，不胜心感。专此，敬请弈安。

弟杨鸣盛谨上 古历八月廿六日

覆书请寄“江阴东外三官殿”。

## （二）

毓英先生台鉴：

昨奉尊函，壹是均悉。弟在此数月中，并无远游之举。《竹香》一谱，如蒙惠假抄录，期限至速半月，至迟二旬，来往邮递日期在外。希世孤本，安可假手于人，敬当亲自笔录。与象学无缘者，每视象谱为报纸，然志于斯道者，非特名贵旧籍，视同拱璧，加意珍护，即举世共见者，亦皆藏诸书笥。弟虽下愚，颇志切斯道，对于该书污损问题，尽能负责。先生爱护孤本，特别慎重，益见先生提倡象学，顾虑周详。倘蒙常赐教益，则所受更多矣。种种费神，不胜心感。专覆，敬请弈安。

弟杨鸣盛上言 十月初二日

## （三）

毓英先生台鉴：

不聆宏论数月，于兹正拟函候，忽奉朵云，披读之下，欣忭无既。棋谱三册已抄者计十之九，约月初可以竣事。嘱觅民国六、七年之小时报，迭向各处搜求，多以相隔久远无保存者。后托友人于时报馆设法晤其经理黄君、记者金君，磋商多次，彼馆虽有二份，珍藏绝对不能借出，最后请求，可否允许每日到该馆借阅一二小时，此点亦尚未有答覆。嗣悉无锡某图书馆，确曾保存一份，当即函商，往返数次，请其汇齐寄下。兹得覆函云，已检出，惟太笨重，不便寄递。弟拟月初亲赴该馆，将每局着法一一录下，果有遗漏，尚可托人于时报馆内补全。以时日计之，出月望前，当可与棋谱一并挂号寄奉。恐劳远念，用敢先陈。专覆，敬请弈安。

弟杨鸣盛敬上 三月廿八日

## （四）

毓英先生台鉴：

两奉手书，备悉一是。棋谱四册，照收无误。此次携回《时报》，自丁巳九月起，迄戊午腊月止，按月装订成册，每册间有缺页，于棋稿有无妨碍，一时尚无眉目，俟整理后再行录奉，惟望前恐难寄出耳。至澄锡两邑，一水可通，日前出发来往，均寓亲戚家，所费无多，幸勿垂注。且同属提倡象艺，区区之费更不足计。覆颂台绥。

弟杨鸣盛敬启 四月十三日

## （五）

毓英先生台鉴：

芜函计达。《时报》已检查完毕，兹将抄得十一局暨原纸寄奉，希即检收。查《时报》所载象戏，以鄙意测之，计有四十四局。内第十七局报上未能登完，不知何故？至各局日期，已一律注明，并无错误。局后间附说明，还希亮察。谢君搜集古今丛谱，著为《大全》一书，暂出三集，藉以阐扬象学，用意甚善。但不知三集后是否继续刊印？况斯道一经提倡，研究者颇不乏人，非有相当短期出版物，不足以收观摩之效。《大全》一书，内容固极佳美，但一集与二集，相隔几及一载，使学者迫不及待，且所选者均属精华，割爱者亦必不少。鄙意以为发行一种杂志，定期出版，或一月或间月，将来择尤装订，即继《大全》三集，而成四集、五集亦无不可。初集“弈话”中尊论创办象棋杂志甚合鄙意。近来志此者多，稿件不患缺乏。甚其最感困难者，厥惟校勘，次则推销。但谢冯诸君，交游众而邃于象学，不妨先行登报，征求各地赞成，承认推销或定阅，再讨论编辑事务及内容，推定专员以董其成。惟此项盟主，信如先生云，非谢君莫属。鄙人棋术粗疏，处地偏僻，愧未能有所参议，谨当从诸公之后备使令之役也。兹因走笔偶及，敢略陈之，未知尊意如何？专此，敬请弈安。

弟杨鸣盛敬上 四月二十日

# 周德裕致张毓英书札1通

毓英先生大鉴：

不通音问，转瞬数月矣。近维起居迪吉，谭第皆佳，至以为颂。弟此次南来，虽无所获，数月来均幸贱体粗安，只此堪慰故人耳。华南棋风之盛，有非我们意想得到者。数月来，弟曾参加四次大比赛：（一）广州青年会之擂台表演赛，结果获西南政委萧佛成赠之大银屏一座；（二）省港澳象棋大比赛，幸获首名；（三）空防救国游艺会象棋名手比赛，结果获得最大之银鼎一座；（四）民政厅在民众教育馆举行之名手大决赛，幸获首奖。每夕比赛，观众动辄二千余人，门票收入，为数不菲。总计四次成绩，均列前茅，成侥幸极矣。最近更与港友李善卿君共编《象弈讲义》，并设函授学院教弈象弈。三阅月为一期。照第一期之经验所得，无论何人学习一期，当可高出二先，或一马。其进步之速，有非亲历者必不相信。《象戏勾玄》行将刊就，因赴各处比赛，稽延二月余之故也。新正有便，请驾南游，俾得共叙别怀。兹付上报纸四份，安步请照查收。余恕未及，此请近安。

弟周德裕上 廿四年一月八日

# 周秋水致张毓英书札3通

（一）

毓英先生：

久闻阁下名震棋坛，且提倡象艺甚力，敝人景仰已久，苦无机拜识，徒呼奈何。近与许弼德先生言及先生的创举及大作《张宅弈乘》及《象棋粹睛［萃鲭］》二书，许君所存之稿，已寄与澳门吴文英君，并嘱后学直接与先生联系，并示地址。后学尊之，不禁雀跃，故特奉函致候。并随函另邮奉上镇地已故名手巴吉人氏遗著《象棋谱》一本。该书（西文也）曾为象棋爱好者杨剑虹氏以“反梅花”为名，在《象棋界》《象棋》月刊中连载过，惜乎皆不全。今后学系向巴氏之老友李君处觅得，且为巴氏亲笔所书，名为《象棋梅花心法谱》，并较《象棋界》中所刊者多数局。后学不敢自秘，故特奉上，请笑纳！后学拟向先生借阅《张宅弈乘》及《象棋粹睛［萃鲭］》之二稿，如允赐阅，当负责爱护。谅先生向喜提携后学，当不难所请，并希先生不以后学资质愚鲁，时加教诲，则感甚幸甚。专此，即颂弈安。

后学 周秋水上 1.28

如有其他古谱及手稿，亦盼赐下一阅。

通讯处：镇江解放路275号

（二）

毓英先生：

前日接到手谕，昨日复收到寄来的《象棋萃鲭初集》，请勿念！

贵友如此慎重，后学为了不辜负先生之好意，亦不有误。贵友借书之盛情及慎重之意，当更加爱护，并加速抄写。抄完后当仍以挂号奉上，决不有误。又先生前曾言及将所存的对局存稿加以整理后油印，后学不自谫陋，敢作毛遂自荐，愿在先生之宏举中稍尽绵力，以报先生提携之德。专此，即颂弈安。

后学 周秋水 上 2.24

（三）

毓英先生：

昨接手翰，适《萃鲭》尚有数局未抄，现已赶写好，随函另邮挂号将该书奉还，请检收。先生来函中承蒙慷慨，允将珍藏之抄本、刻本之名贵棋谱借阅，后学感甚幸甚！惟后学所见所闻甚为腐浅，且不知先生珍藏了哪些谱书，是否请示知书目。后学现拟向先生借华北名局“海阔渊深”或周德裕遗著《象戏勾玄》《象学讲义四十八则》，该书后学负责保管，不使有损。专此，即颂弈安。

后学 周秋水 4.6

# 朱剑秋致张毓英书札3通

## （一）

毓英先生尊鉴：

念年久别，思慕良深，回首前尘，徒增景仰。去岁国柱兄返沪，欣悉福履安康，远怀是慰。回忆吾扬棋手，代有传人，先生培植之功，未可湮没。而倡导以来，风气之盛，固不仅广陵棋界受先生之惠也。解放以来，象棋艺术在政府重视下风行全国，去年并在政府主持下举办了中国历史上第一次全国性的大比赛，举国棋坛腾欢。想先生闻之亦必以偿夙愿为快。去年上海在市体委主持下举办全市选拔赛，剑秋忝居亚军，因名额所限，不能参加北京光荣的全国比赛，深以为憾。诚以卅年来钻研不够，殊有负先生曩时之教益和期望。今后当再努力学习，今年大比赛时再试牛刀。据闻今年全国锦标赛多数在上海举行，详情容当续报。国柱兄云及扬州市棋风仍盛，并闻全市棋赛时先生荣膺裁判长，想见老当益壮，热忱不减当年，可喜可贺。剑秋环境尚佳，除略事表演外，并经常编著棋书及投稿。去年为上海文化出版社编了一部《开局概要》，早经脱稿，大约一二月内即可出版。有时也为广州新闻出版社写稿，《文汇》《新民》两报间亦投稿和索稿。目前正为国家体育出版社写一些“开局”。因为文化和艺术的水平有限，只能“一鳞半爪”，以示研究体会而已。今后尚希多赐教益，以增阅历而宏绍介为荷。

兹有教者，近闻报载“先锋马”一稿，叙述来源语焉不详。回忆曩时张观云访扬时曾与张锦荣对局，事后传闻观云善用“先锋马”，不知先生尚能忆及否？传说是否正确，敬祈示之一二（有关先锋马着法与掌故）。并请抄示二张对局中先锋马局一二局，仍请说明此类开局曾弈几局，能注明年份最佳。据闻剑秋早年对局（与王浩然、周德裕、张锦荣、万启有等共廿余局），先生处珍藏齐全，弥足珍贵。拟我以后抽暇托人抄示，如获俯允，毋任感篆，有机返扬，当图面谢。专此，敬颂春祺。

后学 朱剑秋谨启 2.11

## （二）

毓英先生道席：

华翰先后遥颂，欣悉故乡市体委与文化馆倡导棋艺，作一有规模演出，藉以丰富人民文化生活。据闻今年全国大比赛在沪举行，扬州市亦有选拔代表一人参加之议订。通过此次交流，不仅丰富了传统的扬州棋坛，更鼓舞了广大爱好者的积极性，同时吾公以丰富之经验从中协调，当更收事半功倍之效。展阅来函，深感旧雨情殷，嘱与窦兄等同来参与盛举，已感荣幸。准于本月廿二日抵扬参加周末演出，至待遇一节，非我所计，敬烦据情转告市体委，恭候明示，以定行期。有渎清神，容谢。二张十局棋稿，早经研阅。浙张棋路锋利，不愧名家。扬张劣着误着均多，不似全盛时期代表作。近因赶写国家体育出版社棋稿，无暇细注愚见，容俟晤谈。专此奉复，祇颂春祺。

后学朱剑秋拜启　五七、三、八

## （三）

毓老：

此次返故乡表演，躬逢盛举，快慰平生。尤其政府重视艺术，才能有扬州象棋史上第一次盛会，我想你一定是愉快的！不过有两件事是我感觉不愉快的：（一）你的夫人忽然不适，减少了你的兴趣，也使我们晤叙机会减少；（二）大会裁判为什么不请你担任？据我了解，屠[①]有函要求任裁判，大错特错，简直是喧宾夺主，也辜负了你多年来提倡象棋的苦心。如果以后再有举行，那一定要请你出来担任的，否则我是要向主管机关反映的。在扬临行匆匆，未及拜辞（我们天未亮即起身）甚歉！我在常熟逗留二天，与甘君对一局胜，与惠颂祥对一局和，两晚均在常熟市工会大礼堂表演。十九日至苏州，表演三天计五场十局，对象九人，我全胜。如以个别棋艺相比，苏、扬均不及常熟惠颂祥。如江苏省举办全省选拔赛，惠君有冠军希望。此次在扬，最感荣幸的是首长们挟带我们游瘦西湖并摄影留念，这是我一生难忘的快慰！廿二日晚返沪，接奉体委通告，召开成立上海象棋会座谈会，日来忙于参加起草会章工作，疏于函矣，尚希谅宥！象棋协会在体委领导下约在下月初旬可告成立，如何容续报导。匆此致谢，并颂时绥。

后学 朱剑秋拜启　57.4.26

① 屠，即屠景明，主编过《棋象对局选》第一、第二辑。

# 张雄飞致张毓英书札 1 通

毓英先生道席：

久企骏望，末由自通。顷承海客兄允为介绍，五中忻快，曷可言宣。后学家世芜湖，自幼嗜象。弱冠旅食四方，类多山陬小邑，故无缘请益名手。廿七年冬，偶于南昌棋摊获遇邓君春林，曾受一马，弈战数局，胜负相当。三一年秋，在渝经友介识谢老侠逊，初受一马，半年后而二先，而一先，前后所弈当逾百数。卅二年夏，初识朱剑秋先生，受二先，三局两负一和。同年冬，一先四局，两胜一负一和终。离渝之日，与朱仅弈此数。然以公余偶一从事，进境绝鲜。即如上年冬，由美返国，道过沪上，谢秉毅兄约晤周德裕于凌云阁，二先三局两负一和（多一马），负局中一局中炮空头，一局卧槽马压死对方之车，但其后均翻成负局。工力稚弱，良堪自哂。去国前，曾在沪报发表竹函商兑十余则，容当剪呈斧正。商兑诸局，多为初、二两集，比较简短，其第三集第七局“停舆待渡”，仅择要略加商榷，而“七星拱斗”“雪压梅梢”“鸿雁惊空”等局，虽已发觉可商之处，然篇幅绝非日报所可容纳。因忆曩昔先生力倡创行象棋杂志高瞻远瞩，钦仰至深。此议曾迭与同嗜商酌，然以时局不宁，出版维艰（纸张、印工均不易筹措），徒深扼腕。先生橘隐清流，敢信未发“国难财”“劫收财”，一如同道。则今日欲续《萃菁［鲭］》之刻，独任经济责成，恐已不若往昔之易。卓见如何贯彻，未卜有否新意？如蒙不遗葑菲，时颁教益，实所企幸。专此拜上，祈行弈祉。

后学 张雄飞顿首 三七、七、十二

覆示请寄“南京邮汇总局储金处”。

# 赵仲葵致张毓英书札56通

## （一）

毓英先生大鉴：

久疏笺候，时切怀思。比维祥符献岁，潭第迎羊为颂。客腊中旬，张君锦荣自北平南旋，顺便来常，因无人对弈，勾留二日即去。弟以节届年关，未能充分资助，殊觉抱歉。按，张君对于棋术，说理极为明晰，不若万之有头无尾，功候之深于此可见。前缺《商报》残局，已承钱君抄示，惟着法未载，颇费斟酌。近来曾否续寄？甚为念念。敝邑新出日报，定名《常熟时报》（连旧有不下十余种），屡来索登象局。弟即将尊抄全局付下，按日刊载，并注明我兄藏稿，藉此或可流传世上，俾学象戏者得以考究。惜校对不精，舛误叠见。传抄既久，必致失其真相，殊为可虑耳。专肃，即请弈安。

弟赵仲葵顿首　正月初三日

再《象全》三集想已出版，近曾见及否？

## （二）

毓英先生大鉴：

迭奉手翰，敬悉一切。弟前因略受感冒，致未能执笔，迟覆甚歉。承寄示棋谱三种，其中对局初拟，剔除雷同，分别录入手编弈稿。旋以各有统系，加以删削便失去该书本旨（《对局汇刊》以比赛分类；《象戏钩玄》以当头炮为主）。再四斟酌，似宜存其全璧。除残势另抄外，现正着手抄录，已完成四分之一。大约入夏，方可奉还。前荷指示谱中错误，曾加探讨。赵、沈对局，其异处在沈方炮三退一与二退一，致结局亦不相合。但炮二退一后马二退三，便无用处。若炮三退一又为闲着，颇难定其是非。至林、冯对局，《象戏钩玄》漏去六着，用红戳补印在上面，次序亦与《象棋汇刊》不同。结局数十着此有彼无，以意度之，车六平三恐系事后评定，已可终结；车六退八，似为当时对局。未知高明以为然否？其他各局误处尚少，承询海上棋谱，系敝友在报上见过，仅云谢君新刊《象棋谱》出版，刊印者为作者书社。旋往该局购买（定价大约二元），已经售罄。越数月又往探询，则谓并未续印。闻窦君国柱在沪，当知详细。近数年，海上各报登棋局者颇多，惟对局甚少。此种报纸，内地不到。浙江张冠云棋艺精卓，万启有亦非常钦佩。惜以后杳无音信，不知其究竟。今严君又将赴沪，拟托彼一询颠末，俟有所得，即行函告左右。专复，即请台安。

弟赵仲葵谨上 四月廿日

（三）

毓英先生台鉴：

音耗梗绝，寒暑再更。忽奉华函，载欣载慰。弟自前岁小春月十二夜仓皇出走，餐风饮露，艰苦备尝，在常州地界蛰居月余。迨腊月中旬返家，检视则后半房屋已被炸坍，前半尚可居住，室内纸堆山积，凌乱不堪，所剩仅粗笨器具，几至身外无长物。手抄棋谱自纸堆中陆续拣出，尚不残缺。廿余年心血不致枉费，是则差足告慰耳。海上象棋栏各报皆有，敝友严君旅居沪上，曾寄来全局两局，残势数页。惜彼不甚注意对局，而所寄残势又毫无精彩。仅恃耳食，鲜寓目之机会，固不足餍我辈之欲望也。此间如有所得，定再奉闻。尊处新购棋谱，尽可有便寄下，不必急急。专此奉复，即请著安。

弟赵仲葵顿首 四月廿七日

（四）

毓英先生大鉴：

久疏鸿雁，时切心仪。近维福祉骈臻，兴居迪吉，为颂为慰。顷奉大教，欣悉把卷而外，仍以象戏自娱。敝处棋稿，幸留全豹。原定每百局一卷，尚未装订。足下如有所需，请注明年份，检以奉阅。近日各报虽有象戏登载，无甚可观。谢著《南洋象棋专集》，内容亦均平平，余未睹及。名手星散，音信杳然，恐难复昔年比赛时之盛况矣。前阅尊处藏有张君锦荣手著让二先、三先棋谱，曾否散失？今或仍在，请便中寄示为荷。抄毕当即奉还。专覆，即请著安。

弟赵仲葵顿首 五月十五日

（五）

毓英先生台鉴：

前覆一函，谅已鉴及。兹奉上棋谱四册，收到后请示我一二。此谱对于全局确有价值，弟已全体录存。长夏足资消遣，并可进研开局功夫，何幸如之。弟在四年前，曾将所抄弈稿千余局，分类编目，以开局六着为限，虽不无疏漏，然而开卷了然，依次寻绎，收效甚大。《中报》所载近多残局，似觉敷衍了事，不感兴趣。弟所见诸局中，惟第十局（七月十三、十五两日）（逼走乌江）着法颇奥。此局即曩时尊稿所载之车炮士破车双象局势。当初嫌其着法太简，似有变化，不甚重视，今以此对照，方知确有胜理。海上棋讯隔绝已久，近来有无新资料出现，不得而知。未悉尊处有何闻见否？又张君锦荣曾著有二、三先象谱。此稿尚在否？既未排印，散失殊觉可惜。专上，即请暑安。

弟赵仲葵谨上　七月廿三日

古来编书者皆含有私见，棋谱更不能免。如《象棋比赛汇刊》记事，述及黄松轩因忽视苏兆南，和一局负一局，但着法不载。《象戏钩玄》序文书明南北诸名手姓氏，而张锦荣不与焉。又对局之末，每有格于本书体例等语，亦遁辞耳！又忆及周德裕、赵文宣比赛四局，《象谱》仅列其三。《商报》前亦未登，致第一局，赵先周胜，未见流传。今周君编谱，未曾乘机登出，亦觉可惜。又及。

## （六）

毓英先生大鉴：

前奉手书，欣悉一切。象棋谱四本，皆已抄毕。惟《象棋比赛汇刊》之末有记事一段，初拟不录，继以所载均赛棋实况，并非闲文，不忍割弃。现正赶速抄写，大约旬日后当可奉璧。敝地距申江虽近，棋讯寂无所闻，缘旅外诸亲友对此不甚注意之故。顷阅《中报》（七月一日起）有棋栏一段，系陆承铸编。所见对局仅两局，余均残势。虽少精采，聊胜于无。此报与《中华弈园棋谱》共一簿［薄］本，定价一元云。复至中华书局得见谢侠逊编《南洋象棋专集》，系廿六年出版，共三册，厚薄与《象全》相仿，原定价一元，现加五角出售。略为翻阅，见华南名手李、黄、冯等全局均有，内容极佳，惜未购回。弟亦未明真相。专此奉复，并请暑安。

弟赵仲葵谨上　八月八日

## （七）

毓英先生大鉴：

承惠象谱四册，均已收到，谢谢。其中与日报所载相同者，亦有数局。想谢君所取材者，仍系此书。弟前录对弈四十局（局中有参以鄙见，另加记号者，不值方家一笑），遵即奉上，祈察收是荷。当时因就职乡间，交通少便，时报屡缺，加以岁底严寒，玄冰塞道，断报复二旬余。竭力搜罗，仅得此数。今再详询各友，如借得全份报时，定当录呈台览。至此书抄毕后，敢请将尊抄十余局及录自他书者，同寄一过为祷。弟最喜名手对局，奉上诸局均曾细究。忆得先者，多从横车盘头夹马炮进攻，而破此势者系横车屏风马。敝县有二人，象戏亦颇著名，与弟累次对弈，卒以盘头马失败者，十居七八。

群以弟善用《梅花谱》，实则《梅谱》并无此种棋路。取法手录各局，容或有之耳。前阅《象棋通信》，知足下藏有《竹香斋》及《潜心可得》两谱，弟从未见过，如肯借下录副，尤为心感。专复，即颂台安。

弟赵景南谨上 十五年八月廿八日

再启者：近日海内同志，多欲刊印象棋杂志，以免散失，藉供研究。谢君谓不如日报流传之广。其言皆是。弟意日刊与月刊均系暂局，最好诸名家各出所藏手抄秘本及海内孤本，汇印成书。更仿丛书体例，分门别类编为数卷，是则方可称为大观。环球嗜象戏者，颇不乏人，苟有新谱出版，当无不以先睹为快，届时购者必多。既可以普遍全球，又可以历久不磨。后学并可于此窥见前人精神所在，俾当时主稿者一片心血亦不致虚掷。较之翻印杂志，更觉美满。惟兹事体大，非合群策群力难望成功。其最要问题有二，分述如下：

（一）校勘。校勘全局尚易，校勘残局甚难。鄙意无论全局、残局，先别为若干种，再由主干（公推）指定几人会校，或二人校一种，或三人校一种，迨去取既定，校勘无误，然后由主干付印。

（二）集资。印书多寡，若以销路广狭为标准，殊难预测。鄙见先将每部印本估定，再登报预约。由同志介绍者，归经手人负责。俟集有成数，即可排印。

以上所述各节是否可行？虽未敢自必，愿热心如足下，此举想亦赞成。倘蒙采纳，请径与谢君协商，将来主干即请君与侠逊先生担任。果由理想而成为事实，大可于棋界放一异彩也。

景南再上 十五年八月廿八日

## （八）

毓英先生大鉴：

接奉手教，敬悉壹是。《商报》及对局均已收到，谢谢。对局抄毕后定即奉璧。《商报》六月八日所登赵、沈对局，沈方三路八线，原有一炮，所以赵车六进三，沈可马二退三，藉三路炮保马，而以二路炮打车，使赵不能车六平四去士，但沈炮三退一，预备去赵之一路卒，殊属无聊。盖车马炮局促一隅，不能发展，其势已无可挽救矣。至周、李对局，双方竟有此失着，可称奇极，必为抄错无疑。尊论极是。统观《商报》所登华北华东区际比赛，仅十二局，削去周、赵四局，并痛诋张德奎抬高赵之身分（装华北之门面），亦属无聊之极。万启有前偕一中年妇来常，越宿即去，斯人品性恶劣，无可讳言。近闻在苏又另有不名誉事，为苏垣象界所不齿。以棋术论之，苏省除老辈王浩然外，当首推张锦荣、周德裕、李广全，雄视华南，势亦不弱。异日华北卷土重来，万恐非其敌也，姑拭目以俟。今岁大水少辛亥年五寸，而灾情过于辛亥年（因发水过早），明年生计益不堪设想矣。专复，即请著安。

弟赵仲葵顿首 九月一日

（九）

毓英先生大鉴：

前上一函，想已达览。兹奉还棋稿两本，祈即察收。敝乡象讯沉寂，未知贵处如何？《商报》象栏颇有价值，今竟中止，可惜之至。香港李广全所编《弈谱》曾否出版，亦无从探悉。盛衰无常，若此实堪三叹。吾兄如有消息，请便中示我为祷。专上，即请著安。

弟赵仲葵顿首 九月十三号

（十）

毓英先生大鉴：

不奉手教，已数月矣。兹维起居佳胜，为颂为慰。近将己巳年弈稿陆续覆盘，内有二局误处未能校正。今特录呈左右，尚祈指正是荷。又周德裕所拟残局（车炮单士胜车双相），其第一局着法为车四进五，帅五进一，车四平九，相一进三，车九退四，帅五平四，车九进三，帅四退一，车九平五，车五平六，将四平五。此后如黑车六进五，随红炮为进退，不使平六，则红棋究以何法胜之？亦请示知为盼。谢侠逊新编象棋谱，登报预约定十二月底出版，有无秘本在内，现亦无从探悉。最可惜者，《商报》停刊象栏，致名手对局又少寓目。而朱剑秋此次由扬之苏、之沪、之浙弈稿，不在少数，想亦未曾留底。苏州华鸿泉业于今秋作古，除前寄尊处八局外（亦非经意之作），一无所见。此公棋步缜密而胆小，未能出奇，故难与张、周诸子相抗衡也。专上，即请大安。

弟赵仲葵顿首 拾月四日

（十一）

毓英先生大鉴：

前日敝同事潘君文华（扬州人）来常，谈及贵乡安静如恒，欣慰无似，惟现银缺乏，殊为可虑耳。前寄两函均收到。《适谱》着法，弟均已抄毕，尚有残局图四本，未曾盖戳，大约旬日后即可奉璧。象稿五、六、七三册，便请赐下为荷。承询杨君鸣盛（曾拟有残局刊在《时事新报》)，弟初未谋面，不知从何得信，谓弟抄录象稿颇夥，托敝同事钱君转述相慕之殷，欲将此间棋稿全行借去。弟以现时所存皆散帙，答以将来成书后再借。仅寄去丁巳年林、王对局一本。据钱君云，曾与杨君在宜兴中学同事，英文颇佳，为人亦诚恳，系震旦大学毕业。至尊处《萃鲭》，弟实告知，其他并未提及。想必从沪报上看来我公所藏均为海内孤本。弟与杨君即无相知之雅，未敢贸然保险，寄否仍请尊裁。或俟弟所借彼之书归还后，再作计较亦可。专此上复，即请弈安。

弟赵仲葵谨上 十月十二日

## （十二）

毓英先生大鉴：

曩奉手教，当日即覆一函，想已鉴及。流光如驶，忽忽自秋而冬，近维兴居增绥，定符私颂。顷由友人返里，述及海上棋讯，颇形热闹，时有名手对弈。弟以株守家园，未克一睹盛况，只有整理旧稿，藉以消磨岁月已耳！饱经忧患，万念皆灰，惟此枰场小戏，尚未忘怀。忆及前次函告，有广州棋战记与日报数份，是否即难前所见？周德裕摆擂台及《华字日报》上稿均蒙寄示，若系新得，便中仍请赐下一观，俾得扩充弈稿资料。再张君锦荣曾著有让二先、三先棋谱，可否见示一二？此公年事已长，恐不复有坛坫争雄之豪兴矣。留此笺笺者，亦足抵张君在象界一页光荣史。申江自谢、周、窦、罗外，继起者有林永兴、李武尚等，近有董文渊（前浙闽省际赛冠军）大露头角，与周对弈无甚轩轾。拉杂布复，即请台安。

弟赵仲葵顿首 十一月十一日

## （十三）

毓英先生大鉴：

顷奉大札，欣悉一切。承借棋谱，感荷靡已，请即赐下可也。《申江象讯》隔绝已久。据敝友严君云，今春谢君侠逊新刊《象棋谱》一部，得信往购，业已售罄。明春严君赴沪，拟托再往购。如能买到，当再函告。兹将春间友人寄来弈稿两局（可惜不全），转奉一览，不必寄还。祈察收是荷。专复，即请年安。

弟赵仲葵顿首 十二月初九日

## （十四）

毓英先生大鉴：

棋谱四本均收到不误。连朝冰雪，迟复为歉。查谱中各对局已经录存者不在少数，校核颇不易，大约来年端节左右当可奉璧。敝邑民教馆，拟于大地回春之后，举行象棋比赛。但各象友早已星散，虽有留者，亦无复当年之豪兴，恐难如曩昔之盛况矣。先生前云文郎等久客在外，未得音信，不知近况若何，甚念甚念。专复，即请年安。

弟赵仲葵谨上 十二月廿日

## （十五）

毓英先生大鉴：

接奉手书，欣悉一切，并知《梅谱》亦已收到，承赐《商报》两卷，谢谢。

尊处弈稿，尽可缓寄，盖现时弟亦无暇抄录也。查《商报》所载对局，如芝阳林鸣鹤等，对于布局方面尚少经验，遑论其他。至钱梦吾、张德奎等（颇能研究谱著）差强人意，而亚于贵乡窦、朱诸君。惟万启有不知何时北上，与那健庭对弈四局。虽万多输一局，其实二人不相上下。那善用当头炮杀局，与林奕仙相似，别无他长，窃谓久弈必败于万。最可异者，《象全》三集竟有谢让二先，四局结果两平。一则贪利，而未偿其愿；一则图名，而竟如其意。谢虽未必优于万，但万亦太不长进矣。未知高明以为然否？专复，即请弈安，并贺新禧。

弟赵仲葵顿首 正月初七日

## （十六）

毓英先生伟鉴：

客冬奉到手书及吴函，以及《萃鲭》四本，时因患恙未愈，不能裁答，歉甚歉甚。严君前次赴苏，仅留二日。据云，费绵钦曾抄一和局，王元龙亦抄得数局，以时间匆促，未能录下。弟于今春尝托严君函约华鸿泉来常对弈，并请其随带前次弈稿，不意迄今未到。兹严君于二十左右送子女往苏就学，弟语伊务必借抄数局，以慰吾公渴望。同里张茂叔君，象技虽不甚精，因其颇有研究，借花献佛，转赠《萃鲭》一部。张君携归排演，大加叹赏。是谱之可贵，自不待言矣。近来，谢君与诸名手在申对弈，想不在少数。马氏昆仲必有全稿录存。区区游戏，竟秘不示人，可笑之至。尊谱录副将毕，谨拟芜词数行，录呈斧正，不足当方家一笑，聊作纪念云尔。吴抄诸稿兹先奉上七页，余续函附还。专此，即请弈安。

弟赵仲葵顿首 戊辰年正月十五日

## （十七）

近世流传之象谱夫岂少哉？曰《橘中秘》，曰《梅花谱》，曰《适情雅趣》，曰《百局棋势》《竹香斋》《象戏谱》，是皆脍炙人口，虽妇人女子亦莫不知，为空前绝后之善本焉。而今之学象戏者，尤以《梅》《橘》二谱详载全局着法，视同圭臬，一若制胜之道尽乎是。余始而信，中而疑，终乃知有大谬不然者。残势姑不具论，就《梅》《橘》二谱观之，皆前贤独创，立意既偏，难免左袒，不过略示途经供人消遣而已。扬州张毓英君此中三折肱矣。岁丁卯，寄示手录名手对局，余受而演之，觉与上述诸谱大相径庭。墨守输攻，神奇莫测，斯真后学之津梁，而为希世之至宝也。是谱都七百余局，君已选刊二卷，定名《象棋萃鲭》，序以分赠同侪，吾知不数年间，必将风行海内，纸贵洛阳。当今高手，赖斯谱而名益彰；后代同志，藉斯谱而艺益进。从兹发挥光大，象术日昌，猗欤盛哉！其谁之功欤？鲰生不敏，窃愿附骥；翘首江皋，弥殷向往。全稿录竟，爰作此以就正于张君，而兼自策勉焉。

民国十七年二月常熟赵仲葵谨识于养性斋

## （十八）

毓英先生大鉴：

接奉手翰，敬悉壹是。《商报》亦收到，谢谢。张君象技在现代诚首屈一指，既肯编《二先》《三先》各谱以问世，自当竭力赞助。惟变着宜力求精详，无懈可击，能请海内名手增订更好。想象界同志，无不乐观厥成也。再屏风马破当头炮各谱，多已论及，惟于屏风马破盘头夹马炮，尚无专谱。又张君谓还当头炮（顺炮或列炮）后手必败，未知究竟若何？如可依次增订，则对于旧有象谱反有革新气象，其寿世无疑矣。客岁张君在各处与名手对弈局数想必不少，足下有无录存？如有，乞赐一二。专此上达，即请弈安。

弟赵仲葵顿首 四月十九日

## （十九）

毓英先生惠鉴：

手翰谨悉，《棋战记》亦收到不误。该书系迎合社会心理，半系小说体裁，我辈目为纯粹棋谱，遂觉失望，此由过于重视之故。所记各局多数确已见过，现拟检对清楚，再行补录。尊藏三种全局谱现不汲汲，因对于寄示诸稿，工作尚未完竣也。王、周二君为象界名手老前辈，壮年弈稿散失，致精心结撰之作，未能窥见，诚足引为憾事。张观云对局，仅有尊稿数十局，余不一见。其着法出神入化、灵巧非凡，是真象界中之有数人才（其着法毫不拘忌，让先则对方进卒，仍用中炮进攻。得先迳出马取河界兵，但见其安闲自得，有雍容揖让之风，而不露捉襟见肘之窘态，彷佛如佛家游戏三昧）。据万启有云，昔时在宁曾对弈数十局（计时当距今廿年前），其用马如神龙夭骄，难以抵御，对之极为倾倒。盖名虽对弈，实存问学之心也。今竟不见经传，音信全无，亦令人渴想不置。尊拟将当代名手分等，似宜慎重将事。万一此稿行世，恐遭多方之不谅。弟与诸名手多未谋面，详情未悉，虽有此心，亦无从着手。至弈稿之评语及圈点，一仍旧贯。因局中一着之得失，往往在十数着后方见，而此十数着中，已不能穷极其变。思之再三，竟不敢妄赞一词。蠡测之见，未识先生以为可采否？专复，即请公安。

弟赵仲葵顿首　四月廿八日

## （二十）

毓英先生大鉴：

迭奉惠函，敬悉一切。《象弈讲义》亦收到。徐、窦一局，确系六月一日至六月十五、十六两日所登，皆《华南棋讯》并无对局。但棋讯内载有广东出版之《象戏钩玄》及《庆全弈集》二谱。先生见过否？兹奉上《商报》对局廿五张（不必寄还），乞察收是荷。周编象谱虽不无偏见，但各局行子均系正官，且注解清楚。初学者阅之，对于布局方面大有裨益。若观名手对局，非有相当程度，不易澈度明白。此谱抄录须费长时间，大约两个月内可以奉璧。又诠注名手对局，俾成一部完善之弈稿，诚为最要之急务。惟能胜任愉快，亦须张锦荣、周德裕诸君（第一要捐除私见）足以当之。弈技稍差者，难免失当。高明以为然否？此复，敬颂旅安。

弟赵仲葵顿首　五月十六日

天津名手庞霭庭确为赵文宣之劲敌。屡次比赛，胜负之数极微，惜弈稿不多见。忆钱梦吾南下后，《商报》棋栏由庞主持，每日选刊尊稿中对局，间附评语，亦颇适当，又及。

## （二十一）

毓英先生大鉴：

接奉大札，敬悉壹是。林、吴对局，本拟暑期中抄录，不意仍无暇晷，只得夜间从事。又因陡发目疾停顿，现稍痊，可堪纾锦注，再过一月当能奉璧。久假不归，主臣之至。该谱着法，终少缜密，不及张、周对局多矣。未知高明以为然否？此间棋友星散，寂无所闻。今春严君因避难到苏，据云弈者尚多，惟均非名手。回忆往日，津沪等地盛行象戏，今亦衰歇，不禁为之三叹。入夏以来天久不雨，温度之高为数年来所未有，若再半月不雨，旱象又成，世乱年荒，民生调敝，不知伊于胡底？国运如此，殆亦天数耳。东北战事若启，势必延及江南，不幸而言中，更难设想矣。专此，即请著安。

弟赵仲葵顿首 八月六日

## （二十二）

毓英先生大鉴：

尊函及《商报》，均已收到。答案业已寄去，中选与否尚不得而知。名手对局，现正抽暇校正，错处虽多，尚能推测得之。竭力搜罗，仅有八百余局，果能传世，亦足为将来象界放一线光明。弟满拟将各局之佳着与漏着逐一说明，另编一卷附后。但因象艺浅陋，难免失当。设为当世象友见之，横肆讥诮，反觉画蛇添足，故一时不敢下手。又《商报》载那健庭为北平棋王，而对局着法竟不见。即前次王君浩然北上，与孟文宣对弈多局，亦无底稿留存，可惜之至。如各方均有热心如足下者，象学当不致衰歇若此，可为三叹。杨君鸣盛迄今未有弈稿寄来，尊处有信，为我顺便道及是荷。专此，即请道安。

弟赵仲葵谨上 九月十六日

## （二十三）

毓英先生钧鉴：

尊函及各报均收到不误。《平报》第五十期以前如不能补全，弟可函托傅君抄寄（通讯处已换，所以前函不能寄到）。其中所载《真真梅花谱》与前次所见不同。旧谱黑炮二平五后，红方应以马八进七、卒三进一等着，而此为卒七进一，似另成一格。又近时当头炮往往进中卒、跳顶马（俗称盘头夹马炮，旧称破象局势），旧谱亦无。想国手周廷梅氏所增四局，将此数格列入，亦未可知。但此谱（《平报》所登）何人所创，因未见序文，不敢妄断耳。所缺《商报》尚未寄来，钱君既肯抄示，拟再函询一次，但彼此属于初交，能否如愿，亦不敢预定。先生又云对象戏专重全局，弟极表同情。日前所得残局，亦不过抄录一次，不再考察。苟有余暇，均研究全局，预为他日与高手对弈之张本。盖全局既佳，残局无不迎刃而解。若专事残局，则与人对弈，未必能得心应手也。忆张君锦荣前在吴内，与万、华对弈时，尝语人：象棋有八法，予此次仅用其一，彼辈已无法破之。所谓八法，亦不肯详述。考其布局，先手兵七进一，张必应以炮八平三，如是则彼若上相，我可跃马出车，反得先手。彼用顶炮，我可伺隙图其马相，似攻守皆有凭藉。即万启有亦云，此种布局确未想出破法。何旧谱竟未曾一见，斯诚难以索解。惟学象艺者，须从盘面入手，次及变局，参以新旧各谱，时与高手对弈，进步自速。若斤斤于残局，无异舍本而逐末，于此不得不佩吾公见解之高也。专复，敬请台安。

弟赵仲葵顿首 十一月十五日

## （二十四）

毓英先生钧鉴：

手书诵悉，全局三册亦收到。既蒙慨借，又承不限时日，如此推诚相待，真令人感激涕零。假令末学稍进，皆出自君赐。《竹谱》初二集今冬本可抄毕，只因校务均须结束，拟留待明春奉还。弟每得棋谱，即宝藏弗失。彼此同情，勿劳远念。侠公好名过甚，可称的评。就传播象术而论，其功诚不可掩。吾公不攘人善，度量之宏足以想见。江西邓春林君足迹遍东南，棋名素著。此次到扬，必有一番热闹，又可增无数弈稿也。此复，即请台安。

弟赵仲葵谨上 阴历十二月初四日

## （二十五）

毓英先生大鉴：

前上一函，谅已收到。周、谢六局，杨君现已寄来。惟着法谢多稚气，似较诸名手尚逊一筹。天津《商报》近日尊处有寄来否？如有，仍请汇齐赐下是荷。前日沈筱庚（友人张君与弈一局，结果沈负）来常，越宿而去。弟未与对着（时适无暇），据云万仍操旧业，费则与无锡范某对局，又起笔战。此公脾气仍未改，可笑之至。专复，即请台安。

弟赵仲葵顿首 十二月十七日

## （二十六）

毓英先生台鉴：

顷奉大札，敬悉壹是。求如老哥之倾资集谱以公同好，当世不可多得。何图空抱热忱，竟遭反噬，从此天下无热心人矣。弟以为黑白纵能混淆于一时，后日自有公论。似此无意识举动，径可一笑置之。善刀而藏，已足制胜，无须与之争辩。公系达者，谅不河汉。斯言承询沪游，此中另有真相。请略陈于左右：前日弟曾拟（两军对垒）正和着法一局，无何乐友琴君又来挑剔，一则曰毫无兴趣，再则曰全局减色（报上想亦见过）。观其杜撰着法，大错特错，初出茅庐已狂妄若此。对之殊不愿多言，特恐各方误会，再修函辩正时，以《竹谱》寄交马君将近一月，屡询不覆，诚恐或有遗失，无以对足下，并托谢君就近一询，乃函稿竟被搁置。所托亦只字不提。此后遂守金人之戒，象谱刊行本拟赠序，兹亦无形打消。迨傅荣年君寄到残局数纸，嘱弟题校。覆信约略述及，想必傅君转告，故作此举，藉表联络之意耳。名手对局，辱蒙慨借，谨遵公命，全行录副。俾苏扬两地，各藏全书。诸名手一生心血，得以不致湮没，亦弟之愿也。再前出之《象围棋新谱》内，载名手对局八局，前六局均见过《时报》，末两局为弟录存。四十二局内所无，因系林、王对弈，可决其亦在一起。足下见过否？如欲选入，即可录呈台览。余续陈。专此，即请台安。

弟赵仲葵敬上 十二月廿八日

再，贵乡有名张毓瑗者，精研数学。光复前任江苏优级师范教席。现已作古，系弟在校时之受业师。是在贵族中否？又及。

（二十七）

毓英先生伟鉴：

叠奉手书，知前函已收到。足下谦抑过甚，愈令人钦佩无已。棋谱一本，邮局于今晚送来，中有丁、黄二君，是否扬州人？艺似不弱于罗、吴。敝友严君于正月十七日赴苏，廿一日回常。渠与万、张、罗等均在如意阁相遇。是日，张、罗对弈两局，因不及久待，仅当场抄下一局。闻张、万尚须续战。尊意已转达严君，俟出月初前往接洽，定每局两角，五局一元。足下以为何如？弟思抄录者不患无人，惟贪利伪造，防不胜防，将奈何？按苏州象友，首推万君（现常在上海），次即华与沈筱庚（系常熟人，但未见过），再次为费绵钦及道士福元与严台洲等。常人或有弈稿改注名手，一时难辨，设为所朦，则鱼目混珠，全功尽弃矣。兹附奉吴抄三页，严抄一页（不必寄还），祈察收是荷。专复，即请弈安。

弟赵仲葵谨上 正月廿四日

（二十八）

毓英先生大鉴：

惠书诵悉。严君前日返常。据云张锦荣此次到苏与华对弈，初为一元彩，张连胜；后改半元彩，华又赢回多局，统计无甚胜负。万启有与张对弈，结果万多输一局。报载云云，并非事实。惟以前弈稿留底绝少，以后因万、张对弈时起龃龉，恐不再续弈。严君与在苏诸象友均晤面，渠恐所托非人，难副雅望，故未曾启齿。兹于数日中又将往苏，弟坚嘱再往接洽，俟有头绪当即函达左右。承委选择弈稿，乃应尽之义务。惟自问棋术浅陋，不足以当此重任。盖弟与万、张对弈，预料亦不过在二先三先之列（此次严君在苏，观福元与万对弈两局，由万让马一先，结果一胜一负。按福元恒与严君对弈，艺似不弱于弟）。程度既相差若此，果能审思明辨一无错误否？设刊行后为人指摘，是吾公不免为盛德之累。方今如吴松亭，善执子而能操觚，或可当斯一席。发轫伊始，慎之慎之。兹奉上吴抄十三页（完），严抄一页，并挂号弈稿第七册一本，乞检收是荷。匆匆布覆，即请弈安。

弟赵仲葵顿首 二月十八日

## （二十九）

毓英先生惠鉴：

昨奉手翰，敬悉壹是。杨鸣盛君不通音问已数月。华鸿泉亦未来闻。张锦荣迄未离苏，除万君外，鲜有与之对弈者。本月十二日，万君启有到常，连次让弟三先对弈，互有胜负。只以着法不精，未曾留稿。统计吾常象友，与弟仿佛者有五六人，稍次则有十余人。与万对弈，或让三先，或让一先，结果均呼负负。据万云，现代名手除老前辈王君外，如张锦荣与周德裕，可称劲敌。弟于此益信足下对渠等所评各节，至当不易。惟张、万两人，各有偏长。张则稳健，万则巧妙，是真所谓异曲同工。足下以为然否？惜名手都不善操觚，而落魄者尤居多数。欧阳子云：诗必穷而后工。于象棋，我亦云然。万君曾带来弈稿六七局，拟再勾留数旬即转至贵乡，届时定当呈览。伊云，前次在扬曾见过吾兄抄藏《梅花谱》，视同至宝。未审有无副本？如蒙寄示，尤为心感。近来尊处弈稿增多否？闻杨万年亦在上海久居，扬州仅窦君一人耳。承委校阅弈稿，弟自遇万君后，益不敢自信。鄙意俟万君到扬后，即请万、窦分任如何？专复，即请弈安。

弟赵仲葵谨上 三月廿六日

## （三十）

毓英先生伟鉴：

前奉手翰，敬悉壹是。《时报》所载名手对弈，竟于无意中又得一局，可喜之至。如蒙录示，即当并入前稿。尊藏《梅花谱》，弟以无暇全抄，仅将所增各变录下。惟内有当门炮破过宫炮，第四局第十八变，足下嫌车两胜着缓，另易炮间一变。似详字原有一炮，马预可接炮预，且以后亦不能炮，见详是否抄错？尚祈覆核。前据万君云，另有抄本《梅花谱》在常州，中多屏风马破当头炮四局，其他各局亦酌加数变不等。想必国手周廷梅氏所增，可惜万亦未能抄得。兹将尊抄全部挂号奉还，收到乞覆示为祷。专此，即请暑安。

弟赵仲葵谨上 荷月十二日

（三十一）

毓英先生大鉴：

接奉大札，具悉壹是。棋谱及《商报》均收到不误。十年来，屡蒙垂青，启我茅塞，实深铭感。此谱既无副本，自应加意保存。如第一册抄毕，先行奉璧。万启有为叶某卫队，同往北平，何以又返？此公脾气，恐终身不能改矣。《商报》所登平津象讯近且益盛，而江浙诸省反寂然无声，不禁令人生感。又《商报》所登，钱梦吾以《梅花谱》应赵文宣之当头炮（炮二平五、马八进七、马二进三、卒三进一、车一平二、车九平八、车二进四、马二进三、兵七进一、卒三进一、车二平七、卒七进一），此后赵不炮八平七而炮五平七，殊属凶恶，但《梅谱》未有此变。设谓当时未曾计及，何以夙称名着？若系漏着，则又确系得势，真令人难以索解。未知贵乡名手有何高论否？专上，即请著安。

弟赵仲葵顿首 五月廿一日

（三十二）

毓英先生伟鉴：

昨奉手翰，敬悉壹是。《梅花谱》两本亦收到，抄毕定即奉还。承询万君带来弈稿，有万、窦两局（弈于上海，万胜一局。下段抄错，弟曾与彼覆盘，未能改正），万、徐（葆康，宁波人。弈于杭垣）两局，万、李（偲任，四川人，亦为名手，弈于苏州东吴大学）壹局，万、张（锦荣）壹局（弈于苏州），已见《时事新报》。此外有王（元龙）、范（良甫）壹局（二人弈技不强于弟，弈于无锡），着法不甚可取。现万在敝邑，与弟等对局（将来万君到扬，必定呈览。如不到，可由弟抄寄），兴致甚高（惜吾常无对手，棋只有二先与三先），大约端节前不即到扬。前晚苏州名手华鸿泉到常，由弟等出公彩，倩万、华二人分先对弈十局，今日已弈四局，结果万胜三局负一局。日后均可抄奉，不足云报，聊以解嘲耳。按，华君弈技稳健似张锦荣，微欠精密，万则心灵手敏，善于应变。故初局往往华得先手，结果反负，即如第一局华之胜面已定后，因一着软着，全局翻转。万君亦云，如遇张锦荣无此便宜事。吾兄闻当亦莞然。专复，即请台安。

弟赵仲葵顿首 五月卅日

## （三十三）

毓英先生伟鉴：

前上一函，想已达览。《梅谱》再过数旬，定当寄奉。月初华君鸿泉来常，由弟等出公彩（每局三角），倩万、华对弈（在石梅望山轩茶社），当场录存八局（原定十局，不料到第三日，华君倏已回苏）。按，华为苏垣名手，弈技略逊于万。惟八局中各有漏着，未可作为定评。据云二人在苏时遇，近数年来未尝对弈也。兹特录呈左右，以博一粲。万君仍在敝邑，让弟一先或二先，每日对弈数局。此上，即请台安。

弟赵仲葵敬上　六月十六日

## （三十四）

毓英先生大鉴：

赐书及棋谱三册均收到无误。辱承奖饰，感愧无似。尊抄全局皆当世名手之心血，自问棋术浅陋，焉敢妄加去取。除丁巳年《时报》所载（另有副本，将来仍并入）外，全行抄录。第此书均弟一人手抄，不免阅时太多（假手于人，一恐遗失损污，二恐错误草率）耳。万启有近更进步，落子速而变化多，似较邓春林等尚胜一筹。敝友严君孟平屡次语我，渠与万、邓二君对局，邓让马已属费力，万则饶马后，仍觉左右逢源。至华鸿泉，则仅可让严常先。结果互有胜负。前月费氏回苏，倩严分先对着（华可让费二先），严连胜两局，继以费氏好胜，仍输还二局了结。弟因俗事羁身，未克远游。每遇严君返里，则让彼二先，镇日对弈。至当世名手，则均未领教过，所以数年来棋术毫无进步。《大全集》已托友就近代购，现尚未带回。中如石杨遗局等，想必有可观。《听雨轩》《会珍阁》诸谱，流传虽少，绝版恐未必，恨未能相遇。费氏所云，既不辨真假，置之可也。至许君群思前曾说过，家藏全局四本，有卒三进一为起手者。弟曾托马君代询，回信云已函致蜀中，至今杳无音信，海内遗珍实无福多见。今兹象术昌明，惟我公与谢君，实利赖之。私心窃幸，非故作誉语也。慨自光复以来，连年烽火，生计日艰，糊口之不暇，遑论区区末技。诸象友之不能专心一艺，势所必然。万君启有近且因病失业，潦倒不堪。林、邓诸子则久如涸辙之鱼，设非及时抄存，后皆湮没无闻矣。拉杂布复，即请（暇乞时锡教言为幸）弈安。

弟赵仲葵顿首　六月廿六日

## （三十五）

毓英先生惠鉴：

顷奉大札，敬稔我公谦抑为怀，愈令人钦仰无已。《平报》弟亦未见。兹拟函询傅君荣年（傅君前曾托弟题校残势多局，恒通音信），俟有眉目，定当奉告。前抄四十局弈稿，另加圈点及 × 号，乃一隅之见，不足当方家一笑。尊藏诸稿，弟以急于抄录，错误颇多。第一步尚须校正，至评论优劣，一时未敢下手。深蒙不弃，兹尽力为之，但非数月之功所可蒇事耳。综观现代诸名手中，弈品之高，首推王君浩然与许君金保（胜不自夸，败无愠色）。惜二公年届耳顺，精力就衰（据华君云，许君壮时尚胜万君一筹）。以功夫论，则张君锦荣可与王、许鼎立。万君不过心灵手敏，近为环境所窘，已不能专攻。至张君观云，弈技似不让以上诸人。用马如生龙活虎，尤在万君之上。近数年寂然无闻，令人想望不置。周、窦诸君，皆年少英俊，异日或可执象界之牛耳。足下所见甚广，未识有当否？贱内病况已渐入佳境，辱荷询及，谢谢。专复，即请台安。

弟赵仲蔡顿首 七月廿一日

## （三十六）

毓英先生大鉴：

接奉手翰，诵悉壹是。《商报》亦收到，谢谢。内有那健庭与弈各局，未见必佳，较张、周诸君似逊一筹。谢君侠逊近竟不谈象技。观其序钱君所编《象局汇刊》，似《大全》三集已经出版，而志气颓唐，文意枯涩，则一望而知。来函云象运由南而北，深佩卓见。然而遇合有缘，否泰有数，苟继起有人，不难复振，未知高明以为如何？专复，即请著安。

弟赵仲蔡顿首 十八年八月十一日

## （三十七）

毓英先生大鉴：

赐书及《适谱》十本，均收到。略事翻阅，觉与沪报所披露者，互有出入。如《士卒星散》一局着法，精警异常。回想前此海内诸象友聚讼纷纭，均未能见到，毕竟前人较胜一筹，惟其中误处亦多，似《大全》集所修改者，亦未可尽非。兹拟另抄一部，藉存真面目，务请宽假时日，俾成完璧是荷。马君来而不往，可称确评。较之谢君登报以公同好，相去远矣。此次谢君等连袂到扬，必与贵乡诸名手角艺。届时足下又必目视手录，以实弈稿。得之非易，宝贵可知。设尽人如此，则前此诸名手亦不遽致湮没无闻。象术不昌，斯实最大原因。尊处弈稿三本已付邮多日，想此时亦收到矣，到后乞示知为祷。再《适谱》第二本缺去第十页，仅存着法。暇时请自抄本检录惠下，至盼至盼。专复，即请弈安。附棋盘格一纸。

弟赵仲葵顿首 八月十九日

再，海内旧谱未经发见者，想不止《会珍阁》《听雨轩》两种。只以嗜弈者未能尽有各谱，而秘藏者未必尽知象艺。仅恃十数人之心力，殊难遍索。所刊《象谱大全》，真欲名副其实，难矣。

## （三十八）

毓英先生大鉴：

音耗梗绝，瞬届一月。前次接到快信，即将全局三册挂号奉还，未知收到否？颇以为念。《适谱》十本已于一月前收到无误。其中布局及着法，与报载相较，互有出入。如《士卒星散》一局，着法精妙入神，当世诸同志都未能见到。并有多局误列《象局汇存》。又如《右相安刘》一局，近拟弃炮后即继以相五进三，其实尚有变化，不及原刻先卒五进一妥善也。是谱刊行，未载年月，惟在《橘中秘》《百局谱》之前可以断言。足下得此希世之珍，弟亦藉成完璧，何幸如之！预计一月后可全部竣工，届时定当奉赵。惜此书错误太多，第二册中竟失去残局图一页（“欲罢不能”“料事多中”）。兹特附上棋盘格一纸，暇时乞于抄本中录示为祷。专此上达，即请弈安。

弟赵仲葵顿首 旧历八月十七日灯下

## （三十九）

毓英先生伟鉴：

叠奉三函，敬悉壹是。《适谱》原本罹劫，可惜之至。承委将来校正，乃应尽之义务，敢不如命。首页字样，弟已勾就，如有所需，即可奉上。弟处抄本与原刻式样相仿，残势图亦刻就，印版另加红戳。但着法于抄录后未曾覆校，难免无误。惜现在未曾装订，不能寄奉。弟所手抄者，除《梅》《橘》二谱（已有刻本，故未抄）及《百局图》外，如《象局集锦》、《象局汇存》（现改《象局遗殊》）、《抄本适谱》（沪报披露时尚未出版）、《刻本适谱》、《烂柯神机》、《竹香斋谱》。全局则有尊处《六百局八十余局》（每册添足一百局，书出年份并卷首注明足下所编）、《石杨遗局》与《吴兆龙象谱》，至丁未年棋稿与近数年报上所登以及万华八局，另编一卷，定名补录（注明弟编），附尊编之末。现在不即装订，一因《象全》三集未曾出版，设有未见者当再补入（他如《诀着谱》及《万国象棋》等，概行割爱）；一因以后如有全局棋稿，必须续抄。总上数书，均亲自抄录，寒暑不间，费去精力不少。在今日固珍如拱璧，后人得之转而覆瓿覆瓮，与刻本《适谱》之罹劫，相去恐亦不甚相远。所谓成毁有数，未能预定也。尊抄六局，杨君尚未寄来（万华八局仅每局彩洋三角，而万云一元彩，似属欺骗）。前云过宫炮第四局十八变，昨以《象全》所载覆核，无从下手（尊谱以字代数，未曾录藏，而彼此次序亦有先后），待异日示及再加考核。对局诸稿，现正抽暇演校，惟因抄错之处甚多，先宜逐一改正，着法之优劣，未暇细考。弟以棋艺论之，似王浩然与张锦荣等最为稳健，进退有度，用意深远。骤视之，一若平淡无奇，实则非余子所可几及。如林奕仙等有攻无守，且多漏着，不能为上乘。所有警着，由对方之弱点使然，设真遇劲敌，必至一败涂地。前者固足取法，然棋艺不高，难探其奥，后者引以为戒。初学者尚可玩索得之。未知高明以为然否？前托傅荣年代购《平报》，迄无音信，未知傅君是否仍在原店？抑或迁移他处？原《平报》主编为李君寿臣，忆及沪报披露《适谱》时，海内同志多所论列，而李君所谈各节，未见精当。此报之价值，可以想见，姑置之可也。万启有棋艺固佳，但品性不良，敝乡同志均已看破。初次由严君孟平介绍来常（当时严尚在苏），弟悯其只身异地，为之安排食宿，并在诸同志前说项，计两月有余，共消耗五六十金（彩金在外），临行又凑集十余元，云往扬州（在六月初）。未及十日又来常熟，带有礼物送弟个人，时弟以内子病重并未晤面（隔一日即去，却之不得）。迨中秋节后又携礼物来常，虽未说明来意，察言观色，似有终老吾乡之意。（弟为景况所迫，岁岁为人作嫁，焉能如古之孟尝、平原，出余财以招门下士。不过一时兴到，偶然尝试，其实用手不当，已早为诸亲友窃笑，于后而万尚不知趣，独于弟个人纠缠不已，真令人难堪。）弟当即语以前次礼物本不敢受，只以足下去速未能奉璧，但资助足下者非弟个人，应该分配才是，此次决不敢受。在足下亦何必厚于此而薄于彼，将来或有相见之一日（与以食宿费一元亦不受）。万即怫然变色，越宿而去。弟正深悔前次热心太过，反遭怨恨。不意吾兄亦遭反噬。好人不易为也，可叹，可叹！专复，即请弈安。

弟赵仲葵敬上 九月十五日灯下

（四十）

毓英先生惠鉴：

寄来《商报》，均已收到。惟自八月初四日以前，尽付阙如，致以前二十五局，无从抄录，殊为可惜。未知能补全否？第四十局征答，弟拟有着法，请将商报馆地点开明，并将本期（九月十二日）印花剪下附寄，以便此间付邮，是所至盼。现在各报登载象棋多侧重残局，而于全局竟有不提者，大为缺点。名手对局既不能多见，焉能求象艺之进步？想高明亦以为然也。专复，并请弈安。

弟赵仲葵顿首 九月廿三日

## （四十一）

毓英先生台鉴：

接奉手翰，诵悉一是。《商报》亦收到不误。屡蒙赐教，感何可言。报中所载对局，除亚于名手者，均已分别录存外，本拟校选残局若干，与《时报》所登汇为一编。嗣以俗冗缠扰，遽尔中辍。现虽搁置，将来或当继续整理，所以报之衔接与否，尚不致受其影响。承询尊处弈稿，弟已全数录藏，圈点及评语一仍其旧。每卷百局（因尊处弈稿为编年体，不免众寡悬如，截长补短似较匀称，而于目录中仍注明彩及年份，俾可查考），每卷之首，均叙明足下汇编，计共八百余局。而得之他处者，则另行编辑，拟殿尊稿之末，藉以附骥。现在均未装订，因足下或有续稿惠及，不便抄录故也。此稿果能刊行，必能在象界放一异彩。惟刊行时，应仿《橘中新趣》体裁，每局详注何着失先，何着得势，何处可求和，何处当进攻，局末再附以总评，增以变局，方为完善（原稿有细注者不多几局）。然而责任太重，非借助于多数名手不为功。尝观坊间所刻象谱，大多向壁虚构。谢君所编，既嫌取材太少，又觉语焉不详。苟得此书，传世永久弗替，不特能启迪后学，并足以见足下十余年之苦心。来书又云，历久恐有遗失，窃思至宝虽为造物所忌，但已公诸同好，自能超出乎数，似无庸鳃之过虑也。敝邑民众教育馆前月举行象棋比赛，应征者数十人。结果严君孟平第一，弟列第二，事后诸象友颇以为异，实则当时因种种关系，不能不让一头地。若真比较实力，则来常诸名手，已屡言之矣。对弈各局，因原定和棋红胜，限一小时一局。草率下子，毫无精彩，是以未敢呈览。尊处弈讯如何？江天在望，尚祈时锡教言为祷。专复，即请著安。

弟赵仲葵顿首 十二月初二日

## （四十二）

毓英先生钧鉴：

久疏笺候，歉仄殊深。近阅沪报，悉足下以无端受谤，颇为愤闷。若辈专喜招人过以彰已善，似欠正当。公道自在人心，吾公亦无须介介于怀也。查坊间所刊棋谱，错误均不能免。至《萃谱》非特初版，且为赠品，尤无须他人饶舌。各行其志，难以强合也。《竹谱》三集两册已于二旬前寄去，其上半部昨日亦由马君交来。是谱布局周详，着法精妙，版图清析而阔大，与通行诸谱不可同日语，洵足宝贵。大约阴历岁底可以抄毕，届时定当奉还。再尊处所藏对局，闻有六百余局，是皆诸名手心血，可否赐观？如能先寄一百局，尤为心感。将来与《竹谱》一并归还，决不有误。非但久假不归，而且得陇望蜀，足下其毋笑我贪得无厌否？专此上达，并请台安。

弟赵景南谨上 十二月十六日

## （四十三）

毓英先生台鉴：

接奉来片，谨悉一切。棋谱两册已收到，迟复甚歉。尊处从《中报》抄得数十局，是否名手对局？如有可观，便中尚乞惠示一二，不必急急也。敝乡棋社向未成立，今则更难，虽偶有手谈者，多不足观。外间棋讯，亦甚隔膜。二十年前之盛况，恐难再睹矣！专复，即颂春安。

弟赵仲葵谨上 三月十四日

## （四十四）

毓英先生大鉴：

久疏鱼雁，时切驰思。昨奉手翰，藉悉供职首都，兴居佳胜，回环雒诵，以慰以欣。弟频年栗碌，如意事百无一二，言之殊为可哂。兹蒙慨允，寄示朱李八局，至为心感（此间录存尊稿并无姓李者）。能与朱君对弈，大约即李武尚。此公在沪比赛，窦君竟为所败。且闻周君德裕，前曾输与一局，是亦为第一流名手无疑。宁中象棋颇盛，名手屡次对弈，想先生近水楼台，录存必多，并乞惠我一二，抄毕一并奉还。承询棋谱，弟近年一无所得。前闻华南刻有象谱，曾托友人到沪询购，亦无结果。谢君所登《新闻报》残局，内有多局已经昔时《商报》（《商报》现仍全部保存）登过，此不过借以问世耳，非其结晶品也。忆甲戌之夏，弟在中央大学听讲时，抽暇至潮园与李君厚甫对弈数次，结果无甚胜负。据李云，与万君启有较，仍差两先。沈君良辅时来常邑，其实弈技与弟不相上下，宜其在宁比赛，败不成军也。当此国难时期，在上者对于艺术方面，无心提倡。围棋国手吴清源逗留蓬岛，已入异籍。象棋名手，亦皆糊口于四方，不有补助，焉能深造。今虽称盛，继起无人。弈稿寥寥，又多散失，恐亦为昙花之一现耳，不禁为扼腕叹息。专复，即请旅安。

弟赵仲葵谨上 三月廿五日

## （四十五）

来片敬悉。承惠棋稿亦收到，谢谢。《中报》所登全局，似嫌驳而不纯。敝处曩曾抄得数局，今睹全璧，更可按图索骥，快何如之。王、张凋谢，周、朱音沉，诚不能不令人感慨系之。二十年前各地象戏盛极一时，今后恐难复旧观矣。专此，即请毓英先生大鉴，并颂台安。

弟赵仲葵顿首 四月六日

## （四十六）

毓英先生大鉴：

惠书敬悉，棋谱亦收到，抄毕遵即奉璧。宁镇区际赛，朱、沈二局已见《新闻报》，单方攻杀，无甚意味。万、朱对弈四局，前二局胜负各一，载在《吴县日报》，第一局本亦万胜，临了竟有出人意外之大漏着，变为朱胜。第二局万胜，惟后半排印错误，无从改正。

足下如需专稿，弟可随时录呈台览（将来可就近质诸万君）。后两局均和，未见香港《华字报》。如有残局，仍请寄示。因《商报》所登残局，另行编录。共约三百局，正拟广事搜罗，续抄于其后也。忆昔张君锦荣来常后，谈及王君浩然曾束装北上，与孟文宣对弈数十局。王非不能执笔，何以亦至片稿无存，可惜可惜。专此上复，即请旅安。

弟赵仲葵谨上 四月十日

## （四十七）

毓英先生大鉴：

前上一函，想已达览。兹奉还棋稿一本，乞检收是荷。又《吴县日报》所登宁镇比赛，万、朱对弈二局（后二局未载）一并录呈左右，以备查考。近来，各地象棋比赛风起云涌，究其实际能与真正名手一较短长者，百无一二，成材殊不易也。苏州自华鸿泉作古，万启有赴宁，许金葆年老，亦蜀中无大将矣。此上，即请旅安。

弟赵仲葵谨上 四月十四日

## （四十八）

毓英先生大鉴：

四月十四日寄奉棋稿一本，想已收到。顷读大札，祇悉一切。尊藏《华字日报》如有残局，仍请寄示为荷。弟前云校录《商报》所登三百余局均系残局，其中对局录存亦仅数十局。承询数点，缕陈如左：

（一）周、赵区际赛四局，前在谢侠逊《新编象棋谱》（二十三年一月初版）（现在《新闻报》棋栏附注有五版《增订象棋谱》[即将上谱增订者]出售，兹因重复太多故未购，所增材料亦未见）对局选粹中，摘录三局，各胜一局和一局。其第一局，周先胜，起着为卒三进一，炮八平七者，仍付缺如。至增订版中，此局是否加入，不敢臆断。就初版中之对局而论，半系《商报》登过。

（二）除赵、张与周、万比赛各局外，尚有赵、张与罗天阳、窦国柱、徐葆康对弈诸局（想必在上海所着）及赵、张、那与庞蔼庭、徐词海、吕锦波、萧亮庵、钱梦吾等对弈诸局，并那、张对弈数局（内多赵、张南下之前，在天津预赛者）亦在《商报》登过。

（三）除赵、张、那三君外，如天津庞霭庭、辽宁徐词海、北平萧亮庵，均华北名手，实力极为雄厚。萧与那齐名，称一字比肩王。昔时张君锦荣赴平曾输与一局（着法未见）。徐与赵齐名，庞与张、赵鏖战多局，胜负之数极微。其他如天津吕锦波、辽宁魏彝明、山东赵福在、蛟川钱梦吾诸人，虽较赵、张、那略逊一筹，尚能对抗。以上诸局，弟均一一复盘，具有精彩者颇多。

（四）《商报》最末一局，确系林、冯对弈而未完者。

以上提出各局，如先生再为补录，请即示知。当将《商报》剪下奉璧（周、赵三局，另行录呈），背面编定号数，注明年月，可不致紊乱。但弟亦有一点奉询，先生所问其他各人对局是否限于华北象手？因《商报》所载，除正式区际赛外，尚有赵、张与窦国柱、罗天阳、徐葆康对弈各局并（沈则勘对华鸿泉）（周德裕对李约初[尊稿二局除外]）（张锦荣对周德裕[尊处想已录入]）等各局，颇有留稿之价值，未识当时亦曾录下否？又《商报》载有自拟全局谱三编（惜稍有残缺），第一编为（让先）屏风马破当头炮直车局（徐葆康编著，钱梦吾增订），第二编为（得先）顺炮横车破横车局（徐葆康编著，钱梦吾增订），第三编为（得先）当头炮破屏风马局（郭本镗编著，钱梦吾增订）。优劣姑不论，然于全局谱中聊备一格，亦无不可。以上各节如先生以为可取，亦可剪下附寄。专复，即请旅安。

弟赵仲葵谨上 四月十六日

## （四十九）

毓英先生大鉴：

惠书谨悉，《华字日报》亦收到。《商报》对局，尚须与尊示对照，俟检齐后，随同港报一起奉璧。此二种报纸，对于全局着法，均能实事求是，一洗秘而不宣之恶习，可惜残缺不全，令人徒增怅惘。周德裕君所编课本，开局纯系正官着，较之《梅》《橘》诸谱之仅顾单方攻杀，更有价值。将来周君北返，如有携带出示，则编入弈稿，可为全局古谱之一助。又《橘中新趣》及林吴并对局（钱君所赠单行本全局谱，恐即吴著《梅》谱），均已录副。林、吴弈稿，弟约略看过，虽不能谓毫无精彩，终嫌着法稍粗。以视王浩然、张观云、张锦荣、周德裕诸君，似觉尚逊一筹。盖彼等仅恃炮路之娴熟，对于马局似未曾深切研究，其为偏锋可以断言。三王对局相类（凡自己抄出者终难尽信）。至万启有赢得谢侠逊数百元彩金，确有其事。第一次谢到苏州如意阁茶社，见柱上贴有"象棋访友，专让单马"纸条（《时事新报》谢自补述），随即扯下。好事者告万，万至与弈二局，既竟，一胜一负。谢自言围观太多，颇觉头昏，此时尚不知为万。第二次，谢声言打五关，指定苏州为第一关。苏人公推万启有（《时事新报》谢自述）与弈，结果谢徒呼负负。第三次，谢因报馆事务过苏，午后又遇万。万与对弈，故作迟缓，弈毕，火车时刻已过，遂在如意阁通宵对弈，到翌晨始止。彩金由一元而变为两元，竟增至十元，结果万囊金累累（苏人目睹情形，来常口述）。后又数次对弈，万共得二百余元。维时敝友严君至苏，在如意阁遇万与人对弈，见其衣服丽都，问为何人？或云即小六子（万别名）。万本业织缎，从此寻花问柳，身染疾病，以至失业，不数月已困顿逾恒矣。自后万到上海，谢辄置彩金五元，且让两先与弈，万胜则得金，偶败则谢登报且编入象全以抑其名。至华东、华北比赛共十六局，《商报》仅有十二局。周、赵四局，因沈则勘延搁不寄，遂付缺如。今谢编象谱亦削去周胜一局，此中大可寻味。谢尝言，象戏夺诸江湖之手，而为业余、公余诸人之娱乐品。其实，谢亦未能免俗。再《新闻报》仅登朱、沈二局，亦自有故。今春沈君来常，欣然相告，谓（苏州象棋比赛请谢指导，旋推许金葆（年近古稀）及沈与谢友谊比赛，许连负二局，沈首局亦负，次局竟胜，当时全场欢腾，顿露莫谓秦无人之态），并约略复盘，以示非谎。无何即有宁镇苏比赛之说，事后即登此二局，并云谢让两先，沈亦负，弦外余音，不难揣得。假使沈在敝邑，弟必力阻。盖预料宁镇代表必万、朱也。现代象戏虽盛，并无国手，尊论极是。不过围棋名手，亦有软着，只因子多，势纵失去数子，尚有补救，不若象棋之牵连全局，一败涂地也。区际赛限以时刻，思虑不周，更难以成败论。《竹谱》大势系就百局图推阐，一则云历经国手参酌而成，再则云虽张、朱诸人钻研莫罄，是即前贤不让后人之铁证。象棋素为士大夫鄙视，偶有国手，人莫闻知。发明妙着，亦不过一时遣兴。莫为之前，虽美弗彰。莫为之后，虽美弗传。今之学象戏者，既无数百年之师承，又无成法以为借镜（《梅》《橘》诸谱着法皆非正官）。造诣虽深，费力实多，此后倘能各秉传统，力求精进，必有成效可观。虽国手由于天赋，人力亦居其半焉。一得之见，未识有当否？专此奉复，即请旅安。

弟赵仲葵顿首四月廿三日

## （五十）

毓英先生大鉴：

前复一函，想已达览。兹奉还《棋战记》一本，港报十四份，及剪下《商报》（书明年月并编号数）全局五十八页（由尊处保存可也），乞检收是荷。《商报》对局中有数局无价值者删去。至与旧有弈稿重复者，虽经剔除，恐尚未净尽。先生抄录时尚须对照（亦有与《橘中新趣》重复）。但二十年份四月后之对局，共四十八局，前来信所记出者，少汕头陈士毅对汕头陈培荣一局（五月廿日），张德魁对谢一局（五月十八日），广东陈树春对张德魁一局（五月九日）。此外，尚有周德裕对谢不全局面（开局二十着）一局（六月四日）。

先生前云已抄得四十五局，是合计有四十九局矣。似数目不符，以上四局如果漏抄，可下次补寄。又《棋战记》中广州棋赛，仅周、卢一局已见港报（周德裕大败卢辉）。附刊名手对局（东西两局港报亦有而不全），除窦、黄一局未见过外，张锦荣对周焕文一局，遍查无着。罗、谢一局，见港报。罗、窦二局，即尊稿（丙寅）罗、窦二十局中第十六、七两局（内尊稿有一局少二十二着）。其余均见《商报》。苏州定出月起举行苏州、无锡、常熟、吴江、昆山五县象棋比赛，敝邑正筹备初赛选出代表三名到苏参加。弟无意于争名夺利，且此调不谈已数载。外间虽传弟将出马，其实非是。但苏之张桂生、锡之惠仲祥实力雄厚，本邑诸象友恐非其敌也。先生所藏全局谱三种，尽可将来有便惠示，无须专寄。此上，即请公安。

弟赵仲葵顿首　五月十日

## （五十一）

毓英先生大鉴：

前日奉到挂号棋谱两册，欣喜无似，抄完即行奉璧。海上经此兵燹，难复旧观，想棋局亦从此消沉矣。使能如闽南诸同志随时录存，数年来必有可观。北方棋讯亦如昙花一现，盛衰不常，可为三叹。敝邑仅受虚惊，损失尚少。惟是天灾人祸，交相煎迫，生计益觉困难耳。专复，即请著安。

弟赵仲葵顿首　五月十一号

## （五十二）

毓英先生大鉴：

前奉大札，敬悉一是。时以目疾未愈，致稽裁答，殊深歉仄。弟以近日课务忙碌，每晚仅覆盘一局，其中错处尚少，间有不能改正，将来拟汇录呈请校正。近日象讯沉寂，苏州华鸿泉已作古，据闻李庆全亦故，未知确否？昨万启有来，云华北大批象手将莅沪重赛。尊处有此消息否？

专复，敬颂台安。

弟赵仲葵顿首

## （五十三）

毓英先生大鉴：

接奉华函，欣悉棋谱已经收到，屡渎清神，感荷靡已。前抄对局，仍依尊稿次序。惟每卷以百局为限（依次注明第几局），各局评语及圈点完全照录。将来尊处如有散失，必须重抄，弟可随时寄奉台览。民国二十六年春，《商报》残局整理完毕。即将所有对局另编开局法索引，每一类填入该局旧有排次数字，历时二月，粗有头绪。虽经缮写，不妥之处尚多，错误亦复难免。缘此始知古来庋藏图书者，编排书目真非易易也。至另加圈点评语，自知经验不丰，实未敢率尔以操觚。张君所著《三先必胜谱》及《二先守和谱》，既无副本，弥足珍焉。昔贤如王安蹇、吴梅圣等，当时虽未问世，然而吉光片羽，犹得流传于数百年后，彼此相较，其幸运似由天定。但望珠还合浦，则周、谢诸君著述虽宏，不能专美于当世矣！来函谓王、周弈稿，外间并无留存，《象玄》所刊二局，真伪莫辨，尊论极是。敝处对局确已遍查无着，即以第二局而论，对方中卒未进，左马未起，第六着遽应以炮八进四，何以操切若此，实令人费解。《中报》棋栏，殊少精采，俟有可观者，随即抄奉。兹将“逼走乌江”一局附呈台阅。昨有敝友由申回常，据云日前在沪偶至作者书局，见有（下佚）

## （五十四）

毓英先生惠鉴：

连接二信，均未奉覆，歉甚，歉甚。华南棋谱是否出版，弟亦未得确信。万、朱第二局，已照来函改正。其第一局，确是正和。王、张、吴诸君相继凋谢，后起之秀虽不乏其人，但杰出者恐亦等于凤毛麟角耳。君子疾没世而名不称，不免令人生无穷之感。是则谢君之刊行《象全》，又不为无功矣。五县象棋比赛团体总分无锡最多（吴江县弃权），而个人总分亦无锡惠仲祥第一。弟无意参加，亦未到苏。据闻此次登台比赛，双方软着、漏着颇多，而各象友与谢侠逊表演赛，殊多做作，皆有意谋和。惟谢、惠第一局，双方行子稳健，力不相让，尚有留稿之价值。兹谨以录奉一览。惠君年少英俊，诚为可造之才（与万、朱相较，至多不过两先）。其家在敝邑开设参号，故时来常熟（近数日惠已在此间）。昔时曾与弟对弈两局，第一局可和，弟以漏着致负；第二局可胜，亦以软着成和。近闻《吴县日报》将比赛各局陆续登出，此间象友拟汇存该报。先生欲窥全豹，弟可借录汇奉。周编《象弈讲义》，现抄录完竣，谋以奉璧。此稿虽属悬拟，颇有价值，恐长江南北藏者不多也。又万云与张锦荣对弈最难应付，诚非虚语。张君行子，表面上平淡无奇，实极雄健。惜未参预南北比赛诸役，致周德裕、赵文宣、黄松轩等声誉雀振。闻张君现亦年迈，恐精力就衰矣。专上，即请旅安。

弟赵仲葵顿首

## （五十五）

毓英先生台鉴：

从未识荆，殊深瞻仰。近阅《象棋通信》，悉足下于此道研求颇精，不胜钦佩之至。谢君侠逊纵棋术冠绝一时，吾公实可与之相颉颃。敝乡嗜棋者固众，类皆偏才，不足以供切磋。因是弟虽角逐枰场将近廿载，仍陋劣如故。闲尝抄录报载名手对局，藉以揣摩。如八年前《时报》所登林、王诸子对局，共集四十局。余因报为冰雪所阻，全行漏去。今《时事新报》披露亦仅十局，睹其进攻退守之法，诚精妙绝伦，非《橘中秘》《梅花谱》之偏袒一方可比。惜为数不多，获益尚少。顷闻兄处《象局萃菁》已成二册，悉为当代诸名手杰构，务乞赐我一二部，俾资借镜。如须代价，请即示知，以便邮汇，先行奉上亦可。窃思数百年来，我国象棋名手当不在少数，今皆湮没无闻，象艺之不昌，其以此欤！吾公既思表扬时贤，又愿启迪后进，环顾海内诸同志，能具此热心毅力者，屈指难得。他日《萃菁》一书辗转抄录翻印，行将遍诸尘寰，而足下振衰起敝之功，亦足以昭垂万世也。专此上达，即请台安。恭候回书。

弟赵景南敬上

覆书请寄：常熟城内北市心〇〇〇收

## （五十六）

毓英先生大鉴：

手书诵悉。《适谱》遵即妥寄（下星期）江阴，嘱其留意保存，勿加损污。并转函足下，此谱少去“舍身取义”一图。仅有着法，似于刻板时漏去，并非缺页。弟至编号时始发觉，几为铸成大错。至卷十底页，因腐烂不堪，业已另易新纸。惠我全局三册，均收到不误，勿劳远念。专复，即请弈安。

弟赵仲葵顿首

《象棋萃鲭》全局

# 第一册[①]

## 序

谋国讳言兵，是书生迂腐之论。兵可百年不用，不可一日不备。然佳兵者不祥，先王不得已而用之，非后世黩武穷兵所得以藉口也。间尝观于象戏，其于进退之机，攻守之法，强弱之形，死生之势，必知己知彼，然后可以百战百胜。知此道者，始可与言弈，并可与言兵也。考之象戏，戏，兵也。黄帝之战，驱猛兽以为阵，象之雄也。故戏兵而以象戏名之，是即象棋之所滥觞欤？

吾友张君毓英，本大雅之扶轮，称斫轮之老手，深得象经奥窍，而神而明之者也。又搜集诸名家对局，都为一册，将以寿诸梨枣，嘱序于余。余固不知兵，亦不善弈，颇愿作壁上观，或可以分橘中乐。细按诸局，差比五侯之鲭，尤胜一狐之腋，虽属雕虫小技，亦足雪饱食终日、无所用心之耻。若夫拥兵自卫，薄人于险，所谓弈胜负分而盘中子尽，一将功成，万骨已朽，可胜叹哉！何如藉以排日，若东坡所云：胜可欣然，败亦

---

① 《象棋萃鲭》是我国最早印行的中国象棋实战对局选，在此前印行的中国象棋谱，其内容都是残、排局或全局，而无棋手的实战对局。《象棋萃鲭》的出版，可说是我国象棋史上一项重大的突破。该书有两册，长 15 厘米，宽 9.2 厘米，毛边纸铅印，于 1926 年 11 月在扬州出版发行，编辑者是张毓英，校勘者是朱耘蓬，印刷者是飞狮印刷公司（扬州教场大街），寄售处有淮扬日报馆（扬州教场大街）、大江北报馆（扬州公园前门）、振兴书局（扬州教场大街）、志成书局（扬州贤良街），定价小洋四角。

该谱有序二：其一为曲阜孔庆镕所作，其二系张毓英自序。

在 20 世纪 20 年代，《象棋萃鲭》在扬州出世似乎有其必然性。扬州地处长江下游北岸，南北大运河的南端，自古以来就是我国南方经济、文化的中心之一。到了 20 世纪 20 年代，象棋极为盛行，名手如林：扬州棋坛有盟主王浩然、周焕文，有张锦英、杨万源、朱锦堂等大将，后来号称“扬州三剑客”的周德裕、窦国柱、朱剑秋，当时还属于后起之秀。由于扬州的棋风很盛，吸引了外地棋手，著名棋手如谢侠逊、林奕仙、万启有、罗天扬、雷海山、吴松亭、邓春林、连学正、张观云等都曾到扬州交流棋艺。《象棋萃鲭》选载了上述棋手之间的实战对局。该书编辑者张毓英自幼嗜迷象弈，成年后专辟精室，设置棋枰，遍请本外埠弈棋高手来宅对局。正因其广结宾客，豁达疏财，所以被人们誉为“象棋界的孟尝君”。名家来宅对弈，张毓英很少参与著棋，只在两军对阵时作“壁上观”，默记或笔录双方实战的棋路。经他记录的名家对局竟多达八千余局，曾有抄本《张宅弈乘》与《扬州先局》流传。民国十五年他从中精选，编成《象棋萃鲭》一书出版，在象学界引起很大轰动。

为了表示对张毓英先生艰辛努力的尊重，本书整理者特将《象棋萃鲭》全局录出，以飨象棋爱好者，同时也为体育史研究者提供丰富的史料。

可喜，其亦加人一等，又岂建高牙、树大纛者所可梦想者耶？是为序。

民国第一甲子十月，曲阜孔庆镕序于心向往斋

## 自序

象棋之戏，传出唐虞，未详所本。然其名尝见刘向《说苑》，固秦汉以次物也。独怪创作既古，好之者自不乏人，名手亦必间出于其间，何两千年来竟与烟尘俱尽，湮没无闻，意者无谱以为之传欤？余嗜此十数年，得谱近十种，而昔贤对局者绝未一见，心窃憾之。因尽延吾扬及外来名手凡十数辈，所糜达数千金，暇则倩共对弈，录存其稿，积久得局数百。或惜局中所精思默运与余收拾经营之意虑终泯灭，为亟付印以饷同好。夫围象素并称，今围谱已充栋，而斯道尚在草昧，不揣梼陋，愿以是刻为先路，倘竟缘此一缕之传，得渐研究光大，则固余朝夕所跂望，抑亦斯事之幸，而诸君子赞助之功也。

民国十三年十一月仪征张宗俊毓英氏自序于邗江

## 例言

象学盛衰，其久远者不可考。以耳目所及，言之则莫盛于扬州，扬州尤莫盛于近岁。盖自索君万年后，迭有闻人执一时代之牛耳。即周（焕文）王（浩然）壮岁亦皆遍历旁郡，无所摧折。近则名手尤肩随踵接而起，人才之多，益为他处所罕见。故虽以宁沪之大，善斯道者，闻有扬人，亦必改容倾注，莫敢易视。今是谱虽似仅限于一隅，然即谓以此代表数十年来东南棋化，亦尚非夸言也。

是谱一以余目见手录为限，凡曾载他谱及报章者概不阑入，以免掠美。

名手对弈，会心独运，每多中局辄止，不待图穷匕现也。故谱中所载，间亦留不尽之意。盖胜负既判，无取蛇足，或嫌其略，然必为识者所许矣。

前谱向少评论，兹特一从其例。其疵谬处，或有指出，乃因当时局中道及，偶从甄采，阅者无以挂漏讥之。

是谱初印，有人颇有以后附棋势为劝。余意棋势前人尽有，且纵极神奇，终赖全局，以定基础。规矩不立，变何由生？若谓取合时宜，则志在自娱，原非专利。海内果有同嗜，自能不远来求，如皆趋舍殊方，彼《百局》《竹香》诸书，亦皆具在，不难购索。必欲拾人余绪，充我篇章，窃所不取。

坊行如《橘中秘》《梅花片》等谱，名虽对局，实则皆著者独出机杼，权自己操，故得势后易归一是。兹编尽存真面，未加移易，输攻墨守，各运匠心，变化万端，理难尽善，体原殊辙，幸勿吹毛。

## 陈德润题诗

张毓英先生手编《象棋萃鲭》第一册竟，奉题一绝。

江都陈德润雨滋

书生纸上喜谈兵，睹墅风流得盛名。
莫谓桑弧消勇气，车尘马迹在楸枰。

## 杨万源先　张锦荣胜

| | | | |
|---|---|---|---|
| 卒三进一 | 炮二平七 | 相三进五 | 马二进三 |
| 马二进四 | 车一平二 | 炮八平七 | 相七进五 |
| 马四进六 | 马八进六 | 士四进五 | 炮八平九 |
| 车一平四 | 车九平八 | 炮二平一 | 马六进四 |
| 车四进三 | 马四进五 | 车四进二 | 马五进四 |
| 车四退二 | 车二进四 | 卒五进一 | 车二平四 |
| 相五退三 | 兵七进一 | 炮一平三 | 炮七进三去卒 |
| 相七进五 | 炮七平八 | 炮三平二 | 车八平七 |
| 炮七退一 | 兵七进一 | 炮七平六 | 兵七进一 |
| 车四平六去马 | 车四平六 | 相三进一 | 炮九进四去卒 |
| 车六进五 | 士六进五 | 马八进九 | 兵七进一 |
| 车六退五 | 炮九平六 | 相五退三 | 炮六退一 |
| 炮二进一 | 炮八平五去卒 **照** | 车六平五 | 炮五退一 |
| 相三进五 | 兵七平六 | 士五进四去兵 | 车七进六 |
| 车五进一 | 车七平八去炮 | 士四退五 | 车八进三**照** |
| 士五退四 | 炮六进二 | 马六进七 | 炮六平一去马 |
| 相一退三 | 车八退四 | 车五退一 | 车八平四 |
| 车九进二去炮 | 兵三进一 | 士六进五 | 兵三进一去马 |
| 炮六平七 | 马三进四 | 炮七进三去兵 | 车四平六 **胜** |

## 杨万源先 张锦荣胜

| | | | |
|---|---|---|---|
| 炮二平五 | 马二进三 | 马二进三 | 车一进一 |
| 车一平二 | 炮八平七 | 卒五进一 | 相七进五 |
| 卒五进一 | 兵五进一去卒 | 车二进五 | 兵五进一 |
| 车二平五 | 车一平六 | 车五退一去兵 | 士六进五 |
| 马三进五 | 车六进五 | 炮八进一 | 马八进六 |
| 马八进七 | 车六退三 | 车九进一 | 炮二进二 |
| 车九平六 | 马六进五 | 车六进五 | 车九平六 |
| 士六进五 | 炮二平七 | 相三进一 | 马五进六 |
| 车六平四去车 | 车六进三去车 | 炮五平四 | 炮七平八 |
| 马五进三 | 马六进七 | 相七进五 | 炮八进七照 |
| 相一退三 | 马七进六去士 | 马三退五 | 马六退七照 |
| 相三进一 | 炮八平九 | 车五平二 | 炮七平五 |
| （当兵三进一） | 炮八退一 | 马七退九去卒 | 卒七进一 |
| 车六进三 | 炮八进一 | 车六退六 | 马七进六 |
| 兵七进一 | 马五进四 | 车六平七 | 马六进七去兵 |
| 炮五退一 | 炮八进五 | 士五退六 | 马七进五去象 |
| 相三进五去马 | 马四进五去象 | 马三退二 | 车二平六 **胜** |

## 杨万源先 张锦荣胜

| | | | |
|---|---|---|---|
| 卒七进一 | 炮八平三 | 相七进五 | 马八进七 |
| 马八进六 | 车九平八 | 炮二平三 | 马二进一 |
| 炮三进四去兵 | 相三进五 | 卒三进一 | 士四进五 |
| 马二进三 | 车一平四 | 车九进一 | 车八进三 |
| 卒三进一 | 车四进四 | 车一平二 | 车八进六去车 |
| 马三退二去车 | 车四平七去卒 | 炮三平四 | 炮二进四 |
| 马二进三 | 马七进八 | 卒一进一 | 车七平六 |
| 炮四平三 | 车六进四 | 士六进五 | 马八进七 |
| 相五进三 | 车六退五 | 炮三退三去马 | 炮二平七去炮 |
| 相三退五 | 相五退三 | 卒九进一 | 炮三平七 |

| | | | |
|---|---|---|---|
| 相三进一 | 车六进一 | 车九平七 | 车六平二 |
| 炮八平六 | 兵一进一 | 卒九进一去兵 | 车二平一去卒 |
| 卒五进一 | 车一进二 | 炮六平八 | 马一进二 |
| 卒七进一 | 炮七平三 | 炮八进二 | 车一平四 |
| 炮八平九 | 炮三进二去卒 | 马六进五 | 马二进三 |
| 车七平九 | 炮三平二 | 炮九进五照 | 相三进五 |
| 车九进五 | 将五平四 | 车九退六 | 马三进四 |
| 马五进三 | 炮二进五 | 炮九退七 | 炮二退二 |
| 卒五进一 | 兵五进一去卒 | 马三进五去兵 | 车四退二 |
| 马五退三 | 炮七平一 | 车九平七 | 炮二进二照 |
| 车七进一 | 马四退五 | 士五进六 | 马五进七去马 |
| 士四进五 | 车四平二 | 炮九退二 | 兵三进一 |
| 车七进二 | 炮二退三 | 车七退二 | 炮二进一 |
| 炮九平六照 | 士五进四 | 相五退七 | 炮二进二 |
| 车七平九 | 炮一平三 | 车九进二 | 兵三进一 |
| 车九进一 | 炮一平四去炮 | 车九平七去兵 | 车二平八 **胜** |

## 邓春林先　林弈仙胜

| | | | |
|---|---|---|---|
| 卒七进一 | 炮二平五 | 马八进七 | 马二进三 |
| 马二进三 | 马八进七 | 士四进五 | 车九进一 |
| 马七进六 | 兵七进一 | 炮八平七 | 车九平四 |
| 马六进七去兵 | 车四进二 | 相三进五 | 车一平二 |
| 车一平四 | 兵五进一 | 车九进二 | 车二进六 |
| 炮二进一 | 兵五进一 | 卒三进一 | 车二退二 |
| 卒三进一去兵 | 兵五进一去卒 | 马三进五去兵 | 车二平七去卒 |
| 炮二退二 | 车七进二 | 马五进四 | 马七进六去马 |
| 车四进五去马 | 炮八进一 | 卒七进一 | 士四进五 |
| 车九平八 | 车七进三照 | 车四退五 | 车七退五 |
| 车八进三 | 炮八进一 | 炮二进一 | 炮八平三去卒 |
| 车八退五 | 将五平四 | 相七进九 | 炮三平五 |
| 相九进七 | 炮五退一 | 车四进六 | 车七进五照 |

| | | | |
|---|---|---|---|
| 车四退六 | 车七退一 | 车四进四 | 炮五平三去马 |
| 炮七平六照 | 将四平五 | 车八进三 | 车四进二 |
| 车四进四 | 车四平三去相 | 车八平五 | 车三平五 |
| 车五平七 | 车五进二去相 | 帅五平四 | 车五平八去炮 **胜** |

## 沈文荧先　林奕仙胜

| | | | |
|---|---|---|---|
| 兵三进一 | 卒三进一 | 马二进三 | 马二进三 |
| 车一进一 | 车一进一 | 车一平六 | 相七进五 |
| 马三进四 | 炮八平七 | 炮八平五 | 卒七进一 |
| 相三进一 | 卒七进一去兵 | 相一进三去卒 | 马八进六 |
| 炮二平四 | 炮七平八 | 车六平二 | 车九平七 |
| 炮四进六去马 | 车一平六去炮 | 马四进五去卒 | 马三进五去马 |
| 炮五进四去马照 | 士六进五 | 相三退五 | 车七进三 |
| 炮五退二 | 车七平二 | 马八进九 | 车六进五 |
| 车九进一 | 车二平六 | 车二退一 | 帅五平六 |
| 车九平三 | 车六进三去士 | 车二平四去车 | 车六进六去车照 |
| 将五进一 | 卒一进一 | 炮五平八 | 车六退五 |
| 车三进三 | 车六进二 | 兵五进一 | 卒三进一 |
| 兵七进一去卒 | 车六平二 | 兵七进一 | 车二退一去炮 |
| 兵七平六 | 车二进一 | 兵五进一 | 炮八进五 |
| 相五退三 | 车二平五照 | 相三进五 | 炮八平一去马 |
| 相七进九去炮 | 车五平一去兵 | 车三平一 | 车一进一去相 |
| 车一进二去卒 | 车一进一照 | 将五退一 | 炮二进七照 |
| 士六进五 | 帅六平五 | 车一平八 | 炮二平一 |
| 车八平九 | 卒一进一 | 兵一进一 | 炮一平二 |
| 士五进六 | 车一退二 | 兵一进一 | 炮二退四 |
| 将五进一 | 炮二进一（变） | 相五退七 | 炮二平五 |
| 兵一进一 | 炮五退一 | 兵一平二 | 车一平五照 |
| 将五平四 | 车五平六照 | 将四平五 | 卒一平二 |
| 兵二平三 | 卒二平三 | 车九平四 | 车六平四 |
| 车四退一 | 炮五平四 | 兵三进一 | 卒三进一 |

兵三进一　炮四进二去士　兵三平四　炮四平二
车四退二　炮二退六　将五平四　车四退一
将四平五　卒三平四　车四进四　卒四进一
兵四平五去士照　士四进五去兵　车四平八　卒四进一照
将五进一　炮二平四　车八平六　炮四进一
将五平四　车四进二照　将四退一　车四平五 **胜**

变：

炮二进一　相五进七　炮二平五　将五平六
车一进二照　将六退一　炮五平一 **胜**

## 杨万源先胜　张锦荣

炮二平五　马二进三　马二进三　车一进一
车一平二　炮八平七　卒五进一　相七进五
卒五进一　兵五进一去卒　车二进五　兵五进一
车二平五　车一平六　车五退一去兵　士六进五
马八进七　车六进五　马三进五　马八进六
马五进七　兵三进一　马七进五　车六平七去卒
炮八进四　马六进五　车九进一　车九平六
相三进一　车七平六　士六进五　马五进七
车五平六　车六平八　炮八平七　车六进四
马五进四照　将五平六　马四退三去马　兵七进一去马
车九平八　兵三进一　卒七进一去兵　炮二进四
炮五进一　炮二退二　车六平五　炮二平四
马七进六　炮四退一　车八进七　炮四平八
相七进五　炮八退二　车八退五　车六进四
帅五平六　炮七平六　卒七进一　炮六进七去士
炮五进四去相　车八退三　炮七进三去相照　将六进一
炮五平六　炮六平九　马六进五照　车八平五去马
车八平二①　车五平四照　卒七平六　车四进一去卒照

① 如车五进二去车，张炮八进七后照，将抽杨八路车胜。

士五进六　车四进三去士照　帅六平五　车四进一
车二进五去炮照　将六进一　车二退一照　将六退一
炮六进一照　车四退七去炮　车五平二 **胜**

## 杨万源先　王浩然胜

卒三进一　相三进五　马二进三　马二进四
车一进一　马四进六　车一平四　兵七进一
相七进五　兵七进一去卒　相五进三去兵　炮八平七
马八进七　马六进五　车四进三　马八进九
车九进一　车九平八　炮二平一　马五退七
车四平六　马七进八　马三退一　炮二进二
卒七进一　炮二平七　相三退五　车一平二
炮八平九　马八进九去炮　相三退一去马　炮七平一
炮九进三去炮　兵一进一去炮　车六平三　炮七退一
车九平四　车二进七　马七进六　炮七平二
车三退二　车二平四　马六进四　炮二进八照
士六进五　车四平三　马一退三　车八进一
马四进三　车八平七　车四进五　士四进五
马三进一　车三进二照　士五退六　车三退四去卒照
士六进五　车三进四照　士五退六　车三退三照
士六进五　将五平四　士五进六　车三进三照
帅五进一　车三退一照　帅五退一　车三平九去马
车三进二　炮二退七　车三平六照　炮二平四
马三退五去兵　车九退一去相　车六平八　将四平五
车八进五照　炮四退一　马五进七　车七进二 **胜**

## 杨万源先和　张锦荣

炮二平五　马二进三　兵七进一　车一进一
马二进三　炮八平七　车一平二　相七进五

马八进九　卒七进一　炮八平七　炮二进四
兵五进一　车一平六　车九平八　炮二平四
车八进六　车六进五　车八退三　士六进五
士四进五　马八进六　兵五进一　卒七进一
兵三进一去卒　炮七进五去马　炮七平三去炮　卒五进一去兵
炮三平四　车九平八　车二进九去车 照　马六退八去车
马九退七　炮四平五　车八平六　卒五进一
将五平四　卒五平六　车六进五　炮五平三
马七进九　炮三平九去兵　车六退一　炮九进三照
相三进一　马三退一　车六退一　车六平八
车六平四　卒六平五　兵三进一　车八进三照
将四进一　车八退四　将四退一　卒五进一
炮五平七　马一进二　炮四进二　马八进七
炮四平三　马七退六　炮七进四去卒　马二进三去兵
炮七平五　马六进八　马九进七　车八进四照
将四进一　车八退一照　将四退一　卒五平四
相七进五　马三进五　车四退三　车八退五
炮五退一　卒四平三去马　车四平五去马　马八进六
兵三平四　卒三进一　车五平四　马六进五去炮
兵四平五去马　卒三进一　炮三平五　车八进六照
将四进一　车八退四　炮五平三　士五进六
车四进四去士　士四进五　车四退四　车八退一
兵五平四　炮九平五　车四退一　炮五平九
车四进一　卒三平四　炮三平五　车八进一
炮五进二　帅五平四　炮五进二去士　车八退四
车四平六照　帅四平五　炮五平六　车八平六
车六进二　炮九平八　士五进四　炮八退五
兵四进一　炮八退四　车六进一　炮八平六
炮六退七去卒　炮六进三去兵 照　将四平五　卒九进一
炮六进三　炮六进三　炮六平五照　相五进七
根五退三　炮六平八　炮五退二　车六进六去士
车六平九去卒　帅五平六　车九平二　炮八平五照
将五平六　卒九进一　士六进五　车六退二

车二平六 炮五平八 炮五平二 炮八退四
车六退三 车六平二 士五进六 车二进三照
将六退一 车二平六 车六进一 炮八进三
兵九进一 车六退一 炮二退二 炮八平六
士六退五 车六退一 炮二进二 卒九进一
炮二平四 炮六进二去炮 士五进四去炮 **和**

## 杨万源先和 张锦荣

炮二平五 马二进三 马二进二 车一进一
车一平二 炮八平七 兵五进一 相七进五
兵五进一 卒五进一去兵 马三进五 车一平六
炮五进三去卒照 士六进五 炮八平五 车六进五
马八进七 炮二进二 炮五退一 炮七进四去兵
炮五平一 马八进九 炮一进三去马 马三进五
马五进六 炮二平三 马七退五 帅五平六
相三进一 车九进二去炮 车九进二 车六进一
马五进七 马五进四 士六进五 车六退一
炮五平四照 帅六平五 兵七进一 炮三进三去马
马六进八 士五进六 马八进七照 帅五平六
相一退三 炮三退一 车九平六 炮三平四
马七退六 炮四退三去马 车六进二去马 炮四平五照
将五平六 士四进五 车六进二 炮五进三
车二进九照 相五退七 车六平七去卒 相三进五
车七平九去卒 炮五平三 车九平六 炮三平二
兵七进一 帅六平五 炮四平五 帅五平六
车二退一 炮二进三照 相七进九 炮二退八
车六进二 车六平二 炮五进二 炮七平八
相三进五 相五进三去兵 炮五平九 相三退一
炮九平四照 帅六平五 车二平四 车二平四照
车六退五去车 炮二平六去车 车六平四去炮 炮六进四去炮
车四进一去炮 **和**

## 张锦荣先胜　周焕文

| | | | |
|---|---|---|---|
| 兵七进一 | 卒七进一 | 炮八平三 | 相七进五 |
| 马八进七 | 马二进三 | 车九平八 | 车一平二 |
| 车八进六 | 炮八进一 | 马二进一 | 马八进六 |
| 车一进一 | 卒三进一 | 车八退二 | 马六进四 |
| 炮三平五 | 士六进五 | 兵七进一去卒 | 马四进三去兵 |
| 炮二进三 | 车九平六 | 炮二平七去马 | 相五进三去炮 |
| 车一平二 | 炮二进一 | 马七进六 | 车六进五 |
| 兵一进一 | 相三进五 | 车二进三 | 车六退二 |
| 马一退三 | 炮八平七 | 马三进四 | 车六退三 |
| 炮五平四 | 车六平七 | 炮四平七 | 马三进四 |
| 炮七平五 | 马四退三 | 马六进五去卒 | 炮二平三 |
| 车八进五去车 | 炮三进六去相 照 | 士六进五 | 马三退二去车 |
| 马四进五 | 相三退一 | 车二进二 | 炮七进三去兵 |
| 马五退三去卒 | 车七平六 | 马三退五 | 炮七退五 |
| 马五进七 | （当马五退七） | 相一进三 | 马七退五 |
| 车六进四 | 马五退七 | 车六平七 | 相三进一 |
| 车七退二 | 马五进四 | 炮三退二 | 士五进四 |
| 炮三平六去士 | 马七进五 | 炮六退三 | 车二退一 |
| 炮六进四 | 相一进三 | 炮六退一 | 士四进五 |
| 炮六平七 | 车二退三 | 车七平九 | 车二进六 |
| 车九平七 | 兵五进一 | 马二进四 | 炮五进一 |
| 马四进五 | 车二退二 | 炮七平六 | 炮五平三 |
| 车七平九 | 马四进三 | 车九平六 | 车二平五去马 |
| 车六进四 | 车五平四 | 炮七平五照 | 士五进六 |
| 炮五退三去马 照 | 兵五进一去炮 | 车六平五照 | 将五平六 |
| 车五平七去炮 | 车四进二去炮 | 车七退一去相 | 兵五进一 |
| 士五进六 | 车四平六照 | 帅五平六 | 车六进一去士 照 |
| 帅六进一 | 车六退一照 **胜** | | |

## 张锦荣先胜　杨万源

| | | | |
|---|---|---|---|
| 兵七进一 | 卒七进一 | 炮八平三 | 相七进五 |
| 马八进七 | 马八进六 | 车九平八 | 炮二平三 |
| 相三进五 | 马二进一 | 马二进四 | 车一进一 |
| 车八进五 | 炮八进二 | 车八进二 | 炮八退二 |
| 车八退二 | 炮八进二 | 车八退二 | 车一平四 |
| 炮二平一 | 车九进二 | 车一平二 | 炮八退四 |
| 车二进六 | 车九平八 | 车二平四 | 车八平六 |
| 车四进一去车 | 炮三平六去车 | 兵五进一 | 马六进八 |
| 炮一进四去卒 | 车四进三 | 炮三平二 | 炮八平九 |
| 炮一平二 | 马八退六 | 车八平四 | 士六进五 |
| 车四进三 | 卒七进一 | 炮二平五去卒 | 炮六进六去马 |
| 车四进二去马 | 车四平八 | 车四退七去炮 | 车八进三去炮 |
| 兵三进一去卒 | 车八退四 | 炮五退一 | 马一退三 |
| 车四进三 | 车八平九 | 士四进五 | 炮九平六 |
| 兵三进一 | 车九进三去兵 | 马七进五 | 马三进四 |
| 马五进三 | 车九进三照 | 士五退四 | 车九退六 |
| 兵三平二 | 车九平七 | 士四进五 | 相三进一 |
| 兵九进一 | 卒三进一 | 兵七进一去卒 | 相一进三去兵 |
| 兵二进一 | 车七进一 | 炮五进一 | 马四退二 |
| 车四进二 | 卒一进一 | 马三进五 | 卒一进一去兵 |
| 马五进三 | 相三退一 | 炮五平八 | 相一退三 |
| 兵五进一 | 炮六平九 | 马三进二 | 马二退四 |
| 兵五进一 | 相五退七 | 兵五平六 | 车七退二 |
| 炮八退一 | 车七进二 | 炮八退三 | 马四进二 |
| 相五进三 | 相三进五 | 炮八平五 | 车七平五 |
| 兵六进一 | 马二进三 | 兵六进一 | 马三进二 |
| 车四平六 | 车五进一 | 兵六进一去士 照 | 士五退四去兵 |
| 马二退四照 | 帅五平六 | 炮五平四照 | 车五平六 |
| 车六进三去士 照 | 帅六进一 | 车六退一照 | 帅六退一 |
| 车六平五 **胜** | | | |

## 杨万源先胜　张锦荣

卒三进一　兵三进一　马二进三　马二进三
车一进一　马八进七　相七进五　炮八进四
马三进四　炮八退二　炮二平三　炮八平六
车一平六　相七进五　卒三进一　根五进七去卒
炮八平七　马三进二　车六进六　车一进二
马八进六　相三进五　车六退二　炮六退三
卒七进一　马二退三　车六进一　炮六进二
车六退三　马三退五　卒七进一去兵　相五进三去卒
车九平八　炮二平四　马六进四　马五进四
马四进六　兵五进一　卒五进一　马四退六
马六进七　炮六平四　车六平四　士六进五
车四进三　炮四进四　卒五进一去兵　炮四平六去马
马七进八　车一退一　炮七平四去炮　马六退四
马八退七　车一平三　马七退九去兵　炮四平五
炮三进四去兵　车九平八　车八进六　车八进六
卒五进一　炮五平一　车八进一　马七进五去卒
炮三平五去马 **照**　马四进五去炮　车四平五去马　炮一进四去卒
炮四进六　车三退一　马九进八　相三退五
车五平一去兵　将五平六　炮四退六　相五退七
车一进三　相七退五　车八平五去相　车八平七
车五退三　炮一进三**照**　相五退七　车三进一
车五平四**照**　将六平五　炮四平五**照**　士五进六
车一退三　车七平四　士四进五 **胜**

## 杨万源先和　张锦荣

卒三进一　兵三进一　马二进三　马二进三
马八进七　车一进一　车一进一　车一平六
车九进一　车六进五　车九平四　车六平七
炮二退一　车七退一去卒　车四进七　马八进九

炮二平三　车七平四　炮三平七　车四退二
卒七进一　兵三进一去卒　炮七进三去兵　相三进五
马三进二　兵五进一　马二退四　车四进一
炮七平四　车四平三　炮四进五去士　炮八退二
炮四平二去炮　车九平八去炮　车一进一　士四进五
炮八退一　炮二进五　马七进八　炮二退一
车一平六　车三进二　相三进五　车八进四
马八进六　马三进四去马　车六进三去马　炮二平五去卒照
炮八平五　炮五进二去炮　士六进五去炮
车三退五　车六进一　兵五进一　车六平五
兵五平六　马四进六　兵六平五　马六进七
相五进三　车五退二去兵　车八平四　马七退五
相三退五　马五进四　车四退二　士五进六
车三平四　士四进五　士五进六去马　车四退一去士
车四进三　车五进二　车四进二　车五退一
车四退一　车五退一　兵七进一　车五平四
马九进七（变）车四进二照　将五进一　车四平九
车四平三　车四进五　相五退三　车四平三去相
马七退五　车三平二　车四平三　车九平八
车三平七　车八退一　车三退三　车八平七去车
马五退三去车　车二退一照　将五退一　车二平七去马 **和**

变：

马九进七　车四平三　兵七进一　车四进四
相七进九　相五进三去兵　车四平八 **和**

## 张锦荣先和　杨万源

卒三进一　兵三进一　炮二平七　相三进五
马二进三　马八进七　车一平二　车九平八
车二进六　马二进四　马八进九　炮二进一
车九进一　兵七进一　车二退二　马四进六
炮七平五　士四进五　炮五进四去兵　马六进五

炮八平五　兵七进一去卒　车二退一　马七进五去炮
车九平八　马五进七　车八进五去炮　兵七进一
车二平三去兵　炮八平七　车三进二去马　相五进七去车
炮五进三去马 **照**　相七退五　马三进四　车八进五
车八平四　车一平四　士四进五　车四进八
卒九进一　车八进四　马九进八　车八平七去相 **照**
士五退四　炮七平八　车四平二　炮八平六
马四退五　炮六进五　马八进九去兵　车七退五
卒五进一　炮六平九　马九退七去兵　炮九进二**照**
车二退六　炮九退二　车二进六　车七进三
车二平九　炮九进二**照**　士四进五　车七进二**照**
士五退四　车七退六**照**　士四进五　车七平一去车
马七进九去车　车四退五　卒九进一　车四进一
马九进八　车四平一去卒　炮五进一　车一平四
卒五进一　车四退三　马八退九　炮九平八
马五进四　车四进二　马九退八　将五平四
卒七进一　车四进二　马四进六　车四平三去卒
相七进五　车三退四　炮五平六　车三平二
马八进九　车二进五　卒五进一　将四平五
卒一进一　车二平九　马六进八　炮八退八
炮六平一去兵　车九退一去卒　炮一平四　车九平五
卒五平六　车五进二去相　炮四平五　将五平四
马八退六　车五平三　马六退八　车三退六
炮五退一　将四平五　马八进七　车三平一
马九进八　炮八平二去马　马七进八去炮　车一平二去马 **和**

## 张锦荣先胜　杨万源

卒七进一　兵七进一　炮八平三　相七进五
马八进七　马二进三　车九平八　车一平二
车八进六　马八进六　车八平七去兵　炮二进四
相三进五（漏着，杨当炮八进一，炮二平三，弃马得车）

| | | | |
|---|---|---|---|
| 炮二平七去卒 | 马二进四 | 炮七平六 | 车七平六 |
| 炮八平六 | 马四进六 | 车九平八 | 炮二平一 |
| 车八进七 | 炮一进四去兵 | 车八平七去炮 | 炮一进三照 |
| 士六进五 | 车一平二 | 炮六平八 | 马六进五 |
| 炮八进五 | 马七退五 | 炮六进二 | 马五进四 |
| 车二进八 | 相五进三 | 车七平六 | 马四进三 |
| 将五平六 | 车六退二 | 马六进七 | 马五进四 |
| 车六退一去马 | 车二进二去炮 | 炮六平九 | 士六进五 |
| 炮九退八去炮 | 车二进七照 | 将六进一 | 马三进一去炮 |
| 车二进一 | 车六退四 | | |

车六退四（当兵七进一去相，使张六路车不能高，虽折马可胜）

| | | | |
|---|---|---|---|
| 马一退二照 | 车六平七 | 车六进四 | 士五进六 |
| 相三退五 | 兵七进一 | 车六平三去兵 | 将六平五 |
| 卒七进一 | 相五进三去卒 | 马二退一 | 相三退五 |
| 马一进三去马 | 车二退五 | 车二平四 | 车二平四 |
| 卒一进一 | 马三进二 | 车三平二 | 将五平四 |
| 车二平七 | 将四平五 | 马三退四 | 车四进一 |
| 车七进四照 | 车四退四 | 车七退二 | 车四进二 |
| 车七平六去车 | 马二退四去车 | 车四平六去士 | 马四进二 |
| 马四进五去兵 | 车七进一 | 马五退四 | 车七平九 |
| 车六平四 | 马二退四 | 车四平六 | 车九进二去卒 |
| 马四进三 | 马四进六 | 马三退五 | 马六进五去卒 |
| 马五进四去士 | 车九退二 | 帅五平六 | 马五进三照 |
| 帅六进一 | 相五进三 | 车六退一照 | 将五进一 |
| 车六退一照 | 将五退一 | 马四进三照 | 将五平六 |

车六平四照 **胜**

## 沈文荧先胜　王浩然

| | | | |
|---|---|---|---|
| 卒七进一 | 相七进五 | 卒三进一 | 马八进六 |
| 马二进三 | 兵七进一 | 卒三进一去兵 | 车九平七 |
| 相三进五 | 车七进四去卒 | 马三进四 | 车七平六 |

（不如马二进三）炮八进二　车六平二
炮八进三去炮　炮八平二去炮　马八进七　马六进八
车一平三　马二进三　车九进一　车一进一
车九平六　兵三进一　马四进六　马三进四去马
车六进四去马　车一平六　车三进六　车六进二
车三平四去车　马八进六去车　炮二进七**照**　士六进五
车六平四　马六退八　马七进六　车二进二
卒七进一去兵　车二平五去卒　年七进一　马八进七
士四进五　车五平八　炮二平一　兵五进一
相五进三　马七退八　炮一平二　马八进七
炮二平一　车八平三　卒七平八　炮二平三
相七进五　炮三进二　车四进三　兵五进一
马六进七　炮三平二　马七退八　车三退二
车四平三　将五平六　车三进一**照**　将六进一
车三退三　车三平六（当兵五平四）　炮一平二
车六进二（当车六平三）　炮二平七去相　相五退三去炮
车三退一去马　炮二平六　马八进七　兵一进一
卒八进一　将六退一　马七退九去兵　相三进五
车三平二　炮六退二　卒八进一　兵五进一
（不如车六平一）马九进七　车六退三　马七进五去相
车六平五　马五进七　车五平六　卒九进一
炮六平二　马七退五　炮二进四　卒一进一
炮二退一　车二平三　车六退一　马五退七
炮二平九去卒　马七退五　车六平八　车三进四**照**
将六进一　马五进三**照**　将六进一　车三退一 **胜**

## 沈文荧先　王浩然胜

卒七进一　相七进五　卒三进一　马八进六
马二进三　兵七进一　卒三进一去兵　车九平七
马三进四　车七进四去卒　马八进七　兵三进一
卒七进一去兵　车七平三去卒　相七进五　车三平六

马四退三　马二进三　士六进五　炮二平一
马七进八　马三进四　马三进二　车六平七
马八进六去马　车七平四去马　车一进一　车四进一
马二进四　车四平六　马四进六　马六进四
车一平三　车六进一　车三进七　车一平二
炮八平六　车二进三　马六退七　马四进三
车三平六　士四进五　车六退三　车六平八
炮二平三　炮八平七　炮六平七　炮一平三
炮三平一　炮三进三去马　相五进七去炮　车八平七
相三进五　车七平九去卒　炮一平四　马三退四
卒五进一　车九退一　车九平六　车九平五去卒
炮四进四　车二进四　炮七退一　车五平三去相
车六平三　车三平六　车三进一　马四进五
车三进一去炮　车六退二去炮　车六进八　车六进三
车三平五去相　车六平四　车六退五去车　马五进四去车
车五平七　马四进三去炮 **照**　车七退六去马　车二平五去相
车七进八去相 **照**　士五退四　车七退三　兵一进一
车七退一　车五退三　车七退一　兵九进一
卒九进一　兵一进一去卒　车七平九去兵　车五进二 **胜**

## 沈文荧先和　王浩然

卒七进一　相七进五　卒三进一　马八进六
马二进三　马六进四　炮二进四　兵七进一
卒三进一去兵　车九平七　相七进五　车七进四去卒
马三进四　车七平六　炮八进二　兵三进一
炮二退五　兵三进一去卒　相五进七去兵　马二进三
炮二平四　车六平三　相七退五　马四进五
车一平二　炮八平七　炮八平五　马五退三
马八进六　车三平七　炮四平二　马三进四
炮二进八照　炮七退二　车九平七　马三进二
车二进八　车七平六　马四进二　炮二平三

炮五平四　士四进五（当卒五进一）　炮四进五去士
士五退六去炮　马二进三　炮三平七去马　车七进八
马二退三　车二平三　车一进一　车七平九去车
马三退一去车　车三退一去炮　车六平八　炮二平一
车八退四　炮一退一　车八进一　炮一进一
马一进三　车三退三　马三进二　士六进五
车八平三　马六进八　马四进二　车三平八
马二进四　相五进七　车三平九　炮一平二
车九退一　炮二退一　马四进六　车八退一去马
车九进一　车八进五　马六进七照　帅五平六
士六进五　炮二退二　炮八进九去相照　帅六进一
兵一进一　车八平六　车九平八　炮二平四
车八进五　车六退五　车八平六　炮四平二
车六平九去卒　卒五进一　车九退二　炮二退四
车九平八　炮二平七　车八平二（当炮七平九）
炮七退二　炮七平三去炮　马八退七去炮　车二进四照
帅六退一　车二平三　相七退九　马七退五
车六退一　马五退七　车六进四　马七退五去卒
车六平五去兵　马五退七　车五退一　车三退一
车五平九去兵　车三平一去相　马七进六　车一进二照
帅六进一　车一平三　车九平八　兵九进一
卒九进一　兵九进一　卒九进一　兵九平八
车八退一　兵八进一　车八退一　兵八进一
车八平三　车三退五　卒九进一　车三退一
车三平九　车三平四　车九进一　兵八平七
车九平三　兵七平八　卒九平八　车四平二去卒
马六进四　马七退五　马四退二去兵　车二平四照
士五进六　车四平三　士六退五　车三平四照
士五进六　将五平四　马二进四　车四进三
车三平五 **和**

## 沈文荧先　王浩然胜

| | | | |
|---|---|---|---|
| 卒三进一 | 相三进五 | 卒七进一 | 马二进四 |
| 马八进七 | 兵三进一 | 卒七进一去兵 | 车一平三 |
| 马七进六 | 车三进四去卒 | 马二进三 | 兵七进一 |
| 卒三进一去兵 | 车三平七去卒 | 马三进四 | 马八进七 |
| 相三进五 | 马七进六 | 马四退二 | 车七进二 |
| 马六进四去马 | 车七平八去马 | 炮二进五去炮 | 炮二平八去炮 |
| 车九进一 | 马四进二 | 车九平六 | 车九进一 |
| 车一平三 | 车九平三 | 车六平四 | 士四进五 |
| 车三进六 | 马二进三 | 相五进七 | 车八平九去卒 |
| 炮八平二 | 车三平四 | 士六进五 | 车九平八 |
| 炮二平三 | 炮八平六 | 马四进二（当马四退三） | |
| 车八平五去卒 | 炮三平七 | 将五平四 | 相七进五 |
| 车四进七 | 炮七退二 | 相五退三 | 炮七平六**照** |
| 炮六平四 | 炮六进七去炮 | 马三退四去炮 | 车四平三 |
| 马四进五 | 车三退三 | 车五平七去车 | 车三进二去车 |
| 马五进四 **胜** | | | |

## 张锦荣先胜　周德裕

| | | | |
|---|---|---|---|
| 兵七进一 | 卒七进一 | 马八进七 | 马八进七 |
| 车九进一 | 马二进一 | 马七进六 | 车一进一 |
| 炮二平五 | 相七进五 | 马六进五去卒 | 马七进五去马 |
| 炮五进四去马 **照** | 士六进五 | 车九平六 | 炮二平四 |
| 马二进三 | 车一平二 | 炮八平五 | 车二进三 |
| 车一平二 | 车二平六 | 兵五进一 | 卒一进一 |
| 马三进五 | 马一进二 | 兵五进一 | 车六进一 |
| 车六进四 | 马二进一去兵 | 相七进九 | 卒一进一 |
| 车六平九 | 车九平六 | 士六进五 | 车六平四 |
| 马五进四 | 马一进三 | 炮五平四 | 炮八平六 |
| 马四进五去相 | 车六平七 | 车九进四 | 车四平六 |

车九平七去相　炮四进四　车二进八　炮四平五**照**

炮五退三去炮　炮六进五去炮　马五进七**照**　帅五平六

车二平五去士　车六平四　马七退六 **胜**

## 周焕文先胜　王浩然

兵三进一　相三进五　马二进三　马二进四

兵七进一　马四进六　炮八平五　卒七进一

炮五进四去卒 **照**　士四进五　相三进五　年七进一去兵

相五进三去卒　马八进七　炮五平四　卒九进一

马八进七　车九进三　炮四退二　车九平七

相七进五　马六进五　炮四平五　炮八进四

车九平八　炮二进四　士四进五　炮八平六

马三进四　车七平八　炮二平四　车一平四

车一平三　车八进三　炮五进三去相**照**　相七进五去炮

兵五进一　马七进八　车八进三去炮　马八进六去马

炮四进二去马马五退七　车三平四　炮六平三

炮四进二　车四进三　兵五进一　车八平九去兵

兵五进一　车四平五去兵　炮四退三　车五进四去相

车八平七去炮　马七进五　炮四平二　马五进七去相

炮二进六**照**　相五退七　车七平一去车　马七进九去车

马七进六　车五退二　马六进七去卒 **胜**

## 王浩然先胜　周焕文

炮八平五　马二进三　马八进七　车一平二

卒三进一　兵三进一　马二进三　马八进七

马三进四　炮八进二　马四进三去兵　相七进五

炮二平三　马三进二　马三退四　炮八平五

卒三进一　车九平八　车一进一　车八进五

车一平四　车八平七　炮五进三去炮　兵五进一去炮

卒三进一　马七退五　炮三平五　车七退一
马四退六　马五退三　车四进五　马三进四
炮五进三去兵照　士四进五　车九进一　马二进三去卒
车九平四　帅五平四　车四平六　帅四平五
卒五进一　车七进一　相七进五　车七平五去卒
士四进五　炮二进六　车四进七　炮二平四
车六平四　车五退一去炮　马六进五去车　车二进七
卒三进一　车二平三去马　卒三进一　马四退三
卒三进一　炮四退七　马五进六　士四进五去马
卒三平四去士照　帅五平四　卒四平五照　帅四平五去卒
车四平六去炮　士四退五　车四平一去兵 **胜**

## 张锦荣先胜　王浩然

卒七进一　马八进七　马八进七　车九进一
卒三进一　兵三进一　卒七进一去兵　车九平三
相三进五　车三进三去卒　炮八退一　相三进五
炮八平七　车三平二　马二进四　车一进一
马四进六　炮八进二　马七进六　车二进一
马六进四　兵七进一　炮二进二　车二进二
马六进七　车二进一　马四进三去马　炮二平七去马
卒三进一去兵　相五进七去卒　车一进一　相七退五
车九进二　炮八平三　炮七平三　炮三平七
士四进五　炮七进六去炮　车一平三去炮　车一平八
车三进三　炮七平三　马七退六　车二退七
车九平七　马二进四　车七进二　马四进六
车三平四　马六进五　车七平八　车二平七
车四进二　车七进二　车四退六　车七进三
（不如马五进七）　炮二平五　马五退七
车八进二　兵五进一　炮五平八　马七进八
车八平四　士四进五　马六进七　马八进九
马七进五去兵（当先炮八退打车）　车七平五去卒

| | | | |
|---|---|---|---|
| 马五退三 | 车五平四 | 马三进二 | 炮三进四 |
| 士五进六 | 炮三平八 | 车四平三 | 马九退七 |
| 车四平九去兵 | 炮八平一 | 车九平三 | 马七退五 |
| 士六退五 | 车八平六 | 车三进四 | 马五退三 |
| 车三平七 | 马三进二（当车四平二） | | 炮八进五 |
| 将五平四 | 车七进三照 | 将四进一 | 车三平八 |
| 炮一平二 | 车八平九 | 炮二平一 | 相七进九 **胜** |

## 张锦荣先　王浩然胜

| | | | |
|---|---|---|---|
| 卒七进一 | 马八进七 | 马八进七 | 车九进一 |
| 相三进五 | 兵七进一 | 车九进一 | 马二进三 |
| 车九平四 | 车一进一 | 车四进五 | 相三进五 |
| 车四平三 | 马七退五 | 卒三进一 | 兵七进一去卒 |
| 车三退二去兵 | 马五退三 | 马二进四 | 车一平六 |
| 车一进一 | 车九平七 | 车三平六 | 炮二进二 |
| 卒一进一 | 车六进三 | 士六进五 | 兵三进一 |
| 卒七进一去兵 | 车六平三去卒 | 马七进八 | 车三进二 |
| 炮二进一 | 车三退二 | 炮八平七 | 炮二退三 |
| 士五退六 | 马三进二 | 炮七平八 | 车三平八 |
| 炮八进三去马 | 车八平二去炮 | 马八退七 | 马三进二 |
| 马四进六 | 车七进五 | 炮二退一 | 车七平五去卒 |
| 马六进五 | 车五平六 | 马五进六 | 马二进四去马 |
| 车六进二去马 | 车二平六 | 车一退一 | 兵五进一 |
| 车六平九去兵 | 车六平三 | 士四进五 | 炮二平三 |
| 马七退八 | 炮八进四 | 车一平四 | 炮八平五 |
| 相七进九 | 车六进五去车照 | 帅五平四去车 | 炮五平一去卒 |
| 车九平四 | 士四进五 | 车四平五 | 车三平八 |
| 炮二平三 | 车八进三照 | 炮三退二 | 炮一平九 |
| 帅四平五 | 车八平七去炮照 | 相五退三去车 | 炮九平五照 |
| 帅五平四 | 炮五退三去车 | 马八进六 | 士五进六 |
| 马六进八 | 兵五进一 | 马八进九 | 炮三平六照 |

帅四平五　兵五平六照　士五进六　炮六平九 **胜**

## 周德裕先和　张锦荣

| | | | |
|---|---|---|---|
| 炮二平五 | 马八进七 | 马二进三 | 车九平八 |
| 车一平二 | 炮八进二 | 马八进九 | 马二进三 |
| 炮八平七 | 车一平二 | 卒三进一 | 炮八平三 |
| 车二进九去车 | 马七退八去车 | 炮七平六 | 炮三平六 |
| 车九平八 | 炮二进四 | 卒七进一 | 相七进五 |
| 车八进一 | 马八进六 | 卒七进一 | 兵三进一去卒 |
| 车八平四 | 炮二退二 | 炮六平七 | 车二进二 |
| 马九进七 | 马六进八 | 马七进八去炮 | 炮六平二去马 |
| 车四平八 | 马三进四 | 炮五进四去兵照 | 士四进五 |
| 车八进三 | 兵七进一 | 炮七平八 | 兵三进一 |
| 车八平七去兵 | 车二平三 | 车七平六 | 车三进二 |
| 炮五退一 | 马四退三 | 炮五平八去炮 | 车三平二去炮 |
| 炮八平九 | 兵七进一去卒 | 车六平三去兵 | 马八进七 |
| 相三进五 | 车二平五 | 卒九进一 | 兵九进一 |
| 士四进五 | 车五退一 **和** | | |

## 朱锦堂先胜　沈文荧

| | | | |
|---|---|---|---|
| 炮二平五 | 马八进七 | 马二进三 | 兵七进一 |
| 车一平二 | 车九平八 | 车二进六 | 兵三进一 |
| 炮五进四去兵 | 马七进五去炮 | 车二平五去马照 | 炮二平五 |
| 炮八平五 | 马二进三（论局面当炮八进五） | | |
| 车五平二 | 车一平二 | 马八进九 | 马三进四 |
| 车二退二 | 车二进八 | 士四进五 | 士六进五 |
| 车九平八 | 车二进一去车 | 马九退八去车 | 炮五平三 |
| 炮五平七 | 相七进五 | 卒五进一 | 车八平六 |
| 卒五进一 | 马四进三去卒 | 马三进五 | 车六进六 |

马五进四　炮三平二　相七进五　炮八平九
马八进六　炮九进四去卒　马六进七去马　车六平三去马
炮七平八　车三平六　炮八进四　炮九退二
车二进一　士五退六　卒九进一　炮二退一
马四进三　炮九进五**照**（当车六退四）　车二退五
炮九退四　车二进四　兵九进一　卒五平四
车六平五　车二进五　士四进五　炮八平五
将五平四　马三进五去士 **胜**

## 朱锦堂先　沈文荧胜

炮二平五　马八进七　马二进三　车九平八
车一平二　卒三进一　马八进七　马二进三
兵五进一　士四进五　兵五进一　卒五进一去兵
马七进五　炮八进四　马五进四　卒七进一
马三进五　炮八平五去马　炮五进三去卒 **照**　相三进五
车二进九去车　马七进六去马　车二退五　马六进七去兵
炮八进一　马七进五**照**　士四进五　马五进三**照**
将五平四　炮五平二去炮　车二平四　马三进五
车九进一　马三退四　车四进二　马四退五去炮
车四平五去马　马五进七　车五平八　炮二平九去兵
车八进一去炮　车一平四　车九进一　车四进六
相三进一　车四平六**照**　将四平五　马七退九
车八进二**照**　士五退四　车九平四　车六平三去兵
车八退三　马九进八　车四平二　卒九进一
车八平九去卒　卒七进一　车九平二　卒七进一
相七进五　卒九进一　兵九进一　车三平一
车二平三　卒九平八　车三平九　炮九退二
车九平一　炮九平五　车一平五　车一平五
车五平四　炮五进三去相 **照**　将五平四　士六进五
相一退三　炮五平七 **胜**

## 林弈仙先　沈文荧胜

卒三进一　兵三进一　马二进三　马二进三
车一进一　马三进四　车一平六　炮二进二
炮二进四　炮八平四　车六平四　马八进七
炮八平五　士四进五　马八进九　炮四平二
马三进四　马四进五去卒　马四进五去兵　马七进五去马
炮二平五去马照　相三进五　车四进二　马五退六
炮五平四　马六退七　炮五退四　炮二退一
车四平五　车九进一　炮四平三　兵九进一
车五进二　车一平三　车九进一　兵九进一
车九平六　车三进三　炮三进一　炮二进一
车五退一　车九进三　炮三平五　车九平四
车六进四去车　炮二平四去车　卒九进一　炮二进二
马九进八　炮四退三　卒一进一去兵　炮四平二
士四进五　兵三进一　卒七进一去兵　炮二进四去马
卒七进一　车三进一去卒　车五平八去炮　车三平六
炮五平八　炮二平五　车八进二　车六进二
炮八退一　车六平七　相三进一　车七平八
帅五平四　车八平六照　士五进四　车六平三
车八平三去兵　车三进三去相　车三进一去马　车三平四去士照（变）
帅四进一　车四退二　炮五进五去相照　相七进五去炮
炮八进七　车四平五　士四退五　炮五平六
车三退一　炮六退三　车三进二　炮六进一
车三退二　车五退三　士五进六　相五退七
炮八退三　炮六退一　士六退五　士五进六
士五进四　车五进四照　帅四退一　车五退一
炮八平五　车五平六去士照　帅四平五照　车六平五
帅五平六　炮六平四 **胜**

变：

车三平四　炮五退二　车四退二　炮八退一
车四平六去士照　炮八平四　炮五平六　车三平四
炮六退一　卒三进一（林照此变，不但能和，且可望胜。）

## 林弈仙先胜　沈文荧

炮八平五　马二进三　马八进七　车一平二
卒三进一　炮八平七　马二进一　兵三进一
车九进一　相七进五　卒一进一　马八进六
马一进二　炮二进三　车九平四　炮二平八去马
车四进七去马　炮八进一　卒五进一　士六进五
车一进三　炮八退二　卒五进一　兵五进一去卒
车一平五　炮七进三去卒　车五进二去兵　兵七进一
车五退一　炮八进一　车五进一　车二进五
卒七进一　车二平三去卒　马七进五　车三平六
车四平二　车九平六　士六进五　炮七进一
炮五平七　马三进二　车五平七去兵　车六进一
炮二平五　炮七进七去相　车二平五去士
相三进一　炮五进五去相照　士五进四
车七平五（当车七进三，彼炮七平五，则帅五平六，彼车六平七，则炮七平四胜）　炮八平七　相三进一
马二进四　炮五平九去相照　士四进五　炮七进七
炮七平五去马照　车五退二去炮　将五平四　车五进四
将四进一　炮七退二　将四退一　炮九平六去士
车六退五　车二退六　马四进六　车二平八
马六进七照　帅五平六　炮七平八　炮六进一
车六进八去士照　帅六进一 **胜**

## 张锦荣先胜　万启有

炮八平五　炮二平五　马八进七　马二进三
车九进一　车一平二　车九平四　车二进四
车四进七　马八进九　卒一进一　士四进五
马二进一　兵九进一　卒一进一去兵　车二平九去卒
炮五退一　车九平八　炮二进五去炮　车八退二去炮
马一退三　车九平八　车一进四　车八进三

| | | | |
|---|---|---|---|
| 车四退四 | 车八平九去车 | 车四平一去车 | 车八进四 |
| 车一平六 | 车八平六 | 车六进二 | 炮五平八 |
| 马三进一 | 车六进三 | 车六平七去兵 | 相三进五 |
| 炮五进一 | 马九进八 | 卒七进一 | 车六平八 |
| 士六进五 | 马八进七去卒 | 士五进四 | 马七进五去炮 |
| 相七进五去马 | 车八平六去士 | 马一进二 | 兵七进一 |
| 士四进五 | 车六退二 | 马二进一 | 兵七进一 |
| 相五进三去兵 | 车六平七去相 | 相三进五 | 车七退二 |
| 马一退二 | 车七进一 | 马七进六 | 车七平五 |
| 马六进四 | 兵一进一 | 马四进三 | 车五平七 |
| 马三退五去兵 | 马三进五去马 | 车七平五去马 | 车七平八 |
| 马二退三 | 车八平二 | 车五平二 | 炮八平九 |
| 车二平九 | 炮九进七 | 士五退六 | 车二平八 |
| 车九平一 | 车八进五照 | 帅五进一 | 车八平四去士 |
| 马三进四 | 车四平一 | 马四进六 | 炮九平四 |
| 马六进八 | 炮四退七 | 马八进七照 | 炮四退一 |
| 车一平六 | 将五平四 | 车六平九 | 将四平五 |
| 车九退一去兵 | 车一平四 | 车九进一 | 车四退七 |
| 车九平七 | 士五退四 | 车七平六 | 车四进一去车 |
| 马七退六去车 | 士四进五 | 卒七进一 | 士五进四 |
| 卒七进一 **胜** | | | |

## 万启有先胜　张锦荣

| | | | |
|---|---|---|---|
| 兵三进一 | 炮二平七 | 马二进三 | 马二进三 |
| 马三进四 | 车一平二 | 炮八平五 | 车二进八 |
| 士四进五 | 炮七平五 | 炮二退一 | 车二退四 |
| 马八进七 | 炮八进五 | 马四退三 | 炮八退一 |
| 兵七进一 | 卒三进一 | 兵七进一去卒 | 车二平三去兵 |
| 士五进六 | 炮八退四 | 炮二平七 | 车三平八 |
| 车九平八 | 车九进一 | 车八进六 | 车九平四 |
| 士六进五 | 马三退一 | 车八平七 | 马八进七 |

| | | | |
|---|---|---|---|
| 炮七平六 | 车四平二 | 车七进三去相 | 士六进五 |
| 炮六退一 | 炮五平三 | 相七进九 | 车二进七 |
| 车七平九 | 炮八退一 | 兵三进一 | 车八平七去兵 |
| 车一平二 | 炮三平一 | 车二进八去炮 | 炮一退二去车 |
| 马三进四 | 车七平六 | 马四进二 | 车二退六 |
| 马七进六 | 车六平四 | 马二进一 | 车二平六 |
| 炮五平四 | 车四平三 | 马六进五去卒 | 车六进五去炮 |
| 马一进三照 | 将五平六 | 马五退七去车 | 车六退六 |
| 士五进四 | 马一进三 | 炮六平七 | 车六进三 |
| 车二退一 | 马三进五 | 马七进八 | 炮一进一 |
| 炮七进九照 | 将六进一 | 炮七平三去相 | 士五进四 |
| 马八进七 | 炮一平三 | 炮三平一 | 士四退五 |
| 士六退五 | 炮三进一 | 炮一退一照 | 将六进一 |
| 兵五进一 | 炮三退一 | 炮一退一 | 将六退一 |
| 兵五进一 | 车六平五去兵 | 炮一平三去马 | 炮三进一 |
| 马七退六照 | 士五进四去马 | 炮三平七去炮 | 马五退三去炮 |
| 车二平六去士 | 车五平三 | 车六退一 | 卒七进一 |
| 车六平四照 | 将六平五 | 车四平一去卒 | 车三平六 |
| 车一进二 | 车六退二 | 马三退四照 | 车六退一 |
| 车一退一 | 马三进五 | 车一平九 | 将五退一 |
| 车九退一去卒 | 马五进六 | 相九退七 | 马六退八 |
| 车九平三 | 马八进九去兵 | 车三进三照 | 将五进一 |
| 车三退四去卒 | 车六进二 | 马二进三照 | 车六进三 |
| 兵九进一 | 马九进八 | 车三平五照 | 将五平六 |
| 马三退一 | 车六平七 | 士五进六 | 马八退六去士照 |
| 帅五进一 | 马六进七去相照 | 帅五退一 **胜** | |

## 张锦荣先　万启有胜

| | | | |
|---|---|---|---|
| 炮八平五 | 马二进三 | 马八进七 | 兵七进一 |
| 车九平八 | 车一平二 | 车八进六 | 马八进七 |
| 马二进三 | 炮二退一 | 车一进一 | 马七进六 |

车一平四　炮二平六　车八进三去车　炮六进七去车
车八退八　炮六退二　卒七进一　士六进五
车八进四　炮八进二　车八进二　车九进二
卒五进一　马六进七去卒　马七进六　炮六退一
马六进五去兵　炮六平三去卒　车八退四　兵七进一
车八平七　马三进五去马　炮五进四去马 **照**　车九平五
卒五进一　炮三平五　车七进三去兵　车五进一去炮
车七平五去车　炮五退二去车 **照**　卒五进一去炮　炮八平五
帅五进一　马七退五**照**　帅五平六　马五进三**照**
帅六平五　兵七进一　马三退二　兵七平八
炮二平七　马三退四　炮七平九　兵八进一
相三进一　马四进五**照**　相七进五　马五进七**照**
帅五平六　马七进八去马　炮九平二去兵　马八退七
士六进五　马七退六　相一进三　马六退五去卒
炮二平一　马五退七　相五进七　炮五退二
炮一平九　炮五平一　炮九进四去兵　炮一进四去卒
卒一进一　炮一退一　相七退五　炮一平九去卒
炮九平二　兵九进一　士五进四　炮九进一
炮二平七　炮九平五　炮七退二　马七进五
炮七退一　兵九进一　帅六退一　兵九平八
炮七退二　马五进四　相五进七　马四进三
帅六进一　兵八进一　士四进五　炮五平四
炮七退一　炮四退五　炮七进一　士五进四
士五进六　兵八平七　相三退五　兵七平六 **胜**

# 第二册

## 沈文荧先　王浩然胜

| | | | |
|---|---|---|---|
| 卒三进一 | 兵三进一 | 马二进三 | 马二进三 |
| 马八进七 | 车一进一 | 车一进一 | 相七进五 |
| 车一平四 | 马八进七 | 车九进一 | 车九进一 |
| 车四进三 | 车一平四 | 马三进二 | 炮八退二 |
| 车九平四 | 炮八平七 | 炮二平三 | 炮二平一 |
| 卒三进一 | 相五进七去卒 | 马二进四 | 士六进五 |
| 马四进三去马 | 炮一平七去马 | 车四平二 | 车九退一 |
| 卒七进一 | 车四进三 | 炮三进二 | 炮七平六 |
| 炮八进四 | 炮七平六 | 炮八平七 | 相七退五 |
| 车四平六 | 车四平六 | 士六进五 | 炮六平七 |
| 炮三进五去炮 | 车九平七去炮 | 车二进三 | 兵七进一 |
| 相三进五 | 兵九进一 | 卒七进一去兵 | 车六平三去兵 |
| 车六平七 | 车三平六 | 炮七进三去相照 | 相五退三去炮 |
| 车七进三去马 | 车六进二 | 车七退三 | 炮六平九 |
| 车七平五 | 炮九进四去卒 | 车五进二去兵 | 兵七进一 |
| 车二进二 | 炮九退一 | 车五退一 | 车七平九 |
| 车二退一 | 炮九进四照 | 车二退五 | 炮九退四 |
| 车二平三 | 兵七平六 | 车三进五 | 炮九进四照 |
| 相五退三 | 兵九进一 | 马七进六 | 车六平八 |
| 马六进七 | 车八退四 | 马七进八 | 车八平三 |
| 相七进五 | 相三进五 | 马八退九去兵 | 车三平一 |
| 车三进一 | 兵六进一 | 车三平二 | 车一平二 |
| 车二退六 | 兵九平八 | 车五退一 | 车二进七 |

（当车二进一捉马，留照，将为过门之用，可得子）

| | | | |
|---|---|---|---|
| 士五退六 | 炮九退三 | 车五平二去兵 | 炮九平五去卒照 |
| 士四进五 | 车九进八 | 车二进一 | 车九平八去车 |

车二退三去车　车二退六　车二平四　兵六平七
车四平三　兵七平八　车三平四　炮五平七
车四进二　车二平一去马　士五退四　车一平八
卒九进一　车八进一　士四进五　炮七退六
卒九进一　炮七平九　卒九进一　炮九进六
车四进三　炮九进三**照**　士五退四　车八平五
车四退四　车五退一　卒九进一　兵八平七
士六进五　炮九退七　卒九进一　相五退三
车四进二　车五平二　士五退六　炮九平一
车四平九　炮一平五**照**　车九平五　车二进三
士四进五　炮五平六　车五平四　炮六平八
车四平二　炮八平四　车二平六　车二平六
卒九平八　炮四平五　车六平五　炮五平六
卒八平七　车六平四　卒七进一去相　炮六平八
士五退四　兵七平六　士六进五　车四平二
士五退六　车二平三　卒七平六去士 **照**　将五平四去卒
车五进四去士　炮八平一　车五退四　车三平四
士四进五　炮一平四　相五退七　炮四进七去士
相三进一　炮四退一　车五退二　车四平三
士五退六　炮四退六 **胜**

（是局王得马后，当保全相炮，有根即可坐胜，不应为沈一卒换尽，致费周折。）

## 周焕文先和　王浩然

兵三进一　卒三进一　马二进三　马二进三
马三进四　炮二进四　马八进七　炮八平五
相七进五　马八进九　兵七进一　车九平八
兵七进一去卒　车八进七去炮　马七进六　车八进一
马六退八去炮　车八平二　车九进二　炮五进四去兵 **照**
士四进五　炮五平三　相五退七　炮三进一
马八退六　炮三平一去车　马六退八去车　车一平二

炮八平五照　相三进五　马八进六　炮一平五去炮照
相三进五去炮　相五进三去兵　车一平二　马九退七
马四进三去卒　马七进五　马三进二　士四进五
马二退一去卒　马五进三　兵三进一　相三退五
车二进三　马三进四　马六进七　卒五进一
兵三平四　车二进四　马一退二　卒五进一
兵一进一　车二平三　车二平四　马三进五
兵四进一　车三平八　兵四平五去马　车八进一去马
兵五进一去相　相七进五去兵　马七进六　士五进四
车四进四　士六进五　车四退四　卒五平六
车四平三　车八平九去兵　马六退七　车九退二
兵九进一 **和**

## 周德裕二先和　张锦荣

炮二平五　马二进三（二先）　马二进三　车一平二
炮八平六　卒七进一　马八进七　士四进五
士四进五　马八进七　相三进五　马七进六
车一平四　马六进五去兵　马三进五去马　炮五进四去马
炮六进七　帅五平四去炮　马七进五去炮　卒三进一
车九进二　帅四平五　车九平六　车二进五
兵七进一　车二进一　炮二进一　车二退二
马五进四　炮八平四　炮二进四　马三退一
车六进三　车二平一　兵七进一去卒　车九进二
兵九进一　车一进一去兵　炮二进一　马一进三
兵七进一　马三退四　马四退五　车九平八
炮二平四　车一退一　车六进一　卒五进一
马五进七　车一平三　炮四退二[①]
相三进五　炮四平五　车八进一
车四进五　马四进二　兵七平八　炮四退二

① 当炮四退三可胜。

兵八进一　马二进四　车六平九去卒　卒五进一
车四进三　卒五平四　马七进九　马四进五
相五退三　马五进四　相七进五　马四退二
车九平八　车三平一去马　车八退二去马　车八平五去炮
车八平六去卒　车一平二　兵八平七　车五平三
兵一进一　车二退一　车四平一　车三退一去兵
兵一进一 **和**

## 朱锦堂先胜　窦国柱

炮二平五　马八进七　马二进三　兵三进一
车一平二　车九平八　卒五进一　相三进五
马八进七　马二进三　卒五进一　兵五进一去卒
马七进五　士四进五　车二进六　炮二进一
车二平三去兵　马七进五　车三退二　车一平四
马五进四　车四进七　炮八平九　马五进七
士六进五　车四退五　车九平八　炮二平七
车三平二　马七进六　炮五平四　马六退四
马四退五　炮七平五　炮四平六　马四进六
车二平四　炮五进三去马 **照**　马三进五去炮　马六进七**照**
车四退三　炮八平七　马五进三　马七退八
相七进五　兵五进一　炮九退一　车四进四
车四进五　车四平三去卒　马三进二　车八进一
马二退四　车三平一去卒　炮九平六　车一进二
将五平六　士五退四　车四平六　车八平二
车八平七　炮七平九　炮六平七　士六进五
马四进二　马三进二　马二进三　帅五平六
相五进三　车一退三　炮六平四　车一平四**照**
士五进六 **胜**

## 张锦荣先　雷海山胜

| | | | |
|---|---|---|---|
| 兵七进一 | 炮二平三 | 相三进五 | 炮八平五 |
| 马八进七 | 马八进七 | 马二进四 | 车一进一 |
| 车九进一 | 车九平八 | 车一平二 | 车八进四 |
| 炮二平三 | 车八平六 | 马七进六 | 车六平四 |
| 车二进四 | 车一平四 | 马六退七 | 卒三进一 |
| 兵七进一去卒 | 车四平三去兵 | 马七进八 | 马二进一 |
| 马八进九去卒 | 车三退一 | 马九进七去炮 | 车三退一去马 |
| 车二平三 | 马一进二 | 车三进二去卒 | 马七退九 |
| 车三平五去卒 | 马二进四 | 车五退二 | 马四进二 |
| 士四进五 | 车四平八 | 炮三进七去相 **照** | 士六进五 |
| 炮三平一 | 车三进五 | 车九平八 | 车八进七 |
| 车五平四 | 马九进七 | 车四进二 | 车八平七 |
| 车四平三 | 士五进六 | 士五退四 | 车三进二去相 |
| 车三进一去马 | 车三退二 | 车三进二**照** | 帅五进一 |
| 车三平六去士 | 车三平五去相 **照** | 士六进五 | 马二进四**照** |
| 车六退七去马 | 车五平四去车 | 炮一平四 | 帅五平四 |
| 车八退一 | 车四进一 **胜** | | |

## 张锦荣先胜　雷海山

| | | | |
|---|---|---|---|
| 卒七进一 | 炮二平三 | 马八进七 | 兵三进一 |
| 马七进六 | 兵三进一去卒 | 马六进五去兵 | 炮八平五 |
| 炮二平五 | 马八进七 | 马二进三 | 车九进一 |
| 车一平二 | 车九平四 | 车二进四 | 马七进五去马 |
| 炮五进四去马 **照** | 士四进五 | 车二平七去兵 | 车四进六 |
| 炮八进六 | 车一进二 | 相七进五 | 车四退四 |
| 炮五退二 | 车一平二 | 炮八平九 | 相三进一 |
| 士六进五 | 马二进四 | 车九平六 | 车四进六去车 **照** |
| 士五退六去车 | 马四进五 | 车七进二 | 炮五进三去炮 |
| 车七平五去马 | 炮三进七**照** | 士六进五 | 炮三平一 |

车五退二去炮　车二进七照　士五退六　车二退八照
士六进五　车二平一去炮　卒三进一　车一平二
将五平六　车二进八照　将六进一　车二退六
马三进四　相一退三　车五进二　车二进五照
将六退一　车二进一照　将六进一　车二退三
马四进三去兵　车二平一去卒　卒三进一　兵一进一
卒三平四　兵一进一　卒三进一　车一平四
士五进六　兵一进一　卒三进一　帅五平四
卒四进一（变）车四进一去士照　将六平五　车四进一照
将五退一　兵一进一　卒四平五去士　兵一进一
卒五进一照　帅四进一　车五平七　兵一平二
车七进二照　帅四进一　马三退五照　帅四平五
士四进五　兵二平三　将五平四 **胜**

变：

卒四进一　兵一平二　卒四平五去士　士六进五去卒
车五进二去士　相三进五　马三进四　车四进一去士照
将六平五　车四退六　车五平六去车照　帅四进一去车
卒五进一　兵九进一　卒五进一　炮一退三 **和**

## 万启有先胜　张锦荣

兵七进一　炮八平三　马八进七　马八进七
马七进六　车九平八　炮二平五　车八进八
士六进五　炮三平五　炮八平七　马二进一
车九平八　车一平二　兵三进一　炮二进三
兵七进一　卒三进一去兵　马六进四　卒三进一
炮七退一　车八退六　相七进九　炮二平七去兵
车八进九去车　马一退二去车　相九进七去卒　车八进二
马四进五去炮　相三进五去马　马二进三　炮七进一
炮五平九　炮七平一去兵　相三进五　车八平二
车一平二　卒五进一　车二进六　马七进五
车二平三去卒　马二进四　车三平四　炮一平四

炮九平六　炮四退三　车四进二　马四进二
马三进四　马五进七　马四进三　士四进五
车四退三　炮四进三　兵一进一　车二进四
炮七退一　马七进八　马三退五去卒　炮四平一
相七退九　马二进一　车四进一　马一进二
车四平九去卒　车二平四　车九进三照　相五退三
车九平七去相照　士五退四　马五进四照　帅五进一
车七退一照　帅五进一　车七退一照　帅五退一
马四退六照　帅五退一　车七平三　车四平三
马六进四照　帅五进一　车三进一照　帅五进一
马四退五　马八退六　马五退七　炮一退三
马七进六　马二进四去炮照　士五进六去马　帅五平四
炮七平六 **胜**

## 张锦荣先　万启有胜

炮八平五　马二进三　马八进七　兵七进一
车九平八　车一平二　车八进六　马八进七
车八平七去兵　炮二退一　车七退一　炮二平七
马二进一　车二进八　炮二平三　车二平八
卒三进一　相三进一　车七退一　炮七平三
车七平六　车八退四　车一进一　马七进六
车六平四　兵七进一去卒　车四平三去兵　相七进五
车一平六　士六进五　卒七进一　车八进一
车六进三　车八平七去车　车六平三去车　马三进四
卒五进一　炮八平六　卒五进一　兵五进一去卒
车三平六　车九平七　车六进一去马　车七进七去炮
车六平五去兵　马六进八　马七退五　车七平六
炮五进五去相照　将五平六　马五进六　车六退一
马六退八　相一退三　车五平七　炮三进一
车七平二　马八进七　士六进五　相三进五去炮
车二进四照　将六进一　车二退七　马七退六

车二进六照　将六退一　车二进一照　将六进一
马一退三　车六平二　马八退六　炮三进七去相
车二退五　马六退五　马三进二　炮三平一
车二平五　车二平八去马　车五进二去马　车八平二
士五进四　车二进三照　帅五进一　车二退一
车五平六　炮一退一　车六退三　炮一平四去马 **胜**

## 万启有先　张锦荣胜

卒七进一　炮二平三　炮八平五　马八进七
马八进七　车九进一　车九平八　相三进五
卒五进一　车九平四　卒五进一　兵五进一去卒
车八进五　兵三进一　车八平七去兵　炮八退一
车七平五去兵　炮八平五　车五平四　车四进七
炮五进六去炮　炮三进五去马　炮五平四　车四平三
相三进五　炮三平八去炮　马二进四　兵七进一
车四进一　炮八退三　车一平二　马二进三
马四进六　兵七进一　卒三进一去兵　炮八平五
士四进五　士四进五　车二进三　车一平四
车二平五　炮五平二　车五平八　马七进五
炮四平二　炮二平四　炮二退七　车三退一
炮二进六　炮四进二　车四退三　炮四退四
炮二退五　车三进一　炮二退一　车三退一
马六进五　炮四进六　炮二进八　车四进一
车四进五　马五退七　炮二平一　车三平五去相
马五进四　车五平八　车八平四　车八进二照
士五退四　将五平四　士六进五　炮四退五
士五进六　炮四平五　车四退一　马三进四
马四进三　马四进五照　相七进五　车四进六去士
车四进一去士　将四进一 **胜**

## 张锦荣先胜　万启有

卒七进一　兵七进一　马八进七　马八进七
车九进一　车九进一　相三进五　马二进三
车九平四　相三进五　车四进五　炮二进一
马七进八　车一平二　马八进七去兵　车二平三
马二进四　兵五进一　马七退八　炮二进四去炮
炮二平八去炮　车九平四　车一平二　炮八平九
炮八平七　车四进七　卒七进一　马七进五
卒七进一　车三平二　炮七进五去马　马五退三去炮
车二进四　马三退一　士四进五　车二进四
车四平一去兵　炮九平六　车一平六　车四退五去车
卒七平六去车　马一进三　车二平六　兵一进一
马四进二　马三进一　马二进一　兵一进一
马一进二　士六进五　马八退六　兵一进一去卒
马二进三**照**　将五平六　年六平五　兵一平二
卒五平四　炮六平九　车六平四　车二退三
马六进五去兵　马一进三　马五进三　炮九平七
帅五平四 **胜**

## 万启有先和　张锦荣

卒七进一　兵七进一　马八进七　马八进七
相三进五　车九进一　炮二平三　相三进五
车九进一　炮八进二　车九平四　兵三进一
马二进一　兵三进一去卒　相五进七去兵　马二进四
车一平二　车一平三　相七进五　车三进四
车二进四　车三平四　卒三进一　炮八平九
马一进三　兵七进一去卒　车二平三去兵　马四进三
车三进二　车九平四　士四进五　马三进五
马三进四　马五进四　马七进六　马四进二去炮
炮三平八去马　车四进一去马　马四退六去车　车四进四去马

车四进四　炮九平七　车四平八　炮二平四
炮八平六　炮四进五去炮　士五进六去炮　车四进一
车三进一去马　车四平五去卒　车八平四　车五平一去卒
车三退一　车一平九去卒　车三平四　士四进五
车四平三去炮　车九平六　车四退三去车　相五进七去车 **和**

## 万启有先　张锦荣胜

卒七进一　炮二平三　相三进五　炮八平五
马八进七　马八进七　马二进四　车九平八
马七进八　马二进一　卒九进一　车一进一
马八进九去兵　炮三平四　车九进一　车一平二
车九平六　士四进五　车六进四　炮四退二
卒七进一　炮五平四　卒七平八　炮四进四去车
炮八进六去车　炮四退一　卒九进一（当炮二进六）
车八进四　炮八平九　士五退四　炮二平三
车八退三　炮九进一　相七进五　卒三进一
车八平一　炮九退二去马　相三进一去炮　车一平二
车一平六　车二进一　车六进六　炮三退二
炮四进五　马四退二　车六平五去相　车二平五
车五平四　炮三进六去兵　兵三进一　卒五进一
相五退三　马二进三　炮四平五　车五进二
兵五进一　士四进五　车四退四　卒三进一
炮四退四　车五平六　兵五进一　相七进五
兵三进一　车六平四　炮五进五去相　士五进六
士六进五　炮三平四　炮四平五照　卒三进一
炮五退二　马九进七　兵五平六　车四平五
兵六进一　车五进二　炮五平六照　士六进五
炮六退四去炮　卒三平四去炮　车四平六去兵　帅五平六
车六平三　马七进八　马七进五　车五平六
马五进四 **胜**

## 张锦荣先胜　沈文荧

卒七进一　兵七进一　马八进七　马八进七
车九进一　马二进三　马七进六　车九进一
炮二平六　车九平六　相三进五　马七进八
马二进三　车一进一　炮八进四　象三进五
马六进五去兵　车一平四　士四进五　车六进七
车九进一　兵九进一　卒一进一　兵九进一去卒
车一进四去兵　马八进七去卒　车一平二　炮八平九
车二退一　车六退二　马五进七去马　炮九平三去马
炮六进四　兵七进一　车九平六　车四平九
车六进二　车九进六　炮八退三　车六退二
马三退四　兵一进一　炮六平五照　士四进五
相五进三去兵　马七进六　卒五进一　炮二进三
卒七进一　车九退四　炮五退一　兵三进一去卒
相七进五　炮二退二　车二平六　车九平五
车六平八　炮三平二　车八平六　炮二进四去炮
车六平八去炮　马六退八　车六退一　马八进九
车六平三　车六进四　士五进四　车五平四
士六进五　马九退七　炮五平二　车四平八
炮二平六　炮二平六　帅五平六　炮六进三
年五进一　车八平四　炮六退四　车四进二
卒五进一　象五退三　卒五平四　象七进五
卒四平三　车四退二　卒三进一　车四进二
车八平五　车四退二　马四进二　车四进一
马二进一　炮六平九去马　车三平一去炮 **胜**

## 沈文荧先　张锦荣胜

兵三进一　炮二平七　象七进五　马二进三
马二进三　车一平二　马三进四　马八进九
车一进一　炮八进三　马四进六　相七进五

车一平四　士六进五　车四进七　卒三进一
马六进七去马　炮七平三去马　车四平二　炮八退三
马八进六　车九平六　炮八平九　车二进八
马六进四　车六进六　兵五进一　车六平三去兵
炮二进四　卒三进一　炮二平五去卒　卒三平四
士六进五　车二退五　兵五进一　车二进一
炮九进四去卒　炮三平一　炮五平一去卒　车二平五去兵
车九平八　车三平一去兵　炮九平五　炮一平四
车八平七　相三进一　兵一进一　车一平六
车七进八　车五平三　车七退三去车　相一进三去车
兵一进一　车六退二　马四进二　帅五平六
炮五平八　炮四平二　兵三进一　车六进二
马二退四　炮八平六　车二退五　车六平八去车
马四进二去车　卒七进一去兵　炮一平四照　帅六平五
马二进三去卒　马九退七　炮四平五　炮六进一
炮八退三　卒四进一　兵一进一　帅五平六
马三退五　炮六进一　炮八进三　炮六平五
炮五平六　炮二平四　马五进七去相　卒四进一
炮八进三照　相五退三　炮六进三去士　卒四平五去象
炮六退一照　相三进一　马七进八　卒五平四照
相三进五　炮四平七　马八进七照　士五退四
马七退六照　炮五退四　炮八平五去炮　马七退五去炮
马六退五　卒四平五去象　将五平六　炮七平四
炮六平八　炮四退一　炮八进一　相一退三
将六平五　炮四平七　士五退六　炮七平五
炮八平六去士照　帅六进一　士四进五　卒五平六
炮六退八　炮五进二　将五平四　炮五平六照
马五退四　卒六平七照　马四进三　帅六退一
马三退五　炮六退二　士五进六　马五进六照
将四平五　马六进五　炮六平五　马五进七
炮五平四照　帅六平五　士六进五　炮六平五
将五平六　炮五平四照　将六平五　卒七平六
炮四平三　卒六进一　炮三进二　炮四平五

将五平六　马七进五　兵一进一　帅五平四
士五进四　马五进三照　将六进一　马三进二照
将六退一　炮五平一　炮三平九　马二退三照
将六平五　马三退一去炮　**胜**

## 周德裕先和　张锦荣

炮二平五　马二进三　马二进三　车一进一
车一平二　炮八平七　炮八平七　相七进五
马八进九　炮二进二　兵七进一　车一平六
兵七进一　卒三进一去兵　车九平八　车六平二
车八进四　马八进六　兵三进一　车九进一
兵九进一　马三进四　车八平六　车二进二
车二进一　马四退三　车二平四　士六进五
车六平四　马六进八　车四平二　马八退七
车二进五　卒七进一　车二平三　卒七进一去兵
车四平八　车九进一　车三退二去卒　相五进七
车三平二　相三进五　车二进二　车九平八
车二平三　马七进九　车三平一去卒　马九退七
车一平三　马七进九　马三进二　车八进一
车三平二去车　马九进八去车　炮五平二　马八进七
象七进五①　卒三进一照　车八平七去卒　马七进五去兵
车七平八　炮七进七去相　象五退三去炮　马五进三去炮
车八退一　车二平四　士四进五　车四进二
马二进三　车四平八　炮二平五
车八退二　车八平七　马三进一　士五退四
马三进四　车七平八　炮二退一　马三进四
马一退三　车八进二　马三退五
马九进七　马四进三去马　车八进一　车八平六
马四退二　车八退一　车八平五去卒　马五退七

① 当然象三进五。

马二退四　马七进六照　将五进一　马三退四
炮五进三　马六退四照　将五退一　马四退三
车五平七　马四退五去炮　马四退六　马三退二
车七平九去卒　马五进四　马六进四　马四进六照
将五进一　马六进七去象　兵九进一　相七退九
车九平八　马二进四　兵九进一　相五退七
车八平六　马四进二　马四进六照　马二退四
马六退四　帅五平六　兵九平八　车六平五照
将五平六　马七退六照　将六进一　车五平一
将六平五　车一进五照　车六退四　车一平四去车
将五平六去车　马四进五　士六进五　马六退四
将六退一 **和**

## 张锦荣先和　周德裕

卒七进一　兵七进一　马八进七　马八进七
车九进一　象三进五　车九平四　车九进一
马七进六　车九平四　炮八进二　兵三进一
炮八平九　炮二平一　炮二平六　车四平三
卒七进一去兵　车三进三去卒　马二进三　车三进一
车四进三　炮一进三去炮　卒九进一去炮　马七进六
马六进五去兵　车三平六去车　马五退四去车　马二进三
车一平二　炮八平六　马四退六　士四进五
车二进六　兵七进一　车二平四　兵七进一去卒
马三退五　马六进五去兵　马六进五　马三进四
马五进六　车一平三　炮六平五　兵七进一
士四进五　兵七进一　车四平九去兵　炮六进二
马六进七　炮六退三　马七退六　车三进九去相
马五进三　炮六进二　车九平六　兵七平六
马三进四　车三退七　马四退二　车三进五
马二退四去炮　马四退六去马　车六平四去马　车三平五去炮
车四退五去兵　车五平七　车四进二　车七进二去相 照

士五退四　马五进四　卒九进一　车七退五
卒九进一　车七平四　士四进五　车四平八
卒九进一　象五退三　卒九进一　士五退四
将五平四　士六进五　卒九平八　象三进五
卒八平七　兵九进一　马六退四　马四进二
车四平六　马二退三　车六退一　车八平三
卒七平六　马三退二　马四进三　车三平七
马三退五　车七进二　马五进七　车四平九去卒
马七进五　车九平五　卒六进一去士 **照**　士五退四去卒
马五进六**照**　将五进一　车六平四　将五平四
车四进二　马二退三　车四进二　车五平四
车四平七去马　将四进一去马 **和**

## 周德裕先胜　张锦荣

炮二平五　马二进三　马二进三　相七进五
车一平二　马八进六　兵七进一　车一进一
炮八平七　车一平四　马八进九　车四进四
车九平八　炮二平一　车八进六　士六进五
士四进五　车九平八　炮五平六　卒五进一
车八平七去卒　马三进五　象三进五　炮八进一
车二平四　车八进一　车七进二　士五进六
兵九进一　马六进八　车四平二　马八退六
马九进八　车四退三　兵三进一　炮一平三
炮七进五去炮　车四平三去炮　车七平六　车三平二
马八进七　士六退五　马七退五去卒　卒七进一
兵三进一去卒　相五进七去兵　车六退五　车二平八
炮六平七　相七退五　车二进五　相三进一
兵五进一　马五进七　马五进七　炮八平七
车二进二去车　车八进一去车　马七进九去相　马七进八
马九进七**照**　帅五平六　炮七退一　相五进七
炮七平八　士五进四　马三退一　马八进七

| | | | |
|---|---|---|---|
| 炮八平三去马 | 炮七进五去炮 | 马一进二 | 炮七进八 |
| 马二进三去相 | 车八平七 | 马三进一去卒 | 车七平九 |
| 车六平三 | 马六进五 | 车三平四照 | 马五退六 |
| 将五平四 **胜** | | | |

## 张锦荣先胜　周德裕

| | | | |
|---|---|---|---|
| 兵三进一 | 卒三进一 | 炮二平七 | 炮八平三 |
| 马二进三 | 马八进七 | 车一平二 | 相三进五 |
| 马八进九 | 车九进一 | 士六进五 | 马二进四 |
| 象七进五 | 马四进六 | 马三进四 | 马六进五 |
| 兵五进一 | 车九平六 | 马四退三 | 马五退三 |
| 兵七进一 | 马三退一 | 车二进三 | 车一平三 |
| 炮八进四 | 卒三进一去兵 | 炮八平七 | 车三平二 |
| 炮七平八 | 卒三平二 | 炮八进五去炮 | 车二进二去炮 |
| 炮七平三去卒 | 车六平四 | 车九平八 | 卒一进一 |
| 炮三平四 | 车四进三 | 炮四退四 | 士四进五 |
| 马三进四 | 车四平二 | 车八平六 | 卒二进一 |
| 马九退七 | 炮三平四 | 车六进三 | 卒二平一去兵 |
| 车六平九去卒 | 卒一进一 | 车九进一去卒 | 车二进五照 |
| 士五退六 | 炮四退二 | 马七进九 | 车二平一 |
| 车九平八 | 车二平四 | 车八退四 | 车一平二去车 |
| 马九退八去车 | 炮四进九去士 | 士四进五 | 炮四退四 |
| 马四进三 | 车四平二 | 马八进七 | 炮四退三 |
| 车二平六 | 车二进二 | 车六进三 | 车二平一 |
| 炮四退二 | 车一平三 | 马七进六 | 马一进二 |
| 车六平八 | 马二进三 | 马六进五去卒 | 马七进五去马 |
| 车八平五去马 | 炮四进四 | 兵五进一 | 马三进一 |
| 炮四进五 | 车三进二 | 车五平四 | 马一进三照 |
| 将五平四 | 炮四平八 | 炮四平二 | 炮八进三照 |
| 相三进一 | 马三退五去相 | 车四退四 | 马五进三 |

| | | | |
|---|---|---|---|
| 兵五进一 | 炮八退三 | 马三退四 | 炮八平六照 |
| 车四平六 | 车三退一 | 马四进六 | 炮六退二 |
| 炮二退四 | 马三退二 | 车六进一 | 马二退三 |
| 车六退二 | 车三平六照 | 将四平五 | 炮六平五照 |
| 将五平六 | 车六进三 | 炮二退一 | 车六退二 |
| 兵五进一去象 | 车六平九去兵 | 炮二进九 | 车九平八 |
| 兵五进一去士 照 | 帅五进一去兵 | 马六进七照 | 帅五进一 |
| 车六进四 | 车八平四照 | 士五进六 | 车四退二去车 |
| 马七退六去车 照 | 帅五平四 | 兵三进一 | 象七进九 |
| 兵三平四 | 炮五退三 | 将六平五 | 马三进四 |
| 炮二退八 | 马四进六照 | 炮二平四 | 卒九进一 |
| 兵四进一 | 炮五退一 | 将五平六 | 炮五平四 |
| 马六进八照 | 帅四退一 | 马八退七 | 卒九进一 |
| 兵四平五 | 象九退七 | 炮四进八去士 | 帅四平五 |
| 马七进六照 | 炮四进二 | 炮四退六 | 帅五平四 |
| 相一退三 | 卒九平八 | 相三进五 | 卒八进一 |
| 将六进一 | 卒八平七 | 炮四进二 | 马六退五 |
| 炮四平五 | 马五退三 | 兵五平四 | 马三退二 |
| 兵四平五 | 卒七平六 | 相五进七 | 卒六平五 |
| 炮五平二 | 马二进三 | 兵五平四 | 马三进五 |
| 炮二平五 | 马五退七 | 将六退一 | 帅四退一 |
| 将六平五 | 炮四进五去士 | 炮五平六照 | 帅四平五 |
| 马六退四 | 马七退八 | 兵四进一 | 马八进六 |
| 炮六退一 | 炮四平六 | 兵四进一 | 炮六退二 |
| 炮六退三 | 象七进九 | 炮六平四 | 帅五平四 |
| 马四进六 | 炮六平五照 | 将五平四 | 卒五平四 |
| 兵四平五 | 炮五退三 | 炮四平六 | 马六退五去兵 |
| 马六进五去马 照 | 卒四平五 | 马五退七照 | 帅四平五 |
| 马七退六 | 炮五进二 | 马六退五去卒 **胜** | |

## 张锦荣先胜　周德裕

| | | | |
|---|---|---|---|
| 兵七进一 | 卒七进一 | 炮八平三 | 炮二平七 |
| 马八进七 | 马二进三 | 车九平八 | 相七进五 |
| 马二进一 | 马八进六 | 车八进八 | 车一进一 |
| 车八平九去车 | 马三退一去车 | 车一进一 | 马六进四 |
| 炮三平五 | 卒三进一 | 马七进六 | 卒三进一去兵 |
| 马六进五去卒 | 炮七进一 | 炮二平三 | 炮八进四 |
| 兵三进一 | 士六进五 | 车一平二 | 炮八平一去兵 |
| 炮三退一 | 炮七进二去兵 | 炮三平六 | 车九平六 |
| 炮六进五 | 卒九进一 | 炮六退一 | 车六进四 |
| 车二进八照 | 士五退六 | 炮六平三去卒 | 士四进五 |
| 炮三进三 | 马一进二 | 车二退五 | 炮一退一 |
| 车二进二 | 马二进四 | 炮三平一 | 炮七退五 |
| 炮一进一 | 马四进五去兵 | 马五进三 | 车六退二 |
| 马三进四去士 | 士五退六去马 | 车二退二 | 车六平九 |
| 车二平五去马 | 帅五平四 | 车五平六 | 帅四进一 |
| 炮一平四去士 | 车九平六 | 炮四平六 | 相五进七 |
| 炮六退二去马 | 炮七进九去相照 | 士四进五 | 帅四平五 |
| 炮六退二 | 车六进二 | 马一进三 | 车六进一 |
| 炮六平五照 | 帅五平六 | 炮五平四照 | 帅六平五 |
| 炮五退三 | 卒三平四 | 马三进五照 | 相三进五 |
| 马五进六双照 | 帅五平四 | 车六平八 **胜** | |

## 王浩然　先和　周焕文

| | | | |
|---|---|---|---|
| 炮二平五 | 马八进七 | 马二进三 | 车九平八 |
| 马八进七 | 兵三进一 | 卒五进一 | 炮二平五 |
| 马七进五 | 马二进三 | 炮八平六 | 车一平二 |
| 炮六进五 | 炮五退一 | 炮六平二去炮 | 车八进二去炮 |
| 车一进一 | 马三进四 | 卒五进一 | 马四进五去马 |
| 马三进五去马 | 兵五进一去卒 | 马五进四 | 兵七进一 |

马四进三去马　车八平七去马　炮五进六去炮　士四进五去炮
象七进五　兵五进一　车一平三　车二进六
卒七进一　兵三进一去卒　相五进七去兵　兵五进一
卒九进一　兵五平六　卒九进一　兵一进一去卒
车九进五去兵　兵六平七去卒　相七退五　兵九进一
车九退一　车二平六　卒一进一　兵九进一去卒
车九平一去兵　兵七进一　士四进五　兵七平六
车一退二　车六平四　车一平二　兵六进一
相三进一　将五平四　相五退三　车七平五
帅五平四　车五平四　车三平二　将四平五
帅四平五　车四平七　车二平六　车四平五
车二进一　车五退二　车二进二　象七进五
车六进二　车七进一　车六平五　车五平四
车五平六　车四平五　车二平五　车五平八
车六退一　车八进二　车六进一　车八进二
车五平二　兵七平八　车六平三　车七平九
车三平四　兵六平七　车四退一　车九平二
车四平六　车二进三　车六平四　车八平七
车二平四　车七平八　车四平二　兵七平六
车四平三　兵八平七　车二退三去车　兵七进一去车
车二进三　兵七进一　车二平四　兵七平六
车四平五 **和**

## 周焕文先和　王浩然

兵三进一　卒三进一　马二进三　马二进三
车一进一　马八进七　车一平六　车一进一
马八进九　相七进五　车六进五　炮八进一
炮八平七　卒七进一　车六退二　炮二进二
兵三进一去卒　炮二平七去兵　象三进五　车一平六
车六进三　马七进六　车九进一　马三进四
车九平四　车九进一　炮七平六　士六进五

| | | | |
|---|---|---|---|
| 车六平八 | 马六进五去兵 | 车四进七去车 | 车九平六去车 |
| 马三进五去马 | 马四进五去马 | 车八退三 | 卒三进一 |
| 兵七进一去卒 | 炮七平五 | 士六进五 | 将五平六 |
| 兵七进一 | 车六进七 | 车八平五 | 炮五平七 |
| 帅五平六 | 马五进三照 | 马九退七 | 炮七进五照 |
| 帅六进一 | 炮七退一 | 车五平三 | 炮七平九 |
| 帅六退一 | 炮九进一照 | 帅六进一 | 车六退二 |
| 相五退三 | 马三退一去兵 | 马七进九 | 炮八平六 |
| 兵七平六 | 马一退二 | 炮二进四 | 炮六进二 |
| 炮二退二 | 炮六平八去炮 | 车三平二去炮 | 马二进三照 |
| 马九进七去马 | 车六平三去马 | 相七进九 | 车三进二照 |
| 帅六退一 | 车三平五去士 | 车二退四 | 车五平九 |
| 炮六平一 | 炮九平七去相 | 车二平三去炮 | 车九退一去炮 |
| 车三进六 | 卒一进一 | 车三平五去卒 | 车九平一去相 |
| 士四进五 | 卒一进一 | 帅六平五 | 卒一平二 |
| 车五平一去卒 | 车一进二照 | 士五退六 | 车一退三 |
| 车一进三照 | 将六进一 | 车一退五 | 车一平五照 |
| 士六进五 | 卒二进一 | 车一平四照 | 士五进六 |
| 兵一进一 | 卒二平三 | 车四平七 | 卒三平四 |
| 车七平六 | 车五平九 | 士五退四 | 卒四平三 |
| 车六平七 | 卒三平二 | 车七平八 | 车九平三 |
| 士四进五 | 车三进三照 | 士五退六 | 卒二平一 |
| 车八平二 | 车三退六 | 车二退一 | 车三平五照 |
| 士六进五 | 卒一进一 | 车二退一 | 卒一进一 |
| 车二平六 **和** | | | |

## 周焕文先和　王浩然

| | | | |
|---|---|---|---|
| 炮二平五 | 马八进七 | 马二进三 | 卒三进一 |
| 车一平二 | 车九平八 | 车二进六 | 炮二进一 |
| 兵五进一 | 卒七进一 | 车二退二 | 士四进五 |
| 兵五进一 | 炮八进二 | 兵五进一去卒 | 马七进五去兵 |

|  |  |  |  |
|---|---|---|---|
| 车二平五 | 马五退七 | 马八进七 | 马二进三 |
| 车九进一 | 相三进五 | 车九平六 | 车一平四 |
| 车六进八去车 | 马三退四去车 | 马七进五 | 车八进三 |
| 兵七进一 | 车八平四 | 兵三进一 | 马七进五 |
| 兵三进一去卒 | 马五进七去兵 | 车五平二 | 炮八退一 |
| 兵七进一去卒 | 炮八平五 | 士四进五 | 炮五进四去炮 |
| 象三进五去炮 | 车四平五 | 车二平三 | 车五平八 |
| 兵七平六 | 炮二平七 | 车三平七 | 马四进二 |
| 马五进三 | 炮七退二 | 炮八进一 | 车八平三 |
| 车七平八 | 马二进四 | 马三进五 | 相五退三 |
| 马五进四 | 车三进三 | 炮八退一 | 马四进六 |
| 兵六平五 | 马六退四 | 兵五平六 | 马四进六 |
| 车八平六 | 车三平二 | 炮八平六 | 车二平六 |
| 兵六平五 | 马六进八 | 车六平七 | 炮七进四去马 |
| 车七平三去炮 | 马七退六 | 车三平七 | 相三进一 |
| 车七平五 | 马六进四 | 车五平二 | 马四进六去马 |
| 车二进一去马 | 马六进七 | 车二进一 | 车六平一去兵 |
| 车二平一去卒 | 马七退八 | 兵一进一 | 车一退二 |
| 炮六平九 | 相一退三 | 车一平七 | 相三进五 |
| 兵五进一 | 马八进七 | 车七退二 | 车一平五 |
| 兵五平六 | 车五进一 | 车七进二 | 车五平九去兵 |
| 车七平九去卒 | 马七退五 **和** |  |  |

## 王浩然先和　周焕文

|  |  |  |  |
|---|---|---|---|
| 炮二平五 | 马八进七 | 马二进三 | 兵三进一 |
| 车一平二 | 车九平八 | 车二进六 | 马二进三 |
| 卒三进一 | 炮八退一 | 炮八平七 | 马三进四 |
| 车二平三去兵 | 相三进五 | 炮五进四去兵 **照** | 马七进五去炮 |
| 车三平五去马 | 炮八平五 | 车五平六 | 马四进五去卒 |
| 象七进五 | 马五退七去卒 | 士四进五 | 马七退五 |
| 车六平四 | 车八进六 | 马八进六 | 车一平二 |

| | | | |
|---|---|---|---|
| 车九平八 | 炮二进六 | 炮七平八 | 炮二平三 |
| 炮八进四 | 车八平六 | 车四平六 | 车二进二 |
| 士五退四 | 车二平四 | 车六进一去车 | 马五退四去车 |
| 炮八进三**照** | 相五退三**照** | 马三进五 | 马四进五 |
| 车八进一 | 炮三进一**照** | 士六进五 | 炮五进五去马 |
| 马六进五去炮 | 车六平五去马 | 象五退七去炮 | 车五平三去卒 |
| 士五退六（变） | 车三平五**照** | 车八平五 | 车五进二去车 |
| 士四进五去车 | 兵三进一 | 炮八退七 | 兵三进一 |
| 卒九进一 | 马五进四 | 炮八平一 | 马四退三 |
| 炮一平九 | 兵九进一 | 将五平四 | 兵三平四 |
| 炮九平一 | 马三进一去卒 | 炮一进三去兵 | 兵一进一 |
| 象三进五 | 马一进三 | 炮一平二 | 兵一进一 |
| 卒一进一 | 马三退四 | 炮二退一 | 兵一平二 |
| 象五进三 | 兵二进一 | 炮二退一 **和** | |

变：

| | | | |
|---|---|---|---|
| 士五退六 | 士六进五 | 车八平五 | 马五进六 |
| 车五进七去士**照** | 帅五平六 | 车五进一**照** | 帅六进一 |
| 炮八退八 | 车三进二 | 车五退六 **亦和** | |

## 张观云先和　王浩然

| | | | |
|---|---|---|---|
| 卒七进一 | 相七进五 | 马八进七 | 马八进六 |
| 马七进六 | 马二进三 | 炮二平六 | 炮二进二 |
| 马二进三 | 炮二平五**照** | 象三进五 | 车一平二 |
| 炮八平七 | 炮五平一 | 炮七平九 | 炮一平八 |
| 士四进五 | 士六进五 | 车一平四 | 炮八平六 |
| 马六进七去兵 | 车二进四 | 车四进六 | 车九平七 |
| 车九进一 | 马六进八 | 车四退六 | 车七平六 |
| 车九平七 | 车二平四 | 车四进四 | 炮六平七 |
| 车四平二 | 马八退七 | 马七退六 | 炮七平八 |
| 炮六进三去车 | 炮八进三去车 | 卒七进一 | 车六进五 |
| 马六退八 | 马三进四去炮 | 卒七平六去马 | 车六平二 |

| | | | |
|---|---|---|---|
| 马八退六 | 车二平四 | 车七进五 | 炮八平七 |
| 马三退二 | 炮八进三 | 车七平五 | 车四平八 |
| 车五退二 | 车八进一 | 马六进七 | 炮八平九 |
| 马二进四 | 炮七平八 | 马七进八 | 炮九进一 |
| 马四进二 | 炮八进三去马 | 炮九平二去炮 | 车八进一去炮 |
| 马八进七**照** | 将五平六 | 车五平四**照** | 马七进六 |
| 帅五平四 | 车八进二**照** | 帅四进一 | 车八退五 |
| 马七退八 | 车八进二 | 卒五进一 | 炮九退三 |
| 卒五进一 | 车八进二**照** | 帅四退一 | 车八进一**照** |
| 帅四进一 | 炮九平一去兵 | 卒五进一 | 炮一进二**照** |
| 士五进六 | 车八平四去士 | 卒五进一 | 车四退一**照** |
| 帅四进一 | 车四平二 | 马八进七 | 车二平三 |
| 象五进七 | 炮一退三 | 车四退一 | 车三进一去炮 |
| 帅四退一 | 车三退四去相 | 马七退六 | 车三平八 |
| 车四进二 | 炮一退一 | 车四进一 | 车八退一 |
| 卒五进一去相 | 相三进五去卒 | 马六进四去马 | 士五进六去马 |
| 车四进一去士 **照** | 将六平五 | 车四平五去相 **照** | 士四进五 |
| 卒六进一 | 车八平四 | 车五退一 | 车四进三去士 |
| 车五平三去兵 | 炮一平六 | 车三平五 | 车四退二 |
| 帅四平五 | 将五平四 | 卒六平七 | 车四退四 |
| 车五平一去兵 | 炮六退四 | 车一平六 | 炮六平五**照** |
| 帅五平四 | 车四进二去车 | 卒七平六去车 | 炮五平六 |
| 卒三进一 | 兵一进一 | 卒三进一 | 兵一进一 |
| 卒三进一 | 兵一平二 | 卒一进一 | 兵二平三 |
| 卒一平二 | 兵三平四 | 卒二进一 | 兵四进一 |
| 帅四平五 | 炮六平五 | 帅五平四 | 兵四平五 |
| 卒三平四 | 兵五进一 | 卒二平三 | 炮五平六 |
| 卒四平五 | 将四进一 | 卒六平七 | 炮六平五 |
| 卒七平六 | 炮五平六 **和** | | |

## 周德裕先和　张锦荣

| | | | |
|---|---|---|---|
| 卒三进一 | 兵三进一 | 马二进三 | 马二进三 |
| 车一进一 | 相七进五 | 炮八平五 | 车一进一 |
| 车九进一 | 马八进七 | 车九平六 | 车一平六 |
| 车六进五 | 炮八进一 | 卒七进一 | 兵七进一 |
| 车六退二 | 车六进三 | 车一平七 | 兵三进一去卒 |
| 车六平七去兵 | 马三进二 | 马八进九 | 士六进五 |
| 炮五平八 | 马二退四 | 车七平八 | 炮二平四 |
| 象七进五 | 车九平六 | 士六进五 | 兵一进一 |
| 马三进二 | 炮八平六 | 炮二平四 | 兵七进一去卒 |
| 车八平三去兵 | 炮六进四去炮 | 炮八平四去炮 | 车六平八 |
| 车七进五 | 车六进六 | 车七平六去马 | 车六平五去卒 |
| 马二退三 | 车五平一去卒 | 车三进二 | 兵一进一 |
| 马三进四 | 车八进一 | 马四进六 | 车八平四 |
| 马六进四 | 车四平六 | 车六退二 | 车六退一 |
| 炮四平三 | 车一平六 | 马四进三照 | 车六退三 |
| 马三退一 | 兵一进一 | 马九退八 | 马七退九 |
| 车三平一去兵 | 马九退七 | 马一退三 | 车六进二 |
| 卒一进一 | 马七进八 | 马八进七 | 兵五进一 |
| 马三退二 | 车六平八 | 车一平四去车 | 马八进六去车 |
| 马二进四 | 车八平六 | 马四进二 | 车六平八 |
| 马二退三 | 兵五进一 | 车六平九 | 马六进七去马 |
| 象五进三去马 | 车八平七 | 炮三平五 | 车七退一去象 |
| 卒一进一 | 兵一平二 | 车九平七 | 炮四进一 |
| 象三进一 | 车七平九 | 卒一平二 | 炮四平九 |
| 士五进四 | 炮九进四去象 | 炮五平一去炮 | 车九进二去炮 |
| 士四退五 | 车九平八 | 卒二平一 | 车八平七 **和** |

## 杨万源先胜　张锦荣

炮二平五　马二进三　马二进三　车一进一
车一平二　炮八平七　马八进七　卒七进一
兵五进一　相七进五　马三进五　车一平六
车二进七　车六进五　兵五进一　卒五进一去兵
炮八退一　炮七进四去兵　马五进六　炮七平三去兵
车二退一　卒三进一　马六进七去马　炮三退四去马
车二平七　炮三平四　车七进一　炮四进一
车七平八去炮　炮四平七　象三进一　炮七平八
炮八平二　车六平三　车八退一　炮八进二
车九进二　马八进六　车九平八　炮八进二
车八平四　炮八平三去马　车四进二去马　炮三平九去象
车八进六　炮九进二照　士四进五　车三平八
车四平二　车八平七　炮二进五　车七进三照
士五退四　炮九平六去士　将五进一　车七退一照
将五退一　车七进一　炮五进五去相　炮六退六照
将五进一　相三进五去炮　炮二平九去卒　车七退一照
将五退一　炮六平五照　象七进五　车七平四
炮九进三照　相五退三　车八退一　炮五进四去象
车八平七　士六进五　车二退六　炮五平二
车七进二去相　炮二进二照　士六进五　炮二平一
车二平九　车四平二　将五平六　车二进一照
将六进一　士五进四　车七退四去卒 照　车二退九
车七平五去卒　士四退五　车五平九　炮一平三
车九平八　车二平一去炮　车九进四去车　炮三退七
车八平五　炮三平四　车五进五　车九平六
将六退一　车六进五　将六平五　炮四进三
车九退四　车六平七　士五退四　帅五平六
车九平四照　帅六平五　车五退二　车七平八
车四平三去卒　车八退五　兵九进一 **胜**

## 朱锦堂先　张锦荣胜

炮二平五　马八进七　马二进三　车九平八
车一平二　炮八进二　马八进七　马二进三
卒五进一　士四进五　卒五进一　兵五进一去卒
马七进五　相三进五　马五进四　炮八平七
车二进九去车　马七退八去车　卒三进一　炮七平八
炮八平七　炮二进三　车九平八　炮二平五照
马三进五　炮五进二去炮　象七进五去炮　兵五进一
马四进六　车一平四　马六退五去兵　炮八平五
马五退三　车四进六　马三退四　兵三进一
士四进五　炮五进三去象　士五退四　马八进七
马五进四　炮五退三　马四进三去马　车四平三去卒
车八进四　车三进一去炮　车八平六　兵三进一
车六进二　车三平五照　士四进五　车五退二
车六平七　兵三平二　帅五平四　车五平七去卒
马四进五　车七平六照　马五退四　炮五平六
帅四平五　车六进三去马　车七进一去马　炮六平五照
士五进六　车六退二　车七退一　兵七进一
车七平九去兵　兵二平三　马三退一去兵　兵三平四
马一退二　兵七进一　马二进三　炮五进一
马三退五　兵七进一　车九进三照　相五退三
车九平七去相照　士五退四　马五进六照　将五进一
车七平六去士　炮五退三　车六平五照　将五平四
马六进八　兵四平五照　士六退五　车六退三
车五平七　将四平五　车七退一照　将五退一
车七退二　车六平三去车　马八退七去车　炮五进一
马七进六　炮五退二　帅五平四　兵五平六
马六退五　兵六进一　卒一进一　兵七进一
卒一进一　兵七进一　象三进一　相七进五
马五退六　炮五平六照　帅四平五　相五退三
马六进五　炮六平一　士五进六　相三进一
士六进五　炮一进五去卒　马五退六　炮一平五照

帅五平六　炮五退一　卒一平二　兵七平六
卒二平三　兵六平五　象一进三　炮五退四
马六进七　相一进三　卒三平四　兵五平四
马七退五　兵四平三　卒四进一　兵三进一
马五进四照　将五平四　马四退六　炮五进三
马六退七　兵六平五去士　卒四平五　兵三进一
马七退八　兵三平四　马八退六　炮五平四
卒五平六　将四平五　象三退五　将五进一
卒六平五　兵五平四去马　帅六平五　炮四退四
帅五平四　炮四平五　卒五平四　炮五进七去象
卒四进一　将五平四　卒四进一　士六进五
卒四平五去士　将四平五去卒　帅四进一　炮五退一
帅四进一　炮五平三　帅四退一　炮三进二照
帅四进一　相三退一 **胜**

## 沈文荧先和　王浩然

卒三进一　相三进五　马二进三　马二进四
车一进一　马四进六　炮八平五　士四进五
炮五进四去兵　兵七进一　象三进五　兵七进一去卒
象五进三去兵　马六进七　炮五平三　马八进九
象七进五　炮八平六　炮三平二　马九退七
炮二退三　兵九进一　马三进二　炮六进三
马八进七　车一平四　车九平八　炮二平四
士四进五　炮四进六　士五进六　炮六平八去马
炮二进二去炮　车四进九去士　车八进一　兵九进一
卒一进一去兵　车九进五去卒　车一进三去车　马七进九去车
卒七进一　车四平三去马　车八平六去炮　马九退八
车六进四　马七进六　车六进一　马八进七去相
相五进三去马　马六进七去相　士六进五　车三平五
车六退二　车五退一去卒　车六平三去马　车五平八去炮
车三平六　车八平一去卒　车六进二　车一平五

| | | | |
|---|---|---|---|
| 车六平七去兵 | 兵一进一 | 炮一进二 | 士五退四 |
| 炮二平五照 | 士六进五 | 炮五平六 | 兵一进一 |
| 卒七进一 | 兵一平二 | 卒七平六 | 兵二进一 |
| 炮六进二 | 士五进四 | 卒六进一 | 车五平三 |
| 车七退三去车 | 兵二平三去车 | 卒六进一去士 | 士四进五 |
| 卒六平七 | 兵三平四 | 炮六退二 | 相五进七 |
| 帅五平四 | 士五退六 | 卒七平六 | 将五进一 |
| 炮六平一 | 相七进五 | 炮一退六 | 兵四平三 |
| 帅四进一 | 兵三平四 | 炮一平四 | 兵四平三 |
| 炮四进九去士 | 兵三平四 | 炮四平一 | 兵四平三 |
| 炮一退九 | 兵三平四 | 炮一平五 | 兵四平三 |
| 帅四进一 | 兵三平四 **和** | | |

## 沈文荧先和　王浩然

| | | | |
|---|---|---|---|
| 卒三进一 | 相三进五 | 马二进三 | 马二进四 |
| 马三进四 | 炮八平六 | 马四进三去兵 | 马八进九 |
| 马三退二 | 炮二平三 | 车一进一 | 车一平二 |
| 象七进五 | 车二进四 | 车一平六 | 车九进一 |
| 车六进三 | 炮三平二 | 炮八进五去炮 | 马四进二去炮 |
| 马八进七 | 兵九进一 | 士六进五 | 车九平四 |
| 车六进四去车 | 马二退四去车 | 车九平六 | 马四进二 |
| 车六进四 | 马九进八 | 卒七进一 | 士四进五 |
| 车六平五 | 马二退四 | 车五平六 | 马四进二 |
| 卒九进一 | 兵一进一 | 卒九进一去兵 | 马二进一去卒 |
| 卒七进一 | 车二平三去卒 | 车六平九 | 马一退二 |
| 车九平八 | 马二退三 | 马七进六 | 马八进六 |
| 炮二进一 | 车三平四 | 马六退七 | 马六进四 |
| 炮二平六去马 | 车四进二去炮 | 车八平五 | 兵五进一 |
| 车五进一去兵 | 车四平三 | 马七退八 | 马三进四 |
| 车五平一去兵 | 车三平五去卒 | 车一进一 | 车五平二 |
| 马八进六 | 马四进五 | 车一平五 | 马五进六 |

马二退一　马六进八　车五平二　马八进六
车二平七去兵　车二进二　车七平四　炮六平七
马一退三　车二平四去马　车六退五去马　将五平四
车四进二　炮七进六去马　卒一进一　炮七平八
车四平二　车四平二　车二平六照 **和**

## 沈文荧先　王浩然胜

卒七进一　兵七进一　马八进七　马八进七
车九进一　马二进三　炮二平三　车一进一
马二进一　炮八进五　相七进五　车一平四
车九平四　车九平八　车四进三　车四进三
车一进一　炮八进一　士六进五　象七进五
卒一进一　炮八退七　卒三进一　兵七进一去卒
车四平三去兵　马七进八　车一平四　马八进九
车三退一　马九进七去炮　车三退一去马　炮八平一
车三进二　车四进二　卒七进一　兵三进一去卒
炮八进四　炮一进五去卒　马七进九去炮　车四平一去马
车四进三　车一平二　炮八平一去兵　炮二进二
马一进二　炮二平一　车四平九　车二平五去卒
马二进三　士六进五　车三平二　车八平七
马三进四　车五平六　马四退二　车七进一
炮一进三　车七平八　马二退一　车六平八
车二进四去车　车八退五去车　马一退三　象五进七
卒一进一　马三进四　炮一退三　车八进二
车九平六　车八平六　炮一进三　车六进三
卒一平二　车六平二　相五退七　马四退六
卒二进一　兵五进一　马三退四　兵五进一
车六进二　炮一进五照　士五退六　车二平六
士四进五　炮一退三　车六退三　车六平四去车
马四进六去车　兵三进一　炮一退三　马六退七
炮一平九去马　马七进八去卒　马六进七　兵三平四

| | | | |
|---|---|---|---|
| 炮九退二 | 象七退五 | 马七进八 | 炮一平五照 |
| 帅五平四 | 马八进六 | 马八进九 | 炮五平六 |
| 马九退七照 | 将五平六 | 炮九退二 | 马六进八 |
| 象三进五 | 炮六退五 | 马七退六 | 马八退六 **胜** |

## 张锦荣先和　沈文荧

| | | | |
|---|---|---|---|
| 卒七进一 | 兵七进一 | 马八进七 | 马八进七 |
| 车九进一 | 车九进一 | 马七进六 | 马二进一 |
| 炮二平五 | 炮二平五 | 马二进三 | 车九平四 |
| 马六进五去兵 | 马七进五去马 | 炮五进四去马 | 士四进五 |
| 炮八平五 | 车一平二 | 车一平二 | 炮八平七 |
| 车二进四 | 车二进九 | 士四进五 | 车二平三去相 |
| 车二平四 | 车四进二 | 车九进一 | 炮七进四去卒 |
| 相三进一 | 帅五平四 | 车四退一 | 炮五平七 |
| 兵五进一 | 车三退四去卒 | 兵五进一 | 卒七进一 |
| 炮五平六 | 炮七平四 | 炮六进五去炮 | 车四退一去炮 |
| 相一进三去卒 | 车三平七去相 | 车九平六 | 卒一进一 |
| 车四进六去士 | 士五退六去车 | 车六进五去车 | 帅四平五 |
| 马三进五 | 炮七平一去卒 | 士五进六 | 车七进四 |
| 将五进一 | 车七退一 | 将五退一 | 车七平二 |
| 将五平四 | 车二退二 | 马五进六 | 车二平六照 |
| 将四平五 | 车六平二 | 马六进七 | 炮一进三照 |
| 士六进五 | 车二进三 | 士五退六 | 马一退三 |
| 车六平四 | 车二退五 | 士六进五 | 炮一平三 |
| 兵五平四 | 车二退二 | 马七进五 | 车二平五 |
| 车四平五去车 | 马三进五去车 | 马五进三去象 | 马五退七 |
| 马三退一 | 卒三进一 | 马一退三 | 炮三平二 |
| 兵四进一 | 炮二退七 | 炮五退一 | 卒三进一 |
| 兵四平五 | 帅五平四 | 炮五平三 | 象三进五 |
| 炮三进三去马 | 炮二平七去马 | 卒一进一 | 兵三平四 |
| 卒五平四 | 炮七进四 | 炮三平八 | 炮七平二 |

炮八平一　　炮二平九　　炮一平三　　卒四平五 **和**

## 张锦荣先胜　周德裕

兵三进一　　卒三进一　　炮八平五　　马二进三
马八进七　　车一平二　　车九进一　　马八进七
炮二平三　　相三进五　　马二进一　　车九平八
车九平六　　士四进五　　车六进五　　炮八进六
士四进五　　炮二进六　　兵三进一　　相五进七去兵
车六平七　　车二进二　　车七退一去卒　　相七进五
车七进一　　车八进六　　车一平二　　卒九进一
炮三退一　　炮二退四　　兵七进一　　炮二进二
马七进六　　炮二平三　　车七平九去卒　　车二进二
车九进三照　　士五退四　　炮五平六　　士六进五
象三进五　　车二平五　　车九退五　　马七退九
兵七进一　　相五进三去兵　　车九平七　　炮八平九
车二平四　　车八平五去兵　　马六进七　　车五平四
车七平二　　马九进七　　车二进三　　炮三退三去马
车二平三去马　　相七退五　　车四进八　　士五退六
炮六进七去士　　帅五平四去炮　　车四进一去士　　帅四进一
车三进一照　　帅四进一　　将五平四　　车四进二
炮三平四　　车五平六　　车四平二　　车四进二
炮四进一　　炮三进六去象　　将四进一　　炮三退二
象五进七　　相五退七　　车二退二照　　相三退五
车二进一　　炮三平四　　车三平七　　马三进二
车七平八　　马二退三　　车二平七 **胜**

## 张锦荣先　周德裕胜

炮八平五　　马二进三　　马八进七　　兵七进一
车九平八　　车一平二　　车八进六　　马八进七

车八平七去兵　炮二退一　车七退一　象七进九
炮二进四　炮二平三　车七平三去兵　车九平七
炮五平三　马七退五　车三进四去车　象九退七去车
相三进五　马三进四　马二进一　车二进七
炮二退四　炮八平三　相五进七　车二退一
车一进一　马四进六　炮三平四　车二平三去卒
相七进五　马六进四　炮四进一　炮三进四去相
炮四平六去马　车三平四去炮　士六进五　车四平三
相五进七去炮　车三进一去马　炮二平五　马五进七
车一平四　车三进二**照**　士五退六　车三退四去相
马一退三　象三进五　车四进五　炮三平二
车四平三　士四进五　卒一进一　车三进一
士六进五　车三平一去兵　炮五平六　车一平五去兵
马三进一　卒一进一 **胜**

## 周德裕先和　张锦荣

炮二平五　马八进七　马二进三　车九平八
车一平二　卒三进一　车二进六　炮二进一
兵五进一　相七进五　兵五进一　马二进三
马八进七　士六进五　兵五平四　卒七进一
兵四进一　马三进四　车九进一　马四退六去兵
车九平六　马六进五　车二退二　马五进七去兵
车六进五　炮八进一　车六进二　车一进二
马七进五　车一平四　车六退一去车　士五进四去车
兵七进一　炮八进一　兵七进一　马七进五去炮
象三进五去马　炮八平三去兵　车二平六　士四退五
炮八进三　车八进六　车六进二　炮二退一
炮八退二　车八进二　士六进五　车八平六
车六平九去卒　卒九进一　车九平六　炮三进四
炮八退二　车六退二　车六平七　炮三平四
炮八进二　车六退五　车七退五　炮四退二

| | | | |
|---|---|---|---|
| 兵九进一 | 车六进七 | 车七进六 | 炮二退二 |
| 车七退三 | 卒五进一 | 车七平六 | 炮四平三 |
| 兵一进一 | 炮三进二 | 炮八退二 | 车六退二 |
| 兵一进一去卒 | 炮二进七 | 车六退二 | 炮二退一 |
| 车六进一 | 炮二退一 | 车六平七 | 炮三平四 |
| 车七进一 | 炮二进二 | 象五退三 | 炮四退五 |
| 马五进六 | 炮四平七 | 马三退一 | 炮七平五 |
| 象七进五 | 炮二退五 | 马一进三 | 炮五平四 |
| 马三进五 | 炮四平五 | 炮八进二 | 车六进二 |
| 兵九进一 | 炮五进三去马 | 马六退五去炮 | 车六退五 |
| 车七平二 | 车六平五 | 马五进七 | 卒五进一 |
| 炮八进一 | 卒五进一 | 车二平五 | 卒五平六 |
| 车五进二去车 | 马七进五去车 | 马七进五 | 卒六平五 |
| 兵一平二 | 马五进三 | 炮八平七 | 马三进五 |
| 炮七进二 | 马五退三 | 象五进七 **和** | |

# 棋经序跋

## 《橘中秘》叙[①]

夫人精神所及，一往而深，金石为开，天地为变。上之可以润色鸿业，允武允文，功成名立，天下重之。媲次则多才多艺，寄心于中，极其所至，神巧出焉，亦足自树，以希不朽。余往岁薄游中外，常与季弟进之氏偕，每见其锐志下帷，思入微渺，篝灯丙夜，靡有他念。紫阁丹墀几乎反掌间，余实心慑之。既而为家累所牵，不遂厥志，旁涉雕虫，悉造其巅。而于象戏，尤得三昧，即明眼人鲜不敛手称无敌者。人咸谓进之资性素敏，而抑知其殚精求详，盖匪朝伊夕也。余林泉休暇，进之偶出所辑《橘中秘》相示，见其多所发明，更以新意点缀，灵机跃跃满楮，余叹服之，其沈深智勇若可为时艰借一筹者。因忆曩昔奉节滇云，值逆酋匪薮以数十万入寇者再，予昼度夜思，厉兵秣马，以象战克之，歼其渠帅，吾圉危而复安。迨己巳驱车入都，又以群丑纵横京师骇恐，余任守广宁门，身当众冲，披甲仗剑为士卒先，亦以炮击走之。纵微功可录，然而局已烟销，往绩成虚，恍似枰收对垒，令人羡神仙出世，潇洒襟期，益信手谈，闲消日月。橘中虽隘，自觉天地之宽。胜负虽分，竟忘角逐之想。进之得此意甚深，而苦心更不可泯。余赞付梓人公诸同好，且诏世之纷纷名利者，亦可以此作清凉散也。

崇祯壬申孟夏，无住居士［朱翼维］泰书于胥川草堂

## 清王再越著《象棋梅花谱》[②]识语

象棋之性质，与围棋略同，故并以棋称。然世多视围棋为士夫游艺之事，而鄙象棋为樵夫牧竖所为，故围棋谱传者极多。胜清一代，国工辈出，大变明以前着法，尤称极盛。而象棋谱则传者甚少，全局之谱，已刊行世者，惟《橘中秘》一种，尚系明人所撰。何其寥寂欤！论者多谓象棋浅薄，不如围棋之精深。其实物各有理，理自无穷，初不以其大小繁简而异。岂特象棋即世所行诸博戏，苟深思其理而穷究其术，固亦有终身不能尽之者矣。然博戏每借傥来之胜负以取财，长行险侥幸之心，益凭陵叫嚣之气，非如弈之专恃智力以决胜负，胜固欣然，败亦可喜，所谓其争也君子。博弈对称，非笃论也。

今日象棋之着法，实不如围棋之精，盖弈之为道，敌对者凭借用，所分者先后一着耳。先着固有攻取之势，后者亦有备御之方，故苟精其艺者，或分势相持，或弃子转换，皆足成两分之局。况围棋以占地多少为胜负，而其数又奇而不偶，欲成和局极难。象棋则决胜之法较粗，但使杀伤相当，便可不分胜负，其成和局又较易也。然今围棋谱

---

① 本书所列的“棋经序跋”，皆系由张毓英先生所庋藏的象棋著作或象棋期刊上摘录。

② 1926 年上海文明书店出版。

之著法，两势多成均平，而象棋则惟有一胜一负之局，《橘中秘》然，《梅花谱》亦然。胜者之攻取固以难能，败者之备御得毋未尽善乎？然大辂椎轮，先河后海，不有粗者，奚所借以成其精？况今象棋谱诸著法，虽未尽善，已断非但凭私智者所能至矣。语曰：为高必因丘陵，为下必因川泽，此以见一艺之微，其精善亦必由于积累也。

戊午二月九日武进吕思勉识

## 《适情雅趣》跋

江华邓云龙得《适情雅趣》残本八册于长沙，凡象棋图四百余而无着法，去其烂页，并与《橘中秘》《韬略玄机》同者，录其余以寄吴县潘定思。定思为之补解，而嘱平阳谢宣校之。已而云龙以舟覆死，原谱入水，定思亦不久病死，谢宣乃重为编校行世，而是书遂传，凡存二百八十五局。明按云龙与定思函，谓首页有“版藏吉林省敦化县怀德堂”及“金陵徐芝字玉川精选”字样，则是书刻于清代，其局势非徐芝自撰，而别有所本。本于一书，抑诸书不可知。惟局数必更多于所选《橘中秘》，有残局不啻千计之语，据此而知，当时诚有此数，颇惜其佚多存少也。徐芝事迹难考，成书不知何时。就书中局势与《橘中秘》较之，如“同心辅政”之与“异地同心”，“车行同轨”“声势相倚”二局之与“声势相倚”，“独卒勤王”之与“平车卒闷”，“士播弄造化”之与“借车使炮”，“垂缰救主”之与“借炮使马”，“取义成仁”之与“两平车卒胜双士”，或全同，或优于《橘中秘》与《韬略玄机》。较之如“忙里偷闲”“亿则屡中”“损己安人”诸局之与“七贤过关”，“士卒星散”之与“勇冠三军”，“因魏掣燕”之与“馈礼求和”，“明修栈道”之与“三醉岳阳”，“阻住行程”之与“西陵阻威”，其布子略异，而皆逊于《玄机》与《竹香斋谱》。较之如“开拓心胸”“前茅后劲”二局之与“云开雾敛”，“单骑困敌”之与“云里金刚”，“雷震八荒”之与“上河景物”，“进攻退守”之与“怀中抱月”，“历诛四寇”之与“远水征帆”，“左宜右有”之与“江村渔火”，“降龙伏虎”之与“六卿祖饯”，“入穴取虎”之与“入穴探子”，“当头棒喝”之与“清风四座”，“云台列宿”之与“隔窗望月”，其布子亦略异，而皆逊于《竹香》。虽机杼偶同，不必相袭，而上列诸局，则先后蜕变之迹，有显然者。此谱棋疏，彼谱删子而棋密，一也；此谱棋浅，彼谱增子而棋深，二也；此谱红胜，彼谱改子而成和，三也。以此三者为推，而循后胜于前之例，则本书之成，盖在《橘中》之后，《玄机》《竹香》二谱之先。惟自《橘中》至《玄机》相去几二百七十年，自棋步深浅观之，似去《橘中》为近，去《玄机》为远。更据《橘中秘》凡例，知古谱局与法各列卷帙，今此系残本，而有局无法，或系各列之故，则体例犹为近古，然则此书之成，殆与《梅花谱》相先后欤？又，今本《韬略玄机》首页之眉，有横题“适情雅趣”四字，未知与此书有无关涉。惜云龙当时未将所同之局录寄定思，否则犹可多所考核也。《橘中秘》列残局一百三十一，《玄机》一百零七，《竹香斋》一百九十六，此谱残本尚有四百余局。据鄞县冯良翰言，书凡十六册，其友尚藏有全局二册，则内容之富，当以此书为首。至他谱多载和局，而此独皆胜局，亦属难得可贵。偶因录副，得存残帙，亦云幸矣。

十五年七月二十七日上海鉴秋顾明跋

## 《校正烂柯神机》序

是书为同县陈子厚田所赠，时余主《四明日报》笔政，与谢子侠逊辈研求深邃之谱，嫌其肤浅，束诸高阁。今年夏五，检点旧箧，无意中得之。适谢子欲集象谱之大成，付诸梨枣，残编断简，广事搜求。则是书虽简陋，要亦著者精神之所寄，不容听其长此湮没。爰将其编者校之，误者正之，与他书重复及毫无意味者删之，得若干局，略加评点，以供世之同好。至烂柯山人之自序、例言，一仍其旧。但署红业山房藏版而地址不详，亦一憾事。全书均红胜之局，与《适情雅趣》一例，惟程度之浅深，殊不可以同日语矣。是为序。

民国十五年丙寅夏季鄞县冯友笙[①]

## 《象棋秘诀》序

理有穷乎？无穷乎？曰无穷而有穷，理有固然，则事有必至。所谓数也，故可穷也。宇宙之理，合之则如是，一析则其条理之繁琐，若恒河中所有沙。理析之至繁，而人之所知至狭，此其所以穷之而不可胜穷也。伊古以来，哲人桀士自谓所知甚真，而措之于事，卒不免于乖剌，职是之故。然人之所以知虽狭，而其所为诚否，终小有可券，不至于冥行而擿埴者，仍惟此致狭之知是赖，此学问之事所以可贵也。奕［弈］之为数，小数也，其理固与一切事物同。围棋三百六十道，象棋三十二子，错综变化，巧历不能言其纪，所谓不可穷者也。起手之著法，终局之胜负皆有定则，不可变渝，则理之有定，昭然予人以共见者也。且人之知何自始哉，必始于至简，由是以推之繁。惟至简者之所知不伪，则稍繁者之所推可信。远西形名之学皆然，弈之道犹是也。围棋之飞角侵边，象棋之得先夺先，所以示起手著法者也。围棋之官子，象棋之残局，所以决终局之

① 是序载于1928年8月2日（农历六月二十四日）《天津商报》。

胜负者也。由此推之，中局虽变化多端，著法难以遽定，然其得失，亦稍有可言者矣。此犹人之本其所知以应事，虽或乖刺，终不至于冥行而擿埴也。独是围棋自昔以为士夫游艺，聪明才智之士，从事者众，谱之刊行者亦多，起手终局著法皆略备；象棋则皆以为樵夫牧竖之戏，才智之士留意者较寡，谱之刊印者既少，而其佚亡亦多，起手著法通行于世者，惟《橘中秘》《梅花谱》两书，虽粗引其端而未极其变。残局之法，惟《橘中秘》所录，颇有由简推繁，中为公式之意。其余皆斗一日之巧，供江湖卖艺者谋口实耳。虽奇谲可喜，于斯艺之进而益上，固无裨也。平阳谢子，以名士夫酷好象艺逾三十年，一进名手，莫能相尚，本其所学，撰为《象棋秘诀》，于起手著法残局胜负一极其变，而著其所以然，本诸前人者，则言之益明，衍之益详；出所独得者，则未曾有，而予人以共信。所谓至简之所以不伪，斯至繁之所推可信者非邪？斯艺之精进，可立而俟矣。谢子诚有功于象艺哉！

民国十七年二月武进吕思勉序

## 《象棋让先秘谱》[①]序

弁言

法国兵学家伊立奥德氏曰："苟欲称雄海上，则必精于各种艺术。艺术精，则兵事之学亦必精。"象戏为艺术上之一种，实含有军事意味。彼疆我界，各守其围。敌方无隙可乘，则必深沟固垒以静待其变。迨至敌军既怠，然后出奇兵以击之，胜券不亦可操乎？法所谓知己知彼，百战百胜。兵法然，象艺亦何独不然？唐代李卫公用梅花阵法以练兵，如梅花五出，错综变化，莫测端倪。今观吴撰之《梅花象戏谱》，亦如李卫公之用兵，进可以攻，退可以守，出奇制胜，措置裕如，局设五，其变化也亦以五，故曰《梅花谱》。弈虽小道，未始不关乎兵学。苏长公以走棋为担粪，袁随园以博弈为野狐禅，斯诚不知弈之真趣耳？是为序。

中华民国十七年二月勾章后学郭永年谨撰

① 《象棋让先秘谱》又名《吴著梅花谱》，姚邑吴梅圣遗著，邓县徐葆康增订，1929年10月1日天津商报馆代印。按，该刊为张氏所存，内夹小纸条云："兹从敝友处得着乙本，即以奉赠，但内容似较旧梅花谱稍逊，未知高见如何？商报并未送来，便中乞示一二为祷。葵上。"从中可推知，张氏所藏《象棋让先秘谱》系赵景葵所送。

## 其二

余自幼酷好象戏，技虽不精，而远近有精于此者，必辗转介绍，得晤其人而后快。吾宁有土咏笙先生者，自称棋道人，为象棋之名手，座中客常满，皆精通象艺。余有暇，亦必过其庐以叨教。王先生善用屏风马，控取有方，可进可退。尝对人曰："余之所以能用马，全得力于姚邑吴梅圣先生之《梅花谱》，可惜此谱遗失，不能于诸君子共同研究焉。"而今王君已矣，此言今犹在耳。此谱既不可得见，然事过情迁，早已置之度外。去年秋，刘品章君与徐葆康君过舍，谈及四川张观云象艺之精，可称天下无敌。技之所以能驾乎人之上者，其得益于吴梅圣之《梅花谱》也。数年前，曾来甬一次。李子英（即小宁波）、蔡名扬辈，均被其所败。后来张氏将此谱持赠与谢鸿元君。余兼得其情，用数十金而购得是谱。惜原谱破旧不堪，费数晨夕而抄出之，视如拱璧。故不得不记其由来。

郭永年氏记

## 序一

鄞县郭本镗精象艺，上年余襄办上海《时事新报》兼任象棋辑务，郭君常以新拟残局见贻，往来颇密。戊辰秋初，余辑撰《象棋谱大全》一书既竣，郭君忽携是谱来，嘱为序。余审阅内容，觉其布局之谨严，应变之准确，洵属近今全局之佳本，足补《梅》《橘》诸谱所未备者。凡象戏同人尤宜人手一编。用谨序其大略如左（下佚）

戊辰秋初平阳谢宣

## 序二

象戏小技也。或谓创自唐尧，作以教其子丹朱善。或谓创自黄帝，驱猛兽而列阵以象为之。虽然，在史均不可考。《橘中》之乐，《烂柯》之异，大半出诸文人之虚构，尤属诞而不经。第观其布局分卦，两相角逐，实寓乎用兵之道。时而进攻，时而退守，时而横击，时而合围。占偏隅不得，则思据边地。据边地不得，则思扼中权。驰骋纵横，变化莫测。要之，一局之结果，必精于其技者胜，返之者败。优胜劣败，若亦有天演之，公例存焉。孙子曰：知己知彼，百战不胜。《易》曰：知几其神乎？信哉！兹者家伯永年出珍藏秘本象谱，睹乎首尾贯串，局格朗然，深得其中三昧。求之坊间，实秘所仅见，洵名贵也。四明徐子葆康，象艺名手，增订成谱，付之铅椠。予民国戊辰秋月（下佚）

鄞县郭本镗序于云石庐

## 《订正象局汇存》弁言

《象局汇存》一书，为吴郡潘子定思遗本，益以顾子鉴秋、王子寄樵所藏，合计为编四，为局五十有六。平阳谢子侠逊以之继《适情雅趣》后，评勘刊布于上海《时事新报》。是编所载大半均江湖残局，着法奥妙，变化层出。吴门王子寄樵谓一经刊载，渠等将无啖饭地。谢子以实属无可奈何答之，洵象史中一段佳话。海内同志覆书称善者实繁有徒，先后出其研究所得，交质谢子。谢子有加按语，亦有未加按语者，概予刊登，以供研究，用意甚善。予固酷嗜楸枰，于此编尤所心爱，且以质疑各稿，均系同志精研所得，弥足珍贵，一一分别，剪粘成书，积稿鳞次杂沓，披之目眩，深以群言庞杂，莫衷一是为憾。山居多暇，不揣谫陋，为之参照诸家函札，订正一过。间亦有增烈胜之局者，盖以不若此，则不足以显正着之妙。管窥蠡测，挂漏之讥，当所不免，尚希大雅有以教之，是为厚幸。

丙寅菊秋仙居李镜渠秋禅自志

## 《华东华南象棋比赛续刊》序①

华南象棋研究会何为而设也？东南象棋比赛会又何为而结集也？曰：吾国象棋一道，起源古矣。见诸经籍者，则有《象经》《象戏赋》；见诸词章者，则介甫、后村发为吟咏，为当时士大夫好尚。盖可征也。洎乎国粹沦亡，每下愈况，遂为屠沽厮养所同嗜，而有识之士反绝口不谈，不几视为博彩樗蒲之具乎？不知象艺实曾兵家至理，与掷骰呼卢迥然殊异。《论语》且有为之犹贤之训，虽非明指象戏，其为弈一也。吾人于是有斯会之组合，而有东南比赛之续集也。今者此道风靡中外，欧美诸邦且群起研究，上海万国象棋研究会所以乘时崛起，吾会亦兀峙华南。其发扬而光大之者，非无人也。此次比赛，实开古今未有之盛，吾会决发行《象戏勾玄》一书，现正从事编纂。其中备载华南名手李庆全、黄松轩、曾展鸿、冯敬如，华东名手周德裕、张锦荣等正式及友谊对弈各局，暨各方函寄新残局，其精微深奥，一一详加注释，都三百余则。众美毕罗，吾知读者极深研几，他日且为此道一放异彩。兹编之作，其嚆矢乎？

李善卿

---

① 是序载于1931年6月15日《商报》。

# 《象棋比赛汇刊》[①]

百粤棋风，至近年而大盛，名手辈出，争为长雄。报章鼓吹棋艺，尤不遗余力。惟棋谱尚付阙如，识者憾焉。二十年冬，教育厅举行全省象棋比赛，名手云集，一时称盛。予即搜集材料，欲辑专编，顾以事冗，因循未果。而各方面嗜索阅比赛局势及事迹者，不知若干起。邮鸿惠贶，至今弗绝。予因是积极发刊兹书，而以华东华南选手在港比赛热烈之况，空前未有，不宜淹没弗彰也，爰采录焉。又，又以吴梅圣所著《新梅花谱》，在华南未经刊布。其纵横攻守之法，正不亚于《梅》《橘》诸谱也，爰亦附入焉。兹书之成，在华南虽为创作，然亦纪载性质，藉见当时有如是之事实，得若干之局势，使勿散佚而已。若夫选精择当，取洎而馈，尚须俟之异日，爰识数语以告读者。

22.6.1 江枫

# 《半梅花全局谱》自序

屏风马与当头炮优劣强弱，古今棋家众说纷纭，各持一见，是非莫定。惟宝安吴文英先生力排众议，确下断言，谓二者“均属偏狭之论。当头炮所以破屏风马者，屏风马守之不善也。屏风马所以破当头炮者，当头炮攻之不善也。使执当头炮而善攻，屏风马而善守，尚何有于破哉？是故当头炮之攻屏风马，须待有隙可乘。屏风马之应当头炮，或觉无暇可觅也”的是名言，深为至理。盖双方炮艺均优，知己知彼，兵不弄险，谋必求全，则得先者胜，固属不易，而让先者和，亦觉光荣。综观古今各谱，对于让先屏风马应当头炮直车巡河局，变化繁多，惟其根据多依王著《梅花谱》之屏风马局中兑兵沉炮打车之定势为变化之本。三百年来，鲜有变更。今就鄙见，试改演先沉炮弃卒局势，减少变化，力求单纯，务以深沟固垒，坚守待时，不侥幸图功，宁从容应敌；不兑子求先，宁弃卒取势，伺敌有隙则求胜可期，无暇则言和无疑为宗旨。因其与《梅花谱》局势不同，故名之曰“半梅花”。旧谱翻新，诚属冒昧，窃以管中见豹，仅见一斑。用特就正高明，修删浅陋，慕名求诲，谨呈吴文英先生教正焉。后学王世雄识。

---

① 该书附《新梅花谱》。《汇刊》编纂者系南海梁拔公江枫。

# 《象棋名局选注初集》序

## 序一

宝安吴子文英，夙耽象学。居恒推车跃马，锐意钻研，当谓弈象皆创自我国，具有悠久之历史。然时至今日，乃如江河日下。高山流水，难觅赏音。以言弈艺，固久已为东邻掠美。攻斯艺者，惟有礼失而求诸野耳。至于象学，思欲以振颓风，扬国粹，苦心孤诣，矢志力行，十余年如一日。近岁复挟艺遨游，尝在各大城市报章任象栏主编，及举办棋赛，倡导不遗余力。其历年所搜藏资料，既个人著作，遂于马等身，慕名从游之士如归市马。今复应同好之请，编著《象棋名局选注初集》[①]（附杀法初阶）行世，指陈得失，提要勾玄，洵足发人深省。噫，吴子之阐扬斯道，嘉惠后进，有如此者，厥功不其伟欤！是书将付梨枣，属序于余。自维与吴子楸枰结友，时日既长，素知其岁月浸淫，蕴藉深远，则后此之造就，必更有足为吾道增辉者，夫岂独如是而已哉。

一九五〇年一月 中山梁兆发序于蠔镜

## 序二

余友吴君文英，近编纂《象棋名局选注初集》既成，将以付梓。而以书告余曰，是书之编，窃未敢云创作，顾于初学不无小补焉，请为一言以弁其端。余维名手对局，嗜棋者皆乐于研求，以其弈法高超，足资学步也。然而当局者迷，国手不免。方其一枰角逐，得失萦心，继极审慎周详，要不无千虑之一失，虽小疵不足掩大瑕。然一着之差，每影响乎全局。学者不察，从而效之，几何而不偾事也。至其伏着陷敌，弃子夺先，出奇制胜之处，转弱为强之机，并皆竭虑殚精，钩心斗角，浅陋者固莫测高深，粗疏者亦未能领会。不有诠释，将何以窥其精微？则此书之作，宁非倡导象艺者之急务乎？吴君为当代象棋名手，寝馈于斯者凡二十年，造诣湛深，尤擅长于开局。尝任穗澳各大报棋栏编事，启迪后进，不遗余力，名噪华南。与梁君兆发、梁君兆光被称濠江三杰。生平于诗文之外，笃好象艺，所至之处，每遇古今名局，必尽事搜罗，积岁裒然成帙，暇辄掇其尤者，详为评释。凡布局之疏密，算着之精粗，与夫胜负得失之关键，进退攻守之机宜，靡不洞抉隐微，穷参玄妙，使学者得之，可以触类旁通，随机因应，用其长而遗其短，取其精而舍其粗，于是乎名手对局，斯足为世法而不能为世病。其嘉惠后学，岂曰小补哉？是书其初集耳，将见二集、三集之继续刊行而未有艾也，吴君其勉旃！余于象棋造诣甚微，而乐见是书之成也，故为序而存之。

己丑冬月南海罗君筹序于香江

① 吴文英编，1950年2月1日象棋出版社出版。

## 自序

世皆知象棋为高尚娱乐，而或忽其怡养性灵之效，启发心智之功。往昔士大夫复重弈而轻象，斯道遂每况而愈下。欧美诸邦则不然，提倡不遗余力，地设棋会，岁办棋赛，且有列为学科者。吾人于此溯源甚古之国粹，更应如何珍重而发扬之耶？平阳谢侠逊先生毅然以复于斯道为己任，旁搜远绍，坠绪艰寻，《象棋大全》之刊，厥功至伟。惜是书浩如渊海，后学乃感茫无涯涘。至于其他名手独到心得，亦每每自私，不愿灾至梨枣。坊间印售之棋书，又乏详加诠解，学者摸索维艰，无怪乎昕夕研求，至皓首而不得其法也。不佞幼嗜象棋，瞬将廿载。战时违艰，长校濠江，胜利以还，漫游海内。愧壮士之未酬，聊寄情于橘隐，于是萍踪所至，辄以畴昔交游诸先进所藏之古今秘谱，及个人历年未公于世之著作，刊诸报端。荷蒙万千同好，函电纷投，谬许知音，厕列交末，感虚声之忝窃，觉成就之滋惭。迩者旧地重游，即承诸友之邀，复主报章棋栏编事，及门诸子更以便利后学为辞，浼余将未付剞劂之《名局选注》《杀法初阶》《开局度针》《对局类纂》《残局撷粹》等分集付梓。余重违其意，略加辑理，先成《象棋名局选注初集》，余续印行。盖名手对局，最为嗜棋者所钻研，犹习诗文之喜诵名家作品耳！是书之编，固不敢谓为棋谱创举，然于后学之进益，或不无小补焉。注释文字，匆居不及修饰，读者原其意而略其文可也。至象艺玄奥，差之毫厘，谬以千里，谫陋如余，评品岂能尽善？敬希海内外同明有以指正之。是为序。

己丑腊月宝安吴文英序于濠江客次

## 《张宅弈乘》缘起

扬州张毓英先生，提倡象艺，不遗余力，性复豪迈，有“棋界孟尝”之称。廿年前尝延致最负时誉之名手多人客居其家，日相对弈，礼遇甚隆，先生录其着法精警者，不下千百局，什袭藏之。民十［五］年出版之《象棋萃鲭》仅其一斑耳。后以大部赠福州许弼德同志，许君名之曰《张宅弈乘》，用志先生之功也。迨拙著《象棋名局选注》出版，蒙许不弃，以该稿转赠，且介先生与编者订交。复荷谬知音，慨允向所珍藏而未公开之诸谱，贻予发表。雅情高情，良足铭感。而许君之慷慨襟怀，诚非常人所能及。编者一俟整理稍暇，即拟都为一集，分门别类，刊印专书，俾不负张、许二君厚望。

吴文英

# 《象棋宝筏二集》序

## 序一

一九五一年六月，余由平阳故里返沪，接吴文英先生自澳门来函，并承赠新著《象棋宝筏》[①]一谱，嘱予署签暨序言。余翻阅是谱，评注古今对局，抑扬得体，洞中肯要，洵为研究象棋者唯一宝筏。在昔三十年前，余编校《象棋谱大全》全集，对于《适情雅趣》残局，特加评注，引人入胜。惟全盘对局，尚付阙如，颇以为憾。今吴文英先生殚精竭智，妙语如珠，竟余未竟之志，佩仰万分，尤望鼓其勇气，相继出书，奋生花之妙笔，播佳誉于艺林，固不仅为吾中华国技之前途大放光明已也。是为序。

一九五一年七月平阳谢侠逊序于海上寓次

## 序二

平阳谢侠逊先生编校《象棋谱大全》而后，江都周德裕氏亦著有《象棋钩玄》。嗜斯艺者，几于人手一篇，昕夕钻研，棋风为之丕振。顾历时廿载，继起乏人，非编著之难，其能独具匠心而饶有价值者，盖不易为也。宝安吴君文英，为今之象艺国手，平生藏谱最富，著述最多，提倡象学最力，于乙丑冬月，尝以所著《象棋名局选注》刊行于世。海内外读者，以其独创风格，备致赞扬，纷请将其他著作陆续付梓，以惠后学。吴君亦不自秘，更汇集诸谱，合刊一书，名曰《象棋宝筏》。所有珍藏秘谱，国手对局、名家新作以及吴君精心结撰之著述，具载是编，集象谱之大成，揭弈林之秘要，使学者知所遵循，如获南针，如航宝筏。其倡导象艺之功，谢氏以外，吴君一人而已。书中各篇，除《名局选注》早已延誉弈林外，《棋仙秘局》，着法迥异凡庸，吴君视为瑰宝，向未公开。《破饶子局》，为解脱被饶双单马之要诀，棋界不轻以示人。而《全局度针》乃吴君研究多年之独创心得，最为契合实用。至如《松轩遗局》，虽散见他书，学者未窥全豹，引以为憾，今广事搜罗，都为一集，洵属难能可贵。《文英弈乘》则选载吴君历年参与各盛大比赛及名手友谊赛之对局，精妙无伦，足资取法。而《名家新作》大都各地名手镂心镉肝之杰构，为此书生色不少。故《初集》出版后，风行海内外。未及匝月，而存书遂空，昔人谓纸贵洛阳，信非虚语。其足与谢、周二书共垂久远，固无疑也。今吴君将续刊《二集》，嘱序于余，为道其梗概如此，非敢阿其所好，亦以见此书之能独具心得，冀读者锐意研求，深不负吴君倡导象学之深心焉尔。

辛卯孟秋南海罗君筹序

① 宝安吴文英编著，1951年10月香港文英棋谱出版社出版。

# 《象戏钩玄》序

## 序一

我国竞智之游戏，其最古雅、最高尚而能陶养人之性灵者，莫过于弈艺，故棋与琴、书、画并见重于士林。

《论语》所论“博弈”之弈，与孟子所称“弈秋”是否专指围棋，虽不可知，但象棋之名，则见于《楚词[辞]》、《说苑》，是其由来已甚久矣！《西京杂记》《搜神记》皆言“汉宫竹下围棋”，是为围棋之名所自始，但吾人读前后《汉书》，从来未见有关于围棋之记载者。惟《晋书》太元八年“秦大举来寇，谢玄入，问计于谢安，安夷然不为意，与谢玄围棋赌墅。安棋常劣于玄，是日玄惧，便为敌手而不胜”。谢玄已大破苻坚，“安得驿书，知秦兵已败。时方与客围棋，置书床上，了无喜色，与客围棋如故”。是为围棋名称之见于史册者。迨梁武帝时，有撰《棋品》一卷，并附加棋势、棋法于兵书之后，围棋之名遂由是大著。自南北朝历唐宋明清，代有名手，关于围棋之著述亦夥，其风且被于东瀛。

惟象棋之名，自战国以后无闻焉。至北朝后周武帝乃制《象经》，其说不传。惟观庾子由所进《象棋经》及《象戏》二赋，似武帝所制者。乃表演象纬之戏，非今日之象戏也！宋司马君实所推演之象棋图，其棋子则有弩刀剑弓之属。程明道先生所咏象戏诗，虽有车马士卒而无炮，均不类今之象棋。直至明代，象棋之组织始确定，观于明仁宗和侍臣观象棋戏诗，有“乘险出车，隔河飞炮”之语，自可见。而象谱元祖《橘中秘》亦于明末出世，故或者疑今日时尚之象棋必产生于南宋火器已传入中国之后。以予管见，则断为象棋之产生当在我国盛行车战以炮石攻坚之时代，徒以不为后世帝王卿士所尚，故其名为围棋所掩耳。

年来江浙及珠江雅士，多提倡象艺，而艺谱之著作亦日见其多，将来象棋之盛，或能驾围棋而上之亦未可知也。

江都周君德裕，精象艺，久驰名于华中七省，今年受《华字报》之聘，南来香岛，执棋坛牛耳。近与其棋侣李君善卿编纂《象戏钩玄》，其书之内容，以当头炮破《梅花谱》之屏风马为主体。吾知其书一出，必与《橘中秘》相映辉于象艺界矣。讵知周君过听，乃不惮驰书征序于予，殊不知予之嗜象戏不过资为笑乐，以涤尘虑，工拙皆非所计，正如醉翁之意不在酒，原不足以阐发象艺之玄奥，顾重违周君之雅意，勉献一得之愚，以资同好者之研究。

窃以象棋为假战事之游戏，故无论取何势，总不外如战法之“以正合、以奇胜”。而当头炮者，攻势也，即兵家所谓“先发制人”之第一着者也。屏风马者，守势也，亦即兵家所谓“先为不可胜，以待敌之可胜”者也。虽然，用兵之法，攻常有余，守常不足，棋战亦然。盖攻出于自动，而守则处于被动也。故《橘中秘》所演局势，均以当头炮破各种法，虽其末篇亦有屏风马破当头炮之局，不过聊备一格耳，非战法正宗也。而说者乃以《梅谱》之屏风马较《橘谱》之当头炮，谓为后来居上，予诚未之敢信。虽然，亦有执当头炮而常败于屏风马者。此则如熟读孙吴兵书，而不知临机应变，其败也，孙吴岂任其咎哉！今周君之《象戏钩玄》，直以当头炮破《梅谱》屏风马主体，可谓先得我心，其嘉惠后学不浅哉。抑犹有进者。古之善弈者，尤贵治心，试观当东晋末叶，符坚以投鞭断流之势，大举南下，其视江南一隅，俨有灭此朝食之概。其时朝野震恐，独谢安不为动，能于军书旁午之际，与谢玄围棋而胜之。而谢亦藉安之勇气，能以八万之众拒十倍方张之寇，渡水一击，使其只轮不返，卒置国家于磐石之安。斯非天下之善弈者耶？予书至此，不禁感慨系之。回溯前此九•一八、一•二八之役，使我国将相有善弈如谢安、谢玄辈，则何忍自甘丧辱几至于不国哉？予不幸值此危乱之秋，不能为国家效劳，以尽匹夫之责，而乃空谈棋艺，而怀想古人，可谓无聊之极矣。犹忆现代诸家象谱有名国耻纪念者，乃为纪念国耻而作。惟近年我国之丧辱，其严重状态，较历来之国耻奚啻千百倍，周、李二君于纂《象戏钩玄》之余，其有意于斯，留为后人纪念乎！是为序。

萧佛成撰于珠江梅花寓次

## 序二

象戏之出自何人，实无可考，其见于典籍者，有《楚辞》《说苑》等书。是中国之有象戏，实在战国以前。所谓斗象棋、舞郑四者，其制度虽今昔或异，然与六博并为游戏之具，则斑然可考。盖棋通于兵，进攻退守，纵横机括，每茫然莫可测。粗心者固无论矣，即明眼人亦有冥思苦索所不能解，则自有其艺术之价值，不独徒张怡养性灵而已也。周君德裕，象艺卓绝，大江南北鲜与抗衡，即国内诸名手亦莫不叹服。日者以所著《象戏钩玄》一书公之于世，其中对国内名手多局，克尽变化，而当头炮破屏风马等局，尤为精心结撰，微妙入神，实足为来者之揣摩启迪。其于象棋界贡献之功，不其伟耶！溯吾国国粹沦亡，于今为甚，弈象皆国粹之一，现弈艺已为东邻所先，所余象戏，益若曙后孤星，不有阐发，何以留存？是周君不仅小道有可观，而于国粹之保存，实可与古人立言同垂不朽者也。书成，属序于余，因得将所见附周君所著而言之，实至欣幸也已。

中华民国二十三年十二月 南海杜剑侬序

## 序三

棋学昉于上古，而发明于后人，尧造围棋，舜创象棋，体制固自攸异；武帝象戏，王褒象经，心传遂以无穷。世人每以象棋事简易行，嗜之者众，其实穷幽极奥，与围棋同。方今各国风行，虽或形式各殊，着法差别，然而结构不外乎理，兵机实寓其间。倘无阐明，忍与终古，则虽出人意表，独步当时，元妙路或至失传，乘除理谁堪索解。此《象戏钩玄》一书，所为对局之先声而观棋之嚆矢也已。江都周君德裕，传其父焕文丈之秘诀，负一时大国手之盛名，李纳家人，有布算欣然之雅；王导父子，无争道竞诮之嫌。会《华字日报》资聘南来，吾友李君善卿深相结纳，称知音焉，遥先与慰祖博弈，申旦忘疲；养直留师川斗棋，拈子微笑。地仙对枰数次，聂碧窗固讶其非凡；不疑就局片时，刘仲甫谦称其弗敌。以视毛经对客，子京遇仙，是过也。年岁递嬗，结撰成编，志在提倡，名谢标榜，两公学说，各极高明。贱子参观，试为觇缕。一曰《当头炮击屏风马》也。此乃创格，遏迪前光，何者取乱侮亡，知天与不取者受咎；中坚抵御，闻敌强而退者非夫。况彼弗戢自焚，阻兵贻安忍之诮；负乘致寇，慢藏启诲盗之忧。正可竭虑以运筹，合应藉手以展布。敌纵厚势，马尽骈臻，我出奇谋，兵不厌诈。缘边遮列，合救应防拒之方；披亢捣虚，神出没死生之变。此一法也。二曰《名手对局择录》也。名下本无虚士，前事乃为后师，一着输赢，动局只争急智；三派标异，同好自有定评。阖辟纵横，记李严之应变；方圆动静，识邺侯之精思。顾师言卅三镇神头，计慑小国；王积薪数十常势局，名冠人间。子建喻兄，言阵不过如此，一行算局，都数大凡若干。此又一法也。三曰《释注百局象棋谱》也。天章棋经，刘氏基诀，成德棋说，柳恽棋谱，今皆不可复睹矣。原夫断木梡革，制度迥殊，坐隐于谈，名称不一，以故列九品而抉十要，陈义甚高；心千里而势万般，藏机宜密。可让则让，长史正色之言也；得饶且饶，道士通神之诀也。与夫远师升座说法，着落什么；山谷席上谈兵，棋较几许。此又一法也。四曰《残局选粹》也。大约局势未尝尽同，凡事岂必相袭。败著转胜，惜乎当事者迷；密里防疏，置非其处者败。使非鉴前车之辙，而徒资后人之哀，则何益耳。若夫元素杀活之手，贵不动心；邵雍胜负之情，总难忘意。死地能生，亡地能存，古人如诏我矣。此又一法也。夷考刘向《说苑》，曾有斗象棋无郑女之言，而杨升庵集谓《周书》及《隋经籍志》，均有日月星辰，暗寓孤虚冲破之理，决非将帅车马诩攻击荡泱之能云。然则创自何人，起于何代，言人人殊，又不得而知矣。总之，机变之巧，今人必胜于古人；微妙之言，知彼尤重于知己。从可知神游象外，俾消息以相生；意在于先，审虚实而递变。盈克竭而静制动，贪必败而怯无功，其理一也。余幼味棋局，苦乏师承，老息机心，自甘颓废，等林和靖心轻世事，自谢不能；似徐羡之性默寡言，常若弗解。劳情思则吴储发叹，招悔吝则抱朴兴嗟。久仰大名，尤推前辈，重违盛意，谨撰弁言，庶曲成者咸受夫范围，知言者不以为河汉乎！是为序。

甲戌夏五文学士梁嘉彬拜撰于香江旅次

## 《布局津梁二集》序[①]

战陈之道，曰攻曰守。攻其西南，排其东北，避其闲窕，击其劳倦。此攻之善者也。守则宜深沟高垒，急劫无惊。或下马解鞍，或偃旗息鼓，以乱敌之耳目。虽战略或殊，要须抵隙寻暇，临机应变，始足以制敌必摧，图功必克。以言象棋局势，得毋类是。吾友吴文英、罗君筹二君，曩以其所著《布局津梁初集》见示，嘱为题署。予受而读之，深佩其攻势凌厉无前，发前人所未道，欲图抵御，固已戛戛其难矣。今二君复殚精竭虑，举所以守之之道，续成《二集》。隐微尽示，奇正相生，诚所谓妙纵横阖辟之机，神出没生死之变者。昔子与氏有言曰，矢人惟恐不伤人，函人惟恐伤人。顾有矢人之巧者，未必兼函人之技。今乃主攻主守，兼擅胜场，羽扇纶巾，指挥若定，能不叹为观止？抑二君邃学槃材，有为有守，只出其余绪，亦复一鸣惊人若此，为之犹贤，安得以小道浅之哉？

壬辰秋日欣园主人序于香江

## 《布局津梁三集》序

百艺之兴，胥在于人。幸而有其人矣，然苟无所著述，则亦不能传诸久远。即以象戏而论，溯其源起，不后于围。徒以书谱湮晦，遂致数千年来，若存若亡，仅供业余之消闲，无当技术之研究。直至民国十数年，平阳谢侠逊君，始以历岁搜罗所得，编为《象棋大全》初、二、三集行世，斯艺至是乃大昌明。二十年间诸名家更迭有创获，每出旧谱之外。最近宝安吴君文英，以其甘苦所得之独见，及诸家实验之精华，编著象谱多种，均能超越前贤。而与南海罗君君筹合著之《布局津梁》一书，尤为钻研象学者不刊之典。盖不仅初学当奉为圭臬，即老于斯道者，审此而始恍然于向者得失之确有其故，诚具有科学之价值，绝非幸胜而不幸败，焉得不谓为旷古一大杰著哉？鄙人不敏，窃以谢君搜遗补逸，集旧谱之大成，吴、罗二君抉奥摘疵，启新知于来学，其有功于象界，实当并垂不朽。第旧者往矣，后终不再有增益，而新者方竿头日进，未穷所止。论其成就，似又胜彼一筹。《津梁》初、二两集关于当头炮、屏风马攻守之法，阐述无遗，出版后即已风行海内。三集则专论顺炮、列炮局势，益多发前人所未发。兹因即将付梓，承以序文见命。余既愧不文，而艺又拙劣，曷足以序此书？惟念从事于此，已四十年，幸睹其由榛芜而跻极盛，更喜是编之无美不臻，其于学者实足为南针、为宝筏，用遂忘其谫陋，僭参数言，以志欣慕之忱云尔。

一九五三年一月廿八日江苏仪征张宗俊毓英父序于扬州

---

① 该集也称《屏风马应当头炮专集》，由吴文英、罗君筹编著。

# 《传彭集》序

兰州彭高棋，名述圣，字明卿，生于前清同治甲戌（一八七三年），乳名甲戌子。幼而颖悟，异于常儿。初学象棋，出手便高。年方十五六岁，即将兰市二三等棋手，逐个击败，当时仅孙唐、刘番、陈八等老高棋（均见拙编《象棋随记》）勉强饶伊一马，以其年幼棋高，人皆以“尕高棋”称之（尕音ㄍㄚ，兰州方言，乃小之意）。君甫弱冠，技进一马以上，老高棋等亦经平垒屈其手下，遂与凉州高棋尕陈齐名（见《随记》）。尕陈能让之子，彭亦能让，河州喇老三银匠（少数民族，回教，乃河州第一高棋，亦见《象棋随记》），亦以半马双先败北，乃于尕陈而外，并服尕彭。（昔之尕彭，今彭老矣。）

彭老饶子之力绝强，其饶马盘面，固得力于古谱，而饶炮饶车及饶全士象者，则步武尕陈，寖渐脱胎演变以臻上乘，至余之饶子，又多效颦彭老，略得神髓（约七八分），故拙编《象棋随记》，谓补传彭之力有未逮，为其续貂则可，谓以自鸣，则非今所敢。当年对棋常赌彩不空戏，力不敌必乞让子，子且求大，咸欲保赢不输，罔敢行险侥幸，因遇饶马则千方百计企图兑马，饶炮则穷追兑炮，饶车亦然，是故饶子极难！然彭独量力而让，熟思以应，兑马则善施炮威，兑炮则擅藉马力，兑车亦不稍却，甚或出奇舍车，竟不复需，微特车、马、炮、卒随机俱灵，即飞一象，撑一士，动一帅，亦无不力支千钧，势挡半壁，恰如拳师一指，亦足破敌。此彭老枰间造诣，绝顶工夫也。

一九二七年谢著《象棋谱大全》来兰，余快获先睹，购得全集十二本（后又由沪托购一部，迭经转借散失，今无一存），执而就教彭老，经游目涉猎，当即指出第二集四卷竹香斋七十五局“车卒和士”谓应红胜（福建林幼如君亦于一九四〇年发现绝妙胜法，见石印本《象棋》专刊第二集），又指第三集某卷某局“车炮只士胜车双象”谓应正和（林君亦于一九四一年刊入《象棋》专刊第三集之《剖橘刍荛》中。连同前局彭、林先后发现，媲美映辉，英雄所见略同，谢君虽仍旧贯，未加改注，然智者千虑，必有一失，况其一人之力，集古谱之大成，厥功至伟，兹事维艰，不当厚非也）。更指谓某处评有未尽，某处注有出入，随披随谈，历历如数家珍，予惊叹其妙悟神速，问其所以，则告以上述两局早在廿余年前（距今五十年矣）伊即于枰间取得经验，其正应与变着，莫不深刻熟记，是以一目了然，不足为奇。至如集中之《橘中秘》《适情雅趣》《百局》《竹香斋》四谱，固属当年杜门三月备经钻研之书，其技进一马以上，端赖此四谱启蒙之功。其象棋学力略如是。

自见《象谱大全》，藉知沪上有万国象棋会之设，谢君以我国象棋权威身份参与观摩，融会中外，发扬国粹，于是彭老闻猎心喜，高瞻远瞩，欣然北上，思遍游京、津、沪、宁，会各地名手。既至北京，与京津诸大名手对垒经年，未遇能出其右者。旋值一·二八事变发生，未果南下。返兰后，主持象坛评比象赛两次，继设象棋研究室于隍庙，邀余佐助，以艺会友，启迪后昆。及今兰市棋风綦盛，后起之秀日繁有徒，象艺水平普遍提高，多赖彭老大力倡导，方兴未艾！彭老不独棋高，寿亦高，今年整八十岁，犹且精神矍铄，迥异常人。悬牌逐日手谈两局，然遇表演员请益，公必诺，不吝教，历时虽久无倦，实寿而康，士林称公为皋兰人瑞，洵非虚誉。

一九四七年，公七十四寿辰，予上贺寿诗一首。兹节录之以充实吾序，句云："……天生非常材，彰之必至臻。必使有所传，万世不湮沦。象棋我国粹，钟君作凤麟。二十名初高，赫赫震四邻。三十方豪壮，卓卓黄河滨。四十五十间，蒸蒸驾昆仑。六十益豪迈，北上游平津。平津诸名手，当之莫与伦。及归主象坛，局阵就雅驯。智囊齐奋发，邀余佐翱振。弱者让一车，出奇舍双轮。或让全士象，空城镇九垠。稍强能让炮，恃马若麒麟。兑炮必多卒，连环八面巡。惟此三让法，匠心独运斤。不见于古谱，今说始细组（贾君题韬《象棋指归》中始见饶炮四局，饶车一局，而凉州高棋尕陈及彭老此种盘面早经创格，且二人极盛时代竟无敢乞让马而与之对者）。尤强亦让马，炮威靖塞氛。双车横协肋，心腹骇翻翁。静如处女待，动若脱兔奔。退守思严阵，进攻视密援。推我对平局，持衡辄忞忞。于此叹观止，难以语钝惛。绝技近乎道，应是寿之魂。伟哉谢侠逊，全谱绣乾坤。大哉贾题韬，指归启后昆。虚怀都若谷，揖让国手尊。我为补阙遗，树此老彭磻……时代巨轮转，潮流大海腾。国手共踌躇，同君正及辰。君则棋国手，譬诸秉国钧。拨乱以反正，操危而虑深。思维应万变，妙理允官申。助君正象谱，象战象和平。公之亿万世，永为神州珍。此愿会须偿，假我两三春。终愿多君徒，一归天下仁。"

助君成谱，固我夙愿，其奈琐琐谋生，羁于俗务，年复一年，自顾不遑，且思著谱，谈何容易？古之作者无论已，今则整理旧谱，不遗余力，寝□于斯，垂三十年者，平阳谢侠逊也；家学渊源，艺文兼优，神童而国手，尚以"廿年卧薪尝胆"为誓志者，福建林幼如也；指归论段，险语赌头，艺冠华北，局胜棋王，犹且深自谦抑，谓须"假以十年，始克言及著述"者，赵城贾题韬也；积"二十年枰场之经验"，备"十余年之汇稿"者，厦门周家森也；又如李君志海之等身独著，粤东三凤之并力合作，与夫其他诸名作家之惨淡经营，莫不踌躇个中，甘苦自知。反求诸我，都付缺如，而彭老本人，尚惭不足，转念欲趋博大，自不免多陷困难，如前述诸贤之伟大成就，视吾彭老耋龄，业已后来居上矣。设就简要，则难一鳞半爪，公之于世，其为贡献同也，于是传彭遂决。

今夏病中，毅然著手，前三局分寄林君幼如、李君志海各一份，旋林君覆函，略谓"首局与一九五〇年四月香港出版朱铭源著《象棋春秋》中之'车炮士相全胜单车士相全'一局同，二三两局亦由拙著……中刊出（见前节）然发现之早，仍以吾彭老为最，着法虽简，惟尚扼要，殊有价值也！其第四局及以下之续稿，敬盼早予惠赐，谨当恭刊传世，以为后学津梁……"云云。余以手边无谱参考，在疗养院中仅凭个人之回忆追记，两局图势层次与《象棋大全》所刊略异，着法亦诚然均简，惟尚扼要，乃再函请林君以二三两局系廿五年前因见《象棋大全》照旧刊出未加改注，彭乃告我，当曾函询谢君，未获答覆，实则连同首局均早在五十年前彭老即由对局中取得经验，肯定其为胜为负抑为和局。据悉当年未尝阅谱预见，而系饶子赌彩时逼出之着，不意竟与诸谱吻合，亦云巧矣。准此，则阁下之发现实后于彭者数十年，且彭老所见尚较正确（失言），愚意仍应刊入彭集传世，勿致湮没厥功为是云。林君因又将其旧拟“举鼎争功”中之两种变胜着法详细抄示，实与彭老所见并无二致，余乃大惭！深悔失言，益服林君心细于发，不愧与彭老媲美也。

兹吾传彭所拟内容大体可分四类如下：

一、近局：凡书“对某君”者属之，此类复别为二种，一则仅记当时着法，实录而存其真；一则另予扩充广大，加演而著其变。

二、夙枰：大都早年饶子整套对局（部分有所师乘步□尕陈，部分彭之心得），不记对方谁氏，此则或由彭老口述笔记，或由我回忆追记。

三、残阵：无论近局、夙枰，其纪录不全，仅有阵势之残部具有玄妙精采者均属之，此则大都实际对垒之遗迹，偶有意构者亦入此类。

四、漫评：新旧诸谱，容有出入异同之处，拟量力搜罗涉猎，分别予以指疵、驳谬、质疑、求是，以免有误后学。（即一星半点，随见随评亦可，不必囊括无遗，强作解人，盖彭老毕竟年迈，勿致过于耗神，余亦非健康者比也。）惟须陆续得谱，此愿尚乞假年，俟诸异日，暂付缺如耳。

吾甘士林父老，多谓我省百事落后，惟独象棋特高，彭老尤著，余亦半生嗜此，传彭责无旁贷，每加勖勉。林君幼如、李君志海、胡君兰荪、孙君经存均系发扬国艺而慕彭者，往返通讯、教诲鼓励促成之德，并此志谢。是为序。

一九五三年十二月兰州王和生谨序

## 《象棋界》第四集序①

### 卷头语［序一］

象棋是我们伟大的人民艺术之一，多少年来，它流行在广大人民之间，被成千成万的人们爱好着。它不但能启发我们的智慧，锻炼我们的思考，而且能端正社会良好的风尚。

最近首都“劳动人民文化宫”已成立“象棋组”，聘请高手多人做工人象棋指导，可见人民政府多么重视这个伟大的人民艺术的遗产了。

① 该集由许弼德、冯锦诸合编。张氏所藏封面有“张毓英象棋同志惠存。许弼德，2/4/1955”字样。

许弼德同志、朱铭源同志，是现代棋坛的明星。许同志提倡象棋近二十年，大江南北许多报纸杂志都刊载过他的杰作近数十种，作品及理论的精妙，凡是看过的人都是知道的。他曾提倡集体研究，鼓励后进。他曾发明“排局”，把残局分类，分析棋局入微，著有《排局指南》，给后学指出门路。又把棋局分为“四部曲”，而每部曲又分类分组，使人感觉有“曲径通幽”而到“别有洞天”的境地。

许同志对象棋的系统分析，是他独到的地方，书中作品是一证明。这是棋坛上一大收获，是不能否认的。

我对象棋非常喜爱，对提倡伟大祖国文化之一的象棋，更是表同情与拥护的。

一九五三年十二月 张德华序于首都寓次

## 序二

自抗战时期起，年年报上、书上、刊上，执棋政不停者为象棋同志许弼德，余亦因见其所编棋刊而与订交，此后屡承其启导而彼此交流经验，互相钻研。许同志于棋，平素提倡业余与集体研究，每逢表演，辄能吸引群众，诱掖后进，其所最擅者为精巧的玄奥之理论，引人向往而深入人心。例如排局一门，世人久视为残局一类，独许同志首喊排局口号，纳歧途入正轨，著有《象棋指南》《排局指南》与《象棋学习理论》三大篇，次第问世。兹以《象棋学习理论》内要文载于《象棋界》四期，以飨读者。其所独到之处为分析象棋成份，分门别类，有条不紊，诚光明大道之锁匙也。棋局方面应有尽有，其出色者有法则局、中局、杀局与让变马分类等。《象棋界》四期另一编者为朱铭源同志，朱同志青年英俊，博学多才，自少即与许同志共同研弈，余亦因许同志介绍而与订交，知其擅于对局、排局，尤长于开局，有“开局圣手”之称，在拙编诸报棋栏时亦时承其襄助甚多。而朱同志自从移居香港后，棋技精益求精，成为现代第一流棋家，尝自著《象棋春秋》一书，又与吴西都同志合编《象棋界》第三集行世。在港除对局外，备有象棋图书馆供人阅览，今以《开局心得编局》载入《象棋界》四期，其提倡象棋之功亦复甚伟也。今《象棋界》四期即将筹备完毕，不久出版，余喜其内容之丰富精彩，而编者俱为余道义上之素交，故特慎重介绍如上，以为是书之序焉。

一九五三年十二月 王正明永和序于江苏昆山

## 序三

象棋为智慧之游戏，可以启发思想，可以涵泳心神，若就广义言之，更为一种良好之“智育”，可与“体育”相辅而行。故时至今日，广大人民对象棋咸加爱好，以为大众化高尚娱乐；棋风之盛，超过往昔，殊非偶然。

吾人既以象棋为娱乐，则应力求象艺之精到，方可深得其乐。盖象艺玄妙之处，有似贝阙珠宫，仅涉门径者，其趣尚浅，升入堂奥者，其趣始深。试观一般高手对弈，聚精会神，勾心斗角，始终逸兴醰醰，即为彼等已深获《橘中》真趣之表现。吾人如欲臻此境界，则当以阅读棋谱，简练制订为不二法门。

今者《象棋界》第四期行将问世，此即为有意研究棋谱者最合理想、最切实用之善本。余为此论，决非有所夸张，因此书编者系许、朱二位同志，一为象坛名宿，一为棋学专家，通力合作，固属“美具难并”；主要者仍因其内容包罗万象，举凡各地高手对局、全局、开局、残局、新奇排局等，罔不载列，更有特色之点，即其“理论”丰富，以美术化之著作，为科学化之分析，注重宣传与解释，迥非他书一味着法及棋图可比，是以余深信此书出版后，对于爱好象棋同志定有伟大之贡献也。

余学殖荒芜，艺尤低拙，蒙编者不弃，驰函属序，自顾简陋，宁足当此？顾重违雅命，且以乐观此书之成，爰缀数言，聊抒管见云尔。是为序。

一九五三年十一月杨剑虹谨识于镇江

## 序四

世间学艺，弗论巨细，欲其精造通彻，舍萃毕生心神与之融合为一外无他由，吾于古今中外诸学者之发明与成功得证明焉。夫人间学艺，其至奇而至隽者，吾于象棋为之叹止。盖棋者，数理之发乎形而见于物者也，观其运子布局之妙，错综复沓，实融合哲学、心理、兵法、人事于一炉，是以好之者众，洵民间无上之文娱也。惟一般棋家，文化低落，欲求其有著作传授以教诲后学者，有如凤毛麟角，平生所往远而熟谂，能致力于斯者，吾于老友谢宣侠逊外，允推许氏弼德兄为最。之二君者，先后主编上海《新闻报》棋栏，执棋坛之牛耳，皆予廿余载之老友也。当一九三二年，氏在厦大肄业时，即嗜之擅之，一九三四年氏来沪，任职中南银行，与予由神交而识荆。氏心直言爽，貌秀文英，其排局之奇之速之精之确，最使予心折。之二君者，非皆萃毕生精力于象艺，所谓心神与之合二为一者欤？故能所造深邃，穷泄蕴秘，予德其能流传后世，为来者造福，故并称之。予于象棋虽未深造，但向往之心，亦随日而增。一九五一年余来穗后，遇有余暇，即与高手会益谦兄谈弈，以资进益，于称道谢、许二氏之提倡，为棋界之巨星，造福学者，厥功至伟，意见皆不谋而合。今闻许氏继编《象棋界》第四期，爰书所感，以为之序。

一九五三年十二月 经安邦书于番禺旅次

## 序五

象棋一艺，风行全国；工农商兵，无不嗜此。其间提倡最热烈者，首推沪滨。其初由平阳谢侠逊氏在报端极力鼓吹，并编《象棋谱大全》等书。于是象艺飞跃猛进，成为人民普遍欣赏之艺术，为以后象棋之发展打好基础。

许弼德同志、吴西都同志、朱铭源同志，为继续热心提倡象棋最杰出人才，著作极多，誉满南北。如《象棋界》第一、二两期由吴、许主编，第三期由吴、朱主编。爱好象棋者，多人手一篇，视为珍宝，用心研究，孜孜不倦。

惟第四期因故停止出版，棋迷念念不忘。忽忽年余，今始由许、朱共编，继续出版，诚吾侪福音也。

语云：鸣声不在孤掌，众志可以成城。许、朱、吴同志既启道于前，我等应亦步亦趋，热烈拥护于后，赞助宣传，使其印象深刻存在于棋界中，绵延无穷，永垂不朽。我于此谱有厚望焉，我于此谱之编著人亦有厚望焉。是为序。

一九五三年冬至日 孙经存作于北京文化宫

### 序六［自序］

我为职业生活所限，虽弈棋多年，薄负虚名，终以未窥到顶峰为憾。惟素喜研究象棋规律，及排演棋局，历年未辍，积稿不少。去年冯君锦诸曾劝出书，因事未果，今秋冯君复重提此事，且商朱铭源君共同编辑。因为罗致各方稿件，公开旧藏棋局，复贡献心得理论，合编为《象棋界》第四集一书。是书之出，固冯君敦促之功，第因象棋深奥玄妙，非薄技如我者所克能保证其完善不误，尚希阅者不吝赐教，以便作将来改进之参考。

一九五三年冬 许弼德识于上海镇宁路渔光村一〇六号

## 《布局津梁集四》[①]序

### 序一

反攻马与单提马局势，旧谱中颇不多见。惟名家之对局，则所在多有。虽稳健不若屏风马，雄悍不逮顺列手炮，然而出奇制胜，亦别有其进取之途，未可以其不行于古而忽之也。抗战胜利后，反攻马且尝一度风行海上，使用之多，远过屏风马与门炮局。后虽盛极而衰，然时至今日，仍不乏擅用之者。锦祥自习象艺，恒以顺手炮与屏风马为抵中炮之利器，于反攻马与单提马局势殊少应用，亦殊少研究。故每于对局时，遇人有走此者，辄感应付维艰，想初学者当有同感。近年时读海内外名家对局，于此等局势，已略知一二。然犹以未得有系统之概念为憾。拙编《象棋春秋》，亦仅能就其所知，略加演变，对于初学，殊不敢言供献。吴文英、罗君筹二氏，著作遍海外，盛誉播华南，尤以擅长开局著闻推重。承以四集《反攻马单提马攻应专集》原稿见示，深觉有裨后学，

① 该集又称《单提马反攻马专集》，吴文英、罗君筹编著，1954年象学丛书出版社出版。

殊非浅鲜，用特略志数言，以申仰止，并告世之同好者。

甲午春日厦门白锦祥识

## 序二

我国象棋，自唐时发展为三十二子之阵形，推行渐广。明末清初《橘中秘》及《梅花谱》先后问世，示人以攻守之规模，乃益宏其艺事。民国以来，得谢著《象棋大全》普遍宣扬，而后穷乡僻壤莫不知量力以谋进退矣。

今者吴先生文英、罗先生君筹，更循科学方法，将各种棋阵演变求详，以其自撰局谱为主，旁采古今棋谱及名手对局之资料，分编条理，著成《布局津梁》，以为习弈者之助。

吾谓书名"布局"，谦解也。"津梁"，亦自下之意耳。此书出，而攻守之势新。此书出，而事物持衡之理见，而进退优劣之因果昭然。钻研其书，秉其势以临万变，宁有制敌而不摧者？国手可几，贪懦知止，游艺而进于道矣，岂徒为初学之津梁已哉！

书至四集，既欣睹厥成，愿犹有不能已于言者。年来象阵纷纷，棋风日盛。而各地赛规，颇难划一。一照一杀，或谓和而或谓不和，捉二捉三，徒沪例则又违港例。走子之时限无定，判和之条件不明。再加枰裹交锋，志期夺帅。子弱犹可无害于和局，然则开局二先，后手者亦有谋和之望乎？又如棋力差别，前有谢侠逊氏之《九级》论，后有贾题韬氏之《七阶段》论，近有林养刚氏之《九段及高段半先分等》论与郑德丰氏之《四条件入段》论。以上所陈，均愿以何者为合理，亟当加以讲求。《津梁》作者，明辨而艺精，有望贾其余勇，为棋界研得结论者，一也。

本书今出版至四集矣，编局既全，津梁已济，读之者以布局之道大备于斯，次之以为攻守之圭臬，取势之奥窍。犹之被坚甲而执利兵，有所恃而无恐。然吾方读《津梁》初集时，排之雄悍。今阅四集，乃知单提马与反攻马，亦堪利用灵活之炮路，而予当炮以严重之威胁，安知作者非尚有其他局势及绝妙诀着而藏为独秘乎？是则将视《津梁》五集之问世与否而后知者，二也。

此书四集，以单提马与反攻马为主，观其车炮灵通，双马稳健，士相圆活，子力配置平均而呼应无阻，耗敌觅兑之机会良多，右单提马则迅进，左横车而发右炮反击，反攻马则保留屏风变化之余地，共五十局，二百零八变着。其精彩出奇之处，更胜以前三集。可异者，集中独缺左单提马应着，其终不能抗当炮耶？抑故秘不示人，此愚欲代表读者致询者，三也。

《津梁》问世，弈理朝宗，象棋从可进入由科学方法研究之阶段，固不独吴、罗二先生之宿愿得酬，而亦我棋界全体之荣也。是为序。

癸巳冬月醴陵文少可序

## 序三

《布局津梁》是国手吴文英、罗君筹两先生的杰作。它具体的意义，就是指示我们广大好弈的群众，对于象艺进行有科学系统的研究，找出它各种局势攻守变化的规律，及战略战术技巧各方面的问题，获得正确认识和看法。以自我教育方式引起读者努力学习，提高象艺的水准，发扬优美的国粹。在时下出版书谱当中，可算是诱掖后进的良好教材。

书的内容，局势概论和演变等法并重。用概论来支配着法，用着法来证明概论。每局的终结复附有总评，指点局中变化的纲要，每局的本变各着又加以注释，分析详明，使学者可以收无师自通的效验。故出版后，海内外诸贤均给他好评。从这些群众来观察，就可以证明吴、罗两先生的作品，立场优越，观点正确，思想高超。艺术性的优美，理解性的透辟，确具有一种吸引和颠倒许多读者的魅力。现在第四集（《单提马反攻马攻应专集》）将出版问世，它的材料丰富，局势新颖，理论详明，着法奇特，当必更胜前作，值得我们读者先给它一个莫大的鼓舞和欢迎。

甲午年春吉林棋痴于庆龄序于松花江滨

# 《残棋例典》序

弈之残局，战之残兵，一也。残棋未能定者也，残兵未能败也。有曹大夫之谋，有刘文叔之略，指挥之，进退之，则能小许以敌大许，鼓气三竭，战象走林，长勺克矣，昆阳捷矣。弈之为道，何莫不然？有弈秋之名，有橘仙之智，则偏师可以制人，单骑亦能破阵，是岂偶然哉？在善用之而已。余友罗君筹，湛精于弈，所著《残局例典》，余三复观之，喟然叹曰："神乎！神乎！技至此！"不敢作枕中秘，于是序而存焉。夫长安似弈棋，古来兵战，所谓置之死地而后生，置之亡地而复存；如是残局能使之不残，不残之棋或甚于残；俄而壁垒一新，俄而全军皆没。赤壁之师，孙能胜曹，淝水之役，秦为晋败，此一例也。渔阳鼙鼓，动地惊天，邑罕坚城，军无斗志，车辇蒙尘，社稷将覆，汾阳孤忠，收拾余烬，一战再战，终复两京，歼厥安史，又一例也。徽钦北狩，高宗南渡，剩水残山，军孤气寡，鄂王勤王，一出奇兵，斩将搴旗，驱除女真，奠定临安，又一例也。土木之变，北都震惊，忠肃闭城，不议南迁，运用奇谋，以寡敌众，也先气夺，英宗得归，又一例也。余以兵战之例棋可乎？罗君其许我乎？且也孙子多算，用兵之术也，诸葛谨慎，行军之典也。多算则即墨弹丸，一夕而全齐可复；不慎则秦师于崤，匹马只轮无返。一成一旅，少康可兴；九攻九守，墨翟不穷。例典之要，意在斯乎？意在斯乎？同志诸君，其有以告我。

辛丑年三月黄秋士序于香江之逸庐

# 《残棋例典》序

南海罗君君筹以文章、法律鸣于时，而其象艺尤称卓绝。曩病古今象谱不载开局之法，曾与吴君文英合编《布局津梁》，以嘉惠后学。出版以来，风行象界。近又本所心得及历年经验，择其有关实用之残局，成《残棋例典》书。今春先以初集问世，过蒙不弃，远道见贻，披阅再三，觉其包罗宏富，分析精严，诚为不刊巨著。合之《布局津梁》，可谓源流具备，本末兼赅，象谱至此，乃云无憾。虽中局变化至多，难穷究竟，然使善学者由此而熟玩，深思类推，隅反于其攻守之方，胜负之数，亦思过半矣。盖凡棋至中局，胜负虽未即分，强弱或已看到。势强者鉴于此书得知如何可合于例胜，或巧胜以制胜；势弱者鉴于此书得知如何可合于例和，或巧和以守和，则于审势兑子之际，胸有成竹，未雨绸缪，见可而进，知难而退，必不至于失算。余敢云，君之是书，语其名，虽若仅为残而作；语其用，实不待至残棋而始见也。不揣不敏，谨题数语，海内明达其亦首肯斯言？

# 弈林文抄

## 都门张孝钧函［象棋通信］①

谓存有《适情雅趣》全书一部，共十册。内有胜局五册，约三四百局；和局一册，约五十余局；着法二册，全局二册。细绎《橘中秘》全局，似由其书蜕化云云。

载六月二十九日《时事新报》

## 武进吕诚之函［象棋讨论］

（一）

真求象艺精进，全局较残局为用尤大。《梅花谱》从无印本，数年前乃有所谓二友书屋者，石印行世，错误叠出。民国八、九年间，黄若虚主敝乡《武进日报》，曾将家藏抄本《梅花谱》手校，属其刊载报末，旋即中辍。敝处所藏《梅花谱》格式与贵报所刊者小异。贵报所称为“编”者，敝处称为“局”；贵报所称为“局”者，敝处称为“变”。其体例与《橘中秘》同。又，敝处抄本于先胜之局，称为得先；让先胜之局，则称让先，亦与《橘中秘》同。弟所校勘则于旧称得先者，改书先胜；旧称让先者改书让先胜，似亦较善。此谱现行刻本，既伪谬已甚，今虽附刊报末，而重刊单行本，将来必不容已也。

载七月二十三号（六月十四日）《时事新报》

---

① 张毓英所藏《时事新报》弈林资料，系其手抄。当然，由于关注不同，手抄内容详略不一。在抄录本的前边有段抄录者注：《时事新报》所登，除象棋对局外，尚有其他二栏：一名“象棋残局”，逐日所登棋势，名“象局汇存”，云系上海顾鉴秋藏本刻，所登系《第三编》；一名“象局讨论”，系与各地棋友商榷象棋函稿，今日所登鄞县冯友笙来信，谓家有《烂柯神机》，正在校定中。按，抄录者没有标明所抄报刊年份。

《时事新报》前身为1907年12月5日在上海创刊的《时事报》和1908年2月29日创刊的《舆论日报》。前者主编是汪剑秋，后者主编是狄葆丰。两报于1909年合并，定名为《舆论时事报》。1911年5月18日改名《时事新报》，由汪诒年任经理。清末时，是资产阶级改良派报纸，宣传立宪政治。辛亥革命后，成为进步党的报纸，随后又转为研究系的喉舌。在第一次国内革命战争时期，反对国共合作，反对中国共产党领导的革命运动。1928年冬，张竹平、汪英宾等购得此报产权，张竹平任总经理，汪英宾任经理兼总编辑。1932年与《大晚报》、《大陆报》、申时电讯社组成联合公司（简称“四社”）。1935年报纸产权转让给孔祥熙财团，1937年11月26日迁重庆出版。1945年9月21日在上海复刊。1947年3月21日起改为晚报。1949年5月27日停刊。共出14785期。

（二）

我国象戏起源甚早，而象谱之散佚者亦甚多。即贵报“象棋栏”所载四方通函及著述观之，已可见其大概矣。案《橘中秘》一书，旧但知为明崇祯间物。近读顾君鉴秋所撰《象谱丛谈》，乃知别有一专言。全局之书名《金鹏谱》，成书远较《橘中秘》为早，卷帙亦较多。得此说后，覆观《橘中秘》序例，则序所云：多所发明，更以新意点缀，暨凡例二、三、四、九、十诸条，均足为其根据旧象谱之证，而其书中评语足证明其有所根据者亦甚多。又凡例第十一条云：全部四卷。一卷、二卷全局，三卷、四卷残局，卷帙并无舛错。夫全书局数目录既已详刊，何待凡例更为声明？所以必更声明者，正以书经删略旧谱而成，而卷帙远少于旧，恐人睹其少而疑其有阙也。此尤顾说之坚证矣。

坊刻象谱残局某种首叶署有“金鹏变法”四字。此等刻本虽系坊贾所为，题署亦必有所承，又可为顾说一证也。又《橘中秘》卷首歌诀，《韬略玄机》及他坊刻象谱皆有之，其为辗转相袭无疑。然必推求其朔[溯]，则尚在《橘中秘》以前，非撰《橘中秘》者所为也。何则？此种歌诀计有五则：当头炮、一士角炮、二飞炮、三象局、四破象局五是也。以全书核之，仅顺炮、列炮诸局可云与当头炮歌诀相合。此外，惟破象局合若士角炮局、象局，只有见破、初无破人著法，与歌诀不符。飞炮着，则全书无之，而破当头炮之屏风马等，则又为歌诀所无。初疑士角炮、飞炮、象局亦有致胜之着法，为撰《橘中秘》者所删，继观其士角炮诀下注云：“存原语多不合，俟改”，乃知此项歌诀与撰《橘中秘》者所根据之谱业已不同，殆其歌诀尚在其所根据之谱之前。故《橘中秘》着法又多为歌诀所不具也。此尤足见象艺起源之早、象谱散佚之多矣。

载七月二十四号（六月十五日）《时事新报》

（三）

现今象棋全局着法合《橘中秘》《梅花谱》两书观之，可一言蔽之曰：以当头炮破各种着法，以屏风马破当头炮而已。推想象棋着法之演进，似乎起初由士角炮、飞炮、象局诸法递用，逮当头炮一出，而诸法悉破，大有所向无前之概。最后乃又得屏风马以破之也。象戏进攻，贵乎迅速，以当头炮与士角炮、象局等比，诚有擒贼擒王之势。而屏风马着法，深细绵密，善于乘虚，深得以静制动、以柔克刚之妙。演进之步骤，固当如是矣。

今日象谱传世者，极为寥寥，其散佚不传者盖夥。然其零篇断简散在四方者实亦不少。姑就见于贵报者计之，则谢君侠逊所译有西人葛麟瑞所藏《象棋残局》；所收藏者，有大本《韬略玄机》两部，与沈君先照所藏全部八册全局四册残局四册者，未知合否？潘定思先生所著及所藏除《残局汇存》《适情雅趣》业经贵报刊布外，又有定思所学《象局》一册、吴兆龙《象谱》一册、《石杨遗局》一册、《象棋零拾》一册、《校注橘中秘》全部；顾君鉴秋所藏则有刻本《竹香斋象谱》一百九十六局、抄本《乐在其中》残局四十二局。冯君友筌所藏则有《烂柯山棋谱》四册，而据冯君所云，则《适情雅趣》全部实有十六册，韦君幹英所见则桂林《陈氏谱》二百余局，许君群思所藏则有全局谱四册（此书许君未言其名，然据其所述其着法，有以兵三进一起手者，为《橘中秘》及《梅花谱》所无，极可珍贵），凡此皆十九犹存。而以鄙人所见所闻，出此之外者亦尚有数种。若能搜辑汇刻，实足为前此精于艺事者昭悬万古，亦足为国家艺术增光也。

载七月二十六号（六月十七日）《时事新闻》

## 上海商务印书馆弈禅室主函［象棋讨论］

阅张君毓英、傅君荣年讨论象棋比赛每着时间之函件，窃以为张君之论，未可以为非也。盖天分与学力不同，而其成功则一。天分卓越者，固可睥睨一切。而学力工深者，亦足登峰造极。有清一代之弈，首推施、范。范随手而下，落子毕则鼾然卧；施则敛眉苦思，或日昳未下一子，但海内皆推第一。施名固不亚于范，何则？天分与学力同，难能而可贵也。且闻东瀛高手之对弈，或数日始终一局，或悬隔经年重复对垒，又相持数日，始终一局，其算路之不苟如此。象与弈其道虽殊，其理一也。今以上述之例，律之象棋比赛，时间每着以三分为限，否则作败北论者，似乎太不郑重，将事悖乎棋经多算胜少算不胜之旨矣。窃意以为象棋比赛之时间无限制之必要，一以最后之结果为胜负之判断也。

载八月十三号（七月初六日）《时事新报》

## 谢侠逊注语一［象棋讨论］

按屏风马破当头炮诸局，古谱中只有直车破法，并未有横车着法。上年余特演横车着法多局，又林君奕仙善用当头炮，与余对弈，渠终不能胜。去年本报所登拙撰《弈话初编》，曾论及之。至兵七进一起着诸局，上数年仆与张君锦荣对弈诸局，多用此着，曾刊载《时报》上。盖此项着法在对手棋子最为妥当。敝处曾有抄谱，计仅九局，多正官和。此实上乘着法，现仆所取材多系短兵接仗，针针见血，即系引人入胜、由浅而深，合应声明。

载八月十五号（七月初八日）《时事新报》

## 龙岩章竹斋函［象局讨论］

象局登载方法主张不一，或主杂志，或主旬刊，或主日刊。仆谓旬刊之保存，不及杂志之便，而销售亦逊日报之广，当作别论。若杂志与日刊则各有刊行之必要。盖日刊虽零星，易致散佚，而有日知所无之妙。杂志虽出版稍苦迟缓，而可集大成之观。所以鄙人主张，一面照旧逐日刊登，一面汇成杂志按月或按季发售。或嫌重复刊布，未免讨厌，不知如《适谱》一书，久以已刊载报端，而要求另刊单行本者，尚指不胜屈，于此可见汇刊杂志，大家心理必不厌其复也（如已刊行杂志，便不必另刊单行本。盖单本范围较狭，不及杂志之有趣味也）。且杂志与日刊体例亦自有别。日刊不妨尽量开放，有闻必录；杂志则须严格选择，以精为贵。日刊所登不必尽列入杂志，而杂志内容亦不必尽取材于日刊，是则虽复而自有其不复者在也。

载八月二十六号（七月十九日）《时事新报》

## 谢侠逊注语二［象局讨论］

查上海万国棋会藏有《象棋沿革》一书（纯英文本），内叙欧西诸国所有诸象子沿革、形状甚详，并太古时代象棋样式。

载八月三十一号（七月二十四日）《时事新报》

## 龙岩章竹斋象子七咏［象人杂著］

（将）河山割据两元戎，界划分清镇九宫。太息功成枯万骨，《橘中》空自说英雄。

（炮）两军对垒阵初开，起手当头大炮来。漫道中军多护卫，一声霹雳尽成灰。

（兵）黑红种族竞生存，世界谁能废此兵。上阵劝君休落后，黄河飞渡好纵横。

（相）置相从来左右分，眼钉要拔记前闻（借用丁谓典，暗指相眼）。英雄本自田间起（相作田），何必读书始建勋（反用《宰相须用读书人》语）。

（马）日行千里自奔驰，一到成功阵势奇。我有背嵬能斫足，连环拐子破胡儿。

（车）纵横壮志本飞扬，蜗角河山孰敢当。莫道覆前须戒后，荡平功绩岂寻常。

载九月十九号（八月十三日）《时事新报》

## 谢侠逊通信［象棋通信］

年来敝报登载诸象谱，及潘子旧校诸谱，现可刻行者计有六部：（一）《适情雅趣》，（二）《象局汇存》，（三）《弈话》，（四）《烂柯神机》，（五）《橘中秘》，（六）《梅花谱》。查吾国各书局旧刊诸象谱，印刷既劣，错误亦多。潘子定思生前深以为憾，曾嘱如有新出象谱，首以改良印刷为第一要义。现各处函催出版者颇多，究竟上项诸谱应如何处置，诸乞同志酌夺，并盼赐示。

载十一月五号（十月初一日）《时事新报》

## 香山曾展鸿函［象棋通信］

谓曾介绍广州著名象手钟珍君往与安南人弈（钟象艺与曾不相上下），系掷巨彩。钟胜五千余金。该处亦有象谱多种，均安南文字。谢侠逊谓云南杨礼源亦曾与安南人对弈，杨获胜云云。

载十一月五号（十月初一日）《时事新报》

## 谢侠逊函［象棋通信］

谢侠逊谓吴门潘定思生前著作甚多，所有杰著均录在日记簿内，拟请其子俊龙遂一代为搜集，一便刊登《象人杂著》栏内，昭垂不朽。

载十一月十一号（十月初七日）《时事新报》

## 谢侠逊出版棋谱启［象棋通信］

兹拟将年来登载诸局印刷成书，先发售预约券，预约时期拟定阴历十一月二十日止，准定年内出书。至发印诸书计分五种：（一）《适情雅趣》，（二）《烂柯神机》，（三）《梅花谱》，（四）《象局汇存》，（五）《象局集锦》。以上诸书再逾一月均罄，便可付印。鄙拟《柯谱》请冯君友笙一校，《梅谱》请马君海洲一校，《象存》请顾君鉴秋一校，《集锦》及《适谱》由弟任之，兼总其成。所有海内外诸同志，如荷赠序题跋，悉请阴历十一月十五日以前寄沪，以便排印。至印刷一事，决以特别精良为第一要义。至《适谱》一书，决采用潘子定思遗本，外加补遗诸局。其全局着法，与《橘中秘》同，拟概行删去。并拟将敝报前登《弈话》及《弈乘》各稿，另印单行本，随预约券分送。总之，此次印刷诸象谱，系应各诸同志要求，并可使象谱集其大成，不致散佚。其预约券只收纸费，不与坊间渔利者可比也。

载十一月十四号（十月初十日）《时事新闻》

## 谢侠逊附注［象棋残局］

仆足迹几遍各行省且及国外，而象艺同志能别具卓见，且多具有惊人妙着，最为仆所心折者，首推永嘉林君奕仙，次为镇江周君焕文。林君有芙蓉癖，宿瘾未酣，间多漏着，是其弱点。上列诸局，是林君生平杰著，不可多得。且林君自入春以来，病卧沪寓，今犹气息奄奄，存亡未卜，情殊可悯。仆以爱才心切，每为供给医费，以不世出名手遭时不遇，可慨也已。

载十二月二号（十月二十八日）《时事新报》

## 答请同志质疑[①]

赵景南先鉴：

台函敬悉，乃蒙揄扬，倍觉汗颜。弟当竭力作去，一洗世人轩弈轻象之耻。《让先秘谱》已出版，交邮寄上三册，其一仍转交张君毓英为托。（吾）

载 1928 年 10 月 8 日《天津报》“弈萃”

① 清末，天津商会创办《天津报》，后更名为《天津商报》，首以开通商智为务，联合商界振兴商务为宗旨，以冀互通声气，共同进步。天津报业，清末为萌芽期，以《大公报》的出现为代表；1912—1927 年为发展期，这是一个民主时代，新文化思想被接收，以《益世报》为代表；1928—1937 年为繁荣期，出现与国际接轨的先进新闻理念和操作方式，以《庸报》和《天津商报》为代表。《天津商报》国内的“购阅者为数甚多”，不仅深受国内各地商会欢迎，而且也得到国外商界的关注。按，《天津商报》资料系张毓英剪报，多以象棋对局为主。

## 苏宝图致钱梦吾函［新同志来函］

梦吾先生台鉴：

敬启者：闻大名久矣，虽同处津沽，近在咫尺，而久未得晤芝宇者，实因识荆无路，故未敢造次言及也。昨阅《商报》象棋栏内启事，略谓平津名手假本埠法租界福禄林饭店比赛，欢迎同志参观等语。当即抽暇往观，乃得面聆先生及诸名手教益。并悉先生与顾水如先生有围象棋研究社之组织，提携艺术，钦佩之极。

溯自先生在《北洋画报》设坛说法时，鄙人即订阅该报，从事推求。后棋坛移至《泰晤士报》，鄙人乃舍《北洋画报》而订《泰晤士报》，旋又将棋坛移至《商报》，鄙人又复订阅《商报》，并为广介绍于友侪，以期提倡之普遍。今也先生又与顾君组织此社，广征社友，从事研究并允鄙人加入，具见提倡艺术，诱掖同志之热心。深望先生与顾水如先生毅力推进，将国粹发扬而光大之。是则无任企盼者耳。专肃芜函，顺颂台安。

愚弟苏宝图鞠躬 十九、二、十二

载1929年2月15日《天津商报》“弈萃”

## 华东华南象棋续刊函

梦吾先生暨华北象棋队列位同志钧鉴：

久仰鸿仪，未见尘教。旌云在望，时切铺芬。昨承惠赠胡辑《橘中新趣》暨《让先秘谱残局汇刊》各一册。又裁搜残局多种，标奇制胜，独出寇时，博采与评，尤能批隙导窍，同人窃尝一脔，独识鼎中之味。何幸如之？足见诸公媚古得腴，覃深绝学，有非浅尝者所能上窥涯涘也。敝会前拟印行《象戏勾玄》暨《庆全弈集》二书，现方从事编纂雠校，一俟蒇事，必当呈寄高明鉴定，妄□梨枣，尚恐贻讥大雅耳。专此道谢，祇敬道安，唯希荃不赐。

弟李善卿谨复六月

华南象棋会同人：

李庆全、黄松轩、曾展鸿、冯敬如、梁伯昌

邓铁如、刘寿彭、吴瑞生、罗志山、陈德沛

彭钧庭、谢瑞常、叶冕端、黄定章、霍镜波 鞠躬

载1931年6月15日《天津商报》“象棋栏”

## 赵文宣、徐词海致钱梦吾函

梦吾先生鉴：

敬启者：鄙人设棋悬彩候教，多蒙贵报披露，甚为感念，但设棋迄今一周，而终无示教者。每日恭候，深觉寂寞，与设棋之原旨兴趣大扫。拟改期截至国历六月一日止，以请津地名宿速临，并祈贵报代为披露为荷。此颂弈安。

赵文宣、徐词海启 五月十五日

载 1931 年 5 月 18 日《天津商报》“弈萃”

## 象棋悬彩比赛启事

十月十七日，北平天桥市场德兴居茶舍，悬彩比赛象棋三星期。胜一局，赠北平牌香烟三十盒，胜二局者赠夹金手表一只，连胜三局者，赠赤金戒指一对。负则一无所损。

载 1929 年 10 月 17 日《天津商报》“弈萃”

## 钱梦吾致那健庭函

健庭兄鉴：

大示敬悉。以兄之长才，自能称雄一方。期满后能来津一行，尤为欢忭。行期确定，先示，弟当倒屣相迎也。此复，顺颂百战百胜。

梦吾启

载 1929 年 10 月 17 日《天津商报》“弈萃”

## 那健庭致钱梦吾函［来函照登］

梦吾仁兄大人台鉴：

启者：弟于二日接得来示，内云一切均已知悉。兄台此次胜张君三局，史台棋力实甚高尚。弟实为钦佩，名不虚传。傅弟现移新居，所有诸吉过多，如将来办完，即当赴津拜谒一叙耳。再者，由弟移新居至今所有按日寄来贵报，均未收到。请兄台见信调查并赐一回音为盼。书不尽言，专此，草颂弈安。

弟那健庭拜

载 1929 年 10 月 10 日《商报》“弈萃”

## 胡兰孙致林幼如函

当今象棋名手，以鄙人所见，以甘肃彭述圣为第一！自许为“象棋知家”，刊之名刺。初与一老人，每日弈于茶社，老人为名手，兰皋无出其右者，别号“凉州高棋”。盖来自西凉也。彭受二先。民二十到平，历战诸名手后回兰，始进为受一先，然老人力从容也。彭在平与诸名手角，皆鄙人为监局。张德魁、那健庭二国手，各负二局，不开张。其他二等手，一和一负。三等手，二和。三等以下，反可胜一局焉（一胜一负）。每战，先问对方之等级于余，预定胜和，然后起手，自布局至终，无不从容，例不久看，着法如有预定，名噪故都，称之“棋圣”。那健庭十一局，五比五，永不再斗，畏之也。张德魁不服强大，七八局一面倒，永未胜一局焉。张、那背后，皆承认不敌也。其论弈曰：凡对局，只看一步真先，不必多妄耗心血也。但须料定下一步对方最上之着，而为之备耳。其当局精彩处，每至相持，人子不可一动，而彼必有活子闲行，所谓“跺脚发威”也。二十二年去离故都时，留一不怕屏风马之中炮局。其法为：“右炮居中进左兵，马从九路起横行，当门（中兵前）择道觑方便，七路安雷强渡惊。（硬过兵，使其卒不敢吃兵，否则打去其马。彼若不进卒，而用相吃兵，则马至中兵前时，不畏其中卒之进矣。）”此法对专用屏风马者，最有力也。若今日盛行海上之反手马，其受制必矣。然彭之对局，向不用中炮。据云：盘子死板，不可用云。彭今年七十五六，犹健。今充任兰州社会服务处象棋主任。食俸棋人，此为仅有。以鄙人所见名手成绩言，其力超出周德裕甚多！近正与邮局王和生君著谱中，可以王君通讯云。彭在北平，传一沈阳国手徐词海，徐为当年东北第一入关访弈，遇国手孟文轩，连胜三局，皆中炮横车，使孟麻面大汗，此鄙人亲见。但其后遂永不能胜孟矣。此孟之所以为国手也。孟对他人亦是如此，第一次许胜，以后即知彼知此矣。孟亡后，北平牛耳付之那健庭。后三年，徐又来，那高徐一先，而分先徐自不敌！盖那有进益也。及徐见彭，虚心受教，彭令其读《适情雅趣谱》二年，其力大涨，猛晋二先，来青住天真照相馆郭鑫卿处三年。此三年中与鄙人共著二书，每日刊之报端。一曰胜局启蒙。一曰古谱正误。徐力强于邵次明先生几一先。精细处似彭，而攻法不如那健庭，守法不如胡震洲。胡为大连人，胜前故去，死时三十许，惜哉！其力量华北第一，赵文宣畏之。曾专访周德裕，看周着棋而决定不战自退。盖视周不弱也。语云“不着为高”，此之谓矣。鄙人在平为仅有之象棋笔人，来青岛后，北平事皆孙经存君掌理，想已通信。自孙君及钱梦吾寄我《象棋》月刊第一期后，即拟函候起居，惜我已病右疾二年，今所写皆左手铅笔。彭自北平回甘后，鄙人以其中炮局录存。某日侯玉山与二先手锡秀峰战于北城隆福寺街茶社，侯五局皆负，归告于我，我知锡为屏风马之迷信者，乃以彭局为侯述之。侯正青年，心力强胜，研究一日而又遇锡，五战五胜，尽反前势。自此侯声名渐高。及二十四年饮春园坛上，三比一（六局）胜张德魁，名遂大噪！至今无敌于故都。盖得力彭局也。彭局名“盖马三捶”。彭而外，华北推赵文宣。赵，锦州人，今不足四十岁，耐守能攻，今仍在锦州云。阁下力量似彭而过之！国家祥瑞也。“三绝”之名不虚矣。邓春林老友曾在南京一晤，今知健在，慰甚。胡兰孙左铅候。

载 1949 年 12 月 15 日《象棋》月刊第八期

# 胡兰孙致高素娟函

高女士有道：

蒙赐诸谱，谢谢！读此登泰山而小天下矣。“腾天潜渊”局直发天地妙境！愿窥全豹，以启愚蒙。棋国秘密正多，端赖吾人开发！但幼如病中，万不可再事枰子！吾愿其将来以武术家身体，作棋孔子也。《月刊》校编功夫，坚苦卓绝，为诸书冠。佩服！佩服！内容全局各谱，以《幼如弈乘》为最！若加以棋话，则更增兴趣。吾于象棋，不欲人人成国手，欲人人受智育洗礼一过，庶几人人读书、作事，都有务先、务大、务远之功力，而文明进步矣。至于古谱虽足珍，然未必胜于今作。幼如之一着一变，不执拗见，真圣之时者！他人皆未解也。胡震洲实力诚不弱，大约在周德裕伯仲间，遗绩不多，去年曾向孙经存索其一局，俟孙通讯后，再当请其抄寄数纸。梦吾有庞霭亭多局，亦宜索之。拙著中有徐词海与邵（次明）陈（天才）等人对局，及田玉书数局；兹另纸抄寄，以实《月刊》。“高山流水”一局，大妙！大妙！尤以不落象变为妙。吴清源、林幼如皆闽人，妙哉！卅二子中无外人，拉杂如此，乞谅。专肃，即颂俪祺百益！

胡士源兰孙氏叩

载 1949 年 12 月 15 日《象棋》月刊第八期

# 附录

## （一）张毓英文稿

# 论行棋迟速

近来象棋对局之中局着法，多平庸，无精采。其故由于每着时间受规定限制。盖凡精奥之着，必须有深湛之思。当中局子路分歧，或变化甚多之时，如欲下一深邃微妙之着，必须心能深入，方能算得透澈。今因时间限制，虽或见及而不敢着，何也？因恐设或算不彻底，未胜反败，未得反失。故不如用不求有功，先求无过之意。择平稳之着行之，纵乏精深，可免失败，应过此着，再看下文。如此着想，虽与临场比赛规则相宜，但不免难求更深之进步。近许弼德、谈宝根诸君皆知中局今逊于前，而不知其症结在此，欲矫此弊，须打破为名为利之观念，取消时间限制，俾其于繁复紧要之际，运用深思以求妙着，则象棋前途庶有更进之一日乎。

自《布局津梁》《残棋例典》诸书出，而开局、残局之规模法则已十得八九。而弈者亦皆于此胸有成竹，惟中局则反逊前，故今所欲急图者，惟中局耳！

谚云：慢工出细活。如以时间限制，虽见有佳着，因无长时间容其深思远虑，恐万一涉于冒险，遂不敢着。因此，中局少有精彩之着，而皆用平淡无奇之着，棋术安得有进步乎？

《庄子·达生篇》曰：以瓦注者巧，以钩注者惮，以黄金注者昏，凡外重者内拙，所以过于争名夺利。名利所在之棋，双方所走之着，反不能如平日之棋可以运用天机，不似彼之牵于名利，荣辱得失之念过重，心灵完全为人欲所困也。如在广场比赛，数千数百人众目睽睽之下，自不能慢，使群众伫盼过久，故须规定时间。若为研究起见，使棋术有进步，则以不限时间，使得尽量发展其本能为是。

王浩然先生云，所谓棋宜速者，谓且制胜争先之处，能力所至为是。如人十已八，六已四，总倘比人少几着，快几着，并非走着必须比人快也。

# 名手题名小识

周焕文、王浩然：

周差长于王，得名亦较先，共主吾扬坛站几三十年，迄今未替然。余获交两君时，周神智已渐衰，王亦久嗜围棋，故所录颇非其至。阅者窥其一豹，毋遽以苛议绳也。

张锦荣：

张为王入室弟子，其宏通处虽不及，而缜密几过之。迨自海上胜林而后，一时著"周王张"之称。其于二君，骎骎有入室操矛、争盘分霸之势矣。余识之亦适于其时，故谱中所录特多，非有偏好。

朱锦堂、杨万源、沈文荧：

朱近周，毗于刚；杨近王，毗于柔；沈比朱，互有短长，而较杨尚逊三子者。虽未得与"周王张"之列，然亦中权之劲也。而国柱则尝问业。同时后起者数人，惟周、窦特表之，盖接受有自耳！

周德裕：

德裕周君，焕文之子，与黄、姜同为后起之杰，而德裕特表表，盖或家学有自耳。

林奕仙：

林初于海上负盛名，后虽暂败于张，然覆周抗王，声誉未减，乃于赴扬之役，竟铩羽而归，盖亦天时人事两有所限。识者知其非战之罪也，亦多环境所限。

张观云、万启有：

张、万亦林之俦，论声望尚不及，然其游扬时自二三子外，皆出其下，较林为能振拔。岂亦有幸有不幸吁？是谱初印，友人颇有以后附棋势为劝，余意棋势前盖有，且终赖全局以定基础、规矩，不纵神奇。

右凡十一人，扬州得其七。其他邑人尚有黄某、姜某，外来有雷海山、邓春林，或造诣未深，或旅居日浅。虽间存其棋，然所载寥寥，略不论列云。

# 象弈杂谈

## （一）

全局附图，易于使人醒目，且可任从何处看起，不必定从开局时首着看去。大约有三十着左右，即可附以一图。

刊全局着法，内附以图，其用有三：

（一）遇稍长之局，覆者易于厌倦闷，此既分段落，分长而不觉其长，且于关键之处列图，其足引起人之注意及增加兴趣不少。

（二）凡普通人观棋谱者，皆喜残局而厌全局，以残局有图明确，全局无图，须布枰行子多一麻烦，否则不易明了。此则一编在手，局势显然，凭图看着，无待枰子。虽全局而兼寓有残局之长处作用。

（三）列图在前，其佳妙之着在后。观者览图，预知下着必有变化，可先用己意揣摩冥想，观其与下着合与不合，如此则棋艺更易进步。

余拟于刊全局着法时，每局均须附以三四图，至少亦必有二图。如余之意，局中所应列图之处有三：（一）双方在相持不下，看似动辄得咎无棋可走时，而下一着能于无棋可走之中，忽寻出妥当着法去走，此应列图者一。（二）双方在平平行着，未见胜负，一方或有稍失先之着，但不明显且稍纵即逝时，而对方之下一着，乃能乘机急图出奇制胜，不容其当面错过，有异军特起之妙。此应列图者二。（三）此方为彼方所窘，局势已相形见绌时，而下一着乃能有意外微妙之着，解困安危，使不致败而成和局。此应列图者三。强弱之形虽判，然棋优者或未必能胜庸手，即能获胜而着数不免繁多，而此则以下诸着，能以简捷锐利之着法取得胜利。此应列图者四。如此任观一图，皆有足供研究之价值，不必遍览全局始得益也。

## （二）

定名《近代扬州象局谱》，有分批，有总评，但并宜简少，不宜繁冗，又必确切，不可更动，总评但论大局、形势，分批则论着法优劣及解释深奥着法之用意。

长局必须三图，短局亦须二图，既增兴趣，又易把玩。不须枰子。后再编二三先谱，取材于卅八局及张锦荣所编（下佚）……

简要棋评，贵于统论全局、形势，指出在此种局面之下，某处是重要据点，某子有重要力量。我方以某处为必守，敌方以某处为可攻。如韩信登坛之言，诸葛隆中之对，于全局强弱之势，攻守之宜，能洞明大略，指示方针（力量）。此比之着着细评，尤为深中窾要。

棋艺高者，一编在手，即能了如指掌；若棋艺低者，一经脱离棋盘、棋子，即茫然迷失方向。

## （三）

（问）看名手对局，是为的学习什么?

（答）学习下面所说的几种：

一是自己有先时，学其如何争取对方的先。

一是自己避先时，学其如何化去对方的先。

一是自己子多于对方时，是如何利用多的子及如何去倚强欺弱。

一是自己子少于对方时，是如何善用这少数子及如何去以寡敌众。

一是自己捉人的子，应如何断其救援，有些什么将其捉死的方法。

一是人捉己子，应知有哪几种的保法和有些什么避免捉的办法。

一是自己势强时，有哪些攻法，急攻是如何，缓攻是如何。

一是自己势弱时，有哪些守法和有哪些防止与限制对方进攻的方法。

此外尚有两个要义：（一）现在开局与残局，皆已有人彻底研究，且将研究成熟（无待再研），此则专研究中局中的各种法则。（二）棋虽亿万局，无尽同之理。此所云学习但师其用意不必其局势子路相同。

一在对方屏气无棋可走时，犹如遇枯窘题目做不出文章，看他走些什么稳妥平正有益无损之棋，此处是值得学习的。

一在自己受窘时，看他是如何的腾挪和化解，使不致失败。如能照这样看和学习名手的对局，必定能于棋学大有进步。而且也不须局数太多，只要有好好的五十局，就已够用。惟须仔细揣摩玩索，代为设身处地，若粗粗忽略看过，那便无用。

一看其得先时，是如何的步步进逼，一丝不懈，一毫不让，而制胜。

至于对于优着劣着所加之圈点叉杠各种标志，则圈点宜多，叉杠宜少。凡精警之着、应走之着，皆宜圈点，但能使学者可以为法，不厌其多。至于叉杠必确系失着，关系成败者始用之。每局多亦不过两三处，若非确有得失，而可此可彼者，皆不可用。因为用之徒乱人意，且使一局中失着果多，其局根本即不能取也。

（四）

弟意每局精彩处，最好有图，使图在前，好着在后。则阅者阅至有图之处，即知下有佳着，自然要动脑筋，代为思索，猜想其当如何着。如此不但引人入胜，且易启发其心思。又，如系较长之局，可不止于一图，因为普通人无盲目比赛之学力者，看无图之谱，非备有枰子不可，否则思想易于迷乱，不能了然。如能三四十着即有一图，则较为醒目，无论于车中或枕上，皆可阅看，甚为便利。

（五）

象棋首重布局，历询名家得先，无过顶炮及进卒二着。而顶炮应着有三，进卒应着有五。兹为便利阅者，表示正宗，依类分门，以资研究。

# 余对于象棋出版物上所愿成就之新著作

## 三先必胜谱及二先必胜谱

坊本各象谱中，对子有谱，让马有谱，让双马有谱，而独饶先之棋无谱。夫棋之学术，莫重于先。如是，则让先之谱又何可缺？此余欲编订此种棋谱之意一也。从前象谱于对子诸局，诸必系一胜一负。于饶马、饶双马诸局，必系饶人者胜，而被饶者负。夫对子所差仅先后一着，固无必胜之理。而饶人者胜，被饶者败，更属理之所无。著谱者因必欲其有胜负，故遂于负者一方，不惜多为做成软着、劣着，使之致败。因此，负方每无官着可言。今余所拟三先之谱，则执先者自有必胜之道，对方虽着着尽官，亦难幸免。即二先之谱，执先者之致胜把握，虽较执三先者为差，但能始终无松懈之着，亦必终于致胜。凡象棋谱中欲其必有胜负，又双方可以尽用官着者，惟此两种谱为能。盖对子棋则可活动之处太多，随处皆可更改变换，所谓官着渺乎难寻。至三先二先，则已立出一定间架，如文章家之已有义法路道，范围皆较对子狭小，不似对子之宽广，双方每有确定不易之官着，可令学者有迹象可寻，非毫无捉摸之比，此余欲编订此种棋谱之意二也。学棋者之进步，不难于受人让车让马之时，而最难于为人让先之际，往往一三先或二先，有终其身不能渡过者，如得此谱，而悉心研究开其法门不少，盖得先者之如何争先占先，以善用此先，使先手不失后；先者之如何化先，以善受此先，使先手化无，一方着着紧逼不懈，一方着着应付得宜。学者果能举一反三，悉其三昧，则经过此层阶级之困难，可以获免。此余欲编订此种棋谱之意三也（此条未毕，尚有他说见后）。

## 对子布局应当避忌着法谱

残局系人有意做成，故有官着。全局变化太多，必无官着。余前既言之矣，兹再譬喻明之。譬如执先者用顶炮，后先者应以跳马，此官也（跳马亦有左右之别）。但亦不乏应以还顶炮，甚或应以飞象。虽明知其非官着，但执先者亦未见有必能制之之法。即此言之“官着”二字，盖难言矣。然全局中官着虽未能确定，而初局布子三十着以内（此合双方着数而言一方约十数着），所当避忌，必不可走之着，则诚确有此等必不可用之着，于表面上未见其劣，且或以为甚佳，以为可望得子或得先，乃数着以后所得结果适成相反，如此者非独劣手易中套也，即名手亦往往利令智昏，误落圈套。若此之类，如能有谱，悉为指出，使人知所鉴戒，既不至误入歧途，则自与大道相近，嘉惠后学，岂为浅鲜？此种资料即可就余历年所抄对子数百局中，择其致败在于布局，而失败之点又确有情理为普通人所易犯者数十局（漏着之无情理，以及出于个人一时心算普通不常见者，皆不得入），录为一册，附以说明，俾阅者尽知，知者尽戒。而所以限在三十着以内，不敢三十着以外者，亦有二故：一则三十着后布局早定，以后得失关乎行子，已不系在布局之列，若再向下研寻不已，则子路纷歧，变化最莫尽必欲多事。所谓皓首难穷，故只能就三十着立为限断。二则走二三先者，与对子者对弈，其胜负之分，多半由于布局，若布局能善根基，立定三十着后，按部就班，细心应付，可以不致失败。故对子棋中，以布局一层最关紧要。此关打破，思过半矣。昔桐城派论文，多立戒条，令人禁忌。余故用其法以谈棋，使布局之初，凡有容易吃亏之处，皆为指出（本局之外，可酌增数变，如《橘中》《梅花》之例）。向所藏抄，虽未完备，然能有人依此法推求，逐渐增广，则于一切布局之道，可以了解，如航海者之有灯塔，以表示暗礁，使无触礁之患。今若此，凡着棋者亦可不至易于上当矣。

余学棋二十年，颇为海内所知，大概誉多毁少，然皆未为知己，盖余棋艺则劣，而棋理甚明。其他名手仅能着棋，所谓将兵而余则能将将，又于象棋全局或残局之体例编制，能于旧谱外别出心裁，独见其大（余昔有致顾鉴秋函，系论残局大意，谓现存残局各谱其间诸局多属名异实同，即子数量有更移，局势虽似不同而机杼运用则仍不异，诸如此类，宜大为删并，但择其最善者一二局存之，以概其余。其他雷同相近之局，皆不必留，免乱人意，以致妨碍研究他谱之有用时间），能为象界著不刊之典，为后学开光明之路，非如时人著谱，仅于沽名或牟利之用心也。癸酉年春三月自识。

# 二先必胜谱后应附二先守和谱

按，二先固能制胜，但亦有可守和之理，故以此附之，使人得悟化先守和之法。夫棋之为道，不外战守两种，势强则宜用攻，势弱则宜用守。今有《三先必胜谱》数十局及《二先必胜谱》数十局，以教人攻法。又有《二先守和谱》数十局，以教人守法。攻守之法皆备，棋之能事毕矣（《二先守和谱》诸局着法，亦当用研求至当之官着，与《三先必胜谱》《二先必胜谱》同）。又按，对子布局应当避忌着法谱，亦可简称为“对子布局须知”或“对子布局法”，其每局亦可做至五六十着，以竟其事。但必须在三十着内现出双方优胜或劣败之形势耳。

象棋以残局，为最有官着，全局则甚难寻。三先与二先者，则较之全局又稍易。盖三先或二先之后，已有一定形势，执先者势有所必攻，后先者亦理有所必应也。

余又欲编海内各名手专集，其取材用隐恶扬善之法，取其长弃其短。譬如张与窦对弈二十局，其中窦胜数局，张胜数局，两和数局。余则取窦胜者属之窦专集中，张胜者属之张专集中。两和者，视谁稍占优势，即属之谁人集内可也。其或有形势不分强弱者，则归之让先者之集中，假设为窦先而和，则归之张集，张先而和，则归之窦集是也。

余所拟编之象棋谱内容，计分下列数种：

（一）全局于近人对局中，选其最精无甚瑕疵者二三百局。每局于其有关系处，均附以图。最少必有两图，以至三四图不等。既可使阅者知所注意（必应有图之处有二：一为双方看似乎先，而某方于下着忽有争先之着，有异军突起之妙者。一为此方看已避先，而下着竟有妙着化解，或至相持无棋可走，几于动辄得咎之时，而能有法应过不致失先，是皆可以列图。惟图必刊于所谓妙着之前，俾阅者见图可先以己意揣测，然后再看下着，知其合否，则长进必大）。且每经过二三十着，即有一图，则一编在手，即可玩味，不待布子而能一目了然，免于迷惑。虽全局兼有残局之作用，则好全局者，固喜之，即嗜残局者，亦必喜之也。局后有总评论本局大势，又遇有深奥之着，为解释其用意，以便初学。如有失着，亦为指出，或并云应改走某着，惟所谓失着，及所改走之着，必须铁案无疑。否则，中局变化至多，无法能定其结果，徒乱人意也。

（二）旧谱全局，如《橘中》《梅花》等谱，不必全载，但取其杀法精悍尖利者若干局，以启发心思，增添法门。其雷同者，但择尤选入，不必全取。

（三）新旧棋势，择其包孕宏深广富或新颖奇特可喜者，共二三百局，以尽棋艺之变，着数不拘多寡，惟每局须各有其创作之精神，一扫近来雷同蹈袭、陈陈相因及改头换面似异实同之弊。

（四）残局于新旧残局中择其在对局时可遇子数简单不出于矫揉造作者，以示与棋势之区别，又不论其局为和为胜必须确定不疑无从变化者方取。

（五）从谭或考证或纪载遗闻轶事，须广事搜罗。惟语必翔实，事求有征，用祛近来妄人向壁虚造，自欺欺人之弊。

复名家棋稿，如欲得益，必须细心玩索。如至难于应付处，或头绪甚多不知从何着手处，或虽得先而不知何者为捷径处，皆暂勿观其下着，先以己意揣测应走何着，然后观其合否。如是则不啻受名家当场指示，最易长进。棋有一种腾挪之法，譬如将二路之车，改平五路，并非因车在五路得用，盖欲将车原占之二路地位让出，以便跳马或架炮。此即所谓腾挪之法也。总之，在局面闲暇时，宜将重要之子，常立于通气地步，以备便用，勿令避先。凡值己当走一着时，应将各要子查点一遍，看其有无位置不当，及不在要路者，如有即须移易。又须审查士相各子防务可否巩固，勿令疏虞，不使有某方空虚，以免为敌所乘。又须观对方之子，有能为吾害者，设法以兑去之。王浩然君云，弈棋者当于临局时，见棋走棋，视敌之动向而定，着法不可预拟一必走之着，拘守成见。

编象棋谱可分数类：（一）名手对局，（二）高深或新颖之棋势，（三）普通得用之残局，（四）开局二十着内宜避忌之局面，（五）三先必胜二先守和谱，（六）《橘中》《梅花》选粹，（七）从谈，须忠实，勿虚构。

## （二）张毓英日记

# 癸亥日记

按，是年为癸亥年（1923年）

正月初一日，八时起，祀神祭祖毕，乘车出拜年计二十余处。回家午饭，适序兄已至，同午饭。嶰谷亦到，小饮即去。饭后序兄亦行。偕家人推牌九。王浩然来，留晚餐且小酌。是日，次儿出痧，三儿亦患感冒。余小觉不适。是日天气不晴亦不雨。

初二日，早晴后阴，午后雨。午前来客数人。是日次儿痧大透，午后为延佘医诊治。复出补拜年，少顷即回。晚间无事，颇觉寂寞，知闲字正不易耐耳！是日发寄泰州杭正和一信。三儿已痊愈。

初三日，自昨晚雨，至今晚未住。早欲往访臣朔，以电话询知已出，遂未去。阅《诗经注疏序》十数页，惟疏文未全看。忽神散，倦欲就寝，适叔玉至，因与小酌，兼看象棋局方小半。竹符至，因掷状元骰数次，复遣人招王浩然，王来同午饭。午后作叶戏十二圈，结局余与竹符负。晚饭后诸君各乘车去。

初四日，天阴，间微雨。早往淮扬报馆晤臣朔，因同往颐园小坐即回。竹符来，欲作雀戏，遣价招叔玉未遇，遂辞去。余偕家人掷状元骰数次。嶰谷来，饭后叔玉亦到。嶰谷去，与叔玉结昨日象棋一局，和。晚饭后叔玉去。

初五日，天晴，后阴。早祀财神既宝，欲作雀戏，招其板井。适李姑母及来贵婢，时叔玉来，小坐即去。午刻李主仆至，偕余夫妇竹战十二圈。余夫妇及来婢均负。休时已酉末，遂晚饭。余觉腹内不爽，仅食粥一碗。

初六日，晴。早饭后往叔玉处，因同出于巷口，遇嶰谷，偕至竹符处。遂及竹符等三人回家竹聚。是日计十六圈。余及竹符、嶰谷均负。晚饭后嶰谷先行，叔玉最后去。是日次儿已痊愈，惟喉音未复原耳。

初七日，天晴，或微阴。早读《诗序》完，读诗《关雎》至《桃夭》。啸尘叔来，偕出，于志成购梁任公近著一册，又订预约《最近之五十年》一册遂回。仰蘧来，旋去。午后嶰谷来，同往访何骈喜，不遇，至教场而散。余在科发与毛某、王某久谈，至黑时回。晚饭后读诗《兔罝》至《汉广》。

初八日，晴。早读《诗·汝坟》至《驺虞》。午前竹符偕叔玉来，旋去。饭后至嶰谷处，与同乘车出广储门，因步行过重宁寺、龙光寺、北门桥，至绿杨村。是日春气和煦，草木渐有萌动之象。缓步徜徉，觉心目为之夷旷。此处与吴氏园仅小勾留，皆未憩。回至余园小息，见尚有游客。二人出园，见他游船亦间有，遂入天宁门，过顾云叔处，不遇。至教场九如茶社啜茗。薄暮回，晚阅《左传杜序》一篇，及他杂序说数首。是日又于志成定购新闻报纪念册一册。

初九日，晴。早往颐园，拟晤臣朔未遇。偕包梦华小谈，后因今日系丁竹符女弥月，遂往丁处贺喜，时序东兄等已先在。余等昆仲暨丁卓人、丁泊如适八人，遂分两处雀戏，各十二圈，毕后晚饭。余小胜。

初十日，晴。早读《诗·柏舟》至《凯风》。仰蘧来，旋去。余往华新理发，回午饭。适嶰谷来，同阅臣朔《议员赋》滑稽文，大快。因偕携呈采卿叔祖及啸尘叔，亦皆赞美。复与往李官人巷方寿民处，不遇。遂至颐园啜茗，遇臣朔，伊为余等诵其谐作，亦皆佳。薄暮回，途遇筱瑚。至家作信两封，一寄杭振和。张锦荣来，彼新由沪回，谈棋及近况良久，晚饭将毕，丁竹符来小谈。丁先去，张稍坐亦去。又作信两封。

十一日，晴。早读《诗·雄雉》至《二子乘舟》，《邶风》完。其间叔玉、仰蘧皆来小坐即去。读诗后，至嶰谷处未遇，回复读未终。叔玉来，留午饭。因着象棋，午后局终，叔玉负。遂同往富春，招何芥尘来相啜茗，至晚何回。余伴叔玉至家，见仰蘧、嶰谷，小谈即回。复遣人招仰蘧与商一事。仰蘧凡来两次，旋去。晚饭后陈慕颠来谈，交道不古甚快。大儿小病已两日，今日稍觉缠绵。午刻即卧，至晚未起。心殊抑郁。

十二日，晴。早佘医来，据云，大儿系出痧，用轻透法。后读（下佚）

# 甲子日记

甲子正月初一日，早起祀神祭祖，循例食枣、栗、莲茶、圆面，合诸儿团拜即出贺年，以车行约二十处。三时始返，即午饭，时内子与女仆作麻雀戏，余闲添炉内大香及洗濯笔砚等具。灯下定四年课程，写日记，听家人敲锣鼓。是日亦立春，天阴，间有微雨。夜间自内子下颇有守岁未眠者，至此皆倦。余虽睡，以奔走亦疲，晚餐后未几遂卧。

初二日，早起，王浩然等来，同食早点，谈棋及他事甚久。傍午余往丁家湾，贺方心如夫人五十寿。内子另挈五孩亦往。余偕方子谦等作雀戏十六圈，负。是日天阴，间微雨，此时较大。晚餐后仍乘车回，家人及女仆正团聚，掷骰于灯下。盖内子等于午后已早回也。

初三日。昨晚雨，入夜尤大，至今早始霁。早来客二人，去后余与家人掷骰为戏。午后客来旋去。叔玉至，少谈亦行。余无事，颇感寂寞，观内子与女仆雀戏，后复加入。晚餐后掷状元骰数次，今日天迄未晴。

初四日，早阴。重威、仰蘧皆来，嶰谷凡两来，皆旋去。时内弟妹八人，及陶氏舅岳均至，暨方梧生、余夫妇共掷状元骰，至下午始散。方与内妹等相继乘车去。自午前已雨，此时尤大。陶与楚生弟独留，同余着象棋，布棋势。晚餐豁拳时，不雨而雪，甚大。晚饭后又掷骰为戏，约炊许二人始去。今日又以细故，觉忿不可遏。褊急之过，知之而不能改，殊可恨也。

初五日，夜闻檐溜声，至早不已，疑有密雨，起视知为化雪所致。早祀财神，未毕，叔玉来，既楚生、陶君亦至，盖原有夙约也。时已遣人招筱瑚、竹符，石孚忽至，推叔玉与陶着棋。筱瑚亦到，俟局完，六人掷状元骰数次。竹符、序东同来，遂改雀戏。序代余与叔玉、筱瑚、竹符为一局，陶、楚生、石孚、内子为一局。下午序去，余入局而仰蘧来。傍晚楚生等三人去，后一局散。灯时郭亚翔忽至，代余打牌共十二圈，止余大负，馀小负。叔玉大胜。晚饭后六人又掷状元骰六次，始陆续乘车去，约明日午后来掷骰。是日先后至者计九人，着棋、饮酒、掷骰、打牌、纵谈，极一日之乐。天无雨，亦不晴。

初六日，阴。早岳母挈津弟来食早点去。旋嶰谷、顾云叔相继至。未几，仰蘧亦到，闲谈至午后，嶰谷他去，余取出状元骰同掷为戏，迨至下午先后来郭亚翔、柏锦城、筱瑚、吴韫山诸人。仅吴未加入，其间嶰谷尚复来，小掷后乃去。丁竹符最后至，以人多遂改推牌九，由黄昏至晚饭时，凡推两周，余又负。饭后闲谈，叔玉忽至，十时许散。

初七日，夜雪。早见日，为今岁第一次，后阴晴不定。早食灶饭，傍午内妹群至，与内子及诸儿出外。余料理书籍文具，中餐方罢。啸尘叔至，久谈始去，仰蘧继来，亦闲话良久始别。时三儿以下已回，余闲读《诗经注疏》及《通鉴序》，兼看《水浒传》。又以薄酒独酌，未几，石孚、楚生、陶君同至，小坐而去，时内子等亦回矣。

初八日，晴间阴。早未起，楚生已来，朝餐后与同赴李振卿处贺寿，小坐即出，便过阮绪九，久谈始别，偕到芝麻巷中餐，时内子携湛儿亦至。午后余及内子与楚生、陶君雀戏十二圈，九时许息，余无胜负。石孚亦至，余携湛儿与内子分乘二车而去。

初九日，晴。早餐后偕澜儿、湛儿往岳母处，为其家有七十冥寿也。时来客二人，旋去。惟方梧生昆仲留，余先与陶君象戏，后即同座中人打牌。午后一会，石孚来，余因嶰谷有约，倩之代，即往嶰谷处，与同出外购物，沿途观灯，且徜徉于教场及书肆，傍晚始散。余仍至芝麻巷，则彼等已另改组一局，余闲看书，适方心如来谈扬州社会人情势利，至晚餐后不休。酒酣耳热，所论尤为痛快。未几，三方先后行，余稍迟，亦与内子、澜儿、湛儿乘车去雀戏，余负。

初十日，晴。早餐后往叔玉处，与彼及仰蘧小谈而去。约午后会，届时仅仰来，遂与仰分携澜儿、湛儿，乘车入市看灯。别遣价挈淳儿行聚于富春茶社，食茶点后价随三儿回，余二人于教场勾留，偕行至罗湾别。余以时甚早，复往富春，初遇李叙五，后韫伯来，遂入彼席，久谈至曛黑，余遂先回。

十一日，早餐时陶君、楚生来，象戏良久。楚生往约石孚，未几偕至。午后同出外看灯，入市及教场一周。彼三人自去，余来往于教场大街，至曛黑方回。其间尚到富春，与序兄等小谈片刻。晚间无事，偶念吾辈持家处世，自须谨慎，脚踏实地，而立志则贵恢宏远大，不宜与所历之境、所作之事同一琐琐利禄之见，庶冀有为而免凡鄙之诮。今日虽晴，然极寒，风亦锐厉。

十二日，晴，稍和。午前观书报消遣，午后内子出外，余亦继出。先听书，稍坐即去。后徘徊市中，遇臣朔同至淮扬报馆，继往颐园，与彼及陈竹孙等久谈，曛黑始别。时内子已回矣。

十三日，晴。早餐后往富春，应阮叙九约，至时彼已去。闻改约午后三时。遂信步至叔玉处，与伊及仰蘧闲谈，即留中餐。饭后掷状元骰二次，复至富春少待，仰蘧亦至，阮久不来。适遇序兄，即入彼席。未几，李仲孺昆仲相继至，久谈始去。余独与仰行至罗湾始别，遂回。晚观诸儿玩灯，晚餐后出外看灯，来往辕门桥一带，后遇洪用贞，遂偕回，月下闲谈。至余门首，又久话始别。余今日患感冒，此时咳嗽尤剧，夜不安卧。

十四日，晴间阴，傍晚微雨。早叔玉来，与往张重威处，贺彼完姻。小坐，余独往殷处道贺，后偕李仲孺同出，途遇李文叔三人，至富春阅报，且闲谈。午刻二李自去，余偕毛澧仙复往张处。余自早起，迄未进食，此时啖饭半盂。午后同叔玉与周某象战至晚，迨新人已入门，余因不快遂回。复出沐浴，归仅食米粉一碗。

十五日，晴。早阮叙九来，久谈始去，后即往盛世岩关，时有张锦荣同行，余于洪王两戚处稍谈，遂至芝麻巷贺五内妹生日。今日内子与诸儿亦来。午后女价及三儿以下去。余闲与陶君、楚生象戏。又观陶君等蹴球良久，待内子大二两儿食过薄饼、汤圆始同回。时已曛黑。晚间祀神祭祖，点灯如前日。余仍未愈，早晚食炊饼，午食馒头，闲念凡人欲不节则愈炽，必多愁苦。食色愈淡泊，事后愈清永有味；作事愈勤劳，息后愈安恬得乐。今早阮叙九言其做事，皆预备任受一方咎责，但于其中权衡其理势轻重，不求面面周到，致受委曲隐痛也。语亦极是。

十六日，晴。早餐后余遣人招叔玉唤匠理发，时内子率三儿以下赴夏姓春卮，大二两儿往序兄处。傍午，叔玉来，象棋一局。至下午去时，内子暨大二两儿已先后回。傍晚叔玉复与王浩然、张佩秋及十四所遇之周某来，余观彼等象戏，时张锦荣、杨万源亦至，晚餐后张、周先去，余四人闲谈至夜深始行。今日月蚀。

十七日，晴间阴。余两日仍鼻塞，咳嗽微热，三餐仅食炊饼。早餐后张锦荣来少坐，即往约杨万源，傍午偕至着象棋，余观局。时内子等已出外，晚餐后始回。薄暮时，叔玉、王浩然、丁竹符先后至，小谈即作竹战八圈，至夜分散。余又负。其间仰蘧曾一来，为余代看数牌，未完先去。余诸人同出，张杨二局，一和一张负。

十八日，早雪甚，午后渐止。余起未几，张锦荣来，历时许杨亦至，二局至灯后止，一胜一负。傍晚王浩然即来，晚餐食面，且小饮，后王以论棋与张龃龉，约明日象战。又良久始先后去。

十九日，晴。两日皆极寒，余渐小愈。早起后王即来，历炊许张至。首见月色皎洁，临街如水，观赏久之。自此定日读《通鉴》一卷，取有治身心、长识见、资辞藻者，圈之。如是，则可日闻所未闻，收切己实益矣。

十五日，阴。早餐后理发，适张重威来，久谈始去。余读《左传·僖公》十数页，时内子已率二三儿出外。中餐独饭后，阅《通鉴》二十一卷。下午内子已回，未几大儿亦返岳母处，遗余汤圆、枣糕。蒸枣糕食之。时价携二儿出浴，近晚方回。灯时仰蘧来，旋去。余回后书字块数十，拟授二儿者。晚餐有炒腰炙肉及鱼圆笋汤，与内子大二儿同食，小饮甚乐。

十六日，早雨，及余起时，已止且日出矣。今日余生日，故早餐食汤圆及面，时群内弟妹已至。嶰谷来，旋去。余应岳母之招，亦往芝麻巷与徐岱青接洽一事，未几即回。岳母随后至，序东、叔玉先后到。命价邀筱瑚炊，许即至。余先与叔象戏，此时即改牌局。时方定丞来，以目患未加入，饭后即去。灯后李伯永至。未久余等十二圈完，遂晚餐，五碟五菜，各人薄饮且豁拳。晚餐后又闲谈始去，时内子等一局尚未完，良久始散。今日余小负。二儿出风疹甚多，极痒，夜眠不熟。

十七日，间阴晴。早食汤圆，旋往岳母处贺六内妹生日，小坐即去。至盛世岩关洪、徐、李、王处，为房产事各有接洽，良久始别。遂回午餐。饭后读《通鉴》未完，殷季谨来，久谈始去。时岳母亦至，未几行。余读《通鉴》完，往汪大内嫂处闲谈，后洪用贞来久坐，至灯后始同出。余遂回。今日早间黄沙扑面，灯后微雨。晚餐后风尤大。

十八日，晴。早往富春候殷季谨，历数时乃至。后殷伯讷等亦来，傍公笃、季谨闲谈，久季他去有事，余等三人至富春，遇仲孺，茗谈，至傍晚散，遂回。两儿已返，为暖寿也。晚餐除家治三荤菜，内子等食王送蟹肉饺。

十一日，晴间阴。内子生日。早祀神食面毕，挈大二三儿往岳母处贺寿，因亦筱竹生日也。坐谈一会，女仆携四五儿亦至，余遂先回。一会殷公健来久话。时诸儿及筱竹内弟妹已先后至。傍中殷去，内妹等亦去。仅六七妹、津弟留午饭。时岳母来，午后拟偕筱竹小孩往啜茗未果，改雀戏。乃余夫妇、岳母、筱竹四人手术甚慢，四圈已曛黑。下午时，羊保同小孩等往富春啜茗，已早回，牌完遂晚饭，且饮酒。饭后岳母等去，大儿亦往。今日仍暖，晚稍凉。汪住白克路侯在里二十七号黄转交。

十二日，早阴。早饭后，殷公健偕刘某来交款毕即去。少顷，岳母来。殷季谨来。张锦荣来。殷去，余偕张出，遂独往富春，遇李仲孺茗谈。前日余、李、何约茶后至他处，及时忽大雨，何遂不至。余李待雨稍小，亦各乘车散。余又过淮扬报馆，与陈雨滋略谈刻棋事而回。时雨益大，衣襟尽湿，归即易干服。一会雨渐小，午后始止。气候亦凉，余竟日理杂事。

十三日，阴。早丁竹符来倩余写信，旋去。后仰蘧两来，皆旋去。张锦荣亦于其时来，留稍久，张去后未几叔玉来，久谈至傍中始行。午后一会叔玉、嶰谷来，邀余同出。嶰暂往他处。余、叔往飞狮，遇臣朔及陈雨滋商刻棋事。后至富春，则嶰已到，与序兄同席。余等亦遂入座。后又续遇重威、季谨、芥尘等，因另席坐后，余、嶰、叔三人仍先行，各回家已傍晚矣。

十四日，晴。早餐后往张秋泽处久谈棋事而回，未几王浩然来，留谈至午饭后，一会同出。先过叔玉处。叔已出，与嶰谷花房小谈，邀同行过飞狮，问陈雨滋棋事。凭楼俯视，见殷季谨，招之上。后同至富春茗谈，至下午后始出。王尚留，嶰亦他去。余与殷各回。余处棋稿明日付印。

十五日，晴。早餐后出外拜节，计五处。惟于韫伯处遇吴子诚，序兄处遇李仲孺昆仲。坐谈稍久，回家中饭后王筱竹及津弟来，一会去。余亦往叔玉处，邀与先至飞狮，后至富春久坐，遇殷、何等。其间又一至飞狮，仍为棋事。后筱瑚罩侄兄弟来，余、叔入彼席，闲谈久。傍晚同出，叔与余同行，至门首，忽遇吴韫山求假，因久立巷口，叔遂先去。吴得资亦行回，先拜月后晚饭，并各小饮。诸儿及余先毕。余饮酒时且随意吟唐诗。饭后月色更皎洁，余闲，复棋稿数局，为欲投报馆也。夜，四五儿吵闹不卧。

十六日，晴。早餐后作杂事，傍中内子率诸儿归宁。余理租账时朱锦堂来，早遣价招之也。至前与闲谈片刻，岳母遣粉婢回，招余往食水饺，余因朱至，托词未往。复命人送来，余与朱中餐时，余遂兼食水饺。午后一会，女仆四五儿先回。余、朱闲谈、阅报，对坐久之，两人皆倦，朱遂辞去。余亦上床略睡。复起理账。傍晚张锦荣来，余至前与论棋。灯后内子二三儿回，已饭过。大儿未返。少顷，洪表姊至，久谈始去。张饭后又久始行。

十七日，早阴后晴。黎明为五儿闹起，时则早色苍茫，云作黄色。傍中内子携四五儿往汪二内嫂处午饭。午后女价四五儿先回，闻内子已作雀戏。又一会叔玉来，余邀入内室，闲谈颇久始去。余早餐时稍看书，后皆抄棋，至晚始息。晚餐后良久内子始回，诸儿已卧矣。少顷遂睡。餐后补写日记，收拾行件，预备明早与感也、汪二嫂赴沪也。

十二日，阴，后雪。早起，内子亦起，助余收拾各物。余早餐后即至汪二嫂处，待感也来，各乘车轿出福运门，单放汽车一部至江边。徐悦秋来接，轮船过江，其间又换小划，颇费周折。至万全楼小憩，食茶点，又与感也上街略逛，同到火车站，又久待至十二点后车始到。余等三人登车，悦秋及徐、仆某始去。车抵常州，忽降雪，后渐甚。沿途看报闲谈，兼食感也、二嫂所带杂物。车因在昆山等处候车，故迟至七时许始到。汪元臣入月台来接，来子、得胜亦来助余等提物，同雇车至老靶子路同济里十号，晤及汪彝伯夫妇及女，黄汉池儿媳及女，同晚饭后谈一会，余同感也往后马路开泰栈定房间，后余往东亚旅馆岳母房间，接谈一会，楚生、来子、得胜送余回栈房仍去。

十三日，阴。早同感也在栈房食早饭后，同出拍照购物。遂至先施待汪元臣及二嫂，久不来。感也遂暂回，余亦往楼上岳母处。少顷，元臣二嫂到，命价请感来，同在先施购物。至午同至同济里中饭。是日所购皆衣料，余得赠品漆盘。五［午］饭后研究结婚礼节及他事甚久，至下午后同感出先购物，后游新世界，看杂剧及跑冰五音等等。因在内食五角之素菜饭而回，先施因有元臣介绍其旧同学某，故颇得便宜。

十四日，阴后雪。早尚未起，来子来，言岳母促余往。匆匆遂去，比接洽过礼事后出，遇感也二嫂，因同往永安买绸缎，时间甚久，至午刻后，始与二嫂往老靶子路中饭。感未去。至下午时，余带同黄处之仆送衣服首饰往东亚岳母，三四内妹以物劣颇滋不悦，形之言语。余坐一会，彝伯来邀余同往美丽川菜馆晚饭，系汪黄公请，一席专请证婚人，一席请介绍人，乃余及感也。感因不适，未到。余等甫食毕，忽来子、得胜赶来，言衣服太窄，岳母速余往。余遂驱车急行，时正大雪纷飞，比至则已解决，命成衣重做。一会彝伯到，略谈而去，余少顷亦行，时雪正大也。

十五日，晴。早先往岳母处贺喜，兼接洽一切，后往汪黄处交代王府奁具。又送二嫂至振泰旅馆徐阶平寓所。遂至远东旅社礼堂，汪、黄、王三家全眷皆来，男女来宾先后至者亦不少。至午后三时许，行礼。第一，黄鸣驹、三内妹；第二，黄鸣龙、汪琪；第三，汪元臣、黄瑛。证婚人乃凌鸿寿、姚文枏、孟森。礼毕，新人在礼堂以电光拍照，后即继续开男女来宾酒。余中食大菜，晚以未饥，仅食面包牛尾汤，直待岳母等尽回东亚，始与彝伯、黄汉池同乘汽车行。余过开泰独下，因劳腿微酸痛。

十六日，晴。早，徐感也回扬。今日阶平、二嫂亦皆去。余先往岳母处议善后事，后至汪、黄处午饭。一大圆桌，除六新人外，有汪彝伯夫妇、来宾黄自雄夫妇及余、黄汉池，凡十二人。午后又议事良久，汪元臣陪余往大世界，外有柱臣及胜白二子，遍游大世界各处。其间看影戏最久。回来已十时，同食面后，余遂回开泰。前数日每回皆与感也闲谈良久，始各就卧，今日本命来子来伴宿，时尚未至，因往东亚，则岳母等已睡。因闲逛大马路，又购报纸数份归，读之以慰无聊。寝后来子始至。今日张慰慈来两次，皆未遇，留字约明早复至，余因明早须往岳母处，拟信回之。

十七日，晴。早写信给茶房，留待慰慈。遂往岳母处，良久楚生始到。一会，鸣驹三妹来回门。见礼毕，陈仲贤姨岳夫妇相继至，闲谈许久，遂午饭。自两新人、姨岳夫妇及其二子外，仅岳母、楚津两弟及余，坐中饮酒谈谑甚欢。午餐后未几，来子来，告言黄处传有军队在中国界抢劫之说，促三妹等速归。彼等遂仍乘汽车返，余少坐，亦随往彼处，晤及彝伯，始知齐孙已于今早与张允明开火。又一会，汪元臣约往看中国影戏片，伊妻黄瑛同行，戏名《弃妇》。看毕同回晚饭。今晚余即宿彼处，屋在二号前楼，余及黄汉池、柱臣、汪某四人；后楼，黄自雄夫妇。

十八日，晴。在彼处早饭，阅报及战事号外良久，往岳母处接谈事。后倩得胜随余往仲贤姨丈处拜会，略谈同出。余仍回老靶子路，彝伯言西门一带被抢甚剧，住处恐被波及，议迁徙物件。又一会，会亲者相继至，计岳母处全姨丈夫妇及其一子，待开席时，男客皆入二号屋内，计姨丈父子、楚津两弟、黄汉池、鸣驹、胜白之子、汪柱臣及余，谈笑饮酒甚乐，宾主尽欢。食后茶话，女宾先去。余与彝伯等谈一会，往岳母处赴陈姨丈晚餐之约，仍在昨午东亚酒楼之兰亭。时姨丈等已先回，鸣驹夫妇及汉池最后至。谈一会入席，首二座仍鸣驹夫妇，馀即岳母、汉池、余、楚津两弟、姨丈夫妇及子，聚餐亦甚乐，间凭栏俯眺大马路。午前接内子来信，促余速回。然顷因战事，沪宁车已断。傍晚拟改订大轮船，房舱则亦以人多座满为患。酒阑时，即议此事。至席散良久，乃决定来子随余回，岳母等暂留，而明早迁往姨岳处。时又有谓扬州甚恐慌者，余亦惶惶，略收拾即携来子匆促告辞而行。时彼等尚皆留谈未散。得胜送余，同乘车抵怡和轮码头，则虽统舱亦无隙地，且每铺须洋贰元。后由茶房领入船后舵工舱内，较稍舒服，然两铺已费洋六元，船票在外。得胜待余入舱始行。铺甚窄，余卧其上，且闻有气味刺鼻，避之无术，辗转不能成寐，而其他则颇酣呼。余登轮时约十点，船至三四时始开行，以无大便处，颇窘，亦不思食。

十九日，阴。竟日仅食桃酥形者一枚，以无处可坐，故多睡少起，然睡终不熟。闲极无聊，思家颇切，间与来子闲谈。王维诗谓孤客亲僮仆，信然。小便甚少，亦未饮。连日以食物稍杂，且有感冒，因伤风频咳，至夜十时抵镇江，于江心下小划，扁舟摇荡于苍茫万顷之中，幸波平无险。约刻许抵岸，与来子黑暗中携物过长跳，亦颇蹶蹶。旋至万全楼，始得休息洗面，食粥五碗，大便始解。较之船中，几有苦乐天渊之别。及就寝后，眠仍不熟。

二十日，阴。夜有雨，早起见道路皆湿。连日镇江开来六师，军队甚多，已在高资掘战壕，预备抵敌奉军东下。至南京，车已不通行，人情恐慌，迁移者众。王浩然在对门福运局邀来小谈，早点食面。九点动身乘轮过江，王送至江岸，舟中遇余龙澄、陈冠生、许蓉叔等寒暄闲谈，佥以局势太恶，速回为幸。即余在万全楼时见触目皆军士，亦甚惴惴也。抵岸仍同坐特别汽车，行人多颇挤。来子亦未得上，车中闲话。因路滑，颇颠簸不安，到站后因手提箱钥匙在来子处，恐城门检查时欲挑剔，因留待，余、陈等先去。一会来子所坐车到，同入城，幸未启视耽延，遂乘黄包车回家，约十时许，内子已起，洗面毕相见，喜甚。余历谈经过杂事，六七内妹亦均在此。中餐因伤风腹闷，未敢食饭，而食面，且素食。下午至永宁泉沐浴。浴毕。过余芳龄处，拟就诊，未遇而回。时又有微雨。今日回家后，余自午前写信两封致岳母及汪元臣外，余皆补写动身后日记，或与内子闲谈。

二十一日，阴。十时外始起，一会王筱竹内嫂来探问镇江情形，略坐即去。早饭后成衣来裁衣，余自上海所带回也。咳嗽仍未愈，素餐食烂饭。午后未几，内子归宁，余自午前仍继续补写日记，至下午始完。傍晚内子回，灯后无事，闲观七妹与诸儿在堂前追逐为乐，余或参与其间。

二十二日，阴间晴。早饭后啸尘叔来，闲谈中知培卿伯病亟，一会沈文英来，啸去。后余遣沈行，遂往问病。与叔玉、仰蘧、嶰谷谈一会回。中饭时，忽顾云叔至，与谈良久，待其去始回。后食饭，饭后理杂事。下午后徐感也来，后郭亚翔又至，闲谈许久。至灯后，徐先去，郭后去。时龚大已自乡间回，乃无款。余颇急，日前莫凤山言龚大万不可倚仗办事。顷郭言为余画策，明年必须请钱某上田改看租，余皆以为然。时将出访雒厚，议借款，车已雇，忽顾云叔复至，朱锦堂亦来，皆匆匆数语即去。余访雒，未遇遂回，传镇江明日开火，该处住户已十室九空，来扬者亦甚众。五儿乳妈晚亦至。

二十三日，阴。早饭后内子归宁，余理杂事，傍中序兄及筱瑚来谈一会，去时内子已回。中饭时徐感也来，片刻去。饭后余往问培伯病，遇鲍甘澜及嶰谷弟兄等谈许久，出至颐园赴徐感也之约。遇彼、阶平、梅鹤孙、林尹亭、吴孝萱等，又晤臣朔等，熟人甚多，闲谈久。出至富春，遇黄子峰、毛三同二人，旋去。余因留算茶账，至灯后乃行。过飞狮，偶入内见徐、梅、林、吴、臣朔等亦在此，留谈一会。又听孔可畏说战事，言镇江开火，齐军已败退，盖彼方自镇回也。良久乃出，遂回。知岳母等已自沪返，内子归宁问讯。少顷回家同晚餐。晚饭后未几，即食灶饭，祀灶。连日开来清江马玉仁驻扬军队甚多。人情不静。

二十四日，阴间晴。早尚未起，岳母已偕津弟至，留食早饭。食后，往访雒厚，接洽后赴培伯处问病，知已渐愈，后张重威、顾云叔亦来闲谈。顾言马军纪律极坏，天宁门一带多强占民居，彼家亦不免。闻者皆惴惴。先下小斋言郭外已间有奸淫情事。许久与顾同出，遂回。中饭后岳母去。少顷，余已出外，先访殷季谨，未遇。后至富春晤及李仲孺、殷季谨弟兄及葛五、何三、序兄、张重威等甚多，茗谈至灯后乃同出。与季谨偕行，各回，抵家后闻有马军将于年底抢劫之谣。晚饭后略理杂事始卧。两日来咳嗽已渐愈。

二十五日，晴。早起甚晏。早饭后张晋侯及重威来，闲谈一会，余与同出。二张他去。余至颐园访臣朔，未遇，为毛澧仙事晤陈。故至富春，回毛信稍坐即回。午饭时，仰蘧来小谈，旋去。午后殷季谨来，略谈亦去。今日津弟早来，时岳母亦至，未几序兄来。临去时解谷过门暂入片刻，遂同行。余午前即理书籍，此时尚未毕。因欲出，暂检起。遂至富春晤季谨、芥尘、仲孺及序兄等，茗谈至晚，与何、李、殷同出。独往访雒厚，未遇而回。晚餐与内子各饮酒少许。晚饭后结账，理杂事。余近最喜闲谈消暇，以致多失时废事，以后将从“勤”字上切实着力。

二十六日，晴。早饭后先往雒厚处接洽，后至方寿民处交款，见受百等举石担，与寿略谈而去。遂乘车赴培伯处问病，晤及聘侯等诸弟兄，时间稍久，后又与叔玉在门外久谈近事始回。归家写杂账。午饭后理书籍，与一言堂算账。傍晚又往解处，为彼与大生开期事。至时严医富春与吴炎臣正在彼拟药方。待彼二人去后，又为懋伯招往，观所作诗，良久始得与解接洽。时已灯后一会，黑行而回。未几，遂晚饭。先食杂菜锅，并与内子饮酒甚多。津弟七妹早已来，此时与大二三儿皆同席食，余甚乐。惟以四儿今日发热屡闹，稍觉美中不足。许久始食完，弟妹等即回去。饭后内子及大儿叠箔，二三儿争取送篓内状，极有趣。余时理杂事又久，人定后，内子等疑四儿受惊致热，因为叫吓。余少顷亦卧。

二十七日，晴。早甫起洗面，楚津二弟来。楚一会去，约复来午饭。余早餐后亦往培伯处问病，遇序兄及守朱，后二人皆去。啸尘叔来。余、啸及叔玉闲谈极久，至午偕啸出，遂回。楚已复至，同中饭。饭后朱锦堂来，楚旋去。余、朱闲谈中，殷季谨至。又一会，朱、殷先后去。时有理发匠为诸儿及津弟理发，待其毕，余亦理。既讫，入房间写租账。少顷已晚，灯后复然，时内子同诸女价在堂屋擦锡器，亦甚忙碌。良久乃晚饭。因锡器未完，在厅上食，以有大鱼头，遂与内子饮酒，亦各不少，故时间颇长。晚饭后，内子擦毕又理他事。余咳仍未愈。四儿热已退，日间尚时闹，此时眠颇安。人定后，仍为叫吓将近一时，余已卧矣。

二十八日，阴。早甫起，聘侯来。盖昨约写对也，写至傍午始竟。中间来子裁纸一半，忽他去，余颇焦急，良久始回。复裁写毕，一会遂中饭。饭后，又闲谈交友处世，良久聘乃去。余旋亦率大二三儿往永宁泉沐浴。比至门首，闻人满无座地，改至寄园小憩。待来请，始复往，洗毕已灯后，仍驱车返。昨本约楚生等今晚来食杂菜锅，此时尚未至，命价往延，适楚到，馀未来。又等来子良久始回，遂谢神，然后晚饭。乃余夫妇、楚生及大二三儿，食时甚久，小孩皆先毕。余又与楚谈人情世事。楚言颇中肯。食菜几罄，饮酒亦不少。饭后楚去，时有微雨一会。余正写日记，内子穿枣茶，大生送款来，今日颇忙碌。下午对纸，皆宜早日裁下。又沐浴，须午前方不挤。余咳嗽转剧，四儿因夜间复热，下午延佘医来诊，晚服药，夜叫吓，比三时大家方卧。

二十九日，阴间雨雪。早祀祖，算价人工账。两日内子尤忙。余昨晚即或助其理杂事，今早亦然。午后未几，遂乘车出外辞岁。先东关街，次采卿叔祖，次韫伯，次岳母，次序嫂处。时已雨雪，有时稍大，路极泥泞。车中颇有雨雪扑面。在东关街，因培伯病亟，未行礼。次与采卿叔祖及啸叔闲谈。次于韫伯处晤及序兄。至岳母处时筱竹、克声、楚生正掷骰。在序处与嫂谈最久。后李仲孺亦至，序亦回。又少顷始返，已灯后，雨雪亦止。一会祀神祭祖，受拜毕，即同儿辈共八人略饮酒食。晚饭四儿因夜热，下午仍由佘诊。晚饭后服药。余等即算账，理杂事，后与内子女价在房内掷骰一会，兴阑先睡。内子傍明乃卧，独留子守岁剪烛。

# 乙丑日记

正月初一日，阴间晴。早起祀神祭祖，循例食枣、栗、莲茶、圆面，受诸诸儿、群价拜贺，即出贺年，以车行约二十处，三时始返。其间在序处，与嫂谈最久，且食点心。又曾一回取名片复出。内子午前已与女价雀戏，余归家，中饭后彼等重入局，下午时止。灯后与内子大二三儿在房中掷骰为乐。昨夜多未久眠，至是皆倦且觉寒，因早晚饭，九时已尽睡。

初二日，晴。早殷季谨来略谈，同出，余至双巷贺贡嫂四十生日。晤及仲儒、序兄等闲谈。后来者渐多。中餐后与序兄、筱瑚，因培卿二伯逝世入殓毕往行礼，久坐同出。又以迷信故，先过东岳庙，后各回。连日叔玉昆仲不暇来，他客至或未遇，颇觉寂寞。归家无事，多与内子闲谈。余咳嗽渐减，惟四儿仍未愈，由佘医诊视服药，心稍沉闷。

初三日，晴。早内子拟作雀戏，遣价招筱竹等。及午，惟筱竹、楚生、津弟来，时又来客二人，一会即去。午后余、内子、筱、楚雀战八圈，灯后良久始罢。遂晚饭，中晚皆饮酒。饭后片刻筱等去，午前余因四儿仍未愈，大儿又因感冒卧。午后，命价携津弟、三儿出。比归，大儿复卧，意颇郁郁。灯后大儿乃起而嬉，故晚餐时谈笑较中加乐，夜闻四儿热净。

初四日，阴。早甫起，王浩然、杨万源至，余为具早点，与同食，闲谈棋事。有客至，旋去。中餐与王对酌。昨晚约筱等今日复来雀战。午后，筱竹、楚生仍携津弟来。傍中，杨已行，至是王亦去。余等遂入局，仍八圈，灯后罢。内子大胜。晚餐仍饮酒，筱等饭后去。今日早晴。

初五日，微阴。早祀财神，忽懋伯至，闲谈片刻。去时叔玉已来言，昨约王浩然、筱瑚今日来此雀戏。今日内子约归宁，余势不能复出，颇苦无聊，闻言鼓掌大快。一会，筱来又着象棋，待王良久，至乃入局。殷季谨先已来约，复至时加入。午刻到，言无暇从旁观局，留中饭，饮酒闲谈，饭后去。余等十六圈至晚十时罢，独王大胜，余小负。傍晚仰蘧来，为余带看数圈，晚饭后即去。馀牌完后同行，时内子已回矣。

初六日，阴。余久思至教场等处闲逛，惟连日为牌所困，方拟今日午后决计出外，乃早起，见雪花怒飞，颇拂意。时有女客来，旋去。一会雪止，余补日记，偕内子理杂事。四儿昨日仍由佘诊，已向愈。大儿伤风咳嗽亦减。午后益阴霾寒冷，与内子在房中以国牌消遣，内子教余打天九，皆余负。灯后又推牌九为戏。晚餐与争食粥甚多，教写三妹信。

初七日，阴后晴，极寒。早楚生来言午后赴沪，略坐别去。余读《通鉴》，未几，聘侯来畅论家事及人情，因留午饭。午后内子出贺年，余旋亦同聘出。于教场遇张锦荣，随行谈棋，信步游览，风尖厉，扑面刺痛。后聘他往，张遣去。余至富春始独坐，继遇何芥尘等，后张寻至。傍晚出，彼伴送余至门首始回。晚或与内子掷骰，或看书。四儿已渐痊愈。

初八日，晴后阴。早朱锦堂、杨万源来，同食早点，所谈多棋事。至傍中仍先后去，时岳母已至。待午饭后偕内子出贺年，余闲看书或写租账。傍晚，内子回。灯后，张锦荣来，旋去。今日仍冷，晚餐与内子小饮。

初九日，晴。午前往徐感也处，为津弟入学事。途遇刘甸侯，立谈移时始别。在徐处至午乃出，回家中饭。午后，先过叔玉，后入教场，闲无所之。因往序处，彼等方在厅前斗牌，小坐。与同赴富春，未几芥尘亦至，清茶闲话极久，迨序先去，而何五又来，所谈多上海状况及游戏事。灯后散归，途遇张锦荣，随行谈棋，后遣去。回读《通鉴》。

初十日，晴。早餐后顾云叔来，略谈。因偕房衙往某处看房，不合用，旋与顾别。余至岳母处，因筱竹今日启程赴津，送行而出。过交通行与蒋伯良接洽，即往应李季韶扑聚之约，候时许入局，八时许罢。晚饭、中晚皆饮酒，余负七元。前曾因扑克大负，誓不再来，乃日久玩生，忍俊不禁，以后仍当坚守此戒。十时与张伯屏兄弟同行，月下谈烹煮牛卤法甚详，中途别，乘车返。内子午前亦出，此际已回。

十一日，晴。午后往访叔玉，拟与同出，未遇。晤及嶰谷、仰蘧，谈时局及他事。后仰去，叔亦回。共于嶰小斋久话，视日渐下，余始去。先拟略坐即往听书，继思至富春。比出，恐太晚，遂回。未几已暮，灯下正读《左传》，张锦荣、杨万源来伴谈。至晚饭后良久始去。又看《左传》《通鉴》而卧。

十二日，立春，阴。起甚晏，早食汤圆，理发，读《左传》。陈臣朔来略谈而去。时已微雨，后渐大。中餐饮酒，饭后初拟出听书，为雨故逡巡未果，颇无聊，仍看《左传》。时甚晦，未几已晚，灯下看《通鉴》。晚餐食杂菜锅、饮酒，内子尤多。饭后看书或与内子掷骰。雨迄未止。今日因起晏，三餐时间相接促，又晚食过饱，致夜腹胀不成眠，起大便乃略解，内子同。

十三日，阴。早至午且雨，余因又欲便，故起较平日早。及食早点，后往东关街行礼，略坐即回。旋赴李仲孺午餐之约，至先闲谈一会，后与何芥尘、李采臣、葛五同桌，系么二麻雀十六圈，至九时许止，余小负。其间因李回家上灯，尚耽延约一时，局罢稍待即晚饭。中晚皆雨。桌牌三桌，春卮也。后同季谨辈仍乘车回，内子等已卧矣。

十四日，早大雪，迨余起时已止，惟阴。时朱锦堂来谈一会去。余旋往，应徐感也请倪蓬仙午饭之约，至时感方出未回，后包孝昂至，闲话。俄感及他客倪氏相继至，午后各散。余最后出，往富春，适遇序兄、季谨，后何、葛等亦到，随意闲话，颇乐。傍晚欲行，因路泥泞需车，命唤久待始至，遂各回。灯下看书。明日五内妹生日，阖家拟皆往。

十五日，晴。早顾云叔来倩致彝伯书，并留早点稀饭，久谈。伴余往东关街与聘侯、嶰谷、仰蘧、叔玉等纵谈一切，时有德意楼送菜，因留余等中饭且饮酒，饭后仍偕顾出。余遂往岳母处。内子等皆午前到时正斗牌，三儿以下已回。余无事，因与津弟、六妹着棋，弄扑克牌，后又加入大二儿作拉绳等种种杂戏，七妹与焉。未晚内子牌完，即入席饮酒，食薄饼及汤圆，毕后方曛黑，余家四人即乘车返回家，方点灯祀神祭祖，儿等玩灯，敲锣鼓。晚餐因已饱，食甚少。今年因时局不靖，禁放爆竹及玩灯，故颇寂寞。饭后无事，弄国牌良久始卧。

十六日，晴。傍中至序兄处与偕赴芥尘之约。时尚无一人，良久乃渐到，余与殷楫丈、李仲孺、叔玉一局，十六圈罢，余大负。先本在彼桌，已看数牌后让公健，彼结果大胜。因分余二元。晚饭后闲谈，许久始散。今日网狮侄生日，午前内子挈诸儿往，余返后又少顷始回也。

十七日，晴。早出而复回，凡过数处且觅季谨未遇。午刻至公健处赴约，则季等已先成一局，余乃与公健、张次欧、李仲孺同桌。十六圈罢。余因做庄成饼子清一色、对对、和四番满贯，故大胜。两桌皆毕，诸君又以余兴推牌九，余未加入，又历时许始晚饭。今日公健处多张晋侯弟兄，中餐尚有重威、养吾及李兆芝，以未看牌，午后去。晚饭后同出，群张过余门首方别，内子、女价闻余胜，佥喜，闲谈一会。

十八日，晴。早出酬应后往序兄处借彼价为余作事，因留与嫂谈闲。李文叔、叙五兄弟继至，序兄亦回。嫂等欲斗牌，乃为余等先组一局，八圈由傍中至下午罢，牌不大，余小负。中餐薄饮。微昏，余、序、二李仍同出，至富春遇韫伯，茗谈至久。后二李先去，灯后与韫偕行，中途方散。沿街多见小孩牵兔灯来往。回家看灯，晚饭后无事，与内子大儿留婢垒架国牌，使高为戏。余性多虑，其故皆由太闲，果终日勤劳，必无暇涉想，且思虑须切事实。所谓思不出其位，戒妄念也。

十九日，晴。午前内子携大二儿往汪二嫂处赴聚。时仰蘧来谈一会去，午后王穆清太叔岳及岳母先后来，岳母独久谈始去。少顷余亦往永宁泉沐浴，傍晚回。灯后杨万源来伴余闲谈，至晚饭后良久，内子回时乃去。今日余间为大儿删所读《礼记》，缘大二儿明日至倪蓬仙处也。

二十日，晴间阴，午前并有微雨数点。早起送两儿入学，与倪闲谈一会，往东关街行礼，为陪客留午饭。午后，与啸尘、筱瑚、序兄、顾云叔、何芥尘等在厅前互相戏谑，谈笑甚欢。良久，与序、顾、何同往富春，未几忽腹痛欲泻，乘车急回。适重威、子谦来访，略谈偕出。余仍至富春，后与何移至殷季谨等席上。下午后序、顾遂先去。余等至晚方回。

二十一日，晴。午前内子归宁，时朱锦堂、杨万源已先至，信口谈闲，至午饭后一会，仍先后去。连日皆寒，昨今又鼻塞，频咳，幸痰尚易出。无事，读《左传》。下午来贵婢至，助余泡酒，时大二儿回。昨因入学第一日，午刻即返。灯后看《通鉴》，大儿亦读书。晚饭后内子回，余又与饮酒始卧。

二十二日，晴。早饭后写信两封未毕，忽顾云叔至闲谈，留至午饭后一会方去。信因写至下午始完，灯后与大儿同读《礼记》为笑。

二十三日，阴，间有毛雨。早往颐园，因昨有周鸿儒片约也。久等始至，乃为岳母处事并有蔡某略谈。余先回，旋往东关街培伯灵前行礼。午饭后啸叔、序兄、筱瑚、何芥尘立于门楼闲谈颇久，后渐去。余因家中遣价来招，亦遂回，待事毕复往，已尽散。因与叔玉在厅前象棋一局，灯后止，余负。因今日咳嗽转剧，宜屏荤食，遂先回。路甚黑，归家食粥。

二十四日，阴，间毛雨如昨。早甫起，洪用贞来谈一会去后，同内子三四五六儿、女价乘车往岳母处，岳父周忌也。少坐，携四儿往孙藜卿处诊脚，后命价随儿，余独往交通行取款。又为大儿购《四书》未成，遂返。早中皆但食炊饼。午后坐房中写日记及账，时极静。俄诸儿返，序兄着价来假《颜家庙碑》，遍寻不见。又有刘某来，请写人情信。两事纠缠至晚方得休。晚食粥，内子大二儿八时回，余教内子写信毕后方卧。

二十五日，阴间晴，极暖。午前朱锦堂来闲谈，内子归宁，午后仰蘧来小坐即去。后蒋髯来，为四儿诊脚，亦旋去。朱至下午始行，余看《通鉴》，至卧时毕一本。内子晚饭后回，余咳嗽转剧，夜殆废眠。

二十六日，天阴晦，色黄且风。午前内子携四五儿往双巷，因全侄女十岁生日，且余不能往也。余无事，复旧棋稿消遣，又旁览诗集及《水浒》。两儿午时已回，内子下午亦返。少顷叔玉来与余着棋，蒋髯至，从旁代着一局，旋去。余等一局至晚饭后始完，叔负，又略谈始去。余竟日面食，午后由佘医来诊，服药后夜眠尚安。殷季谨午后亦来，未几去。今日颇寒。

二十七日，阴，比昨日尤冷。午前看《水浒》消遣，傍中张重威来略谈而去。午餐食面将毕，序兄来，与大配牌九为戏，为具酒饭，彼食后又闲谈良久始去。余无事理书籍。灯后蒋髯来，旋去。因取大儿所读《礼记》，阅《学记》一篇。时命价往序处索所允假小说，未寻出，颇失望。咳渐愈。

二十八日，阴。午前理发，中餐食烂饭，冷较昨加甚。午后正看书，忽顾云叔来，因至前与闲谈至灯后始去。时龚大与陈建明佃已自乡回，因与谈田事良久。晚餐食粥甚多，昨今皆服原方而卧，明日二儿开始读书。

二十九日，微晴，大风扬沙。早饭时殷季谨来谈一会去，余由此至午后多与龚大等论田事。下午序兄来，俄其价又送小说至。序去后，余翻阅至卧时方罢，间与内子同观。傍晚序命富春送点心来，诸儿争食。

三十日，微晴，冷如故，冻且益坚。早饭后看小说，午餐甫毕，序兄来为具食，后同往采卿叔祖处取书。因与叔祖夫妇及啸叔闲谈一会，既懋伯至，出彼等所作诗同观。又久，仍与序乘车往富春，遇何三、殷四、毛氏父子、叔玉等，茗谈至晚，余先出，拟往永宁泉沐浴，比至，见座满，因入市闲步，及复往洗毕而归，已晚饭时矣。晚饭后又看小说始卧，咳近痊愈。

二月初一日，阴。早饭后往富春赴约，则仲孺、季谨已到，洪用贞亦在座，茗谈至午，出与洪偕行，余因往嶰谷处。今日彼请西席吴炎臣丈，约午饭也。既啸叔至，韫伯最后来中餐。彼家自嶰外有懋伯、叔玉。饭后同至嶰书斋，余、嶰、啸三人在内间谈闲及聊语许久。下午同出，余与吴同行，遂回，内子时已出外，灯后乃返。此际极冷，余看小说至临卧。

初二日，阴冷如故。午前内子携四儿归宁，午后四儿已回，下午内子亦返。余由早至晚多看小说。灯后教二儿读《三字经》，不能成诵，内子微急。

初三日，晴间阴，仍冷。余因欲大便起较早，遂看小说，待内子起写一信毕，往徐感也处，议初七日请倪蓬仙事。与彼及化臣谈一会同出，途遇臣朔，邀往永宁泉沐浴。感他往，余等闲谈。陈言欲经营合资开店，即在内办事等语。又唤春园饭菜来，同食毕，乃沐浴。沐浴罢略坐，余先去往倪蓬仙书房与倪面约初七午饭。又谈大二儿功课，良久乃回。写知单，看小说至灯后。晚餐略饮酒，内子较多。夜闻鼠子窸窣声甚频，颇扰清睡。

初四日，晴后阴如昨，冷亦然。早内子鞋失一只，检小说亦缺一册。搜床下始得，鼠故也。早饭后往东关街行礼，一会即午饭。午后与其昆仲闲谈，良久而回。少顷至富春，见尚早，因访序兄未遇，约何芥尘与复往，俄季谨亦到，既仲孺兄弟来，芥先去。余等四人，至傍晚散。仲孺、叙五先别，余、殷亦各回。归理杂事，晚餐与内子饮酒，午后较暖。

初五日，晴后阴，仍冷。今日六儿百露，本拟约季谨等看牌一桌，转念中止。今早内子先起，余起后一会敬香。岳母七妹至，同食汤圆。俄臣朔忽到，谈开店事一会去。傍中郑、李两大小姐相继请来，时津弟、六妹亦至。余或与诸小孩追逐跳跃为戏。中餐食面。午后仰蘧、季谨先后来，既同去。而芥尘又至，谈片刻亦去。时郑李两小姐、岳母、内子已看牌，大二儿亦自书房回。命价携众小孩往富春。俄叔玉至，傍晚去。诸孩既回，余率之戏斗。津弟负而泣，向隅良久。牌完后即晚饭，略皆饮酒，饭后一会散。明日仲孺、芥尘、贻安、季谨、李彩臣在季谨处公宴余生日。

初六日，晴，较暖。早饭后往季处略坐，与往徐益吾处贺寿，仍偕回。一会诸君陆续到，除余及主人外，有张次欧、子谦、重威、何五、毛三、叔玉，人齐即入局。余及子谦、芥尘、仲孺一桌，十六圈罢，余负，时仅晚七时，又合两桌麻雀为一桌三毛扑克，余又大负。中晚皆余首座，晚饭后片刻回。

初七日，晴。今日余假徐感也处，请倪蓬仙、宫颐百中英文师。十一时后往，陪客有刘采臣、倪子功伯、张重威、殷遯夷、季谨及三徐，待客至二时许始中饭，饭罢倪、宫等既去。余、季谨、徐益吾、刘采臣乃入局雀戏十六圈罢，余负十二元。晚饭后余、季先去，各回时感也纸牌尚未散也。

初八日，晴。早起补写两日日记，早饭后往东关街与仰、嶰、叔等闲谈，并遇阮叙九，傍中回。午后仰蘧来，旋去，约会于印月轩。良久余与内子率六儿往映月轩拍照，时仰已到，余等八人合拍一张，六儿合拍一张，大二三儿又合拍一张。惟六儿片因易动最难拍，用方法引诱，凡四次乃稍可。拍后已下午，内子等回。余、仰往富春，先与季谨、李氏昆仲同坐，及将晚，彼等相继去。余又入韫伯、序兄席间闲话，至灯后一会乃出，余与韫同行而回。今日余因腹泻不畅胀闷，自开数味药服之。明日仲孺约看牌局事也。

初九日，阴，午刻小雨，晚止。早饭后过季谨未遇，至序处与兄嫂、李氏昆仲闲谈，后彼等尽去。余、序、季韶三人又谈一会，乃至季处。仲孺另有他约。此局乃余、序、姜静斋、梅某四人，十六圈加一彩，余大胜，赢小角甚夥，约计十五元，尚有梅某欠四十角，三人皆负。晚饭后回，以双角分给群价。

初十日，晴，颇暖。午后赴殷遯夷之约，先与其昆仲谈一会，待客至始入局。乃余、刘采臣、何芥尘、方贻安四人，外纸牌两桌先毕，观局喧嚣已极。余等十圈，晚饭饭后刘不愿续，遂作罢。客散，又闲谈良久，与何同出而回。

十一日，阴间晴，昨日傍晚即大风，故今较冷。早饭后往东关街行礼，后序兄、筱瑚、季谨、芥尘、啸叔等至，同谈为乐。饭后又一会偕出，筱瑚自回，余等五人先往问何泽清疾，谈许久。到富春后，毛三复来，各信口闲话及谈鬼，颇愉快。下午后同出，余、啸同行，路谈未竟，至门首，因邀啸入谈研究将来进行事业，极久，因留晚饭。饭后又论人及其他事一会方去。啸每日能按时习字看书，办事耐劳，苦事愈繁难愈怡然任之，又识时务，而作事不可及也。

十二日，晴又暖。早饭后岳母来一会，与内子同出酬应，余理杂事。午后理账，倦卧片刻，复起看《后汉耿弇传》。下午殷公笃子、嶰谷子来，既宫英文师亦至，大儿方回，余亦在书房观课。傍晚皆去，时已转阴。灯后大儿读中英文文，余亦看书。晚饭后内子回，今后拟勤劳五官四体，以博换心中愉乐。

十三日，晴。今日即大收拾，内子最忙，至晚未休。午后因岳母来，与往三祝庵畔看房，旋返。岳母既去，与七妹等嬉戏。下午往倪蓬仙处观大二儿功课，留谈至四时许，因接之同回。时宫君及附从二生已至，傍晚方去。灯后一部分整理粗毕，余亦办理田事及写账等类。

十四日，晴。早未起，岳母已来，言三内妹将于是日返扬，略坐即去。余等忙收拾及收礼，其间至东关街觅叔及仰未遇，与嶰谷谈书一会，回时粉婢自乡至。因为其婚后第一次中餐，特备数馔款之。午后一会理发，忽郭亚翔至，久谈始去。时内子外出购物，未几回。余旋亦出沐浴，灯后乃返。晚餐家治四菜暖寿，有鱼翅烤鸭。余及内子皆饮酒，食后观诸儿互相跳踉嬉戏，至卧时不休，颇有趣，因数床相联而又去帐故也。今晚月色颇好。

十五日，晴。与内子起颇早，忙整理及收拾，傍中仰蘧来相助一会去。午餐毕，序兄来，尚未饭，为具食及酒。正饮间，忽王浩然至，因余生日今早自镇回，相晤甚喜。与序对食，既叔玉、仰蘧、仲孺、季谨、芥尘、何五等相继至，到齐后看牌两桌。本有夙约，因王至，余未得列入，由仰代。时岳母六七妹津弟已至，楚弟三妹亦今早自沪回。同来女客，除此外尚有内子，适李、适郑之两姑母等。男客十二圈毕，晚饭时后来未看牌者，尚有筱瑚、聘侯。晚饭各略饮，前后皆用汽油灯，亦复挂灯结彩。女客已食过，余亦至后陪饮数杯。男宾食后稍闲谈，相继去，惟浩然、季谨独留，与余谈出外谋生及在扬贸易，极久始去。今日颇暖，男女宾皆弟兄至戚或好友，无须招待，颇觉畅然。

十六日，晴，更暖。女价未明即起，余等亦早收拾清后即点烛鸣鞭，受诸儿群价拜贺。食圆面。有贺客来，旋去，楚弟亦到。余理毕往罗湾汪宅，因男客借该处也。王浩然已到，代余布置就绪后，逐渐来客。自昨日所到者外，有李振青、徐阶平、化臣、感也、陈臣朔、毛澧仙、殷伯讷、李泽三、林尹亭、张重威、方贻安、寿民、方定丞、郭亚翔、周芷生、倪蓬仙、王穆清、王蓬仙、桂秋、李文叔、刘采臣、丁竹符等，午前至。午后成牌六桌，纸牌一，麻雀五。中面两桌，晚酒三桌，皆圆席。懋伯、啸叔、朱德三亦来，迎送招待为烦，不如昨日适意。十时外席完客散后又料理杂事良久，与王浩然、叔玉、仰蘧同行而回。女客已尽去。因清理账目及开支一切，至一时许始卧，夜眠甚酣。今晚多一席，明日拟送岳母处为三妹等洗尘。

十七日，晴后阴，大风扬沙。早饭后入市购鞋，遂至岳母处坐一会，见内子尚未到，与楚弟返家迎之。待收拾毕同行，彼登车，余等随其后。比至良久，中饭分食，昨一席菜，余夫妇、岳母、三妹、克声、楚声数人在前进，各饮绍兴酒不少。克醉欲发狂，余等睹状引去。楚、三妹亦皆被酒，余微醺，沿途归家，风沙扑面。少顷复出往谢懋伯，遇于大草巷，闲谈一会，忽闻有火警，各仓皇出观。余遂去，过谢朱德三，亦谈片刻，即至富春，尚有酒意，足力微弱，而兴致颇豪。遇王浩然、叔玉、仲孺同坐，另席有季谨、芥尘等，闲谈至傍晚尚未尽。忽有举首见火势映天皆赤，仓皇皆散。余与浩然、叔玉沿途谈，因邀至家，火光犹熊熊。闻缺口门内外计烧三百家，且焚毙数命，浩劫可叹。时内子已回，余等三人灯下闲话极乐。晚饭时叔索饮，因以昨日所余高粮饷之。忽楚生至，留同食。四人各饮两三杯即罢，菜清而腴。晚饭后一会楚先去，二人又谈棋等而行。

十八日，晴，风减，沙如故，微凉。早起即出，往谢李振青，未遇，返。过季谨，与至富春同食并言出外谋生之事，谈至傍中始散。余又过谢王穆清，未遇而回。中餐时楚生来，留同食。饭后仰蘧至，内子欲看牌，因即余夫妇、楚、仰同看，约五圈。岳母三妹至，仰适小胜，遂去。岳母看，改组又四圈，至灯后一会罢。又打扑克，后始晚饭，凡四大件，各饮绍兴，时七妹、津弟皆早来，亦在坐。晚饭后又炊许始去，余理用账，许久乃卧。连夜皆得好睡。晚遣赈被灾贫民。

十九日，早起时有小雨，久旱数月得之，足喜。然甚微，又旋止。但阴，下午时转微晴，其不满人意有如此。午前岳母来，待内子同出拜寿。余初写租账为遣龚大下乡后即补。写连日日记数小时，至下午后始罢。又算账、理杂事种种至灯后。晚饭时内子回言喉痛，余夜间亦然。天亢旱，又常饮酒故也。

二十日，阴晦。早饭后往周芷生处，谢步旋回。傍中顾云叔来谈一会去。午后岳母三妹至，待内子良久。同出时楚弟已到，又与余盘桓一会始行。余由早至晚多理杂事算账，傍晚仰蘧来，适内子回，遂去理杂事至晚饭后毕。

二十一日，阴。早饭后闻公笃昨回，遂往与其父子昆仲闲谈一会后，与季谨同出，拟往觅芥尘。中途闻已出，因寻至葛五处，遇之，坐谈良久，偕何、殷出，遂至芥处午饭。饭后往富春，并有公笃、序兄、毛礼仙等，茗话至傍晚乃出。余往岳母处暖寿，内子大二三儿午前即到，晚餐一大圆桌共食，晚饭后一会同回。

二十二日，晴。岳母生日，内子起颇早，往亦早，三四五六儿随行。傍中余亦去拜寿，与楚弟二三内妹打麻雀四圈后食面，面后又四圈罢。余半日嫌闷，因出外小游，傍晚即回。内子等一局尚未歇，余与诸小孩相牵角力为戏，晚饭后一会仍与内子等同回。今日多感无聊之苦，虽看牌，非所愿也。（下佚）

（上佚）坐籐椅，下午稍寒热。岳母午刻即来，在房伴谈。余往来前后。傍晚嶰复至，灯后佘医始到，诊后去。既叔亦至，周德裕忽来，均留晚饭，盛又一会乃返。彼三人相继去，与盛闲话，始各卧。内子时复难过，幸旋平复，夜尚安。

五月初一日，晴。早起片刻，盛亦起，购烧饼及粥与同食，时嶰谷、聘侯先后来，为回拜盛，故嶰亦加入聚餐。食后盛欲回仪，乘车去，二人亦旋去。岳母午前来伴内子谈，下午去。内子今尚佳，仍延佘诊。余理杂事，或以棋消遣。

初二日，晴。早楚生来，闲谈良久始去，余理节账。午后取夏衣沐浴，在房伴内子且看书。傍晚陈慕颠来，为棋事旋去，余遂招叔玉。彼晚餐后至，余尚未饭，留商棋事，良久始行。下午佘仍来诊，内子已大愈。午前理发。

初三日，晴。昨日无风，极热，不异炎伏，入夜至今仍然。内子今日病状较昨稍逊，时觉头晕欲呕。午前朱锦堂来，午后殷季谨来，同时陈慕颠来，各有接洽，皆旋去。

片刻楚生送衣料来，以有雨意亦旋去。余待佘医来过，至富春还账时，下午后人已稀，方坐而韫伯来，遂同茗，谈聘侯、仰蘧等各人情状良久。灯后先回，有闪无雷，恐雨，遂乘车，比至卧时仍未雨，苦热。

初四日，天明，床上闻雨声不小，颇悦耳，又清凉，能覆被，可喜。惜一会即止，仍热。早起殷公健来取信，谈片刻去。余竟日或看书，或与内子闲谈，或同儿辈嬉戏。下午食粽，间理节账。内子今日又觉愈，仍由佘诊，另开丸药备明日服。傍晚陈慕颠来，为棋事，旋去。余随觅叔玉，一会到，彼已饭后，俄周德裕来，同晚餐，后变棋良久，偕去。临卧，忽为蜈蚣所啮，幸不大痛。

端午日，早起进香，食粽。拜节后来过小客数人，余遂出，先大草巷，次东关街，遇序东、筱瑚、芥尘多人。次双巷，贪与韫伯闲谈，而雨疾。至岳母处，未及坐，即又出至穆清太叔岳处。雨极大，衣已半湿，在彼处小坐，乘他客之车而回，巷已成河。归见序正在厅，解衣小谈，序与三四儿嬉戏且食粽而去。午饭时楚生、津弟、七妹来，彼等已食过。饭后一会楚去，余少顷亦出，往序处与嫂闲谈。招仲孺来，偕访芥尘，本有约，乃彼已出，遂各回。时又雨。傍晚张秋泽来，雨加大，谈棋事。晚饭后陈慕颠来，又以其车接叔玉来议，叔与秋十局合同草议未洽，遂散。已入夜，津弟、七妹皆未晚即去，今日由午至晚皆雷，但不甚大。

初六日，晴。早饭后往芥尘处，遇仲孺、文叔，谈一会，签合同字，余先回。午后沐浴看书，内子今昨已痊愈。傍晚朱锦堂来谈棋，至晚饭后久始去。

初七日，晴。昨晚厨妇来宿于厅，天明时梦中忽大唤，初骇极，继询悉，且笑且怒。连日皆甚热。早饭时叔玉来谈，良久始行。中间刘容季、徐叔炳来访，稍坐即去。午后沐浴时，叔又与嶰谷来一会同出。叔他去。嶰与余回拜刘、徐，晤谈而回，嶰亦回。又良久，刘、徐至余处，晤宫英文师，因邀宫及余往颐园，食后未几即去。余另他往，乃返。今日热稍减，夜可卧。日前盛止戈言，后生须令其读报，若读而能解而能仿为，则于应世之文胥足矣。言颇是。

初八日，晴。早起未几，徐叔炳、嶰谷来小坐，待余食早饭后同至刘容季处。彼三十生日也。遇重威等，继林尹亭、江春孙来闲谈至午后。由王穆清太叔岳、张问九、盛某及余看牌十二圈，在晚饭前罢，余独大负。中面晚酒，皆两桌。晚饭后又与林、江、张、嶰等谈他及鬼，良久乃散，同出各回。

初九日，夜闻雨，旋大旋小亦旋止。早起仍然天晦甚，气候稍凉。早饭后忽（下佚）

二十七日，晴。早饭后张锦荣来，闲谈间，毛澧仙亦到，与余商一事，午同食饭。午后张暂去。下午毛去，张复来对谈，至晚饭后张又略坐始行。

二十八日，晴间阴。早甫起，方定丞来谈片刻，啸叔、嶰谷至，邀往面叙。彼等先行，余少停，与方同出。方他去，余至金桂园食面且谈，面后与啸别，偕嶰往林尹亭处略坐。余往觅叔玉，俄嶰亦返，余遂回。少顷出觅雒厚，代序东结期款，事毕即返。途中遇朱锦堂，闻新自宜昌回，略谈而别。抵家看书消遣，至饭后良久始出外，先往序处，一人未见，出遇毛澧仙，道旁小谈，余即往购笔回。过芥尘，偕在房间小谈。时微雨，少顷即霁。因与啸、嶰有公园之约，遂与芥往。则嶰已到，啸未至。因往富春，后澧仙亦来。傍晚散，与嶰又过两处而回。昨澧仙言世无难做之事，果能将前后贯彻打量，衡以情理，自有办法耳。

二十九日，夜半雨，迄今午始止，颇不小，惜为时太晚。饭后复晴，且微雷，俄又阴。余伤风咳嗽，头颇昏。由早迄午后或看书，或休息，间卧床上，亦稍理书籍。下午得殷季谨苏州来椷，系由胥门内铁瓶巷太湖水利局寄。余倦，与次儿小卧，起少休，作复函。晚餐后未几即卧。

三十日，晴间阴。早饭后往李伯永处未遇，遂过序东处，序已赴仪，嫂顷之始起，略谈数语即出。途遇啸叔下车，立谈即别，遂回。中餐时岳母来。午后余假寐片刻，下午岳母去。今日余头昏咳嗽如昨。无心事事，间以看书消遣。下午后余往科发购杏仁精，于市上遇陈慕颠，偕回，已傍晚。陈复一棋局旋去。余至临卧时共服杏仁精两次。今日四儿亦咳嗽甚。

六月初一日，早雨，及起时已止。未几仰蘧来与余商酌信稿。早饭后闻四儿咽（下佚）

（上佚）至懋伯处谈极久，又接洽款事乃返。则穆老夫妇、郑表姑母、楚生已来看牌，一桌。张、周亦已入局，余牌棋两观。午后叔玉来看棋，留未去。下午余代楚看数圈。张、周傍晚完，周胜。先本在门房看，此时仍移至厅前。复棋录稿毕，二人遂去，叔仰未行，与余闲谈复棋，或逗小孩，牌局完晚饭。彼等凡二十四圈后满一桌，余等因在前亦饮酒，叔、仰食后未几去，后客又一会始行。今日更热。

十一日，晴。内子生日。余先往岳母处庆祝，方回食面。旋楚生、六七妹来贺，内子亦旋去。至傍中诸儿及内子已尽行，大二儿仍在塾，家中仅男女价各一人。张、周久已入局，余旁观时极静。午后一会两局已毕，先周胜，后张胜。此时叔玉、仰蘧方来，未几复撮弄张、周入局。内子适携诸儿回，换余往代楚生看牌。余遂托叔代抄棋着。往岳母处，稍待即替楚看。此外系夏七、夏六、穆老三人看满二十圈。晚饭酒席一桌，并无他人。晚饭后稍谈而回，闻张、周等已早去。

十二日，晴。早饭后张、周相继来，因昨日一局争执未决，朱锦堂至。余因穆老处有事遂出行，礼后即回。张、周从余议，另着一局。少顷朱去，内子亦往穆老处。傍中已完，命复前稿，同午饭。午后仍先后去，余亦往大草巷寻懋伯，遇及闲谈极久，几欲倦卧。傍晚始回，又往与叔玉等接洽，各处闲谈，归家晚饭。饭后教大儿写信，为改数字。少顷内子回。余觉言语气度乃人应世要务，不宜过于率尔。

十三日，晴。早甫起，闻懋伯招，余匆匆洗沐而往，乃为倩合检嶰谷书籍字画事。因人未齐，改订明日。余本遣价约桂二往富春，桂未应约，余遂留。后随懋伯往盛和庄取款，坐一会同出，仍沿路闲谈至观巷乃别各回。未几中饭，午后写日记理杂事，岳母午前已来过，此时复来，仍旋去。傍晚楚生来一会，筱瑚（下佚）。

# 丙寅日记

丙寅正月初一日，阴，午后小雨，夜方止。内子昨夜未眠，余黎明即起，食例物祀神祭祖贺年毕，出拜年，以车行约二十余处。在洪用贞及顾云叔处，因谈夷沙田局事耽延最久，且食糕点。又于旧城遇军人舞灯塞途，绕路行。故归已二时外，另开午饭。下午内子倚籐椅小睡，儿辈与津弟、七妹嬉，无客来，乘间理杂事。灯后与内子掷骰弄牌，倦甚，眼欲合，群儿来闹，精神稍振，早晚饭，未几卧。

初二日，阴暖。早朱锦堂、杨万源先后来，饷以点。啸叔至始行，啸旋亦去。而王浩然至，忽啸又与季谨、仰蘧、郑玉如、高举百来，皆实业局系也。热闹一会仍同去。抵午顾云叔至，三人闲谈，中饭将毕，叔玉来，既顾去，仍三人清谈至晚。叔与王象棋一局破寂。中晚皆饮酒。晚饭后同乘车行。午前内子回家拜年，时已返。昨早大儿行礼时鼻衄。

初三日，阴冷风大。昨李伯永约午饭，余早出，先过数处，或拜年或接洽，惟在顾云叔处因待顾观其子与邻儿赌钱，输而辱詈，又顾回后，在门首同看灯，为商酌信稿，耽延甚久。比到李处，季谨已至，合之文、叔、序兄看牌十六圈，余小胜，伯未看。午餐饮其酒甚佳，晚饭后良久回，疑已迟。乃内子于下午后与岳母、穆老姨太、郑表姑母成牌一桌，尚未散也。明晚请楚生，因约彼等仍来看牌。

初四日，晴间阴。早起未久，已渐到，看牌一桌。中饭后穆老他去，余亦往，赴臣朔三时之约。先清谈，后与其叔及阮某等看牌八圈，负账二元。彼晚饭系请朱某，食毕渐散，余亦回。归见楚生等牌尚未完，又一会始去。

初五日，夜雪。早起尚微雨，至晚。祀财神。因待内子甚迟，及食面后与内子小孩同往岳母处，所请仍系昨客。余与楚生、郑穆姨看二十四圈，虽快已十一时，内子等或看或辍，早完仍同回。中餐食薄饼，晚饮酒，多有醺意。

初六日，阴间有毛雨。今日穆老请楚生，余早饭后往，内子稍后亦至，未带小孩。彼处后接大二儿往，余与楚穆老、方子谦看牌二十圈。中晚皆饮酒。内子牌早完先回，余又待车至十二时始回。连日饮食不和，夜腹涨且泻。（下佚）

（上佚）丁君比余欲过仰，仰已出，遇诸途，同至丁处小谈，出又同往燕大伯母处贺喜，守朱弟大婚也。多家人昆弟，闲话至午。余往赴毛澧仙之约，与公健、何五、葛五看牌十六圈，余负九元。彼为周问梅做寿，故中面晚酒，客满一圆桌。余看牌，因意软眼钝牌劣，十多输七，大牌久宜戒也。

十一日，晴冷。午前叔玉来闲谈，至午饭后偕往教场听刘春山《鸿门宴》书词，毕出。余欲理发，邀叔至富春食点，理发。傍晚出，仍同回，适朱锦堂来，闲话校棋。至晚饭后，顾云叔来谈密事，后朱、叔先去，顾独久谈乃行。

十二日，晴冷。早殷楫老片来约午饭，余因已有约，亲往面辞兼为贺年。遇郑玉如、黄子峰小谈，并读殷诗联始去。过序兄，与偕往飞狮晤孙某，遂同至守朱弟处见礼午饭。今日彼招赘倒回门，会亲兼宴客也，弟兄辈均在此。饭后与叔玉、筱瑚出听戴善章书词毕，各散遂回。

十三日，初晴冷，旋阴。午前因三儿入学事，往商倪蓬仙，因谈良久始回。午后仰蘧来，余以携大二儿沐浴，与同上街后始别。浴后尚未晚归，途已有燃爆竹上灯者。曛黑时忽臣朔来，因议某事片刻去。晚饭后又携大二三儿上街看灯，途中细雨如毛，行过东圈门益密不能进，适大狮灯迎面来，多人以锣鼓拥之，遂尾其后而返。又良久有花担过门首，阖家出观燃爆竹，使唱俚曲。时改降雪珠，闻夜又雪。

十四日，阴，早雪已化尽。午前内子赴汪二嫂约，傍中又接大二三儿往，余初理二儿字。午后独居无事，复棋看书皆不耐，则看小说消遣。儿等晚饭前回。夜深内子始返，云看牌赢五元，又食蛋面，闲谈许久始卧。

十五日，晴。午刻津弟来。午后命价携彼及大二三儿往城外观灯，余亦出教场略逛而回。晚饭后良久忽发游兴，大儿愿独往，约津弟来，待久不至，余自往迎之。中途见二人谈笑而至同回，加携二三儿，陈厨随后，直至辕门桥无所见，购电筒而回。大儿削篾为弓矢，以纸人首为的，余名曰冯玉祥，与彼及津弟互射之，中则欢笑，良久乃卧。明日网狮侄十岁，余仅与大儿往。

十六日，阴间有微雨数点。早岳母来命，津弟亦往。早饭后三人同行，至彼处久之，邀与陈佩纶、仲孺、公笃看牌。未几忽腹痛，急驱车回大解，后复往十六圈，余小负。中晚皆素，男客两三桌，皆熟人，饮酒谈笑甚欢。惟晚饭后刻许仍同返。明日与感也公请倪蓬仙。

十七日，晴暖。早出酬应，遇臣朔，同往颐园，茶话后又同看房散。余至徐处，席假该宅也，陪客六七人。午饭后待倪去各行，余亦与遯夷、公笃、重威出，因重威生日，遂至彼处。直入卧室，见对房公健等已成牌一桌。余等遂亦看十六圈，十时方散，余又负，同出各回。

十八日，晴愈暖。午前内子往穆老处酬应，余无事，理二儿字。午后看小说，徘徊前后，或与诸儿戏。晚敬香祀祖毕，又稍待内子始返，言看牌大负。当即晚饭，饭后诸价与儿辈往后邻王宅观灯，余与内子闲谈颇久，待回方卧。

十九日，夜雨。竟日阴，多微雨。今日马姓大出丧，闻颇热闹。清早为其军乐惊醒，即与大二三儿同起看待一（下佚）

# 丁卯日记

丁卯正月初一日，夜雨昼阴。早起食莲茶、枣、栗，即祀神祭祖，受诸儿群阶拜贺，复食点毕，即出贺年，以车行凡三十余处。午后回家中，午餐已过。余另食。下午男女价在厅前看牌，余伴内子在房间闲谈。后促内子小卧，遂独坐，摇次女，亦颇觉倦。内子至晚始起。今早微有毛雨，晚餐后亦然，夜于床上听雨倾盆。

初二日，早起见大雪纷飞，铺地皆白，盖又易雨而雪矣。是后，雪稍小或又雨，中间略止，气候幸不甚寒。余早理杂事，顾云叔昨约来午饭，候之不至，午后三时，始往问方二叔病，因彼喀血甚剧也。时杨新甫在彼，后李善馀、贻安、汪功甫等亦至，闲谈消遣。灯后同食。下午余仍乘车回，时又小雨。连日以内子故，皆食于房。晚必小饮。

初三日，早极晴，后日光稍微，亦未阴。早顾云叔来，谈一会去，约来午饭。午刻叔玉来，届时顾亦至，就现存年菜三人小酌，闲谈极乐。二人直至下午始去。余因咳嗽未痊愈，晚饮较少。

初四日，立春，微晴如昨。早岳母来，云欲汇四百元至上海陈处。闻之颇惶急，祀神食点后即匆匆乘车出，接洽数处，或未遇，或不谐，焦灼尤甚。后卒仍在大生向雒厚商妥。然待之甚久，回来已午后矣，始进午餐。时二四六七内妹皆在此，闻已早来伴内子闲话，直至下午后始去。叔玉午后亦来，既陈慕颠、聘侯来纵谈极久。二人先去，叔至晚始行。灯后与内子掷骰消遣。

初五日，早祀财神，食元宝蛋圆面。午前来客，皆旋去。余写信一通。午后伴内子掷骰，未数掷，又有女客至，待其去，始复掷。然未几亦辍。傍晚与内子以自斟壶小饮数杯，以三碟一暖锅佐酒，无群儿在旁滋扰，颇觉适意。饮后即晚饭。今日真晴。

初六日，晴。早出补拜年数处，往弥陀巷吴姓看房，小坐始去。又至殷处酬应，遂回午饭。午后复过数处，因往探方二叔病，入门见客满两桌，正进午餐，询知病势已殆，颇为凄恻，遂未去。傍晚回家，取大衣围巾复往，初拟留坐夜，至十时许闻稍安静，遂仍返。

初七日，晴。昨今又转寒，起极早，不及朝餐，食蛋泡炒米而往。昨返时尚余十人，今去只见一二，盖后已陆续行矣。傍中回，因四姊托余存款，过彼处小坐而出，仍至方家午饭。午后与王浩然等以棋消遣甚久。灯后复回，内子方坐床上做手工，伴之闲谈。夜眠酣。

初八日，晴，稍和。早有人来，待其去方往方处，已近午。知地山大叔已由津回，稍待进谒，聆其言论，豪放空阔，真滑稽玩世者。旁约十余人，皆屏息静听，彼凡畅谈两次。至下午始出外。余晚亦回，拟即留家。后见报端象棋谱文有自称总司令者，因持往与王浩然阅，又戏弈数局。晚餐时听方慎之谈先严遗事，至十时许始回。

初九日，晴。早过殷公健，久谈始出。后至叔玉处，适张受之、意诚亦在彼，同在花园闲谈一会而出，二张随余回，索象谱。又小坐复出。意诚中途他往，余偕受之至方处问疾，闻病况如故，余遂留，神疲颇思睡。午后尤无聊，至下午客渐多，受之亦复至，与贻安、筱同谈少在学校事，颇有趣，余亦忘倦。时已暮，忽家中以电话召余，遂驱车返。甫抵家，序兄亦至。盖彼同在方处，因余回，特来探问，实则内子以明日次女弥月，与余商请客，无他事也。序留晚饭，小饮闲谈而去。

初十日，晴。早诸内妹即来，此外女客尚有数人。男客仅叔玉、仰蘧、王石孚。中面连小孩一桌。午后仰等先去，久之叔玉亦行，既余闻内子言小孩甚多，厅前终非开一桌不可。乃复亲往招叔及伊子宝庆，来时已晚。忽啸尘叔不期至，留共晚饭，清谈为乐，久之始行。则女客已尽去矣。中晚皆小饮，午后有醉意，晚八碟六菜。

十一日，晴。两日皆暖。早理杂事。啸叔约午饭，余嫌客有不佳，托故未往。傍中至方处闲话，闻二叔又见愈。午饭后良久，大叔自内出，清辩滔滔，讲庄子使天下忘我难之义。又谓孟子无献子之家，系指其友五人心中之意而言，非谓禄位，而张公百忍须兼有忍心害理，皆出常解。间谈他事，尤眉飞色舞。灯后进糕点，彼倡以手取食，余等数人听讲甚乐，皆不忍去。后因彼至前厅晤他客，始与序兄同出，遂各回。

十二日，阴，早晚微有毛雨。午后出购物。过方处久坐，听大叔闲谈。晚始回，俄大儿自岳母处返，津弟、七妹同来。所携灯甚多，另有花担灯一架，由七妹肩至。彼等晚饭后，又敲锣鼓，良久乃去。夜雨。

十三日，早雨止，但阴。傍午往永宁泉理发沐浴，时尚早，浴时微觉凉，比回家中，午饭已过。久之，窦国柱、叔玉相继至闲谈，余下午始进午餐。窦并倩起信稿，二人晚始去。灯后二三四五儿各牵大小兔灯绕厅追逐。俄津弟亦至，时又小雨，晚餐津弟与焉。余对雨小酌，颇有意味。饭后内子令三儿扮挑花担者，进退可观，又大敲锣鼓。

十四日，阴。昨夜津弟宿于此。早与大儿迭作骑马戏。乘者背负弓矢，饰马者按二三两儿之肩以行，其行颇驶。傍中顾云叔至，余约来午饭也。治四碟四菜，闲谈小饮，津弟、大儿同食。后与顾密议他事。彼至晚始去，两夜皆因次女闹眠不熟。内子今早且致腹痛焉。

十五日，阴。早出乘车先过他处，遂至方家小坐。随与王国柱及二王医士出城渡河至汽车站，国柱打电话也。略逛，复入城往江西会馆，看水陆，不游此地数年矣。小玩仍同返，见序兄亦在此。彼午饭后即去。下午大叔出会客，连日聆其言论及所称许，推其所从得力之书，大概以《左传》《老》《庄》《世说》《述学》为多，余倾听雄谈至晚方回。晚饭后三儿涂面挂须，手持蕉扇扮挑花担，津弟、大三儿及群价以锣鼓拥之出。虽四五儿亦从提灯，至岳母处小试，又逛街始回，七妹随来。

十六日，阴。今日与徐化臣、感也公请倪蓬仙，即在徐处。傍中亲往约倪同往。座客自倪乔梓外，尚有徐约刘采臣、沈子臣等数人。午饭后即各散。余怅无所之，信步小逛，遂回。闻臣朔约颐园，复出，啜茗至灯后人尽散，犹与陈及包梦华谈文，甚久，始返。晚饭后，花担复出，又多二三人。昨往穆老处，彼不知为余家所玩，未纳，今复往，次儿饰女妆。比返，小雨。

十七日，昨雨竟夜，今阴亦间毛雨。日颇苦无事，或蹀躞往来，或检书拟读而心不入，旋复弃去。午餐，偶小饮。午后与七妹诸儿角力牵拽，欢笑甚久。下午稍倦，且有酒意，朦胧微睡。灯后大儿回，七妹遂去。

十八日，昨晚又小雨彻夜，早起益甚。后与大儿往穆老处行礼，时雨稍小。余随往赴叔玉之约，有葛五、芥尘、鲍甘南、守朱、筱瑚等看牌，两桌皆幺半。初圈余当庄，成满贯。十六圈毕，翻输七元余。雨终日未止。晚饭后，因待车良久始得返，内子已卧，余复食粥一盂，乃寝。

十九日，阴。昨途遇黄鸣龙，约彼今日午饭。余早起即出酬应，又往问采卿叔祖疾，旋回。未几，鸣龙至，时岳母已来，并余夫妇看小牌一桌。中餐合津弟小孩同坐，晚亦然，别无外客，饮酒谈笑甚乐。随意看牌，八圈后又加两圈始止。微雨，迄晚未休。晚饭后闲谈颇久，乃去。

二十日，早起，微雨雪，闻夜已如此。旋接方二叔逝世丧条，颇为叹诧。未几，所延教读李薇卿先生已来开馆，余遂陪谈。又赶忙一切手续，久之始暇盥漱，待开馆后，乃稍定。诸儿时离坐向后，禁之不可，内子以篙驱之方止。大儿时由馆回，又招叔玉来作陪，中餐颇迟，饭后待李去，亟往方家候殓，李及叔玉后亦至，晚始得行礼，后遂回。

二十一日，阴间晴。早起未及朝餐，食蛋泡炒米，即往方处陪客。仅见王浩然，虽礼生尚未至，后来数人，无非王蓉湘、李善馀、丁竹符等，陪客至晚无事，相聚闲谈。方慎之谓子弟须《论》《孟》成诵，再读过一经，待国文清通方可入学校。所入之校，务令力量有余，不躐等，不逾量，免致求胜伤身。余暇尚可令读杂书，作劄记，多得国学根柢。其言极是，倾听久之。余觉以后求友，与其从诸少年作无益游戏，毋宁随（下佚）。

（上佚）春于巷口遇李伯永，入坐甚久，曛黑始出遂回，连晚仍服药。

十四日，晴较暖。早往懋伯处小坐，与懋往大草巷久谈，被留中饭，时芥尘忽至，即同食。饭后一会，余先回，俄芥偕叔玉来约，同出听书，词系康又华之《三国》书词。余颇不耐，勉毕其说。时殷公笃、何五亦在。彼书后，五人同至富春食点，曛黑方散各回。郭亚翔来，久谈始去。

十五日，阴。早饭后往方家酬应，先过马化龙，拆字两枚。在方处，陪客数人，抵午始出。过大生打勾条遂回。一会郭亚翔来，同食中饭。饭后请彼写租收约。因为之备烟具，彼且吸且书，下午始毕。偕至刘甸侯处，郭四亦在，彼即签字兑款，事竣仍同回。俄伯永忽至，谈一会去。叔玉又来，先已小雨，此际渐大。晚餐因有他人送余生日之菜，遂为叔置酒，郭狂谈又久，始同去。余咳渐愈，今日已不服药。

十六日，晴。早岳母来，因余生日也。敬香食圆面后，余无事，与小孩戏玩。后仰蘧来，一会叔玉、序东、芥尘、季谨、竹符、公笃接踵至，时已午饭。饭后序、仰、竹散去，馀相约听书，余与同出。因路泞，与季谨在后闲谈，彼等先行，遂致相失。季又他去，余颇不愿听书，缘怅无所之，不得已复往。旋因无趣，仍别彼等独至颐园听人闲谈，藉以消遣，抵晚始回。俄叔玉、季谨复先后至，亚翔又来，闲话良久。晚饭计六碟六菜，饭后又一会各去。今日因王穆老病，女客多未至，惟六七妹、津弟留晚饭。余追忆去岁六儿殇于此数日中，默念至此，深用黯然。最记去年今早敬香时，余坐堂屋边杌上，奶妈抱儿睡手上，且哄且走，儿病已亟，心滋惆怅。大二三儿皆已往书房，四儿时亦病，故仅五儿为余拜生日，愈觉寂寞寡欢。后女客至看牌，要余入局，余心绪甚劣，颇不愿。内子尚强慰余，谓既系生日，须稍作消遣高兴。因勉看四圈后，内子属余让王太太。午后半日独在房间写信，或倚床稍憩，绝无兴趣。下午后客亦求去，余等坚留，再续四圈以便在此晚饭。饭后始散。时则人去更阑，内子为儿拽门叫吓百二十声，余应于房，此声此况凄恻至甚，今犹未能忘也。

十七日，阴。早过数处有所接洽，途中或见军警加岗，盖系孙联帅所拟经过途径也。回家中饭，饭后访郭亚翔，拟约看房，先待其起，继待吸烟，又待午餐。时彼内兄陆大复来，几待至三四小时之久始得与郭出，陆亦随往新房，察看良久乃去。又同郭过刘甸侯处，比回已灯后矣。

十八日，晴。早出酬应，后至啸叔处，忽家中来价招余，遂回，盖八妹在此与余商搬家事也。谈一会去，午后偕内子、女价出看新房。王太太适来，从往于新宅，门首又遇序兄，彼亦入看。看毕，内子等回，余复到大草巷。又久之出。以不识北河下其地，乘车游历一过，遂至颐园，遇方大叔、徐感也。因至晚乃回。内子冒风，头痛呕吐，未晚饭，卧，以姜艾灸头。

十九日，晴暖。早出酬应，后在羊巷张家听诸人谈时事，良久始回。徐感也随来看伯永，托余转售之字画，一会去。午后叔玉来谈彼昨日牌经，颇久乃行。余定明日发桌石至新房，二十三进宅，故即理搬家杂事，内子亦然。内子头痛今早已愈，余恐未尽，延杨新甫为诊。

二十日，阴晦，间有微毛［雨］。早与内子同起，即指挥搬运杂物，叔玉在新［宅］（下佚）

（上佚）谈话约共看牌。余、王先已允徐约定暂回再来，俄陶医来为余诊腿，言较愈，旋去。王漱芝与余接洽后亦去。待孟达来即入局，系么半二十和，约看八圈。时陈君已来授课。八妹处送来汤圆为余等下午。正食时，丁竹符来，旁观看牌，言系补贺年，立谈片刻即去。余等看时因在花厅，故陈亦常来旁观，四五儿屡来扰闹，后二三儿课罢，亦然。余时怒视之，牌至灯后一会散。王负，余小负。孟达不日北行，仰蘧原拟与余共备四碟四菜，为彼饯行。余以今岁尚未请过孟达，因遂独任，此时即留之晚饭。以无所消遣，将棋取出，先王变残局，后余要徐着一满盘。局半忽叔玉来，云已吃过晚饭，特来闲玩。此局余几胜，后错走数着将和，诸人皆在旁参观，王并指点误处。尚未终，因开饭，遂作罢。诸人小饮，叔亦加入酒团，今日菜来迟，且殊不佳，余颇少兴。饭后陈先去，仰与徐继去，余、王、叔三人玩棋，变棋良久，仍王先去，余待叔去后方回。后晚间内子等在后食炭火锅，大儿在岳母处，晚饭后方与津弟回。彼等已自议定仍入去岁小学，明日上课。盖余早间曾将两者胪列各项比较，令彼等议决答复也。今日朝南屋雪殆化尽，朝北者尚未，日中地极湿，余腿仍痛，但不甚剧。次女服过回春丹，仍热气不甚平。大女亦热，但余不似次女病之萦心耳。

二十二日，阴间晴。早起写日记，次女热未解，无眼泪，时啼吵口渴，思饮不止，顷刻尽七八杯，因是愈忧烦，亲往抚问，频唤余若诉所苦。心怜甚，因即抱之。未几复啼，遂付交女价。不谓此次即系余抱此儿最后之一次，从此永无再抱之日，伤已。

# 殇女浣庆琐记

女为余次女，生于丙寅年阴历十二月初十早辰时，内子言在巳时，然余忆儿于天甫大明后落地，似当在辰时也。儿与诸兄排行，须以水旁命名，然水旁字合于女子用者极少，遍翻字典始得一浣字，乳名定哥。然余等皆呼定子，其意在使以后定住，不再生也。时余有五男一女，并儿二女，惟余于此女钟爱特甚。盖先尚有一第六儿，于本年春间因痧殇去，儿即于是冬生，余私意以其貌颇似殇儿，殇儿生时余淡视之，殁后追念颇久，以是得此女后特加怜爱，但以此意不甚吉利，故仅藏之于心，未敢对人言也。儿恶热喜凉，卧时如暖则啼闹不安，性亦急燥，苟不如意即大哭。余去岁写给楚生内弟信云，是儿终日喜笑，不如所意，则亦大哭，盖实事也。其哭之甚者，辄两足乱登［蹬］，头向后仰。余于他儿好哭者即怒不可遏，甚或挞之，惟于此儿苟哭则不独不觉可怒，且恐其有所痛苦，必询问再三，萦怀不已，或亲与哄顽，待其哭止，心乃得释。故儿虽生仅十三月，而余之提携保抱反较他儿为特多也。

儿于去岁夏间时甫半周，极为肥硕，黄鸣龙在扬称为一团肉，至秋八九月一病几殆。余夫妇悉心调治，始脱危险，因病由奶妈照应不善所致，遂于十月初十外为之断乳。当断乳之日，余颇凄然，固因儿仅十月，强断可怜，亦以人生惟食乳时为最快乐时期，至食饭后即与忧患俱来。儿于此日实为离安乐而入忧患之第一日，亦其此生无复再有食乳之日。其食乳之最后一次，闻在是日夜半，尚未天明，时至日中即未食也。

余呼儿皆呼其小名定子。内子则常呼为定定，余亦喜呼之，或呼为定定小乖乖。又因其性急好闹也，当其闹时，余夫妇每戏呼为定定小蛮虫，或小蛮狗。余尤觉此称为可爱，又以其行八，且生肖属虎也，余每戏指称为我家八小姐或小老虎。因笠仙六叔处八妹乳名亦曰小老虎，而皆称为八小姐也。如楚生内弟等因其稚幼，则多呼为小定子。

儿于去秋病时，早晚及夜中或极啼闹，每无法哄止，惟喜听儿辈在学校中所唱之《小兔子乖乖》歌。余等为唱此歌，每能止哭，或渐入睡，其歌曰：小兔儿乖乖，把门儿开开，快的个开开，我要进来。不开不开不能开，母亲不回来，谁也不能开。其下又易为小孩儿、小羊、小螃蟹等。余当唱此歌时，或竟戏易为小定子乖乖也。

儿当价人携带时，价人或以口嚼食物套其口内，与食久之，遂成习惯。余初不知也，当其断乳后，余有一日抱儿，适口含食物咀嚼，儿以余将与食，以口来接，余不晓其意，仍自咽下，儿未接到，乃哇然大哭。时尚未及周岁，已解人意如此，余睹此爱甚，嗣后每当食时，价人抱儿来旁，无论如何，余必只含食物哺之。

内子抱儿时，其所着系皮旗袍。儿辄喜以手扒衣襟上角，掀看皮毛，待看见后则必唤蛙吾子（上一字又近掗，有音无字，系扬州土音，指能食人之动物，用以恐吓小儿者）。或将手缩回，若知怕者。然旋复往扒，其态绝可爱也。儿自断乳后，即按顿食粥，后来平时所食零嘴之物，多系鸡蛋饼，饼贮在余住房龙梢洋油箱内。儿每在余房间顽时，辄以小手指箱索食。平日早间在床上醒后，亦先食此物，故其床头亦常置放此饼。闻内子告余，儿于殁前一日日间（即二十一日日间）时已病热，在其所住之套房内尚以手指床头索食。从此竟无再食人世食物之时，诚悲不自已也。

十三日上灯日晚间，各处灯烛皆已点齐。内子命儿女七人各提纸糊灯一个，巡行室内一周，即算在家将灯玩过。凡大厅、花厅、套房、堂屋、厨房、天井、火巷、土地祠等处，均走到。仍由大厅回后，儿辈提灯喜跃，口中呼鏖（扬州一种土音，仿佛口号）。时此儿尚抱在女价手内，亦高声随诸兄后连喊鏖鏖不已，声极高，在火巷内欢呼，余等在堂屋闻之，尚极清晰，而其高兴之态，尤为可掬，他价等见其好顽，皆为发笑。嗣后每日晚间，凡儿辈点灯时，此儿亦必自索一灯顽玩，孰意十日后，竟将彼独弃置于荒途古陌之中，永不再与家人团聚，真不堪回首也。

儿性喜装饰，见花要戴，有新帽新衣新鞋，必翘举告人，口中啧啧若甚，以为好看者。近因冬季戴狗头帽，帽后钉排铃。儿常喜摇其头，令其头铃昌昌作响（昌昌，土音，系铃声），欢笑以鸣得意。岳母腊月自上海回，为儿购一新帽与戴，儿哭不要，无论如何终不肯舍此狗头帽，其意盖因帽上有铃也。殁后余乃未以此帽为殉，余负儿矣。

儿喜内子抱，次喜余抱，若在内子或余手时，虽伴其睡觉之女价来抱，亦不要，必哄以到后头吃粥，始肯离开。到女价手内，因其三餐皆在厨房，厨房在住宅后进，又向系此价喂食，故诳以此语，即相信也。

今年正月凡祀神祭祖时，除内子因怀孕不能行礼外，其余班次系余为首，大二三四五儿次之，长女又次之，儿年最幼，例在末，然儿甚喜磕头，每值诸兄行礼未毕，儿即欲从价人手中挣下，争先行礼，不从则叫喊。余见此状，多接手抱去。俟依次到彼时，余即亲自抱儿在蒲团上行礼，儿头即乱点不已，见者皆不禁解颐也。

余每抱儿时，多喜举其小手放我口内，余若口含其指，节节轻咬，作欲食状，则儿尤喜，虽当其哭时，能为之止。其一手含毕，必又将另一手仍放入我口，非将两手全行咬到不可，余咬时常笑言须当小金果，将其咬断也，虽属戏语，然见此肥手爱不忍释，几恨不能真咬矣。

儿于去冬十月初旬外断乳后，即由内子带睡。至腊月初又由其他女价带去。其间与余等同睡约两阅月，此时最为亲近，所见可爱之状甚多。余最喜每晚内子解衣后，坐在床上时，时儿亦将外面衣服及鞋袜裤子尽行脱去，下身光赤，上身仅留一紧身小褡，面对面坐娘怀内，或以两手抚弄其母胸前纽扣及皮衣皮子，或钻入其怀内，以脸在其身上揉擦，或坐被中上下跳跃不已。人与引顽，即举手要抱，其一种活泼之态，描写不尽。而面前所留之长发一撮，酷似画中肥胖儿童，尤增痛象也（扬人多呼小孩为痛，与呼乖乖同，皆表示极亲爱之意，此痛字不作疼痛义解）。

余每于晚间仰卧床上时，价人抱儿来，余必接过，逗与顽笑，或强使卧下，枕余臂上，明知其正值高兴，故意拍之若哄其睡，以引儿发急，必待儿欲哭，方一笑将其抱起，屡屡如此。有一晚，余抱儿坐床上，女仆带来一十二岁之女立床前，儿素喜此女孩抱，因是常令此女孩抱儿，与儿极亲近。是晚儿自以帐遮面，与彼张躲着笑，彼欲举手来抱，儿即藏入帐子，彼故意转身欲去，儿复将脸露出帐外，合合笑不止。女孩亦笑。如是者时间颇久也。

儿性素急，凡索一物须立与之，如不与，则即哭下，后虽与亦不要，或将其物挥掷地下，哭终不止。正初有一日，余抱儿在套房，儿因小不如意喊哭，哭时双泪直流，余因笑对内子言彼去秋病中，因哭无眼泪，余二人极忧烦，服药多帖，终不能得，今则不为一事而泪多若此，岂不谓奇。内子亦笑谓然，而孰知十数日后儿竟仍以不得眼泪而丧其生也。

儿自去秋，即能唤余。大病后复不解唤，入冬又渐能呼，至去腊今正则唤尤清晰。每见多唤余索抱，或连呼不已。最记十九日午前，天大雪，余伏小套房桌上抄棋，内子与女价皆在大套房做针线糊鞋底，儿则跕立其旁草窠中频频唤余，内子等皆笑。余因正抄棋未往，但漫应之，后余欲往天井小解，经过大套房儿之草窝旁，儿又于草窝中自转身仰面视余，连唤不已。余略逗与顽笑，仍回小套房抄棋，时距儿殁前仅三四日耳（余家小孩唤余，皆从吾扬土称不作爹爹，不作爷爷，亦不作爸爸，其字写不出，亦不能以平上去入圈读，但仍系双字，其发音用舌尖抵齿，与他字声极相近也）。

儿有时抱在余手中，或连嗅鼻子，意思欲哭。余不解其意，内子告余，谓系其鼻子作痒也，余因以手指在其鼻上揉擦，儿即不哭。儿间亦能自己用手揉鼻，或将脸伏人身上，将鼻部摩擦不已，自解痒也。

儿在余家除前所述数种称呼外，价人则皆呼为小姑娘，儿辈则称为小妹妹。余或向内子戏言是我们的老女儿。虽因其最幼，亦极高兴语也。

儿初生时，鼻梁极饱满，后因所雇奶妈系凹鼻，乃亦渐凹，面方圆。去夏极肥胖，秋间一病遂甚消瘦，病在八月底九月初，至初十外始渐愈，又食乳约一月，至十月初十外，断乳入冬又渐胖，两颐下额皆有肉，两股及腿上肉亦甚实在。手极肥厚，惟两脚仍小，未见长大，头上惟前面留发一撮，余皆剃尽。至殁时所留发已甚长，去春即害耳边，由夏而秋，至冬始愈。二目极有神，活泼泼地。内子常对余言，定子也并不十分好看，但眼睛灵神气足耳，话最确当。大女长儿十三月，尚一无所知，儿已甚解人意，晓得皮脸，晓得想同大的在一处顽，晓得要花戴，要好衣好帽。有一日，四儿在套房哭，内子适亦抱儿在旁，儿恶其哭，即欲打之。旋内子已将抱儿出房矣，儿见四儿仍哭未止，复转身非回不可，必欲举手击之，且口喊且作势若甚动气者。内子笑以告余，以其状极可爱，每腾口说。内子又常对余言，定子虽比巧子小一岁，将来先会走路者，仍必是定子，因从现在情形可以看得出也。儿初解唤余时，仅能一字，其后即能两字，与他儿同（所唤音已见前），儿喜大儿抱，每值其哭时，余一时不能哄止，即抱之往大儿等所卧房间，说去找大哥哥，儿哭每为之止。大儿抱彼时，或他儿引逗与顽笑时，儿又能喊哥，故其诸兄皆甚爱彼。余家间壁系武当行宫，内有小学校，常教授体操，高呼一二等口号，声达余室，儿以听惯，辄能仿效，每遇彼处体操或唱歌，儿闻其声，即亦将身一上一下顿挫，作势高喊一二止，若与相应和也。

儿因足小，故至殁时，尚未能行，然已能跕草窝或坐一种有椅之籐车中，亦能自己扶住立起，且会转身。有时儿在此车，值三餐时所抱彼之女价已为持碗盛粥，儿知系将与彼，即伏于车边上，俯身向外伸颈，向其索食，鼻中作声，或口中安安不止（安安系儿口中索物之音，其声又与晏晏相近）。

儿极解人意，凡普通点头及摇头之作用皆能领悟。有时欲索食物，内子等择一物与食，如非其意中所索，儿即摇头挥手表示不要，甚则益增其喊哭，必须易物另与，多或换至三四次，必如其意方罢。一俟得其意所欲索，儿即伸手来接，且必连点其头不止，或泪尚未干，已破啼为笑矣。

儿性喜以手抓人，有时余抱之亦为抓及面部。当时颇痛，但余亦不怒，转面避之而已。故其指甲每稍长，内子即为剪去，又以其醒时不肯，故每于其睡在手中时偷剪。儿长牙极早，半周时即已有，故断奶能早。未断奶时已久喂粥，已断奶后凡非过硬及难消化之物遇见皆随便略与儿食。一日内子以食物给儿，见儿含至嘴旁，若似咀嚼，以为奇。而启视其口，则已有槽牙矣（槽牙即口中两旁用以嚼物之牙）。内子常觉其好笑而告人。余初喜以手指置儿口中，由儿含吮，后因其有牙，遂不敢。儿牙长甚速且甚白，比其殁时已一嘴小白牙有若干粒矣（门牙几全，槽牙亦有数粒。）。惟儿生时囟门尚小，后乃愈长愈大。内子间引以为忧，因囟门应愈过愈小，而大者乃不结实之征也。又儿于面前所留长发一撮，系一桃形，前尖而后圆。

凡大儿温习功课时，他儿如至其房喧闹，余必怒斥令去，惟于此儿则不然。每值其哭，虽大儿津弟正温功课，余亦抱至其房间于桌上择物与玩，由大儿等引与顽笑，或即令大儿抱之，久之始去，虽辍功课不顾也。十八晚饭后，余在小套房理棋，内子抱儿坐桌当头椅上，儿在桌上择物玩弄且不住跳动，余因内子业已足月，恐其吃力，价人等又皆到后吃晚饭，时惟大儿在其所住房间，遂唤其来抱小妹妹，大儿乃抱之顽良久。

儿自去年九月病后，因其不甚要奶妈，而奶妈又颇躲懒，余即帮内子带，常抱其花厅上逛，口中唱小兔子乖歌与听，令他儿尾余后跳唱，儿即甚喜。儿面伏余肩上，久之儿或睡着，余不知也，必问之他儿曾睡着未？他儿答已合眼，余始将其放平睡在手上，又东西来往若干次，待果睡熟后，方送到后面房间或交于内子等，或即余将其缓缓放至床上又拍一会，方敢离开，设若惊醒又必抱起。当病中时，亦多系内子带睡，夜间常醒，内子必抱之坐起哄睡，甚或下床，两头抱走。余虽不下床，有时亦坐起；或虽不坐起，亦必口中哄顽或接递物件，终必待儿放下睡着方得心安入梦。儿睡着时余虽转侧，亦必极其轻微，惟恐或致惊醒。即其后有一月余同内子睡，余亦皆小心如此。又断乳后，儿间闹奶。一日闹哭甚久，各样不能哄止，后抱彼在大厅使他儿与相追逐，儿乃觉乐。嗣后余遇儿闹蛮时，即抱彼到大厅，快步前奔，令诸儿在后佯追，喊且拍手。或余抱儿追他儿，相与绕于细格前后，皆能令儿笑乐出声。晚间内子收拾睡觉时，余亦抱儿在房中两头逛，多系用手托住平睡，待内子坐上床时，儿已睡着，然后递与为脱衣帽鞋袜，或又扰醒，与顽良久始睡。去冬某夜夜半，内子告余言儿发热，因坐起哄之极久，次早又略减其食，是日儿即痊愈。余因谓内子此幸是自己带，微热即知小心照料，故能如是速愈耳。若由女价带，睡决不能如此平安。内子亦颇谓然。何意数月苦心终成泡影，真不堪回首也。

儿生多磨折，小时腿与股际或擦去油皮，为敷牛矢灰，儿因腌痛必致哭喊。满月后未几即害耳边，时流脓血。每为洗耳搽药，儿痛而哭，或致出血更多，故常待其睡熟，方为轻轻拭洗。经夏未愈，秋间病时医言如久不愈，甚伤气血。因为延外科敷药，病愈，耳始就痊。病中余二人极提心悬胆，日必延中医为诊，又延西医以寒暑针试验热度。凡延医用药皆再三研究，余或自出往医家询问，及往问人以何医为宜。中医先后凡经三人，西医又曾打清热针数次。犹忆一日午前，内子抱儿卧，余等床上已睡着矣。内子下床向余谓儿好偏向一边睡，病恐棘手，相对频蹙。因前六儿病剧时亦系偏任一边睡，知医者谓系肺炎之现象也。儿哭时头向后扳，故当时犹虑其来惊，直至十一日儿病始大见愈。是日系大儿生日，晚间余抱儿在花厅，内子、津弟大儿均在旁，余谓大儿，汝之生日不及，将来腊月初小舅舅生日之乐，其故有三。大儿不尽解，余因告之以今日小妹妹尚未痊愈，我等尚有心事，异日可以尽欢，此一乐也；现在家中住兵，大厅等处皆被占据，出入不能自由，异日则无此，二乐也；今日晚间不能过迟，因明日尚须上课，而异日次日则系礼拜，此三乐也。语出，大儿等皆以为然。余又谓今日幸其病已渐愈，故尚能如此，否则并此小乐亦无矣。儿病剧于初一日，因其忽然午饭后闭厥，余多日皆同内子看护儿，未外出，即偶出，事毕亦旋回，回必先问儿状何若，心悬已久。是日始稍释然，尚未尽痊，不过可免危险耳。至十七日为儿谢神还福之日，方算真愈。因儿竟日皆欢笑，手舞足蹈若无限高兴也。

儿虽为余次女，然余钟爱之深为他儿所不及，苟闻他人言女孩不如男孩足贵，或以儿与大女相提并论者，则必艴然不悦也。

价人常抱儿在门房或门口顽，故与龚大接近，龚大于哄儿顽时常以其胡子与儿揪，儿亦喜抓其胡。龚大又教儿拱手作揖，儿亦学会，龚大每戏与之作揖，儿即与之对作。一日价人抱儿立大门外，时东头有热闹事经过，且有音乐及玩意，儿目注之极其神气。余自家内走出，在儿后引与戏，儿见余即回顾笑呼余，且就余抱，余因抱之又看良久。余于他儿皆不常抱，若抱之到门外尤其不肯，因恐为人所见而笑，惟于此儿独不然，时抱之立门首，甚则至街中，即遇熟人亦觉坦然也。

儿殁于二十三日丑时，当二十一日清早，余与内子枕上甫醒，尚未即起，闻儿在套房大哭甚久，后女价将其抱至厅前及门首，犹闻哭声。内子因言哭时不宜抱至门外吹风，仍当在房。余以为然，呼女价未应，遂作罢。余旋起，内子尚卧，余问女价以儿哭故，答以微热。余以头亲之，果不甚热，亦未为大忧也。是日，有客来，后且看牌，未能尽注意及此，偶于回后时问内子，内子言，系伤风，有眼泪鼻涕也。惟余虽须前时闻女啼哭声，心为不宁。灯后时女价抱儿至花所，立余后，看余打牌。余回顾儿，略与之戏，女已不笑，俄复闹欲哭，女价遂抱向后。是夜，余眠甚酣，至早醒，亦绝未闻儿哭，且昨晚临卧时，闻内子言儿热已清，心窃以为愈矣。内子时亦醒，问及儿，余即以未闻哭声答之。俄余先起至小套房，见女价抱儿在其所卧之大套房，余问热果清乎？女价答以尚热，夜间口渴，频欲饮茶，身上嫌热，自己常将上身钻出被外，不肯盖被，睡不能熟，时时蛮闹，但声音不如昨日大。余始知不闻儿哭者，乃因儿哭声微不能及远，非已安全也。余旋在小套房桌上写日记，女价哄儿下摇篮睡，儿不能眠，索茶饮声甚急，女价饮以瓶中开水，略止。俄复作声，索饮声凄而急，若口中干燥甚者。女价问曰：“汝欲饮乎？”复饮以水，顷刻已四五次。余先视儿，尚与昨日相仿佛，此时闻儿频呼索饮，且气甚急（昨日即闻况气不甚平，但似不如此时之急），颇不放心，因即跨至套房看儿。儿所睡之摇篮靠板壁略斜，置儿头内足外，余立于儿脚头俯视儿，且唤之。儿见余至，双目注视余面，连呼余数声（每呼皆两字，声音已见前），余心已怜其病，再闻其连呼，愈觉惨恻难过。因曰：“我来抱。”遂从摇篮中将其抱起，外裹以包被，略走一两步。儿因病不耐烦，旋复苦脸欲哭。时抱彼之女价，亦在旁。余遂递令抱之，不料儿之唤余竟尽于数声，余之爱儿亦止于此一抱。今生十三月，父女之缘遂终于此，悲哽何言！孟子谓，人当因疾病痛苦，则呼天呼父母。夫儿，余所爱也，儿病剧不余唤，尚谁唤？安知儿之注视余而唤余不已者，不系自诉所苦，以望余为之拯救其生命，乃余竟坐致延误。呜呼！儿身有痛苦，以年太幼稚苦不能自言。余复梦不之知，继则势已危殆，又不善为审慎医药，致令不起。余实杀儿，尚何言哉！

当时余将儿交与女价后，虽不遽料其病可以致死，然见其气急口渴，心极欲哭，而无高声无眼泪，知其必较昨为重，因命价为延医，初令请饭后，既斟酌命改请早门。一会内子起，余以儿病况相告内子，后到大套房看儿，亦未言有何险象。既则余因腿痛复剧心至烦躁，又有客来，未时时往视儿，或问内子。内子言儿较早能安睡。一时醒，摇则又睡。又言病况似已向好，余遂未甚注意。至午后余至大套房问儿何如，内子言但绵绵思睡，因命女价少顷将其抱起哄顽，勿刻刻摇令其久睡。余亦谓然。所延医已久尚未来，此时已又着人往催。又一会方至，适儿睡醒端尿，因即令抱至堂屋与诊。医大概审视，视如平淡，诊后女价抱进房。乃医甫去，而儿已闭厥，按摩针药均归无效。最后，尚令男价强灌以捣烂之万年根汁两三匙，不逾刻儿已气绝。时在夜半两三点钟，约当二十三日子时矣。儿自闭厥后多方设法，终未苏醒。其脑后、足根、人中、虎口等处或咬或掐，伤痕无数，几于肿烂。儿之于世仅昙花一现，人世之乐举未得尝，所历日月病魔居半，临终复经此痛苦，果何因缘历受诸劫，能不为之断肠哉？（儿生十余月中，一次避兵，局促茅檐；一次避火，团坐草地。儿虽年幼，未有感觉，然流离狼狈，皆人生所不易经见之事，而儿独遭之。且余年来境遇杌陧，家道中落，凡儿之弥月、百露、周岁，皆不过敷衍故事，家中略添数菜吃面而已，余皆单简，从未为之请客热闹，如向之兴高采烈者，余于此滋惭愧对儿也。）

儿生十月即断乳，余以其断之勉强也，故商之内子为购补养之品令食。早甫醒，先食以饼干，后饮以水果、盐水，再饮以牛肉汁，最后则食以第一蒸熟燉在灯上过夜之山药一段，和以米汤。然后方起。其所食三顿之稀饭内又必和以麦精。其初断乳从吾等睡时，皆如此。后儿多不肯饮水果盐，既由女价带睡，则并牛肉精亦不与食。今年彼等又谓儿嫌稀饭内麦精甜，时欲作呕，因复不和麦精，至是而儿所食补品，仅存山药，特为购之牛肉精，麦精无形为女价取消殆尽矣。但儿素属热体，自断乳后，又不肯饮水果盐，即常闹大便艰涩，或隔一二日方出恭一次，出时又极难，或久不得下，被痛哭后，为购宝塔糖（按宝塔糖系食品，恐非此物，此物忆名为干油锭），俟其难出时，为塞入少许于肛门，方得畅解。今正因系年下不乏果品，因儿系火体，遂日给以橘子数片，或半边，故出恭亦不甚作难。惟殁前数日未有橘子与食，故儿于病前一日即出恭甚少，及发热后遂终未大解。虽致死之由不尽因此，然儿平日素现肝旺之征（如性燥、头向后扳等），不于事前时进以平肝清热之品，豫为防范，使至于此，何以为父母哉？

十九日落大雪，二十日天极寒，是日日间女价抱儿在手，内子见儿双颊皆紫，谓女价儿岂寒乎。儿向由女价带睡卧于套房，平时如儿先上床，内子或未睡，则内子到儿床前看儿，时儿必欢笑，就内子抱。是晚儿亦系先上床，内子至其床前，与引顽，即不甚要，其夜儿即发热。次日，即二十一日，儿竟日常啼闹，内子先命扣一顿，勿与食。至下午始由女价禀明内子在厨房为热粥一碗与食。傍晚女价尚抱儿在门口，龚大与之顽。儿尚如平常肯揪龚大胡子，然晚儿与女价上床后，内子至其床前唤之，说：定子来，跟我睡。儿闻言不但不来就，转而从被窝中及女价面前钻，一若甚为怕冷，及极不耐烦者，口中出声亦似表示不耐烦之意。然儿日间尚热，此时反退热，故内子未甚以为意也。及上床后告我热退，余心尚喜，夜亦未听其哭闹。次早睹状，余始忧虑。据内子言，内子起身后至大套房看儿时，儿见之即呼我娘，内子不禁凄恻，且觉不详，因儿素不甚喊内子，此时忽喊，与平时有异。又以六儿殁前两日，亦如儿之情形，频呼姆妈也。内子因心中难受，少顷遂出房，及后内子坐在大套房时，见儿在窝子中，即常绵绵睡，既不哭闹，亦不干燥索饮，惟睡着时嘴边又许多白沫。儿自昨日发热口水即无多，然尚有眼泪鼻涕，故内子以为伤风。及至今早，涕泪皆无，此时内子见其口边白沫，疑为淌口水，尚以为好事。傍中时，儿在窝子中偶醒，内子戏向他说：“定子，抱你上锅上吃饭去。”儿先脸对住床，闻内子喊他，斜过来向外，眼睛望了内子一下，意思若是想哭而哭不出的。内子因命女价将儿抱起来端尿，儿昨日的尿颜色甚黄，今日颜色反白。又儿昨日口中的热味甚大，今日以口套他的口，反一点不闻见。随后推想这都是病症加重，渐将内陷的表现。可恨当时未能注意，此时女价端了儿一泡尿，尿的并不少。又倒了些二茶给儿吃，儿吃了两口，一手将茶杯抢过，想朝地下摔，意思都是很难过、很不耐烦，藉以杀气的样子。但是不曾摔得下去（去秋，儿病尚未愈时，一日晚间，内子抱儿在房间，余与二儿等亦在旁，二儿戏弄寒暑针，无意落地跌碎，余颇怒，内子言人在重病中，若能无意中打碎一物，病必见愈。此系好事，可勿论，余遂息怒。次日，儿果渐愈，此说虽近迷信，然儿今日自己想摔茶杯，未能摔去，终以不起，其然岂其然欤）。后又复睡，及至午后医生来时，先是女价抱住在堂屋内看，看过后抱进我们房间，内子旋因欲取纸开药单进房到龙稍，从儿面前过，儿见内子尚侧身扬手想抱，内子略抱，复递与所常抱儿之女孩时，儿在内子手中，已有振振之意（振振，扬州土音，谓吃力而不自在之貌）。内子因命女孩将儿抱好抱稳，不必常动他，不知此时儿动肝惊之象已现。俄女价复抱儿至里间大套房，儿即口咬钮子，旋则已闭厥矣。时余送医生甫返，内子亦尚未入房也。

儿脸皮极嫩，人与儿戏时，或故做狠象与看，或假嚷一两句，儿即欲哭若甚伤心者。儿平时喜在外顽，不喜在家，虽炎冬盛夏，每日亦必出外，至少须到龚大所卧门房，故女价常抱儿立门口，尤以在西邻剃头店内为多。因其店堂内既无风，又可晒太阳，且看得见街上来往也。因此，几于每日必到，余每于外间回来经过该店，常见女价抱儿坐膝上，面向外。既见余，女价立起笑呼时，儿闻声，即欢笑迎就，或呼余，女价即抱之随余后回；或余在进门时，即从女价手中接过，自己抱儿入内，如是者甚多。故今凡自外回，经该店门首时，犹是昔时光景，而已不见吾儿，常不觉恻恻也。

儿生余家，虽不足四百日，然其弥月中，皆系内子亲乳，与余一床睡。因是余故不嫌其脏，常与之擦脸亲嘴（他儿生后，即奶妈带，余以其口吮奶妈之乳，不甚洁净，故绝不肯与靠嘴）。又六儿生时，余与甚疏。及其殁后，则颇追悔，因是极有怜小儿女之心。无如巧子素非余所喜，比生此儿，遂不觉特加怜爱。睡时在摇篮中，则余常摇；醒时则与之戏，或抱。后虽由奶妈带去，然天性间业已甚亲，所谓不知然而然者。及儿秋间一病，多系余及内子保抱抚视，颇费心血。俟十月中，其奶妈去后，复由内子带睡一月有余，缘是余亲爱此儿，绝非他儿之比。儿亲余亦几如其母。今则合家团聚，而独弃余最爱最幼，不知饥寒饱暖、待人鞠养之儿于荒坟墟墓之间，使备受寒风苦雨，不太悲乎！

儿于殁前一日尚以小手指其床头索食，时儿已病。彼以手指索，以为床头所藏是其应食物也，孰知儿竟不复能再食人间食物，并此床头区区所贮，亦竟终不得为我儿所食，使儿所指而索者，竟于此生永不能达到，宁非天下一至惨之事乎！

儿故甚壮健活泼，常从内子上街到店购物，店伙皆以为可爱之男孩也，然内子视之亦仅与长女等。其所带彼之乳妈，在余家诸乳妈中，最为可恶。而断乳后干带之女价视之亦若不甚宝贵，迥不如余等自带时之小心。即其他各人亦因儿是女孩，与他男孩稍为歧视，虽为其诊病之女抹筋口吻中亦然。余每因此心中绝痛。夫无论男女，其为余所生一也，四肢五官亦一也，男将来有何益？女将来有何损？而必人为余分轻重视，以余所最爱者，为不甚足贵卒之。儿一生中，最爱之最贵之者，仅余一人，岂非绝痛？然余为儿父，虽甚爱儿，究属心粗，知著而不知微，知外而不知内，个人之照应有限，以故儿初病时之医药视察，以及病剧时之酬神允愿，皆未能十分做足，使余有一分遗憾，即余一分之负儿也（儿殁前一夕仍系女价带睡，其夜儿极干渴，索饮开水甚多，又上身嫌热，时时钻出被外。今思儿作此状，其内部之烦躁痛苦当何？若使内子亲带，当必觉察，而速为医治。兹则儿虽有此痛苦，既苦于年幼不能自言，带彼之女价又复梦不之知，视为寻常，致于次日医药等事，遂不免多所懈怠，因延误儿不救，实为余第一憾事，而周晬之儿在危笃之际，尚不克在父母手中，又实为余一大憾事也）。

余素嗜象棋，十余年来尝或易家。有如荸荠式象牙大棋子一付，儿最喜弄之，虽当哭闹时，如抱儿至桌边，置棋盘棋子于前，任其捉掷纵横散乱，相击作响，儿睹其状，闻其声，旋即止哭，或转为欢笑也。

儿断乳之日当下午时，其奶妈已去，余方在堂屋见内子抱儿由堂后至，一手持碗，盖自厨房来。余问何物，内子答谓代儿所炖之糕。因即坐在靠余房门外一张椅上抱儿与食，儿食时极乖，绝未哭闹。惟余心中觉儿生甫十月，不得已之故遽行勉强其断乳，从此儿终身无复再有食乳之时，甚觉酸恻而不胜怜惜也。

余视儿独较他儿为特亲爱，其提抱时最多固然矣。即以一端而论，儿或当睡着时，余亦必特别看待，绝不准他儿有一点响动，致将其扰醒。儿于诸兄姊中亦最能解余忧慰余闷。凡人所欲得聪明富贵之子女者，亦不过博得心头之空欢喜耳。今儿方在抱，虽无他长，而其于承欢则一，即令生子而富贵亦不过如是而已。儿女本为哄人之物，苟能使我心中怡悦足矣，何必定富贵之求乎？

附记：

二十二年，旧历五月初五日为端午节，是节经济之窘，为余生平所未经，不但节账一处未能开销，即节下之零用及点缀之资，亦无所出。昨方受百约定抵暮筹借五十元送来，乃至夜十时许，亦未见到，以故家中遂不名一钱，焦灼万状。是日清晨，即起盥洗后匆匆出。先遇郑燕馀，为交涉经手卖书事，见双扉紧闭，其房东谓其合家皆出。遂去觅方至则，其阍人谓方天明始回，少休复出，因余来稍迟，遂未得晤。闻言无可如何，他处又无可适，只得怏怏而返。幸抵家后内子告余，受百已将五十元送来，此虽小款，然今日得此，不啻大旱之获甘霖。遂尽此款择最要者，如经藏钱、房钱开销数处的留少数为过节之需，然后合家大小始敬神食角枣，派小孩钱，略备过节之象。为小孩计，因彼等久已希望过节，不得不稍事点缀，致太减其兴趣也。然余连日奔走焦灼，至此始得少休，不觉力尽神疲，亦无意兴与往本家尊长处贺节。遂至套房独卧小床上，引被而卧，半明半昧，不过藉以养神而已。至午始起，中餐与内子、子女等于圆桌聚餐，节菜较往日减四碟，仍有四碟数菜，不过减者，亦为小孩计也。小孩等则食之甚乐，余勉从欢笑。饭后许颂墀来，相与至厅右房间共倚床谈两家过节经过甚久，无非皆牢骚抑郁之语。后许女来唤许，谓有亲戚约其家中人共出城，许于是始去。时已下午，又良久余偶挈两小孩立门首，一次女筱庆一幼子江庆，两手各挈其一，初意仅在门首闲眺，无志他往。后乃信步挈之上街，则各店因午节午后多闭门，否则亦半掩。街上行人亦不甚多。又其时则日光已落，市上颇形寥落。余挈两孩由北牌楼口下教场，缓步至朱海古玩店中闲谈小坐，复出由参府街、教场街而回。途中先后经过小摊，为购花生、水果等约共百数十文，给两孩食之。归家已曛黑矣。晚食仍圆桌聚餐。是日午后，仅大儿出外，余均未出。因三儿病新愈，共伴之在厅左房间作赌蚕豆戏，至晚方罢。余默计自有生三十八年来，凡过三十八个午节，但无一节心绪恶劣，气象黯淡如此节者（是日天气晴而非阴，所以觉黯淡者，则不在天时而在人事也），特书此为他日之纪念。节后十八日早晨自记。

## （三）仪征张氏族谱

张毓英手录

一世张昞，字蔚昭。生于明嘉靖三十年三月初九日，卒于崇祯二年四月十八日，享寿七十九岁。配吴氏，生于嘉靖三十一年五月十三日，卒于崇祯八年九月初四日，享寿八十四岁。合葬于仪征东郊史家山。子一：应龙。（按谱序明初有官淮阴者，因家焉已乃迁仪，八传至公）

二世张应龙，昞公子，字云海。生于明万历五年四月初一日，卒于崇祯八年四月初三日，历年五十九岁。配赵氏，生于万历十四年七月十三日，卒于清顺治二年八月初九日，享寿六十岁。合葬于西郊毛家桥，子四：文斗、文石、文元、文选。

三世张文元，应龙公三子，字子文，号紫文。生于明万历三十八年五月初一日，卒于清康熙十五年七月十九日，享寿六十七岁。葬北郊石家冲。配金氏，生于万历四十一年八月十八日，卒于康熙二十五年九月初三日，享寿七十四岁。葬东郊马二坝。子二：之铨、之钺。

四世张之钺，文元公次子，字节公。生于顺治五年八月初九日，卒于雍正六年十二月十一日，享寿八十一岁。配马氏，生于顺治十年五月初二日，卒于乾隆六年七月初九日，享寿八十九岁。合葬于东郊史家山。子三：以治、以淇、以灏；女一，适吕。

五世张以灏，之钺公三子，字次梁，号鹤亭。生于康熙二十三年五月十三日，卒于乾隆三十八年七月十九日，享寿九十岁。葬东郊何家坝。元配陈氏，生于康熙二十六年十二月二十日，卒于康熙五十五年二月二十三日，存年三十岁，葬何家坝。子三：盎、益、盛；女二，长适吕，次适戴。继配陈氏，生于康熙三十一年十月十四日，卒于乾隆三十六年十二月二十八日，享寿八十岁，葬何家坝，与公合封。子二：篁、盥；女一，适陈。

六世张盛，以灏公三子，原名椿，字岁千，号邃轩。生于康熙五十四年九月十五日，卒于乾隆五十一年六月初七日，享寿七十二岁。配金氏，生于康熙五十六年正月二十日，卒于乾隆二十七年七月二十六日，历年四十六岁。合葬于常山头石家凹。子六：能烜、能焯、能熊、能煐、能焕、能灯；女三，长适吴，次适周，次适金。

七世张能灯，盛公六子，字裕辉。生于乾隆二十一年十二月十八日，卒于嘉庆二十年八月二十二日，享寿六十岁。配金氏，生于乾隆二十四年十月二十五日，卒于道光二年十一月初六日，享寿六十四岁。合葬崔家茔。子一：式坪。女一，适程。

八世张式坪，能灯公子，字治庭。生于乾隆四十六年四月二十六日，卒于道光十五年十一月初一日，享年五十五岁。配刘氏，生于乾隆四十八年六月十三日，卒于道光二十六年九月初四日，享寿六十四岁。合葬西郊三十里铺王家岗。子四：清瑞、祥瑞、启瑞、荣瑞；女一，适詹。

九世张荣瑞，式坪公四子，字邦怀。生于嘉庆十五年十二月十三日，卒于咸丰四年七月十七日，历年四十五岁。配何氏，生于嘉庆十七年十月三十日，卒于道光二十四年八月初三日，阅年三十三岁。合葬于北郊祁庄。子二：麐书、凤书。

十世张凤书，荣瑞公次子，字藻卿。咸丰丁巳年入邑文学第十二名，同治甲子科中式第一百十六名举人，捐职员外郎，签分刑部。生于道光十七年十二月初七日，卒于光绪九年三月十一日，历年四十七岁。配盛氏，生于道光十八年三月二十二日，卒于光绪二十二年二月初四日，享年五十九岁。合葬于北郊太平庄。子一：祖恒。女二：长祖芗，字泽芳，生于同治元年九月十八日，阅年二十余岁，在室，病卒；次女生于同治四年，卒于光绪二十二年，阅年三十二岁，在室，殉母服药自杀。

十一世张祖恒，凤书公子，初字菊泉，后字久斋。光绪十五年入邑文学第七名，生于同治十年九月十七日，卒于光绪二十一年九月初七日，存年二十五岁。元配万氏，生于同治十三年二月初二日，卒于光绪十八年九月初二日，存年十九岁。继配仲氏，名鹤文，蔚华公长女，生于同治八年十一月十九日，卒于民国五年二月初八日，历年四十八岁。合葬于北郊三十里墩。子一：宗俊。（按：外祖蔚华公，世居江都东乡之丁沟镇）

十二世张宗俊，祖恒公子，字毓英。生于光绪二十二年二月十六日，元配汪氏（仪征人），小纯公三女，名蘅，字芷香，生于光绪二十二年八月三十日，卒于民国六年四月十七日，存年二十二岁。葬三十里墩祖茔之旁。子一：澜庆，生于民国四年九月十一日。继配王氏（甘泉人，现为江都人），友梅公长女，名宝麟，生于光绪二十七年八月十一日。子七：湛庆，生于民国八年十月初四日；次淳庆，生于民国十年七月初一日；次沛庆，生于民国十二年五月十九日；次沂庆，生于民国十二年五月十九日，卒于民国二十九年十月初六日，存年十八岁；次汉庆，生于民国十三年十月二十五日，殇于民国十五年二月十九日，存世约五百日（因民国十四年有闰四月故）；次江庆，生于民国十七年十一月二十四日；次永庆，生于民国二十三年二月初七日。女四：淑庆，生于民国十四年十一月初九日；次浣庆，乳名定子，生于民国十五年十二月初十日，殇于十七年正月二十三日，存世约三百九十余日；次筱庆，后更名晓庆，生于民国十七年二月初一日；次美庆，生于民国二十年九月初三日。

（按：以上所举月日，悉仍依旧历）

澜庆于一九五二年旧历六月十五日（即国历八月五日），病殁于北京人民医院，阅年三十八岁。遗有三女：长女延宝，四岁；次延安，三岁；三延宏，二岁。配刘氏，名若珠，亦三十八岁。

# 后 记

过去几年间，我时常在本地媒体上读到有关“棋孟尝”张毓英生平事迹的介绍，这引起了我较大的兴趣。经过多方打探，2012 年底我与张毓英在扬州之子张永庆先生取得了联系，萌发了整理仪征望族张毓英先生棋学书札及其他史料的愿望。

对于我有志整理毓英先生遗稿，永庆先生十分支持。我每次登门查找资料，他都热情接待，甚至腾出一张大床，将毓英先生所存史料，如书札、日记、家谱、棋谱、笔记本、象棋期刊，甚至服药的医单，都让我细细翻阅、拍照，有用的史料都允许我带回家细细整理。正是在接触了毓英先生大量材料后，我才知道民国时期有一大批象棋名家，为了弘扬国粹、推广象艺，走南闯北，相互联络，抄棋谱，开棋栏，办棋赛，将中国象棋事业推上前所未有的高度。在这群不应该忘记的优秀群体中，毓英先生无疑是杰出的代表，虽然他的弈技不见得最好，但难能可贵的是他仗义疏财，举全家之产，弘扬棋艺，并从理论上对中国象棋实践做了总结，提出自己的棋学思想。这使得他从理论和实践上引领了民国象棋发展的潮流。同时，毓英先生还具有很强的“历史意识”，他完整地保存了近 200 通象棋名手通信与古棋谱，无意中为后人留下了许多珍贵的史料。

在整理本书稿时，笔者得到许多领导、师长与朋友的支持和帮助。首先感谢张永庆先生，他无偿地为笔者提供了张毓英全部棋学史料，并校勘了全书绝大部分文字。其次感谢张有志、吴炜、李保华、慕相中等先生，他们为本书出版提出了有益的建议与支持。最后还要感谢广陵书社曾学文总编、编辑一室刘栋主任、编辑王丽老师，在他们的关心支持下，本书得以顺利出版。

由于笔者学识短浅，对张毓英棋学藏稿的整理一定存在不少谬误，祈请方家不吝赐教！

**杨丽娟**

2014 年 12 月于扬州天下花园

# 学海遗珍

## 仪征刘氏家藏书札笺注

杨丽娟 整理

广陵书社

本书由扬州大学出版基金资助

本书得到一平基金资助

图书在版编目（CIP）数据

学海遗珍：仪征刘氏家藏书札笺注 / 杨丽娟整理
. -- 扬州：广陵书社，2014.12
（仪征望族家藏史料辑刊）
ISBN 978-7-5554-0225-1

Ⅰ. ①学… Ⅱ. ①杨… Ⅲ. ①书信集－中国－清代
Ⅳ. ①I264.9

中国版本图书馆CIP数据核字(2015)第005747号

| | |
|---|---|
| **书　　名** | 学海遗珍——仪征刘氏家藏书札笺注 |
| **整　　理** | 杨丽娟 |
| **责任编辑** | 刘栋　王丽 |
| **排　　版** | 李元东 |
| **出版发行** | 广陵书社<br>扬州市维扬路349号　邮编：225009 |
| **印　　刷** | 扬州市机关彩印中心 |
| **开　　本** | 787毫米×1092毫米　1/16 |
| **印　　张** | 14.75 |
| **字　　数** | 150千字 |
| **版　　次** | 2014年12月第1版 |
| **印　　次** | 2014年12月第1次印刷 |
| **标准书号** | ISBN 978-7-5554-0225-1 |
| **定　　价** | 120.00元（全二册） |

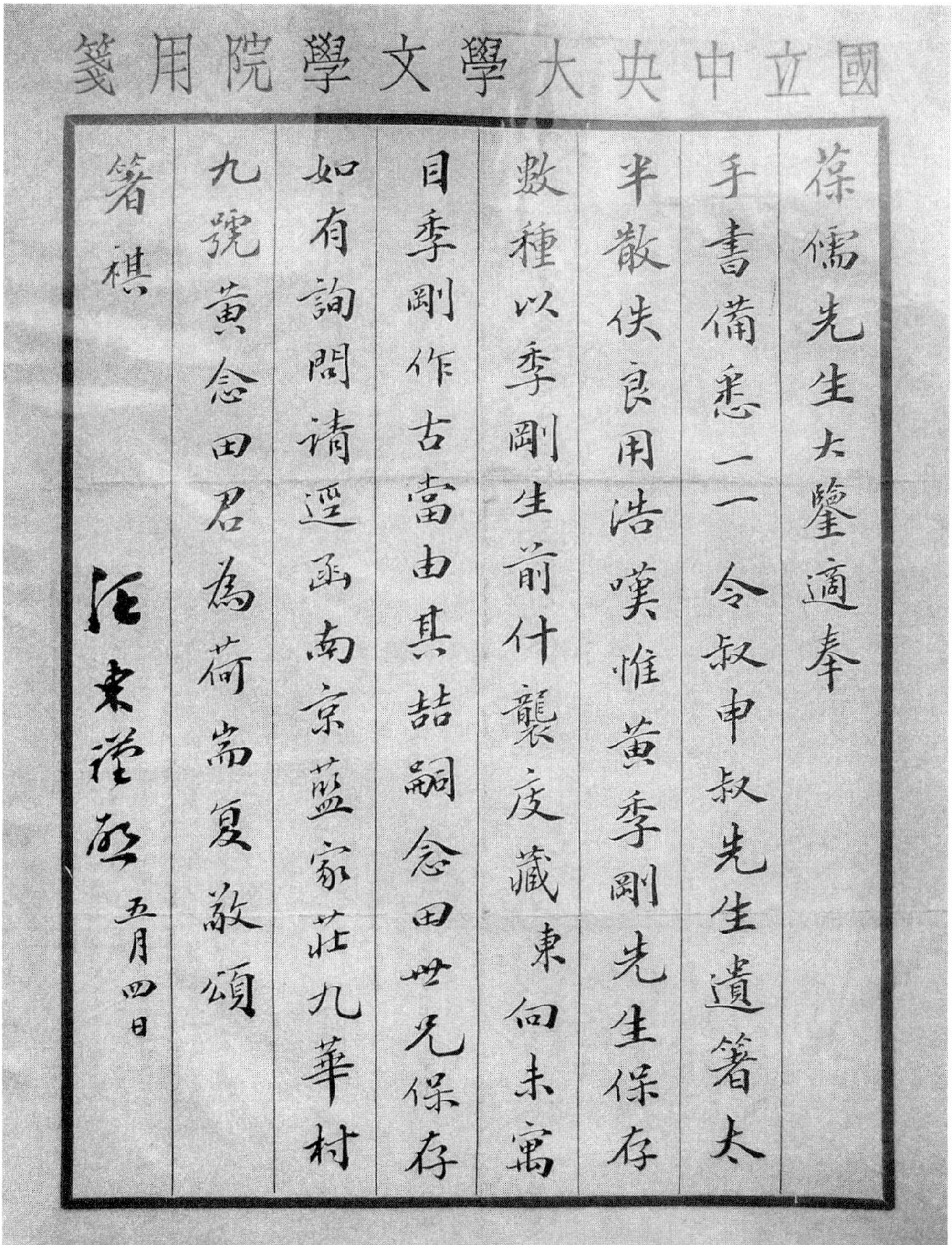
國立中央大學文學院用箋

葆儒先生大鑒適奉
手書備悉一一令叔申叔先生遺箸太
半散佚良用浩嘆惟黃季剛先生保存
數種以季剛生前什襲庋藏東向未寓
目季剛作古當由其喆嗣念田世兄保存
如有詢問請逕函南京藍家莊九華村
九號黃念田君為荷耑復敬頌
箸祺
汪東謹啟 五月四日

汪东致刘葆儒书札

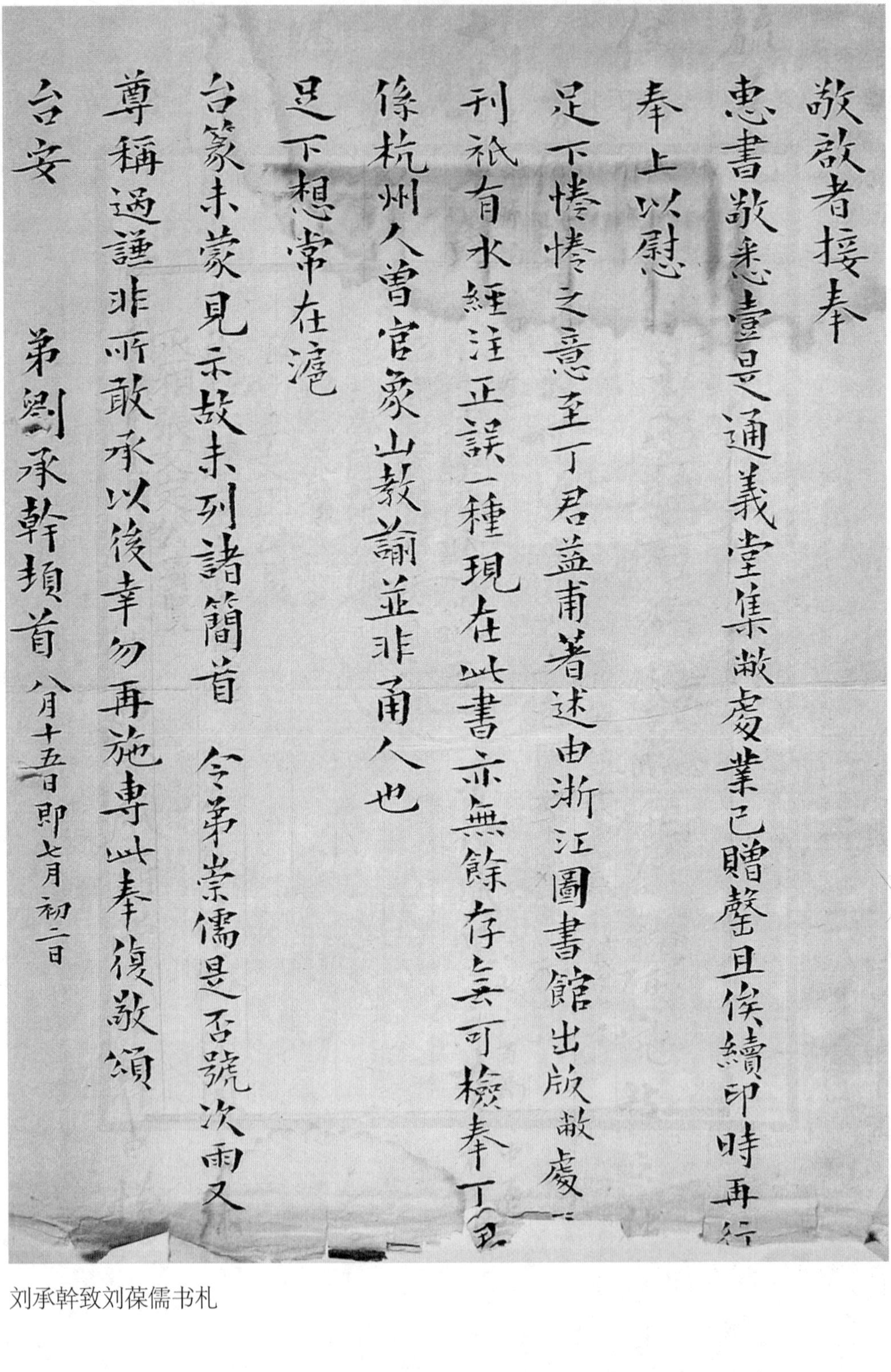
敬啟者接奉
惠書敬悉壹是通義堂集敝處業已贈罄且俟續印時再行
奉上以慰
足下惓惓之意至丁君益甫著述由浙江圖書館出版敝處
刊祇有水經注正誤一種現在此書亦無餘存矣可檢奉丁[illegible]
係杭州人曾官象山教諭並非甬人也
足下想常在滬
台篆未蒙見示故未列諸簡首　令弟崇儒是否號次雨又
尊稱過謹非所敢承以後幸勿再施專此奉復敬頌
台安　弟劉承幹頓首　八月十五日即七月初二日

刘承幹致刘葆儒书札

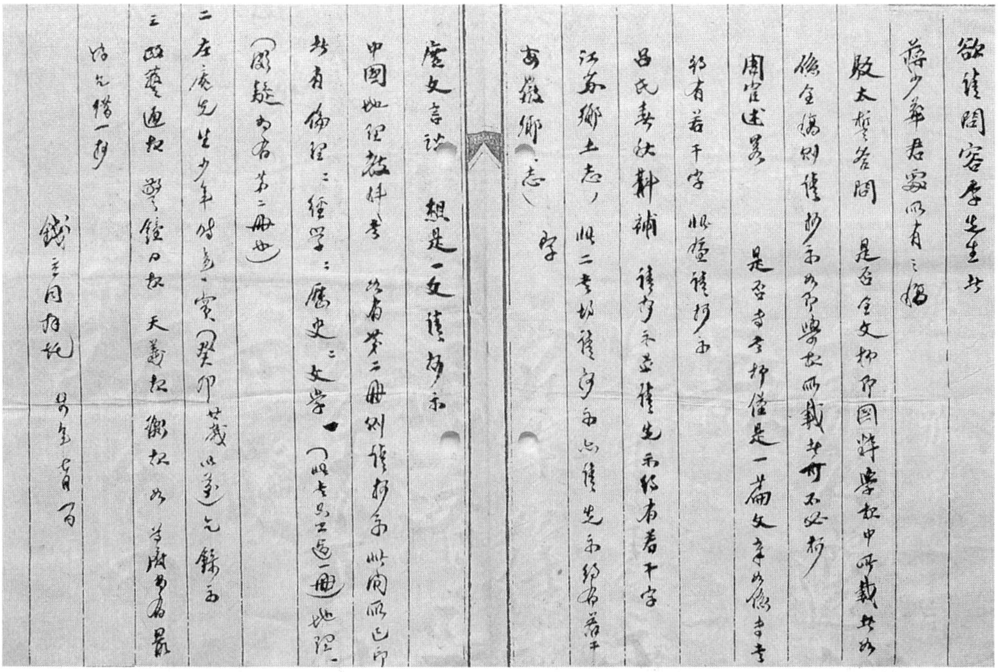

钱玄同致刘师颖书札

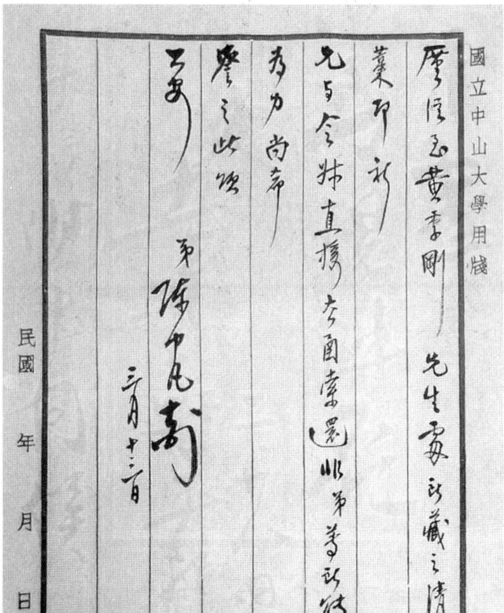
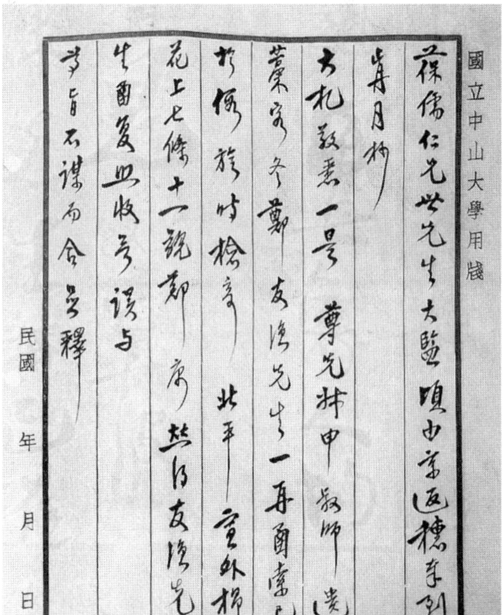

陈中凡致刘葆儒书札

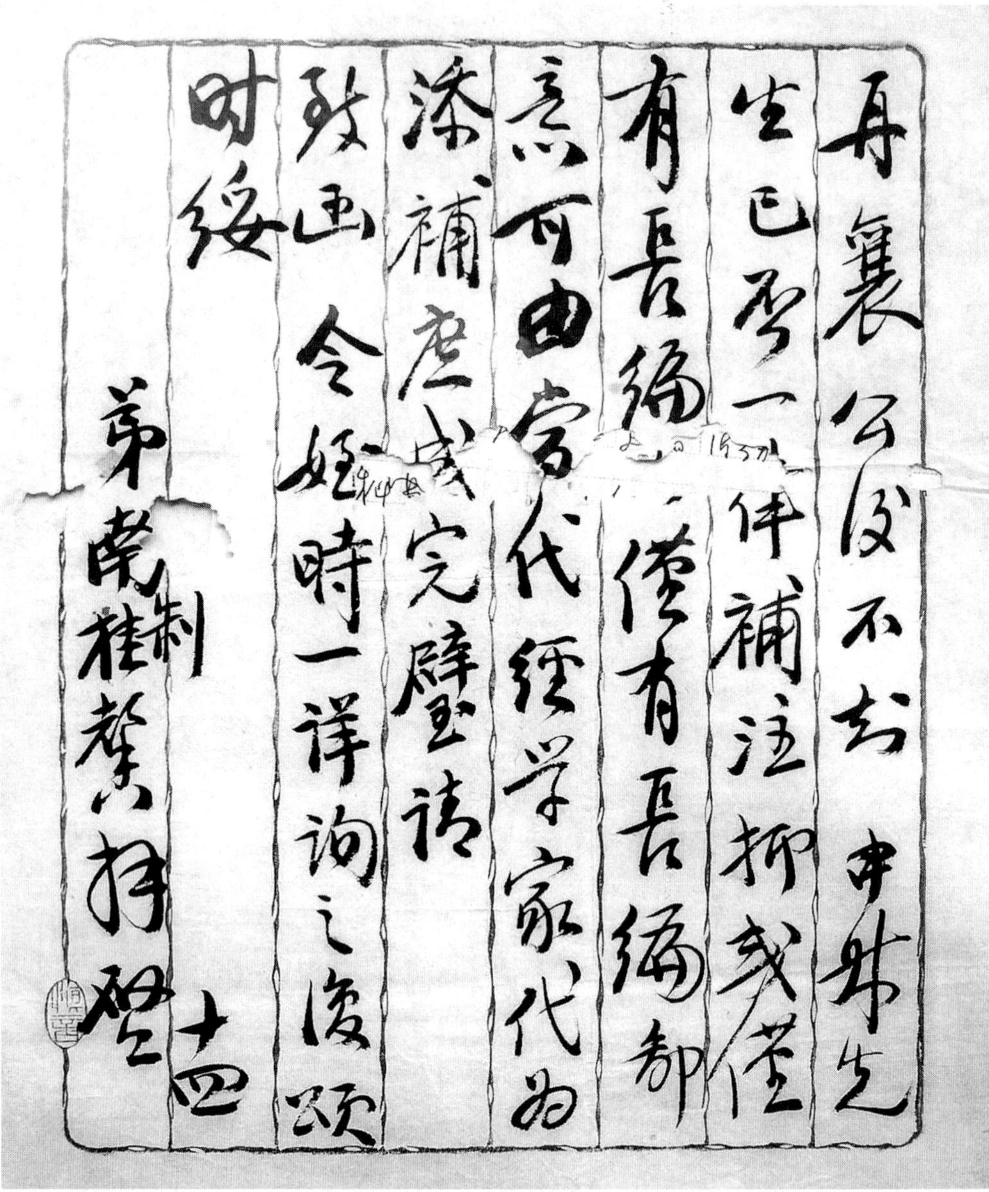

南桂馨致刘师颖书札（局部）

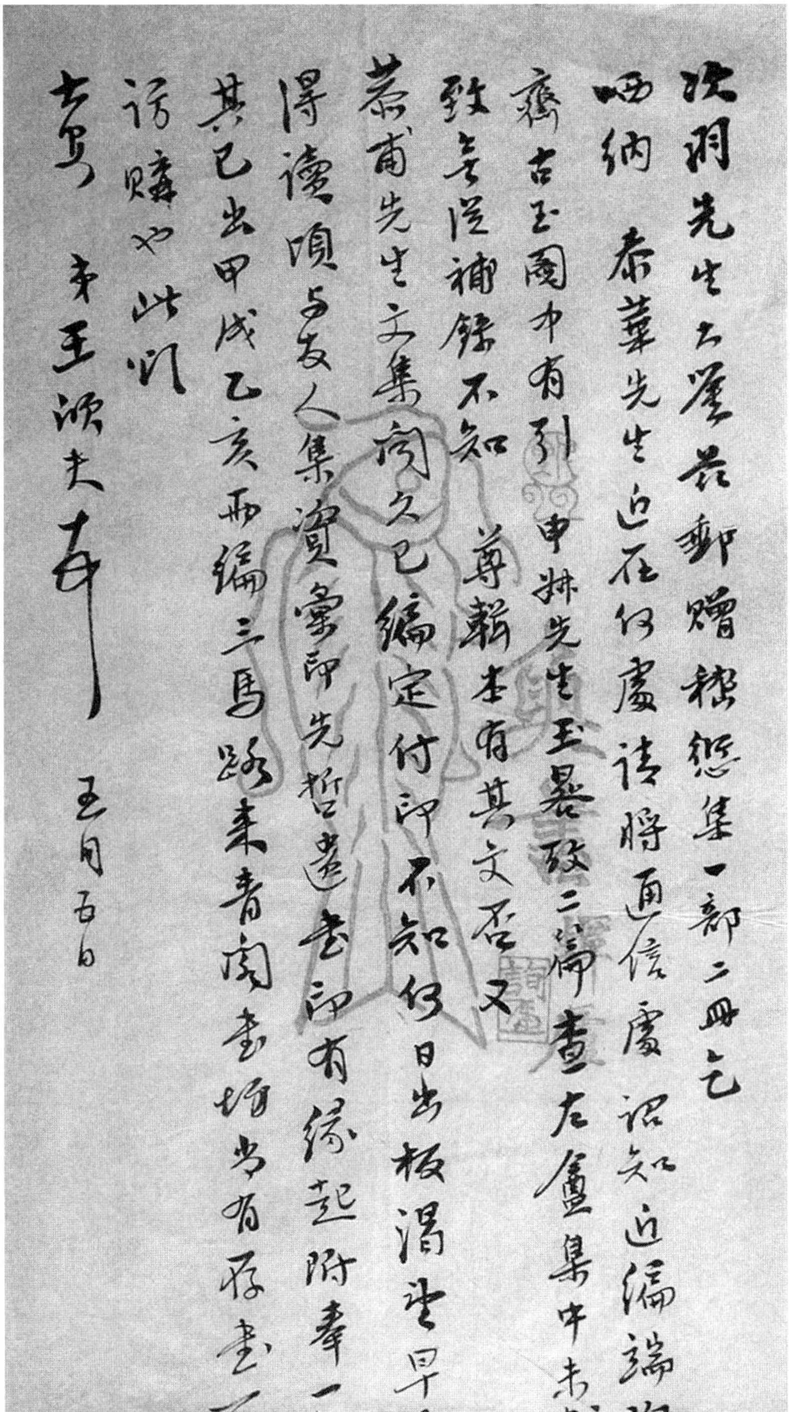

汶羽先生大鑒：昔郵贈穆懋集一部二册，乞
哂納。泰華先生近在何處？請隨函達信處。記知近編端陶
齋古玉圖中有劉申叔先生玉器跋二篇，查左盦集中未載，
致去從補錄，不知 尊輯本有其文否？又
恭甫先生文集聞久已編定付印，不知何日出板，渴望早日
得讀。頃與友人集資彙印先哲遺書，即有緣起附奉一紙。
其已出甲戌、乙亥兩編，三馬路來青閣書坊均有存書，可
訪購也。此問
大安 弟王欣夫頓首
五月五日

王欣夫致刘葆儒书札

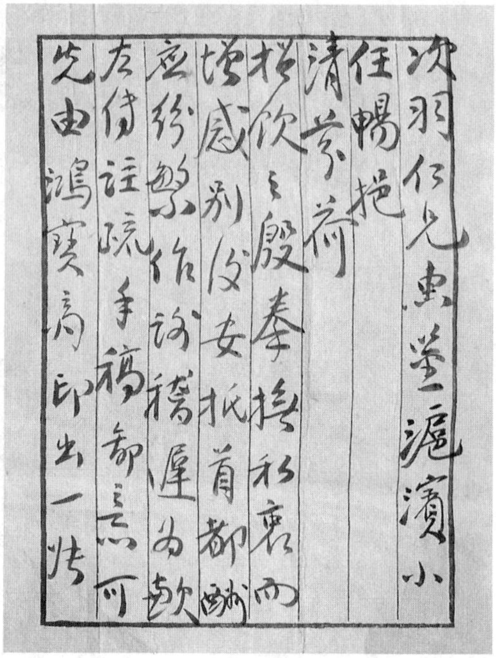

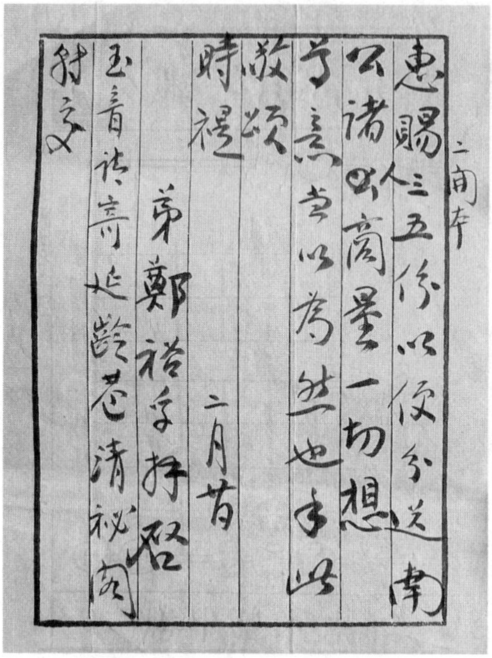

郑裕孚致刘葆儒书札

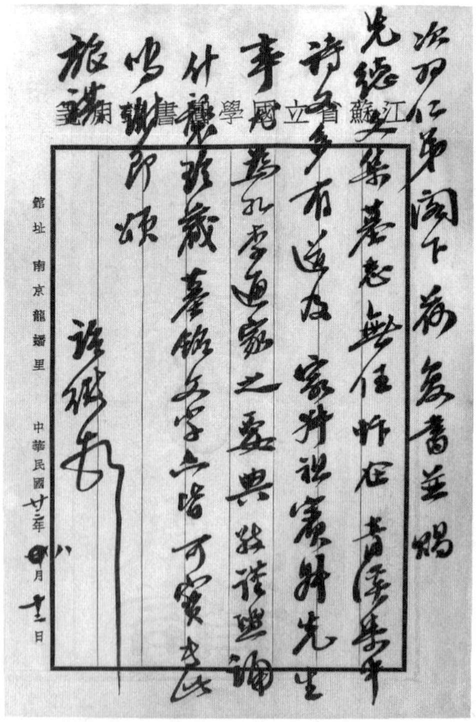

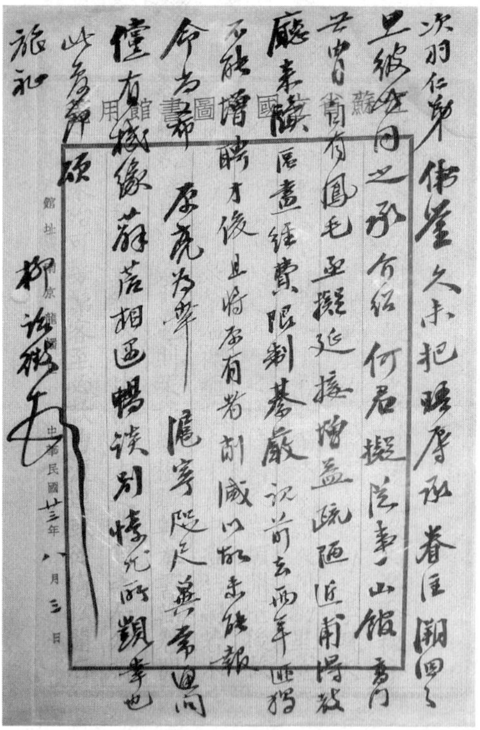

柳诒徵致刘葆儒书札

# 序　言

对文化世家的研究已成为当代显学。清代仪征刘氏是一个典型的文化世家，在海内外享有很高的学术地位和声誉。所谓四代经师，九族学人，诚非虚语。

仪征刘氏之经学发轫于文淇，是为第一代。文淇，字孟瞻，生于乾隆五十四年（1789），卒于咸丰四年（1854），年六十六。家境贫寒，少年时得其舅凌曙亲授而学业大进，十九岁中秀才，与宝应刘宝楠订交，时人目为“二刘”。然场屋不利，一生以游幕课徒为业。而经学研究特别是对《春秋左氏传》研究有名于时。文淇唯有一子毓崧，字伯山，又字松崖，能尽读父书，淹通经史，平生无妄语，无惰容，为人谋必忠，临财毋苟得。曾馆于秀水杜氏、蕲水郭氏、湘乡曾氏，有《通义堂文集》等传世，而大量精力则耗在为他人作嫁衣裳上。是为第二代。毓崧生有四子，长子寿曾字恭甫，次子贵曾字良甫，三子富曾字谦甫，四子显曾字诚甫，是为第三代。寿曾少工文章，夙承庭训，遂洞许、郑之学。两中副贡生，候选知县，曾入曾国藩金陵书局，惟念《左氏疏义》三世之学，未有成书，创立程限，锐志研纂。属稿至襄公四年，不幸早卒。贵曾，十二岁时曾为贼所掠，使之牧马斯薪数月，后设计逃归，“君自伤邅，淬厉奋发，益劬于学”，虽主要精力放在主持大家庭事务上，仍著有《抱甕居士集》若干卷，从成蓉镜习“三统四分”之术，据台湾学者曾圣益研究，“《左传旧注疏》的历法疏证，多出刘贵曾手”。且抚兄之子女成人。显曾幼年随父兄读书金陵，弱冠补诸生，光绪戊子（十四年，1888）举于乡，壬辰（十八年，1892）成进士，官御史。“光绪之际，时局日非，先生居台谏，前后七上封事，皆关天下大计。”惜平生所为诗文多散佚。年七十八卒。富曾年二十应学院试，与仲兄同入邑庠，旋肄业钟山、惜阴两书院，父卒后返里训迪生徒，江淮间有君子儒之称。曾为刘承幹校雠《宋会要》，协助徐乃昌修纂《南陵县志》，亦精历算。这一代中以寿曾学术成就最高，故与祖文淇、父毓崧同入《国史・儒林传》，惜寿不永。第四代师字辈，最出色的两个人，一是寿曾子师苍，字张侯，“幼负异秉，读书过目不忘，笃内行，无子弟过。由廪膳生拔光绪丁酉（二十三年，1899）萃科中式举人。”著《国语注补辑》、《元代帝王世系表》，皆未成。可惜在送两个弟弟赴金陵应江南乡试时不慎落水溺死，年廿九。一是贵曾子师培，字申叔，又名光汉，别名左盦，生于光绪十年（1884），卒于民国八年（1919），年三十六，著述达 74 种，并世所罕见。师培一生极其复杂，但其在多领域取得的成就，其学术水平之高则是举世公认的，无疑是中国近代学术史上的一座高峰。另，显曾有二子，长名师慎，次名师颖，过继给富曾，于日本学者小泽文四郎著《刘孟瞻先生年谱》有所助益。

至于九族，有两种说法，一是《三字经》所谓“高曾祖，父而身，身而子，子而孙，自子孙，至玄曾。乃九族，子而孙。”以文淇言，“高祖讳春和，监生，姓迁扬州。”“曾祖讳起泰，监生。祖讳敬，占籍仪征，补县学生。考讳锡瑜，监生。”上四代均为监生、县学生。子、孙、曾孙三代亦作了介绍，玄孙辈则为葆儒、崇儒等，亦多为读书人。诗书传家，百年不替，此之谓也。另一种说法是父族四、母族三，妻族二。据刘氏有关年谱、家传、墓表、墓志铭等资料，“文淇少时出就外傅归，家君督课母室。或无烛，恒默坐，听诵声以为乐”。文淇初入学，有小姓某欲得以为婿，陪奁许千金。母不允。某遣人婉言再三，终不能得。文淇之母即为著名学者凌曙之姊。文淇二十五岁娶甘泉国学生黄绍垚之女秀贞。文淇有一妹，适同庠生陈传洛。有一女，适江都国学生田溥光。妹与女均早寡，抚教孤幼，各自成立。毓崧娶同邑县学生汪縠之女，有妇德，母教为三党所知。寿曾、贵曾都是江都李祖望的女婿，祖望字宾嵎，为小学家，住扬州老城选巷，人称选楼李家。贵曾夫人名汝蘐，即师培母。富曾娶甘泉江南春解元璧之女。师苍室胡氏，名留元，颇通文墨，其父名文渊字镜塘，甘泉进士，曾任过知县。师培夫人何震，原名班，字志剑，其父仪征何承霖字春海，为孝廉；其兄家骆，增生，又系富曾女婿。何震幼年在家，闺训甚严，出阁后性情大变，成一时之风云人物，或即环境改变人，或其字志剑已寓其志矣。师培有一胞姐师铄，字卫仪，其子梅轼字鹤孙，民国年间亦海上闻人，新中国建立后被聘请为上海文史馆员。《青溪旧屋仪征刘氏五世小记》即其手泽。上所述，无非应证刘氏九族学人亦系实话，恕不一一。

王志民先生在《山东文化世家研究书系·总序》中说：“文化世家的出现往往要经过由文化之兴到科举之荣，再到仕宦之显的发展奋斗过程。”“文化世家的本质属性在学，无学不成其文化世家。”这是有道理的。仪征刘氏“科举之荣”不多，更多的是“科举之痛”，“仕宦之显”也更多的为“仕宦”所屏蔽，但他们毕竟通过科举、作幕、著述、教育乃至交游、婚姻等，增强了社会影响力，扩大了学术辐射面，历百世而不衰。研究这个文化世家是有一定的典型意义的。

研究需要资料，大量的第一手资料。故 1959 年 5 月刘氏《春秋左传旧注疏证》出版成为学坛盛事。2004 年 7 月梅鹤孙《青溪旧屋仪征刘氏五世小记》出版激起强烈反响。同时也引起了学人们对仪征刘氏的更大兴趣，盼望有更多的新资料的发现。

资料保管征集难，手稿辨认释读难，而对之进行笺注更难。杨丽娟女史整理的《学海遗珍——仪征刘氏书札笺注》出版对研究者无疑是一个福音。据整理者介绍，本书所收刘氏家藏书信多为扬州某收藏家所庋，流传有绪，应是真实、可信的。其中还有些书信则是整理者在各相关图书馆访书时觅得，吉光片羽，殊为可贵。为辨识书信字迹，整理者亦曾多次请教一些书法行家和文化学者，以尽可能减少差错。更难得的是做了大量的注释，以利读者减少阅读障碍，增加对内容及背景的了解。

对书稿粗阅一过，有几点印象较为深刻：一是有三十多封凌曙、刘文淇、刘毓崧、刘寿曾等人的书信，还有包慎言、刘恭冕、成蓉镜的亲笔信函，很为珍贵；二是对刘氏家族的关系以及交游的脉络理得比较清楚，很不容易；三是笺注中引用了大量的原始资料，有的还是唯一的，如契约、保书等，对了解清末民初政治、经济、社会背景很有帮助；四是一些历史疑点有了合理的解释，如南桂馨为刘师培生前好友，师培卒后，以己力己财出版整理《刘申叔先生遗书》，但到印刷即将结束的关键时刻，南氏却音信全无。这是一个谜。2012 年 7 月山西学者陈春生因著《南桂馨传》来扬访问青溪旧屋，据陈考证，1938 年春后，《刘申叔先生遗书》刻成之际，南患大病卧床，加之日人逼其任维持会长，南拒不认从，故不见客，亦不与外交往，这才引起了误会。事详刘师颖致刘葆儒等相关书札的注释。当然，此书编排也有可改进之处，应考虑如何编排得更合理有序，注释得更简明扼要，尽可能围绕刘氏文化世家采收资料，减少旁生枝节，使之发挥更大作用。

顺便说一句，青溪旧屋系刘文淇之父琢斋公所置，实际在刘家之前已有此屋，从包世臣为其撰写的九十大寿贺联“登此堂祝九十者再，惟其时正八月之中”可知。一门之中出了这么多的学者，而且现在还是刘氏后人住着，至今少说有二百年历史，房屋基础格局、形制都未有大变化，大概在全国名人故居中也不多见。笔者曾陪同海内外学者大批的、零星的数过此屋，他们无不表示崇敬之情，即在门外照一张相，也认为不虚此行了。

但愿不久能看到青溪旧屋得到修葺、整理，对外开放。

赵昌智

2014 年 3 月 12 日于董子祠之东邻青溪旧屋之西舍书屋

# 编　例

一、仪征刘氏所藏书札，多为近世学者名流的手书墨迹，现拣选具有文史价值的原札近四百件刊行。其中有些不只是函牍信件，还包括书艺墨宝，因版面所限，仅选若干通书札影印，以凸显其不仅富有珍贵的史料价值，亦具有书法艺术的鉴赏价值。

二、本书由笺注者对原件进行校释、断句、标点，并尽量考述各件作者的生平简历，最终通稿集成。原件多为繁体字，间有一二简体字，皆按现代汉语规范改为简体。至于古今字、通假字、异体字，或直接改为今字，或加 [ ] 号标释；衍文径删，脱文错字加 [ ] 号订补。原件中自注文字用（ ）号表明，如注文繁多则另列。书札原件中的草字甚多，辨识不易，笺注者水平有限，笺注中或有错认失误之处，敬请方家指正；个别字迹难以辨认者，以“□”标出，空缺存疑，以待专家补正。

三、少数中文书札没有署名，今统一接排于中文书札序列之后。

四、本书的编次中文书札在前，英译文书札在后。中文书札按函主活动时代先后排序，英译文书札按时间先后排序。

五、附录二为刘氏世系简表，以便于读者对照阅读。

# 目　录

## 中文书札（229通）

# 中文书札

（229 通）

# 包慎言致刘文淇书札 1 通

尊著六本，弟已细细捧读。六朝□□□人刑削如［以下漫］，全凭谷虚字，玩其语气抑扬，勘其前后之抵牾，以决真否。稍涉粗心，则其义即隐矣。非吾兄之精细，安能使千年亡失之物，一旦现于目前乎？承命校勘，因竭愚见，所粘条子，□在恍惚之间，不尽的当，聊以发疑。比之瞽老之道黑白，或亦时有中者，惟吾兄酌之可也。旧疏一例，案语有指为“光伯所引”者，恐属影响。弟以文意求之唐人疏引光伯语，有为“刘炫以为”者，有云“刘炫谓”者，又有云“刘炫云”、“刘炫以”者，合而校之，凡“刘炫以为”、“刘炫谓”者，语多与上一气相承，上下俱系光伯述议，原文未经册［删］改。其上下文“申杜云”、“杜以云云”者，则光伯先原杜意而驳之。上下俱为“光伯语”，不云“杜以”，而文较繁语者，则系旧疏光伯引彼文因承而驳之，故语皆一气，“刘”字皆唐人所加。其云“刘炫云”、“刘炫以”者，则文不尽相承，应为唐人引“光伯语”、“刘炫云”者。下书属“光伯语”、“刘炫以”者，下则又似唐约光伯意而为之，或系全文，或不系全文，又参差不齐。“刘炫云”者，下文亦有与上相承者，“云”字下每多“案”字，原文当为“炫案”二字。“刘炫以为”、“刘炫谓”者，同为述义旧文。外此，弟意欲以“光伯说”与前假异者，前为旧疏，诚□□尊说，其与前假词者，则皆唐人引“光伯说”。其“光伯说”较前文为详者，□唐人引“光伯说”于后，故前只略叙其意。其至如刘、沈二说并引者，中亦有唐人笔。唐□以二家并申、杜，故而存之，亦不尽沈说定为“光伯引”也。古人云：“问途必于已经。”弟于此事未涉门庭，兄积数年之力，以成此书。弟等欲以数日了其义，所见未必无谬也。诸如此者，仍俟吾兄自裁。切磋之言，愧何敢当。拙作说经文八篇呈上，祈吾兄笔削之。其大语者则抹之，祈无虚褒也。

此致孟瞻大兄，并问日安。

弟慎言顿首

# 李祖望致吉人书札 1 通

吉人①大兄大人阁下：

前在东［疑有脱字］，虽幸面晤，未罄麈谈，歉歉。次早即返棹，未到府奉候，疏略奚似。所恳画幅，想已吮墨濡毫，淋漓满纸，倘蒙赐掷，开卷逼视，神惊道子，精夺长康。镜台故照，写翠楼春日之靓；修竹天寒，传空谷幽居之致。定当装潢成幅，什袭加珍，即有时蓬壁卷舒，亦倍增光采矣。书此致谢，翘盼邮传，并颂近祺。

愚弟李祖望顿首，三月二十四日沕

① 生平不详。从内容看，吉人应是一名画家。

# 李祖望致季伯书札1通

季伯[①]仁兄先生阁下：

前月下旬，刘伯翁[②]过寓，掷来尊札，藉悉驾赴海陵为南翁代馆。近维文德鬯□，辉光日新，不胜欣颂。去岁，南翁领解老斲轮，固意中事也。忆前戊午科榜首为□先生。去笔补戊午则为南翁，虽则甘泉，犹之江都也。伯翁并十□金秋，有科场，奉劝阁下，□□□云云，安知不在阁下也？芮刘二君同科，所谓年少出英雄也。伯翁过泰，定当畅晤。三四月间，有金陵之稿，固当如此，戟翁[③]当与朝夕想见，不胜羡羡。率泐奉复，并颂春祺。

愚弟李祖望顿首，四月初七日

---

① 生平不详。

② 刘毓崧，字伯山。

③ 沈启，字戟门。

# 李祖望致沈启书札1通

戟门[①]尊兄仁大阁下：

月之四日，接读华札，当拟奉覆。时河冰路阻，近天气渐龢，特着小价[②]来泰[③]，遥惟文祉安吉，为颂为慰。所言恭甫[④]处大帐、帐沿、床围、帐钩等件，伊不必备（来伊家自备），特致是祷。但需写一租房贴，亦系仪套。又，外日素香茶后，当有顺船，未及到尊处告别。其当找之钱来呈送上，阁下当疑弟之荒唐。

弟于下月初间，定当来泰奉檄也。又恳转请姚公、徐公书画二纸，务望不时代索。弟拟姚公或易徐公恐不易致，乞为催促，俟为面请。再晤恭甫时，请便问颐园[⑤]有对一联，请熙载[⑥]先生写款书，若不写成，请代催促。特此奉覆，即颂著安。

小弟望顿首，十一月廿三日灯下

外第仍有托恭甫请邀先生写一纸，又周先生画一纸。又颐园请申甫兄写扇子。均祈代问。

---

① 沈启，字戟门。

② 对别人介绍自己仆人的礼仪用语，也称小介。

③ 泰州。

④ 刘寿曾，字恭甫。

⑤ 李颐园，李祖望之长子李汝麟。学问淹通，医学尤精，并不行道，著作丰富。见梅鹤孙著、梅英超整理：《青溪旧屋仪征刘氏五世小记》，上海古籍出版社2004年版，第51页。

⑥ 吴熙载（1799—1870），原名廷飏，字熙载，号让之，亦作攘之，自称让翁，又号晚学居士、方林丈人。仪征人。清代杰出篆刻家、书画家、学者。少为包世臣入室弟子，邃于小学。恪守师法，兼采黄乙生、邓石如之长。道光二十九年（1849）分典扬州文汇阁秘书，并分辑《南史》注。著有《通鉴地理今释稿》、《吴让之印谱》、《师慎轩印谱》等。见王澄主编：《扬州历史人物辞典》，江苏古籍出版社2001年版，第427页。

# 洪绳武致刘毓崧书札1通

伯山襟兄世大人阁下：

正月杪，纪纲南来，接读华函，辱承藻饰，盥帷三复，篆竹五中，敬谂潭祉吉祥，文祺安燕，既慰且颂。弟糈台托足栗碌，劳心自愧菲才，无善可述，所幸家祖上慈，尚称健饭，内子分娩后大小平安，差可告抒廑注耳。承示郭观察[①]礼待优隆，义不可舍之他住，自应仍循其旧。包兴翁与弟之所以作亟本致者，亦以贵居停解组后，恐力有未逮，以致阁下赋闲，故先为代谋一席，并非敢劝驾也。倘大世兄此馆不就，常郡吾处欲谋一啖饭之所，甚难。钥生兄在舍数月以来，尚未能代谋一事，局面可想而知矣。容与实、廉两先生商酌，再为奉闻。其恭甫世大兄代为往就一层，弟随即趋晤包兴翁面商，蒙久荐函致常杏翁。第以常杏翁长子年已弱冠，次子年在成童，与世大兄恐有不相宜处，并云此馆须举贡者，方可往就等语。然既已蒙允函商，应俟覆到，再为函驿呈台览。戟门兄迄未来常，师太守处馆地，已另延友人。常府之席，渠因不便往就，而常姓亦未必允行也。现值粮台新旧交接，公冗万分，务祈恕草草。此惟泐复，敬请文安，不尽之言，容为继布。堂上叱名请安，阖潭均吉。

襟世弟洪绳武[②]顿首

承赐海味二色，谨以接领。欲另具土宜四色，尚乞哂收是幸。

---

① 郭沛林（1809—1859），字仲霁，号雨三，湖北蕲水人。清道光十六年（1836）进士，授编修。咸丰年间官至淮扬道兼盐运使。后坐事革职，充定远军营文案。咸丰九年，捻军破城时战死。有《日知堂集》等。刘毓崧入郭氏幕，并教其子。其五十寿辰，刘寿曾和刘毓崧分别以"集两《汉书》"、"集新、旧《唐书》"的形式撰文为郭氏祝寿。参见林子雄点校：《刘寿曾集》，台湾"中央研究院"中国文哲研究所2001年版，第326页。

② 生平不详。

# 陈荣袷致刘毓崧书札 2 通

## （一）

伯山大兄大人台启：

昨接夏兆熙[①]兄来信，得悉天榕[②]二兄在仪□□云□庵，承兆兄极力帮忙殡敛。展诵之下，实深感激。据云，现今暂为浮攒在彼，已专候天机[③]三兄及吾兄处请示，是否盘柩祖茔安葬？抑系就近仪地等因，然此事弟未敢擅便，惟望吾兄与天机兄作主，该如何酌办。至于需用之资，皆系亲谊，礼应谅[量]力措办之。如现在弟之情况，避乱窘乡，□□日逐，家计毫无进□，殊多拮据，心馀力薄，奈何奈何。将弟苦衷恳请转达为□，专此奉托，顺愿日安。不一。

愚弟陈荣袷[④]顿首，腊月八日申

## （二）

刘伯山老爷：

送上折扇一柄，敢祈大笔一挥。惜系粗箑，不足以椽，则奉扬仁风，感佩肌肤也。渺此并请日安。

愚弟陈荣袷顿首

① 生平不详。

② 据刘氏《家谱》记载："第九世天榕，文潮公次子。行二。生于嘉庆壬戌年十一月初三日时。"

③ 据刘氏《家谱》记载："第九世天机，文浩公次子。行二。生于嘉庆辛酉年正月十四日卯时。"

④ 生平不详。

# 高鸿致刘毓崧书札 1 通

刘伯山老爷：

望将今日《梅花》诗题出处，并得年字开明示下为感。此请午安。不一。

弟高鸿　顿首

# 沈启致宾虞书札 1 通

老仁兄阁下：

一别□□，□殊情情之。吾辈踪迹，惟恃一考。专以联络，此后不知觌面又在何时也！

近知两东床皆荣进，曷胜雀跃，足见老眼能识英贤也。恭甫进学校事，想皆费心照拂。计覆试已至，可安然作秀才矣。然一顶头巾，不可久戴，又要想出脱方可也。书至此，为伊等勉正为吾辈慨耳！迩日心绪恶劣，不及庄书。特专草布贺，并请迩安。

弟启顿首，七月巧日前一夕

# 沈启致梅植之书札1通

梅卿仁兄大人阁下：

久违芝采，曷既葭里，比维时祉，咸私为颂。弟仍馆琴翁处，修羊泛瘦，大有不可支之势。吾兄近况何似？念念。

兹有恳者，小徒刘恭甫现在镇，为杜司马[①]办理江淮贩指总局事件。刻欲觅房壹所，以为办公之地。渠苦人地生，仰仗大力或转托至熟之人，为寻一处，则感荷奚如。房以在河南为妙，租金至多四千，与恭甫面订可也。此恳顺请大安。令弟、二兄均此。

愚弟启顿首，四月十八日

① 杜文澜（1815—1881），字小舫，浙江秀水人。官至江苏道员，署两淮盐运使。有干才，为曾国藩所称。杜文澜工词，著有《宋香词》、《曼陀罗华阁琐记》、《平定粤寇记略》及《词律校勘记》，并传于世。刘寿曾曾入杜幕，为之编纂《古谣谚》。

# 然致刘毓崧书札1通

（上佚）美赤寄来之书，则盒装成，卖得价再买种种。如就中不足，商之再补小种书者一二。局格如此，即以此五部与同人易二部，彼当不甘，且均无现成之书。段[①]《说文》，同业视为奇货，此论吾兄深知市情也。所有设法买卖俗情，曾于介伯[②]细商，是以匆匆不能交于力人带去，至前另一事，不可牵连。弟之致美赤书，足下阅之，可以见其梗概也。即呈北［伯］山[③]尊兄吾师文几。然[④]叩。

① 段玉裁。

② 薛寿（1812—1872），字介伯，晚字砚伯，扬州江都人。初师事梅蕴生，后乃受经于刘文淇，晚年南皮张之洞创经心书院，聘介伯主讲席。卒于同治十一年四月二十七日，年六十一。著有《续文选古字通》20卷、《学诂斋文集》2卷、《外集》2卷、《诗集》2卷。

③ 刘毓崧。

④ 生平不详。

# 吴世钰致刘毓崧书札 1 通

刘伯山少老爷：

昨晤陈倬人[①]兄，知渠辛丑会墨原底，现存尊处，敢借一阅。即日，专趋此达，并候日落。老伯叱名请安。

吴世钰[②]顿首

① 陈立，字倬人。刘文淇门生。

② 吴世钰，清代画家，曾为阮充撰《云庄图记》。其中有："云庄先生，以宰相贵介，不慕荣得，怡然焕然，日与古人相周旋。其性情之淡，学问之醇，有非士大夫所能及。顷以《云庄图》嘱予为记。见夫一花一草，别具天机。一壑一丘，绝无俗韵。其结构之精严，真所谓匠心独具者矣！"参见罗加岭：《北渚二叔与北湖三杰》，扬州日报"梅岭"周刊，2012 年 3 月 15 日 T1 版。

# 江延熙致刘毓崧信札4通

## （一）

伯山大兄大人阁下：

昨奉去行述底样，并青蚨十千，求代付洪年民，未知已收到否？今早见老伯大人暨勾生老伯①、季子大叔②，俱云开吊之期，须散行述，似不宜迟。可否仰求促其于初五以前刊成否？不揣冒昧，伏希酌示，曷胜感企。专颂侍安不既。

制世愚弟延熙③稽首

## （二）

刘少老爷：

前承枉驾，尚未走谢，只以渎礼，不敢出门，罪甚！容俟开吊以后，当专叩诣菲。恳者先君行述业已录出，尚有要事拟与阁下商酌。午后公暇，敢求移玉为祷，冒渎之处，尚希原谅，□□为感。专请伯山大人侍安。

世愚小弟江延熙稽首

## （三）

刘伯山老爷文安：

世愚弟江延熙稽首。昨奉小□之谅邀，文鉴是否可行，伏乞示复。兹恳者，予处现有先大父喜诵六本，为杨至堂抚军④所赏鉴。顷有书□允代付梓，诚盛举也，可威之至。

---

① 王翼凤，字勾生。廪贡生。少与兄僧保齐名，通《左氏学》，著有《舍是集》、《声远堂集》。见董玉书：《芜城怀旧录》，江苏古籍出版社2002年版，第23页。

② 杨亮（？—1853），字季子，清江都人。杨捷五世孙，监生。性嗜古书，工诗及古文辞，取法汉魏。游京师，从大兴徐松受西域舆地之学，研究精审，徐松谓其学有替人。曾千里归故友之丧，人高其行谊。咸丰三年（1853）太平军攻克扬州，绝食而死。著有《围城日记》、《蒙古道里考》、《世泽堂诗文集》。见王澄主编：《扬州历史人物辞典》，江苏古籍出版社2001年版，第429页。

③ 生平不详。

④ 杨以增（1787—1856），清著名藏书家。字益之，号至堂，别号东樵。山东聊城人。道光二年（1822）进士。历官山西布政使、陕西总督、江南河道总督。在江南为官时，正直战乱时期，一些故家旧藏纷纷散出。其先后得汪氏艺芸书舍、鲍氏知不足斋、钱氏红豆山房、秦氏石研斋及

弟家藏手泽未便邮寄远方，亟宜抄录副本，惠兄在家日久，交广友多，仰祈代延一友来舍传钞。至润笔费之资，□□扬城每千字系大泉卅文，弟拟在家钞录，可留便饭，则润笔之资，可从稍减否？如其不然，即卅文千字亦可，专则勿□为感，如蒙至成，明后日即希约其来舍为祷。此请。

（四）

伯山世仁兄大人阁下：

袁浦小聚，倏忽念旬，驺从旋扬，未及诣送。歉甚，歉甚。比维侍祉，曼福动定，绥和为颂。弟自解缆时，即感染时气，卧病半月。先灵入城，并不能执绋随行，不孝之罪，上通于天。父执前亦未能趋诣请安，罪何可逭！兹恳者，令表兄云起先生久钦其人，且亟思领教。且舍间田事，向蒙照拂，心感之至。奈弟贱恙，迄今初愈。谨食粥汤，步履软弱，未出户房，难以趋诣。可否仰祈吾兄大人相约，枉临寒舍一谈，藉申积愫，叨在世好，谅不以冒渎见愆也。临楮依依，无任悚惶之至，专泐敬请文安，伏乞惠示不既。老伯大人前祈叱名请安。

世愚弟制江延熙稽首，五月初十日

---

朱筠、孙星衍诸家旧藏。瞿氏铁琴铜剑楼藏书，遭乱散失，亦多为杨氏购得。藏书处名海源阁，又建宋存书室、四经四史之斋，专藏宋元版及名抄精校本，此外还有陶南山馆。共藏书约3336种，20余万卷。其规模之大，质量之精，不亚于常熟瞿氏。时人称为“南瞿北杨”。其子绍和及孙保彝，继承其业，历久不衰。绍和（1832—1875），同治四年（1865）进士，任翰林院编修，专心搜求珍本，藏书益富。著有《楹书隅录》10卷，著录宋元珍本近300种，为了解海源阁藏书的重要著作。其孙保彝编有《海源阁书目》6卷及《海源阁宋元书目》1卷。后藏书至以增嗣曾孙敬夫时，遭乱，一部分焚毁散失，一部分现藏国家图书馆和山东省图书馆。见赵国璋、潘树广主编：《文献学大辞典》，广陵书社2005年版，第504页。

# 杨阕致刘毓崧书札 1 通

伯山贤甥婿亲启：

睽违日久，殊为念念。三月间，少连甥二次来场，知悉尊府于初一日逃出，居黄珏［班］桥。惟有二令郎被虏，直至九月间，接舍甥来信，又知令郎由镇江逃回[①]。阅信之下，颇为欣喜，为慰为颂。兹启者，上年山西所贴之项，存于尊处，心感谢谢。愚因十月患病，至今未痊。现在久不能多进饮食，亦不能动。典内之事，现不能留住。于九月初借住敝友处，医治等类，毫无出项。今着典内打杂来至黄班桥，喊舍甥来场，将所存尊处项下，请交舍甥手，一并与来足一同带下。明知尊府事难，奈愚历年所聚，为典内同事借用。今因借用之人，于八月间患时邪十数日，于九月初以［已］作故人矣。所欠之项，均无着落。愚因此事十分愁烦。因久郁，故有此病。是以无可如何，万无法想，故着人来扬。一则取此银两，二则喊舍甥来场。恐不足数，望请先付一半，以便应用。要紧要紧。但此时，愚在病中，与典友挪借千文应用，人皆不肯，总怕我死后无身归还。愚此番欲回扬，一则不能牵动，二则无家可归，毫无依靠之处。兼之柴荒米贵，愚虽死亦不回扬矣。接此信后，务求赶紧交舍甥与来人一同带下。务望原谅，要要。特此，并请冬安。不一。

愚舅岳杨阕[②]字具

此信请人代书，草率不堪，恕笑恕笑。

---

① 刘贵曾 12 岁为太平军所掠，历十二月旬逃脱。归家后贵曾讲述自己于太平军中牧马割草之事，刘寿曾据此笔录著《余生纪略》。

② 生平不详。

# 丁晏致子衡书札1通

子衡[①]世大兄先生启：

握别非遥，想已安抵下河。一路福星，定符肊颂。舟中阅《东发日钞》[②]，谅必奕心豁目。晦翁[③]高弟，惟贵宗为绩学名卿，经礼实□明，非言性道者比也。兹有托者，贵同乡刘伯山世兄（庚子优贡）毓崧，孟詹同年令嗣。孟詹纯儒，与弟至交，如亲手足。伊世兄承其家学，沉博溜粹，江北巨子，首推此人。向在郭雨山[④]观察家宅，课伊少君[⑤]数年。郭现回籍，另觅栖枝。弟乞兄台鼎力就近在东泰[⑥]荐一课徒馆地。弟深佩其品学，故敬奉求，非惟藉沉砚田，抑亦有裨肄业，匪泛泛为人说项也。除致伯山嘱其就近奉访外，寄此谆托。鉴照，如弟身受。再，尊大人常见过谈，一切安好。匆匆不尽，欲言查询，近祉不宣。

弟晏[⑦]顿首，初六日申刻[⑧]

---

① 生平不详。

② 黄震（1213—1281），字东发，学者称於越先生，宋末名儒，慈溪古窑人。南宋宝祐四年（1256）进士，授迪功郎、吴县尉。咸淳三年（1267）擢国史馆检阅，参与修纂宁宗、理宗两朝《国史》、《实录》等。黄震的《黄氏日抄》，又作《东发日钞》，是一部满含睿语哲理的读书笔记，对古书辨伪功力至深，为“东发学派”的代表作。另有《古今纪要》、《戊辰修史传》等著作传世。

③ 朱熹（1130—1200），字元晦，一字仲晦，号晦庵，晚称晦翁，又称紫阳先生、考亭先生、沧州病叟、云谷老人、逆翁。谥文，又称朱文公。祖籍南宋江南东路徽州府婺源县，出生于南剑州尤溪。南宋著名的理学家、思想家、哲学家、教育家、诗人、闽学派的代表人物，世称朱子，是孔子、孟子以来最杰出的弘扬儒学的大师。

④ 郭沛林。

⑤ 郭阶。

⑥ 即东台。

⑦ 丁晏（1794—1875），字俭卿，号柘堂，晚号石亭居士。山阳（今江苏淮安）人。清经学家、笺注家。道光元年（1821）举人，咸丰中官内阁中书、侍读。一生从事教读、讲学及著述，长期主讲文津、丽正诸书院。性嗜典籍，笃好郑学，于《毛诗笺》、《三礼注》研讨尤深。著作甚多，汇刻有《颐志斋丛书》。另有《曹集诠评》，为评注曹植的专门著作，是书利用多种版本，参考各种类书，收辑佚文，补正缺漏，颇为完善。有同治十一年（1872）金陵书局刻本。文学古籍刊行社1957年出版叶菊生校订本，改正讹误，统一字体，删去不合史实的眉批。见赵国璋、潘树广主编：《文献学大辞典》，广陵书社2005年版，第19—20页。

⑧ 下午3点到5点。

# 陈正榕致黄氏书札1通

舅母大人安禀：

甥自初四日早间，拜别等后送家母上船。午前到邵伯，午后到真武庙。不意东笙表舅氏，已于前一日移寓仙女庙南河坝西程家庄，当晚投入刘三爷家。初五日早间复回真武庙，午前到邵伯，午后到仙女庙上岸，雇车到二道桥晤刘三爷，伊着人送至凌府。上灯时，东笙表舅氏从邵伯回来，家母住东首房，甥住照厅。家母精神托庇如常。此请福安，不另。并请表嫂、姐安，表侄、侄女均此问好。

甥陈正榕谨禀，九月初六日

# 陈正榕致刘氏书札2通

## （一）

母亲大人膝下：

男于本月十二日，有信三纸，附黄百西兄信内寄上，想已收到。十四日晚间，男闻邻人从东关回来云，现在府门口出（案，其时家内大门已关），男未曾去看。十五日早饭后，至府门口，见仪征案取三圈人。男钱已用罄，痢又未愈（每早空服醋开水一碗，便血稍止），不取转可罢了。本拟十六日到凌府，九叔父留男在家稍停数日。廿三日，天晴，定到邵伯。男在家吃二十日火食，即将去年租米二斗三升抵算，派□房米五斗，会兑刘府看房蒋大二斗七升，折钱若干。又，男俟蒋大回扬当面说明，在刘府看房项内扣算。

此请福安。黄刘田府均此请安。

男正［政］榕[①]谨禀，正月廿日

## （二）

母亲大人膝下：

男于前月廿五日又有信一纸，附黄伯西兄竹报内寄上，至今想已收到。本月初五日，□试全案已出，仪征共壹百八十八人，男第乙百五十二名。本月初六日至十五日十天饭食已有。凌表舅氏[②]会兑薛介翁[③]钱壹千文可抵。昨日收过五百文，馀五百文，月半后再行索取。学□于本月廿六日取扬州册□。男在城候。恭甫到扬，同住泰州。望将男元色缎夹瓜皮一个，单梁［凉］鞋一双查出，交恭甫带下。男于前月廿五由邵伯进扬城。行李包袱皆系自携，考箱壹个转存凌府。（男本拟存凌表舅氏，到扬见郭大人后同回邵伯。今不能照原义矣。）恭甫舟过邵伯时，嘱其着曹发二爷上岸代为取出，带至扬城，切不可忘记。要紧。（此信到清江，恭甫如已动身，考箱不带亦不□。）此请金安。田刘黄均此请安，不另。

男正榕谨禀

---

① 生平不详。据刘氏《家谱》记载："锡瑜公。瞰公之子，字怀瑾，号琢斋。生于乾隆己巳年六月十四日卯时，卒于道光庚子年八月八日，葬郝家宝塔。配凌禹臣公女，生乾隆丁丑年五月廿一日酉时，卒道光壬午年八月初二日申时。合葬郝家宝塔。生子一，文洪。女一，适邑庠生陈传洛。"即陈正榕可能是陈传洛之子。

② 凌镛，字东笙，后名毓瑞，江都人，凌曙子。诸生。

③ 薛寿，字介伯。

# 栋致沈启书札 1 通

今日阴雨未晤，怅怅。适扬州小介已来，接三小儿赴太[泰]应考，准于本月廿四日取齐。明日□船，十六即动身矣。祈将此信转致北[伯]山兄。如阁下高兴，后日可以同走。特此飞闻，即请沈大老爷①晚安。

栋②借片③顿首，十四日

① 沈启。

② 生平不详。

③ 按，借龚坦名片。龚坦，清诗人。

# 刘浔致亲友书札1通

哀启者：

家慈自六月十二日偶患疟疾，延医调治，并无效验，以日重一日，百药无功，后于耳根下起一外症，喉咙红肿，茶水不能下咽，延至八月初二日亥时寿终。不孝自山西回来，遽遭大故，真痛不欲生。惟身后大事，无人照料，只得苟延残喘，勉强礼事，苫块错迷，信以代讣，伏乞矜鉴。

棘人刘浔[1]泣血稽首

① 生平不详。

# 刘兆祥致刘毓崧书札1通

溧水[①]山口村刘族弟明吉[②]，官名兆祥，时年六十八岁。去秋接得敝乡张启太、陈兆恺二人口谕，云及寿曾、贵曾二位夫子嘱托并领文卷，已知二位高中，肃此遥贺。兹启者，所示联谱[③]一事，弟已遵谕，邀会阖族略议，诸可允就，但未知确实。尚因村多丁繁所未议。如不嫌寒陋，即付一的示，弟即郑重大会议定。弟即赴省面叙可。专此致达，顺候叔安。[④]

于初六。

宗弟兆祥顿首

① 刘氏先世居溧水。高祖春和，国学生，始迁扬州。见（日）小泽文四郎：《刘孟瞻先生年谱》。参见郑晓霞、吴平标点《扬州学派年谱合刊》（下册），广陵书社2008年版，第569页。

② 生平不详。

③ 扬州现存《家谱》，未见“族谱”。据《家谱》记载，刘氏起自“一世祖仲礼公，大明恩贡生，任河南密县知县。原注：陕西原籍，寄居溧水县，第四世分寄江都县、仪征县。”止于“第十一世师颖，又名坤元，字容季，显曾公次子。江苏省立第一中学毕业。生于光绪二十二年五月初八日，元配徐闰辉公女（生光绪廿二年六月二十七日，卒民国十六年四月初二日，葬开家坂）。继配方尔谦女。子葆楹、葆朴、葆中；女葆桢、葆观。”可见该谱可能系刘寿曾及孙刘葆儒接力修编。

④ 由书札最后的问候语，可推收信人是刘毓崧。

# 孙贵麟致刘毓崧书札1通

母舅大人安禀：

示亲懿范，两易春秋。瞻盼之思，无时或释。甥四月晤恭甫表弟，托以田姓姨母恤嫠二名。甥再四面路、董、余三先生商酌，久定两可补一。不料恤嫠大局变动，太尊分路另派董事详细换查。此事就路、董所能专主。补与不补，未知其何。倘趋取之际，亦可补入，甥自应尽力代办。惟甥更有事者，同居嫠归刘樊氏，实系极贫，并非士族，且籍贯溧水，此地无另熟人，苦口向甥恳为设法。甥不揣冒昧，董事丁芳换查时，妄应以母舅远支，恐丁先生作札询，务求力为成全。不独代甥弥盖，即穷嫠亦感无涯矣。肃此敬奉，恭请重安，并请阖府安好。

甥孙贵麟①拜

① 生平不详。

# 汪有泰致周缦云书札1通

年愚侄汪有泰谨禀缦云[①]年伯大人座前：

禀者本月中堂太老师函致运宪，命每月帮助膏火银二十两，由淮南总局致送家慈暨侄。闻信之下，感谢年伯大人厚谊顾拳。

春风嘘拂，皆由眷念先人交谊之故。侄敢不努力读书勉奋上进，以仰副期望之心于万一。来岁真州[②]县试，家业师命侄权且观光。惟冀时锡训言，不遗在远。专此肃笺，恭叩升安，请惟□鉴不备。

侄有泰[③]谨禀

---

① 周学浚，字缦云，又字深甫，号蛰庵。道光二十四年（1844）榜眼，授翰林院编修，二十六年任广西学政、山东道监察御史。同治初入曾国藩幕，主持文教事。周缦云为刘富曾受业师。

② 仪征古称。

③ 汪有泰，字小莼，号桃潭旧主，祖籍江苏仪征，世居扬州，为国民党官僚王柏龄外公，著有《扬州竹枝词》。另据扬州张毓英手录《仪征张氏族谱》载：张毓英元配王蘅（字芷）即汪有泰三女。

# 田增富致叔母大人书札1通

叔母大人安禀：

自别尊前，倏经两载。每怀慈范，孺慕弥殷。近仰福体安康，精神清健。姨母大人暨义[①]弟谅亦安好，念念。侄自惭不肖，庸劣性成。无计谋生，有亏孝养，遂致大人□羁旅，远弃故乡，重以口腹累吾舅氏。侄罪诚擿发难数也。但冀得蒙慈荫，稍有寸进，必不负德。致益衍尤，愚忱若斯，谅荷恩件。

兹敬禀者，侄之赋闲已久，生计全无。四路营谋，百无一获。现居关口沈姓空宅，暂为照料，每月仅得千文，聊资糊口。母亲现在洲上，家计虽不甚重，而待哺者尚有四人。兼之薪桂米珠，恃此数十文，一日万难，敷度拆措皆空，势将坐毙。近闻郭观察善后局内，公事甚多，需人颇众。即戟门先生现司捐务，亦在需人，倘能此地容身，即属生机一线。无如郭既分隔云泥，沈又宜非瓜葛，近身鲜径，求人无门，唯此具禀，敬求大人念一脉之亲，施再生之德。转乞母舅大人，俯怜辙鲋，推爱屋乌。赐一荐函或郭或沈之处，俾得滥竽，藉邀薄俸，获生釜底之春，如拜雪中之炭。知承恩庇，当不故辞。则他年细弱馀生，皆出诸大人今日之鸿惠也。倘蒙金诺，幸赐玉音，得荷生成，敢忘衔结。家内自母亲以下，俱幸平善，知关慈念，谨附禀慰。天气炎蒸，伏维随时珍摄，肃泐芜禀，敬请金安。

侄增富[②]百叩，六月二十日

姨母前请代问安，义弟安好。

母舅大人阖府均请叱名代请安好。统恕未另。

---

① 田增义。

② 生平不详。

# 田增义致刘毓崧书札1通

伯山母舅大人金安[①]：

甥家准拟三月初旬回郡，于月底先行进城，路遇朱凫仙先生，谈及沈戟门先生现在本城善后局内，其中稽查厘捐尚少十间，每日饭食等廿文之说。甥思此事尚能办理得来，且分炊家口，两年在外，无业坐食，未免累及老母饥寒，惭愧无地。兹闻此事，不得不仰求大人赐书赏事。甥回城已省房租，在局又省一人重食，则数口稍免断顿矣。前遇黄、陈两姻伯，言及陈田府上恤嫠之事，系□谈实。祈为转致明函赐下，以便向井小圃兄处办理。为此肃函，恭惟慈鉴。阖宅金安，诸表弟安好。不另。如赐信，望寄东关街盛世盐关符同昌钱店。

二月廿八日[②]

---

① 由该信抬头的称呼可推断，此信系田增义写给刘毓崧。

② 田增义系刘寿曾姑父田溥光之子，字子宜，刘师苍业师。田溥光（？—1851），原名普实，字季华，室名目耕斋、汉学堂，江都人。幼受业于梅植之，通小学，工诗，搜访考证金石碑版。著有《扬州金石记》、《目耕斋笔记》、《汉学堂诗文集》等。

# 田增义致汪氏书札1通

舅母[①]大人□启：

敬禀者：于本月初三日，大哥[②]添一公郎，欣慰欣慰，大嫂产后谅亦结实。大哥回省一路想必平安。甥本拟中秋后返舍，待诸生修脯，而未能回家。于十五日始回家。秋节司支甥半分，仅得一两几钱六分。四哥[③]赴西，三哥[④]前请传语，致候为寿。专此敬奉，恭请金安，并祝秋祺。不一。

愚外甥制田增义敬禀，八月十六日

阖府请安问好，奶奶附笔阖府请安问好。

陈舅母氏二位大人前祈叱名请安，并叩节禧。不另。

① 据《家谱》记载："第九世毓崧，文淇公子，字伯山，又字松厓。道光庚子以廪膳生举优行贡太学候选训道。荐举八旗官学教习。生于嘉庆戊寅二月二十三日，卒于同治丁卯八月初九日，葬郝家宝塔。元配汪榖公女（生嘉庆戊寅十月初五日未时，卒咸丰庚申十一月十八日辰时），合葬郝家宝塔。继配黄龙骧公女（生道光丙申三月二十七日，卒宣统二年八月初九日，合葬郝家宝塔）。"按，刘毓崧有前后两任夫人。但从信中刘寿曾"添一公郎"（刘师苍生于同治甲戌十三年八月初三日）推断，该信系田增义写给汪氏。汪氏即汪榖（字小城）之女。

② 刘寿曾。

③ 刘显曾。

④ 刘富曾。

# 刘恭冕致方申书札1通

方大老爷[1]：

久不明教，渴想之至。南本《梁书》[2]（如有此本，亦求借阅）仍望惠假一授，即文束手。扬州所刻《诗疏》闻已工毕，想接办《礼疏》矣。子贞[3]先生近况何似？时通闻否？□高病已大转。惟子《尚书》（下佚）。

弟刘恭冕[4]顿首

① 方申（1791—1840），字端斋，本申姓，嗣舅氏，改姓方。清仪征人。少受学于刘文淇。不治举业，年逾四十，应童子试。道光二十年（1840）以经解补县学生，旋卒。精于易，著有《诸家易象别录》一卷、《虞氏易象汇编》一卷、《周易卦象集证》一卷、《周易卦变举要》一卷等，合称《易学五书》，并行于世。见王澄主编：《扬州历史人物辞典》，江苏古籍出版社2001年版，第79页。

②《梁书》单行刊印较少，大都与其他正史合刊，大量刻印也比较晚。从贞观十年《梁书》问世，至宋朝刻印流传，中间相隔约530年。《宋史·艺文志》载周获《十七史赞》，当是《十七史》之名之始称。宋井度《七史》收《梁书》。

③ 何绍基（1799—1873），晚清诗人、画家、书法家。字子贞，号东洲，别号东洲居士，晚号蝯叟。湖南道州人。道光十六年进士。咸丰初简四川学政，曾典福建等乡试。历主山东泺源、长沙城南书院。通经史，精小学金石碑版。据《大戴记》考证《礼经》。书法初学颜真卿，又融汉魏而自成一家，尤长草书。何绍基有《惜道味斋经说》、《东洲草堂诗文钞》、《说文段注驳正》等。青溪旧屋曾存何绍基书法作品拓片。

④ 据《清史稿·儒林传》和族兄刘岳云的记载，刘恭冕字叔俛，光绪五年（1879）举人。宝应人，宝应汉学家刘宝楠的次子，“少时纂述已及尺”，从其父官游安徽文安、三河等地，入安徽学政朱兰幕，太平军败亡后，恭冕入金陵刻书局校勘经史，为世所重。后主讲湖北经心书院，亦为学子所推崇。《沔阳州志》、《黄州府志》、《汉阳府志》、《黄冈县志》多出其手。其父宝楠著《论语正义》未成而卒，经恭冕努力，为其订正求是，经十余年方才刊刻成书。著有《广经室文钞》、《论语正义补》等。

# 恽祖翼致刘叔俛书札 1 通

叔甫先生执事：

前荷枉驾，有失迎迓。嗣奉赐笺，并修纂府县志条目凡例，洪纤毕贯，识论精卓，钦佩之私，匪言可喻。现在省中虽经派员催办此事，而宪意总须俟府县志全数告成，方议办法，并须责成府县各自延订友人，主持其事，计算目前尚无可商之件也。缟素期内，不便奉诣，敬复祇请道安，惟希垂察。不备。

教弟恽祖翼[①]顿首

① 恽祖翼（1837—1900），江苏阳湖（今江苏常州）人。同治举人。历官知县、道员，至浙江布政使、巡抚。光绪中，任湖北汉黄德道兼江汉关监督。创设襄樊报水宅以杜船患。兴修浙江水利，开嘉兴泖河，疏港建闸；浚杭州上塘河，改建上虞土塘为石塘。义和团运动时，参加“东南互保”，上疏请整顿军营积弊，得准推行于各省。

# 田增义致刘寿曾书札1通

恭甫表兄大人安禀：

敬启者，弟于初五日，接得前月廿六日来信，领悉一切。近日吾兄大人玉体谅亦痊愈，念念。前月廿五日有一信禀舅母①大人，谅已鉴入。四哥②赴豫，一路谅必平安，曾有到岸信寄来否？餘食之事，俟半月后未批发，再备寸函，奉托一切，费心容当面谢。此覆并叩秋安。不一。奶奶附笔问好。

表弟制田增义顿首，菊月初六日

舅母大人金安，阖府请安问好，陈舅母氏二位大人祈叱名请安。不另。

① 刘汝士（1820—1873），字仲博，刘毓崧妹，刘寿曾姑母，适江都县学生田溥光。刘寿曾曾作《适田先姑母墓志铭》。

② 刘显曾。据《家谱》记载："第十世显曾。字诚甫，号橙浦，行四，优廪贡生。光绪戊子科举人，壬辰科进士，吏部主事稽勋司兼文选司行走，改取总理衙门章京，补吏部考功司主事加四品衔监察御史。生于咸丰辛亥元年五月十四日，卒于民国十七年三月初七日，葬开家坂。元配汪璧公次女（生咸丰三年十月十四日，卒年十月廿一日，葬郝家宝塔）。继配吴学泰公次女（生四月十七日）。"

# 成蓉镜致刘寿曾书札1通

恭甫足下：

自尊公[①]即世，窃叹吾郡失一经师。今世兄克绍先人之学，锲而不舍，前程正未有量也！仆老矣，所著《大清学案》，粗具凡例，未遑编纂，唯《宗派表》有写定之稿耳。又，拟编《论语类释》，仅释义理等字，略如《五礼通礼》一类，之中又分子目，采经子之文入之。闻定海黄君式三[②]亦有此著，不知曾有刊本否？书不尽意。

先王父[③]致先德[④]书，录似子乔世兄察存。戊寅[⑤]初夏静生[⑥]谨识味真腴斋，时四十有二[⑦]。

---

① 刘毓崧，刘寿曾之父。

② 黄式三（1789—1862），字薇香，号儆居，定海厅（今舟山）紫微乡（今属定海区）人。清道光十二年（1832）岁贡生，十四年赴乡试，因母病逝归，遂不再应试，终生治学。学不拘门户之见，博览经史诸子，斟酌古今。30岁后研读《论语》，40岁起考究历代典章制度，50岁后专治《尚书》。暮年好言礼，认为“礼可以怡情，可以淑性，可以定命”，著《复礼说》、《崇礼说》、《约礼说》等篇。平生以著述为乐，著有《论语后案》、《诗丛说》、《诗序通说》、《春秋释》、《周季编略》、《儆居集经说》、《史说》、《书启蒙》及《黄氏塾课》等共110卷。道光二十年英军侵占定海后，徙居镇海县海宴乡黄家桥，仿唐代韩愈作《五箴》，讽喻当局应警惕外国侵略者的野心。

③ 成蓉镜（1816—1883），字芙卿，晚号心巢，江苏宝应人。县学生。同治五年应曾国藩之邀，入金陵书局校书。后于光绪六年（1880），主持长沙校经堂，三年后故去。其学广博，辞章、考证、义理、天文、训诂、金石无不洞悉。通汉、宋之学。著作颇丰，其代表作品有《周易释文例》、《禹贡班义述》、《国朝师儒论略》、《心巢文录》、《问渔亭诗草》等。光绪中刊行的《成氏遗书》，收蓉镜著作多达27种31卷。

④ 即刘寿曾。

⑤ 1938年。

⑥ 成静生（1899—1947），成蓉镜之孙。

⑦ 按，该信札原是拓片，题款由成静生所识。

# 洪华锦致刘寿曾书札1通

敬启者：

承蒙盛情荐刻《说文》之事，理该遵命，奈何价目太微。前在清江[①]，虽含糊答应，应乃是一时失算。至抵扬地，梓等三人细细划算，尚不够本。非是梓等反覆不定，实因清江之地，耗费颇多，各事较扬[②]加倍，房屋尤觉更贵。况且扬地生意，大市甚好，而伙人实是难觅。至于写手，郡地之中，亦无多人。然各人皆有透支者，廿馀千文，盖因今岁生意大好，各店皆防彼等起动之故耳。是以支账最大，而扬城接写刻者，来清江设局，向有规例，须要贴彼等往来盘费，而写刻价目，皆比扬地高昂，是以费用浩大。现在南京接写刻者，盘费等等，愈较扬加倍矣。然梓等蒙阁下雅爱提携，理该应允，则后来办不成工［功］，反为不美，岂不有累于阁下矣？今修寸楮，虽用梓等承办者，至窄之价，每百字须壹百卅文，方能够本，尚且并无能赚。若不能如此数者，则请烦转致许老先生，另约比梓等价低者承办可也。梓等既开设小店，何能推脱生意？并非贪图大利，实因不够本耳。专此寄奉，幸勿见罪。谨请文安。不一。

伯翁先生阁下、季翁先生阁下均照。

梓人洪华锦、王保之、孙德先全具。

四月廿六日

---

① 清江市古称清江浦，本为清河码头至山阳淮城之间的运河名。清江浦一带明清属淮安府山阳县，清后期作为新县城由山阳划入清河，先后为江南河道总督、淮扬道治所所在。

② 扬州。

# 刘富曾请发还《扬州水道记》书版书札1通

敬略者[①]：

仪征刘孟瞻先生，著有《扬州水道记》[②]一书，上起春秋吴沟通江淮，下讫近代河道，具载原委，扬郡故实，资以是正。仪征吴文节公[③]出资刊刻，嗣经兵燹，板片残缺十之二三。前都转方公子箴[④]，饬工补刊，板片遂储书局，历有年所。先生之孙谦甫孝廉富曾，惟是恐书局储藏既久，板片不无损伤，禀请前宪柯都转发回修补，未蒙批示。惟此书系私家著述，虽经官款修补，究非官书可比。现闻书局板片已移官署，拟求批示发还，俾得领回随时修补刷印，流传久远，则感荷无既矣。谨略。

---

① 该札由刘师苍代三叔刘富曾拟就。

② 刘文淇著。《扬州水道记》是一部考证扬州境内运河（邗沟）水道变迁沿革的重要历史地理著作。该书叙述了邗沟即扬州至淮安运河水道的变迁及沿革，记录了围绕水道治理朝廷与地方、水利与漕运的意见、纷争与协调，反映了沿途城镇的变更和风光民俗，材料丰富，文字生动，间引诗文，涉笔成趣。其学术价值、文献价值都极高，所以一问世便受到好评。

③ 吴文镕（？—1854），字甄甫、云巢，号竹孙，清仪征人。嘉庆进士。历任侍读学士、顺天学政、刑部侍郎等职。道光十九年（1839）任福建巡抚。鸦片战争时，协助总督邓廷桢筹办防务。旋护理闽浙总督。次年改任江西巡抚。在任整饬吏治，颇著政声。奉查浙江盐务，奏请变通成法，尽罢浮费。二十九年杭嘉湖地区水灾，亲赴灾区，抚赈灾民。三十年海塘连年决口，曾督属抢险，不久，擢云贵总督。率兵镇压永昌回民起义。咸丰二年（1852）调闽浙总督，寻改湖广总督，在武昌对抗太平军。四年在黄州（今湖北黄冈）被太平军打败，投水自杀。封骑都尉兼云骑尉世职，谥文节。著有《吴文镕奏稿》1册，《吴文节公集》81卷。其子吴养源编有《吴文节公年谱》。参见王澄主编：《扬州历史人物辞典》，江苏古籍出版社2001年版，第410页。

④ 方濬颐（生卒年不详），字子箴，号梦园，安徽定远人。清道光二十四年（1844）考取进士。同治八年（1869）授两淮盐运使。曾国藩督两江时，学士袁保恒主张增加盐价，方濬颐坚决反对。历任浙江、江西、河南、山东各道御史，两广盐运使兼署广东布政使、四川按察史等职。后退出政界，到扬州开设淮南书局。广揽四方贤士，校刊群籍，重修平山堂。著有《二知轩诗文集》、《忍斋诗文集》、《古香凹词》等著作，流传后世。

# 黄建勋致亲友书札 1 通

哀启者：

先祖慈周太夫人秉赋素厚，虽在暮年而精神矍铄。自先祖父及先父相继逝世，后因悲伤过度，日渐颓唐。客□即时感不适，饮食锐减。今春兼患哮喘，肢体臃肿，迭延中医士诊治，迄无效果。延至七月十二日，即农历五月二十八日[①]未时弃不孝而长逝矣。呜呼恸哉！不孝供职北门，久缺省视，鞠凶抱恨终天。只以窀穸未安，不得不苟延残喘，勉襄大事，随于□时成服入殓，爰具哀告，墨与泪俱，伏乞维鉴。

承重孙黄建勋[②]泣血稽颡，七月十三日

① 1892 年。

② 生平不详。

# 郭阶致舫翁书札1通

舫翁世叔大人阁下：

昨钱子密[①]吏部交到画书，经检，勋虪卓著，起居纳福为慰。侄于十一月八日归抵皖江，法事布置就绪，仍当回家一走。月余可即下来告。承注念，附以布张揆帅象台丈张告人，吾叔办理楚岸督销，特小试耳。他日敭历封圻，不负所学，可为预贺。晤教不违，不改缕缕。专此布政，即请升安。统祈画鉴，不备。

世愚侄郭阶[②]顿首，十一月十二日

前在仙女镇[③]，致许缘翁观察书，托望催寄方伯[④]，饬扬州太守，顶得先君名定事，现在都中友人可以办理具题，但尚未据苏省来文耳！近久未接缘翁覆书，不知为何办理？敬祈氏催缘翁并希同力主持，俾孙太守早深盛逾沦浃。

---

① 钱子密（1824—1902），即钱应溥，字子密，号葆真老人，浙江嘉兴人。道光己酉（1849）拔贡，参加朝考得一等，为七品京官，分吏部，直军机。曾为曾国藩幕僚。1896年，迁左都御史，转工部尚书。《清史稿》称他："工为文檄，敏捷如夙构，顷刻千言。"光绪二十五年（1899）应病告归。卒谥"恭勤"。

② 郭阶，字子贞，又字慕徐，郭沛林子。

③ 江都仙女镇。

④方申。

# 胡文渊致胡留元书札 13 通

## （一）

女儿[①]见字：

今日是尔吉期，我在署念及扬州，不知是何忙法？但愿尔从此事［侍］奉祖姑及姑，以及叔翁叔姑，时时孝敬，出以诚心。勿学虚浮之人，但做面子，而内与外不相符也。张侯[②]忠厚诚实，尔须时刻敬之。不可因小事或不如意，而说话做事，稍失礼文也。小姑小叔，即是兄弟姐妹，相待必好，但不可闹小娃脾气为要！家中之事，无论大小，须处处留心，却不得丝毫擅自做主，要紧！衣服用物，都是多少人费了心力代你忙的，设或长短大小轻重之间不甚合适，务宜将就用之，断不可稍有憎厌，致冷人心。须晓得世上苦人甚多，不如你者，十人中何止七八人。即拿嫁邢家姐姐[③]一比，自然觉得天之待我甚厚矣。尔素来懂事，原不必时时向尔烦絮，然我心中望尔做人家一做贤孝之妇，不得不再三谆嘱也。尔身体甚好，倘偶遇不舒服时，仍须守定我的不吃药主意。尔叔翁今年大病，闻诸医临门，七嘴八舌，幸而自愈，险不可言。我颇觉尔三叔翁[④]及张侯没得主意也，可怕之至。龙泉今年秋收尚好，署内平安，尔尽可放心。辰卿大大[⑤]来看你时，你须请他刻刻宽舒怀抱，不要鸡肚猴肠。切切！邢家姐姐处，尔着老妈看看他［她］，为要。此信到扬，尔母如已动身便罢，倘仍未动身，可劝他［她］赶早动身。一来我署内上房冷清万状，二来天气渐寒，途中各色不便也。

九月十三日，父书

---

① 关于母亲胡留元生平，刘葆儒 1951 年在母亲去世后曾有一节文字记载：“母氏胡名留元，字绛华，外祖镜塘公女。光绪乙亥八月十三日子时生。外祖以进士宦浙，母随侍任所。年二十，归先孝廉张侯府君。上侍重闱，敬礼无间。岁壬寅，府君以送申叔叔父赴试，殁于水，母原欲身殉，以遗腹崇儒未生，隐忍抚孤。值家道中落，劬劳顾复家室，绸缪摧剥，□□廿余年，而母老矣。迨来沪就养，春晖寸草，难报万一。岁己丑，以乳癌成痼疾，医治不效，精力渐衰，一九五一年八月弃养，年七十七。越日火化，权藏于西宝兴路壁龛。岁月如流，惧陵谷不可知，谨志于骨灰之椟。男葆儒、崇儒泣记。一九五一年九月。”

② 刘师苍，胡留元之夫。据《家谱》记载：“第十一世师苍，字张侯，寿曾公长子。优廪膳生。光绪丁酉科举人。拔贡生，授文林郎。生于同治甲戌十三年八月初三日，卒于光绪壬寅二十八年八月初四日。葬郝家宝塔。配胡文渊公女（生光绪元年八月十三日）。子二，长葆儒，次崇儒。”

③ 胡文晖，女，适邢宝璜。

④ 刘富曾。

⑤ 扬州地方方言，即伯父。

尔每月可写一信与我，请张侯代笔。无论有事没事，我见尔之信，便好放心也。切记!

## （二）

女儿手启：

昨接到汝母及养元[①]信，备知一切，我心甚喜。我于九月十三日曾写一信与你。已收到否?

一、汝母于九月二十日到汝家上门，不知辰卿[②]大大几时来扬?养元几时来扬?汝母几时到泰?几时回头?几时动身来浙?我甚不放心。

一、汝母来信，言汝家自汝祖姑以下，待汝极优，照应周备，汝切不可恃爱而骄，致失事（侍）奉上人之道。张侯为人和平中正，汝须时时教之，不可一刻大意。切切!

一、邢府境况拮据，汝姊难免寒饿，汝可不时稍稍倾助之。但必须禀命于祖姑及姑之前，并告张侯知道，皆蒙允许，乃可以行；不然则止。斗粟寸丝，皆不得擅自作主。是为至要!

一、龙泉今年秋收丰稔，民气安和，三八收呈，每期不过三四张，多则五六张而已。备荒积谷，本派一万八千石，十年以来，大家侵蚀，官不过问，现查只有四千八百石。管理之人，死已大半，我现在设法追还，日期既久，终恐无济于事，不得不另筹弥补之方。今年龙泉之谷，坚实异常，平时每箩百斤者，今犹是一箩，重有一百零五六斤。我现令田多之家，按租捐谷，尽腊月底，可得四五千石。业已有头绪矣。

一、龙泉善举，大都名存实亡。毕勋阁稍稍整顿，已改旧观。我现在依其规矩，而益加严紧焉，庶几挽回万一。惟恤嫠一事，从来不曾办理，是为缺陷之大端。我商诸老师，并捐廉兴举，两月以来，规模粗具矣。

一、自汝动身后，大双病倒十余日；大双既好，五子又病倒十余日；五子既好，小双复又病倒；小双未好，二娘娘[③]复又病倒。二娘娘自十月初九日起，就觉饮食不香，次日微微恶寒，旋即壮热。热甚时，言语不清；热退后，神明尚不甚乱。然热退不过三四时，复热，逐致彻昼夜。初请韩老师诊视，继请本地贡生蔡姓者诊视，病之情状，则似疟而非疟，药之效验，亦时有而时无。十七八日复添泄泻之症（一昼夜四五次）。十九日早，泄止热清。午初时即睡着。方谓病势稍松矣，不意直至未刻，仍然不醒，呼吸之

---

① 胡养元，胡留元堂兄，胡文晖之子。

② 胡文晖，胡镜塘胞兄。

③ 扬州地方方言，即叔母。信中的“二娘娘”，系指顾少庚之姊。据刘葆儒记载：秉之公夫人（顾氏，顾少庚之姊），自杭州到龙泉（光绪十九年）。顾氏夫人（即二娘娘）没于龙泉（光绪廿二年十月）。

间颇有痰响。余知此事不妙。大双、五子高声呼唤，小双亦力疾推动，全然不应。延医复诊，谓已事无可为。至夜十二点钟，遂溘然长逝。大双一筹莫展，小双病体颓唐，五子号哭极哀，铁人亦须为落泪。二娘娘不自知其将死也，临去时绝无一字遗言。大家亦不知其遂死也，虽病时，亦无丝毫预备，衣衾棺木一概无有。幸人手众多，尽二十日一昼夜之力，制衣、制衾、制棺，铺设灵帷，安置一切，于二十一日未初入殓。龙泉木质甚佳，棺好而价不贵，小褂裤、□裤均用红布面白布里，衫裙衬袄皆用绸面绸里。凤冠補服、石灰、皮纸等，一一如法安置。在二娘娘也算罢了，即秉之二叔亦当不恨。所未了者，儿女身上事耳。将来盘柩回扬，亦殊非易事耳[①]。奈何奈何！

一、我近来又做官，又做账房，又做征收，又做书启。日间问案，夜间查街。又要为人之父，又要为人之母（五子现住我房后，就睡在汝床上）。养生送死，攒集（下佚）。

## （三）

女儿手启：

尔母于十一月廿四日到杭州，月底到兰溪，十二月初二到金华。水小不能坐船，即在金华起旱。初四日到永康，初七日到处州府。时我派在兰溪等候之差，于初四日已由衢州及遂昌一路先回署内，令轿夫等亦于初七日到处州迎接。尔母及养元老汉带同秦发、田妈，于初八日在处州由陆路动身，十一日俱已安抵龙泉。田福与观官坐船，并行李、衣箱于十三日亦到。一切平安，可无悬念。老汉回来，亦不过大哭一场，无可奈何，只好照常吃饭睡觉而已。接尔信，自祖姑以次待尔极优，姑叔亦极相爱，我心慰甚。尔务当时时敬慎，不可大意，要紧要紧。兵警闻已稍平，扬州谅无妨碍；纵有事故，尔叔翁等自能布置一切，尔无庸过问可也。盖此事非尔所知，尔不可妄插一言为要！我近来身体甚好，鼻血亦不常流；间或流出，亦不甚多，放心可也。尔母、养元老汉身体均好，现在封印，署中公事亦稀。银钱出入，养元可以代劳，我惟查点而已。比之自己动手，省力为多。前数日得雪二寸，颇有益于田畴。龙泉雪不常见，今见此雪，人心都觉喜欢。张侯为人沉着厚重，尔时时敬之。

腊月二十七日，父书

前信写成，接尔十二月初四日来信，知我前此寄扬之信，均收到矣。近日两双及老汉、五子均好，秉婶棺柩，拟于明正权行寄屋安顿，暂时不能回扬也。一路护送，极不易言。我处银钱亦来不及，只好稍迟，再作计较耳。奈何！温、处一带，近日如常，并无警信，可放心。

---

① 即顾秉之夫人。据刘葆儒记载：“二、三舅运顾氏夫人柩至扬州，与秉之公合葬。”按，二、三舅即胡郊元、胡祁元。

尔信已与养元看过，一切均悉。大连姑娘信亦收到矣。

十二月二十七日，父又书

除夕忽接省中探条，云藩台将我调署孝丰。正月底便当卸龙泉县事矣。以后事甚烦，再为信告。孝丰即在长兴之南，中但隔一安吉县耳。

元日父再书

## （四）

女儿手启：

我自前月得有调署孝丰之信，因即料理案件，检点行装，打发郊、祁二元盘柩回扬。候至二月初一日，新任才到。我即于是日交印卸事。初五日偕尔母及养元等动身，初八日到府，便算交代。大约四月初间，才得到杭州。现住处州府前大街施家饭店（在谢家斜对门），一切平安，无庸记念。闻孝丰案件比龙泉为多，民情虽不及龙泉朴实，然比嘉善好多。出息不及长兴，比比龙泉亦不相上下。到甚时，说甚话，我亦只得听其自然而已。鼻血亦不常流，但未能断绝耳。尔处想皆平安。我前此关会各语，不可忘却。总要时时求得两代上人欢心为要，各事务须用神，一事不可擅主。切切！兵传颇不好听□，然离扬州尚远，不必张皇也。现在皇太后、皇上为难万状，何况我等人家。尔须识此中道理。大大常来否？他身体如何？邢家姐姐可好？为念。我到孝丰后，离家较近，一水可通，陆行不足二百里。我自龙泉来，则孝邑区区旱路已不在眼中矣。家中上下人等，如有人欲到我处者，尔如得知，须竭力代我拦阻。我于此等人材（才），用的钱，说的话，费的力，淘的气，虽十个大船也装不下矣。尔虽不能全知，然亦必知两三分。我可说谎否？

二月十三日，父书自处州府客邸泐

我现在各事烦（繁）琐已甚，尔祖姑寿礼恐不及，随后补祝可也。届期尔代我置办。办后开一单来告我最好。

## （五）

女儿阅：

昨接本月初二来函，一切知悉。我于二月初五日由龙泉动身，初八到处州府。二十二日由处州动身，二十五日到永康桃花岭上，大雪漫天，雪景极好。二十七日到金华，廿八日到兰溪，三月初四到杭州，住大药局□徐星北家中。大小人等一切平安，毋庸系念。现在抚、藩、臬都已见过，到任日期，大约不远，然尚未能看定也。候定期后，再有信告。

尔言我送尔祖姑生日礼物，候大大来扬商办亦可。尔今年夏衣，亦可由尔处自办，我将钱给尔可也。尔母去年在尔处所取之钱，候我到孝丰后再寄。两双茔葬事毕，望催令来杭，不可在扬耽搁。孝丰一切情形，闻与龙泉迥异，候到任后，看光景行事而已。邢婿子忽然夭亡，奇怪之极。然亦无如何事也。我现在终日劳劳，同活猴一样势骑虎背，不得下来（此时亦不能回扬一走），心中甚苦。外人方以为好也。奈何！我所尤苦者，此人荐一朋友，彼人荐一家丁，尽是一班魍魉鬼耳！一概谢绝，遭人大怪；勉强收留，便如防贼。百种淘气，百种为难，在此等人身上将精神耗去大半，而人终不谅，殊不值也。日本事弄得不成话说，我亦不愿闻，不愿说，我但求尽我之职而已。扬州尚无事，尔无庸害怕。此系大局所关，非一人一家祸福也。尔自思尽妇道便是，此外不必知。切切！张侯均此。

三月十一日，父书

养元还尔洋五十二元，由大大经手，尔是否收到？杭州裕源钱庄，我现在不与共事矣。以后共事，改由延康钱庄。此后信来，即托延康转交，延康在裕源斜对门。

## （六）

女儿阅：

日久未得来信，系念颇殷，一切想皆安吉也。我处亦平安，惟盗案太多，胸中殊不适然耳。去年孝丰杀一人，今年已定杀二人，都是我经手。狱中还有三四人，都非杀不可。我深恐错误，死者不能复生。又我自去秋病后，精力迥不如前。昨到杭州一走，知交中无不说我瘦者。神智愈老而愈昏，责任愈久而愈重。知县衙门为百姓死生关键，居此地者魂梦不安，非无故也。我现在力求交卸，抚台不许。且俟夏秋之交，当有分晓矣。苟有成说，当以信告汝，勿念也。尔母回扬之说，亦须我事定局，方能决断，暂时且虚与委蛇耳。

扬州县考，如有的期，请张侯预为信告，以便小双来扬应试。切切！

午节在迩，我与你洋钱十元，你可买点食物，献诸尊辈。并与张侯及诸姑小叔大家吃吃也。

我又有一百一十四元，暂存你处，俟我有信来拨用。你历次来信，所有互寄物件（下佚）。

## （七）

女儿手展：

叠（迭）次来信，我均收到，署内各事现已渐有端绪。境内麦熟及笋银息俱有七八分收成，盗风月内尚少，但不卜向后又当如何也。盗犯最不易办，现供亦极难，确有赃据者，严讯时肉腾血飞，伤心惨目。其在疑似之间者，过堂多次，而后黑白可分；然亦有屡屡过堂而仍不能定其是非者，我亦不肯武断也。问案得情，谈何容易！我之为难处，虽身在署中者，不能尽悉，况家中人乎？知县一官，岂六十岁外之衰翁所能常做？我目前光景，苦于势骑虎背，不得下来耳。尔知之否？前尔母信中，言须觅苏州人为两双妻，此戏言也。此事无庸着急，惟老汉事须托人留心耳。此事我亦不能十分作主，如有说头，仍当与陶庵叔熟商也。尔之夏衣，如有要穿而未曾预办者，尔即可就近备办，办后成，告尔母知之便是。尔母去年回浙用尔之钱，当于出月初旬或中旬，由钱店汇寄洋钱二百元与尔。到时望查收信复为要。所汇之洋，另有五十元，随信寄交大大，勿误。我署内自尔母以次一切平安，可无系念。

五月二十日，父书

茶食店内大八件、小八件，望买数斤装两匣，趁便交人寄来。即寄杭州延康钱庄转交可也（须封好）。扬州今年麦秋可好？念念。

（上佚）前信未发，兹又接到来信一封。知前次汇洋二百五十元已到矣。以师侄前番来信，言铨伯母病势垂危，何以在尔前又有远游之说？其人荒唐诡谲，即此可见。此等材料，何处买钱？且年已垂老，满手别字，如何捧得出去？若在我处，我须时时防他。我衙门中禁鸦片烟之令甚严，有犯必斥，他若来时，必犯我禁无疑也。我已给伊洋钱三十元，令办伊母身后事件，果办与否，只好听之。我其奈之何哉！尔处之钱，须留为正用。

## （八）

女儿手启：

历次寄来信件，我均收到。尔托买棉绸，随后乘便寄扬可也。我自去年病后，精力迥不如前。公事越做越难，屡求罢官，终无成说，自知死期不远矣。现拟于七月底令尔母及两双、五子先回扬州，我在此稍留，候交代算清，再作道理。现在无他心事，只愁债务不了耳。如其可了，自然告病归家。双子已二十一岁，我不能再代他作马牛。我家上人无留钱给后人者，我即暂时不得死，亦只有尔母要我养活耳。老夫妇二人，一年能吃多少饭？我再教两个蒙童，亦可以糊口。若债务不了，仍难脱身。此是我心病所在，尔当知我苦衷也。家中族戚，苦人极多，我照顾不来。人亦当悯我、谅我。不然，即极口唾骂，我亦只甘心受之而已。奈何奈何！

七月初四日，父书

尔母回扬住屋，我已与孙履安[①]商借。此事亦望张侯代我留意，但须与履安接洽，免致两歧耳。

(九)

女儿阅：

接到尔本月十一日来信，知前两次寄回之洋钱均到，为慰。尔母等现在想已抵扬，谈笑热闹，乐不可言。但无益之钱，不可多用为要。署内近日平安，盗案略少。可放心。余详致尔母等信中，不赘。

八月二十三日，镜塘书

(十)

女儿阅：

秦发回，接到来信并京江脐、脆烧饼等物，不误。

郊元、祁元从师一层，我拟自今年十月起送束脩每月洋五元，贽敬四元，节敬四元。郊元在扬教读，只能遥从，不待言矣。祁元现方应考，亦以遥从为是。附从之说，作罢论可也。

此纸望与尔母及郊元、祁元同阅。我与他们信中未曾详及此也。

九月十四日，父书

(十一)

女儿阅：

前接闰月望日信并与养元信，均收到矣。朱春保及李恒庆不识尔家门径，故扬州与杭州带物，种种不便，应寄各物，只好徐俟后日矣。前日寄来笋干等件，知已达到；来信要鲜者小者，候到时再说。孝丰田少山多，田中所出之谷，丰年仅敷民食，荒欠便欲啼饥，全仰安徽宁国之米，转输以济。而山路崎岖，运费甚重，率以两石致一石，所藉以挹注者，山产也。山中所产之木，绝少美材，长干短条，仅能烧炭；粗笨之货，不值多钱。惟竹则为妙品，种类甚繁，我至今辨不清楚。

一、我近日虽忙，而精神上好。衙内中人，上下几乎全病，而我与钱席王师泉，独

① 生平不详。

未病过，亦奇事也。我鼻血流过三四次，本月并未流也。

一、此信到扬，汝母必已动身。汝可请辰卿大大来，将此信与他阅看。

一、汝每月可寄一信来与我，请张侯代书，为望。

一、此信如有不解处，可请张侯讲与汝听。

一、汝所读之《论语》，可天天理之，不可忘也。每日仍须写仿一张。切切！

张侯前代我致意。

十月二十四日，父书

## （十二）

女儿阅：

养元来，递到各信，均收悉。帽钩搭、绒花、年花，尔姑送尔母者，望代尔母道谢。切切！郊元于初九日到湖州，十一日到梅溪。今晚当可到署。我病已全好，饮食一切都已复原。惟案件甚多，署中各人凸进凹出，殊费调停耳。我欠尔钱不少，今年来不及寄，明春寄还尔可也。

十二月十三日，父书

外与江大姑娘信一封，望着人交局寄至泰州去。

## （十三）

女儿阅：

去年养元、郊元先后来浙，所带之物，均无舛误。你所要之棉绸，不难于买而难于寄。候有便人，即买成。连寄来之锡筒、洋锡罐寄还可也。鸡冠种无此物，大双前此妄言，须罚他吃三大杯酒才是。我处年底年头，多棘手之事，心中烦闷。今年须由我手杀人三名，一名已定局通禀，候禀批回来，即须解省正法。其侯□两名尚未十分定局，再审两堂，亦须通禀矣。犯法之人自己寻死，我原是不得已而杀他。但办此等事，实在心中觉得无味耳。我今年尚未上省，亦无调动之机。我且等奏销之后，再看光景。如此抽身，当回扬州讨饭，不愿做官矣。你伤风咳嗽，是否全好？我今年亦咳嗽，至今犹有一二分未好也。前日有洋钱一百元，寄与你处。你将去年代我用的钱，一概扣下，再扣尔夫妇生日礼及节礼廿四元，秋节礼十元，年节十元，扣净之后我还欠你几个钱？开数告我可也。现在陈玉峰之子补廪，我还须送他二元，望你代封好，用封套装入，上写“贺仪”二字，下写“胡镜堂拜具”五字，连信封一齐送去便是。署内一切平安，无庸系念。

二月二十四日，父书

# 胡文渊致刘师苍书札1通

张侯[①]甥启：

接手书，知海陵考试极蒙学使赏誉，欣慰曷胜。将来鄙人归田，自顾头颅霜欺雪虐，断不能囊萤伏案，步卫武之后尘矣。惟子侄辈苟有志进取，拟令与吾甥朝夕同处，俾得耳濡目染，稍知为学之方。望勿以其蠢顽而弃之。幸甚！吾怀此志已有日矣。前曾以信告甥，而甥之复书多示谦光，非吾意也。今特申前说，不知若辈将来果肯发愤自雄否。铨昌祥局寄信至湖州，原无不可，惟湖州至孝邑，无可靠之人带信，舛错追究殊难，不如仍由杭州延康钱庄转寄为稳。延康现不共事，并无此说，不知何人误听，遂传于吾甥之前也。顺候近祺！

文渊拜手，十二月十三日

① 刘师苍，字张侯。

# 刘师苍致征甫书札1通

征甫[①]大兄大人足下：

久不奉教，殊念。昨得谈君来函，始悉差使业已撤去，尚有亏累未完，实堪扼腕。昨晤史天兄，又悉我兄以与程观察意见不投之故，然反复思之，疑团终不能解。若云项系官亏，并非私空，则每月报销，观察自应体察情形，不至骤然加怒。若向无其例，特创新章，亦宜乎报观察，似不可造次开销此至巨之数也。即云观察与吾兄不合，故尔诿报，则洪大令详细精明，熟谙政体，且系足下荐主，何不向其剖析如何有理，观察亦不能固执己见，而加足下以罪也。吾兄既不向洪公剖析，洪公托谈谷翁致书于弟，颇多微词，似咎家叔知人不明，致有此事。且云足下必须出面交代，方有头绪，否则与荐主颜面有关云云。家叔[②]忠厚为心，乃以吾兄故失欢于朋友，即吾兄为家叔计，尚当勉留数日，始终其事，以塞浮云。何得不置交待，飘然径去？使观察、大令追怨家叔荐剡之举乎？昨日史兄又云，足下将开清账呈于都转。弟闻之尤为诧怪。此事即曲在观察，而都转、观察既系同僚，又皆鹿公门下，以综核名实为事者，岂得下僚一言遽相倾听。且库所洪君，大令之胞弟，都转之心腹也。大令家书中未必不提及此事。程都转若问及此事，恐洪君直达原委，都转未必偏信足下也。今日为足下计，如果目公获咎，莫若至邳州交待首尾，至清河谒见大令一辨曲直。既有清白之名，又无日后之果，保全名器以为后图，则家叔千里之外，不至悬心而悔从前推荐之事。弟与吾兄厚谊，不敢弭忘，故布其忠告。知近日公冗，不得晤面，书以代口。惟垂鉴事。谷翁所钞观察来信附呈。此请台安。

---

① 生平不详。

② 即刘富曾。

# 刘师苍致谷翁书札1通

谷翁、达翁仁兄大人左右：

违教数日，念甚。兹启者，今日得仙女镇梅府来信，云德和典现已过与太原，定于三月初一日盘货以当。弟深为诧异，以为必无此事。及至清源访问，知此说果确。所有梅府交割情形，两君自有权衡，非弟所敢饶舌。惟梅太夫人有信与弟，云此事后两君及口翁主政，在钜奥定约，当日系先叔做中，此次过与太原，弟之名亦必居中画押，忝属亲串，何以无片相闻？且责弟暗负世人明欺孤寡。弟抚心自问，实为不白之冤。然愚昧聋瞽于此事，茫然不知实，亦何敢辞咎，但不知两君之意，是否过典之后，仍由吴姓出行租，至二十年期满之后将押租一并归还，抑系将合同二十年内行租算清并押租交付梅姓，即行收房，务求明示，是为至祷。梅府之意总认太伯及两君说话，虽执转典与人，其房租必由两君交付，方始放心。梅府自绍翁没后，舍甥年稚，老弱家计惟恃店房。至于绍翁因收拾此房，当有借债未还，亦两君所深悉。现两君既将此典过与他人，务望全始全终，筹一善策。绍翁有知，亦感两君之不负亡友也。早晚得暇，即拨冗来镇，晤设一切，先书代面，惟垂鉴。专此请台安。小弟师苍顿首。

# 刘师苍致朱菊坪书札 1 通

菊坪[①]仁兄世大人苣次：

---

① 朱菊坪，扬州冶春后社诗人。扬州学派代表人物朱凤仪先生之子。扬州乡贤顾一平先生曾作《朱菊坪传略》，全文如下：

朱菊坪，名黄，号樗庵，以字行，生于清同治十一年（1872）。其父朱凤仪，字云卿，号葵生，又作夔笙，世居瓜洲，后迁丁沟。清同治六年（1867）举人，拣选知县，以严亲笃老不就。为人意气豪放，博学多闻，工诗善文，士多从游，濡墨挥毫，千言立就，教授弟子，成就甚夥。著有《赘言》、《教子录》、《清谈随录》等。民国《甘泉县志》、《瓜洲续志》载有其传，刘师培为撰《清故拣选知县朱先生墓志铭》，称其"天挺渊纯，体姿高迈，言成檃括，辩均川注"。

朱菊坪为冶春后社成员，社友董玉书说他"幼弱多病，祖母钟爱之，不让多读书。初习贾，然夙闻家训，朝夕濡染，即初解文字。弱冠后应童子试，入邑庠，由此博览《四库》以及稗官小说，撷其菁英，发为议论，动中肯綮。曾入交通银行，为营口分行经理数年"。1900 年，时任湖北盐法武昌道的陈重庆，因父丧回扬家居，朱菊坪馆其家。1922 年，泰州凌文渊任北京政府财政部次长时，延朱菊坪为秘书，钩稽出入，井井有条理。后南归，应合肥李经迈之聘，赴上海为课其孙。课暇，与二三老友品茗清谈，上下古今，纵议横论，滔滔不绝，有乃父之风。社友陈含光为他作的《樗庵文存》序中说，朱菊坪"天姿博综，卓荦弘深"，"乐究兴衰之迹，深穷治术之要，画地指掌，分理擘肌。年甫弱冠，固已发名成业矣。于是萍浮蓬转，友教四方。游白下，历郢州，客燕京，赴辽左，从客沪滨，栖息莫干。所主者大率华胄名卿，通流豪俊。"称赞他，"识高四海，未尝自诩其长，学该群籍，未尝轻人以短。诚以接物，约以持身。性好料谈，间以调谑，口悬河而不竭，腹似笥以何穷。对者忘疲，闻者绝倒。"

刘师培与朱菊坪自幼契好，称其古文师法《史记》、《汉书》，有踔厉之气，不为桐城派所囿。刘师培写过一组《岁暮怀人》诗，所怀 9 人，都是一代名流，如章太炎、蔡孑民、马君武、陈佩忍、谢无量等，其中就有朱菊坪，刘师培写道："东门倚啸郁奇志，南阳抱膝歌长吟。漆室敢论天下事，独有炯炯千秋心。"

梅鹤孙是刘师培外甥，又是朱菊坪高足。1935 年二月，梅母病故，请朱菊坪赐撰家传，朱菊坪写了《梅节母家传》，称赞梅母是一位有节气的母亲，并说："余家与梅刘二氏皆通家。"

抗日战争爆发后，朱菊坪由上海解馆回扬，1944 年春，又客游南京，不幸染疾，病故旅邸，终年 73 岁。著有《樗庵诗草》、《樗庵文存》。其稿原藏梅鹤孙处，现藏扬州图书馆古籍部。刘梅先《扬州杂咏》有一首咏朱菊坪的诗："毕生湖海是畸人，玉屑谈霏妙绝伦。除却诗篇写哀乐，稗官一份最传神。"诗后注道："朱菊坪黄，其尊人葵生为名孝廉，声名籍甚。菊坪早失怙，自力于学，遂能博通。遨游湖海，晚主合肥李袭侯家。好客健谈，著有《樗庵诗文抄》，其所为评话家龚午亭一份最有名。"

《樗庵诗草》有不少描写旅归家乡的诗，如《冬夜自京口返瓜洲》、《自瓜洲回扬州》、《出城至湖上闲眺》等，其《归舟》一诗尤为生动："游子归来喜可知，灯前絮语夜迟迟。解装一笑无余前日闻老伯大人仙逝之耗[①]，惊怛何桓。即欲作函奉唁而竟不知从何说起。又不忍以世俗以慰之辞，陈于至孝之前也。少青来又诵手书，益增尽伤恸老伯大人爱诲之勤，有如子姓竟不口亲。承达诲自悲，缘自恨也。犹忆前年传书之时，尝谓曰：他日传状之作，当以相嘱，岂意戏言，俄成实境。故委代勘行状，竟不敢辞。谨拟一叶写呈，务请多为斟酌，再为付刊。盖传信之论，万不可率易其中，有要添及删改数处，仍苦见闻狭隘，不能表章万一，如有逸事，仍可添补，求共及向诸公再商之，何如？吾今年羁于馆务，不得买舟泣奠，惶愧何已。家三叔命寄联幛，统由少青兄带上。挽诗已代送各处，只来一纸，容再促之。间拟入城设灵，届时当敬谨云。兄送往事，居任大责重，毁不危身，古训亦戒，务望事也。勉抑哀痛，以慰在天之灵，以纾伯母大人之痛。

---

物，筐里新书袖里诗。”读之，令人顿生思乡爱乡之情。还有不少写给冶春后社诗友的诗，如《赠程兰生》、《赠萧畏之》、《赠宣愚公》、《赠张赓廷》、《咏陈孝起》、《咏董逸沧》等，其诗情友情跃然纸上。《樗庵文存》收文31篇，其中《龚午亭传》，董玉书《芜城怀旧录》曾全文收录，是研究扬州评话大家龚午亭生平事迹及其评话艺术的珍贵史料。朱菊坪喜饮茶，善烹茶，他在《记烹茶》中将烹茶之法、饮茶之乐写得幽默风趣，耐人寻味。全文不足4百字，堪称绝妙小品，非大手笔不能为之。倘能将其诗文整理出版，无疑是为扬州文化建设添砖加瓦。

① 即指朱凤仪去世的消息。

# 刘师苍致徐乃昌书札1通

积馀[①]世叔大人左右：

---

① 即徐乃昌。笔者亲见有关徐乃昌去世其后人所撰的徐氏“哀启”与“行状”，对徐乃昌生平与学术成就作了全面的总结，为后人研究徐氏提供新鲜的史料。

（一）哀启者：先严秉赋素厚，居常少有疾病。辛亥以后，侨寓沪滨，杜门却客。日以校雠经典，刊行旧籍为事。惟遇有灾荒、义赈辄出，奔走呼吁，不辞劳苦。晚年笃信佛法，尝问净土于印光法师，深契微旨。晨夕持经，礼佛弗辍。间与陈庸庵太老师、李拔可、李耆卿、朱象甫、刘翰怡、袁伯夔、狄楚青、俞濠观、姚虞琴、夏剑丞、任心白、费范九、刘锡之、冒鹤亭、程演生诸世丈时相往还，读碑题画，商讨故书、古物。年已七十，而精神不衰。乃戊寅六月间，血压忽高，左偏手足屈伸不良。初延中医鲍承良君珍视，复请西医吴旭丹君疗治。饮食顿减，每餐仅啜粥一瓯，舌光如镜，大便秘结，继服中医王仲奇君所处滋阴补气之方。至七月初，病状略减，肢体渐可自由。惟终未大愈。八月中，又延黄鸿芳、方慎庵两君医治，亦未奏效。先是，先慈得类似中风之症，缠绵床褥，已逾一载。医家皆谓高年气衰，不易治理，先严忧思寡欢，亦为致疾之因。迁延数月，至翌年春初，尚未平服。但是时虽步履维艰，不能出户，而友朋过访，往往坐议移晷，不觉疲惫。中间犹亲自写定《镜影楼钩影》，付商务印书馆石印，而神观如恒。辛巳四月，先慈久病体亏，卒致不起。先严不胜摧伤，由是疾益加剧，夜不成寐，转侧需人，饮食愈少，更以奉佛素食，营养日薄，即服药滋补，亦属无裨。去年九月，以久不行动，气血停滞左踝，间忽患外症，先后请丁果、高恩养、赵启华、顾渭川中西医士诊治，并施手术，兼进补针强心剂，益其体力，痛苦虽甚，犹能勉强支持。未几，脓净肌生。至今年正月疮口遂合。不孝等私心窃慰，以为 先严春秋虽高，体气尚充，爱日方长。不虞昊天不吊，祸之猝发也。盖外症虽愈，气血已竭，中心有时恍惚，竟夜不能安眠。二十八日申时，与不孝等闲话往事，言笑间忽噤不能语，始觉有异。家人围呼不应，亟觅医来诊，已不及治。未一刻竟弃不孝等长逝矣！呜呼痛哉！不孝等平时既不能先意承欢，侍奉有方，病时又不能尽心调护，早日就痊。大故猝临，仓皇罔救，抢地呼天，百身莫赎。祇以先严慈窀穸未安，不得不苟延残喘，以襄大事。谨泣血缕陈病状，苫块昏迷，语无伦次，伏乞矜鉴。棘人徐崇、永、靖泣血稽颡。

（二）清诰授资政大夫、江南盐法道、金陵关盐督、南陵徐公行状

曾祖考讳志干，诰封资政大夫，妣氏沈（氏）诰封夫人。

祖考讳兴羔，诰封资政大夫，妣氏盛氏、刘（氏）皆诰封夫人。

考讳文选［误，达。］，字华棠，诰封资政大夫，妣氏秦（氏），诰封夫人。

公姓徐氏，讳乃昌，字积馀，晚号随庵老人。安徽南陵人。系出东海，其先居歙县，为右族。元季有讳胜一者，徙家南陵占籍焉。代有潜德，十八年传至公世。父讳文达，同光间历官两淮盐运使、护理漕运总督、福建按察使。考华棠公由军功积资官河南，尽先补用知县。为人恬退，不乐仕进，以孝友称。生子二，公其长也。以优廪贡生，于光绪十九年癸巳[1893] 恩科江南

家三叔束装赴浙，曾由朱君寄上一函，亮达尊览。敬维政祉安和，禔躬迪吉，以欣

乡试中式举人，援例叙候补知府，到部引见，分发江苏。才堪繁剧，为大府推重，屡膺要职。二十七年夏，署理淮安府知府。未尽三月，以丁太夫人忧去。任历办江宁通省积谷局、通州花布厘捐局、金陵厘捐局、金陵洋务局、淮徐海等属赈捐局，督查清丈通海垦务事宜。考察日本学务，提调江南高中小学堂事务；江南高等学堂总办、三江师范学堂监督、南洋劝业会协理。累加盐运使衔二品衔，遇缺优先补用道，督办淮海盐总栈兼沙漫洲缉私会办。淮南盐务公所，先后经两江总督刘坤一、端方，直隶总督陈夔龙、外务部左侍郎徐寿朋奏保，吏治学务、盐务、关道使，才均交军械处存记。宣统二年，督办盐政大臣载泽电调咨询盐务事件，枢府察公器识优长，于是年八月，请特旨补授江南盐法道，分巡江宁兼管水利事务监督、金陵关管理商埠局兼下关掣验卡总办、江宁自治局局长。公服官江南十余载，所至以贤能称，治事精勤，持躬谨饬。在江宁、通州等处，整顿厘务，洁己奉公，办理教育，务循笃实，训士以诚，学风丕变。叠绾盐政，剔除积弊，引税激增。大举缉私，奸宄匿迹，于十二圩地方兴学校、立保甲，设义冢、义渡，闾阎攸赖。尤深惠爱民，到于今颂德不衰。至借南场盐救济北场，复在淮北添铺盐池，推广产额，维持引岸规定，出场卤耗，分别河海运费，遂纾商困。久食其利，胥皆出于公之尽筹也。当时公负誉望甚重，中外大臣争相列疏荐引于朝。既领江南盐巡之任，骎骎大用矣。乃未期年遭值国变。公遽退休，人多惜公之不得竟其设施，俾有大造于国家云。公秉资清粹，襟度醇雅，言动有则，容止可观。少取乙科，来游京邑。常熟翁尚书同龢负人伦鉴，一见嘉叹曰："翩翩佳公子也。"樊布政增祥亦有"天半朱霞，云中白鹤"之比。平生交游，皆海内名辈。接人温恭无崖岸，尤好诱掖后进。初喜为倚声，与桂林王鹏运、况周颐、宗室盛昱、满洲志锐汉军郑文焯、成都胡延、武陵陈锐、归安朱祖谋、金坛冯煦相赓和，有《同声集》之辑。戊戌以后，一意朴学，专攻考校，精究名物，旁通篆籀。从政之暇，不废素业，俸给所入，悉以易金石书籍。与吴县吴大澂、嘉兴沈曾植、瑞安孙诒让、福山王懿荣、江阴缪荃孙、常州叶昌炽、元和江标、上虞罗振玉相师友。辛亥国步既改，辟地海滨，除与冯梦华、盛杏生、王一亭诸公举办义赈，拯救各地灾荒，间出奔走劝募。率关门却客，校雠吉金秘籍，剞劂不易见之书，以遣岁月。其所蓄三代彝器、甲骨及秦汉以来古镜、带钩极富，皆世间殊绝之品。而金文石刻拓片达三万余通，多足资经学、史学之抉择。尤嗜书，无所不窥，宋元刻本旧钞旧校，源流真赝，了如指掌。世谓钱遵王、黄丕烈不是过也。藏书近百万卷，旧典遗册，鸿文巨著，灿然美备。三数十年来，隐为东南文献之宗。江苏安徽两省开通志馆，咸延公编纂。《安徽丛书》之刻，详为规划，尽出珍本以资参校，致力甚夥。公自校订刊行之旧籍，计有《积学斋丛书》、《郋斋丛书》、《随盦丛书》、《南陵先哲遗书》、《怀幽杂俎》及《说文篆韵谱》、《宋元科举三录》、《徐公文集》、《断肠集》、《玉台新咏》。其他零星单行者，不悉指数。表彰先儒，嘉惠后学，厥功伟矣。又自撰著暨纂辑之书已刊行者，有《续方言又补》、《续汉书儒林传补遗》、《南陵县志》、《南陵建置沿革表》、《安徽通志》、《金石古物考稿》、《小檀栾室百家闺秀词》、《闺秀词钞》、《小檀栾室镜影》、《镜影楼钩影》、《皖词纪胜》。未刻者有《积学齐斋藏书记》、《随盦所藏书画记》、《随盦所藏金石目》、《安徽金石目录》、《随盦吉金图》、《钱警石两汉书校文》、《安徽诗征》、《安徽词征》、《嘉荫簃遗文》及《夂弦词》藏于家。公生于同治七年十二月十一日酉时，卒于共和癸未年正月二十八日申时，享年七十有六。聘许氏，两淮余西

以颂。校勘一事，重承諈诿。惟学识庸浅，恐负委任，尚求时加指示，俾无贻误，是所切祷。西汉校本复勘一过，兹将钱氏原本一箧，洎稿本十六本、《甘泉乡人稿》、《义门读书记》各一本，石印殿本两谟谟本，一并寄上。其《后汉》校本有与《前汉》体例不尽符合者，惟在某叶某行，俟付刊之先逐一改正，并谆嘱手民，当可不至错误耳。吴次藩先生稿本札，又粘本九本，家叔有单开呈，乞照单誓入。家叔乘轮船赴杭，刻尚未得来信，想已在途也。专此布达，敬请道安。世侄顿首。

---

临兴场盐大使德清许善登女，未嫔而卒。配刘氏，广东巡抚贵池刘瑞芬女。继配马氏，江苏即补道怀宁马声焕女，皆封夫人。赵氏、吴氏皆例赠孺人，皆先公卒。子三：崇、永、靖，吴氏出。女十：长蕊珠，适合肥甘肃兵备道李鹤章孙、分省补用道天鉞子国芬，刘氏出。次筱淑，适合肥江苏淮扬海兵备道蒯光典子授堂，马氏出。次姮适南通江西补用道张謇子立祖。次馥适翁少卿。次媄，适刘亶椿。次娴，待字，吴氏出。余均殇。孙四：守经、守义、守仁、守信。孙女二。孤崇以行状来请。演生卧疾，久又不文，谊不获辞。爰据所具事略，并向所知者，粗为诠次如右，以备当代能文之士，与公夙敦缟纻者甄采焉。乡后学怀宁程演生谨状。

# 孙氏致胡留元书札 5 通

## （一）

女儿[①]见字：

我于十五日由扬开船，当晚住瓜洲。十六日风逆舟不得行，十七日渡江，此后风帆顺利。今早已抵杭城，一路平安。老姑娘在船顽笑如常，毫不介意，尔可放心。兹寄来元色绒二钱，五彩花线二包，杭线一包，美人示一扎，杭粉一包。望照收，与三妹共用。如不足用，望寄信告知。外有孙府一信，代为转交，勿误。此致

老太太前代为请安。三位亲家太太均此。

冬月念四日，母氏[②]字具

## （二）

女儿手启：

昨日郊元[③]回署，带来信一封，并物件。收到。尔姑大人[④]托我处买棉绸，今岁恐不能报命。明春当买就寄上。尔所要绵绸，是要什么颜色？望顺便告知，以便托人代购。我处一切平安，望放心。余详尔父信中，兹不缕述。此问近好，张侯[⑤]甥安好。

十二月十四日，母字

外致尔舅舅一信，望着人送去；又郊元致三叔一信，望着人交局寄去。

## （三）

留元阅：

昨日接尔四月十二日所发之信，得悉一切，吾心颇慰。然计尔发此信之后，迄今已月有余矣，何仍无一信耶？抑亦耽搁于路耶？带来方酥，虽已回软，然尚可食；京江齐［脐］则霉烂不可食矣。所要棉绸，容托人代买，大约秋凉后乃可寄扬也。孝丰雨水极多，霉湿尤甚，于我们洗衣浆裳颇为不便。不识扬州何如？近日天气，颇为炎热，幸阖

---

① 胡镜塘之女胡留元。

② 胡镜塘之妻孙氏。

③ 胡镜塘配孙氏，无出，以从弟副贡生钧子祁元为嗣。祁元，邑廪生。

④ 刘寿曾夫人李氏，李祖望次女。

⑤ 刘师苍，字张侯。

署上下人均属平安，勿念。此复，顺问近好！

**五月廿四日，母字**

尔祖姑大人暨姑、叔姑大人前代我请安问好。外信一封，望着人送局寄去。再，假鬏望代买两个（要大的），勿忘。

汝大舅舅处久不来信，颇为悬念，便中望代问起居，不另信矣。我二叔、婶今年冥寿，不卜汝大舅舅曾为我少备礼物否？亦望代问一句。

## （四）

女儿手启：

前寄洋蚨二百元，后又寄笋干等，不知曾收到否？为念。兹又寄笋干两篓，并笔（七紫三羊）两枝。又张侯甥所要笔二种（共三枝），价九百零七文。所余钱姑存尔处，俟有便人再寄），统望检收。向后天气日暖一日，尔宜保重为要。署内自尔父以下，均属平安，望放心。尔寄信时望买本色丝（有样）少许，及寿字香少许带来，勿忘是嘱。俟秋后尔可回来走走否？望下信告知。余不多赘，顺问近佳。

**五月廿六日，母字**

外信三封并扇、菊花，望照信面分送。再，我托汝舅舅买夏布价钱若干？望汝问明代垫。

祖姑暨姑、叔姑前统代请安。

## （五）

留元阅：

昨日接得来信（并假鬏等件）收到，藉悉尔处平安，吾心颇慰。薄脆已回软，嗣后少买为是。棉绸现已托人代买，下次旬差晋省，可以交局寄扬矣。樟木板等账，我处已代缴销，可勿再弄。尔父因新府尊莅任，现赴湖，（初二日）送往迎来，初八九当可回署，顺笔告知。尔父身体较前颇形瘦弱，两臂亦不时痛楚，颇有老翁气象。然精神尚不少减也。现届小暑，凉暖宜格外小心为要。我处一切平安，望放心。馀俟尔父回再行缕述，不多赘。即问近好，并问张侯近好。

汝祖姑大人，姑、叔姑大人前望代请安问好。

**六月初四日，母字**

带来鞋子两双，颇为合脚。假鬏亦好。

# 胡留元致胡镜塘书札 2 通

## （一）

父亲大人膝下：

接奉手谕，敬悉福体康强，至以为慰。女自于归以后，自祖姑以次，相待极优。姑叔亦复相爱。凡事总当详慎，不敢自专，统望放心。至衣服用物，只取适用，不须改作。家中诸尊长，亦不以此事苛求也。若偶有感冒，当力守不服药之戒，断不延医。大大常得见面，现在堂内，任重事烦，明年去留，尚未能定。邢府姐姐尚好，小孩亦佳。倭寇肆扰，此间去彼尚远。惟杭州恐多谣传。总之，一有兵警，举家迁徙，必不见遗；举家不迁，亦难独往。事非由己，命乃在天。母亲如不放心者，乞以此宽譬之。闻近日事忙，常发鼻衄，各事纷烦，总宜休息。

思念膝下，悬系之至。嗣后，每月必当发信，仍乞随时赐覆，以便放心，是为至祷！至此间一切情形，母亲当能详述。余容续禀，敬请福安！二婶前请安，弟妹均此。

女叩禀

## （二）

父亲大人膝下：

本月十二日接奉手谕，敬悉一切，知母亲、大哥之信已收到矣。兹将应覆各话条列于后。此请福安！

女禀，十一月廿九日

母亲大人福安，弟妹均此。

大哥于本月初十日由泰到扬，即于十五日同母亲动身赴浙。计此时已过杭州，尚未有信到扬。此信到后，母亲当已抵署矣。

近日家中自祖姑以次均平安。女一切均好，统望放心。

邢府境况拮据。女前日在李府会见三姐，一切平安，小孩亦好。幸吕仲明年尚未失馆，可以支持。如有不敷，自当禀知堂上随时接济也。

龙泉年丰讼简，积谷恤嫠，次第兴举。近日想极忙碌，总乞抽暇，□时节劳，是为至祷！

二娘娘之变，真非意料所及。拜别以后，竟至永诀。伤痛何极！尤不放心者，弟妹近状是否平安？三弟曾全痊否？五妹[1]务望勿过悲痛。阿姐在远，无缘劝慰，诸望保重为要。接此信时，适母亲尚在扬州，并未告知二姐也。不知明年可能盘柩回扬？一路护送，真非易事也。

倭寇传闻不一。南洋洋船并未入口，而扬州绅富密谋迁徙，以至人心惶惑。家中尚属镇静，如果有警迁徙，即当函告，以便放心。温、处一带，近尚平安否？

大大在堂内常得见面，精神亦好。泰州未有信来，想平安无事耳。

① 五妹，即五子；二妹，即二子。两人皆胡留元堂姊妹。据刘葆儒记载："二［子］廿一年没于孝丰；五［子］没于扬州，所适赵氏。"

# 胡养元致胡留元书札1通

大妹妆次：

前阅致叔父信，得悉近祉，快甚！叔父于婶母临动身时，即觉身体稍有不适，初犹以为偶尔感冒，不甚介意。不料延及月馀，精神未见复元，饮食不过半碗薄粥，仍属勉强。且无端而恶寒，无端而发热，以年迈之人患此不疼不痒之病，为日愈久，岂不受累愈深？劝以医药，终不许可。家人伺候，非惟照料不周，反足以讨厌而触怒。所有一切琐碎，兄原不敢惮劳，然究有思虑所不及之处，不若婶母之能于种种体贴入微。现今两弟在扬，应办事件，当自有人照拂，可无事。婶母亲自费神，况叔父又在病中，似以从速赴孝为便。务希代为进言，并望吾妹同来，于膝前承欢数旬，再行返扬。鄙愿若此，未卜得俯如所请否？特此即颂坤祺，鹄候回示！

兄养谨肃，九月初四日

# 刘师铄致李汝蘐书札1通

母亲[①]大人安禀：

今魁子带回五十元，请交父亲[②]便知也。除伯母之外，万勿与便人之也。女伤风已好，请放心。

女师铄[③]叩禀。

---

① 李汝蘐（1843—1920），李祖望三女。据刘氏《家谱》记载：刘贵曾“配李祖望公三女（生道光廿三年九月十一日，卒民国九年十月十二日”。

② 刘良甫，名贵曾。

③ 刘师铄（1871—1936），字卫仪，刘师培胞姐。长刘师培13岁。扬州冶春后社诗人朱菊坪曾作《梅节母家传》，对刘师铄一生作了简要介绍：

梅节母家传

节母讳师铄，字卫仪，仪征副贡生刘君贵曾女。江都文学梅君兆祷之配也。刘氏累世治经，海内所称为青溪旧屋刘氏者也。节母少承家教，尤善《毛诗》、《礼记》，动止皆循礼法。年十九归于文学，恂恂如常人。未尝以其学自见，事亲相夫，家门雍穆。未十年而文学卒，子钺，甫六龄。节母上奉衰姑，下抚弱子，内忧外患，均以一身撑拄其间，卒以保全门户。钺少孤，不克远出求学，节母乃以其所学授之。历十数年而钺遂工书能文，为时所称。累为财政部及银行从事，食禄养亲，人以为节母之报。钺取同邑王氏。孙一：英超，女孙三：映琬、映瑢、映琪。节母以乙亥年二月卒，年六十五。

朱黄曰：余家与梅、刘二氏皆通家。节母之贤，闻之谂矣。辛亥九月，扬州有孙天生之乱，奸民乘之而起。梅氏世居城东乡，势尤迫，节母将举家远避。姑老且病，不肯行，誓以身殉。时余适道过其家，节母仓卒以钺属余曰：“以此子累君，余侍姑杜门待尽而已。”词色毅然。余重其义，即以钺归。已而徐宝山自镇江率兵至扬，擒天生而乱定。梅氏亦幸免于祸。此岂始愿所及料哉。临变不惑，持义皎然，虽烈丈夫何以加，呜呼贤矣！

# 李详致周惺庵书札1通

详昔在东南大学教授，劝诸生无肆广博，择取一经史子集，优游餍饫，不易其志，恣意渔猎，一生吃着不尽。详颇愿足下经读《左传》、史研范《汉》、子究《淮南》、集通《昌黎》。异日鸣于淮海维扬者，足下也[①]。

鄙人教人，须为简单。学问无轻，论人简单，即《左传》、杜韩集、《文选》、《后汉书》、《三国志》、《世说新语》、《容斋随笔》、《困学纪闻》，余且阁置，必有得也。

吾州诗派多浮漂轻浅，如矫其敝，非多作古诗，多读杜韩不可。试观杜韩之五七言古，何等沉深、何等壮丽、何等哀婉。千秋以下，无第三手。太白五古，未变六朝气习；古风直追子昂，无人能学。学太白七古不至，则如攖狂易之，疾不可为也。

刘氏翻刻宋咸淳本《太白集》[②]，详曾为校记，刘君剡附其后。大抵李诗宜读其五古。杜老学选，大有变化。李氏具有建安、两晋以逮二谢规模，可仿。渠云：自从建安来，绮丽不足珍。大言欺世，太白何尝不函？潘陆、二谢、明远、文通在内，黄仲则专学其七古，则有犷气矣。

五言得韩之皮肉、骨骼，而文之以雅赡，不复以押韵为工，愿专学五言，参以大谢、陶公，便足名家。陶公自然，大谢秀逸，再济以玄晖，则得之矣。

凡使事如水中着盐，谢太傅云：雅人深致，雅字未易做到。长枪大战，恋两石弓，仓皇而已，岂足语于诗文耶？

望于陶公、杜陵、昌黎三家，钻研一番，先为五言，要得辛辣味为妙。

诗须稍带酸味，前书所云：肥肉大酒，遇客辄饷。此嘉庆初流敝。若道光季叶，专学韩黄，又苦深林列嶂，无陂院处。近来又杨诚斋、刘后村、“寒山拾得”、“永嘉四灵”蔓延，海内能解，得郑子君、莫子偲诗，遂无其人。尤怪者，以江弢叔之学东野为救时良剂，几欲铸金，事之役才而不课学，此白话诗之日出不穷，而中声元气尽丧，雅道六义皆废，安能不为一叹也。

诚以生平所长，在子集、杂家之学，不欲以乡原诗文，姝姝暖暖于一先生之言。

诚以诗文之外仍有，学在若一逐时尚，便为俗论所囿，强自名家，一览易尽，详所不愿闻也。

孟子恶乡原。孔子云：乡原，德之贼。不知诗文，亦有乡原之诗文。此详独创之议

---

① 1923年东南大学聘李详为国文教授，讲《文选》及陶、杜、韩诗。由此推断，该函写于1923以后。

② 约系贵池刘世珩玉海堂《景宋丛书》之六景宋咸淳本《李翰林集》(30卷)。

论，攘臂而争，遭骂不悔。

人须能自立，不为风会转移，笑骂由他。笑骂议论，却不可徇人，于此可以觇志行。徇人，则志行可知矣。

大抵今之诗人，诗外无余事，足下要勉为诗外学问，方不随流俗，为其牵率。

译文无他师。不肯雕饰，去白话无几，勿以宗派论之。

作诗须不作聪明语，不作刻薄语，不作纤佻语，不作考据语、议论语。

含光诗风华掩映，绝句妙在第三句，能为撑拒之势，抖起末句。此渔洋秘诀也。

## 李详致陈含光书札 1 通

含光先生道右：

清门四世，名德不衰[①]。踔冠本州，郁为著姓。惺庵[②]书来，具承龄及，甚感挚意，然与尊门有旧，请略言之。今年与惺庵定约赴扬州谒教。吾家太白云：但觉秋兴逸，孰云秋兴悲。前嘱惺庵秋以为期，深柳未黄，瘦湖清浅，请修秋禊，可乎？

---

① 陈含光（1879—1957），江苏扬州人，清光绪举人，后官至道台，祖籍仪征，名延韡，号移孙，后改含光，以字行，别号淮海。为淮扬世家，诗书画并称三绝，现代著名的书画家，文学、史学家。20 世纪 20 年代被誉为光、宣诗坛 108 将之一。著有《含光诗存》、《含光文存》等。陈含光父亲陈重庆系清光绪元年（1875）顺天乡试举人，官至湖北武昌盐法道台。光绪二十六年（1900），丁外艰家居，从此不仕，返乡潜心修学。晚清名士，书画家、楹联家、诗人。陈重庆自幼聪异，少能属对，知音声，擅联语，善书画，书法颜欧，工整沉稳，坚劲秀逸，翁同龢曾云"吾后海内善书者当以陈君为巨擘"。有《辛酉消夏诗录》传世。陈重庆祖陈嘉树（道光二年传胪）；父陈彝（同治元年传胪），伯陈辂（道光二十四年举人）；族弟陈咸庆（光绪九年进士）。李详称陈含光"清门四世，名德不衰"，大体不虚。

② 江都宜陵人，李详弟子，年逾三十即卒。

# 李详致陈石遗书札[①] 1 通

乾嘉以后，诗道榛芜，肥肉大酒所在饷客。竟陵一派，幽秀清冷，足乐时病。阁下诗话不薄钟谭，诚可相视而笑也。[②]

① 此札是李详与陈衍通信的节录。陈衍（1856—1937），字叔伊，号石遗，福建侯官（今福州）人，是清末同光体诗派的重要诗人和理论代表。作为同光体诗论的集大成者，陈衍在诗歌创作方面，也取得了不小的成绩。所著《石遗室诗》十卷，补遗一卷，续集八卷，起于 1877 年，迄于 1935 年，几乎贯穿作者一生。共存诗约二千首。

② 明代后期文学流派。以竟陵人钟惺、谭元春为首，因此得名，又称竟陵体或钟谭体。代表人物是钟惺（1574—1642）和谭元春（1586—1637）。

# 刘师贤致刘葆儒书札1通

葆儒贤侄赐鉴：

顷接来函，承询近况。家中大小均安，堪慰锦注。此近来电灯无电，自来水亦常无水，颇感不便。食粮油等价格猛涨，香油一斤七十元。

昨接经传[①]来信，知渠在校平安。今将原信寄汝，不另拍电。专此即颂近吉。大嫂[②]前请安。

师贤[③]手启，二月卅日

---

① 刘经传，刘葆儒长子。

② 刘葆儒母亲胡留元。

③ 刘师贤，刘显曾三女，适同县方观洛。

# 刘师颖致胡留元书札3通

## （一）

大嫂大人尊右：

前接次羽侄书，知沪寓一切安好为慰。弟在京服务，家仍在津，除葆珍身体稍弱外，其余均尚安好。柜上待遇虽已改定，较前稍优，但生活又已高涨，仍苦不能相抵。朴儿抵秦后，正投考学校，不知能升学否？楹儿来信报告，于七月廿五日（旧历六月廿四）举一男孩，乳名陇陇，大小平安。弟拟为取名"陇民"，一以其诞生于甘省，一则望其能为陇亩之民也。沪上生活情形如何？次侄收入可敷衍否？前闻崇侄谈，拟接吾嫂，赴郿少住，不悉近期内拟前往否？念之。手上，敬请秋安。

弟师颖叩上，十月七日

## （二）

大嫂大人赐鉴：

奉读手书，祇悉一切。承示崇侄事，兹尚有事询者：（一）元芬因难产而亡，其所举之子何日所生，是否健在？（二）元芬何日逝世？（三）柩上题"胡"，系何字样？以上各节即请详示，以便转禀老人酌夺为盼。专复，敬颂顺安。

师颖谨呈，十月十九日

## （三）

大嫂大人惠鉴：

奉读来书，敬悉一一。元芬生一子，既尚健在，其母因难产逝世，子乔所请葬入祖茔一节[1]，鄙意可以照办。惟母亲神志不甚清楚，已约略陈明矣。弟调京后，收入未增而开支转大，津市杂粮飞涨（玉米面每斤一元五六角），老人甘旨之奉，更觉为难，颇有返乡之意，不知扬城生活情形如何？惟母亲春秋高迈，能否移动，殊待考虑耳。此请顺安。

弟师颖拜书，七日

---

① 刘文淇一支祖茔在扬州郝家宝塔。

# 刘师颖致刘崇儒书札1通

子乔侄鉴：

昨晚接来电，得知汝母噩耗[①]，不知何以变故如此之速？阖家悲怆不可言。殡殓诸事，有杨、孙两府帮忙，想一切办理妥贴。一切用费，如何腾挪？念念。叔本拟见电即来，因此间经手事务，不能猝然离开，且知殡殓决赶不及。故拟稍缓，俟汝母丧事商定再行动身。叔意时局不靖，侄职务亦不便久旷，如郝家宝塔山向吉利，宜于六七或尽七开吊后，即行移灵回扬安葬，所谓入土为安也。倘土向不利，待至大寒时安葬，只有请汝本生母[②]来帮同侄媳照顾门户。侄俟各事粗定后，即先行赴沪服务。俟葬期近时，再来邮开吊移灵回扬安葬。否则，或于六七或尽七开吊后先行移回扬存厝，俟大寒时再行安葬亦可。郝家宝塔山向，叔已请三姑母嘱登田请先生往看，究以何种为宜，望与杨府诸舅及孙府舅祖[③]洽商。因汝母在邮维系独立门户，与杨、孙两府亲近，或如一家，杨、孙两府意见不能不酌情容纳。办法一经商定，盼即告知。叔准于开吊出殡期前赶回也。讣闻底已拟就，另抄附去，有无不合之处，望于［与］杨、孙两府诸长者一斟酌定（讣闻因有祖母在堂，是否用牙色纸，望酌之）。哀启不知侄处已动手否，报丧信想已发出矣。接此函后，望速复一信。再七内各事，可随扬、邮俗例，随时商承杨、孙两府办理。□经忏为汝母夙所信仰，可从俗例为念云。并附及杨、孙两府都代请安。

叔师颖手启，十月八日

---

① 扬州尚存一份《刘母杨太夫人讣告》册页。册页含杨氏遗像、讣告及民国诸多名流如于右任、陈陶遗、褚谊民、杨铨、赵戴文、陈铎等人的象赞、题字、题诗等。“讣闻”云：不孝崇儒罪孽深重，不自殒灭，祸延先妣。清赠孺人先考许仲府君元配杨太孺人，恸于民国二十一年十月七日，即夏历壬申年九月初八日未时，疾终于邮寓内寝，距生于清光绪庚辰年十一月二十六日卯时，享年五十三岁。不孝随侍在侧，亲视含殓，即日遵礼成服，择日安葬。忝叨戚学世年乡友谊，哀此讣闻。谨择日于国历 月 日领帖，阖府均此。按，刘师慎，字许仲。

② 胡留元。

③ 孙府系仪征刘氏远房亲戚无疑，可能是刘崇儒外祖母家。按，胡留元母亲即孙氏，但确考史料甚少，仅存刘葆儒记载：“孙老舅太太，年正月初七生，民国卅一年八十岁。宿狗。（孙）矩卿，宿牛。（孙）仰之（义门），宿狗。（孙）祥官，年三月初六生，宿羊。”

# 刘师颖致刘葆儒书札 34 通

## （一）

次羽侄鉴：

顷接来书，具悉一一。附随郑友渔[①]、顾惕生[②]两函已分别转寄。所赠顾君之《青集》一部，并已检寄矣。刊印三叔遗稿事，容俟郑、顾两君函复如何，再行酌夺。侄拟将来直接与南[③]接洽并交稿时，以一部为一单位，各节甚妥。张伯英所刊《左盦集》[④]叔曾见过。又，端午桥最初代三叔所刊《左盦集》[⑤]，陈保之[⑥]表弟处存有一部，共六册[⑦]，不知侄曾见过否？刘叔雅[⑧]现正在北平大学教书，将来如整理三叔稿件能见诸实行，亦拟

① 即郑裕孚（1882— ），字有遇、友渔，号淡志室主人，广西临桂人。南佩兰出资刊《刘申叔先生遗书》时，聘他任校对。

② 顾实（1878—1956），字惕生，江苏武进（今江苏常州）人，古文字学家。早年攻习法科，曾在国立东南大学执教。后在无锡国专任教，教授中古文学。通多国语言。喜研先秦史籍，又理西方学术。其著述兼涉史、子、集三部，主要著述有《汉书艺文志讲疏》、《穆天子传西征讲疏》、《墨子辨经讲疏》、《庄子天下篇讲疏》、《大学郑注讲疏》、《中庸郑注讲疏》、《论语讲疏》、《杨朱哲学》、《中国文字学》、《说文解字部首讲疏》、《六书解诂及其释例》、《重订古今伪书考》、《中国文学史大纲》等。但“刊者十不盈一，盖慎之也”。与丁福保、王献唐、马叙伦、徐宗泽、瞿良士、瞿凤起、张元济等人交往很多，在学问上互相切磋，相得益彰。曾与陈中凡等人共同主编《国学丛刊》。此时，顾实正在协助钱玄同等人寻觅刘师培遗书。

③ 南桂馨。

④ 1928 年，北京隆福寺修绠堂书店，据端方版《左盦集》翻刻，由邵瑞彭、尹炎武主其事，前有张伯英叙。按，张伯英（1871—1949），字勺圃，一字少溥，谱名启让，别署云龙山民、榆庄老农，晚号东涯老人、老勺、勺叟。室名远山楼、小来禽馆。书法家、金石鉴赏家、诗人、学者。出身于徐州望族，祖籍浙江绍兴。光绪壬寅年补行庚子辛丑恩正并科顺天榜举人。少负异才。

⑤ 1910 年 2 月，由端方署检的刘师培《左盦集》（八卷）出版。

⑥ 陈邦怀（1897—1986），字保之，中国古文字学家、考古学家。早年研究商周文字，出版《殷墟书契考释小笺》、《殷契拾遗》，对当时尚处在开拓阶段的甲骨学作出了一定贡献。1931 年迁居天津，在中国银行任文书职务，与刘师颖同事。陈保之为刘氏远房亲戚，娶吴问山之女为妻。

⑦ 端方版《左盦集》计八卷，刘师颖却说陈邦怀处《左盦集》六卷。其原因，一是陈处《左盦集》卷次可能不全；一是刘师颖记忆有误。

⑧ 刘文典（1889—1958），文史家、校勘家、研究庄子的专家。原名文聪，字叔雅，笔名刘天民。安徽合肥人，原籍安徽怀宁。历任北京大学教授、安徽大学校长、清华大学国文系主任。1938 年至昆明，先后在西南联大、云南大学任教。终生从事古籍校勘及古代文学研究和

邀其加入也。郑友渔处前转重威晤谈后，复来一函，兹抄附一阅。又，吴康伯[①]住址在天津英租界四十二号路公益里三号，并予转达骈熹（骈熹兄是否仍在右阁先生处授读？）。余再寄，即问近好。

容季手泐，三月八日

再，《传雅堂》刊印事进行如何？已否着手？念之。又，此间有友人托访徐积余丈上海住址，望即开示。

大嫂大人前请安，侄媳妇及侄孙男、女均好。

（二）

次羽侄鉴：

前寄一函，计已收到。关于南佩兰氏拟刊行申叔遗稿一事，兹复接张重威兄来函一件，特将原函抄录，附希阅洽。叔意南君意思既甚诚恳，似宜有以答其意。可否将稿先以一部份（分）寄至北平张重威处，托重威先以一二种交南、郑两君校勘（将来校勘后，其清稿拟请其先交来一看），俟其交还，再行换给一二种，如此陆续办理，风险似尚不大。侄意如何，望速见复。因月底银行放春假，叔或赴平一行，如属可行，当即与重威面商，并往访南、郑两君一谈也。顾惕生君现在上海大夏大学，兹将侄原函（昨复由邮局退回）寄还，希就近接洽为盼。此问近祉。

师颖，三月廿二日

徐积余丈处住址盼即告知。

（三）

次羽吾侄如晤：

上月卅一日晚间，接廿九日来书，具悉一一。中行于卅一及一二两日放春假，接侄信后，即于一日早车赴平，与张重威表弟面洽，并往访郑友渔君，后由郑君陪同，

教学。所讲授课程，从先秦到两汉，从唐、宋、元、明、清到近现代，从希腊、印度、德国到日本，古今中外，无所不包。专长校勘学、版本目录学、唐代文化史。著有《淮南鸿烈集解》、《庄子补正》、《三余杂记》等。刘文典为刘师培弟子。刘文典早在1906年，入芜湖安徽公学学习，因聪明好学，积极上进，为该校教师陈独秀、刘师培赏识，并受到他们反封建民主革命思想的影响和熏陶。

① 吴康伯，光绪丁酉科举人，癸卯科进士，翰林院庶吉士。两江法政学堂监督，署理江宁提学司，特授荣禄大夫。民国大总统府秘书，天津市政府顾问。

往访南佩兰先生。兹将接洽情形条列于后：

一、南氏收集各稿连同吾家所藏者，业已刊有目录。兹随函寄上一份，祁（祈）参阅。

一、黄季刚[①]处所存清稿，据云黄对此事始终不承认，亦无办法。

一、关于校勘事务，据南、郑云，已商得在平诸学者如钱玄同、黎锦熙[②]、吴晓芝[③]诸君等同意担任勘定。

一、南氏对于刊行三叔遗书，意思确实甚肫厚；郑君为南氏秘书，人亦诚笃。

一、关于交付稿本事，已与重威商定，将来稿件带津后，先以一二种交其校勘，俟用毕，再行换给他种。重威并允经手办理。

一、孙思昉君，叔不识其人。

三叔遗稿，拟由便人带津甚妥，惟最近尚无相当便人，除叔随时留意外，亦请侄就近托小逸兄[④]留意为盼。此问近好。

容季手泐，四月三日

---

① 黄侃（1886—1935），近代学者。字季刚，又字季子，自号量守居士。原名乔馨，字梅君。湖北蕲春人。历任北京大学、东南大学、武昌高等师范学校、金陵大学等校教授。幼时聪颖过人，刻苦好学。师事章太炎、刘师培等，擅长音韵训诂之学，兼通文学。专治小学、经学，于古音学创古本声、古变声、古本韵、古变韵之说，以一、四等为交织，考出古声十九类、古韵二十八部，建立体系，成一家之言，成为有清以来古音研究的殿后人。著有《说文略说》、《音略》、《集韵声类表》等论著多种，点勘批校笺识的古籍存者百余卷。此外，还有诗、文、词、日记等大量遗稿。经整理，已出版的有《黄侃论学杂著》，中华书局 1964 年版，收论学著作 17 种。《黄侃手批白文十三经》，上海古籍出版社 1983 年据黄氏朱笔点 1914 年商务铅印本为底本影印。还出版了由黄焯编次的手稿《尔雅音训》（1983）、《说文笺识四种》（1983）、《文字音韵训诂笔记》（1983）、《广韵校录》（1985）、《文选评点》（1985）。黄焯又编《黄侃声韵学未刊稿》（上、下），收论著 13 种，附 1 种；《量守庐群书笺识》，有笺识 10 种。此两书武汉大学出版社 1985 年影印出版。湖北人民出版社 1985 年出版《黄季刚诗文钞》。潘重规编《黄季刚先生遗书》，台湾石门图书公司 1980 年据黄氏批注、评点的 8 种典籍为底本影印出版。共 41 巨册。见赵国璋、潘树广主编：《文献学大辞典》，广陵书社 2005 年版，第 897 页。

② 黎锦熙（1890—1978），字邵西，又作劭西，湖南湘潭人，语文学家，与钱玄同一起长期致力于国语运动，著有《国语运动》、《汉语规模化论丛》、《一般文学改革史》等。

③ 吴晓芝，字润德，湖南岳阳人，时吴氏经理和济印刷局，南桂馨曾委托他承印并代销《刘申叔先生遗书》。

④ 董孝逸，又名小逸，董玉书之子。

## （四）

次羽吾侄如晤：

前寄一函，计已达览。兹接郑友渔君来函，前转托吾侄在京、沪等处登记，觅购上海亚细亚报[①]所载三叔文字，并代觅购《左盦文集》刻本及《吕氏春秋斠补》稿。叔将原函附上，希参阅，迳复郑君（郑君住址详信封上所载），并见复为盼。匆属，即问近好。

师颖手泐，四月廿五日

## （五）

次羽吾侄：

前接来书，具谂一一。叔因事于六月卅日赴平，南佩兰、钱玄同、郑友渔诸先生均曾晤面。三叔遗著除文、诗各稿外，余皆排印就绪，现正由钱玄同先生编列校目，并请蔡孑民先生撰序。钱玄同先生为归安钱念劬[②]之令弟，其曾任仪征书院，因汝父曾肄业其中，与吾家私谊甚深[③]。玄同先生与三叔在日本即已往交，于三叔生平知之甚谂，为人极为诚挚热心。此次南先生刊行三叔遗书，一切均由其主持办理。关于蒋少华君

---

① 民国初年袁世凯御用报纸。由袁出资10万元，1912年6月于北京创办。日出三大张。从1914年至1916年，公开鼓吹帝制文章。1916年3月停刊。见冯健主编：《中国新闻实用大辞典》，新华出版社1996年版，第286页。

② 钱恂（1853—1927），字念劬。浙江吴兴（今湖州）人。光绪十年（1884）为宁绍台道薛福成门人。后受薛之命，整理宁波天一阁存书。1890年以直隶候补县丞随薛出使英国、法国、意大利、比利时。回国后，为张之洞帮办洋务。1893年以盐运使衔分省补用知府，出任湖北自强学堂首任提调、武备学堂提调。1898年，钱恂任湖北留日学生监督。1905年为赴东西洋考察宪政大臣参赞官。1907年以江苏省补用知府出任荷兰大臣。次年任出使意大利大臣。宣统元年（1909）回国。1914年6月，任北京政府参政院参政。著有《天一阁见存书目》、《壬子文澜阁所存书目》等。

③ 关于青溪旧屋刘氏与钱氏的交往，1937年钱玄同曾在《刘申叔先生遗书序》中说，钱刘有“世谊”。并加注云：“刘君之伯恭甫先生与先父籁仙公为友。恭甫先生之子张侯君又为先父之弟子。”在序中钱玄同回忆了自己与刘师培最初订交的场景：“原订交之心甚炽，丙午（1906）余留学日本始谒章公。丁未（1907）阳历四月二十日，于章公座上始识刘君，缘章公与刘公彼时皆以党祸避地日本也。”见《刘申叔先生遗书序》，江苏古籍出版社1997年版，第31页。这里还要特别提到的是，扬州现藏一幅钱氏后人墓志铭，名为“皇清归安县学生亡男观龄圹铭”。钱观龄亦是钱氏后人，年仅17岁终于安定书院，葬于金匮山糙石街。钱观龄所葬的蜀冈金匮山，也正是青溪旧屋刘氏祖坟之地。

处所存三叔遗稿，渠为查询数项，兹将原件照抄附上，希与蒋君接洽见复，并将稿抄寄下①。如字数过多，可雇人代抄，郑君并允担任抄费。至钱玄同先生征求之三叔少年时事略，最好请侄向李元之大叔等一询②，掇要写来，以便转寄③。到（至）《政艺通报》、《警钟日报》等（闻所载多系三叔旧文），此时恐无从检觅矣。

昨接尹亭来信，云青溪旧屋工程行将告竣，李匠④处无款可垫，催缴第三批款⑤。叔已先筹百元，汇交三姑母⑥转交。其余百元，准于半月内筹汇不误，并以时告知。此问近祉。

师颖手泐，七月十一日

## （六）

次羽吾侄如晤：

一月廿三来信收悉，关于刊行《左疏》稿事⑦，侄所拟办法甚是。惟叔尚略有意见如下：一、书版刊就印出，由叔经售，随时抽还南氏刻资，还清后即将版权收回，自属稳妥。惟此项书籍如欲大宗销行，尚须从事宣传。关于批发代售等事，手续亦甚繁重。叔事务趋忙，实难兼顾。今南氏既代刻书，如于刻就之后，将书版及印成之书并由出家收回，不再令其过问，似不甚好。叔意宜与南氏洽商，该书刻成后，由南氏自行酌

① 关于蒋贞金（少华）处为何保存刘师培遗稿，笔者曾向其子、现年91岁高龄的蒋孝达先生征询原因。据蒋孝达分析：父亲蒋贞金是三先生（刘谦甫）的弟子。他与刘师培是师兄弟关系。他处收集一些申叔遗稿，可能为著《刘师培传》作准备。《刘师培传》惜不存。

② 李肇偁，字元之，江都人。作为刘师培表兄，李肇偁长刘师培9岁，时常与刘师培交游，对刘师培少年事迹相当熟悉。曾为20世纪30年代刘葆儒所刊其祖父著作《传雅堂集》写跋。

③ 刘葆儒生前曾写有《三叔廿岁前“形势”》一文，可能是为钱玄同等人出版《刘申叔遗书》作序提供素材。

④ 李凤祥。

⑤ 有史料记载，青溪旧屋历史上曾有三次维修：第一次发生在清光绪二年（1876）。是年，刘寿曾39岁，在南京金陵书局工作，与诸弟回扬州修缮青溪旧屋。梅鹤孙《青溪旧屋仪征刘氏五世小记》里有相关记载。第二次维修发生在20世纪三四十年代，由刘葆儒、刘师颖主持。这次维修，将第二进住室作了改建，如窗门格扇、天花、地板、合墙板改为近代式样。第三次维护，发生在2000年东圈门整治改造时，青溪旧屋门楼、门墙因倾斜而放倒，依原样用原材料、原工艺重砌过。院内未曾修葺。

⑥ 刘师蕴，适何家辂。

⑦ 南、郑、钱等在编纂《刘申叔遗书》同时还启动刘氏《左疏》出版事宜。见《钱玄同文集》第六卷“钱疑古手札”（即钱玄同致郑友渔书）部分。中国人民大学出版社2000年版。

印若干部，由其自售，该价作为归还南氏刻资。候此批书印就，而将书版交还吾家。其售书各事，由其自办。二、原稿存津，由南氏派人来津抄校，又恐南氏不肯照办，而此事在彼既属一番热心，似不宜令其感觉不便。叔意请南到津后，拟仍照三叔刻稿办法，送平交重威兄存入东交民巷中南银行库中，由南氏陆续看抄，俟前卷还来，再接次卷，似不至有意外危险。三、《左疏》稿拟俟见稿刻齐，再行办理，稿件可稍缓带来。以上各节，侄意如何？希见复。顺问近祉。

师颖手泐，除夕

## （七）

次羽侄鉴：

顷接十七日来书，具悉一切。《左疏》印行事，叔意最好用影印办法办理。但万一前途必欲排印，为早日流传计，将原稿带平排印，亦可照办（取借等手续，请在沪办妥），即希与郑君洽定。至版权一节，如对方完全系为流传学术而非图利，即照《左盦集》办法，以若干部由吾家赠送亲友可也。郑君此次南行，尚有若干日耽阁，此事能乘其在南方转与之洽定否？并希见告。匆复，顺问近祉。

师颖手泐，二月二十日

## （八）

次羽大侄如晤：

多日未接来书，甚以为念。近想沪寓自大嫂以次，均称安吉。此间入春以来，一切如常，惟葆中[①]、葆观[②]两儿先后出疹，疹后咳嗽，至今未愈。前接鹤孙由仙镇来函，知大姑母[③]精神不佳，现正服补剂，未知近日情形如何。前曾函仙，尚未得复。三叔遗稿现已印出一部份，前由张重威兄先后转来印成之书数包，内有托转交叔者。惟经查点，尚多短缺，业已函致郑友渔君补寄，俟补齐即行托便带上，或由邮寄达。兹先将寄到各书目照抄一份附上，希参阅。关于南公拟刊行《左疏》稿一事，叔前函所述各节，未知侄意如何？望便中见告。又，闵葆之[④]先生索抄《传雅堂》目录一节，侄能

① 刘师颖三子。

② 刘师颖次女。

③ 刘师培胞姐刘师铄，梅鹤孙之母。

④ 闵尔昌（1872—1948），字葆之，号黄山，晚号复翁，江都人。清末入袁世凯幕。民国初年任总统府秘书。后辞职，在辅仁大学中国文学系任教。博闻强记，尤喜文史考据之学，著述

否抽暇办理，亦望告知。今年春和较早，未知扬屋工程进行如何？何人在彼监工？颇念。匆复，即问近好。

容季手泐，二月廿八日

## （九）

次羽侄鉴：

前寄一函，度已达览。日前在此晤见东方文化会桥川子雍先生①，即数年前访问吾家之学者。谈及《左疏》稿印行问题，渠主张由文化机关影印若干部，以一大部份由承印机关经售，收回成本，一小部份作为刘氏家版，如印五百部，可以一百部为刘氏家版。据云，该会印行傅沅叔②先生之《藏园丛书》，即系如此办理。谆劝吾家早日著

---

甚丰。代表作有《碑传集补》60卷、《五续疑年录》5卷《附录》2卷、《高邮王氏父子年谱》、《焦里堂先生年谱》、《江子屏年谱》、《云海楼诗词存》5卷、《雷塘词》1卷等。见王澄主编：《扬州历史人物辞典》，江苏古籍出版社2001年版，第490页。

① 桥川时雄（1894—1982），字子雍，号醉轩，日本福井人，汉学家。1918年来华，任《顺天时报》记者，1927年创办并主编《文学同盟》杂志。1928年起，任东方文化教育事业委员会委员及北京人文科学研究所总务委员署理等职。1946年回日本。桥川时雄生平，大致可分为学生时代、在中国时间、日本后三个阶段。桥川在中国约三十年（1918—1946），正值其人生壮年（24岁至52岁），1925年东方文化事业总委员会成立及随之开展之《续修提要》编纂事业，给桥川先生提供文化与学术活动之广阔舞台。桥川先生在北京先后担任记者，编辑《文学同盟》，学习汉语，翻译当代名家（如梁启超、胡适、周树人）著作，并外出旅行考察，拜访各地学者，同时购买旧籍，研读韩文文献，专研六朝文学，经刻苦磨练与得天独厚之境遇，成为现代日本著名之"中国通"、"一代硕学"（二松学舍大学老学长浦野匡彦语）。

② 傅增湘（1872—1949），著名藏书家、目录版本学家、校勘家。原字润沅，后改字沅叔，别署双鉴楼主人、藏园居士等。四川江安人。光绪二十四年（1898）进士。历任翰林院编修、直隶提学使。民国后，任教育总长、故宫博物院图书馆馆长等职。性喜藏书。得盛氏郁华阁、景氏半亩园、端方匋斋及杨守敬、缪荃孙等藏书。藏书近20万卷，其中宋金刊本150多种，元刊本几十种。藏书处名双鉴楼、藏园。傅氏精于雠校，亲自校勘其藏书中的16000卷左右。多达千卷的《文苑英华》，即其70岁以后所校。著有《双鉴楼善本书目》4卷、《双鉴楼藏书续记》2卷、《藏园群书题记》20卷、《藏园群书经眼录》19卷、《东游别录》4卷、《藏园续收善本书目》4卷（未刊）等十余种。辑印《宋代蜀文集存》100卷。刊刻《双鉴楼丛书》、《蜀贤丛书》以及《方言》、《刘宾客文集》等近十种单行本。1947年，以藏书373部约4300册，捐赠国立北平图书馆。逝世后，其子忠谟复将藏书480部约3500册捐赠北京图书馆，其中多善本。其余通行本捐赠与四川大学。见赵国璋、潘树广主编：《文献学大辞典》，广陵书社2005年版，第980页。

手，并询：(一)原稿本有无孟瞻、伯山两公亲笔，抑系恭甫公手录？(二)是否至襄公四年为止？(三)共有若干本若干页？用特函达，即希函复，以便转告。再，此稿并无副本，将来如在华北影印，原稿运送颇系问题。此层亦曾谈及，桥川之意，该稿本可由大使馆邮袋运送，并加保险，可免疏虞。此层当须加以考虑耳。手书，即问近佳。

师颖手泐，三月十二日

## （十）

次羽侄鉴：

上月十三日及廿七日两函俱悉，《左疏》稿以原稿照相石印，费用既省且免错字，自以改用影印为宜。此事承南公热心，允为财力及人力之帮助。现在如改为在沪影印，则仅须南公确认财力，办理自无甚困难。惟所虑者，南公不克见原稿，无从著手做序跋耳。下星期此间放春假数日，叔拟赴平一行，与南、郑诸公面议此事，如南公同意在沪影印，将来拟由南公派代表赴沪，迳与书店订立影印合同，第一批新书由南公销售，收回成本，以后版权仍归吾家，不知侄意以为如何？三叔遗稿，现闻专候蒋君存件，即可结束。续印之书，叔处亦未收到，此次到平，亦拟面索。又，昨据楹儿云，南开大学教授张君谈及黄季刚处存有三叔遗稿甚多，黄去世后，均由中央大学文学院院长王［汪］旭初①君保存云云，不知是否确实？吾侄如在中大有熟人，望转托向王［汪］君接洽索取。如何情形，并望告知为盼。知念时告，此问近佳。

容季手泐，四月五日

## （十一）

次羽侄鉴：

前寄一函，计已达阅。叔十日赴平，昨日返津。南、钱、郑诸公，此次在平，均经晤见。三叔遗著仅差文、诗部分，因三叔杂文流传在外者不少，钱玄同先生主张多方搜集，多多益善。又，《吕氏春秋》稿各方拟多注意，此项稿本惟蒋少华处有之，故仍希望蒋君将原稿本或抄本寄来一用。又，《攘书》一种，因排满，稿嫌刻露，郑友渔等主张暂不刊入，钱君则以为此稿系当时一种著述，各方颇多注意，不宜割爱。南先生以钱君之意为然，大约仍拟一并刊行。此事南、郑两君俱盼早日结束，惟钱君近患脑病，整理各稿因之不能迅速，现已请积极进行，俾早蒇事。《左疏》稿事，南公

① 汪东，章太炎弟子，国学大师。

说，前函所云《长编》系由《书目答问补正》（柳诒徵撰）内有“长编已具”一语（系根据《儒林传》稿，故以相询），并非请当世经学家代为足成；此稿现既无长编，渠对影印办法亦甚赞同，随后当再接洽办理等语。叔意拟俟三叔遗书刊行后，即与南公接洽进行，将来或由南派代表赴沪，迳与影印书店订立合同。至版权一层，上次谈时南公并无要求版权之意，故此次亦未提及，将来嘱办时拟仍照上次所谈办法，在第一批书价内归还南公成本，版权仍属吾家。又，该稿如照影印办法，未知需时若干可以竣事。郑君托为打听，并祈探询见复为盼。此问近好。

师颖手泐，四月十四

## （十二）

次羽侄鉴：

前复一函，计已达览。扬屋第一批款，已于上星期汇扬，交三姑母收，但未知拆卸工程进行如何，念之。前日接张重威兄来函，谓已带平之三叔遗稿，南氏已刊成十分之八，家中之《左疏》稿并由重威与南公洽商，允为出资刊行，版权仍归刘氏等语。兹将重威原函附希阅终。叔意南氏之意甚厚，且有钱、黎、郑诸氏帮忙，机会殊不可失。现在所应考虑者，即为抄录副本问题。如照重威与南氏所商办法，即将原稿带平，由南氏托人抄校，自属最（后缺）。

## （十三）

次羽侄鉴：

接读来书，具悉一切。《春秋古经笺》一稿，容晤张重威兄时，当向一询。好在此书已刊出，如万一有失，尚无大碍。《礼经旧说》稿原拟寄交吾侄转交郑君，惟顷接钱玄同先生来书，嘱将此稿先行寄平一读，以便着手撰述附记。至读后是否交胡耀臣[①]君或彭作桢[②]君，可听郑君之便。叔意钱君既欲先得该稿一读，而该稿将来刊印时又仍须寄平，自宜即照钱君之意办理。兹已将稿寄交钱君，附上清单，祈希阅洽。至该稿钱君阅后应交何人缮写排校，叔已迳函郑君，请其函致钱君接洽矣。嘱查（下缺）

① 胡耀臣，《遗书》校对人员。

② 彭作桢，《遗书》校对人员，著《历史人名对、地名对、物名对》、《翘勤轩集联》等。

## （十四）

次羽吾侄如晤：

顷接来书，具悉一切。楹儿现已全［痊］愈，惟手部脱皮，当未全净。适南开中学校舍发现猩红热，病症传染甚烈，校中宣布停课两星期，伊须候此次停课期满后，始能到校。《春集》昨接张重威来函，云北平已销十二部，尚余八部。此间尚存十部，照此情形，似可毋须再行多印矣。重威来函附阅。又前接程习朋君[①]（仪征人，住泰州，现在上海）来信云：西泠印社有《左盦集》四卷，未知系何人所刊，吾侄曾见其书否？便望见告。大姑母患核当不要紧否？当函仙省问。集庆尚未抓周，殊壮，大好顽，其生日，你按阳历抑仍按旧历计算？念之。此间近好。

师颖手函，五月廿七日

## （十五）

次羽侄鉴：

前寄一函，计已收到。前信甫发，即接五月廿三日来书，具悉一切。《传雅堂集》内孙仲容氏[②]所撰墓表，经与此间所存《国粹学报》刊本核对，其"注有四穴"句，并无错误，惟"四"于义究有未通。经向人假得孙仲容《述林》刊本，与之核对，其"注有四穴"句为"注有回穴"。"回穴"当为纡回罅隙之意，该"四"字当为"回"字之误也[③]。

---

① 程习朋（1895—1976），名习，又名小可，仪征人，与刘师培是同乡。晚署红楼老人，新南社社员。早年历充财政部员兼新闻记者，又曾任江苏省立第一中学国文教员等职。著有《笑花楼近稿》、《选注尚书》、《山河易象》、《政治学原理》、《无邪集》、《小可集》、《飞鸟遗音笔记》等，但大多没有刊行，以手稿或油印本存世。

② 孙诒让（1848—1908），清末著名学者、文献学家。字仲容，晚号籀庼。浙江瑞安人。同治举人。曾捐官刑部主事，旋即引疾辞归，专注学问。以校勘学、文字学为基础，于经学、小学、诸子学、历史文献学诸方面均有建树。汉经学主张致用，成《周礼正义》86卷，为清儒诸经新疏之冠。其他如《墨子间诂》、《契文举例》、《古籀拾遗》、《札迻》、《温州经籍志》等亦为学人所重。梁启超称其为清学后殿。《清儒学案》卷192，有《籀庼学案》，《清儒学术讨论集》（商务，1930）有张春贤《孙先生学术概论》，对研究孙氏有参考价值。其未刊稿由雪克辑点为《籀庼遗著辑存》（齐鲁书社，1987）。见赵国璋、潘树广主编：《文献学大辞典》，广陵书社2005年版，第493—494页。

③ 在书信中，刘师颖仔细分辨了孙诒让所写的刘寿曾墓志铭中"四"与"回"字的区别，显示了他高深的才学。2001年，台湾"中央研究院"中国文哲研究所筹备处出版了林子雄点校《刘寿曾集》，也作了类似校正。孙诒让（仲容）系孙衣言之子，孙衣言与刘寿曾交游颇洽。1917年刘师培为孙仲容《名原》、《籀庼述林》二书作序。《传雅堂集》收孙氏为刘寿曾所著墓表。

《传雅堂集》在平津寄售一节，北平方面已托平行同事沈君[①]接洽。琉璃厂来薰阁书店代售书籍颇多，可以代理，手续费一层，颖原拟二层即八折，惟据该店标八折，仅能在北京推销，如折扣加大，尚可向关外及日本推销等语。兹将沈函附阅，如何，尚希酌夺。至天津方面，以此书销路极少，颖意似以集中北京一处销售为宜。将来寄书，可即由侄处将书径寄北平中国银行交沈益三先生，再由沈君转交来薰阁代售，以免寄津后再行转寄，多一周折也。港款此间已将应用材料带交，存单不久或可寄沪。余续。即问近安。

师颖手泐　六月九日

## （十六）

次羽侄鉴：

顷接手书，具悉一一。郑友渔君北来，谓有两星期耽搁，未知近已返沪否？前接钱玄同先生来函，寄来郑君所印三叔遗稿目录，嘱为查对。经详为查核，内有《春秋左传笺》一种，家中存稿原目列有此件，而此次遍查未见，未知是否郑君暂留，尚未见还（郑君还稿，仍由张重威兄经手，叔取回时未竟细点）。又发现《礼经旧说》十余篇，遗书仅收五篇，其余郑君未经刊入，钱君嘱与郑君接洽补刊，以免湮没。如郑君业已回沪，希与接洽。其应补刊之《礼经旧说》稿，均系三叔手稿，应交何人校刊，盼即见告，以便经办。又《春秋古经笺》一稿如存郑君处，请嘱其与上次索寄之南本子，一并寄还，或交侄处收存为盼。津寓以次粗安。楹儿现已放暑假，利西在受军训，期中须一个半月方可竣事。黄平卿[②]兄所谈婚事，俟渠回家，当为告知。惟叔意此事，恐须俟渠事业须自主后，方能谈到耳。安处顺问近好。

师颖手泐，六月十四日

## （十七）

次羽侄鉴：

顷接十三日函，具悉一切。侄前函嘱查孙仲容先生墓表内“注有四穴”之“四”字，已在孙氏所著《述林》内代为查出，应为“回”字，于前函奉告，计已收终。港款存单材料已寄到，惟关于其他手续尚有接洽之事，故新单尚未开出，恐尚须相当时日

---

① 沈仁培。

② 黄明叔。

（因津沪通信，往返一次需待月余）。好在按原日起息，利息上不致吃亏也。郑友渔君原在天津，不时来行接洽。惟自其夫人携子女来津相访以后（约在两个月前），即避匿不面，至今毫无消息。至《左庵丛书》，前据郑君面称，刊印业已竣事，钱玄同先生序文亦已印出。惟正在此行将结束之际，而郑君竟不出面。前曾由叔迳函南公，请其见赠若干部以备分送亲友。嗣接署名“胡荣”者函复，称南公患病，不能见客及阅信，该函尚未代呈云云，故此事尚无结果[①]。此间租界于十四日封锁，出入异常困难，物价激增，菜蔬尤甚，幸食粮存底尚丰。惟僵局何日打开，刻下尚难悬揣。家中自老人以次粗安，叔近患腹疾，请假数日，现已告愈。葆楹时常往来，曾询及沪上住址，不久或有信到沪也。此问近好。

师颖手泐，六月廿二日

## （十八）

次羽侄鉴：

接六月十五日来书，具悉一一。《传雅堂集》售价，经与友人商酌，以按四元定价为宜。惟平津均通用新币，汇沪尚须加水，又须打一九折，则此书定价虽为四元，除给经售家手续费及汇书损失外，实际只每部实收三元二角馀，似尚不敷成本。但如再将价格定高，又恐于销路有碍。究宜如何办理，仍望吾侄酌之。叔意以后如再续印，似可改用稍次之纸，则成本减轻，定价自可稍低，销售亦可较易。又，《青溪旧屋》、《通义堂》、《传雅堂》三集如能合售，购者当必不少。惟《通集》版属吴兴刘氏，不知现在何所耳[②]。此间一切为安。惟生活高涨，居民颇受影响，沪上情形如何？港款存据

---

① 郑裕孚原本时常与刘师颖接洽编纂事宜，但在《左庵丛书》印刷工作即将结束的重要时刻，竟然两个多月避而不见。刘师颖只好直接写信给主持人南桂馨，结果南桂馨连信也不回，只是由他在《遗书》编纂后期聘请来做校对工作的胡荣回信一封，说是南桂馨有病在身，不见客、不看信，所以还没有把刘师颖的来信呈给南桂馨看。刘师颖的目的，是让编纂者们提供一些样书，以备分送亲友，但编纂者们却一个个拒不理会。看来，刘家此前对编纂者们的怀疑，只怕不是空穴来风，而现在编纂者们对刘家索要样书之事不见面、不回信，此为何故？这个谜团直到 2012 年才解开。是年 7 月，山西文史学者陈春生先生来扬州访问青溪旧屋，搜寻刘氏资料。笔者招待他，并赠送一些研究资料给他。陈先生正著《南桂馨回忆录》、《南桂馨传》等，拟交中华书局出版。南氏为山西首富，其父母与陈春生先生家为邻。据陈春生先生考证，1938 年前后，《刘申叔先生遗书》刻成之际，南桂馨患了大病，卧床不起，又加上日本人占领山西威逼他做“维持会会长”之类的官员，南氏讲民族气节，拒不认从，也不见客，因此可能怠慢了刘氏之请，引起了误会。

②《通义堂集》先有刘氏家刻本，时在光绪十一年（1885），而后民国初年，吴兴刘承幹（翰怡）

寄到稍迟，仍按原日起息，不致吃亏，可放心。此问近好。

师颖手泐，七月二日

（十九）

次羽侄鉴：

前寄一函，计早收到。三叔《礼经旧说》稿，本日前寄交钱玄同先生，本请其加以整理后，即行补刊，惟日来平津时局日紧，刊书一事恐未遑及此，已函请钱君即行寄还，俟时局平靖，再行继续办理。即行转达郑友渔君，请其亦函钱君洽照为盼。津处自老人以次，均称粗安。葆楹受训结束已回家矣。南中想均安好，念之。此问近佳。

师颖手泐，七月十七日

（二十）

次羽吾侄如晤：

接十一来函，具悉一一。《传雅堂集》定价四元，代售手续费按八折计算，已由叔函告沈益三君。即希侄处先行发书二三十部，迳寄北京中国银行沈君收转。《通集》本数较多，而版须归我，印售亦宜考虑。叔意倘将来版能归我，在印售以前，宜照预约办法（三集合售）办理，俾蛰本可以减少。至刻下《青》、《传》两集，合并出售，自无不可，售价即定六元。惟无论单售《传集》或《青集》、两集并售，似均宜有一种宣传工作。拟请侄拟一简单新闻式之广告稿寄下，以便暂托友人（或来薰阁）在平登报宣传①。至在平所售书价，除手续费外，叔已托沈君代收拨津，由叔设法换成旧币汇上，并告葆之先生。此复，即问近好。

师颖手泐，七月廿四日

---

延请刘富曾在其沪寓校勘《宋会要》，因刘承幹之父与刘富曾有光绪戊子乡榜同年之谊，《通义堂集》因此而刻，故版权属于刘承幹。

① 至今，这则广告的报纸发布稿仍完好无损地保存在扬州，标题大字书写为："仪征刘孟瞻先生青溪旧屋集出售。"下面以小字说明："仪征刘孟瞻先生为江淮间经术大师，清国史馆儒林有传，所著青溪旧屋集十一卷，于光绪九年间刊成，惟当时出书无多，迄今四十余年流转。今由其家以上等连史纸精印发行。托敝处经营发行，每部大洋一元，有志国学者先读为快也。中国书店、西泠印社、蝉隐庐启。"

（二十一）

次羽大侄如晤：

前由津寄复一函，计早收到。华北中国银行改组，设该行于北京。叔本派后担任该行事务处长，经以亲老难离恳辞，未准，只得来京暂为担任。到京数日，下榻本行楼上。眷属在津，拟暂不动。星期放假日，如事务不忙，即回津省亲。侄处想均安好，余容续寄，即问近佳。

师颖手泐，十二日

（二十二）

次羽、子乔两侄如晤：

前寄一函，当已收到。日前接扬州何京五[①]甥来函，以三姑母近来腋下患一外症，出脓血甚多，幸饮食尚好。四叔祖母[②]以外症之后亟需饮食滋补，令叔汇扬十元为三姑母饮食调理之需。兹将该款汇交胡仲文君，即请吾侄问收，设法转汇。闻京五暑期后拟来沪一行，不知是否拟投考学校？念之。此间水势仍未大退，叔每日由宿舍到行，须舟行一小时馀，沿途积水发生奇臭，颇以为苦。刻拟暂寄本行仓库内，仓库距行甚近，且地势较高，往返可以步行也。欧战爆发，沪上当必震动，市面情形当安否？念之。前日接沈益三君来函，前次侄寄平之书六十本，业已收到，并及。此问近好。

师颖手泐，九月四日

（二十三）

次羽侄鉴：

日前曾寄一函，计已收到。顷接十九日手书，具悉一切。扬屋修理费帐目及押租行租之处理办法[③]，前此两屋来函并未留存，惟就记忆所及，来函均大致相符。叔意行

---

① 何家辂之子。

② 刘师颖母亲吴氏。据刘氏《家谱》，吴氏是刘显曾续弦，吴学泰公次女，生子师慎、师颖。

③《青溪旧屋维持门户暂行办法》

兹因青溪旧屋无人照管，为奉祀祖先及维持门户起见，由家人公（共）同议定办法如下：

一、青溪旧屋门户请大太太、二太太（因四太太在天津，往返不便）暨大、二两少奶奶轮流照管，每年各担任约四个月。

二、将青溪旧屋中进及厅屋出租，即以所得租金，贴补家用。

三、照管青溪旧屋门户所需家用，除以家中原有田房及出租中进厅房所得租金抵用外，每月尚

租收入，原定先还两屋另垫之款，自应仍照原拟办理。希候该款存足五百廿七元二角七分时，即将该款一次还清。余款仍存公中账内（以后望每年开寄一账），候积有成数，再行洽商处理办法。至押租三百十一元存在津中行，历经转期，截至本年五月十四日，计存本息五百十八元零四分。本月十四日到期，又已将到期息金并入转存，新存单尚未寄到（因转港存储之故）。此款叔意拟暂不动，候房客退租屋索回押租时，再行提出，除付还押租三百八十元外，余款再议处理办法。不知两侄之意如何？孝逸闻已入滇，又有转屋之说，其确实情迹，尚未得悉也。手复，即问近好。

师颖手启，十一月廿六日

## （二十四）

次羽吾侄如晤：

接来书，具悉一切。关于此间同人存港之款，一时尚无办法，将来定有办法，当即函告。至凭证一层，既系同人名义，只要记得单据号码，并有原印鉴为凭，不致发生问题也。兹寄上沪中行支票一纸，计划头贰百八十元，希将该款取出，转存商业银行，用竹记立户（大陆、上海或新华均可）。将来子乔还款，亦即收入该户，倘子乔已代在他行立户，该支票款即可存入该户，勿庸另开，并望将印鉴票寄下，以便加盖取款图章，费神感之。子乔是否已将家眷送回高邮，抑仅将模、楷等送回？在邮上学是否便利？渠现在何处任事？念之。今年老人九十寿诞[①]，原拟小为热闹，兹因各方及经济上种种关系，仍拟概不惊动。葆楹日前有信来，在彼尚称平安，并告。此问近好。

师颖手启，三月九日

---

不敷出二十元。经公［共］同议定分摊数目如下：

师颖每月担付五元；

葆儒每月担付五元；

崇儒每月担付五元。

四、以上分担数目，系为维护青溪旧屋门户之用，无论何人轮值，均一律待遇，并应将分担之款，按时寄扬。

五、上项办法己巳年秋间，大太太到沪时实行。

六、此项办法实行后，如有困难，提出后商议修改。

① 此指刘显曾夫人吴氏寿诞。张重威曾经作《刘表姑母吴太夫人九十寿庆》以致贺。

（二十五）

次羽、子乔吾侄如晤：

前寄次侄一函，并附支票一纸，想已收到。未知该款已否取出代存？闻近来旧币对军系及中储券，兑换行市日低，不知趋势如何？倘趋势不佳，即希代易中储券存储，以免换兑。子乔侄挪用之款，亦望斟酌照此办理。如何之处，盼即函复。鹤孙是否仍寓芗瑞里，因门牌号数记忆不清，兹有复渠一函附上，望转致。此问近佳。

师颖手启，十八日

（二十六）

次羽吾侄如晤：

十八日手书奉悉，托取之款存入新华活储甚好。兹将空白印鉴填就附上，希登收（印鉴内姓名、住址能不填最好，或即填由侄转）。存折即由侄代保存可也。同人存款，俟留港诸公北返，当有解决办法。葆楹通讯处现由该处中行方丽中媳收转。扬屋改租殷府，不知胡姓已迁移否？念之。此复，顺问近好。

师颖启，三月廿三日

（二十七）

次羽侄鉴：

来书收悉。老人寿辰，渥承厚馈，已照转呈。奉命嘱以半数给与侄孙男、女等讨寿，子乔侄及梅、林、何三府寿礼亦照此办理，以半数为各家小孩讨寿，计子乔侄法币二十元，梅、林、何府各十元，连侄处之十五元，共六十五元，希在叔存项下拨付为盼。子乔迄无函来，法币价格愈落，田款如渠目前尚难□□，拟嘱其先行改为中联券，已函邮接洽矣。此问近好。

师颖手泐，五月廿四

（二十八）

次羽吾侄如晤：

前寄一函，计已收到。卞薇阁[①]表姨丈本月十一日七十整寿，叔曾托京五甥送一寿

① 卞绋昌，字薇阁，晚号狷庵，（卞颂臣）尚书次子，张文襄公之婿，仪征优行廪贡生，南菁

幛。兹接函复，该幛璧回未收。该价款四十八元五角，原拟出家中公账，兹卞府既不肯收，适此间刻有用途，已函京五，将该幛料邮寄来津，其所垫价款，即希由侄处代为汇还，款付叔为盼。再，近来沪法币日跌，货价已改，以储券为本位，不知市面情形如何，念之。此问近好。

师颖手沏，五月三十日

## （二十九）

次羽侄鉴：

八月廿四日来书，具悉一一。南中酷热，沪、京均各远道，闻之至以为慰。此间亦较往年为热，具在九十度以上，入秋后仍在八十六七度左右，幸晚间尚有凉风，得以入睡。当地各项物价仍陆续上涨，米面尤甚。家中现以玉米面卷为主要食粮。四叔祖母精神大逊于前，家人多不能辨识，言语亦不甚清楚，幸眠食尚好。葆珍病体已愈，但不敢过劳，现仅每天习日语一小时，聊资消遣。葆朴明夏高中可望毕业，如何升学尚未决定，中儿明年初中毕业，欢儿明年高小毕业。葆楹开源公司住址，渠来函并未叙明，如拟与之通信，可仍寄“中行方丽中转”。中行复业后，与此间关系如何，此间尚无消息。扬屋旧押租原存津行驻港处，事变以后该处无形消灭，而此项存款因此间无正式账册，当局对于此项债务恐难承认，将来能在何处提取，尚无把握。至中储券与联券比率，照此间说定价为三扣，但能否照汇，当局须察酌情形办理。扬屋新押租似可即存沪上，未知侄意如何？沙田事可由两侄酌费办理，叔无不赞同也。中信局是否照旧？鹤孙近状如何？子乔常有信否？均念。津行同人待遇重行改订，收入较前减少，而生活则仍上涨，因之颇感竭蹶。存沪之中储券如由沪申请汇津，不知是否便利？便中望扰告，馀续布。即问近佳。

师颖手启，八月六日

## （三十）

次羽大侄如握：

昨接来书，具悉一一。沪中行复业后，同人待遇确已较前稍好。惟华北情形特殊，

---

书院高材生。日本横滨领事、湖北道员。辛亥改国后即归隐不出，优游林下。工八分书，乞书者户限为穿。喜吟咏，尝与里中诸老酬唱。善饮，而性又和谐，有五柳之风。见董玉书：《芜城怀旧录》，江苏古籍出版社 2002 年版，第 100 页。

此间中行在中联管辖之下，须照此间当局意旨办理，与沪方殊难一致。将来津中行与沪中行关系如何，现在尚不能预定也。新华存款，拟俟本年十二月结息后，拨转沪中行往来户内，俾便支用。届时当将取款条盖章寄上。此复，即问近好。

师颖手启，十月十九日

## （三十一）

次羽、子乔两侄大鉴：

前寄一函，计已达览。关于刘集田亩事，兹又接张子寿兄来函，特将原函照抄付上，希澄清此事。照子寿来函，似须吾侄代表赴扬一行，不知能否分身？兹照子寿来函，缮具委托书一份附上，希登转并见复。此问近好。

师颖手启，十二月二日

## （三十二）

次羽侄鉴：

在京曾复一函，计达览矣。兹附新华取条一纸，计中储券三十元，望将该款取出，代汇扬州东关街方贻安[①]收，或由何府转送亦可。该款系送贻安夫人奠敬，并希转达。又附上空白取条一纸，希俟本月结息后，将新华存款户取清，拨交中行收 A5619 号竹记往来账，并将所拨数目函告为盼。叔昨晚返津，明晨回京，并告。此问近佳。

师颖启，十二月六日

## （三十三）

次羽、子乔两侄大鉴：

关于出售刘家田亩事，已详。另函所有立契、签字等手续，拟即托由次羽侄或子乔侄代表，就近办理。特此函达，即希洽照为盼。此问近好。

叔师颖顿首，卅一年十二月二日

---

① 生平不详。疑刘师颖续室方庆欢的亲属。方庆欢，字慧云，住扬州东关街。

（三十四）

次羽侄鉴：

昨发一电，谅已收到。四叔祖母自去冬感冒后，即未起床，咳嗽痰多。近又不时泄漏，神志不清。本月初八日，病象陡变，延至初九日子时弃养。衣衿棺椁，已于事先备妥，即于初九日酉时大殓。现拟定于四月十二日开吊，十三日移柩江苏公蓥，购地权厝。俟将来时局平定，再行起运回扬安葬。讣闻哀启，印就当即寄发。南中亲友地址不明者，拟寄沪若干份，由侄代为填寄。子乔处谅侄必代转电。兹已信函邮接洽矣。余继寄，即问近好。

师颖手泐，三月初十日

# 刘葆儒致刘师颖书札1通

四叔大人尊前：

奉十二日手谕，敬悉一切。查《左疏》原稿悉为恭甫公手录，嗣有一部份为侄就原稿所誊。查隐、桓有墨迹稿、有誊清稿（不知何人手）；庄、闵有誊清稿，无墨迹稿；僖有元年至廿二年墨迹稿，其誊清稿出三叔叔手，考大半（自元年至十六年，经为誊清全文，自十六年传，至廿二年，仅抄出引证书名）计自元年至卅三年，其中有自十六年传至廿二年一部份，未抄全稿，不知何故；文、宣、成、襄皆有墨迹稿、有抄稿，文、宣中一小部份为三叔祖手抄，成、襄抄稿为侄手抄。稿本至襄五年"可不谓忠乎"止。惟原稿墨迹颇有不易辨识处，誊抄者只有阙疑，且僖公中小处均有待整理。原稿共七本，誊清稿共十一本，页数则视本数之厚薄而异。前此，郑友渔君排印计划，为就墨迹影印，一以免舛错，二以省校对之不便。但在华北影印原稿似太不便，且原稿亦待整理，可否婉商桥川先生暂从缓议。将来或于整理后，仍由吾家名义印行。不知长者意见如何。即请福安。

侄葆儒叩首，三月廿日

# 南桂馨致刘师颖书札1通

容季仁兄雅鉴：

大札诵悉。令先兄遗书，前已托钱君疑古整理核定。《攘书》一种用否付印，俟与钱君商之[①]。《左传疏》稿凡若干册，约有若干万言，须有一番统计，再定铅印刻版之计画。再，襄公后不书，申叔先生已否一律补注？抑或仅有长编[②]？若仅有长编，鄙意可由当代经学家代为添补，庶成完璧[③]。请致函令侄时一详询之。庆颂时绥。

弟南制桂馨拜启，十四

①《攘书》是刘师培早期藉学术宣传排满革命最具代表性的重要著作之一，被时人誉为是精辟阐发国人"类族辨物"和"春秋内夏外夷"之义的"伟著"，是"国民有欲饮革命之源泉"者，不可不读的书。风行一时，影响甚大。但是，刘的门生刘叔雅反对收录该书至《刘申叔先生遗书》，理由是担心"因申叔晚节之有亏，恐人见其早年之鼓吹革命而讥其后之变节"。1934年4月18日，钱玄同致书郑裕孚，力持异议，坚持说依从表彰学术、保存史料的原则，"《攘书》均以刊行为宜"。见《钱玄同文集》第六卷《书信》，中国人民大学出版社2000年版，第191—194页。

② 长编，即详细汇集编排历史资料，以便删订成书之用的底稿。如司马光编《资治通鉴》时，先辑录有关资料，依次排列，并附考订，成为长编，然后再删订成书。其后李焘撰写北宋九朝编年史，名为《续资治通鉴长编》，正自谦以备删定之意。后亦延称大型资料汇编。如《梁启超年谱长编》等。见赵国璋、潘树广主编：《文献学大辞典》，广陵书社2005年版，第220页。按，1828年刘文淇与刘宝楠等相约，为诸经各作新疏，刘文淇任《左传》，历时四十年，长编草稿初具八十卷，晚年编辑成疏，仅得一卷。长编八十卷，已不存。

③ 南桂馨曾设想，请当代经学家续补《左疏》，当他了解到工程的难度后，遂作罢。历经100年后的2005年5月，东北师范大学出版社出版了刘氏乡后学吴静安所著《春秋左氏传旧注疏证续》一书，完成了刘氏三代百年未竟的事业。

# 钱玄同致刘师颖书札1通

欲请问容季先生书：

一、蒋少华处所有之稿[①]:《驳太誓答问》是否全文？抑即《国粹学报》中所载者？如系全稿则请抄示，如即《学报》所载者，可不必抄。《周官述略》是否专书？抑仅是一篇文章？如系专书，约有若干字？此稿请抄示。《吕氏春秋校补》请抄示，并请先示约有若干字。《江苏乡土志》、《安徽乡土志》，此二者切请抄示，并请先示约有若干字。《广文言说》想是一文，请抄示。《中国地理教科书》如有第二册请抄示。此间所已印者，有《经学》二、《伦理》二、《历史》二、《文学》一（此书只出过一册）、《地理》一（颇疑有第二册也）。

二、左盦先生少年时事实（癸卯廿岁以前），乞录示[②]。

三、《政艺通报》[③]、《警钟日报》[④]、《天义报》[⑤]、《衡报》[⑥]，如尊府尚有，最好乞借一抄。

钱玄同拜托，廿四年七月一日

---

① 该信系钱玄同向刘师颖征询有关刘申叔遗稿情况，后刘师颖将原信转至刘葆儒。信中，钱玄同向蒋贞金（字太华）了解其所收藏的申叔遗稿，后来蒋也作详细解答。见本书有关蒋贞金致刘葆儒书札。

② 钱玄同关注刘师培1903年以前的行迹，这可能是为撰写刘师培传略作准备。癸卯年，即1903年，当年刘师培到上海投身革命，与邓实、黄节、林白水等人经办《国粹学报》。

③《政艺通报》是1902年2月邓实在上海创办，目的是输入欧洲的新知识，了解当时的外部世界，以博通中外政治、艺学，阐发东西方政治大家、科学大家最新的学理。

④《俄事警闻》1904年至1905年创刊于上海，1904年2月26日改名《警钟日报》，1905年3月25日被查封。主要编辑者有蔡元培、汪允宗、刘师培等，主要撰稿人有刘师培、陶成章、林獬、陈去病、陈独秀、邹容等。

⑤ 女子复权会机关刊物，1907年创刊于日本东京，半月刊。何震主编，刘师培为编辑兼主要撰稿人。

⑥ 1908年创刊于日本东京，托名澳门出版。刘师培为编辑兼主要撰稿人。该刊案语均为刘师培所作。

# 沈仁培致刘师颖书札1通

容季先生大鉴：

来示敬悉，来薰阁铺掌为陈济川[①]。日昨往访未遇，得晤司账马君援，称该号存贮寄售书籍甚多，其手续费或按二成，或按三、四成计算不等。如按二成计算，只销北京市内。如将成头放宽，则该号在东北及日本均有交结多年之书店，可按二成利益转托代售。又称，北京方面经售者，最好限彼一家，多则售价参差，恐将影响销路也。又，第一次试办，如地点包括日本及东北，可先寄书五十部，由该号出给寄售收据，按旧历三节算账云云。尊意如何，敬请酌夺示复，以便转洽为盼。此致台祉。

弟沈仁培[②]拜启，六，七

① 陈连彬，字质卿，南宫县人，来薰阁主人。来薰阁于1912年开设，多板本书。“至二十年，质卿侄杭，字济川，继其业。按，来薰阁字号，在咸丰间有之，为陈质卿之祖伯叔开设，收售古琴。至光绪二十余年，租与他人，至民国元年，经质卿收回，故其匾额曰琴书处者，盖不忘旧也”。见孙殿起辑：《琉璃厂小志》，北京古籍出版社1982年版，第128页。

② 沈益三，刘师颖的中国银行同事。

# 柳诒徵致刘葆儒书札4通

## （一）

次羽仁弟伟鉴[①]：

久未把晤，辱承眷注，溯洄之思，彼此同之。承介绍何君[②]，拟从事山馆，高门世胄，自有凤毛；亟拟延接，增益疏陋。近甫得教厅来牍，区画经费，限制綦严。视前去两年，匪独不能增聘才俊，且将原有者削减，以故未能报命，尚希原亮为幸。沪宁咫尺，冀常通问。倘有机缘，邂逅相遇，畅谈别悰，尤所觊幸也。此复，即颂旅祉！

柳诒徵[③]顿首，中华民国廿三年八月三日

## （二）

次羽仁弟阁下：

荷复书并赐先德文集、墓志[④]，无任忭企。《青溪集》中诗文多有道及家叔祖宾叔[⑤]先

---

① 该信使用江苏省国学图书馆（馆址：南京龙蟠里）信笺，以毛笔行草书写，共9行。其中日期一行，“中华民国 年 月 日”系信笺固定格式，“廿三”、“八”、“三”为毛笔填写。

② 身份未详。从柳氏谓其“高门世胄，自有凤毛”可推知，何氏可能系何骈喜，即扬州壶园何莲舫的后人。

③ 柳诒徵（1880—1956），现代史学家、目录学家。字翼谋，晚号劬堂，又号盋山髯。江苏镇江人。1901年进南京江楚编译局。后在南京高等师范、东南大学文史部等任教。1927年任第四中山大学国学图书馆（南京图书馆前身）馆长。1941年任中央大学文学部研究生导师，中央研究院院士。新中国成立后为上海文物保管委员会委员。早年师承缪荃孙，精于目录学。任馆长时，主持编订《国学图书馆图书总目》30册，打破四书分类旧框，设经、史、子、集、志、丛、图7部，下析了85类832目，类分旧籍新书甚细，并采用互著、别裁法。重视文献整理，先后主持印行珍本秘籍，多地方文献与乡贤著作。一生著作甚富，有《中国版本概说》、《劬堂读书录》、《劬堂题跋》及《历代史略》、《国史要义》、《中国文化史》等。见赵国璋、潘树广主编：《文献学大辞典》，广陵书社2005年版，第722页。

④ 刘葆儒高祖刘文淇的《青溪旧屋文集》及家墓志。

⑤ 柳诒徵叔祖父柳兴恩（1797—1881），原名兴宗，字宾叔，又字润江，镇江丹徒人。柳兴恩早年受业于阮元，道光末年，曾在扬州阮元家担任家庭教师。作为镇江地区研究经学的杰出学者，柳兴恩学识渊博，初治《毛诗》，后专工《春秋穀梁传》，所著《穀梁大义述》，对《穀梁》的时日、礼制、异文、训诂、师说源流等，进行了全面探讨，因而被阮元称誉为“扶翼孤经”。柳兴恩还曾先后得到汤金钊、林则徐、曾国藩等的赏识。除《穀梁大义述》外，柳兴恩还著有《壹宿斋诗文集》、《毛诗注疏纠补》、《续王应麟诗地理考》、《群经异议》、《周易卦气补》、《尚书

生事[①]，尤为孔李通家[②]之要典。敬谨盥诵，什袭珍藏。墓铭文字亦皆可宝[③]。专此鸣谢，即颂旅祺。

诒徵顿首，中华民国廿三年八月十二日

## （三）

次羽仁弟足下：

前荷手书，嘱访令叔稿本之存于黄氏者，屡托友人多方询侦，竟不得要领。盖黄君秘其事，即其子婿门人亦皆得其心传，以隐讳它稿为能，故久而未报。又缘来札未著地址，倾始因吴君[④]催询而悉沪寓，幸勿以为罪也。另上寒家先德遗墨一册，内有宾叔先生手稿多种，其别号舍诗与《青溪集》参证[⑤]，谅世好所乐睹也。尊府所存《左传疏》[⑥]，似亦无须另写清稿，最好以原本影印。经师手泽，三世清芬[⑦]，使阅者如亲炙，似胜于雕版或排印也。管见敬闻，即颂近旅祉。

柳诒徵，廿五年九月八日

---

篇目考》、《说文校勘记》、《史记·汉书·南齐书校勘记》、《刘向年谱》、《说文解字校勘记》、《礼仪释宫考辨》、《虞氏逸象考》等，有20种之多。

① 刘、柳两家世交之事，最著名者莫过于几位扬州学派学者分注《十三经》旧注疏之事。道光八年（1828），刘文淇、刘宝楠、梅植之、包慎言、柳兴恩、陈立等同到南京应试，言及《十三经》旧注疏之不如人意处，尤其是对于唐宋旧疏意见颇多，遂商定各自新疏一经，其中刘宝楠任《论语》，柳兴恩任《榖梁》，陈立任《公羊》，而《左传》则属刘文淇。

② 该典故出自《世说新语·语言》篇：孔文举年十岁，随父到洛。时李元礼有盛名，为司隶校尉，诣门者皆俊才清称及中表亲戚乃通。文举至门，谓吏曰："我是李府君亲。"既通，前坐。元礼问："君与仆有何亲？"对曰："昔先君仲尼及君先人伯阳，有师资之尊，是仆与君奕世为通好也。"元礼及宾客莫不奇之。参见余嘉锡：《世说新语笺疏》，中华书局2011年3月版，第50页。

③ 这批刘氏"家（传）墓志"具体包括：琢斋公（即刘文淇父刘锡瑜）家传、孟瞻公（即刘文淇）墓志、伯山公（即刘文淇子刘毓松）墓志、汪太孺人（即刘毓崧妻）、黄太淑人（即刘毓崧继室黄秀贞）墓志、恭甫公（即刘毓崧长子刘寿曾）墓志、良甫公（即刘毓崧次子、刘师培生父刘贵曾）墓志、李太宜人（即刘寿曾妻李氏）墓志、李太孺人（即刘贵曾妻李氏）墓志、江室人（即刘毓崧三子刘富曾妻）墓志、张侯（即刘寿曾子刘师苍）墓志、申叔（即刘师培）墓志。

④ 吴遐伯，刘氏弟子。

⑤ 据《刘孟瞻先生年谱》：道光十一年（1831）秋，刘文淇与刘宝楠赴金陵应试不第，因赋《别号舍》诗以示刘宝楠，后又示诸其他友朋，刘宝楠、孙应科、柳兴宗诸友遂以诗唱和。

⑥ 青溪旧屋刘氏《春秋左氏传旧注疏证》。

⑦《春秋左氏传旧注疏证》历经刘文淇、刘毓崧、刘寿曾三代未竟。

苏州国学会所出《制言》[①]杂志，有令叔未刊稿，兄知之否？

## （四）

次羽老同学[②]惠鉴：

手教具悉。诒寓愚园路（亦名长宁路）兆丰公园对面，中国科学院内仪器工场107号，电车、汽车均通[③]。长日在家静摄（本星期五、六上午或外出，星期二或外出，下午多在寓），甚乐旧雨[④]之惠临。倘获晤谈，得闻先德鸿著之经过，尤所盼也。

尹石老[⑤]倾游吴门，昨与诒约，当以十八号（即下星期）邀君茶聚，届时当由梅先生[⑥]转达。此颂文祉。

柳诒徵顿首，十一月八日

---

①《制言》1935年9月创办于苏州，系国学大师章太炎“章氏国学讲习会”会刊，本为半月刊，出版至第47期时，以苏州沦陷而停刊一年多，1939年1月复刊于上海，改为月刊，主要刊登国学研究方面的学术成果。《制言》所刊刘师培遗著，即后来收入《刘申叔先生遗书》中的《礼经旧说》一文，刊登于《制言》第26、27期。

② 刘葆儒1910年6月毕业于南京高等师范学校商业专修科，而柳诒徵17岁考中秀才，后曾就读于三江师范学堂（南京高等师范学校前身），1914年2月又应聘为南京高等师范学校国文、历史教授。这当是柳诒徵称呼刘葆儒“老同学”的根源所在。

③ 据柳曾兴的回忆文章，1948年底，柳诒徵获准退休，1949年初离开南京，到上海居住，当时居于海防村，与子孙同住。1949年5月上海解放，柳诒徵被陈毅市长聘为上海市文物管理会委员，并移居长宁路中山公园（即兆丰公园）对面之中央研究院内，由于柳诒徵有原中央研究院院士衔，因此经茅以升先生与所长周仁商请之后，柳家又得以借住物理工场底楼东向的两间房子，亦即信中所说的“中国科学院内仪器工场107号”。至1952年7月，柳诒徵离开研究院，迁至南昌路。

④ 指老朋友。

⑤ 尹文（1888—1971），又名炎武，号石公、硕公，又号蒜山，而以“石公”名号行，江苏丹徒人。著名文史专家、收藏家。

⑥ 梅鹤孙（1894—1964），名鉽，字鹤孙，以字行。江苏扬州仙女庙（今江都区）人，先世系出安徽宣城。先后任职于南京交通银行、上海国华银行、中央银行总行业务局、中央信托局。1957年，任上海文史馆馆员，1964年去世于上海。梅鹤孙工诗词，善书法，精鉴赏。

# 陈中凡致刘葆儒书札1通

葆儒仁兄世先生大鉴：

倾由京返穗①，奉到前月杪大札，敬悉一是。尊先叔申叔师遗稿，客冬郑友渔先生一再函索，已于假旋时检寄北平宣外棉花上七条十一号郑寓，并得友渔函复②，照收无误，与尊旨不谋而合，足释厪注。至黄季刚先生处所藏之清稿③，即祈兄与令叔④直接去函索还，非弟等所能为力，尚希察之。此颂台安。

弟陈中凡⑤顿，三月十三日

---

① 1932年3月至7月，陈中凡赴广州办上海暨大临时分校，并在中山大学兼课。1934年至1935年上半年，在广州中山大学任教。

② 陈中凡精心保存近600通书札。《清晖山馆友声集》是从中精选111家共200件影印而成。查《友声集》未收录郑友渔来函。

③ 1936年冬，陈中凡写成《刘师培〈周礼古注集疏〉跋》一文，其中讲到1919年秋，刘师培临死前曾在北平家中谈起自己的一生治学，感慨良深地说："余平生述造，无虑数百卷。清末旅沪，为《国粹学报》撰稿，率意为文，说多未莹。民元以还，西入成都，北届北平，所至任教国学、纂辑讲稿外，精力所萃，实在《三礼》。既广征两汉经师之说，成《礼经旧说考略》四卷，又援据《五经异谊》所引古《周礼》说、古《左氏春秋》说及先郑、杜子春诸家之注，为《周礼古注集疏》四十卷，堪称信心之作。尝移写净本，交季刚制序待梓。世有论定予书者，斯其嚆矢矣。"（转引自万仕国：《刘师培年谱》，广陵书社2003年版，第275—276页）陈中凡所述"黄季刚先生处所藏之清稿"，即《礼经旧说考略》四卷、《周礼古注集疏》四十卷，堪称刘师培的"信心之作"。

④ 刘师颖。

⑤ 陈中凡（1888—1982），原名钟凡，字斠玄，号觉元。江苏盐城人，为文学家陈玉树之侄。中国古典文学家。博学洽闻，晚年侧重古代戏剧史研究。著有《古书读校法》、《中国文学批评史》等书，其中《中国文学批评史》是中国第一部文学批评史。梅鹤孙称陈中凡："绩学之士，追随最亲。己未年九月，舅氏在京病笃，钟凡日侍左右。"（见梅鹤孙著、梅英超整理《青溪旧屋仪征刘氏五世小记》，上海古籍出版社2004年版，第40页。）吴新雷等编纂陈中凡往来书信集《清晖山馆友声集》（凤凰出版社2001年版）收录刘师培致陈中凡书信3通。按，据《清晖山馆友声集附录》载，1919年，陈中凡共收"刘师培信五"（第647页）。而《友声集》仅录刘氏信三通。

# 成翊青致刘葆儒书札 1 通

次羽先生大鉴：

比岁以来，垂承慨允，担任敝会迻译工作，长才翊助，佩感实深。惟台端宏乐善之怀，宣昭义问，而敝会缺敬贤之礼，久抱歉忱。兹送奉衣料礼券壹佰元，藉丝纶经综之微，至黼黻文章之颂。至祈莞纳，勿却菲仪，是为至荷。专颂台安。

弟成静生再拜，中华民国廿九年叁月廿壹日

# 顾廷龙致刘葆儒书札1通

次羽先生阁下：

去年四月，承徐森玉[①]先生介绍，得识荆州，并获拜展先德遗稿，感幸无似，匆匆未能细读为恨。兹敝馆于客秋迁移来此，适与尊寓相邻，颇思一聆雅教，以匡不逮。星期日（二十日）上午十时，当趋前奉访，倘执事无暇，请指示时日为盼。专此，祇请道安。

顾廷龙[②]顿首，卅二年九月十九日

---

① 该信札使用的是“合众图书馆筹备处”的信札。合众图书馆系1939年顾廷龙与张元济、叶景葵等人在上海共同创办。信札显示，1941年4月，顾廷龙由徐森玉介绍，见到刘葆儒，并拜读了他所珍藏的青溪旧屋刘氏家稿。

② 顾廷龙（1904—1998），版本目录学家、书法家。号起潜。江苏苏州人。1931年毕业于上海持志大学，1932年毕业于北京燕京大学研究院国文系。先后担任哈佛燕京图书馆驻北京采访处主任，上海私立合众图书馆总干事（主持馆务），上海历史文献图书馆馆长，上海图书馆馆长，中国图书馆学会副理事长，国务院古籍整理规划小组顾问，文化部国家文物鉴定委员会委员，中共上海市委宣传部特邀研究员，华东师范大学、复旦大学兼职教授。解放以后，为抢救、保护、整理古代典籍做了大量工作，其中最有影响的是先后主持编纂的大型图书目录工具书《中国丛书综录》和《中国古籍善本书目》以及大型丛书《续修四库全书》。其主要著作有《吴愙先生年谱》、《古匋文孴录》、《章氏四当斋藏书书目》、《明代版本图录初编》（与潘景郑合著）等，另有论文多篇。见赵国璋、潘树广主编：《文献学大辞典》，广陵书社2005年版，第818页。按，在20世纪50年代，顾廷龙先生在一封写给科学院历史研究所的信中说：“刘稿（指《左疏》—整理者注）相传为文淇、毓崧、寿曾三代所作，管见以为第一卷外实为寿曾一人之笔。副本一部份系寿曾孙次羽（已故）所补钞。我在1940年曾见次羽，闻其所言，当时惜未细谈。”再次证实，顾刘两氏的交谊从20世纪40年代初即开始。见朱福炷著《仪征刘氏评传》，参见赵昌智主编《扬州学派人物评传》，广陵书社2007年版，第438页。

# 蒋太华致刘葆儒书札2通

（一）

［前缺］闻有孙思昉[①]者，北平人，任督办署秘书长，自云尝受教于申叔先生门下，惟于尊府累世著书，尚未能窥一二尔。附上二律，乃客冬病后戏作，以博一笑[②]。伯和、孝森诸君踪迹何如？尚请便示。专此，即请近祉。

兄蒋贞金[③]拜，六月十五日

（二）

次羽老弟惠鉴[④]：

前次永日之聚，快甚快甚！得信，诵悉一是。承询各节，兹分述如左方：

---

① 孙思昉曾著《墨学通论》，对墨家颇有研究。《章太炎书信集》（马勇编）收章太炎致孙思昉书信若干通。

② 该诗稿内容如下：

次羽老弟郢正敬乞赐和

庚午首夏 蒋贞金泰华甫呈稿

老骥用虞韵

猎猎西风塞草枯，霜蹄无力蹴征途。

解人也吝千金买，大敌曾凭一战躯。

终幸有身长报主，犹思生子尽为驹。

挥毫松雪多情甚，写入齐头伏枥图。

老妓用阳韵

绮年一过尚平康，一拨瑟琶一断肠。

闭户和衣寻旧梦，看人对镜试新妆。

从今啼笑都为罪，强作娇痴愈自伤。

欲驻朱颜灵药尽，青楼原不是仙乡。

③ 蒋贞金少时曾从仪征刘谦甫治经学，因而与刘师培为同学辈，且过从甚密，接受了革新思想，著《缜言》。刘师培病故后，蒋贞金特撰《通儒刘师培传》，详述其生平、学术与著作，惜不存。抗战期间，日本学者小泽文四郎来扬探访刘师培曾祖、经学家刘文淇遗迹，蒋贞金曾导其瞻仰青溪旧屋，并助其完成《刘孟瞻先生年谱》一书。

④ 刘师培病故后，钱玄同编《刘申叔遗书》时，听说蒋贞金藏有刘师培著作资料，特地写信给刘师培堂弟刘师颖，并列出书目，托他向蒋氏查询并抄寄给他。该信是蒋贞金对钱玄同来信的答复。

一、《驳太誓答问》仅见《国粹学报》第二期。鄙斋[1]亦仅存此册，实未完。惟民五北京出版之《中国学报》二至五册，载有寿县方勇所著《太誓答问评》，足备参考，以其首尾毕具，且有申公叙言也。

二、《周书略说》见《国粹学报》七十六期，共三页，恐未完。《佚周书补释》是单行本，我处仅有上册，吴遐伯[2]兄处或有全者。

三、《吕氏春秋校补》我处无。

四、《乡土志》有《江宁乡土历史》、《地理》各一册。又，《江苏乡土历史》一册，字数不多，可借抄。

五、《广文言说》忘却见于何书，但《中国学报》及《中古文学史》中均载有《文学》与《文笔诗笔词笔考》，足补阮说所未备。

六、《中国地理教科书》，我处共有二册。上册大势，下册为直隶、山东两省地志，可借抄。

兄回扬后，因琐事牵率，心绪恶劣万分，俟稍暇整理藏书，如有所获，再行奉阅。

老弟有夏间来扬之说，如返里，务望过我一倾所怀，借抄之书，亦以面交为宜。前赠（圣）约翰同事王欣夫君之《青溪旧屋集》，已交去，彼亦回赠其家所刊《铁桥金石跋》[3]一册，因临行忽忽，未及走奉，暂存我处，俟弟来扬面交。伯和曾来扬一次，与作湖上之游，目前恐尚在首都也。大暑燠热，起居珍摄，临楮不尽欲言。专复，即颂揖安。

小兄贞金拜启，七月十三日

钱玄同为疑古派健将，所著文字学、音篇则甚佳。

---

① 蒋贞金斋名万梅花馆。

② 青溪旧屋仪征刘氏弟子，扬州地方知名文化学者、教育工作者，1941 年 9 月 22 日去世，享年 61 岁。

③《铁桥漫稿》，清严可均撰。初刻于生前，为其手定，凡诗 2 卷，文 6 卷。道光十八年（1838）家刻本，13 卷，较初刻本增金石题跋 4 卷，时文 1 卷。光绪十一年（1885）长洲（今苏州）蒋氏心矩斋据初刻本重刻，线装 2 册。集中研究经史小学古书金石之作，学术价值较高。诗学汉魏，风格古奥。见赵国璋、潘树广主编：《文献学大辞典》，广陵书社 2005 年版，第 829 页。

# 李肇偁致刘葆儒书札 3 通

## （一）

表嫂大人[①]

次羽、子乔表侄台均鉴：

久未通函，时深驰系。近维绥增阃第，祐集禔躬，定符私颂。偁[②]以环境关系，上海大不易居，乃于去腊率内子及侄荫薇迁地济南，藉图生计，而荫莱仍留上海服务。去岁荫莱在上海完姻，适丹岩四弟夫妇俱来上海，他乡聚首，行将一年。顷接荫莱信，知于国历十月十三日（即旧历八月二十三日）晚八时后喜举一男，并请命名。侄接信后，业经拟名为家幹，字梓良，乳名沪生。因偁与丹岩四弟共祖，而偁居长房，惟乏亲生子女，尝于荫莱初生时即欲其承嗣长房，俾续大宗，并与根云[③]三先叔暨三叔母及丹岩四弟夫妇商得同意。是以偁对于荫莱为谋教养，代觅职业。今荫莱举子，应为长房长孙，且此子于偁为孙，于吾嫂为表侄孙，于次羽、子乔表侄台为从表侄矣。

偁为门户计，为长房大宗计，窃意此子当为一家之幹，故名家幹。又桢幹中以梓树为良材，故字梓良，以诞于上海，故乳名沪生。偁夫妇年力衰颓，得此以娱暮景，差可自慰。即尊处就近闻之，想亦代为欣快也，用特奉闻。再，次羽表侄台为偁代袁姓所购之书价洋四元，已托世界书局济南经理陈君连城汇申。大约此款到申，申人送至尊处。晤陈君业已言明，我已告知地址，当不致误。如款寄到时，即请示知（陈连城君前在上海世界书局办事，曾居寿品里，与尊处及偁同时为邻，不知次羽侄识之否？）为荷。耑此布达，即颂均安。

愚表小叔、愚表叔偁拜上白，十月廿二日

## （二）

次羽表侄台鉴：

前承惠顾，怅［长］谈甚快。自吾侄去后，次日晚间，左手即发肿痛，今始稍定。

---

① 刘葆儒母亲胡留元。

② 李肇偁，字元之，江都人，诸生。

③ 李汝甲（1858—1930），字根云。李祖望次子。素治小学，少通训诂，长从刘寿曾、刘贵曾游，学益进，逾冠补诸生。见林子雄点校：《刘寿曾集》，第 321 页。按，《刘寿曾集》称李肇偁为李汝甲之子，而从此信可知李肇偁为李汝甲之侄，当以此信为确。

刻尚未到馆，董逸沧[①]先生双寿诗，现已拟就，希裁酌，并请将写诗兰笺寄下，以便缴卷。写成后，仍请代交孝逸[②]兄为荷。今将和诗录稿于下：

双修人住双修阁[③]，修到长生即胜缘。

榆塞旧游如昨日[④]，菱湖雅集几经年[⑤]。

闲抄贝叶禅堪悦，妙悟樨香智正圆。

礼佛先呈新得句，维摩法喜总诗颠。

以上韵，尚误否？祈示知。此颂近祉。

愚表叔偁上，重阳日

（三）

次羽表侄男、瑟华表侄女均鉴：

质卿兄作古，愚撰赠一联，如尊处有人返扬，可否带去一送？如无人往扬，便当付邮。其对联如下：

永诀痛无穷，三娟能文，忍见令娴祭徐悱；梁书《刘孝绰传》：“令娴，孝绰第三妹。孝绰、三妹并有才学，令娴文尤清拔。适徐勉子悱。悱殁，作《祭夫文》。勉亦欲撰祭文，既睹此作，于是搁笔。娟，即‘妹’字。《祭夫文》有云：“如当此诀，永痛无穷。”

游仙诗遽赋，诸孤尚幼，那堪敬祖羡王乔。《文选》何敬祖《游仙诗》云：“羡昔王子乔，友道发伊络。迢递陵峻岳，连翩御飞鹤。抗迹遗万里，岂恋生民乐。”

此联另笺，有便人带扬否？所示知悉，颂祉。

愚表叔偁，四月二日

---

① 董玉书，字逸沧。

② 董肇夔（1896—1946），字小逸，更号孝逸，董玉书长子。

③ 1939 年，董玉书与其夫人皆 60 岁寿辰，故称“双修人”。

④ 董玉书历任江都县参议副议长，天长、霍丘县令，有政声。复出居庸关，至张家口，佐军治民，居塞垣近 10 年。

⑤ 1925 年董南下，游菱湖，与诗友联唱，有《菱湖题咏》。

# 厉鼎煃致刘葆儒书札1通

次羽先生道席：

顷承季洪[①]学长转下尊赐令先祖《传雅堂集》[②]，拜领之馀，曷胜欣感！君家五世传经[③]，海内推服。《青溪》[④]、《通义》[⑤]诸集既已风行，《左庵集》亦一再传刻，独《传雅》一编，得先生始为裒辑付镌，于是一门家学，渊源所自，愈表襮于世，何其盛也！往游大梁，获交川中蒙君文通君[⑥]，以煃[⑦]为扬人，亟询尊府近况及著述刊本，盖蒙君曾及令先阮申叔先生之门也[⑧]。洎谒章馀杭于吴下，馀杭阅申叔之编，人来改容礼敬。噫嘻休哉！此固不

---

① 胡季洪，曾任江苏省扬州中学教导主任。

② 刘葆儒祖父刘寿曾《传雅堂》稿本现藏中国科学院图书馆。有清光绪十四年（1888）南菁书院刊《皇清经解续编》本、清光绪十五年（1889）上海蜚英馆石印本、民国二十六年（1937）徐乃昌刊本。台湾"中央研究院"中国文哲研究所筹备处"清乾嘉扬州学派研究计划"研究成果，杨晋龙校订，林子雄点校，2001年出版，改名《刘寿曾集》。其中有84篇文，98题175首诗。从信札内容可推知，厉鼎煃所见《传雅堂集》，系徐乃昌铅印本。

③ 刘氏前后几世治《左疏》，享誉海内外，有"三世治一经"说，有"四世治一经"说，而厉鼎煃所说"五世传经"，应包括刘葆儒，无形中抬高了刘葆儒的学术地位，也算一家之言。

④ 刘文淇著。《青溪旧屋文集》十卷、诗一卷，清光绪九年（1883）刻本，师山高行笃署检，卷首有汪士铎序。

⑤ 刘毓崧著。先有刘氏光绪十一年（1885）家刻本，后有民国初年吴兴嘉业堂刻本等。按，民初，刘富曾旅居上海，在刘承幹求恕斋约10年，协助刘承幹作校勘藏书工作，曾助刘承幹校《宋会要》291卷、《续编》75卷。刘承幹则助其刊行《通义堂文集》。

⑥ 蒙文通（1894—1968），原名尔达，字文通，四川省盐亭县石牛庙乡人，早年毕业于四川存古学堂，曾从今文经学大师廖平、古文经学大师刘师培学习，而尤受廖平学术的影响，成名后又向近代佛学大师欧阳竟无问学，出经入史，转益多师，形成了自己贯通经、史、诸子，旁及佛道二藏、宋明理学的学术风格，成为20世纪少有的国学大师之一。主要著作有《古史甄微》、《辑校李荣老子注》、《辑校成玄英老子义疏》、《周秦少数民族研究》、《经学抉原》等。

⑦ 厉鼎煃，扬州人，知名的契丹学研究专家。20世纪30年代曾受扬州绅耆、贤达委托，赴苏州邀请章太炎襄赞即将成立的扬州国学专科学校。厉鼎煃在《章太炎先生访问记》（1936年4月《国风》第8卷第4期）有记载，当时章太炎正在苏州创办国学讲习会："近三十年，海内国学大师，北有吾乡刘申叔，南有余杭章太炎，服、郑同时，不是过也。""最近国府当局，推敬老之谊，致先生以万金。先生乃以受之国者，仍以报国，创国学讲习会于吴中。"就在这次会见中，章太炎与他谈到自己的老朋友刘师培。"即谒见先生，畅谈近二时许，绪论精湛，并仅会名征，先生出会案时，步履轻捷，惟气甚甚，盖患慢性支气管炎。沛然问曰：'曾见刘申师否？'拳拳故人之心，溢于言表。"扬州国学专科学校由扬州知名教育学者蒋太华等人创办。

⑧ 刘师培曾教授蒙文通《说文》，并对蒙氏学习予以首肯。据蒙文通的弟弟回忆："（蒙文通）1911

可力强而致也。令先曾祖《诸子通义》稿，为某君窃取刊行，浪得时誉，令人不胜其愤忿。今幸令叔容季先生佐校《左庵全集》于北，而先生复辑印先德遗著于南[①]，由是君家之学乃大昌于时，此亦乡邦之光也。

惟窃有不能已于言者。《左疏》一稿举世瞩目，殷切至矣，闻珍藏尊处，此书虽纂录未竟，要为名世不朽之作。昔汪容甫《广陵通典》，亦未竟其业，而顾千里[②]校刻之；章馀杭《春秋左传读》，少作不自慊者也，其门人亦付排印。《左疏》讫于襄公四年，何尝不可校印问世？此所望于先生者一也。令先考张侯[③]先生有高明兼沈潜之誉，使天假之年，其学术之造诣必凌驾申叔先生而上之。经笥所庋，必有遗文，倘更继《传雅》之后付之剞劂，则吉光片羽莫非可珍，此所望于先生者二也。《诸子通谟》而外，群经、群史、词章三种并有定稿，倘并付铅椠，且以《诸子》原稿同时印布，庶郭象《庄注》而外，别传向秀真本，亦可以袪俗蔽而褫奸魄，此所望于先生者三也。

举世滔滔，中原云扰，及此不图，时不我与。先生达人，倘不鄙弃而审择之者。至于刻工、纸费、校勘之劳，熣不敏，请率学会同人，为先生效绵薄之力。敬请绛安。

弟子厉鼎熣百拜，元月七日

---

年入存古学堂（辛亥革命后改名‘四川国学院’），受业于井盐廖季平及仪征刘申叔，时闻廖、刘两先生纠驳汉宋学之误失，乃幡然知学问之非易事，遂潜心从两先生学。时刘氏授《说文》，尝以‘大徐本会意之字，段本据他本改为形声，试条考其得失’为课，先生答卷三千余言。刘氏于卷首批云：‘精熟许书，于段、徐得失融会贯通，区别体例，既昭且明，按语简约，尤合著作之体。’”见龚谨叔《蒙文通先生传略》，第185页；蒙季甫《文通先兄论经学》，第59页。

① 指《传雅堂》1937年徐乃昌刊本。

② 顾广圻（1766—1835），清著名校勘学家。字千里，号涧宾（亦作涧频），别号无闷子，一云散人，自号思适居士，盖取自北魏北齐时邢邵（子才）语云：“日思误书，更是一适。”江苏元和（今吴县）人。乾隆六十年（1795）补县学生员。喜藏书，定名思适斋。博览四部，淹通经史、小学、天文、数学、地理之学，尤精于校勘，与卢文弨齐名。嘉庆年间，与徐养原、洪震煊、臧庸、严杰、李锐等为阮元校勘《十三经》，辑成《十三经注疏附校勘记》。因阮元之荐，入“全唐文局”，校勘《全唐文》。当时黄丕烈、孙星衍、胡克家、张敦仁等所刻书，多由他精校，并写成札记附于书后。其最著名者如黄刻《国语》、《国策》，孙刻《说文解字》、《唐律疏义》，张刻《礼记》，胡刻《资治通鉴》、《文选》等，皆出其手。他总结一生校书经验，有许多宝贵见解，并概括为四句话：“惟无自欺，亦无书欺。存其真面，以传来兹。”受到学术界的重视。著有《说文考异》5卷附《附录》、《辨疑》各1卷及《释名略例》1篇。自辑所撰序跋，编为《思适斋集》18卷等。王大隆1935年辑录其散见于各书之题记，刊《思适斋书跋》4卷。见赵国璋、潘树广主编：《文献学大辞典》，广陵书社2005年版，第817—818页。

③ 刘葆儒父亲刘师苍，刘师培堂兄，刘师培年少时曾随他问学，著有《国语注补辑》、《元代帝王世系表》数种，皆未卒业。

# 刘承幹致刘葆儒书札 1 通

敬启者：

接奉惠书，敬悉壹是。《通义堂集》[①]敝处业已赠罄，且俟续印时再行奉上，以慰足下惓惓之意。至丁君益甫著述，由浙江图书馆出版，敝处所刊只有《水经注正误》一种，现在此书亦无馀存，无可检奉。丁君系杭州人，曾官象山教谕，并非甬人也。足下想常在沪，台篆未蒙见示，故未列诸简首。令弟崇儒，是否号次羽[②]？又尊称过谦，非所敢承，以后幸勿再施。专此奉复，敬颂台安。

弟刘承幹[③]顿首，八月十五日即七月初二日

---

① 民国九年（1920）南陵刘氏求恕斋刻，封面与扉页上有“真州陈重庆题签，戊午仲秋朱益藩署”，前有汪士铎、李详叙。

② 此信应是刘承幹首次与刘葆儒通信。因“台篆未蒙见示”，故信开头为“敬启者”，且不清楚刘葆儒与其弟崇儒的“字号”。刘崇儒，字子乔。

③ 刘承幹（1881—1963），现代著名藏书家、刻书家。字贞一，号翰怡。浙江上虞人，后迁居湖州南浔镇。锦藻子。曾任清候补内务府卿。家殷富，嗜藏书。购得卢文弨抱经堂、莫友芝影山草堂、朱氏结一庐、丁日昌持静斋、缪氏东仓书库等散出旧藏。藏书达 60 余万卷，为近代私家藏书之冠，在近现代文化史上占有重要地位。藏书处名嘉业堂。所藏宋元本及抄校本 2160 余种。尤富藏明刻本及地方志。曾请缪荃孙编纂《嘉业堂藏书志》、董康编纂《嘉业堂藏书续志》、《嘉业堂藏目录》等 12 册等，已佚。今存有《嘉业堂藏明善本书目》、《嘉业堂书目》、《嘉业堂藏书楼抄本书目》4 卷、《嘉业堂刊行书籍目》1 卷等。刊有《嘉业堂丛书》56 种、《吴兴丛书》64 种、《求恕斋丛书》30 种、《留余草堂丛书》10 种等共计 177 种。著有《周易正义》、《尚书正义》、《毛诗正义》、《云溪友议》诸书之校勘记。藏书今分藏于浙江图书馆、国家图书馆、台湾“中央图书馆”等数处。见赵国璋、潘树广主编：《文献学大辞典》，广陵书社 2005 年版，第 467 页。

# 舒新城致刘葆儒书札 4 通

## （一）

敬启者：

大作《广告学》现已出版。兹送上样书伍部，请詧收，并乞重阅一次。书中如有排印上之错误，请即见告，便重版时改正。此致刘葆儒先生谨启。附奉特优待券一币。

中华书局编辑所总编辑部，中华民国廿一年八月廿贰日发[①]

## （二）

葆儒先生：

惠书敬悉，《广告学》赠书二十册及优待券一币已荷詧收，至慰。承附下勘误表八纸，业经收到，已交主管，部分俟再版时更正。知念特后，即颂筹祺。

中华书局编辑所总编辑部，十月四日

## （三）

葆儒先生[②]：

复书敬悉。查大著《广告学》本可出版，因其中插图甚多，制版极费时日[③]。现各图制就，全书亦已校过二次。一俟校定，即可付印。承念谨复，即颂台祺。

弟舒新城[④]上

---

① 该信发信人是中华书局编辑所总编辑部，并钤有蓝色印章。此札交待了刘葆儒《广告学》真正出版面世的时间为 1932 年 8 月前，具体说来，就是 1931 年 3 月至 1932 年 8 月，而非一般教科书所称的“1930 年”。《广告学》“编辑大意”落款“民国十九年四月编者识”。许多人误认为它就是刘葆儒出版《广告学》的时间。其实，1930 年应系刘葆儒《广告学》定稿交中华书局付印时间，但该书“因其中插图甚多，制版极费时日”等缘故，当年并未出版。

② 此通信札没署时间，从 4 信时间顺序上看应最早，使用“中华书局启事笺”（以下三通皆同）。信笺上标明当时中华书局总厂在上海静安寺路哈同路口，信笺编号为一一二号。发信人是舒新城。

③ 刘葆儒译著《广告学》，共制图版 42 幅，既有简单的线条广告插图，也有较为复杂的广告图画插图。这种图文并茂的表述方式，反映出刘葆儒很注意讲求直观效果。而以当时的印刷条件，一本 120 多页的书，就有 42 幅图版，出版过程当然要费时耗力了。

④ 舒新城（1893—1960），湖南溆浦人。著名教育家、出版家。1930 年 1 月起，任中华书局编辑

（四）

葆儒先生：

尊译《广告学》稿[①]，其中举例用之广告式样，今按照正文说明之各点，换用本书局之各种广告数处[②]，相应通知，乞詧照为荷。专此，敬颂时绥。

弟舒新城上，中华民国贰拾年贰月廿三日

所所长，兼图书馆馆长。《辞海》主编。著有《近代中国留学史》、《教育通论》、《道尔顿制研究集》、《近代中国教育思想史》等书。

① 不少介绍广告学发展史的文章，称《广告学》系刘葆儒所著。其实，此信明白交待《广告学》是刘葆儒的译作。这一点，作者书前"编辑大意"也说得很清楚："本书的编辑，全据好令威士（Harry L.Hollingworth）所著的《广告学》。旁采例证。"即《广告学》为好令威士作品的译著，在翻译过程中刘葆儒也试举中国的广告实例加以说明。

② 据笔者统计，《广告学》书中直接使用"中华书局经售"、"中华书局监制"的广告式样插图4处。

# 汪东致刘葆儒书札 1 通

葆儒先生大鉴：

适奉手书，备［悉］一一。令叔申叔遗著大半散佚，良用浩叹。惟黄季刚[①]先生保存数种，以季刚生前什袭庋藏，东向未寓目。季刚作古，当由其哲嗣念田世兄保存。如有询问，请径函南京蓝家庄九华村九号黄念田君为荷。专复，敬颂著祺。

汪东[②]谨顿，五月四日

① 黄侃（1886—1935），初名乔鼐，后更名乔馨，最后改为侃，字季刚，又字季子，晚年自号量守居士，湖北省蕲春县人。1886 年生于成都。1905 年留学日本，在东京师事章太炎，受小学、经学，为章氏门下大弟子。曾在北京大学、中央大学、金陵大学等任教授。人称他与章太炎、刘师培为"国学大师"。主要著作有《黄季刚先生遗嘱专号》（中央大学《文艺丛刊》1936 年第 2 卷第 2 期）、《黄侃论学杂著》（中华书局上海编辑所，1964）、《集韵声类表》（上海开明书店，1937）、《日知录校记》（中央大学出版组，1933）等。

② 汪东（1890—1963），原名东宝，字叔初，后改字旭初，号宁庵，另号寄生、梦秋，又署寄安。江苏吴县人。中国教育家、文学家、学者、政治人物。早年追随孙中山先生，从事反对帝制、宣传民主革命活动，参加过辛亥革命。曾任《大共和日报》总编辑、中央大学文学院院长等职。曾为《刘申叔先生遗书》作序。

# 王欣夫致刘葆儒书札2通

## （一）

次羽先生阁下：

仆束发治经，读《左传旧疏考正》、《通义堂集》，窃私淑君家四世之学，巍然为江淮一代名儒，当与汉夏侯、欧阳[①]比盛。十余年前，在吴兴刘丈翰怡筵次，得接诚甫先生。彼时，以童冠偶座，未获深谈，而钦钦之心固无时不在怀也[②]。顷从蒋太华先生知足下好古力学，勤勤以先世著述辑录传播为职志，益叹青溪旧屋遗泽之远，信乎明德之有后也。

窃念《左传旧注疏证》一书，久为海内学者所切望，相传至襄公四年，其后不知续有所成否？而遗稿或传已佚，若斯言而信也，则天球河图[③]之至宝将永付沦没；倘所传之过也，得贤子孙维护而续成之，上也。即不然，将残稿整理排比，以飨海内学者，亦善承先志之□者已。昔高邮王文简公续成《广雅疏证》，而惠氏定宇于《周易述》，亦有待于江氏之续补，皆其先例之可循者也。足下其有意乎？

伯山先生之遗著未刊者几种？恭甫先生文集闻已付印，其他说经之书，将继是而传世欤？申叔先生遗书散见颇多，汇而刊之，亦贤者之责也。仆于经义训诂之学，夙喜研寻。而于先儒著述校理刊传，引为己责。闻足下家世传经，且亦有志于斯，所谓空谷足音者非耶？倘许登堂发箧，一窥帐秘，固平生之大愿也。

---

① “夏侯”指夏侯胜、夏侯建，两人皆为著名西汉学者，分别为今文尚书学“大、小夏侯学”的开创者。“欧阳”系西汉欧阳家族。欧阳生名容，字和伯，西汉千乘人，曾从伏生学今文《尚书》，为博士。他的后代也多出学者，其曾孙孙高、高孙地余均为博士，世代以研究《尚书》为特长，因此《尚书》世有欧阳氏学。

② 按，王欣夫在这里有一个记忆的误差，他在刘承幹处所认识的是刘富曾而非刘显曾。刘富曾诚朴孝友，悦亲养志，不慕名利。民初，刘富曾旅居上海，在刘承幹求恕斋约10年，协助刘承幹作校勘藏书工作，刘承幹则助其刊行刘毓崧《通义堂文集》。汤中《宋会要研究》叙述刘富曾厘订徐松辑本《宋汇要》之经过云：“刘氏既得徐松本《宋汇要》，因延仪征刘富曾从事编次……自民国四年迄民国十三年，前后十载。”见《宋会要研究》，台湾“商务印书馆”1972年版，第57页。

③ 河图，汉纬书。附会经说，宣扬符箓、瑞应、预言之书。《隋志》著录20卷，《河图·龙文》1卷。后散佚。今仅存明孙瑴、清黄奭、清殷正元、乔松年等人辑本。有帝系谱、括地象、始开图、挺佐辅、稽耀钩、帝览禧、握矩记、玉版、龙鱼河图等38篇。有《古微书》本、《墨海金壶》本、《守山阁丛书》本等。《丛书集成》本最通行。见赵国璋、潘树广主编：《文献学大辞典》，广陵书社2005年版，第680页。

谨贡微忱，至希惠教。专此，顺颂秋祺！

弟王（制）大隆[①]顿首

（二）

次羽先生大鉴：

兹邮赠《嵇愆集》一部二册，乞哂纳。泰华先生近在何处，请将通信处诏知。近编《端陶斋古玉图》中，有引申叔先生《玉晷考》二篇，查《左盦集》[②]未载，致无从补录，不知尊辑本有其文否？又，恭甫先生文集闻久已编定付印，不知何日出版，渴望早日得读。顷与友人集资刊印先哲遗书，印有《缘起》，附奉一纸。其已出甲戌、乙亥两编[③]，三马路来青阁书坊当有存书，可访购也。此颂大安。

弟王欣夫顿首，五月五日

---

① 王大隆（1901—1966），学者、藏书家。字欣夫。原籍浙江秀水，后迁苏州。复旦大学教授。家世藏书，父祖珣（字次欧）富藏书，有宋元珍本30余种，以宋本《陶渊明集》最著名，后归张之洞。其他亦多有流散。大隆增藏名家钞本、校本1000余种。因藏一端砚有二十八眼，似星罗天宇，即名藏书处为二十八宿砚斋。善刻书。所著《文献学讲义》以目录、版本、校雠三编分述文献学体系。撰有《思礼斋书跋》、《蛾术轩箧存善本书录》。增补叶昌炽《藏书纪事诗》。编校有《黄顾遗书》、《荛圃藏书题识续录》4卷、《许庼学林》、《四库全书总目提要补正》（胡玉缙同辑）。卒后，其藏书由亲属售归复旦大学图书馆。见赵国璋、潘树广主编：《文献学大辞典》，广陵书社2005年版，第120页。

② 1910年（宣统二年）2月，由两江总督端方署检的刘师培《左盦集》（八卷）出版。1928年，北京隆福寺街修绠堂书店曾据此本翻刻。由邵瑞彭、尹炎武主其事，前有张伯英序。以上为《左盦集》的初版与再版，不知王欣夫所见是哪一个版本？王欣夫知道刘葆儒等人正在协助钱玄同、郑裕孚等人出版《刘申叔先生遗书》，因而提醒刘氏，《玉晷考》二篇文章可以补入刘申叔遗书集中。

③ 王欣夫等人这份征求出版《丙子丛编》的《缘起》应该写于1936年。此前的1934、1935年，他们分别出版了《甲戌丛编》、《乙亥丛编》两集，收书三十余种，大都为秘籍孤本，并为知识界人士所称赞。如《甲戌丛编》收录了《群经冠服图考》三卷、《颜氏家训科记》一卷、《客越志》二卷、《东湖乘》二卷等10部作品。《乙亥丛编》收录了《郑易马氏学》一卷、《倭情考略》一卷、《音匏随笔》一卷等16部作品。至1941年，社会动荡不安，环境十分恶劣，王欣夫等人克服重重困难，又分别出版了《丙子丛编》（1936年）、《丁丑丛编》（1937年）、《戊寅丛编》（1938年）、《己卯丛编》（1939年）、《庚辰丛编》（1940年）、《辛巳丛编》（1941年），八辑丛编收书70余种，保存了一批流传稀少的文献资料，为中华传统文化的薪火相传、发扬光大作出了重要贡献。

# 刘葆儒致王欣夫书札1通

欣夫前辈先生大人赐鉴：

昔从太华师，沃闻钜范，心仪至今。前新印《青溪旧屋集》，曾由太华师转呈，顷读手教，勖勉有加，环诵再四，私衷感激，莫知所酬。葆儒幼感孤露，长苦饿驱，于先世之业，有志□求，未遑绍述。承蒙奖饰，惟增惨悚。《左传旧注疏证》一书，草创于先高祖，先曾祖继之，未果卒业。至先祖慨然以继志，述事为任，惜至襄公四年，竟成绝笔。先君早世（逝），申叔先叔虽有志而未有所成。葆儒学殖荒落，力与心违。惟先人手泽，则维护之责，未敢旁贷。年前重印《青溪旧屋集》，继即整理先祖《传雅堂集》，顷以蒇事，正在刊行。至先高祖遗著未刊者，即《读书随笔》等，散见书首，尚待整理。先曾祖及先祖除诗文集外，亦当分□，致力《左疏》最勤。其他多系治《左疏》时旁推交通发明古谊者，惟屡草以未竟者为多。先叔遗著，顷已由南佩兰、郑友渔、钱玄同诸先生校印，亦拟于刊行后，续印《左疏》遗稿。葆儒于心感之余，系亦拟次第整理先著，排比成书，将来就正有道之处，必具甚□也。专肃奉复，即请崇安。

后学刘[1]顿首谨启，九月廿二日

① 该信系刘葆儒致王欣夫信札底稿，故有些字潦草难辨。

# 吴遐伯致刘葆儒书札 1 通

次羽仁世弟左右：

惠书久未报，歉仄无似。近想起居曼福，定如私颂。柳贡禾[①]兄前为叶氏代求尊府先世遗像，近闻既得，已不复请[②]。垂询各节，柳复函定。申世叔遗稿，闻张重威已在旧京[③]付刊，黄季刚所藏部分，重威未得。汪旭初本与柳世交，因近无往还，柳已函托该院教授陈仲子代询。翼谋先生仍在盋山馆，近赴青岛。柳函询四侄事，得复书，云尊函未写清上海地址，故未复，顷已为转告，想不久可得复。柳又云，夙闻陈斠玄处亦有申世叔遗稿，不审尊处曾索得否？[④]柳近在建设厅服务（住镇江堰头街二四六号），于师门颇多泫念，转询事如得复，当再奉报。舍弟近仍在仪征县立初级中学，校址在十二圩。专复。即请秋安，附叩师母大人崇安。

小仲吴（制）锡铃[⑤]再拜，八，二一

---

① 柳肇嘉，字贡禾，是国学大师柳诒徵的同族与弟子，也是民国时期知名的文化学者，曾辑《江苏人文地理》（1930 年大东书局排印本），并与柳诒徵、柳锡铃合辑《丹徒柳氏先德遗墨》。著有《清道人传》，述清末民国名人李瑞清之事。柳贡禾工画能词，蕴藉严雅、词韵清蔚，颇得行家激赏。1936 年 8 月 21 日吴遐伯写此信时，柳贡禾正在江苏省建设厅（地址在镇江）工作。

② 从书信可知，郑裕孚在向刘师颖征求刘师培遗稿之时，还征求刘氏遗像："尊处如有存稿及申叔遗像，赐请见惠，交由张君重威收转，不致遗失也。"同时，吴锡铃信中也称："柳贡禾兄前为叶氏代求尊府先世遗像，近闻既得，已不复请。"不过，据笔者考证，这两通书信中的"遗像"用途不同。前者主要是为《刘申叔先生遗书》配图。所用的申叔照片，摄于 1905 年（光绪三十一年），刘师培时年 22 岁，原为集体照，改制为单人照。而吴遐伯所说的"前为叶氏代求尊府先世遗像"中的"叶氏"，即叶恭绰（1881—1968），字裕甫（玉甫、玉虎、玉父），又字誉虎，号遐庵，晚年别署矩园，室名"宣室"，收藏家、政治活动家。此时，叶恭绰拟出版《清代学者画像》第二集，他与柳肇嘉系同学关系，因此，叶恭绰便请柳肇嘉向刘氏后人"代求尊府先世遗像"。柳肇嘉也乐于助人，他曾在《致陈垣》一信中称："曾搜得钱谦益归庄造像寄赠叶誉老为像传，难得之料。"《清代学者画像》首倡于叶恭绰祖父叶衍兰，收 169 位学者画像 171 幅，像后皆有小传。从吴锡铃的信中可知，叶氏得到刘师培及其伯父刘寿曾的画像。

③ 北京。

④ 陈斠玄为刘师培去世前最为依赖的弟子，刘师培生前的最后日子就是由其陪伴走过，因此刘师培在临终前向其托以后事，并将部分书稿交由其处理，当属可能。另据姚柯夫所编《陈中凡年谱》，早在 1927 年，陈氏曾接到河南中山大学李翘教授来函，为征集刘师培文稿事，向其询问有关事宜。见姚柯夫：《陈中凡年谱》，北京图书馆出版社 1989 年版，第 23 页。

⑤ 吴遐伯（1881—1941），名锡铃，别号远，以字行。仪征新城人。少读经史古文。21 岁拜刘师苍为师，4 年间撰成《诗经》、《左传》文稿百余篇。师苍去世后，继师刘师培，遵师嘱，入两

# 郑裕孚致刘葆儒书札2通

## （一）

次羽仁兄如晤：

走谒未晤，因接洽谈印书事，必须一见。请台驾于明晚八时后，在府稍候，弟当再来也。《左传》如在手边，检出明晚阅谈更好①。特颂台祇。

郑裕孚拜启，十五

## （二）

次羽仁兄惠鉴：

沪滨小住，畅挹清芬，前招饮之殷奉，抚私衷而增感。别后安抵首都，酬应繁作。《左传注疏》手稿，鄙意可先由鸿宝斋印出一张（二开本），惠赐三五份，以便分送南公诸人商量一切，想尊意当以为然也②。手此，敬颂时祉。

---

江优级师范农博科。毕业后留两江师范附中任教。辛亥革命后返扬任教。先后在淮扬一中学、省立第八中学、扬州中学任教。抗日战争期间避居农村，患重病，逝世前一再告诫后辈毋忘民族大义。见王澄主编：《扬州历史人物辞典》，江苏古籍出版社2001年版，第424页。

① 关于16日郑裕孚与刘葆儒商讨出版《左传注疏》之事，由于缺乏资料，笔者不得而知。但扬州尚存一张A4纸大小的便笺，上面写有几行钢笔字：“一、印书部数多少不拘；二、影印铅印均可；三、铅印时墨迹稿须抄过，不能污损；四、墨迹稿及抄稿均须有人负责保存，印后归还，不得遗失；五、在京、平、沪印均可；六、印成后赠书　部；七、稿件由南先生付印或由他人刊印均可。”据推测，这张便笺可能是刘葆儒事先写在纸上，用来与郑裕孚谈话的纲要，属于双方对各种事项的约定。从其所涵盖的各个方面看，双方存在着诸多有待协商解决的问题，例如是影印还是铅印、印书地点选在哪里、印书部数多少等等。

②《左传注疏》筹划颇有时日，但由于种种原因最终没有出版。刘葆儒生前对此事作了总结：“前此，宁武南佩兰桂馨先生以与先三叔有雅，故于刊印《左庵丛书》后，为先四叔容季公言，拟请当代经师补注，俾《左疏》可成完璧，至已成部份，或排印，或木刻，或石印，以广流传。后托郑友渔裕孚先生经纪其事。郑先生旋与葆儒数度商洽，为免舛错及省校对手续计，主张影印墨迹稿，不全部份则配以手抄稿。故除向百宋铸字印刷局（该局曾受葆儒之托，排印先祖《传雅堂集》）取得排印估价外，再度向鸿宝斋书局取得影印估价单及样张数份。当时，葆儒与郑先生约，影印部数不拘多少，墨迹稿须保持整洁。后经张重威先生与南先生接洽，允为刊行，板权仍属刘姓。当时南先生意至厚，且有钱、黎、郑诸先生相助为理，惜计划未及实现。私意《左疏》稿性属文物，总期其能流布，俾治斯学者大多数人可收参考之益。由当代经师续成未竟之业，自属上策，而原《疏》欲期其不致澌灭，影印不失为一办法。南氏计划如能实现

弟郑裕孚拜启，二月廿日

玉音请寄延龄巷清秘阁转交。

于今日，则感且不朽者，当不限刘氏子孙也！”按，刘葆儒关于《左疏》出版一事的这份总结，原件系用铅笔在宣纸上写成，至今仍保存在扬州。可惜其相关内容虽完整无缺，但前后都没有对这件材料的任何说明，也没有具体写作时间。但从内容推测，这份总结是写于抗日战争胜利之后，故而内中称卒于1944年的刘师颖为“先四叔”，而刘葆儒本人卒于1952年秋，因此这份总结是写于1945年抗战胜利后至1952年秋之间。

南桂馨在1962年说：“日伪统治时，（刘师颖）在津曾与余约，于光复后，将其家三世所撰《春秋左氏传旧注疏证》原稿影印行世。其密赴重庆时，临行叮咛再三，不幸道出西安，遽然作古。余亦病发，未能如愿。”这是目前所见有关《左疏》未能刊行之原因的唯一说明材料，但也只是78岁老人的晚年回忆，6年后南即去世。如果此说属实，则日本帝国主义发动的全面侵华战争就是《左疏》未能刊行的最直接的首要原因。南语见梅鹤孙著《青溪旧屋仪征刘氏五世小记》之南《序》，上海古籍出版社2004年版，第5页。

# 秦更年致刘葆儒书札3通

## （一）

次羽贤弟鉴：

前书未覆，满口春假，过沪可得一快谈。不预弟有雁荡之游，又成相左也。回杭后，得上月抄书，知不久将来湖上，不胜喜跃。雁荡之胜，书称“二灵”。然灵峰阴后，如覆旧观，形胜之所盘结。惟在灵峰，论其幽深，的是神仙窟宅。但案山太近，稍嫌狭隘；次则“显胜门”西石梁，皆可云奥区。若大龙湫左右，虽映带之势，一览无余。譬之于文，惟口要肆，而失之浅露。窃所不取。要之，雁山以崖障胜，“二灵”之间，颇足流连，初不在有名无名也。余见如此，不知弟以为何如？秦近于赤山埠，购地两三亩，有水一方，有石一丘，来年构小屋数椽，略植花木，亦足以送老矣。便覆。即祝堂上万福长寿。

秦[1]顿首，四月十日

## （二）

次羽贤弟如见：

---

① 秦更年（1885—1956），原名秦松云，字曼青、曼卿，号婴闾，别号东轩、婴闇居士，江苏扬州人，居大流芳旁。清末民国间诗人、学者、藏书家、出版编辑家、书画家。在扬州曾参加冶春后社。秦更年生平足迹遍天下，曾任广州大清银行、长沙矿业银行、中国银行文书主任及上海中南银行总行文书主任、总务课长等职。中年寓居湖南长沙，得从叶奂彬游，遂精版本目录学。晚年居于上海，曾在金融界供职多年，与张元济、陈叔通、王秋湄、傅雷、陈乃乾等人友善，自称“余性嗜书，兼喜文翰，册尾书头，朱墨狼藉”。其子秦曙声记其“于学无不窥，于书无不蓄，自经史百家以及稗说，亦无不藏度而掌录之也，其所笃好尤以流略版本、金石目录为最”。得钱即入书肆，三十年间，共得万余卷。其藏书处为“学福寿斋”、“寿石斋”等。凡名人旧藏，有其批校、题记者，虽断编残卷，也把它当作宝贝。他所作诸书的跋尾，同好每传录之。目录学题跋之作有《婴闾题跋》、《婴闾书跋》，其《婴闾题跋》4卷，凡300余篇，记载名家收藏版本源流甚详。所考订皆称精审。所刻书有“善本”之目。精于诗词和篆刻，笃志于藏书和字画，其收藏古书和碑帖、钱币，颇具规模，佳品颇多。藏书印有“秦曼青”、“婴闾秦氏藏书”、“曾在秦婴闾处”等。刘介春曾在《扬州艺坛点将录》为他作诗一首：争夸三绝少年时，蠹人牙笺老未疲。扢雅阐幽高义在，雕刊何止雪溪诗。所仿刻宋本，其纸、墨、刀法和刻工，几可乱真。著有《汉延熹西岳华山庙碑续考》、《婴闾杂著》、《婴闾诗存》等。见李玉安、黄正雨编著：《中国藏书家通典》，中国国际文化出版社2005年版，第872页。

此信不知能否寄沪？又不知信到弟在沪否？如竟荷詧，尚望带覆也。

秦于十一月中旬，离杭到严后，以严城时有警报，乃又迁居西乡山中，即今所住地。倏忽数月，资斧垂罄，秦原有小款存在杭州大陆银行（该行原在之江设有办事处。后并入城行办理）。杭州不守，该行即不知迁移何处？或传杭款，可在沪上总行提取，不知确否？尚乞弟代向总行，探一切实消息。即速赐覆。如不可提取，或令儿辈绕道温甬到沪一行也。

之江有在沪开学之说，秦与主事者意见相左，久有去志。今既脱离，岂肯复入圈套。此间颇有溪山之胜，又荷天眷，免于兵祸。则即终老于此，为乡农以没世矣。王会撰[①]（名建范），弟所识也，去年九月中有一信来，住成都二七七号，其事务所在四川路近爱多亚路路口某大楼中（其名已忘之也）。弟便中过该处，希一访之，询其景况见复。回忆数年前与弟等在沪盘桓，宴笑之乐，乐不复得！《金刚经》所云，一切有为法，如露亦如电，如梦幻泡影，真不诬也。书不一一。

秦启，二月十八日

赐复请寄下涯埠转滕村唐南寿先生处转交不误。便颂近安，伫候回复。

## （三）

次羽贤契：

十一月十七日手书，展转递到，承念，甚感且慰。秦于七年[②]六月离浙来湘，初拟住岳阳。后以岳当湘鄂孔道，非善地，乃转回长沙，停二十余日，即在衡山之阴，就友人周君旧屋暂止。经秋徂冬，长沙有火之厄，湘潭、衡山一时震动。会安化蓝田师院来书见招，乃于十二月中旬冒雨遵陆此候，已逾月矣。老妻小女则去岁二月中即偕女婿王子慧，赴粤之揭阳棉湖，至今尚在该处。长子夫妇刻在桂林青阳，云将转黔入川，但不知究能成行否？惟次子相随在此就读。世事变化，谁曰意外，实亦意中。《中庸》曰：“素患难，行乎患难。”惟安之而已，他何说哉？大陆款过长沙时已取出。王建范久无信，甚念其人。记其在四川路有一律师办事处（近爱多路一大厦，仿佛是卅三号），便中乞一探。见覆。书不尽意，惟珍重。

秦手沏，一月廿一日

覆书即案湖南蓝田李园，不要写安化益阳蓝田。走安化一百二十里。蓝田邮伯由湘潭来，若转安化反耽搁矣。又及。

---

① 宁波人，律师。

② 疑作“廿七年”。

# 林尹亭致刘葆儒书札4通

## （一）

次羽大哥赐鉴：

久疏函候，念与日增，每于黄府探询舅母病况，得悉尚未就愈。日来情况如何，甚以为念。弟运蹇时乖，猝遇变故。内人[①]自今春感觉胸膈不舒，腿脚肿胀，历经中西医诊断，为心脏衰弱。三月以来，服药无效，不见起色。端午节后，更加恶化，饮食不进，精神萎顿，不能起床。延至旧历五月十六日子时，遽尔辞世，当日下午，即行入殓。炎武[②]等远在辽东，赶回不及。生前侍疾，殁后视殓，唯小女明秋[③]在侧耳。此后内无助手，家不成家，人寿几何，更不知若何度过。炎武等得信后，不知能否回来家中，以后各事如何办理，或待伊等回扬决定。人事变迁，殊难逆料，前途莽莽，何去何从，又不仅[禁]鼓盆兴叹，对镜含悲矣。专肃，敬颂夏安。

弟林期尹亭[④]再拜，六，廿四

## （二）

次羽大哥赐鉴：

昨奉手书，并由芮大嫂[⑤]转到隆仪，拜领，谢谢。值此时节，小儿等还不能归家，内乏人照料。因之，一切丧仪，概从简略。现于平山堂附近，择地一穴，将于短期内营葬。小儿等他日归来，或可就近，一临祭扫。舅母大人日来饮食，能否稍进？苦痛能否减少？至以为念。专肃敬谢，并颂侍安。

弟期尹亭拜，七月十三日

## （三）

次羽大哥赐鉴：

音问久疏，驰思正切。适奉手札，敬悉一切。法币二十万元，业经汇到照收，乞

---

① 林尹亭夫人于氏。据刘葆儒记载："于夫人，五月初七生，宿牛。"

② 林炎武，林尹亭子。据刘葆儒记载："炎武，乙丑二月廿六生，宿牛。"

③ 林莹，林尹亭女，乳名明珠。据刘葆儒记载："莹，（乙）寅八月廿七生，宿虎。"

④ 据刘葆儒记载："林尹亭，光绪廿六年正月十九生，宿鼠。"

⑤ 刘葆儒之妻芮瑟华（1899—1961）。

释念。炎武竹报甚稀，今春尚未来信。不知与尊处通信否？弟弟[①]已否毕业？去年假期曾返沪否？瑞珠[②]从军，光耀门庭，近在何处？常有信否？均在念中。骈喜[③]到沪，曾晤面否？匆复双安。

弟元莘[④]再拜，十月廿六日

（四）

次羽大哥赠鉴：

奉八日函云，敬悉一切。承询双五在宝[⑤]遇劫情形，系宿舍内遇匪，损失衣物等件。季洪[⑥]兄有衣箱存在彼处，亦为劫走。幸人均平安，亦未受意外惊吓，堪以告慰，并请禀知舅母大人放祷。弟在宝城乡往返十日勾留，因追佃欠案尚未了结，故赶速返扬料理。昨日与京五[⑦]弟同访小石[⑧]先生，适伊于日前赴沪。据其家人云，归期尚远，至询其沪寓所，则云自动身前后，尚未有信来家。客日再探听奉闻，以便就近接洽。唯扬城一时无人接头，只有待子乔[⑨]弟到沪后再议。

弟还家三月以来，米盐琐屑，俗务劳形。庭院荒芜，所谓抱薪轩、七峰草亭等处[⑩]，均作积薪晒衣之所，一时无力整理，亦且无心整理耳。旧藏书画损失约十之六，书籍损失残缺不完者甚多，殊感无法补充，若弃之又不免可惜，奈何？此复，敬颂道安。舅母大人以次俱请安。

表弟元莘拜，五，十一

---

① 刘葆儒之弟刘崇儒。

② 刘葆儒三女。据刘葆儒记载："瑞珠，民国癸酉十月十八卯时生，宿鸡。"

③ 何骈喜。

④ 林尹亭，字元莘。

⑤ 扬州宝应。

⑥ 胡季洪。

⑦ 何京五。

⑧ 居石涛之子。

⑨ 刘葆儒弟崇儒，字子乔。

⑩ 林尹亭家住在臣止马桥，与马氏小玲珑山馆遗址毗连。某年，在院子中掘得一石，刊有"七峰草堂"字，极为奇古，拟是马氏旧物也。其先德林溥，字伯原，著有《晖吉堂诗》。见董玉书：《芜城怀旧录》，江苏古籍出版社2002年版，第77页。

# 郑裕孚致刘师颖书札 2 通

## （一）

容季仁兄大鉴：

昨奉赐书，正拟作覆。张重威先生来，复出示手翰，俱已敬悉。南公佩兰[①]与申叔先生前在东洋，即系至好，申叔旅晋，交谊尤笃。彼时弟在晋供职，亦时相过从，备聆教益。上年南公恐申叔遗稿散佚，不克传世，故拟捐赀为之印行。适弟由绥远典试归来，面嘱代为收集，承各方友人先后以抄本相赠，已达二十余种。探询申叔后裔，同人俱称未悉。嗣晤叔雅刘君文典[②]，始悉鸾楼所在，故致函相询。此经过之大概情形也。南公义举，洵堪钦佩。弟旅居北平，无所事事，既与申叔有一日之雅，又承南公诿诿之殷，不过勉效微劳而已。承询敬告。尊处如有存稿[③]及申叔遗像，赐请见惠，交由张君重威收转，不致遗失也。专此覆颂祉。

弟郑制裕孚启，二月廿七日

---

① 南桂馨，字佩兰。

② 1919 年，刘师培去世后，刘文典亲扶柩送至扬州安葬。

③ 笔者亲见一份铅印《刘申叔先生遗稿目录》，其下注云："以下所列系仪征刘次羽藏本。"计有：《春秋左氏传古例诠微》一册（又见《国故钩沉》）、《春秋左氏传例略》一册、《春秋左氏传答问》二册、《春秋左氏传时月日古例考》一册（附序目）、《周书补正》六卷、《周书略说》一卷、《西汉周官师说考》二卷、《周礼古注集疏》七卷（不全，清稿存黄季刚先生处）、《礼经旧说考略》一至四卷（不全，清稿存黄季刚先生处）、《逸礼考》十页、《毛诗词例》，以上十一种，经类。《老子校补》二册、《庄子校补》一册、《墨子拾补》二册、《晏子春秋校补》二册、《晏子佚文辑补》二页、《荀子校补》二册、《荀子逸文》一册、《韩非子校补》一册、《贾子新书校补》二册、《新书佚文辑补》一册、《法言校补》一册、《白虎通义校补》二册、《白虎通义缺文补订》一册、《公羊解诂误字晏子逸文》合一册、《春秋繁露校补》一册、《繁露逸文辑补》二页、《楚辞考异》一册、《白虎通义定本》附《白虎通义源流考》共一册，以上十八种，子类。《古历管窥》二册、《尚书原流考》（原标题缺十二页）、《毛诗札记》十五页、《左庵随笔》（不足十则）、《左庵经说》一册、《中古文考》（已入《左庵集》）、《周礼左氏杂稿》、《方伯考》十页，以上杂著七种。《春秋古经旧注疏证》、《中庸答问》、《周历典》、《国语补音》、《国故钩沉》（《非古虚》上中篇、《古本字考》、《周明堂考》、《古尚书王服说》、《校雠通义箴言》、《左传古例》、《中古文学史讲义》、《春秋古经笺》），以上不全本。《文》百三十四首（又二首）、《考课》二十一篇、张伯英刊《左庵集》八卷、《文集稿》十二本、《诗》三册、《左庵长律》一册，以上诗文稿。《申叔先生行述》一篇，《杂稿》三本。

（二）

容季仁兄台鉴：

顷奉惠书，敬悉一切。洪宪时代，上海《亚细亚报》中载申叔先生文字既多且隽，亦拟稍加选择，收入集中，拟请函嘱令侄次羽兄，在京沪等处登报觅购，需费示缴。

又，《左盦文集》刻本及《吕氏春秋校补》两种，鄙处尚未觅得。令侄能于京沪等处，设法购寄，允盼专恳，顺颂台绥。令侄次羽兄均此问好。

弟郑裕孚拜启

# 张重威致刘师颖书札3通

## （一）

容季四哥[①]赐鉴：

前日奉示诵悉。闻《青溪旧屋集》[②]开明书局代售出四部，款项午节后方能交来。北京大学助教陆颖明[③]兄代交北大出版部售出六部，闵葆之丈代售交辅仁大学二部，款俱未收来。据云，稍缓必可交到，其言必不虚妄。计现存八部，北大仍有人要。迟日入厂[④]，当一询开明及文禄、德友诸家，如愿代销，再行奉告。报载，贵行[⑤]开会，眉兄[⑥]赴沪，不识仲弗[⑦]是否回行？如有所闻，乞见示为感。专肃，敬颂侍祺！

---

① 刘师颖在刘氏“师”字辈中按年龄排第四位，前三分别是刘师苍、刘师慎、刘师培。故张重威称之为“四哥”。

② 清光绪九年（1883）刻本。牌记：光绪九年八月刊成，师山高行笃署检，卷首有汪士铎叙。

③ 陆宗达（1905—1988），字颖明，又字颖民。浙江慈溪人。1928年毕业于北京大学国文系，留系任教。1931年后，先后被聘为辅仁大学、中国大学、民国大学及女子文理学院的讲师和教授，解放后任北京师范大学中文系教授，中国训诂学研究会会长。学术上以文献语言学为研究方向，是“章（太炎）、黄（侃）学派”的主要继承人和发展者。

④ 北京琉璃厂。“琉璃厂，辽时京东附郭一乡村耳，元于其地建琉璃窑，始有今名。清乾隆后，渐成喧市，特商贾所经营者，以书铺为最多，古玩、字画、文具、笺纸等次之，他类商品则甚少。旧时图书馆之制未行，文人有所需，无不求之于厂肆；外省士子，入都应试，亦皆趋之若鹜。盖所谓琉璃厂者，已隐然为文化之中心，其地不特著闻于首都，亦且驰誉于全国也。”见孙殿起辑：《琉璃厂小志》，北京古籍出版社1982年版，第1页。

⑤ 指刘师颖就职的天津中国银行。

⑥ 卞白眉（1884—1968），名寿孙，以字行，祖籍江苏仪征。自幼聪颖，1906年赴美留学，考入白朗大学，攻读政治经济学。1912年毕业回国，参与大清银行清理善后工作和筹建中国银行工作。1913年中国银行正式成立，卞白眉初任发行局佐理，后升任总稽核。1918年出任中国银行天津分行副经理、经理。1924年中国银行天津分行成为华北地区管辖行，统管北京、天津、河北、山西、陕西、河南、察哈尔、绥远六省二市中国银行业务。七七事变后天津陷于日军之手，卞白眉于1938年初离津赴香港，遥领天津分行工作。这期间时局动荡，金融业务受外国银团挟制。卞白眉作为天津分行经理，周旋于政客军阀、洋人豪强、敌伪特奸之间，殚精竭虑，为发展中国民族金融业和工商业作出了重要贡献。刘师颖曾任卞白眉秘书。

⑦ 卞福孙（1887—？），字仲弗，仪征人。早年毕业于上海圣约翰大学，后赴美入白朗大学政治经济科。毕业归国后，历任京师地方审判厅推事、北京崇文门丰台商税分局局长、北京中国银行司库、中国银行安东分行经理。见王澄主编：《扬州历史人物辞典》，江苏古籍出版社2001年版，第88页。

弟垕昌[①]拜上，五月二十五日

（二）

容季表兄赐鉴：

前奉惠书，并《儒林传》稿[②]及汪梅村[③]先生所撰《恭甫先生墓志》，当将《墓志》、《传稿》两种送呈保丈。正拟肃复，又奉手教，敬悉。闻保丈适因事来行见访，遂以来

① 张重威（1901—1975），本名垕昌，字重威，出于《论语》“君子不重，则不威”（见《论语·学而》），以字行。

②《清国史儒林传》中的青溪旧屋刘氏传是以刘文淇为主传，子刘毓崧、孙刘寿曾为附传。信中的“《儒林传》稿”即刘葆儒手抄有关刘氏祖孙三代《儒林传》的文稿。

③ 汪士铎（1814—1889），清学者、藏书家，字振庵，别字梅村，晚号悔翁。江苏江宁人。道光二十年（1840）举人。荐授国子监助教。曾为胡林翼幕僚，后隐居金陵。年少时家贫自学，后师从胡培翚。博极群书，尤精舆地之学。藏书近3万卷。著有《礼服记》、《仪礼郑注今制疏证》、《水经注释文》（以上俱不传）、《汉志释地略》、《汉志志疑》、《续纂江宁府志》15卷、《同治上江两县志》、《梅翁诗抄》、《梅翁笔记》6卷、《汪梅村乙丙日记》、《汪梅村先生文集》12卷《外集》1卷。见赵国璋、潘树广主编：《文献学大辞典》，广陵书社2005年版，第556页。

示呈阅。保丈谓此次东海[①]纂修《清儒学案》[②]，一切体例悉依《宋元学案》[③]、《明儒学案》[④]二种，事略之外，全重学术，每人均有叙录。若仅载书名，于学问之道无关宏旨。扬州诸儒学案悉由保丈担任分纂。高邮王氏父子、宋氏父子，宝应朱先生[⑤]，江都汪氏父子，仪征阮文达公，均已分别撰述。宝应成先生[⑥]及刘氏父子、叔侄、兄弟、祖孙因遗

---

① 徐世昌（1855—1939），清末民初年官僚、藏书刻书家。字卜五，号菊人，晚号弢斋、东海、水竹村人、石门山人等。河北天津市人。光绪十二年（1886）进士。清代历任商部右丞、兵部侍郎、尚书、军机大臣等。1914年（民国三年）出任国务卿，阴赞袁世凯帝制；1918年任大总统，1922年被迫辞职。寓居天津。家富藏书，著《书随楼藏书目》、《水竹村人》、《弢斋述学》、《退耕堂政书》、《欧战后之中国》等。又借助于幕僚门客之力编纂《大清畿辅先哲传》、《清儒学案》、《颜李师承记》、《历代吏治举要》、《晚晴簃诗会》、《归云楼题画诗》、《砚谱》、《列女传》、《将吏法言》等。见赵国璋、潘树广主编：《文献学大辞典》，广陵书社2005年版，第836页。

②《清儒学案》208卷，题徐世昌撰，实假幕僚吴廷燮等之手。1938年徐氏自刊本，100册；北京中国书店1959年、1985年重印。列孙奇逢至郑果等179人为正案，另立附案922人，诸儒学案68人。以案主生卒为序，共叙述清代学者1169人之生平、著作、学行、思想及其学术渊源。书成众手，引用资料别择不严，但内容丰富，可供参考。见赵国璋、潘树广主编：《文献学大辞典》，广陵书社2005年版，第940页。

③《宋元学案》100卷，清黄宗羲等撰。宗羲撰成《明儒学案》后，沿用其例纂修此书，仅撰成17卷，立学案25个而卒。其子百家续成8卷。后全祖望以十年之力加以增补，立学案45个，修订17个。又经宗羲玄孙稚圭及其子平黼与鄞县王梓材先后校补，始成书100卷。共立学案91个，记学者2000余人。每案首列一表，备举案主师友、弟子及其师承系统。再立案主小传，叙其生平与学术宗旨，并列学侣、同调、家学、门人、私淑、续传6项为附案。另设附录记诸人轶事和后人评论。是书组织严密，较《明儒学案》为优。诸传内容有详于《宋史》者，有为《宋史》所无者，可资补史。见赵国璋、潘树广主编：《文献学大辞典》，广陵书社2005年版，第564—565页。

④《明儒学案》62卷，清初黄宗羲撰。将明代学者208人分立19个学案。全书首列《师说》，以下分述诸家。明初期以程朱学为主，陆学次之，立吴与弼、陈献章、薛瑄、王恕四学案；中期专述王守仁之学；末期记王学修派，立顾宪成、刘宗周二学案。每案首列小序，述其学术渊源与要旨；再立小传，后载语录。小传记述其生平经历、著作、师承等。间加按语，申明己见。这是我国第一部学术思想史的开创性著作。取材精审，评论切要，于诸学派源流分合之故，考论颇详。见赵国璋、潘树广主编：《文献学大辞典》，广陵书社2005年版，第638页。

⑤ 朱彬（1753—1834），江苏宝应人。乾隆六十年举人。自少至老，好学不厌。承其乡王懋竑经法，与外兄刘台拱互相切磋。于训诂、声音、文字之学，用力尤深。著有《经传考证》八卷、《礼记训纂》四十九卷、《游道堂诗文集》四卷。

⑥ 光绪刊本《成氏遗书》收成氏著述《太极衍义》等27种，《南菁书院丛书》收成氏《春秋氏族谱拾遗》等著述10种。

书搜集未备，尚未着手。今来即嘱弟代购求成先生遗著，访南菁书院[①]丛书，弟未见刊本，一时不易购办。成先生著述，广雅书局[②]有刻本，非全璧也。孟瞻先生学案[③]，闻已大致编成，伯山先生则就《通义堂》采录。恭甫先生及遗稿，保丈拟奉借一观，以便有所取材。弟以藏在上海，恐难邮致。对保丈命，函商吾兄，转商令侄[④]。保丈并嘱函告，如能将张侯[⑤]先生遗著一并寄阅，则尊府一家之学可以照耀简编，发潜德之幽光，昭奕奕于不朽。（后缺——整理者）

## （三）

照抄张重威兄来函：

（上略）（整理者按：原文如此，下同）承询顾君住址，已代探明。顾颉刚[⑥]现在燕

---

① 清代书院之一，在江苏江阴县。光绪八年（1882），江苏学政黄体芳所建。清兵部尚书、两江总督左宗棠奏拨长江水师京口、游击协镇两署故址及白银贰万两协办书院，书院命名取朱熹名言“南方之学，得其菁华”之意。学生学习经史词章，兼习天文、算学等。刊有《皇清经解续编》一千四百三十卷及《南菁丛书》、《南菁札记》等书籍文献。废科举后改为南菁学校（南菁高中）。

② 张之洞于光绪十三年（1887）六月创办广雅书院之后，因“海内通经致用之士接踵奋兴，著述日出不穷，亟应续辑刊行”，在十月创立广雅书局。书局原设于菊坡精舍，后在省城旧机器局厂屋修葺应用，聘请顺德李文田学士为总纂，开局以后，雕刻成书者千余种，雕片逾十万。书局所刻的各种经籍图书，均赠藏广雅书院藏书楼（名冠冕楼），供院中诸生随意借阅研习。

③ 查《清儒学案》，孟瞻（刘文淇）学案在卷一百五十二。主要内容如下：（一）孟瞻学案：《刘先生文淇》、《春秋左氏传旧疏考正序》；文集：《答黄春谷先生书》、《与刘楚桢书》；附：《儒学传稿》。（二）孟瞻家学：《刘先生毓崧》、文集：《方氏易学五书序》、《与刘叔俛书》、《周官周礼异名考》。（三）刘先生寿曾，附师苍。

④ 刘葆儒。

⑤ 刘师苍，字张侯。

⑥ 顾颉刚（1893—1980），现代史学家、考据学家。江苏苏州人。1920 年毕业于北京大学哲学系。先后在北大、厦门大学、中山大学、燕京大学、齐鲁大学任教。历任北平研究院历史学组主任，齐鲁大学国学研究所主任等职。创办朴社、禹贡学会等学术团体。主编过《中山大学语言历史学研究所周刊》、《燕京学报》、《禹贡》等。新中国成立后，历任中国科学院历史研究所研究员，中国史学会理事。其学术研究，主要包括古史和古籍考辨、古籍校点译注、古代地理和边疆地理、民俗学等领域。尤以古史研究的卓越成就享誉学林。受郑樵、崔述等人疑古思想启发，在考辨古史过程中，先后提出“层累地造成的古史说”、“五德终始说下的政治和历史”等著名古史理论。以很大的精力整理研究《尚书》，取得超越前人的成果。另编

京大学，顾实则在上海大夏大学，请函次羽兄就近接洽。申丈[①]从前在龙文阁所刊《左盦集》及张伯英刊本，厂肆偶有所见到，龙文阁藏版稍后定往面询，再行奉告。郑友渔君日前在撷英西餐馆约弟晚餐，有南佩兰先生在座。南君自谓与申丈多年至好，此次发愿刊行遗集，以报死友。窥其意旨，极为诚恳。伊嘱函告吾兄商之次羽兄，最好将尊府所藏申丈遗稿寄平交弟转递，俾郑君可与各方搜集者互相校勘。尊意若何，盼所见告。（下略）三月廿一日。

有《古史辨》8 册。1920—1936 年间，先后点校辨伪学著作 8 种，编入《古籍考辨丛刊》。编校《崔东壁遗书》。1954—1978 年间，先后主持《资治通鉴》和《二十四史》的标点工作。见赵国璋、潘树广主编：《文献学大辞典》，广陵书社 2005 年版，第 819 页。

① 刘师培，字申叔。

# 刘师贤致刘葆儒书札1通

葆儒贤侄赐鉴：

顷接来函，承询近况。家中大小均安，堪慰锦注。此近来电灯无电，自来水亦常无水，颇感不便。食粮油等价格猛涨，香油一斤七十元。

昨接经传②来信，知渠在校平安。今将原信寄汝，不另拍电。专此，即颂近吉。大嫂③前请安。

师贤④手启，二月卅日

② 刘经传，刘葆儒长子。

③ 刘葆儒母亲胡留元。

④ 刘师贤，刘显曾三女，适同县方观洛。

# 刘葆儒致成翊青书札1通

翊青[①]会长世叔大人尊鉴：

奉三月廿一日赐示，并衣料礼券百元。侄以樗材重承垂诿，幸获时亲训迪，致少陨越。惟滥竽会务，建日毫无。乃荷奖饰骖骈，多仪宠锡，褒荣一字，锦灿七襄。唯长者之赐，不敢言辞，而拜领之，系惭惶无既。专肃申谢，祈请崇安，伏惟准鉴不一。

世侄刘葆儒谨禀，三月廿五日

① 成静生（1899—1947），字翊青，号澂素，江苏宝应人，成蓉镜之孙。按，成蓉镜（1816—1883），扬州学派后期代表人物之一，著作多达30余种，主要有《周易释文例》、《尚书历谱》、《禹贡班义述》、《春秋日至谱》、《史汉骈枝》、《心巢文录》、《问渔亭诗草》等。刘葆儒叔父刘贵曾曾向他学三统四分法。

# 刘葆儒致徐森玉书札1通

森玉[①]先生道鉴：

奉谒未值为怅。敬启者，先世遗著，诸公热忱关注，指示谋求刊行办法，万感。兹已草就上主席书，拟呈斧正再发。兹奉约本星期日（即四月廿七日）[②]下午三时，拨冗驾临国际饭店丰泽楼茗叙，借聆教益，毋任盼祷。即请台安。

后学刘制葆儒（字次羽）谨留，四月廿一日

---

① 徐森玉（1881—1971），名鸿宝，字森玉，以字行。现代文物家、图书馆家。浙江湖州人。早年卒业京师大学堂，历任京师图书馆馆长、北大图书馆馆长、教育部佥事、北京图书馆善本部主任等。久司采购图书之责，搜购善本归于公家。抗战中，与郑振铎、张寿镛、叶恭绰等抢救沦陷区古籍。精于文物鉴别。建国后曾任华东文化部文物处处长、上海文管会主任等职。见赵国璋、潘树广主编：《文献学大辞典》，广陵书社2005年版，第839页。

② 1946年。

# 商务印书馆致刘葆儒书札 1 通

葆儒先生大鉴[①]：

前奉大函及《近世会计学》勘误表十九页，业已收悉，谢谢！承嘱各节，均于该书再版时照改，即希释念为荷！专此奉复，并颂大安。

商务印书馆总管理处生产部出版科［章］

二十二年一月十二日

① 该信札使用“商务印书馆启事笺”，编号为“昆字第一二八号”。

# 杨铨致刘兴汉书札1通

兴汉[①]先生：

友人刘葆儒先生为会计专家[②]，近因拟参观两路[③]会计，特为介绍，希赐招待为荷。

杨铨[④]，9月16日

---

① 生平不详。

② 关于刘葆儒生平，刘氏曾自撰“简历”：“刘葆儒，字次羽，年三十六岁，江苏仪征人。国立南京高等师范商科毕业。著有《近世会计学》、《实业上个人效能论译意》（以上商务印书馆出版）、《广告心理学》（中华书局出版）、《汉译财政学导言》、《汉译经济学撮要》（以上钱业月报出版社出版）。曾编译《商业月刊》、《家庭杂志》、《英文周报》（谢氏文社主编）等。曾任上海教会司库协会会计，上海商务书馆业务科、编辑所进货科英文书记，上海华昌贸易公司英文速记书记，上海汇培洋行英文秘书，上海信源行秘书，上海兰格木行协理，上海通用公司翻译员。”按，《近代会计学》系刘葆儒1919年译著，1924年出版。由杨杏佛介绍参观上海两路会计事宜，可能为翻译《近代会计学》一书积累直观经验。

③ 两路即沪宁、津浦两条铁路线。

④ 杨杏佛（1893—1933），名杨铨，排行名宏甫，字杏佛，以字行。原籍江西省玉山县，迁籍于清江县（今樟树市）大桥乡杭溪村。《民国人物大辞典》记载，“后迁居扬州”，住扬州彩衣街30号。6岁在扬州读私塾，后入两淮高等学堂。1907年入上海中国公学读书，1910年加入同盟会。辛亥革命时杨杏佛任孙中山南京总统府秘书，结识了柳亚子，1912年加入南社。后赴美国康乃尔大学、哈佛大学留学，获博士学位。1919年回国，一面为中国科教事业奔忙，任南京高等师范教授、东南大学工学院院长，同时追随孙中山革命，并曾任孙中山的秘书。1927年10月，蔡元培组建中华民国大学院，杨杏佛被蔡任命为大学院教育行政处主任、副院长，兼中央研究院秘书、总干事，主持了大学院主要工作。“九·一八”事变以后，杨杏佛积极主张抗日。1932年12月，杨杏佛与宋庆龄、蔡元培、鲁迅等发起建立中国民权保障同盟，杨杏佛任副主席兼总干事，1933年6月18日清晨遭谋杀身亡。

肖维琪、顾一平先生编著的《南社中的扬州人》说，同是南社社员，与杨杏佛有交往的李仲南先生告诉他们：“杨杏佛从小生长在扬州，并在两淮高等学堂读过书。扬州彩衣街杨总门就是以他家杨姓起的。他在南京教书时，说的是一口扬州话。”杨杏佛侄儿杨麟说：“杨杏佛是我堂叔，他的祖父即我的曾祖父，名钟琛，字子穆，曾为官仪征县、六合县、江宁府，彩衣街杨总门内房子的产权，分属各房，其中原来亦有杨杏佛这一房的一份。”按，刘葆儒也是两淮高等学堂毕业，与杨杏佛有同学之谊。

# 何骈喜致刘葆儒书札 1 通

次兄大鉴：

奉专敬悉，承代留意，至深感动。金矿事因故在停顿中，希望已无矣。元师处迭函，未得一复，极以为念。吾兄常见师否？近况若何？馆事空未？均乞便中示知为祷。董处寿诗已寄去，未见回信，亦请代询曾否收到。费神至感。蒙兄不弃，以诗之途径下问，谨贡一纸之愚，即此福纳。吾兄如欲研究专集，则李杜韩苏黄（山谷）王（半山）陶韦柳白陆王（维）均可浏览。盖一取其强健雄浑，一取其淡永幽洁。如□卷帙太繁，则曾文正[①]公所选十八家钞（召洋板），各家（古今体云）精华均可设搜罗完。盖弟当初学诗，□先兄邕威[②]先生即以此者为梯阶也。吾兄根柢素深，慧心不远，果藉此为破闷消闲之品，其所得此岂可易量？固吾辈中之杰者也。预祝祝之，专此，即请双安。

弟晋[③]叩，十，廿

---

① 曾国藩。何骈喜祖父何栻与曾国藩交好，诗文唱和。

② 何震彝，号邕威，通籍后官中书，改道员。英年隽望，家学克承。著有《一微尘集》、《八十一寒词》。见董玉书：《芜城怀旧录》，江苏古籍出版社 2002 年版，第 83—84 页。

③ 何晋彝，字骈熹，1901 年生于扬州，一直生活在扬州，和扬州名人陈重庆、蔡巨川、梅鹤孙、秦嬰闇、朱庶侯交游甚欢。1925 年将何氏藏书卖给上海涵芬楼后，即寓居苏州、上海，以馆童、佣书为生，1953 年以鼻癌卒于上海。有诗集《狄香宧遗稿》存世。

## 梅鹤孙致刘葆儒书札1通

次羽表弟阁下：

多日未晤，敬维上侍康娱为颂。兹因徐化臣[①]先生六十正寿，为减少汇款手续起见，烦已致函尹亭[②]弟，就近在扬代送壹百万元，并告以侄，此款交炎武[③]侄在沪零用。兹若后将此款送请吾□□叔，即烦便中代交炎武为托。费神□□，余候面致，即颂节绥。

小兄鹤孙顿首，六，九

---

① 江都徐理庵之子。江都梅家与徐家系亲戚关系。

② 林尹亭。

③ 林炎武，尹亭子。

# 董孝逸致刘葆儒书札1通

次羽贤阮英鉴：

日前承枉驾见过，晤谈为快。兹玩友刻成一石，即以奉赠，当祈笑纳。又附皮夹一件，至希便中，即转交禹图[①]先生，并道拳拳为托。余再面尽，匆颂近祉。

孝逸拜，五月廿四日

① 王禹图。

# 张子寿致刘葆儒书札 1 通

次羽姻仁兄惠鉴：

久致笺候，时切驰思。近整起居，绥善为颂。前得津讣，袛悉令姊祖母表姑母大人仙逝，已由家姊另函致唁。唯致寄礼物，邮局阻滞，兹悉何林二府，均由尊处设法汇津，不得已唯有效法。烦若由江苏地方银行[①]汇上新币一百元，请于汇到，敬请汇交令姊为感，并希赐复。手此专恳，敬颂复安。

姻愚弟张子寿[②]谨上，家姊属笔致后。

---

① 江苏地方银行，成立于 1941 年 3 月，是汪伪政权下的银行。抗战胜利后，被中央银行接收。

② 张甘亭，扬州书法家，冶春后社成员。从信中“姻愚弟”称呼可推张子寿与青溪旧屋刘氏有姻亲。

## 张子寿致刘师颖书札 1 通

再抄张子寿先生来函[①]

[上略]刘集[②]田产一事，允于出售，每石价四百五十元，计三石三斗五升，价一千四百九十五元，加添一百元，总共正价一千六百元。照例亲族中每份一分，计卅二元一角五分。外折席十六元，应由尊府出中资二分，计卅二元一角五分。弟与原中商酌说妥，收尊处中资，由受产人一应承认。□出对方已允之贴出无悔，包刮[括]共计八十元三角。弟又与□□商酌，请令侄由沪来扬，川资费用已允于贴出卅元。连费用贴川资等项正价，总共计一千七百十三元。[下略]

① 该信是刘师颖致刘葆儒的“信中信”。原信是张子寿致刘师颖。

② 刘集位于扬州西郊，现属仪征。

# 陈康侯致杨荫昌书札3通

## （一）

康南海[①]来扬，丙叟柬约诸公家人，忘却宴址，明早拟趋与同往。乞稍待为幸。专肃代面并候映沧老棣暑安，仲康[②]顿首，送呈杨四老爷[③]。

## （二）

映沧老棣如奉：

倾宝城五姑来，云菊已吐色，要选细种，不宜再迟，准明晨六纪钟在城北香影廊应驾同往，另望早临为幸。专订，并颂吟安。

仲康顿首 九月初六

## （三）

王石谷山水，何蝯叟联皆非赝本，今世罕见。如索资不大，宜留玩之。若木[④]诗集在旧笥中捡得，顺交来手带呈。此复，并颂映沧老棣刻安。仲康顿首，即日转呈贵大老爷。

---

① 康有为1927年第二次来扬州。

② 陈康侯，字锡藩，号夕帆。湖南人，寄居扬州。乃兄考入江都县学，即隶籍江都。精绘事，山水人物、花鸟鱼虫、博古、兰竹，皆得古人法，尤善写真及写意小像，耍玩杂件，真画中能手，傍及刊刻鉴赏无不精云。

③ 杨鸿庥（1891—1942），字荫昌，号映沧。在扬近三十年，杨荫昌书画成就亦在扬彰显，其虽善画，但只以自娱为主。现代鉴赏家周退密先生称他“平生不以画名，而出笔不凡”。“九·一八”事变后，设“映沧轩”画室，以润笔勉强度日，终因忧愤家国，过早去世。杨荫昌聪颖博学，善诗文，长书法，工丹青，精鉴别，张甘亭曾赞其“于诗书画，靡不精究”。其画师法“四王”，日夕临摹，倾其毕生，臧延鸿称其画“笔墨直追耕烟”。画作遍及山水人物、花卉、翎毛、博古，无不精妙，尤以山水、兰竹最为擅长。

④ 即扬州画家陈崇光。

# 居福焜致刘葆儒书札3通

## （一）

次羽贤弟同学：

奉五、八惠书，兹诵再三，敬谂一一。业得尊意，恳切代达于郁文[①]昆仲，并请伊商定让房日期，盼伊明覆，由予代达左右。予想一两周询郁文，当有复音。以目前时局和住址均不便利，譬如刘保头[②]距汜水镇不过二三十里，如交邮局寄，须十余日不能达。而刘保头又无直接民航船到汜水，就托人将信先带至小尹庄后，再托便船带汜水不为功。总之，尊处既与予戚有成约[③]，未便中止，或一部分亦不敷用，郁文处必设计搬让，仅仅时间迟速问题耳，祈宽假以与之。目前，房屋交涉，类乎此者甚多。敝戚有房在宝（应），租于人住。去年六月辞租，并付过搁租具，限期在重阳前让居新房。客已找定，并支过新搁租，迄今旧客仍未让。新旧中人均是一位，尚且如此难放。戚再三催让，亦无效。所谓时事如此，概难定之，只好□□，为郁文留地步。恐知已焦急耳，幸谅之。

小兄焜上，三一、五

## （二）

次羽弟再览：

时事多难，就学识无以救危亡。吾弟禀赋与根柢兼优，家学渊源，中外推重。二十八年夏，在扬时，寓大宅，闻胡府中人说，东邻学者特来瞻仰，并拍照“厅事中匾字”，以资纪念，于兹可见一斑[④]。未审已有所闻，邸公余作何研究？想有心能然否？约示盼之。老同学王渥然[⑤]先生，名翰芬，在沪寓法租界萨坡赛路[⑥]二七五号，未知可

---

① 胡郁文，青溪旧屋房租客。

② 现称柳堡，属江苏宝应县。

③ 胡郁文与居福焜是亲戚关系，居福焜即居石涛。

④ 指日本学者小泽文四郎1939年由蒋太华作陪探访青溪旧屋之事。小泽文四郎著有《刘孟瞻先生年谱》。

⑤ 王翰芬（1888—1970），一作翰棻，字渥然。扬州人。曾为盐商萧芸蒲西席、镇江京江中学创建人。历任南通文学院院长、中国国民党革命委员会扬州支部副主任委员、扬州第三、四届委员。擅诗词古文，工书法。所著《扬州仪董、笃材两学堂概况》一文，载《扬州史志》第一辑。见王澄主编：《扬州历史人物辞典》，江苏古籍出版社2001年版，第78页。

⑥ 即上海淡水路。

与此公有想知之雅否？如有最妙。倘无深交，愚愿介之，或乘便将鄙函持交何如？翰兄品学交优，吾乡党中盖罕有者，幸留意。

焜再上，同日

附致王兄函，祈代置邮为佩。又附币一角，代贴邮花八分于王函，以手□，暂脱此墨，祈谅也，为祷。

## （三）

次羽学棣[①]：

四月杪，由郁文托友交到四月五日手书及伊致予笺，均读悉一一。觉贤昆玉[②]住宅租与郁文追租问题，所以延迟，在交通不便耳。幸原之。郁已函驻扬代表，先期搬让一部分与尊戚居住。万一尊戚认为未便，伊愿暂行照加行租，何如？敬候昆玉裁决酌明复。覆音请寄氾水仁风巷胡宅转，或寄临泽镇留堡[③]邮箱转亦可。

贤昆玉近任何工作？幸示知。予在故乡仍作教书生活。幸爱我所，有以教之。盼盼。王渥然先生在沪，可曾想见否？云他旧雨可有同□，或常常追谈此。如有幸代道念，并函□□盼切。予自二十八年秋右手指，因患外症，屈而不伸，作字愈劣，幸无痛楚。知念故陈，度海上生涯□□，有渐渐转趋于平易，代为之喜。予所以考住故乡郭杨庄[④]，爱其生活费廉，空气新鲜。承注顺闻，容常通问，以代面谈，即祝旅绥。

居福焜拜上，三一，五，二

---

① 学棣，指老师对学生的敬称。

② 指刘葆儒、崇儒兄弟。

③ 宝应县柳堡镇。

④ 宝应县郭杨庄。

# 王禹图致刘葆儒书札 1 通

次羽吾兄惠鉴：

数日未晤，渴念殊深。近来天寒，颇感气闷。得暇请驾临敝处，一谈为盼。兹奉上日历一本，尚祈检收。《近百年史》务乞尽量指疵，并赐修正为祷。专此，敬颂大安。

弟王禹图[1]，二，七

① 生平不详。

# 毛鲁卿致刘葆儒书札1通

鲁卿[①]以民国十一年秋，因谢福生先生之介绍，识刘次羽先生。是鲁卿以民国四年手创信源行营进出口及新药原料等业务。嗣复创亚细亚防疫药品制造厂，制售双刀商标防疫药、水方药。业务日益繁剧，需材孔殷之际，适得刘君于业余相助，为理任秘书之职。举凡对西商有所接洽，或遇有关业务之机要中西文函件，自肇创以至拟稿，悉出刘君手。于广告方面，君亦时出其所见，相与研讨业务进展，获益良多。至刘君为人，以鲁卿与君相处十余载之经验言之，诚笃朴实，敏事慎言，忠于谋人，勇于负责。鲁卿与君以主宾之雅进而订莫逆之交，盖以素知君行能副学，斯为难能。年来世界多故，影响商业，信源行以本年八月停业清理，厂亦随之关。兹与友分袂之际，爰叙十余年来交际之迹如右，用代惜别之辞。

中华民国二十四年八月十日

信源行弟毛鲁卿谨启

① 毛鲁卿系信源行经理。本信使用“信源行”信笺，铅印。

# 吴清泰致刘葆儒书札1通

次羽先生大鉴：

前承志骞[①]兄之介绍，获识芝仪。嗣接大函，复悉种切。兹拟于本星期四趋访，以便晤谈一切。先此函约，顺颂台绥。

吴清泰[②]上，民国二十二年四月十日

① 生平不详。

② 华商上海水泥有限公司经理。

# 韦国英致刘葆儒书札 1 通

次羽尊兄大鉴：

久违雅教，至深渴想。在沪匆匆话别，即乘轮往甬，由浙东取道内地各省入川。此行路程四千公里，在途有一月有半，经过若干困难及险路，方达重庆。抵此后，即任职交[通]部公路处，承乏总务科长。一切尚适，可慰廑注。闻沪埠尚安，兄公务忙否？为念。前承假我之件，因汇兑不易，拟俟有机会奉上如何？有暇乞示一二。专请冬安。

弟韦[制]国英[1]上，十二，十八

① 生平不详。

# 贾启贤致刘葆儒书札1通

次羽表兄赐鉴：

奉上年十一月十七日手教，敬悉一一。关于令友由赣汇款来渝，委弟转交一节，顷已接容季四舅函示，知自当遵嘱，随时代转。唯该款迄已有月余，仍未见汇到。是否已由前途径汇交金城银行[①]路君手收？尚希便中查示为荷。专复，顺颂近安。

愚表弟贾启贤[②]拜，二月十一日

---

① 金城银行由中国近代金融界知名人士周作民于1917年5月15日创办，其主要股东多为军阀官僚，是中国重要的私人银行之一。金城银行“名曰金城，盖取金城汤池永久坚固之意”。最早总行设于天津，先后在京、沪、汉等地开设分行。由于经营得法，业务发展迅速，1936年金城银行的存款达1.83亿元，一度超过上海商业储蓄银行，居私营银行首位。1936年总行迁往上海，天津改为分行。1952年12月金城银行参加天津金融业公私合营，与其他银行合并组成统一的公私合营银行。

② 贾启贤可能系夏县贾延踶之子。按，刘显曾之四女刘师仪适贾延踶。故信中贾启贤称刘师颖为“四舅”。

# 玉吾致刘葆儒书札1通

次羽兄大鉴：

元辰驾临敝庭，有失迎迓，为歉。近维侍祉履祺，为颂为慰。兹因舍侄肇骏在中央储备会服务，顷闻梅鹤孙兄新任会中人事科长，近侍左右。敢请足下，代为转恳推爱，格外优待，并随时督教为感。余有舍侄面详。专布，敬颂春绥。

弟玉吾[①]顿首

① 生平不详。

# 胡郊元致刘葆儒书札1通

次羽外甥如见：

前由尔寿[①]处，复甥一信，想已收到。近来贱躯因天气渐暖，早晚不过很咳嗽，饮食也好，差甚告慰。兹有恳者，现尔昭[②]谋得英领署事，此事之由来，想已听尔寿等谈过。兹不多赘。惟担保一事，在前尔功[③]之保，系曾俊卿[④]。今功到江苏银行，仍由曾保。昭处即不能再来请他。而上海方面，余亦无人可觅，不得已烦我甥，出面作一担保人[⑤]。至英领署如何情形及作保情形，已令尔寿面述一切。务乞玉成此事，不胜盼祷之至。专此布臆，即颂春祺。

郊元[⑥]顿首

① 胡尔寿，刘葆儒外家表兄弟，生于扬州二郎庙。据刘葆儒记载："尔寿廿岁以痎疾没于乡。"

② 胡尔昭，刘葆儒外家表兄弟，生于扬州南河下。据刘葆儒记载："尔昭初在英领事馆服务，嗣入重庆中央储蓄会。"

③ 胡尔功，刘葆儒外家表兄弟，生于扬州南河下。据刘葆儒记载："尔功先即就职渝中央储备会。尔恭（功）子曾任职韩佑之办百宋铸字印刷所。尔恭（功）曾为某印刷学校教科书。"

④ 生平不详。

⑤ 扬州尚存刘葆儒"保证书"的底稿："保证人□□□，今保胡尔昭在英国领事馆账房习银钱之职，此后如有银钱短少或亏空事情，概由保证人完全负责，不得藉词推诿。保额以二千元为限。立此保单为凭。奉陈慕陶先生此执。办公地点 住址 廿五,四、七。"

⑥ 刘葆儒的外祖父胡镜塘无子，以从弟副贡生胡钧三子祁元为嗣。胡祁元，邑廪生。胡郊元，系胡钧之次子。

# 胡尔昌致胡留元书札1通

大人台收：

赐转祝贺来迟，区区之致，实不成敬意，当祈赏纳为幸。又九月四日，侄媳分娩，生一男孩，托福大小均安。乳汁亦丰富，取乳名阿琪。[①]一切幸早有准备，否则值兹买空之时，将难以应付。琴儿已入初小一年级读书，尚知用功。侄之胃疾已早不药而愈，及敏儿等均粗健。专肃，敬请福安。

侄胡尔昌[②]叩禀，卅七年十一月一日

---

① 从信中“侄媳”称呼可推断该信收信人系胡留元。胡尔昌是胡留元娘家侄子。

② 据刘葆儒记载：“尔昌在青岛任称放所（小港）职，娶于□迎母到任职所，曾迎姊至青岛。姊氏性懒，不安于青，返扬时得伯明周恤（糜君食白面流浪扬州）”。按，“伯明”即胡尔昌（字伯明），胡会元之子。据推测，糜君可能系胡尔昌姐夫。

# 胡尔绒致刘葆儒书札1通

次羽表兄大鉴：

接读来示，及京九兄、叔畲[①]弟函，均转交何府。有伪币五十万元寄申，尚未等到便人。近两日，传有高邮被军包围之说，弟有信已询，不知究竟情况如何？弟处得有消息，当再报告。家兄昨日由京来函云，由渝飞京，一二日内赴申，再至青岛，接收兵工厂。至申时，兄当可晤面畅谈矣。弟除苦忙外，无善陈告也。大嫂前请安。

表弟胡尔绒[②]顿首，十二月廿九

---

① 何叔畲。

② 据刘葆儒记载：胡尔绒生于扬州描金巷。“初在东大襄办，后掌校扬中多年。‘八·一三’后随校迁沪，嗣曾一度迁广德，最后返扬，与云九等办万顺号。”

## 朱花农致刘葆儒书札1通

次羽先生大鉴：

在沪数月，承诸照拂，至感！弟此次挈眷返里，一路辛苦万状，行路之难，于今为甚。顷接尹亭兄之世兄炎武[①]来函，述及先生有返扬之意。询弟前次在沪码头照料之人，以请其帮忙，自当奉告。唯此人详细住址，本不明了。只须着人至四马路外滩三号码头，问曹麻子（名曹茂修），即得之矣。找伊时，祈说明先生与弟至好，彼必竭力帮忙也。匆此，即颂时祺。

弟朱花农[②]顿首，四，三

① 林尹亭之子林炎武。

② 朱花农（1895—1968），江苏宝应人。江北高等学校毕业。解放前曾任江苏省民政厅科员，宝应县教育馆馆长，中学教员。解放后曾任镇江一中教员。1955年入江苏文史馆。

# 朱纪璜致刘葆儒书札 1 通

次羽仁兄世大人大鉴：

日前承赐先真遗迹集，拜领感谢。弟近以发宿疾，不能过劳动，致疏趋候起居。兹检出旧存翁覃溪①书《金刚经》拓片二份奉上，至乞詧收。此件是先祖七十寿辰社友所赠。本非佳品，聊作纪念而已。匆匆，敬颂双安。

姻小弟朱纪璜②顿首，五月廿八日

① 翁方纲（1733—1818），清学者、诗人。字正三，号覃溪，晚号苏斋。直隶大兴（今北京市）人。乾隆十七年（1752）进士。官至内阁学士。精于金石考据之学。工书法，冠绝一时。论诗重学问和义理，首创肌理论，诗宗杜韩，多达 6000 余首，对诸经史传的考订，金石文字的整理，亦多入之于诗。嗜藏书。尝得宋椠苏诗施顾注本，因以宝苏斋名室。富藏珍籍秘册、金石、法帖、谱牒等。著有《两汉金石记》22 卷、《经义考补正》12 卷、《粤东金石略》12 卷、《小石帆亭著录》6 卷、《石洲诗话》8 卷、《复初斋诗集》66 卷、《通志堂经解目录》1 卷等。见赵国璋、潘树广主编：《文献学大辞典》，广陵书社 2005 年版，第 842 页。

② 生平不详。

# 刘葆儒致胡季洪书札1通

季洪[①]表弟大人赐鉴：

顷函云九[②]表弟附张，呈阅一切，费神心感。扬屋退押租事，由欠房租若干，需由崇儒在邮[③]查出旧租折后方知底细，故暂时只可先退一部份[分]。兹查胡府前交押租，前后共三百五十元，内应扣卅年十一、十二[月]及卅一年一月、二月，共四个月房租。照每个月十五元八角算，共六十二元四角。其余数目请与郁文[④]兄（其通讯处为江苏汜水镇玉泰宝号李筱平先生转交）商议告知，当由京五[⑤]弟收款，或交云九弟寄弟，或径交弟妇大人。如有装修不全，当由查明后，由京九弟作价，再函弟在应退之款中扣除（三月份房钱不算作讧）。火表请明崇儒在扬接洽时办理。命购之书，当由山凤购寄，其余各件，由朋三[⑥]带上，因崇儒不走扬州也。余再陈，即请大安。又，胡府须交出收约，方可退押租。

小兄葆儒、崇儒敬，三，七

① 刘葆儒表兄弟。据刘葆儒记载："季洪，□午年九月十七日生，民国卅四年四十岁，宿马。"按，胡季洪在刘氏青溪旧屋转租及收取房租等事宜中起到重要作用。

② 仪征刘氏亲戚。据刘葆儒记载："云九，□巳年八月廿（日）生，民国卅三年四十岁，宿蛇。"

③ 江苏高邮。

④ 胡镜周，字郁文。

⑤ 何京五。据刘葆儒记载："京五，正月廿四日生，宿猴。"

⑥ 胡朋三，刘葆儒舅氏胡郊元之子。据刘葆儒记载："朋三，□巳年七月十四日生。民国卅三年四十岁。宿蛇。"

# 刘葆儒致黄明叔书札1通

敬启者：

尊处款项系五百元，由平卿[①]兄经手代存同福祥盐号[②]，于夏历己巳年八月初一日立折，交弟收执。随后，款月收付悉凭此折。所有黄明叔在前历次所出盖章收条，理应逐一捡齐寄还，以结手续清查。此次收条系为径汇银行，收留作废，不能寄奉。将来或有人持收条，与黄明叔发生交涉，均归弟完全负责。用特缮函证明，即希查明为荷。刘字［加盖名章］

---

① 黄明叔。

② 福祥盐号位于扬州丁家湾1号，占地面积有壹亩捌厘陆毫，一千二百余平米，原有老屋合计六十余间。系盐商贾松平在民国三十年代中期购之原周易三祖上的产业，开办福祥盐号。抗日战争爆发，该宅由贾氏本族人居住。在1951年3月由贾淮清出面以人民币肆仟捌佰万（当时人民币一万元相当于现在人民币一元钱）卖给苏北人民行政公署。后由扬州客车制造厂作职工宿舍，现为居民杂居。

# 刘葆儒致居福焜、朱白吾、胡季洪书札1通

石涛吾师、白吾学长、季洪表弟大人赐鉴：

敬启者：前复一函，请邀台端□舍间，扬州房屋一事屡渎清神，不安之至。前于四月十三日，蒙白吾与郁文兄面谈后，赐函言及胡府[①]已函各亲友在最近时间内移去厅房堆物，中进房屋可设法让至后进，或搬至他处，顷已四月有余。（受业）弟在此间随时与舍友接洽，请其从缓作进宅之计。此中痛苦，非可言喻。前一再函达，谅早洞鉴。兹又数度与之磋商，业由舍亲顾念，（受业）弟与郁文兄素有友谊，允许暂不居住全部，亦须先让出中进及搬移厅上物件，则彼此即皆可相安。在（受业）弟之意，胡府意见与此初无甚大之出入，即万一胡府亲友顾堆厅上之物，能同时与中进同搬，亦可允让中进，第二步再让大厅。事实上，仅如将中进物件暂分置后进及厅上，与自己家中搬来东西无异。（受业）弟自去岁十二月十四日退租后，原意自居，当时并无舍亲租屋之事，绝对非借此另有企图。白吾、季洪可以作证。嗣以舍亲于今春四月间，需屋因暂返扬，年日故允其所请。务请转达胡府，切勿并为一谈，致生误会。顷既蒙胡府示以全部乔迁，暂时尚不可能复，蒙于四月十三日转示胡府，意旨如上，敢就可能范围内商之，舍亲好如上让步。（受业）弟决无有意使胡府为难，意不过请商之胡府，念其已□遵命让步，与（受业）弟一个面子。如胡府人手缺乏，请白吾扬州寓所帮忙。（受业）弟又函孙云九（多子街五十四号九康庄）相助为理。请设法玉成其事，务使事务简单化，则（受业）弟感激不尽，并请商之胡府赐一移挪物件日期（此仅一种权宜办法，并无他意），以便与舍友定进屋之日为感。至于在胡府未搬出期间之租金及其他问题，一律悉遵诸位之命，但求为（受业）弟所可允者，无不乐从，可从长计设也。余俟再禀，即请崇安，并盼即覆。胡府请安，不另。

受业弟、小兄葆儒敬禀，五月十六日

复示请寄上海古拔路一五六三弄十五号

---

① 胡郁文。

# 刘崇儒致刘葆儒书札1通

大兄手启：

接九、廿六函，敬悉一切。弟将条件答覆如下：

1. 公顺款汇奉乞收到后覆一信。弟并未到扬，系模[①]代签。所签之字，略有刘们[门]阳虎之雅。
2. 胡行租屋之事，前日居石涛来方[访]谈，论其结果为：A. 已成约之账，照成约算法计算。B. 新租约由民国卅一年一月起，按月六十元（老历），自七月起按新币六十元计算（七月始通行新币）。C. 押租新币六百元（押租以二对一抵折）。D. 估约期间乙年，自订约之日起。E. 在其一年期间，双方不得增减租金，无论何种理由。F. 凭约期期满租赁行为即行终止，如双方同意继续亦可。G. 满期自有三个月交房期，如过期不交，房客须负一切赔偿损失之责（此款经居石涛修改为得交房金一倍）。条件如此，兄意如何？居石涛之意当诚恳。彼表示，胡府之意亦甚诚恳。弟与兄一样甚恶此等谬货，但目前不搬，实亦无法。弟以此最低条件相商（居亦认为此系最低最让步之条件）。再有何说，即拟赴氾一行，请胡镜周、居石涛一同赴扬交房迁屋矣。所谓先礼而后兵者也。兄意如何？
3. 高邮生活程度亦甚高，公顺推销之说，弟尚未谈到。
4. 沙田事弟意非经彻底整理不可。实在出卖，则殊不必。弟意容潘赴扬做一手续。作刘姓卖出，先着佃户出退才能生利，否则休矣。
5. 元芬已出殡，暂厝高邮，将来拟归葬扬州维田叔处葬。兄通知并祈缓颊（或用奶奶名义）。弟殊觉赧于为言，万恳歉然。
6. 胡租老账已赴波中，弟现查出弟之旧账，为付至阳历九月（折上付过五十元）。[②]
7. 押租留沪。在沪设法存储或在孙云九处亦可。
8. 小孩尚肥壮，惟不喜睡觉。
9. 嫂子说拟回扬，何以只闻楼梯响，不见人下来。

即祝秋安。

母亲前请安，三珠四凤大吉。

弟崇儒手启，十，六

---

① 刘模（1925—2009），刘崇儒长子。

② 扬州青溪旧屋部分房产原由胡氏承租，后由徐氏承租。扬州现存当年两次承租的契约，为后人

# 刘葆楹致刘葆儒书札1通

大哥赐鉴：

昨奉八月八日手示，敬悉一一。兄今春所寄三函俱未收，想系鸿乔之失也。弟自父亲[①]丧事告一段落后，即于五月中，奉母[②]及中、观[③]两弟，由秦之兰[④]，诸承中行[⑤]诸父

了解民国时期青溪旧屋运作交易情况提供了新鲜史料。租赁契约一纸，两面记载：

（胡府）

立租折人胡镜周，今租到名下东圈门街四十一号门牌内房屋壹所，详载租约，凭折按月支付房租。通用国币伍拾元整，不得过期短少，今欲有凭，立此租折存照。

中华民国三十二年一月一日。

立租折人胡镜周押。

居中在约

五月廿九［日］收 由鼎康庄汇来伍百元。

卅二年房金付讫。

自民国卅二年押租改为伍千元。

本年行租收讫。

自民国卅四年收行租三万陆千元。

本年由徐季搏收清押租伍千元承租。

本年行租结算清楚。

（徐府）

自民国卅年九月起，光照堂房屋由徐季搏承租。往前光照堂契胡镜周所订之约，已将押租、房租均与胡姓结算清楚，一概无效。自民国卅五年起，仍由季搏续租。凭中三面言明，不收押租。每月行租法币五千元正，以后每月凭生活程度议价增减。先付后住，不得过期短少。期以一年为限。此批。

承租人徐季搏

出租人光照堂

中人胡季洪

中人林尹亭

中华民国卅五年元月元日立

自元月至十二月房租收讫。

① 刘师颖（1896—1944），字容季。

② 刘葆楹生母徐芷（1897—1927），去世较早。此信中称“母”系继母方庆观（1905—1998），字慧云，扬州名流方地山之女。

③ 葆中、葆观皆方庆观所生。

④ 即由西安到甘肃兰州。1944年秋刘师颖病逝于西安旅馆。

⑤ 中国银行。

执帮忙，拨给行内青瓦住宅两间，当时以塞外生活太苦，加以中、观就学不便，故未继行西来。中弟已于今秋考入兰州中学高中一年级肄业。观弟已考入同校初中二年级肄业。该校系属省立，一切官费，故所费尚属有限。朴[①]弟自父故世后，即未赴汉中继业，盖后以学医期限太长，深虑将来经济情形，难允毕业，故随辍学就业。前由中行介绍，即在该行所办之兰州毛纺厂供职。然该厂待遇较差，伊已函动呈辞。弟函阻不收，深以为憾。刻尚留兰，正在物色工作。如在兰谋事困难，或将令其来矿，代为在此间想办法也。母亲前于九月间，曾由兰来此小住经月。嗣想中、观等需人照应，已于十月间返兰矣。珍[②]妹在津，迄未外出数次，通信亦未得覆。渠原系随徐如炳[③]舅父同住，近况如何，良令人惦念。然交通道阻，亦惟噫叹奈何而已。申沪与华北一带，如可通讯，便请代问北京中国银行陈保之[④]姻叔打听。如有消息，并乞示知为感。二哥[⑤]在邮邑[⑥]，想甚安好，甚念。此间地处空荒，饮食、气候俱难如意，然僻处一隅，居家反较安定。弟年未届而立，而此心竟衰老，有愈中年。他年舟聚，不知作何感想。丽中[⑦]在此，仍同时工作。渠前曾以子宫外孕，在弟赴西安时，在此间附属医院施行剖腹手术，当时危险万分，幸得逐渐康复。陇儿[⑧]自去年七月二十五日诞生以来，近满十五个月，尚称茁壮好顽。祖父[⑨]赐名陇民，祖父临终时，当时以不及一见为憾。弟系处祖父母庇荫之下，爱护世界，微不至此，子生而祖殁，亦可谓苦命矣。京五[⑩]表弟在滇，曾通信数次，渠有意上联合大学攻读。弟曾寄介绍信二件，不知最近曾否入学也。大伯母[⑪]在沪想甚安好，念念。专此敬上，即请双安。

弟葆楹手上，十一，十五

丽中附奉致候。

---

① 刘葆朴。

② 刘葆珍。

③ 生平不详。可能系刘葆楹生母徐芷的兄弟。

④ 陈邦怀（1897—1986），字保之，中国古文字学家、考古学家。早年研究商周文字，出版《殷墟书契考释小笺》、《殷契拾遗》。1931 年迁居天津，在中国银行任文书职务，与刘师颖同事，亦是刘氏亲戚。

⑤ 刘崇儒。

⑥ 扬州高邮。按，刘显曾之子入赘高邮杨氏，无子，以刘师崇次子刘崇儒为嗣。在抗日战争期间刘崇儒曾避居高邮。

⑦ 方丽中（1914—2001），刘葆楹（1916—2004）之妻，生子陇民、凯民，女新民、蓉民、重民。

⑧ 刘陇民。

⑨ 刘显曾。

⑩ 何京五，刘师培夫人何震胞兄何家铬之子。

⑪ 刘葆儒之母胡留元。

# 刘葆朴致刘葆儒书札1通

（上佚）津市房荒严重，普通一间房，月租三袋面。长此以往，非薪工阶级所可负担。此亦图其一劳永逸。叔炳舅现开扬州小吃社，惟营业不佳，正图转业扬州酒厂，刻与酒业专卖公司交涉中。京五[①]舅仍闲事家中，清苦异常。弟现住□中里陈二表叔处，离厂甚近，颇感方便。

四弟葆朴拜上，十二，三

① 何京五。

# 刘葆儒致胡郁文书札1通

郁文学兄赐鉴：

敬启者：前因□□，扬州房屋租金，照战前原额，早经增加二三成不等。特请白吾[①]兄转商吾兄，自本年七月份起，暂将尊租舍间扬州房屋[②]租金，照战前原额惠付比照增加（其七月份房租则暂照原额），谅久转达。嗣白吾兄于九月廿二日，转下法币拾五元六角。十月廿八日，又蒙交下法币四十六元八角，均照收。

尊账敬乞释念，兹拟自本年八月份起，照原额增加二成半，即按月廿九元四角计算。基此法币购买力逐步减少，扬州房屋租赁情形亦随之变更。蒙鉴原元，如所请也。专此，即请大安。

学弟刘葆儒、崇儒谨启，十一月一日

---

① 朱白吾（1896—1980），字增壁，宝应氾水人，著名教育家。14岁入高邮界首镇经正学堂读书，1913年，进入淮扬合一中学（后改省立八中）学习。1916年中学毕业后，回氾水任第四国民小学教员。1917年，被国立北京高等师范学校录取，专研生物、矿物等科。1921年毕业后，在徐州省立第七师范学校任博物教员。1927年，任江苏省扬州中学高中部生物教员，兼任过舍务主任、级任导师。1945年至1948年底，先后在宝应、高邮、兴化等地任教。1949年5月至1952年9月，任扬州师范学校校长。1952年10月，任苏北师范专科学校副校长兼总务长。1954年，当选为扬州市政协副主席。1957年，任九三学社扬州市分社主任。1980年5月，因病逝世，享年84岁。

② 扬州东圈门青溪旧屋。

## 刘葆儒致孙云九书札 1 通

云九表弟大鉴:

敬启者:晨间舍弟,曾上一函,谅登记□。兹有恳者,舍间东圈门房屋,有此间殷子厚[①]先生之家眷承租(中进四间、两厢房、后进不租,厨房、厕房、花园大门,均公共行走使用),仲等[②]已在上海接收押租,势必于最短期间请胡姓让屋。故有事奉烦,日前业已申函奉托,兹将恳办各点列后:

一、请通知胡府于阴历二月十五日以前腾清迁让,并允仲等,如于正月内回扬,让与仲等居住。租约(在芮府[③])请照退。

二、胡府提及押租一层,请告以当由季洪弟,就近与胡郁文兄在范水当面接洽。季洪处由仲等另函奉托矣。

三、屋内电线舍间所装。至于电灯、火表及附件等,请于[与]胡府洽商转让与殷府。如胡府不肯,仲等在扬时曾与季洪弟商议,北门街旧居中有火表一只,可以转让。请与令妹商议,并觅一电匠装妥。足下太忙,此事可请京五弟办理。仲等已另函拜托矣。如有其他必需手续或用费,可请作主代办。

四、所有装修诂转,请京五弟至芮府索取装修单,点收后寄上海(葆儒处)备抄,送殷府备其点收。

五、装修如不全诂议价索赔,通知葆儒,当由葆儒另函洪[④]弟,在应退押租内扣除。又,胡府须交出收约,方可退押租。

六、胡府有出屋期,请函上海,当请殷府进宅,并请点交装修。

葆儒、崇儒敬托,一月二日

---

① 青溪旧屋新租房客。

② 刘葆儒、刘崇儒兄弟。

③ 刘葆儒之妻芮瑟华娘家。

④ 即胡季洪。

# 庆致刘葆儒书札1通

次羽仁兄大鉴：

手示敬悉，尊事拖延日久，感愧交并。前见家兄来一函，允于最近期间，先代筹拨少许，但尚未成事实。一俟办妥，即行信告知之语。弟地位不比兄之情形，托人之事，岂能一再函催？须等伊办有成效，即函奉陈。兹根据兄之意旨，函达家兄，请其速筹，托交通汇沪，以济急需。并托办妥后，先来一电，俾有把握，俟见面回复，再行奉闻。迁延之愆，祈希鉴为荷。

弟庆[①]顿首，八月八日

① 生平不详。

## 调致刘葆儒书札 2 通

（一）

次羽吾兄大鉴：

六日惠书敬悉。裕华组绞一事，前得友人报告，内有少数旧商秘密参加。股东贾君，即彀中之一。盖处此情况之下，渠既不敢出面申请复业，故借裕华附属经营，且可于其园［原］有行地以内，获得每担三角或五角之岸租，作为将来陆续清理债务之款项。即便局势有所变动，而其旧内之地位自在，亦不□□□。此君心计之工，令人佩服。至于□□一节，此亦无所问。随后裕华如果正式营业者，有事实足以证明，自不于根究也。

弟闭门养疴，对于外间消息，偶闻关于上述事件，倘尊处续有所闻，仍祈随时赐示为盼。肃复。敬请大安。阖府均此请安问好。

弟调[①]谨启，十一，九

（二）

次羽吾兄大鉴：

前上两函，想径察入。顷由中国银行汇来国币陆百元，业已出收，加入存折。日来沪上情况如何？

尊寓谅必平安，至以为念。弟近日腿患又加剧，夜间痛楚，起卧皆非。种种医法都无效，弟只得听之而已。知关绮注，顺以奉闻。专肃，敬请俪安。

弟调顿首，九，五

① 生平不详。

# 沈羹梅致张重威书札7通

## （一）

重威仁弟惠鉴[①]：

此别十四月矣。书屡来屡不报，非有慊于弟也。穷困之余，加以懒散，一著笔便有无限牢愁之谈。吾为此闷，故不寄书。幸元方与弟音问时通。亦颇知我近事否？去岁之厄，关系止于一身，而国政之颓，度支之绌，有不可以言语形容者。举国之人，舍一二富商、骄将，凡吏与民咸不聊生，思之心悸。劫车以后，引动外交，邻灾骇人，大兴妖说。其言虽甚鄙，而天地闭塞之气，下应人心，识者有以知其机。生逢此时，则困穷亦分也。吾弟归乡，极是避乱之道。但英年游荡，亦深可虑。天地有时陆沉，为学之人不可一日少懈。家庭琐屑，当以余闲处置，何必专务？饮酒遣怀，固是雅事，亦不可妄慕古人，趋于旷达。念吾弟从学数年，深愧未能尽心。所喜训诂经术，略已识涂，不至人嗤俭腹。义理一道，与学年并进，不能强求。今之所短，词章未美耳！但能熟读古文，月作数篇，必有进地。元方诗笔大进，字亦工秀，所短仍在散文，于是益信曾文正熟读之法，深得窍妙。懒读者眼界虽高，终难成就。张十二兄常逊我者，读勤而笔惰也（中略）。去岁有书目一本，乃答问之简编，且补削《四部丛刊》之未当，极能贯串群籍，兼综门类（下略）。

## （二）

阅来书所云点读各书，皆甚正大。惟《通考》须速看，卷帙重也。《仪礼》须兼读注疏，不可专守胡说重郑君也。今年细读陈硕甫诗疏，虽服其博，未许其精。因其体例尊毛抑郑，究嫌偏见。往年曾有清儒全经注疏之说，钻研愈久，愈知古注之不可废。注疏包罗万有，后人考补其阙失，则可欲取而代之，诚非易事。疏文过冗，不便学者。然魏了翁要义，尚未能精确。惜乎无高手作一简编，以惠来学也。史学自以为马班二书为主，《通鉴》及《本末》于以博识古今兴衰之故。若言精深，则乾嘉诸老，如钱王考证分辨，终不及刘知几之《史通》综贯全体，不可不熟读详解。说文之学，王段分途。段固大宗，而箓友[②]《释例》极精，若膺所不能为者，宜致意焉。诗文之道，无当

---

① 沈羹梅，号无梦，江苏吴江人，清代重臣沈桂芬孙，北京著名文人，藏园三友之一，与傅增湘等人为友，有《无梦庵遗稿》等行世，1963年张重威自印线装本。有卢慎之等序，多为作者与名人唱和投赠之作。按：沈札稿系张毓英手录，故不全。

② 李筠权（1784—1854），字贯山，一字箓友，山东安丘人。清代文学家，著有《说文释例》。

实学，然无论何种学问，非文不达。此事难以口传，缘其精神奥窍，全在虚空处，不能执一端而概其余。所谓金丹要旨，不外曾文正熟读之一法。读法则“密咏恬吟”四字。最好论文之书，《典论》最古而无用。陆机《文赋》，直是谬谈。《文心雕龙》裒然成书，无体不备，古今为词章，莫不奉为圭臬。余意以为此书，论体裁极当，论办法仍是空言。且彦和目作，不出齐梁窠旧。吾无取焉。若求古文之法，终以昌黎二书及曾文正家训，各说皆能道出甘苦，不设门面，墨守其言，必无歧误。专论桐城者，古文绪馀。昔年以为颇精，近且厌之。张文襄《辅轩语》虽寥寥数语，其识甚高，数十年来无人敢议。而余意以为，朱一新《无邪堂答问》第四卷中一篇，语语精微，真于此道三折肱，以较文襄则远胜矣。文襄所短在好说行话，不如吐露肺肝者为切实也。余向爱桐城，颇能摹其句调。近来读书较深，积理较富，始知其不及古人之处，正以空调太多，实意太少（震川虽为桐城所宗，而经术太疏，时露俗鄙。桐城鼻祖原推望溪，清空之气溢于纸上，余亦喜之，但不如惜抱之浓郁。刘才甫才气虽大，锻炼未成。其馀刘开方启，如管异之鲁通甫、陈硕士，皆不可学。梅旧言最美亦嫌气弱。曾文正清刚朴茂，几驾惜抱之上，确非桐城派。而来源亦本惜抱者。余于姚曾二家皆有选目）。然仍爱之者，则桐城古文之法，犹之八股，其法度显明，初学易于捉摸，亦教人之良法。年来期吾弟及元方文笔进功，舌敝唇焦，然后恍然桐城之用。可见古人苦心，非深历者不能窥测。若诗，则诗话充栋，究亦无用。不过诗中字句有一定限度，调格亦不出数十种。较之文笔千变万化大海无边者，终易为力。总之，谋篇布局，下字造句，皆其形迹。只命意一层，不能言传。而命意尤为诗文之性命，浅深高下，全系乎此，邪正雅俗，亦于此分。吾弟既好桐城，余亦不再进高深之说，只用曾文正熟读之法，苦摹惜抱之格，自有效验。至于命意固属心性，所关要诀，则在经史为根柢。看古人之意何等纯厚！久久有得，自不流于俗鄙矣。此颂撰佳。兆奎揖手。

## （三）

重威贤弟惠览：

函件先后并到，扰累清课，致足耿怀（中略）。省节此费，以购《绎史》，讵不大佳？宛斯先生当时呼为马三代，《通鉴》以前事绩，毕罗于此，后世咸得取资。其贯通精博，非前编等书所及。既有宽大，初印者不可失也。版椠之学，壮夫不为，稍能通之，以备赏鉴古书。考订伪舛，未尝非雅，人深致且足欺人炫博，但不宜敝精力于其中。所谓见小而害大，试问版片之业，无过校勘，校勘之业，无过经籍，若能熟读经文，心知其意，则其中错字，岂有不知？即使不知，误写一二字，于圣人大道何关？惟能精通此事，乃敢出此狂言，确非空疏头巾之谈。故十年以来，于及门诸人，从不授以此技。贤既甚喜，谆谆请问，余亦不忍重拂。此事须先通目录，知各书门径提要，虽不全读，必应逐类检点然后看。莫邵亭《知见传本书目》（上海有售），或邵位西《四库书目标注》（其曾孙邵伯驹所刻），二书十九相同，得一已足。搜寻数过，知新旧板刻多寡之数然后阅。《荛圃藏书题跋》（缪艺风先生刻，上海有售）于以详知宋板精粗美恶。再，此类收藏跋语之书，亦有数十种，黄最精此。外则“北杨”（《楹书隅录》）、“南瞿”（《铁琴铜剑楼藏书目录》）为要，以其书至今尚存也。然后阅叶缘督《藏书纪事诗》，于以详知收藏名家别号图章，聚散掌故，然后此事大备。《书林清话》亦甚佳，余于焕彬，爱其文笔畅达，兴会淋漓。此书分类考据，组织抄纂之功，原不可没。而其中缪妄，亦自显然。其论明刻《盐铁论》真伪适得其反。所谓涂桢本现归箧中，实与张敦仁覆刻无异。叶为缪艺风小门生，往返至稔，岂容不见？而立言不审，非忽略则强辩矣。俟告史估觅寄，暇时涉猎，亦颇有趣。若不明目录，则板片终无要领。《书目答问》谓板片须先明十三经、廿四史，可称妙诀。良以正经正史，无论注疏字句，各本不同。即题目大小、上下分章、提行处处，皆关考证。古今翻刻重重，真难记忆。其余群书虽经数刻，一见年月序跋卷数多寡，即可了然，何暇细论。而经史之中，史尚易考，经典最繁且重，虽历千百年之考据，千百儒贤之论说，终有不通之意。扞格之文，又非区区板片家所能奏功。新得书单价廉可喜，惟职官表太陋（非敕撰者，卷帙多，极有实用），《鲒埼亭文集》多记明末逸事，已嫌其乡曲未化，若诗集直可不观。夜灯呵笔，手僵目昏，聊当对谈，亦颇快意。斋中万卷，殊费经营。南面之喻，昔人不可汉也。

（四）

来书论探讨板片之意甚合，此事非不愿弟为之，但恐流入寻行数字一途。既能见得宋板，未必无误，反不如精校之有用，自不至为所惑乱。读书之法，不必有暇，但能于茶余饭罢、晨起夜眠，时时浏览，久久自有功效。若俟终日之闲，然后为之，则不免一暴十寒。曾文选目，大致不差，姚归二家，面目愈平正，抉择愈难，须于“空、实”二字着眼，再于“神、理”二字着眼，自有把握。以卷帙论，姚多于曾，归多于姚。以选择论，曾多于姚，姚多于归。姚选不过十余篇，归选五六篇足矣。可见文正之文，虽由姚得途，其造诣直出姚上，国朝古文应推首座。文中诚有物，见识诚高远也。三家之中，归为最下。桐城家多喜摹之，其实此公目光不出里闬，经史亦无根柢，但能套袭古人好调，摇曳生姿，有时并不甚稳妥，浅识者骤闻此言，必挢舌以为妄诞。若从反面着想，作文何用？为学何事？岂徒写在纸上而已乎！则此理甚明显也。

（五）

余于《说文》一门，最喜篆友，以其烂熟于胸中，贯串于全部，非枝节抄录者所可望也（上下并略）。

（六）

重威贤弟吉览：

日前连得来书，备承注问，并谂潭第安和，起居佳胜，极慰。昏（婚）期已近，部署一切，想亦甚忙。甲子新春结褵大典，天人相应，喜溢门楣，远人愧无以贺，特撰联语，书之红绡，并汇刻书目一部，交季谨觅便带南。菲薄之持，聊以申意。元方年少于弟，而毕婚在前，则以彼为例也。书目乃光宣间所收，近不易得，因刻意为目录之学，是以为赠。《绎史》已归插架，可喜明本通考残卷无足取。残本非宋元不收。来书所论读书养志，天怀高朗，满纸生意，阅之极为欣许（下略）。

（七）

重威仁弟吉览：

今春两得寄书，极慰。远念吾弟少年孤露，而读书守道，卓然不移。既冠既昏，复得贤妇以为助。桓车梁案，比迹双清，足以仰答考妣之心，俯遂平生之志。虽奎愚远，亦用欣然。出处之策，今世难言。戈戟横行，士夫气夺，稍有节志者，但得布衣粗粝，即不必争胜于一时。阛阓持筹，折阅者多，猗颉者寡，亦岂计之善哉？弟非急于求食，且可沈观变化。令舅铁庵，数载务农，屡逢意外，几于无计可施。近来入盐业，行为经济家，大胜冗员滋味。彼尚以操术不高，微有感喟，不免客气矣。鄙人坐困涸澈，不能奋飞，行年四十而百无一成。即菽水之奉，时或不给，思之可伤，言之可愧。阅铁庵案头来书，犹勤勤念虑，其意良厚。古人禄以代耕，今我不能耕，亦无可耕，而犹坐禀厚禄。祇宜自讼，讵敢怨天？贵贱在于立品，不在高官。至于贫富，命也。年来涉世较深，盛气都泯，闲居颇究心紫阳之学，欲于其中少得安心之方，立命之地，特囊空之际，尚未能处之泰然，则涵泳浅也。自问此生，无负于人，亦无益于世，循诵所及，去昔贤远甚。区区词章考证，何足称数。眼前富贵不可期，身后浮名尤不敢望。此时闲散，正可精勤学术，而心不自持。坐销岁月，颓废如此，鸿博之誉，能无汗颜？差自遣者，看山与谈宴而已！竹垞之学，博而不精，尚未能突过谢山，直与西河较高下耳！西河虽杂，弘丽过之。人谓竹垞多能追踪子瞻，子瞻我尚不喜，何言竹垞？其论史七书，固不茫昧。然当时高手，自有人在，但能吓叶方霭之徒耳！

涉猎其书，原无不可，慎莫钻研倾倒。容甫文极可爱，近日风行，大半耳食。实则容甫深于六朝，而去其堆垛。石臞、蓉生评论甚当。八家本不易过，况魏晋乎？以词章言，渊如、皋文皆可肩；以说经言，伯元亦不多让。宋儒谓注经不可成文，文佳则读者抛荒本经，实有至理，而说经之文（自成篇幅与注经不同）如汪如阮，醴郁茂实，致足玩味。东原、竹汀，经史浩博，文笔并劣。蓉生时称东原，甚不可解。称心而道，波澜老成，有过于亭林者乎？汪阮虽高，不免矜庄，爱好终逊一筹。若论学术，则宋之朱，明之薛、王、刘（蕺山），清初之顾、黄、陆（世仪、桴亭）、张（履祥、杨园），体用兼备，气象崇宏（陆学极博，张文稍逊），学者极宜寓目，较以乾嘉诸老，有江河沟洫之分。无邪堂所论，直破百年恶习，可谓伟识。余更缀之。以文正以殿一代之隆，冠之以圣祖，以著儒业之效，推而上之，则《十三经注疏》（注疏固以郑君《诗》、《礼》为最精，然其他可取者多，即孔祭酒辈，文虽不高，而多闻博识，包罗万有，如天文地理制度礼文，无不通晓，后人能之乎？），《史》、《汉》（《史》之表，《书》之志，皆实事求是）、《通鉴》、二通（朱晦庵极称《通典》，为其言礼也，其时《通考》未出，后来居上），此数者毕生钻研不尽，其用无穷，中原学术，斯为最大。若徒妃黄俪白，或校勘字句，皆所谓寻行数墨之儒，与八股起承转合、幕友等因奉此何异，安能争胜于普通科学，而使之心服哉！昔年深患吾弟文笔不进，非欲名家，但恐无以达意耳。近来来书极美，足知诵经阅史，终不负人。根柢既成，愿努力进而窥其巅也！

# 张毓英致张重威书札 1 通

健兄[①]：

绨袍之赠如命，交以五元，复简一纸，随函奉至。大示所云，寄还一语，则万万不可。兄数年前曾因小女在京学费不敷，向弟有所假贷，久藏胸臆，迄未去怀。虽此次所交揆，以今昔物价或尚未能及半。然得藉此机缘稍偿夙负，实遂素心。昔蘧伯玉耻独为君子，兄依循为通例计算本息，一一清偿，惧嫌于意忘数十年来想爱之深。吾弟若并此不允，仍欲却还，似更嫌于不以君子见待。素性愚憨，弟所深知，区区微忱，料必荷蒙鉴谅也。天寒，诸维珍摄。

---

① 张毓英与张重威有亲戚关系，在日记中多次谈到与张重威交往之事。参见杨丽娟整理：《弈苑片羽——仪征张毓英棋学书札整理》之附录《张毓英日记》部分。广陵书社 2014 年版。

# 桂汝毂致刘葆儒书札1通

次羽学兄世大人惠鉴：

不聆雅教者，十余年矣，积思何已。遥想起居健胜，定如肊颂。弟前次汇款给两孩，以尹亭[①]兄回里，曾累吾兄代为收转，曷胜感纫。顷托南洋魏炯兄，代为拨付国币伍百元，请南洋曹主任裕，面交吾兄手收，并付上魏君函一件，敬祈拨冗一往洽收，转汇尹亭兄。以后如有汇款，恐须仰仗鼎力收转。俾弟之两孩，得以维持生活，皆拜大德之赐也。专此奉慰，敬请俪安。

弟桂汝毂[②]托，十二月二日

---

① 林尹亭。

② 生平不详。

# 王恩官致刘葆儒书札 1 通

次羽吾兄台鉴：

一别数年，时深驰系。顷接四舍弟来函，嘱于本月内汇奉洋贰千三百元。兹以筹备于二十七日（星[期]一）汇出，到祈收见复。先此奉片，敬请兄安。

弟王恩官[①]，十月廿四日

四舍弟函并云及此款汇到兄处后，将发无线电致陈经理及四舍弟知悉。弟决不误期，兄不妨将无线电先行发出，使伊等放心也。

---

① 生平不详。

# 孙振鹏致刘葆儒书札2通

## （一）

次羽大哥惠鉴：

昨奉手书，拜悉一切。兹奉复列后：

一、东圈门居户胡姓，暂时不能让，因尚未觅得新居。弟将以尊函详告，该姓将允函告氾水作主。

一、如急于索屋，该府可让出一个房间，让新户住。全让此时办不到。

一、京吾［五］兄弟也晤过约会。胡姓之租约，仍存于芮府，用时往取。

一、电灯此时不好谈，等胡府氾水复信来再谈。

以上系向胡府辞屋之大概，不周之处，当祈谅之。季洪函已转往，祈放心。吾兄公司中事烦否？自己经营如何？时时在念。子乔兄已启程否？统祈便中示□为荷。此请大安。阖府均此诸安。

表弟孙振鹏[①]敬上，三，十四

## （二）

次羽大哥惠鉴：

连奉两函，并致子乔、季洪两兄副奉，均经拜悉。尊府房屋，最好子乔兄来此一趟，交涉较为有力。弟能力所及之处，决不退后，但女流之辈，非一言两语可以解决。明日当再前往，严重交涉可也。

此地自配给实行以来，生意清淡，各货回风甚厉。洋烟已进，由于无实销，缺现钞，由以致之。新券此地升出八九分军票现金耳。敝号营业减色，存货亦不愿脱手，有看情形再说。此地做现货之钱庄，亦新创者甚多，但房屋难觅（街面市屋不易租到），均未开业。顺此附陈，匆此，即颂谈安。合府均此请安。

表弟孙振鹏敬上，四，廿一

---

① 生平不详。

# 何惟硕致胡留元书札2通

## （一）

舅母①大人台鉴：

七月五日寄呈一禀，想已入览。敬请大人福体安康，为颂为祝。甥等在宝鸡居一月又十二日之久。一因等待接济，一因等候矿中免费车，故耽搁五十日。其地生活极高，地方小，而居交通地点，各物昂贵，所费不赀。又因矿中借贷手续不清，不予接济，各人不得以［已］交卖衣服以维持生活。一行十三人乘公路车先行，甥则留下照应，八月十三日始离宝鸡。十九日抵成都，沿路爬山越岭，或登数千尺高峰，或行平地，关山重重，备极险阴。在石门云栈处，两车互撞，幸吾车先有准备，否［则］粉身碎骨矣。一路古迹胜多，足可凭吊，如张良庙、武侯墓、剑门关、空城计、定军山、唐明皇自缢处等。尚有张飞手植之古柏数百株，足令人追思汉唐。蜀道难行，凡此胜迹亦不易见到。

府上一切想均安好，甥体交尽风霜，仅小病二日，代［带］病长行，反而身体全［痊］愈，真关命也。在此有七日勾留，成都颇时髦，上海风甚可留连也。余再谈，敬请福安。

甥惟硕②谨叩，八月廿一日

## （二）

舅母大人台鉴：

这次将近四个月的旅行，不久的将来就要结束了。吃了八场辛苦，究竟得到的是什么，真是天知道。化［花］去光阴，浪费金钱，添些走路的经验，观光到不少的风景，看到几位多年不见的朋友。

八月中秋是在贵阳度过，征尘甫憩也，无兴者赏月。回想第一次在府上赏月时还看电影《李三娘》，这是四年［前］的事实。再推算一天——十六——不禁令我涕泪沾襟了。慈母之爱真伟大！

胡孟茀③兄处已去过两次，一是□□，一是□□□□，因其近北多蒙，其夫人招待

---

① 胡留元。

② 何惟硕，生平不详。

③ 刘葆儒记载："孟茀，□丑年十二月初六生。宿牛。"其他不详。

颇勤之至。先生□四十余岁，体格均健旺，较之季洪[①]师则有过之，惟发已灰白，不成问题。小孩较肥硕，而强秋未得全见到，对大人、次羽、子乔二表兄，及季洪师询问极详，并问大人做九事[②]。说到此处，想起来了，十二日大人寿辰，未暇写信祝贺，仅在此补祝，聊申尊敬长者之意，尚希亮察。

筑［驻］地气候甚好，物价较高，多住颇不经济。已勾留十日，行期未定，想仍是数日勾留。舍间常来信否？经传[③]本学期仍在东亚工学院功［攻］读，还是转学？将来大学读毕，不够应用，必须留学。经传正在年轻，可奋志用功，专心工程，打好根基，将来必有伟大成就。恕不多写，敬祝福安。

甥何惟硕谨禀，九，廿三

① 胡季洪，刘氏亲友。

② 扬州地方风俗，过七十以上生日的“做九”。即在过生日人六十九岁、七十九岁或者八十九岁生日时，就当整生日做寿。这样做有两层含义：一是过生日人身体不好，怕不一定活到整生日，因此提前做；二是“做九”，寓“九九长寿”之意，预祝过生日人长寿。见钱传仓：《扬州民俗》，方志出版社 2003 年版，第 65—66 页。

③ 即刘经传，刘葆儒之子。1930 年生于上海，1948 年考入清华大学机械系，1952 届毕业。曾任一汽设计处处长、汽车研究所所长、总设计师、副总工程师、解放汽车联营公司总工程师等职。

# 何惟硕致刘葆儒书札1通

次羽表兄大人赐鉴：

三月十八及四月五日两函均已读悉，承□贱传无恙，渐已痊愈，致石涛师函已转交其二子，即居小石先生是也。胡郁文君亦有函致小石（现在扬。有季洪师同学云，在一礼拜后有赴宝应之意，在宝勾留时间短，尚未完），并请其找中人方剑岑[①]。胡君致小石函内有云，允让厅及中进房屋一、二间与殷府。中进堂屋公用，神柜不允移动。最底限度亦先允让中进三房间。胡府留西首套房及中进西廊房一间，作为堆置家具等用。此信谅已接到。弟则转兄致季洪师及崇哥函中之意，略加透露。并说明尊处需房用，不宜太迟，阴历月内将让中进及大厅。全部让出□住，便于殷姓进宅。小石君仅允转告，而愿努力促胡郁文君增加房租。弟答以希望甚微，彼又云胡府并无正月让房之说，弟答称扬州情形虽特别（即难寻房屋），刘府回房系已三月，不为不早。结果小石允将此意，转答胡君，而坚持不搬加租，三说一面。至青溪旧屋，胡府姨奶奶及一同看屋者居君，亦如是讲。是此情形，胡府甚有延宕之意，小石亦称如不允留两间，为［唯］有拖延，如此胡府甚望旷日持久而利用三方面信息（扬州、宝应、氾水）来往，借此拖延，宜非良策。不知季洪师及朱白吾兄两公商酌结果如何，最好崇哥在邮可就近到宝或到扬面洽。以弟度之，此甚难免也。胡姓看屋之人颇为可恶，二月底让屋之意，恐难实现。此事办理在一方面愈快愈妙，一方愈慢愈佳。不知其用意何在？石涛师通讯地址与胡君同是氾水。豫泰虽转，但不住在一道而已。承将沪上法部见告，谢谢。扬州亦好价格，并无两样。舅母精神康健否？大嫂暇时作何消遣？物价甚巨，米煤若何解决？专此谨履，即请春安。

弟惟硕顿首，四，十

阖府统此问候，不另。

---

① 方剑岑（1906—1961），笔名方锟，祖籍安徽定远。高祖父方濬颐、父亲方笙如都曾在清朝为官，出自书香之家。方剑岑毕业于民国南京中央大学化学系，20世纪二三十年代，在江苏省立扬州中学执教。1933年编译《化学计算法》。1937年抗日战争爆发，扬州沦陷，方剑岑和部分师生流亡到上海租界，自编教材给学生们上课。抗战胜利后，才重返扬州。扬州解放后，政府在扬州中学召集方剑岑等当代名师，开办了“数理专修科”。1952年5月苏北师范专科学校成立（扬州师范学院前身），“数理专修科”名师全部并入该校。1958年前，方剑岑除教学外，还兼任秘书的行政工作。1955年10月，中国人民政治协商会议江苏省扬州市委员会正式成立，方剑岑当选为首届政协常委。参见2012年2月11日《扬州晚报》B4版《扬中名师方剑岑》，作者方大荣、方大和、方翔、方芳、方萍。

# 路荣昭致刘葆儒书札2通

## （一）

次羽世伯尊鉴：

顷接来示，敬悉一一。日前由重庆驻渝永太［泰］和吴北基[①]先生汇来壹仟圆正［整］，业已如数照收无讹，并已具收据，函复吴君矣，祈世伯勿念。家父自上月来信后，讫今已月余，音信杳然，不知何故？此次汇钱来家，何不从福州直汇，而从世伯处转汇？仰［抑］或福州不通汇兑之故？致［至］于家父居福州何处，请世伯火速航信示复，以慰家祖母及家母等。言不细赘，专此，敬请重安。

侄路荣昭叩上，廿八，八，一

## （二）

次羽世伯尊前：

顷奉大札，敬悉家父在福州之近况。日前家父曾由福州来信，家祖母等均颇告慰，今又接重庆吴北基君寄来法币七十元，业已如数查收。祈转告朱佐屏君知悉。专此，即请大安，阖府统祈。

侄路荣昭拜上，八，廿五

① 据刘葆儒记载："重庆经理荣光商店，住（驻）重庆商业场西街廿四号，股东洪戒云、经理杜肇业君均林业民之好友。驻员吴北基君住荣光商店内，通信：重庆邮政总局信箱二四四号。"

# 董玉书致刘葆儒书札1通

次羽贤再表阮惠鉴：

久别音疏，时深远系。近惟侍祉，绥康谭祺，安吉为颂。书旅系如昨，老态日增，闲居无事，只有以诗消遣。常觉文字即随时局变迁，诗歌总不能尽废。各国皆有诗人（诗虽不同，其名则一）。去岁曾读徐东海《晚晴簃诗汇》，虽属大观，尚有遗漏。书后陆续搜集海内已故各诗人诗，拟编《国雅攟遗》，惟恐家乡故旧诗篇尚少。令尊遗诗想有存稿，拟乞暇时检录数首（不拘古近律）寄示，俾可收入拙编书，藉增声价。他如桂蔚丞、吴遐伯诸公，能一并搜罗数首。又，令叔许仲[①]、容季[②]有无遗诗，可得一二首，亦希抄示。鹤孙兄现仍在沪否？如晤时亦祈代托之。琐琐奉恳，不以顽固见弃也。专希，敬颂杰祺，潭念。

董玉书顿首，六月一日

太夫人希叱名请安。

令弟在沪，抑在扬否，均此致欢。

---

① 刘师慎。

② 刘师颖。

# 方裕庆致刘葆儒书札 1 通

次羽贤弟足下：

不把晤者，又几年矣。自尊府分迁津沪，遂致音问莫通。顷接舍甥晋铸安来函，得悉预筹小儿学费之举，猥承慨允担任，并蒙筹拨若干，已交铸安积存。抑何其笃念世交而相爱之厚耶！

愚之家境，培植小儿肄业中学，已属勉强。初意卒业后，只求谋一职业，如银行、商务书馆及邮政电报各等处，作一练习生，俾他日以业糊口。无如机会颇不易得。嗣商之铸安及凌哥叔、汪君朴诸君，佥以志愿过狭，恐难解决异日生活问题。由是三人遂有进一步提议，复汲汲焉后事入学基金之代筹，比来将伯频呼，致累及我弟广泉惠助，深荷盛情，感铭曷既。现在大学录取匪易，将来招生有期，当饬小儿至沪，报考南洋、中央、清华三校。惟小儿程度平常，不知能否侥幸取录？以慰诸君子期望殷殷也。愚一息尚存，自拼坐老青坛，虽济济一堂，精力尚可支持。

令堂太夫人板舆就养，精神想益康娱。令郎现有几人？令弟现何职务？公暇倘惠我如行示以通信地址，尤所愿也。专肃鸣谢，敬颂上侍万福，合潭多徒。

愚弟方裕庆[①]顿首，小儿祖同侍叩。

五月十九日

① 据扬州冶春后社重要人物周彀人之孙周世恩先生介绍，方裕庆系方泽山的后代，也是仪征刘氏远房亲戚。

# 朱白吾致刘葆儒书札1通

次羽兄、表兄如鉴：

白吾今日到此，在汜水晤及郁文兄，谈及尊屋事。郁文兄所云各节，直书于后：

殷氏自动到尊屋内搬移旧房客用物，似乎于手续不合。

旧房客既非欠租，又非不允迁让，不过觅屋不易而已。前云正月十五日让出，不知何人所说。

尊屋先拟自住，当然让出，并已允先让两间，现在全部仍租于他人，迁让时间，嫌太急粗[促]。若欲加租，胡姓未尝不能如数照加。旧房客似乎有居住之优先权。

现在事既如此，当然不能再维持宾东关系，旧房客让屋必须宽允日期（现在房屋不易觅到，确系实情，总在最短时间内设法迁让）。请兄与殷姓商酌，不可再有出乎范围之行为。

尊屋厅房内所堆物件，已由旧房客函各亲友在最近时间内让出。

中进房屋可以设法让后进，或搬至他处，但菩萨与祖先须等新房觅到后，方能迁移。殷姓不能擅自移动。

至于房租结算，退租时再为核算，大概没有问题。

装修方面，若系旧房客所损者，当然照算。若系因事后而损失者，胡姓不能负责。

胡姓现住祖屋之居某及姨奶奶，系看守房屋性质，请函殷姓，不必与彼等发生纠纷，以免另生枝节。

弟等以后此等交涉，不是纸上谈的事。既费时日，又不能切实。最好烦子乔兄或委托代表人，赴汜水一行，与郁文兄面谈一切（住汜水仁丰巷）即可，早期解决矣。不知兄意以为然否？弟等决非推却自己的责任，实因时间和距离不能许可。尚祈原宥是幸。此请大安。

弟朱白吾、表弟尔缄[①]

---

① 胡尔缄，刘葆儒四舅胡会元（子贞）之子。

# 胡郁文致胡季洪书札1通

季洪仁兄大鉴[①]：

两奉惠书，敬悉一是。鄙地数周以来，适值扫荡期间，四乡秩序混乱异常。弟住处大感不安，终日忙于避难。致羁裁答，有劳锦注，歉仄奚似。今又奉读瑶笺，讵蒙见责，益增汗颜。弟于中秋节左右，乘舍亲居石涛先生往扬之便，请其往晤吾兄与子乔学长说明舍间意见办法。当承舍亲将子乔兄意见函告数条。兹因生活日高，不得已将扬寓缩小范围。拟租（下佚）

① 从信札内容推断著信者系胡郁文。

# 杨永基致刘葆儒书札 1 通

次羽学兄伟鉴：

寒腊接手书，因事冗烦，未能即时奉复。弟于去岁国历十一月底，奉总公司派来京，接收通原公司盐所，即留京主持仓库任务。晚间奉派，次早起行，匆匆未能走辞，甚为怅怅。来京后，几无一刻之闲，现始稍有头绪。京地计口售盐，各机关监视颇严，办事种种困难。所幸内部，尚能一致合作。并裕华公司成立，名目上虽有旧商复业之说，其实不过借一用耳。与旧商所有手续，而裕华公司根本不能办到。不过，扬州方面，因用家昕兄总理，故多有同福祥[①]旧同人，至各部主要人员，仍由总公司派去。闻黄明叔兄亦在扬州公司。弟于除夕日接总公司信，春节休假四日，故于元旦日返舍。弟一行初五来京，一切俗例，未能免除，现正忙于各方酬应。吾兄远来，谅必一切顺利。京地烟价，“大英”以至九千余元，不卜厂价加否？虽有利益可图，但搬迁证不能办到。不知兄能为办到否？尚祈便示一二为盼。草此，而请年安。

弟杨永基顿首，二，廿七

① 扬州盐商贾松平盐号。按，扬州老城丁家湾 1 号盐商贾松平在民国三十年代中期购之原周易三祖上的产业，本作为贾氏“同福祥盐号”，在整修过程中，抗日战争爆发，由其贾氏本族人居住。丁家湾 1 号门对面小巷内即为湖广、云贵总督张亮基遗存的老宅。

# 黄胜白致张羽屏书札1通

羽老[①]大兄暑席：

张沛庆[②]弟来，喜闻杖履安健，兴居胜常，甚以为快。前渥老书来告大寿盛况，恨为一衣带水所限，不得登堂奉觞，与群贤星聚，怅望何极！年来埋头故纸中笺注草木虫鱼，所选课本为《本草纲目释名考订》，今已成百五十万字，其间因考核名实，颇涉及故书雅训，常思得就正有道，而此间人皆劳劳，□得一人讥弹立定，求之期年，迄不可得，益知小技雕虫，壮夫所弃，今幸得沛弟渡江之便，仅呈数纸，求得暇日与梅、渥诸兄摭其症病，一赐诋诃，固知小识轻言不足污高贤之目，聊以略陈近况而已。又闻时与梅先[③]、渥然[④]诸兄酒楼论文，作真率之会，邗江三老比德香山，艳羡之至。离别以来，忽已两载，瞻望江天，我劳曷已！前闻大著《扬州方言》已杀青，何时得一拜读，俾得眼明，切盼切盼。谨肃，静候起居。

弟黄胜白[⑤]再顿。五，一

敬烦沛庆贤弟吉便呈张羽老台启。胜白拜。

---

① 即张羽屏。

② 张毓英先生之子。

③ 刘梅先（1886—1967），出生于扬州城，自幼饱读诗书，后在南京民国法政大学求学。与陈垣、尹石公等硕儒素有交游，并曾应陈垣之邀任辅仁大学国文系主任，后又任河南大学历史系主任。后又应老友尹石公之约赴江苏通志局撰《江苏通志》，此后又在国民党江苏省政府秘书处、省民政厅等处任职。解放后曾任扬州市图书馆馆长。

④ 即王渥然。

⑤ 黄胜白（1889—1982），中国药物学家，原名鸣鹄，江苏扬州人。毕业于上海同济大学医科。先后任教于南通医学院、上海同济大学、圣约翰大学等。1919年创办上海同德医学院。建国后，历任华东卫生部医教处副处长、华东医务生活社社长、中华医学会副秘书长、江苏省植物研究所研究员。对药物学和《本草纲目》深有研究，考订了《本草纲目》版本中的错误。著有《本草纲目译名考订》等。

# 陈伯翁致刘葆儒书札 1 通

次羽吾兄大鉴：

久未晤教，至以为念。现本组合[①]人事课，需要人才襄助管理。沈理事长征询于弟，当即以吾兄力荐，并陈请从优位置，月之薪俸，亦须比现在所支为多。皆承允于照办。未知兄台肯俯就否？希赐复，以便备函调用。盖弟与兄素相投机，甚盼能早日聚首办事，俾得朝夕磋磨之益也。且在此时局之下，无名可争，总以收入为目的。谅兄亦以为然也。专此，即颂大安。

弟陈伯翁[②]手启，八，叁

---

① 华中烟草配给组合。民国二十六年（1937）上海沦陷后，日军首先组织上海日商烟业成立上海日本烟草卷纸同业组合同业会。与此同时，原驻华中区管日本军队贩卖日用物资的一批日本"御用商人"，经驻华日本军部特许，组织中支那卷烟配给组合。起初中支那卷烟配给组合专门将上海日商烟厂制品配给外埠烟纸店，后来南洋烟草公司产品也参加中支那卷烟配给组合。但是日华中兴亚院始终不承认军部所特许的中支那卷烟配给组合这个机构，其意图想从驻华日军军部手中夺取卷烟配给监督权，以烟叶配给来达到统制卷烟价格和垄断市场的目的。为此，民国三十一年（1942）12 月日本专卖局在日使馆召开会议，组建华中烟草配给组合，并强制具有一定规模的华商烟厂投资加入。当时上海民族资本烟厂（公司）参加组合的有 29 家，其中南洋、华成、福新、大东 4 家单独参加，其余华商烟厂联合组成中联公司参加组合。华商烟厂参加组合的卷烟商标共计 48 只。

② 生平不详。

# 山翁致刘葆儒书札 1 通

次羽贤友惠览：

昨承枉顾不遇为叹，又荷馈以食品，甚感厚情。太夫人[①]此来，想益纳福为祝。弟暑后任课稍多，又新居更僻，交通不便。偶至市区，匆匆便返。同居一地，无由过从，念念。真不得不怅怅也。本星期日即廿四日晨，作翁相约见遇，不知次羽能同来一谈否？不然，则此间有电话号码为（零两）六一四九五，来此先以电话相约，免乘兴来而败兴返，弟意亦稍安耳。专此，叩问近好 。

山翁[②]手言，廿日

① 刘葆儒母亲胡留元。

② 生平不详。

# 宋琳致芮瑟华书札1通

大嫂：

来函已在去年收到了，因为没有空闲，所以一直延迟到今日。真抱歉，请原谅。

阅来信后得知你们的一切，非常高兴。更使我高兴的是，凤珠①与刘模②的结婚消息，太太③不久可以抱曾孙了。太太近来的身体可健康否？代向他［她］老人家拜年贺喜。弟弟④放寒假可回来没有？凤珠结婚后可否还住在上海吗？明珠⑤可常有信回来吗？瑞珠⑥也快开学了吧？有向、有显他们三月六日开学，小八顺非常的玩皮，我一天到晚就看他，一点事情也不能做。芜湖的天气近来很好，大有春意。以后望你们常来信。祈请如意。

宋琳⑦上，一九五四年二月二十日

---

① 刘葆儒长女。

② 刘崇儒长子。

③ 扬州方言，指祖母辈老人，此处指刘模母亲盛元芳。据记载，盛元芳勤劳节俭，刘崇儒长年在上海工作，她独自承担家务，善待寄居在家中的亲戚和儿子的同学。20世纪60年代末因突发心肌梗塞去世。

④ 刘葆儒之子刘经传。

⑤ 刘葆儒次女。

⑥ 刘葆儒小女。

⑦ 生平未详。

# 芮瑟云致刘葆儒书札1通

次羽、瑟华：

接兄□十四号的信，知悉一切。我与葆观[①]十七号到丰台去看瑞珠[②]。他们那儿门禁很严，我们写条子进去叫她。在门口等了一小时，她才出来。她看到我们很开心，带我们进去，到他［她］们宿舍里去。指导员招待革命家属，还给我们预备午饭。我同观吃这一餐饭很光荣。那儿的男女同学，对待瑞珠如同兄弟姊妹一样。不过我看瑞珠还是不太习惯这里的生活，她想向我们说苦情，在学校里又不便说，就叫她送我到车站，指导员又命一女同志同她送我们，我又不能拒绝。

我们由北京去丰台乘公交只需二十八分钟，由丰台镇到西仓库，需步行三里许，我们去时的汽车出广安门到丰台镇，又是一条路到西仓库，要去三里多路。那天我们早晨八点离家到车站，晚六点才回到北京。

她们军部校面积很大……我想瑞珠要变成一个中国好儿女，如伯父[③]在世也光荣呀。老六劝她多多学习，不要想家，我看她比在上海能干多了。

葆观在校也很好，他来沪也不回家一宿。星期日早晨，来吃完午饭，就回校。朴[④]、中[⑤]、珍[⑥]在津都好，我在京打算长期住了。因为好山好水，又是人民的首都，所以多多地学习。望你们珍重，祝你们快乐健康。

瑟云[⑦]，三十一号灯草

① 刘葆观，刘师颖与继配方庆观之子。据刘葆儒记载："葆观，民国壬申年二月十九卯时生，宿猴。"

② 刘葆儒小女。

③ 刘师苍。

④ 刘葆朴。据刘葆儒记载："葆朴，民国癸亥年正月初一丑时生，宿猪。"

⑤ 刘葆中。据刘葆儒记载："葆中，民国己巳年十一月廿七日酉时生，宿蛇。"

⑥ 刘葆珍。据刘葆儒记载："葆珍，民国壬戌年二月十七日申时生，宿狗。"

⑦ 生平不详。

# 毛光义致刘模书札1通

刘模同志：

您好！关于上海图书馆顾廷龙馆长拟收集整理尊先德文淇公以下诸先生遗稿遗札事，去年曾由顾老托弟致函经传同志，本月经传同志复函告知这批遗物以前曾由令尊大人[①]收藏，保［存在］上海四川北路宅中，并告知你将进一步寻找，并拟和顾老先生取得联系云。此函早经转交给顾老。顾老对尊先德遗稿已有着落，深为欣慰。对你们二位热情支援祖国的四化建设，亦万分钦佩。

由于顾老日常工作极为繁重，未遑复信，不过他对此事极为关心，曾多次询弟有无消息。弟亦因事冗性懒，久疏音问，歉甚。

上月又访问顾老，顾老谈起最近又收到经传同志去信，询问前函有否收到，顾老已复信经传同志，并托弟写信给你。

顾老认为，如果该物的找寻工作已经落实，是否可以让他老人家先看到实物，以便对交付手续以及日后的整理出版工作作出打算和规划。不知是否可以早日实现这项盛举，是否托沪友或上海图书馆组织上协助，或由你考虑在必要时亲自来沪与顾老先生商谈。总之，希望你能于百忙之中抽空给我们回音。

肃此，顺致敬礼！

弟毛光义敬上　82，11，5

复信请寄：上海陕西南路582弄34号或成都北路586/9上海化工设计院毛光义。

或直接寄上海南京西路黄陂路口上海图书馆顾廷龙先生均可。

---

① 刘崇儒，字子乔。

# 刘模致梅英超书札 2 通

## （一）

英超大哥：

自从上海一别就是几十个年头，断了音信，各在何方？无法联系。昨日文祎兄将您的信转交给我，总算又联系上了，真是欣慰万分。在信中知您从文祎兄处了解到我弟兄情况，现详告如下：

楷弟本在上海艺文书局工作，后因支边去了黑龙江安达市当了一名英语教员，现已退休。过去每年返扬探亲一次，从前年因脑溢血后遗症腿脚不便，倒有两年未曾回扬，看来很难见面。

杲弟自从南大毕业后，分至北京高等教育部工作，后因去贵州搞四清运动，支援贵州，即留至贵州六盘水市工作，在该市师范专科学校教数学。由于山区生活清贫，心情又不舒畅，忧郁成疾，96 年因胃癌开刀不治，病故六盘水市。

经传在长春第一汽车制造厂工作至退休，前几年经常出差江苏，顺便来扬逗留数日，退休后因无出差机会，也很少来扬。想起我们弟兄四人劳燕分飞，各去一方，只有我留守在老家。

葆中、葆观叔均在北京，五月葆中叔回家在老宅住了一月，直到六月份才离扬北上。我下次写信去葆中叔处，将您的地址给他，如有机会您们可见见面，我想虽同在北京，由于相离较远，恐怕见面也较难，不过总会有机会的。

葆槛叔仍在成都，前几年经常来扬，这两年由于年岁较高，腿脚不便，再加上旅途劳累，儿孙们不放心他与三婶来扬，故很少回来。总之我们都是 70—80 岁的人了，走远道，儿孙们总是不放心，故只有书信往来，互通信息，也就心满意足。数月前见到孝直大哥，腿脚也不便，想您们定然经常通音信。我们虽同在扬州，平时也很少见面。

三姑太太（何家）叔畲表叔在南京化工大学，现已退休，住南京新模范马路青石村，我们倒时有往来，五叔来扬时，叔畲叔同来扬州住了数日，游了瘦西湖，到各亲友家走走，颇为欣慰。今后像这样聚在一起，难、难、难。好，就谈到这里，就此搁笔，余容再谈。匆此，敬颂秋安。

弟模上，99.9.20

（二）

英超表兄：

接读来信，敬悉一切，并承赠送《青溪旧屋仪征刘氏五世小记》一本，谢谢。

相隔多年，很少问候，殊经为念。今得知兄已 85 岁，身体状况良好，只有腿脚不便，真是憾事，如腿脚能行，可来扬一聚，定有一番情趣。于文祎兄虽在扬州，我们也很少见面，年龄一大就怕烦怕动。仪征万仕国先生前几年倒常见面，也有书信往来，但近两年由于他工作调动，只知道他仍在仪征，但确切的工作单位和住址不得而知，我想通过关系或许可联系得上，如有消息定当函告。

所赠《小记》当得详细拜读，我想您对我家情况可能比我们还清楚，以前由于年小无知，也不知家史，只知道三世传经，及刘师培先祖在北大教书，详情不知，偶而也听得祖母谈谈，那时只是当故事听罢了，所以知道得也不多，这次可通过《小记》来补上“家史”课了。天气也到冬季，气候时冷时热，劝兄多保重身体为要，并望常通信赐教。

敬祝冬安。

弟刘模上，2004.10.29

# 林子雄致刘模书札1通

尊敬的刘模先生：

扬州之行，有幸瞻仰青溪旧屋，又得先生伉俪热情接待指点，受益匪浅。但故居虽存却面目全非，政府既列入保护范围，却未有得力措施（先生指点下，曾到毓贤街阮氏祠堂参观，情况类似），确实令人遗憾。希望不远的将来，能够看到青溪旧屋恢复得象［像］汪氏小苑[①]，让人不仅能看到它的建筑，且能领略刘氏前后几辈研经治史之风范。随信奉上合影，照得不好，请笑纳。

《刘寿曾集》一册，2001年由台湾“中央研究院”中国文哲研究所出版。它又是“清乾嘉扬州学派研究计划”研究成果之一。是书由本人点校，或有不少失误，特别是书后附录之“刘寿曾亲友交往录”、“刘寿曾年谱简表”仍恳请先生斧正为荷。

先生仍有什么需要，请来函，不必客气。谨此，顺颂春祺。

晚林子雄[②]敬上，2005.1.31

《刘寿曾集》已从邮局以挂号寄出。

---

① 汪氏小苑坐落在扬州市东圈门历史街区东首“地官第”14号，因主人姓汪，住宅为主，苑则相辅，苑面积不大，故称汪氏小苑。小苑占地面积3000余平方米，遗存老房旧屋近百间，建筑面积1580余平方米，是今存扬州大住宅中最为完整的清末民初盐商住宅之一。其宅特点是房屋布局规整，装饰雕琢精湛，庭园玲珑精巧，文化底蕴丰厚。汪氏小苑以其独有的特色和鲜为人知的盐商秘闻多年来吸引了许多中外游客来访。现为江苏省文物保护单位。

② 林子雄，1957年9月生，广东广州人，广东省中山图书馆特藏部副主任、副研究馆员，广东炎黄文化研究会理事。《四库全书存目丛书》、《四库未收书辑刊》编委。从事历史、文学、地方文献以及古籍版本等方面的研究。主要参与编著、整理，已经出版的图书：（乾隆）《嘉应州志》、（康熙）《程乡县志》、《二十七松堂集·廖燕作品补编》、《中国馆藏和刻本汉籍书目》、《中国馆藏日人汉文书目》等。

# 顾一平致梅英超信札 5 通

## （一）

英超老先生：

好久未通信了，经常与孝直、文祎[①]二老谈到您。今日在孝直老处看到您和他两家的合影，一睹老先生的儒雅风采。

又值文祎老要将我“闻史”笔名写的《刘师培舟经三叉河》拙作，寄您，我说由我寄好了，于老签应，随信附上，请指正。

我拟写篇您祖母的短文，题目叫《刘师培胞姊刘师铄》，届时，当寄您指正。

我想请教一下：

1. 您祖父梅兆祷的生平、名号、生卒年代。

2. 您母亲生平、名号。

3. 您简要生平。

4. 令尊《玉夔龙馆诗抄》您珍藏否？诗中涉及不少扬州文人，很想了解。

余言后续。

祝您健康长寿。

顾一平[②]

2011 年 6 月 2 日

## （二）

英超先生：

上周给您的信想已收到。昨日扬州日报副刊刊登拙作。随信寄来，望斧正。其实主要是根据令尊《五世小记》写成的。我以为，刘、梅两家的文学成就应让扬州人了解，并发扬光大。

昨日我还将此复印件送孝直老，他很高兴，但很谨慎。同时，他多次讲到您送他的南宋苏阿翠像拓片及多家题跋。我以为这也是有关扬州名家的题跋，值得将此经过和题跋文字整理。孝直老说，保存收藏经过您最清楚，如要整理，也要征得您的同意。我是从事文史工作的，深知这些东西随着时间推移淹没而不被人所知，整理保存很为重要。不知您老意下如何？

---

① 即陈孝直、于文祎。扬州乡贤，与梅氏有亲友关系。

② 扬州知名的文化学者。

鹤孙先生的事迹，尤其是他在诗文学术上的成就，应该加以宣传，10年前我到上海文史馆查资料，看到一份登记表，其他事迹未看到。他在上海应有好多诗文保存的。

英超先生老前辈又出身书香之家，很想得到你的指教。

敬礼！

扬州政协文史委员顾一平

2001年6月8日

## （三）

英超先生：

您好！十分感激您赠送的《刘氏五世小记》，正在拜读。

遵嘱，给扬大图书馆送去两册，随信附上该校给您的赠书纪念证。刘模先生的一册也送达。我曾看到有令尊鹤孙老先生的信札一则，令祖母师铄挽二妹的联语，现给您寄来，借以慰念。我想知道的是，师铄的挽联是她的亲笔吗？盼望赐告。

我非常注意扬州文化人的史料收集整理。

祝健康长寿！

另告，给仪征市委办万仕国的一本也寄去，并和他通了电话，他很高兴，他会给您去信的。

敬礼！

顾一平

2004.10.13 灯下

## （四）

英超老先生：

上次手书敬悉。

读了《五世小记》写了一千余字的东西，今日《扬州晚报》已刊出，于老先生看到，打电话告诉我。我买了两份，给您寄来一份，文中掉了一个字，错了一个字，已改出。对全文请赐教。我原来写了一千四百字左右，编辑删掉一些，大约因为版面关系。

我看了《五世小记》其中有些字，未校出。个别标点也不对，不知您看到了没有。另外，我查了一下书，王正履诗中“缵述外家师涞水”句下括号中说：“宋司马光《外家纪闻》”。司马光著有《涑水纪闻》并非《外家纪闻》。《外家纪闻》是洪亮吉（北江）写的。对否？请示正。

敬礼！

祝健康长寿！

顾一平

2004年11月6日下午

（五）

英超先生：

元旦将临，在此向您拜年。祝健康长寿，生活愉快！

上次与您通话，至今声犹在耳，为听教诲，如晤先生之面。

前两天有人给我两份复印件，我一看是18首《南游杂诗》①，下署师颖录稿。根据《五世小记》有关刘师颖生平记载，我断定是刘师颖的作品，绝非别人作品的“录稿”，而且从内容、语气上看，亦合鹤孙老先生的评价：“太多凄怨之音”，诗中提到的人，我只知道“眉公”指的是卞白眉，“次羽、子乔”指的刘葆儒、刘崇儒兄弟，“鹤孙”一定指的是令尊老先生了。其余的遐周、宅相、罗建侯、伍澄波、魏舒贤、王鄂楼、孝逸、介繁、七来、肃岩、剑秋、孟飏、涤君、凤山、挹清则一概不知。现将原件和打印稿寄您，请予鉴定，我的打印稿是否有误，亦请赐正。如是刘师颖之作，我准备给《扬州史志》刊出，以保留乡贤的著作不致淹没，日后无人知晓，这样做也许是应该的，因为地方文献，尚无刘师颖的东西，如任其散失，岂非愧对前贤，愧对后人，也愧对扬州历史文化名城吗？我的想法，希望得到您的支持，您那里有刘师颖的作品吗？如令尊《五世小记》中提到的“八首七律自述诗”。

盼复。再次祝您新年快乐！

敬礼！

顾一平

2004年12月24日

① 误。根据梅鹤孙《青溪旧屋仪征刘氏五世小记》载，刘师颖《南游杂诗》应为8首。

# 诒致佚名者信札1通

[上佚]在尊载。鄙见则求食更急于求名耳。缓急之间，当深筹计，不入耳之言，自知干渎聪明。然芹曝之献，亦愚者之爱也。近交何□士见，何祈出佳书，便祈详示之。所讯传志堂文，正是乎五兄素人之□。草草即复，祗承起居。

壬申三月廿日 诒顿首上

琴西观察诸书，均已抄讫校完，并兄所需者，统俟便人即前张□翁寄也。

# 子侍致佚名者信札 1 通

[上佚]一日耳。又朱氏《授经图经义》[1]，考于汉学，师法全无发明，□外多者徒乱人意。弟欲仿于廷先生《论语》所注，表为六艺。师注表以考见汉儒，授受源流，亦已粗创。稿本记江先生尚无疏证，后有考一篇，亟欲得之。其书能代购，寄一部最妙。如不能即得，请将尊藏本内此考抄寄。切恳。少不知学，长而泛滥读书，不下万卷，一无所得。知汉学亦十年矣，因循至今，始知悔改而渐老矣。又苦老同志宿学如兄者，得早夕请教，真不恨也。《论语》刻成，务早见寄，或冀今年数月之后，能窥测高深万一耳。弟当欲仰求购买。

国朝乾嘉以来，硕儒经手诸书，当于夏秋（是《清经解》[2]未刻者）寄友（迟不过秋，当同党手刻□园寄），即□备用耳。今日共作十三考旧，至此手僵臂疼，胜不能眷言。此请道安。

正月二日，兄子侍叩。

---

①《授经图经义》，朱睦㮮辑。清康熙间有龚氏玉玲珑阁刻本，内有《易经》4 卷、《书》4 卷、《诗》4 卷、《春秋》4 卷、《礼》4 卷，镌刻精美，纸墨俱佳。

②《清经解》，即《皇清经解》，又名《学海堂经解》，阮元主编。道光五年八月，始刻《清经解》，至道光九年九月，全书辑刻完毕。共收 73 家，183 种著作，凡 1400 卷。此书是汇集儒家经学经解之大成，是对乾嘉学术的一次全面总结。后由夏修恕、阮福等编辑、校勘、监刻、出版。咸丰七年九月，英军攻粤，书版毁失过半。咸丰十年，两广总督劳崇光等人捐资补刻数百卷，并增刻冯登府著作 7 种，计 8 卷，此即"咸丰庚申补刊本"。同治九年，广东巡抚李福泰刊其同里许鸿磐《尚书札记》4 卷，附诸《清经解》之后，是为"庚午续刊本"。

# 王禹堂致佚名者书札1通

（上佚）

湮没尤为不孝之甚，是用述其大概，以附录于诗稿之后，而生平于散体文从未窥其大门径，率臆之陈，毫无片断，谨录稿专呈左右，乞为严加绳削，去其冗长，俾辞得达意。暇日尚拟椽笔赐以弁言，表彰沦隐，则不胜衔感也。委购各书，至今无可报命，弥深歉仄。然浙省书肆，纵横插架，不过几部陈烟时文。此等书，不惟夙所未备，即语以书目，亦瞠然不知所对，亦殊可哂耳。撝叔[①]师闻已指省江西，竟持手版听鼓应官，想殊不愿胜。非家计驱迫，度亦不出此也。

近闻羁留都省，来日大难，颇切驰念，未知夫子处示有信息否？明岁拟早日张罗行李，简点入都，并拟迂道金陵，恭候尊履，肃此布陈，敬请钧安。伏惟垂鉴，不宣。

受业王禹堂[②]谨禀，四月中旬一日，杭州紫阳书院函上

禹堂交游不广，又以免人事，不肯逢人请乞，遗稿藏于箧中，若六七年矣。如夫子诸知好中，有心气投合者，乞为再征几家，则弟感激不尽。遗稿已装潢成册，因寄奉不便，如有赐章锦笺、寄示，俟再会入也。

---

① 赵之谦（1829—1884），会稽（今浙江绍兴）人。初字益甫，号冷君；后改字撝叔，号铁三、憨寮，又号悲庵、无闷、梅庵等。所居曰二金蝶堂、苦兼室，官至江西鄱阳、奉新知县。工诗文，擅书法，善绘画，精篆刻。

② 生平不详。

# 佚名者致刘毓崧书札1通

伯山老世叔大人阁下：

久仰芝标，时深葭溯，敬稔文祉，享嘉百民，迪吉完符以颂。侄于前月念五日，由扬动身，在北乡庙镇会晤吴二兄、蒋三老伯[①]，有信一函嘱侄面呈。是以侄一到此，即送上。知蒙电阅，本拟趋前请安，奈守候河帅回音，未能远离。侄因奉山东昇廉防舍亲谕令，到浦面谒庚公。刻下去过两次，因钦使在此，无暇会客。并承传喻嘱侄毋庸回去，仍有细话面谈，是以万万不能即走。兹恳者，刻因荷大病在寓，医宗云温邪防内传，是以通寓之人，以及店东皆惊慌，嘱侄赶紧送回。奈侄盘川短少，沿路耽搁，且临行之时，尚有贰方外借，未曾带出。侄初到此间，人地生疏，无一人相熟。又不能不将此□赶紧送回也。思维至再，惟有恳仰老世伯大人，垂念异乡受窘，即祈暂措贰方，即交来人带下此银。侄一回扬州，面呈尊府家用。况侄亦避居黄珏桥，□断不舍玄荒。侄会令亲陈八太□，乃弟陈白楼九老伯生平世交，在侄处账房四代，伊侄祥相公亦曾在家叔处教读。吴熙载、蒋文茗老伯皆系世交，并希赐一信致尊府，以便将银面交，以免错误。如蒙俯允，则感激积德不浅矣。务求从达，是此切感。专此奉祝，即请文安，立候面示。世侄名另肃。

---

① 从信中内容推测，即吴熙载、蒋文茗两人。

# 佚名者致刘毓崧书札 1 通

迳启者：

望借《大清会典》[①]（全部）一查，即检交奉是荷。所事系已备详，闻已面而告知。此事弟知其罔而无可援手，传诸梦梦[②]而已。文已属稿，尚未誊清。二十［日］内可以缓交。弟惟有诸事从速，免受零累。聊尽友谊于万一耳。介翁[③]《表》已修就，费其青蚨费六百文，有安人寄工也。尊府如无此书，望向代他处一借，忆蕴生[④]师处有也。如不在家，郎君等未经检手，务于明早遣曹发送来为要。即此奉复。名另肃。

---

①《大清会典》，政书。原名《钦定大清会典》。创修于康熙三十三年（1694），雍正、乾隆、嘉庆、光绪诸朝各有增修，又称《五朝会典》。体例仿《明会典》，"以官统事，以事隶官"，据清朝政府行政机构等级排列，各衙门下逐年排比，记载各级官吏的职掌和事例，为清代典章制度之总汇。见赵国璋、潘树广主编：《文献学大辞典》，广陵书社 2005 年版，第 53 页。

② 扬州方言"做梦"，意指空想，不能成功。

③ 薛寿，近代文学家、学者。字介伯，晚字斫伯，江都人。早年受业于梅植之。二十岁成诸生，后十赴乡试皆不第，以课徒为业。咸丰初，入两淮书局。后应张之洞之聘，主讲湖北经心书院。卒于家。精音韵训诂之学。为文雅洁有致。为诗以声情为宗，别裁伪体，持论甚严。著有《学诂斋文集》二卷、《学诂斋外集》二卷、《学诂斋诗集》二卷、《续文选古字通》二十卷、《读经札记》二卷等。

④ 梅植之（1794—1843），字蕴生，号嵇庵，人称蕴先生。江都（今江苏扬州）人。道光十九年（1839）举人，与吴熙载同为浙江姚伯昂幕僚。少勤学，家贫无书，手自抄写。工书善琴。著有《嵇庵诗集》十卷、《嵇庵文集》二卷。《清史稿》卷 530 有传。梅植之旧居扬州三元宫旁，操行耿介，他的诗、琴在当时的扬州颇负盛名，董玉书称其"以诗鸣江淮间"。梅植之与著名学者黄承吉、刘文淇交游甚密，与吴熙载、王御西、王句生并称为"黄门四君子"。他死后，刘文淇为其撰《清故贡士梅君墓志铭》。

# 佚名者致刘毓崧书札1通

伯山大兄大人足下：

廿八日来信，系曹发[1]之友带回。初四来信，系季华[2]带回，均已收至。季华初五到扬，一切俱悉。汪四先生之信亦收到。卓人[3]未有信与介伯[4]。杨石翁致罗、蒋信函，介翁说亦俱收到。先师墓碑及太师母墓碑，写得极好，但朱姓现在江西未回，张姓闻说亦不在扬州（俟洪再问便知）。弟此事如可稍缓便好，否则托孙姓办理，维（惟）劳苦碑数字镌勒不得其人，致不佳也。校勘记写成之志，均已付刻。列传付到第六本，除加高一本未写外，仅写成一本。早晚尚有一本来。现在有三人写，一陶一杨一刘。杨、刘俱新来者。汉翁稿本未□写然成者，亦无□□□汉经解。定于府考后，作有信一纸呈阅。汪生言事即收到付之。许先生对不必着急，能于夏间带回，其愿足矣。正二月膏火已发，□公祠项，已来求书院十二日发案。羡翁正课镛，与介翁附课。介翁代作徐溶正课，宝翁随课。尊名及华廷发、田季华、任汉卿、汪绥伯、黄圣台、张佩衔等俱未取。汉翁之汪寅台、绥翁之吴正嘉，随课以汪孟渔，仍托各卷，亦俱未取。案中如胡家锡、韦光祖俱无名。钱宝昌、黄昌辅者俱列随课。刘恭冕庵笏亦未取。据此，则情面或难免贿赂，恐未必然。王建和、薛国展仍然正课，岂亦偶然耶？则又未必然也。四月开课，作为□试开卷上正附载，俱打定恐无变动矣。潘河师十一［日］晚间到扬，其修令扬四部。十二日早亲自送来，其项系河帅函交，无须足力。太平未有信来，十三日发信矣。此闻并候日安。

---

① 青溪旧屋刘氏老仆。

② 田溥光，字季华，刘文淇女婿。

③ 陈立，字卓人，又字默斋。江苏句容人。道光辛丑成进士，由庶吉士改刑部主事，累官云南曲靖知府。梅蕴生授以诗古文词，凌曙、刘文淇授以《公羊春秋》、许氏《说文》、郑氏《礼》。著有《公羊义疏》、《尔雅旧注》、《说文谐声孳生述》各若干卷。生于嘉庆十四年五月二十一日，卒于同治八年。年六十一。《续碑传集》卷七十四有传。

④ 薛寿，字介伯。

# 佚名者致刘寿曾书札1通

恭甫表兄大人阁下：

敬再禀者，于十八日接得伯西[①]舅氏递来十三日手告，十九日奶奶即着人喊弟来城。弟二十日早间回家，即赴何府会庄守翁、何介言。庄大人今日请客，无空会客，明日来会。弟即留一名片。二十一日辰刻面晤，伊言前日接得孙仲翁来信，题[提]及阁下谋事一层，但留意目下人多事少，如有安插，即当奉请。弟又拜托告辞，故具禀奉申。在弟看来，纵勉强荐事，亦不得恒常也。再者，饭食一事，仍请催促，此一劳永逸长久之计也。再者，弟又询之本房张云亭先生，有饭食一样，另图他事。弟又禀。

奶奶命笔，阖府请安问好。舍下房子，现有余姓可赁。押租大，行租少（押租五十千文，行租二十千文），尚未成交。看定光景，月内成交。其人在捐输局内，系正经人。又及。

① 黄伯西，名图成，甘泉附生。汪中曾孙婿，与仪征刘氏两世中表。绩学多闻。避兵盐城、东台间，授徒自给。周丕烈为画《海隅养拙图》，当时名流题咏殆遍。著有《希陶轩诗文集》。见董玉书：《芜城怀旧录》，江苏古籍出版社2002年版，第73页。

# 佚名者致刘氏书札 1 通

迳启者：

望借《大清会典》[①]（全部）一查，即检交奉是荷。所事系已备详，闻已面而告知。此事弟知其罔而无可援手，传诸梦梦而已。文已属稿，尚未誊清，二十内可以缓交。弟惟有诸事从速，免受零累。聊尽友谊于万一耳。介翁[②]《表》已修就，费其青蚨费六百文，有安人寄工也。尊府如无此书，望向代他处一借。忆蕴生师处有也。如不在家，郎君等经检查，务于明早遣曹发[③]送来为要。即此奉复。名另肃。

① 政书。原名《钦定大清会典》。创修于康熙三十三年（1694），雍正、乾隆、嘉庆、光绪诸朝各有增修，又称《五朝会典》。体例仿《明会典》，"以官统事，心事隶官"，据清政府行政机构等级排列，各衙门下逐年排比，记载各级官吏的职掌与事例，为清代典章制度之总汇。自乾隆朝起，将典则和事例分撰为《大清会典》和《大清会典则例》。自嘉庆朝起，又成《会典图》。光绪二十五（1899）所成 100 卷，按年代排列，记载清初至光绪二十二年（1896）间宗人府、内阁、军机处、六部、理藩院、都察院、各寺监、八旗都统、内务府、神机营、总理各国事务衙门诸部门及垂帘听政、亲政礼政等事。于各机构均详其编制、职掌、因革、掌故等。为研究清史的重要史料。通常所说的《大清会典》即指"光绪会典"。有光绪内府本、商务影印本。台湾中文出版社 1963 年缩印，会典 5 册，事例 24 册。赵国璋、潘树广主编：《文献学大辞典》，广陵书社 2005 年版，第 53 页。

② 疑薛寿，字介伯。

③ 曹发系青溪旧屋刘氏老仆。由此推断，该信系写给青溪旧屋刘氏无疑。

# 英文书札

（35 通）

（一）

亲爱的刘（葆儒）：

很遗憾，由于各种情况，我们已经好几个月没能进行速记听写的练习了。现在我们可以恢复这项练习了。每周一至五晚上 7 点半到 9 点半练习两个小时。我的私人工作室在申报大厦，如果在那里练习对我们都更加方便。

我想知道我们什么时候能够恢复这项以前最喜欢的练习，同时，和以前一样每月给你 10 美元坐黄包车，数额虽小，希望你不要拒绝。

致以最诚挚的问候。

你诚挚的

上海 1922.8.8

（二）

亲爱的刘葆儒先生：

得知你突然离开我们，我感到很遗憾。如果事先知道的话我肯定会请你留下的，因为你在这里的前景的确很好。

王先生和我都已在讨论将你转入进货科。你的辞呈让我们非常惊讶。虽然不清楚你现在职务的性质，但我相当确定肯定不会比在这里的前景好。我真的很遗憾你居然离开了我们，真不明白你为什么会这么做。

至于你帮我翻译的一些书，先紧你手头上的做吧。尽快完成 Segliman，这本已经拖了很久了。

1923.1.4

（三）

亲爱的 Woo 先生[①]：

有关我对 Hollingworth 的 Advertising&Selling 一书的翻译工作，前两章节我已经翻译完成，目前正开始第三章节的翻译。

我想你会意识到这书中所提及的心理方面的术语是最难翻译的部分。目前汉语中没有心理学方面的专业术语，我认为没有一种翻译能让大多数人理解，并为他们提供帮

① 刘葆儒一生博学多才，经历丰富，所受到的现代教育给他带来更多机遇，特别是他卓越的英语水平，让他在民国时期上海的“万国大世界”中能够长袖善舞，左右逢源。

助。理解这些术语的意思并不是很难，因为可以从中文中找到它们相对应的词。比如，定义“appeal”和“suggestion”很容易，但是为它们在中文中创造一个词却很难。随意地创造出一个中文词语会使得译文生硬且难以理解。

我听说化学术语的中文翻译最近已有标准，但心理学的目前还没看见。在日语中有心理学词汇的术语，但多数并不是很好，也不能够从日语中翻译成中文。你们的编辑部对韦伯斯特大学词典的翻译进行到什么地方了？你认为我们从那里能不能找到大部分的心理学术语呢？

我在收集报纸上出现的中文广告来作为我们翻译的例证。但是要让你失望了，大多数都达不到标准，而且也不容易将它们准确分类。

广告的形式有很多，如发传单，登载在有轨电车上、杂志上、期刊和报纸上，等等。为了对它们有个彻底的研究，我们需对它们进行全面的学习。但这几乎是项不可能完成的工作，相对于我们的时间而言，中国期刊上的大部分广告都不适合去研究。

我知道你打算根据 Hollingworth 的材料编写一本关于广告的书籍而不是翻译他的整个作品。如果我们先列出纲要然后再进行下一步会不会更好呢？列出纲要会帮助我们确定霍林沃思的材料里哪些是我们需要的，哪些是不需要的。这些天我都在努力工作，但我觉得一个纲要对一本书的编纂是不可或缺的，所以就将此事跟你提出来。

向你确认在此事上我是真诚的合作，等待你的回信。

附言：请帮我们问一下你们的编辑部，我的《现代会计学》什么时候能出版。谢谢！

1923.2.21

## （四）

亲爱的 Low 先生：

当你知道我已与 Messers.Robert Weber 公司解除关系时，或许你会很惊讶。

我辞职到这家公司担任经理秘书一职。公司名称你会从信封上看到。这是一家荷兰公司，经理谭（音译）先生是在爪哇长大，他是一个非常有进取心的人。我是通过我们的朋友王（音译）先生介绍给他的。

要不是谭先生向我保证一个非常光明的前途我也不会离开 Robert Weber 公司。不过，目前这个未来还有待观察。

我离开 Robert Weber 公司并没有留下任何不悦，我与他们的关系仍然很愉快。我相信你听到这个会很高兴。

向你和你的家人致上我的祝福。

（五）

尊敬的先生：

我已收到你 1922 年 12 月 31 日的信，信上说你已辞去外图部的工作。王先生也跟我提到过你的信。在接受你辞职这件事上，王先生和我都觉得这对公司很不公平。

你必须明白你外出休假。如果你打算辞去你在公司的工作，应该至少提前一个月通知我们。

你休假一周，工作没做，现在仅是送来一封辞职信，这样做是不对的，对你自己也不公平。希望你明天下午能够到办公室将工作交接给你的接替者。

祝你在新的工作中取得成功。

（六）

亲爱的 Selmon 医生：

很高兴向你介绍我的一位朋友——刘葆儒，在 wah chuang 贸易公司上班。他想带他母亲[①]到您那里咨询些情况。

三年来，他母亲总不时说脖子痒，痒的时候没有明显的疼痛，通常持续 15 分钟左右。或许你在询问相关情况后才能下结论。

如果你能建议些治疗方式，刘先生会非常感激的。

1923.4.27

（七）

亲爱的 Meng 先生：

很高兴能给您介绍一部翻译作品，是我的一个朋友翻译的，书名“personal efficiency in business”。原著作者是美国作家 E.R.Printon。翻译这本书的人是我的一个朋友——刘葆儒。他目前在 wah chuang 贸易公司上班。

我现将原著和译文一起寄给您，非常感谢您，如果您能关注一下译文，看是否可以将其连载在《申报》的教育版。

至于稿酬，《申报》是一次付清或是根据刊登情况定期支付，这都由您决定。

期待今天上午得到您的回音，并祝您工作顺利。

1923.11.29

① 刘葆儒母亲胡留元。

## （八）

尊敬的 Chang 先生：

我一朋友刘葆儒将 *personal efficiency in business* 翻译成了中文。原著作者是 Printon，美国一著名的业务效率方面的作家。

我想，如果将文字连载在《申报》的教育副刊或者常识部分一定会非常成功，既受读者欢迎，也能增加销售量。

我已请刘先生在我将译文和原文发给您之前先不要去出版社出版。

请告知我您对此是否感兴趣，是的话我将安排刘先生在您方便的时候打电话给您。

1923.12.22

## （九）

尊敬的先生：

对于今天下午在您办公室的谈话，我想说我对自己目前的工作相当满意，并没想过要换工作，除非新的工作能够有更好的前景。我猜想您所提供的职位是在汉口分行吧。

除了每月 100 美元的工资，年底还会有分红。事实上，公司领导已经答应要提升我为外销部经理助理了，那样我就有机会对出口业务有所了解了。此外，上海是一个商业大都会，在这里，一个速记（打字）员很容易就能找到一份工作，而汉口，作为通商口岸，则不同，失业对一个人来说是相当严重的，他必须找到一份新工作。

因此，我希望提出以下几点要求供您考虑一下：

1. 不管我是否加入您在汉口的分公司，您必须对此事绝对保密。
2. 我工作的好坏由你说了算。换句话说就是，我的工作不受制于汉口分公司，如果他们不满意我的工作，我将自己负责。
3. 如果您能接受的话，汉口公司将付我每月 120 银两的起薪，提供食宿，年底分红。
4. 合同需注明签约 5 年，除非双方中任一方有不可预知的特殊情况。如果是那样，解约需提前 30 天通知。

鉴于辞职需要提前至少一个月通知，我将于 3 月 27 日去报到。

如果以上条件您都能应允，我将会在 2 月 27 日 12 点 30 分去您那儿面试。

1924.2.26

（十）

亲爱的先生：

我看到您刊登在中国报上的招聘翻译广告，应聘者需具备良好的中国文学素养和优秀的英文杂志知识。我想应聘此工作。

我是一名大学毕业生，27 岁，已婚。我具备丰厚的中国文学知识，同时精通英语。我曾做过一段时间中文版《资本与贸易》的编辑，我还定期向 *the native bank monthly magazine*①供稿。1919 年，我编纂了《现代会计学》，现由商务印书馆出版了。还翻译了 Dr. Seligman 的《通货膨胀和公共债务》、Dr.Mardan 的《个人业务效率》和 Mr.Carl C.Plehn 的《公共财政入门》，这些书也将会很快被出版。

作为参考,《北京导报》前编辑 P.W.Kua 先生和“F.Zia’s Angle-Chinese Weekly”的编辑 Francis Zia 先生可以证明。

如果我的申请满足您的要求，请来信通知我面试。

1926.1.9

（十一）

尊敬的先生：

此封信是答复您申请翻译工作的。因为申请的人太多，很难决定录用谁。直到我看过你的翻译样本。因此，如果你愿意的话，可否请您于近日的英文刊物上选择一篇文章翻译出来，并将翻译和原文寄给我们，以方便我们能更好地判断您的能力。不要选择政治类及中国目前形势的文章。

如果您送来的译文足够优秀，即使没有录用您，我们也会给以报酬的。文章不得少于 1300 字，需注明摘自什么地方以及日期。重要的是它之前没有被翻译过。

还有我们就得决定录用谁，所以希望尽早看到您的作品。

1926.1.13

（十二）

亲爱的先生：

①《钱业月报》，创刊号于 1921 年 2 月问世。1938 年因抗战停刊，1947 年复刊，至 1949 年共出版 20 卷。是民国时期一份在全国有过广泛影响的刊物。创办人秦润卿。办刊宗旨——“联络同业之感情，维护公共之利益，促进其业务之发达，矫正其习惯之弊端”。

感谢您的翻译样本，很遗憾，您最终排名第二，这样我就不能提供您每月固定的工资了①。不过接下来我要说的事应该是件好事，如果您愿意，可每月为我翻译 10000—15000 字的英语文章。

您送来的文章很有意思，但是更多的读者恐怕会觉得它相当枯燥。不过我还是会按照 2 美元 / 千字付您稿酬的。

如果您愿意为我接下来的杂志发送稿件请即刻通知我。最好在下周五之前，5000 字。

圆明园路 23 号 521 室②。

1926.1.17

## （十三）

亲爱的刘先生：

“觉悟”的英文翻译是“awakening”。

如您所知，《民国日报》出版的增刊《觉悟》，如果是在英文里，要给一个那样的增刊起一个名字，或许会是“The New Era”③。

1926.2.19

## （十四）

亲爱的刘先生：

前段时间收到您的来信，但迟迟没有回复，因为我没有什么东西可以提供给你的。那杂志已被叫停，我给出一些权利给一两个熟人；如果他们安排好，这将会有更多的翻译作品给您。我会通知您什么时候你的才华能够派上用场。

1926.9.12

---

① 在现存刘氏藏品中，有几件为刘葆儒所译的中文译稿。一篇题为《嘉言》，译民国二十一年三月二十一日《字林西报》。这篇译文，刘葆儒用清秀小楷录抄。第二篇是《民国念二年中国之进步》（打字稿），见“念三年四月五日《大陆报》”；第三篇《中国经济当务之急》（打字稿），见“二十三年四月十六日上海《太晤士报》”。《字林西报》、《大陆报》、《太晤士报》都是民国时期上海滩有名的报纸。

② 按，1916—1937 年前后，圆明园路 23 号是中华公共卫生教育联合会的办公地址。该会由中国博医会、中国基督教青年会、中华医学会联合组建的全国性组织。因此，这次招聘可能是该会下属的杂志组织。

③《新时代》。

## （十五）

亲爱的刘先生：

感谢你的来信，昨天已收到。收到信时我正准备给你写信。本想立马给你回信的，但昨天时间有点紧，处理了一天的邮件。

当然啦，我也想念你。现在这个办公室里没有一个可以像你一样能够畅所欲言的人，也不愿意那么做。你信中问到我的速记，我应该说，很慢。虽然我已经替 Junker 完成了几封信，但是他的语言实在是太糟糕了。

你是知道的，你曾经的部门，也就是我现在的部门，上个月有相当多的信件，所以我一直忙到月底。我想，你现在的工作比起以前的好多了吧。

Doo 先生让我转告你，他很抱歉没能给你回信，因为他根本没有时间。我听说他的兄弟去世了，而且他还有很多工作要处理，所以我想你会体谅他的。

我问了 Doo 先生摩托车的价格，他说如果想要 Weber 牌子的，最少得 50 美元。当然，这包含所有必要的配件，如车灯、喇叭等。如果你需要的话写信告诉我，我再告诉你在哪儿买。他还说 Frenchd 牌子的会比较便宜点，但是在我看来，它的质量也差。

我很高兴你有了更好去处，祝你能事事顺利。顺便问一下，你在 R.W. 口授信函方面有没有什么好的方法可以传授于我，你曾经替他做过一些。

好了，时间差不多了，我也不得不停笔了。记得要常给我写信，我也很乐意回信。

期待你能尽快给我回信，当然，得等你有时间。

1926.12.7

## （十六）

尊敬的先生[①]：

我恳请您关注一下荆州路附近路上的糟糕透了的状况。

一口暴露在日光下的棺材横躺在那两条路的交会处，靠着公交站台。它已在那里很久，部分已经开始腐烂。这可悲的场景不能不引起路人的注意。它充满着引发传染病的危险，尤其是当下这个季节。因此，为了所有人的健康，请您要求相关方面将棺材埋于土里。

1928.4.10

① 此信系刘葆儒写给上海市议会卫生部的一位长官。

## （十七）

亲爱的 Seaborn 先生：

您说管理部门指示，暂且中止给我每月 50 美元的津贴，非常感激，如果您能建议他们不要这样做。

（1）公司并不是白白支付该津贴的。您也许知道，进公司时，我只需负责处理信件。而自从 1928 年以来，我一直还负责了其他的事，如处理订单等。1929 年 11 月份，王先生被调到 samarinda，那时起，由我负责现金出纳，也是从那时起，我有了这份津贴。但是，自从 1928 年 6 月以来，我已经有近两年半没涨过工资了，而公司其他员工的工资都有涨。

您也知道，处理现金需要严格的完整性和绝对的忠诚。我可以发誓，一直以来，我没动过一分钱，没有您的允许，我也没跟任何人提起过相关事情。

（2）就目前公司老员工的工资而言，已经很久没涨了。相反，却或多或少地减少了。这可以通过下面的数据得到证实。

| | | |
|---|---|---|
| 1929 年 12 月 | 大概 | 2530 美元 |
| 1930 年 1 月 | | 2480 |
| 2 月 | | 2480 |
| 3 月 | | 2600 |
| 4 月 | | 2470 |
| 5 月 | | 2500 |
| 6 月 | | 2100 |
| 7 月 | | 2100 |
| 8 月 | | 1900 |

自从 9 月份起，在工作人员的数量方面有了一定的增幅，作为您的新系统的一部分介绍，下面就是发放的工资数据：

| | |
|---|---|
| 1930 年 9 月 | 大概 2200 美元 |
| 10 月 | 2145 |
| 11 月 | 2300 |

根据前面的，Koo 先生因股权所有在 9 月份获得 50 美元，在 10 月份获得 50 美元，在 11 月份获得 90 美元。Strighin 先生在 11 月获得超过 25 美元的报酬。那个新来的俄罗斯人在 11 月因称量柴火获得 100 美金等等。

11 月份的工资发放总数比前几个月多大约 225 美元。正如您所提交给 McBain 先生的清单，给他的印象是公司花费的资金比以往多得多。

（3）Carnie 小姐的辞职和解雇一些员工意味着给公司带来不亚于 400 美金的节省

开销，因此上涨约 50 美元的工资并不那么难。

站在公司立场给您描述了这些情况，我冒昧地请求您将注意力转移到经济形势上。

首先，6 月以来我的工资就没有任何涨幅。

第二点，您一定能意识到，现在的生活水平比两三年前要高得多，更是因为最近银价的下跌，所反映的银质流通货币市场上消费力的不济。我们真正的收入按照银价下跌的比例变得越来越少。

第三点，作为一家之主我有六个成员要去照顾。我是一个抚养着 3 个孩子的父亲，其中两个还在上学。您可以想象一下我整天陷于财政危机中挣扎的痛苦。

第四点，作为一个所谓“白领”，我不得不过着相对体面的生活。我真的已经用尽我所有的方法尽自己最大的努力去支撑整个家庭。我不抽烟不喝酒，也不去舞厅。但是我不得不过着尽管简单却相对舒适的生活。

第五点，正如您清楚地知道，自从 1929 年 11 月起，我就一直领着这份津贴补助。如果这份津贴突然被剥夺了，这对我来说将是一个非常大的牺牲。我很害怕这将会让我一直为财政问题担忧而因此影响到我的工作。

请原谅我的坦白，由于您一直对我的福利方面有着极其浓厚的兴趣。我希望您能够同情我然后尽可能地劝服不要免除这份必不可少的津贴补助。我相信处理这类事务的部门最终一定会听取您的决定的。请您帮我这个忙，真诚地感谢您。

我一定会加倍努力工作的。

1930.12.21

## （十八）

亲爱的先生：

您来信建议给 Mr.Strighin 涨工资。昨天，木材部门召开会议，为了让您有更多的时间来发展销售以及同各建筑公司保持联系，在您不在的期间，公司管理办公室会协同 Mr.Strighin 和刘葆儒督查。

当然，所有业务在确认之前都必须提交给您。

请您转告 Mr.Strighin 我们对他工作的欣赏，从 9 月起，他的工资涨为每月 200 美元。

1931.9.4

## （十九）

亲爱的刘先生：

魏先生（音译）通知我们您已接受我们的邀请，将于12月1日加入上海基督教青年会。我们的理解是，您同意入会不少于12个月，前两个月的酬报为每月100美元，之后为每月120美元。

目前，我们会安排您去太平洋学会从事对外函电相关的工作。从现在到月底期间，如果可能的话，我们想给您安排额外的工作，并根据所花费的时间给予报酬。

请您书面确认这份安排。

您诚挚的：

W.W. 洛克伍德（音译）

1932.11.17

## （二十）

亲爱的 Lockwood 先生：

关于您11月17日的来信，很感谢您给我这个机会，我视之为我的荣幸，我将于12月1日开始履行我的职责。

我认为您不需要强调对我额外工作的报酬，但是，如果我接受了（额外工作的报酬），那是因为我不想因为拒绝接受而冒犯您。

随函附上的是证明材料的复印件。

1932.11.26

## （二十一）

尊敬的 Lockwood 先生：

经过仔细考虑我辞职的事之后，我很抱歉不得不恳求您对我的情况给以特殊考虑并予以体谅，同时免除我目前的工作而不是失去一次机会。

当然，我要感谢协会，尤其要感谢您。是您让我有机会时不时地直接或间接地接受到培训和教育，没有您，这些都是不可能的。当我意识到要达到协会期望的重要性时，我相信您会认同进步的机会，尤其是当一个人对协会的工作还未从根本上接受训练。很感激您昨天对我说（我的离开）整个协会都不会高兴。我相信您作为一个提拔年轻人的领导，会很高兴看到他们得到进步的机会而不是变化的情况下仍固守成规。

我知道负责处理办公室信件的重要，我可以向您保证这些文件都井然有序，任何一个有相同经验的人都可以自如处理。

在这种情况下以及鉴于我上述解释，我相信您会帮助我就如您以前帮助过的其他离职的员工一样，他们应该比我更加感激协会，他们的付出远远比我的重要得多。

非常尊敬您的刘葆儒

1933.6.22

（二十二）

尊敬的先生：

您上月 30 日提出辞职，我们希望您明天上午 11 点能够亲自到公司来。

通用电器（中国）有限公司

1934.7.2

（二十三）

亲爱的刘先生：

关于您 7 月 3 日的来信以及我们昨天的谈话，请于明天中午 11 点到 12 点之间来找我。

通用电器（中国）有限公司

1934.7.5

（二十四）

亲爱的刘先生：

针对您 28 日的来信，我现附上当地证券的报价清单，所有交易都只接受现金。

报价单上的价格大多是象征性的，不代表目前实际的市场价值。5.5% 的上海电力市场债券实际价值每股 77 美元。这些优先股的面值是 100 美元，收益率超过 8% 的年息。

您有任何想进一步了解的信息，请电话联系我，很乐意为您提供您想要的信息。

1937.12.28

## （二十五）

尊敬的先生：

兹附上金额 4 美元的账单，请及早处理。

账单涵盖水表更换费。此前发现您的水表表盘玻璃破碎。

在这一点上，我们需要提醒您的是，按照协议的第五条，您对您的水表负完全责任，其应安装在用户所有产权内。

1938.11.29

## （二十六）

尊敬的先生：

关于您 2 日的来信，我们现已取消了为您更换水表表盘的 4 美元账单。

1938.12.5

## （二十七）

亲爱的 Baker 先生①：

在您离开前夕，在这跟您说声再见，并祝您旅途平安愉快。

谢谢您，谢谢您对我的友善，也谢谢您对这个国家的难民的救济，请接受这些纪念品和我的致意。复制品宝塔上的文字写着："A pagoda of seven stories fails to signify your virtuous deeds"，在我们国家也有这样一句，叫作"救人一命，胜造七级浮屠"。

丝绸卷轴上的颂文大概意思是：

您的东方之行给中国带来了莫大的益处。您无私且具有高度的责任感，因而是一个仁慈、富有同情心的人。

当苏北遭受战争和洪灾时，无数的难民濒临死亡的边缘。这空前的灾难引起了您的同情，您捐资捐物，功不可没。您用行动表达着您美好的祝愿，为他们带来了新生活。

在您离开之际，我向您致以崇高的敬意，并祝你事事成功。衷心希望我们还能够在这里再见面。

致以最亲切的问候和良好的祝愿。

1939.11.9

① J. E. Baker 博士是苏北国际救济委员会四位名誉会长之一。1939 年 11 月 9 日 J. E. Baker 博士启程回国，刘葆儒以个人名义，同时也代表救济委员会给他写了一封送别信。

## （二十八）

尊敬的先生：

现回复您 5 日的来信，储蓄存款账户的年利率是 1%（按美元计算）。

the underwriters bank for the far east,inc.

Assit.Cashier

1940.1.5

## （二十九）

尊敬的先生：

我们期待收到您当月用水量的账单，而收到的却是您 9 月 30 日编号为 No.32289 的 2.5 美元的账单。

账单上您称这 2.5 美元是应我们要求上门的服务费。据我所知，不管是书面还是口头，我和我的家人并没有过作出那样的要求。

在此情况下，费用由我承担让我十分费解。事实上，到目前为止，供水是正常的，我也没发现水表或者任何跟此账单相关的部件出现任何问题。因此，我想这账单是有问题的，或者是你们的工作人员弄错了用户。

因此，我将这账单以及我的疑问回寄给你们，请撤消该收费。

当月水费会在收到您的账单后立刻付清。

谢谢您的关注。

T.Y.Nee

1941.10.1

## （三十）

尊敬的先生：

关于您 9 日的来信，很抱歉我们弄错了账单（2.5 美元）。实际上是 148 号租户的账单。

因此，寄给您的那账单作废。

1941.10.18

## （三十一）

亲爱的先生：

关于您 19 日的来信，欢迎您在任一天（下周六除外）的下午 3 点到 5 点之间来我公司咨询。届时我将非常乐意为您提供我们刊登在 SHANGHAI TIMES①上广告的所有相关信息。

Georges Czako

1943.4.21

## （三十二）

尊敬的 Conrady 先生：

很高兴得知你已安全到家，家人健康，正与朋友们度假。在这里忙碌了这么多天，你的确需要一个假期。

中方这边的事务看上去正逐渐正常。我们都希望政治形势能够尽快明朗化，经济状况如将允许普通业务顺利进行。

期待很快见到你，并祝你圣诞快乐，新年快乐！

1945.12.19

## （三十三）

尊敬的先生：

我们请求您来信告知关于您的电量配给，并在此通知您，我们会在工作人员检查之后尽快处理您所反映的问题。

在那之前，我们只能确认 1941 年 9 月 26 日和 12 月 9 日的领事条例的处理。

您忠实的

1948.1.10

## （三十四）

尊敬的先生：

我们按照上面的地址运了一台 Meck 无线电给您，邮费是 1.10 美元。这样您剩下 5.95 美元②。

---

①《上海泰晤士报》。

② 该购买“护照”内容为：“交通部为发给无线电材料进口护照事，刘次羽称，兹向美国定购无线

按照您的要求，我们会在 3 月 2 日将退款寄到华盛顿西雅图 Chung Sai 贸易公司 Cheng Kong 的账户里。

祝您一切顺利。

P.Bourne

1948.3.17

## （三十五）

尊敬的刘先生：

您 1 月 9 日来信问的两个词的意思，我相信下面的信息可以帮助到您。

“The Chinese people had called Truman’s bluff and the US was now placed in the unenviable position,etc.”

to bluff 的意思是虚张声势、吓唬；to call a bluff 意思就是揭穿某人的谎言或者戳穿某人的幌子。

“The big squad leader called me a dope and had dragged me off into a house searching for Reds.”

Dope 是蠢人、傻瓜的意思。Call someone a dope 就是说某人是笨蛋、傻瓜。

您真诚的，

John

1950.1.11

---

电材料乙种乙件，由美国运至上海进口，请予核发进口护照事等由，经本部查核，尚无不合。合行发给进口护照，五灯收音机壹台。右给刘次羽。交通部长俞大维。中华民国三十七年肆月贰日。”

# 附录一：友朋致梅鹤孙书札

## 南桂馨致梅鹤孙书札1通[①]

鹤孙仁世兄：

手书及前著两本，均收到。外附食品若干，却之不恭，只得敬领。令郎教授都门，温恭尔雅，甚佩吾兄家学源渊，教有义方。正值令郎在座，李君泰美亦以五一休假归京见访，即以一本代赠，借符尊嘱。李君与令郎相见甚欢，将来当可继续往还，甚慰。

今岁贱体粗安，尊著当能详细拜读。吾所知者，皆东瀛与申叔在晋在京事，与此相补，更广闻见。五十余年前事，如在梦寐也。南中早热，诸维珍。重不一一。

南桂馨

63.5.4

① 整理者按，1962年秋，梅鹤孙的《青溪旧屋仪征刘氏五世小记》出版后，除投赠全国各大图书馆外，并分寄有关专家学者征求意见。自春徂秋，收到不少各方人士的复信，如南桂馨、周作人、向宗迪、陆丹林、陈觉元、陈中凡、陈名珂、徐芝田、秦翰才、王执卿、刘梅先等诸位先生约二三十封来信。2004年，《五世小记》再版时，收录“各方来简”影印件6通。这些“来简”，是研究仪征刘氏的重要史料。姑整理于此，以为刘氏所藏书札资料的补充。

# 卢慎之致梅鹤孙书札1通

鹤孙先生左右：

重威兄面交大著《刘氏小记》，敬谢。名曰五世，实则不啻刘申叔之别传。既扬其长，不讳其失。以公言之，存良史之直笔；以私言之，书渭阳之情谊。竭一小时半之力，匆匆阅读。申叔未晤，何震夫人曾交换名刺。同学田伏侯时为留学生监督，据云申叔与午桥往来文件，皆由彼作介。此事告知重威已数年矣。鄙人前年夏秋写笔记七万言，去年秋冬初次作蒙童学词，无书无师，幸获重威频频瓻借，始有一知半解，殊觉可笑。戴果园病况如何？瞿兑之闻有鸾胶之喜，不知何日佳期？我拟航空来申看新娘。黄石公给子房书谓孺子可教。尹石公不给我一字，谓老者不可教，岂其然乎？覆谢，专颂撰安。

弟卢慎之手启

一九六三年四月二十六日，时年八十八

# 周作人致梅鹤孙书札1通

鹤孙先生：

八月中承长君英超过访，宠锡教下，并尊著《仪征刘氏五世小记》一册，感荷无既。乃老病因循，自夏及冬，荏苒半年，尚未奉复，歉仄之忱，如何可可。鄙人与申叔之关系，很有点特别。当他在东京办《天义报》，及主编《河南》的时候，曾经投过好些稿，但这些都是托人交去，并无直接交涉。及后来在北大，也只在文科教员会议席上见过一面，也不曾交谈。只听见发表意见，甚为简单，声音也极低。盖其时申叔的病已经极深也。今见尊著，乃得知申叔一生事迹，至为愉快。尊著虽说仿洪北江《外家纪闻》而作，但是抒写更详，实为胜之。其纪事琐杂处，尤为难得。盥诵数过，不胜佩服。蒙征及拙作，不胜惶恐。昔年以不知为知，妄有述作，后始知悔已绝笔二十年矣。近时从事翻译希腊。在古典作品亦毋缺少纸张，绝少刊行。尝守有鲁迅明故家著书，但目下亦无印本可以呈览。祈赐鉴谅为幸。草草不尽，即请近安。

周作人顿首 十二月六日

# 陈乃乾致梅鹤孙书札 1 通

鹤孙先生史席：

久别，正深企念。忽奉惠函并赐新著，曷胜忻慰。疾读终卷，如与前贤晤对，尘土中为之一快。叙事纡徐委曲，尤为钦佩，洵乙部中之异军也。敝箧有文学汪君之碑拓本，校得异文数事，另纸录，供参考。谢无量先生来京后即住张自忠路一号人民大学红楼乙组六号宿舍。闻其多病，久不晤见矣。周作人先生住西直门新街口八道湾十一号。匆此奉覆，敬致谢意，并颂撰祉。

弟陈乃乾再拜

五月六日

清故文学汪君之碑

五行 泾县包世臣以丹书之 碑无县字

十二行 未尝一日辍学也 一碑作旬

明季 碑作明之季

十八行 友善 碑作交善

十九行 不以得失丧变所习 碑无失字

予尝谓季怀 碑尝下有以字

二十一行 皆因质无善状 碑因作困

二十三行 四十余万言 碑无余字

二十七行 博辨雄文 碑辨作辩

# 张重威致梅鹤孙书札 1 通

鹤孙吾兄足下：

接奉手教并尊著《刘氏五世小记》二册，均收到，拜读一过，名山大业足以千秋。慎丈一笺昨已交来，今谨附上，因此复书稍迟，务祈见谅。戴果老近想已经出院，《五世小记》印本清晰，较之蜕翁《补书堂文录》高明多矣。惟脱误仍不能免，弟序中印脱数字。又第六十一页有容季舅氏年龄比我小十岁左右一语，必有误字。弟今年六十有三，子谦家兄六十有五，容兄为弟等之表兄。卞燕侯表兄今年六十九，容兄以兄事之，推计其年龄今年约为六十七八岁。吾兄今年七十，接仲辉来书，知兄之于容兄仅长二三龄耳。十龄左右之说必有误矣。江南江北暮春最好，大旆于此时回扬州，绿杨城郭，风景宜人，江上扁舟，虹桥烟水，思之神往。刘梅老、毓英二兄面，乞为致意。令东府床一别将四十年，回忆学校生活，已如隔世。彼时所学甚陋，竟靦然为人师，念之惶愧。今令东床之为人师，优于弟者远矣，亦乞代致问。扬州书店如见有民国五年《续修江都县志》及《明史稿》、《耆献类征》等书，请探价并请其保留函商为托。弟养病读书，闭门不出，今年未赴北京，近以牡丹将开，二小女迭函催促前往看花。又以龚师遗集，事颇思神。与乃乾先生一谈，中华书局本以印好样本，弟因其字体稍小，适见夏润枝先生之《悔龛词》印本，冠冕大雅，请改照其式。据云系沪厂所印，京厂铅字不全，必须稍候其调配齐全方能付印。弟为求其精美，遂不惜加钱展缓矣。远承注念，敬以奉闻。石公兄中风久病，极以为念，便中乞代问候。高年患此，完全康复，恐非甚易。慎丈今年八十有八，精神强固，步履不衰，近来努力填词，好学不倦，真令人敬佩。专复致谢，敬颂著祺。

弟张重威拜上

四月三十日

# 张舜徽致梅鹤孙书札 1 通

鹤孙先生左右：

大著《青溪旧屋仪征刘氏五世小纪》寄到时，适舜徽以病入医院，曾于病榻卧书数项奉答，想已早达记宝矣。近始出院归家休养，虽痾痛尚未全愈，发尊著读之，委曲详尽，亦庄亦谐，手此一卷，又不觉疾之霍然也。

先生绩学高文，性情真挚，于外家懿行嘉言网罗略备，非特增益儒林掌故，抑亦可裨史乘阙遗，敬佩敬佩。又书册缮治精雅，楷法工美，刷印爽利，纸墨并佳，知先生固艺事多能，博赡高雅人也。恨未能褰裳奉手作竟日谈耳。舜徽一生以教学糊口四方，早岁北游燕秦，频年税驾武汉（任教华中师范学院历史系），承索拙著，谨检《史籍校读法》一册奉赠。此书本以津逮初学，故卑之无甚高论。伏乞不吝指疵为感。肃布，敬颂兴居康吉。

张舜徽再拜 六月十七日

# 附录二：仪征刘氏世系简表

（下表实线相连者为嫡嗣，虚线相连者为哲嗣）

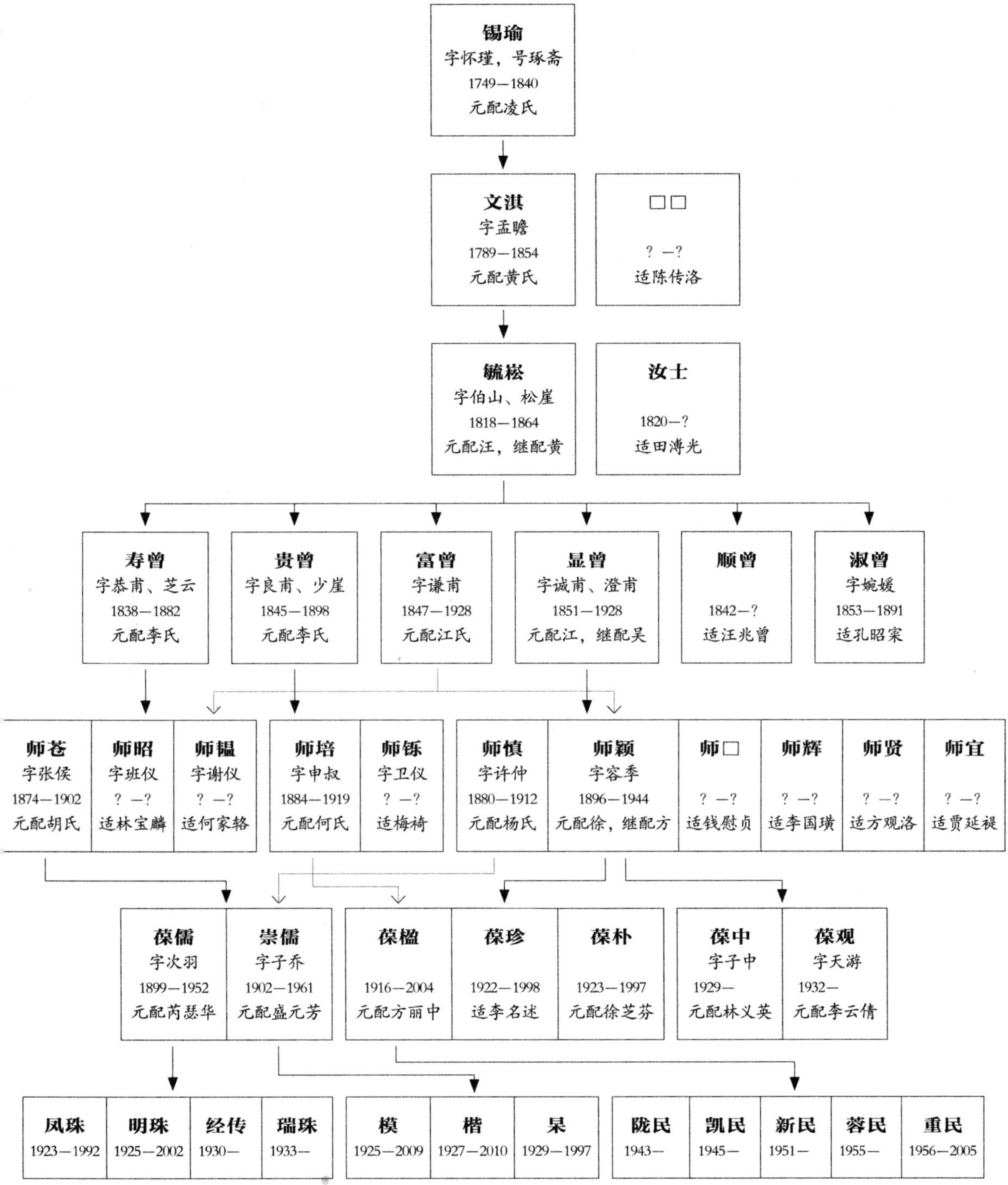

# 主要参考文献


《宋会要研究》，台湾“商务印书馆”，1972年
李泽厚著:《中国近代思想史论》，人民文学出版社，1979年
孙殿起辑:《琉璃厂小志》，北京古籍出版社，1982年
姚柯夫编著:《陈中凡年谱》，书目文献出版社，1989年
孙永如著:《柳诒徵评传》，百花洲文艺出版社，1993年
柳诒徵著:《江苏书院志初稿》,《中国历代书院志》第一册，江苏教育出版社，1995年
李荣主编:《扬州方言词典》，江苏教育出版社，1996年
梁章钜等编著、白化文等点校:《楹联丛话全编》，北京出版社，1996年
《刘申叔遗书》，江苏古籍出版社，1997年
杨义著:《中国小说史》(上中下)，人民出版社，1998年
郑伟章著:《文献家通考》，中华书局，1999年
钱玄同著:《钱玄同文集》第六卷，中国人民大学出版社，2000年
林子雄点校:《刘寿曾集》，台湾“中央研究院”中国文哲研究所，2001年
王澄主编:《扬州历史人物辞典》，江苏古籍出版社，2001年
董玉书著:《芜城怀旧录》，江苏古籍出版社，2002年
梅鹤孙著、梅英超整理:《青溪旧屋仪征刘氏五世小记》，上海古籍出版社，2004年
商衍鎏著:《清代科举考试述录》，百花文艺出版社，2004年版
赵国璋、潘树广主编:《文献学大辞典》，广陵书社，2005年
曾学文编:《扬州名书》，广陵书社，2006年
周其厚著:《中华书局与近代文化》，中华书局，2007年
赵昌智主编:《扬州学派人物评传》，广陵书社，2007年
王欣夫编:《顾千里集》，中华书局，2007年
万仕国辑校:《刘申叔遗书补遗》，广陵书社，2008年
(日)小泽文四郎编:《刘孟瞻先生年谱》,《扬州学派年谱合刊》(下)，广陵书社，2008年
郭院林著:《彷徨与迷途——刘师培思想与学术研究》，凤凰出版社，2012年
赵昌智主编:《扬州文化研究论丛》第1—14辑，广陵书社

# 后　记

记得一位学者说过，扬州是一个遍地皆文献的城市。七八年前，我有幸接触仪征望族刘氏的相关未刊资料，方才领悟这句话的深刻内涵。

扬州青溪旧屋仪征刘氏家族，是自清嘉庆至民国时期数代相传的书香世家，从刘文淇创始，至国学大师刘师培，祖孙四代以藏书、读书、刻书、著书、教书为主业，其学术影响贯通中外，留下了大批带有经典意义的文献资料。通过多种途径，我亲眼目睹了原为仪征刘氏所藏后散佚在外的一些书札与其他文献资料。有些文献的纸张略显破烂，并不完整；有些资料的墨迹在渐渐消褪，但都向人们传递了那个时代的信息。起初，我并没有重视这些“古董”。因为自己在大学工作，科研主要集中在政治理论方面，关注的是马克思主义经典著作。只是在 2008 年读博后，随着导师周一平先生对文献学的讲解，我才明白，史料尤其是原始资料的重大价值。于是工作之余，我开始着手整理所拍摄下来的书札资料。

整理书札是件费力劳神的事情，有些书信字迹潦草，再加时代久远，很难辨识，即使借助放大镜也较吃力，期间也曾几度想放弃。这些年间，为了与这些书札相互参证，我还走访了省内外几所图书馆，从中又觅得若干刘氏原始信札资料。这样不知不觉间，书札越积越多，总数达三百余通。在品读原札基础上，我还尝试着做书札笺注工作，特别是对信札中反映的制度、人物、地名、典故、方言、乡土称谓、特殊的简写等内容，大都给予了注释。在笺注基础上，我又尝试对这些书信做初步的研究，有些研究论文已经发表。当然，这些研究并不能概括刘氏信件的所有内容，所刊发的书札也仅为刘氏书札极小的一部分。

在写作本书时，得到许多领导、师长与朋友的支持与帮助。首先感谢扬州文化研究会会长赵昌智先生，他在百忙之中为拙著撰序；其次，感谢蒋孝达、韦明铧、李保华、吴炜、许世斌等先生，他们或友情校对稿件，或对出版提供有益建议。再次，感谢导师周一平先生、广陵书社曾学文总编、编辑一部刘栋主任以及葛玉峰、李元东等先生，在他们的支持关心下，本书得以顺利出版。此外，还要感谢扬州大学人文社科处领导及马克思主义学院领导，他们鼎力支持，使得本书获得了 2014 年校出版基金资助。本书收录之英文书札，系根据刘葆儒所遗英文书信原文翻译，邵昉女士承担了翻译工作。

由于本人学识短浅，因此对刘氏书札的整理与笺注，一定还存在一些不足，甚至错误，诚请专家指正！

**杨丽娟**

2014 年 12 月春节于扬州天下花园